第六卷
散文（上）

序

这本散文选的所谓"选",并非篇篇都是佳作,只不过是50年间散文写作的步迹而已。

五十年代以来,我出过几本散文集。1983年花山出版社还出过一本《魏巍散文集》。这些在街上早就买不到了。近几年来,由于资产阶级自由化思潮的泛滥,一些人在"思想更新"的时髦口号下,大肆贩卖资产阶级的货色,企图以个人主义取代集体主义、以自私唯我取代为人民服务,从根本上动摇我们社会主义社会的价值观念。这种用形形色色糖衣包裹着的毒药,使我们的不少青年受到极大的腐蚀和损害。一些年长的读者来信,说他们曾读过我写于五六十年代的论述人生观的文章,如《幸福的花为勇士而开》《夏日三题》等,曾使他们得到好处;他们很想买到收有这些作品的集子来教育他们的子女。可是专门收入这类文章的《壮行集》(河北人民出版社出版,1980年),也早已绝迹。我自然也想使这些作品在当前思想混乱的状况下再发挥一些作用。这就是我编选这本散文选的用意。于是,我就把《魏巍散文集》和《壮行集》的大部分文章,还有近年来出版的《怀人集》中的若干文章选编在一起了。

本书共收入各类散文7辑66篇,下面略作一些说明。

第一辑:《战斗在北国山水间》。本辑是抗日战争和解放战争时期的作品。当时我的主要兴趣在写诗,为了斗争的需要也写了不少通讯。这里收入的《雁宿崖战斗小景》和《黄土岭战斗日记》是我亲自经历的战斗的记录。前者也是由战地日记改写而成,发表在1939年11月的《晋察冀日报》,曾受到大家的注意。在1943年的反扫荡中和1945年夏扩大解放区的诸战役中,我依据亲身经历写了不少的文艺性通讯,可惜都散失了。现在能收集到的,也还有些粗糙,故这里只收了8篇。

第二辑:《谁是最可爱的人》。本辑是抗美援朝战争时期的战地通讯和有关散文。自1951年以来,《谁是最可爱的人》已出过多种版本并印刷过多次,有些文章已收入课本。对此大家已很熟悉,不需多加说明。

第三辑:《七月献辞》。本辑主要是1954—1961年间的几篇歌颂党的抒情散文。其中《七月献辞》曾被选入某些散文选集。《我的老师》最初发表在《教师报》,某些段落被选入初中课本。

第四辑:《人民战争花最红》。本辑收入的是一组反映越南北方人民英勇抗美的报告文学。1965年美帝国主义为了迅速解决越南战争,开始轰炸越南北方,战争进一步升级。我国人民也加强了抗美援越的斗争。是年盛夏,周总理派出老作家巴金和我作为第一批作家访问越南北方。越南战争和朝鲜战争是第二次世界大战结束以来发生在东方的两次最大的战争。也是美帝国主义受到削弱并引为痛苦教训的战争。这两次战争巴金和我都参加了,我们都深以为荣并且斗志昂扬。在110天中,我们几乎走遍了越南北方,广泛接触到越南北方人民对美国飞贼的英勇战斗,也体会到他们对中国人民的深厚情谊。收到这里的几篇报告文学,我想也是胡志明同志讲的"同志加兄弟"的友谊的一个纪念吧!

第五辑:《为青年朋友壮行》。本辑收入了我历年所写的关于人生观问题的文章。五六十年代,《中国青年》杂志常常依据青年的思想问题,组织一些有关人生观问题的讨论。这些讨论都搞得很热烈,很成功,往往来稿在万篇之上。讨论结束时,编辑部常来请我写篇"总结"文章。我写的第一篇,就是《幸福的花为勇士而开》。这篇文章青年们反应相当强烈,给我来了很多信,谈到他们得到的益处,并建议我多写这类文章。自此以后,《中国青年》开展关于徐进思想的讨论;关于女工向秀丽英勇殉身而引发的生死问题的讨论;关于向雷锋学习的有关思想的讨论。我又继续应邀写了《夏日三题》《弃燕雀之小志,慕鸿鹄而高翔》等文章。有的作家朋友认为我把相当一部分精力用在这些地方,似乎影响了艺术的创造。我则认为我们应当学习鲁迅精神,只要作品对群众有用就是最大的安慰了。何况这些都是文学性的政论,是具有一定的艺术性的,它本身就是散文的另一种形式。

这里,我还要约略提一下《祝福走向生活的人们》。这原是一篇1955年为北京石油地质学校首届毕业生送行的讲话。正是这篇讲话使我与石油战线结下了不解之缘。后来这个学校迁到湖北荆州升级为江汉石油学院,我又为这个学院的首届毕业生写了一封信:《希望你们丝毫不逊色于前一代的青年》。1983年,我还应邀到这个学院和师生们见面。尤其有意思的是1985年春,当年那批我为之送行的毕业生,在北京举行了一次"争风斗雨30年"的集会。当初的小伙子和年轻的姑娘,此时都是功绩累累的厂长、书记、教授、工程师、地质师等等石油战线的骨干了。这次盛会真是非常感人。他们也邀我参加了这次盛会并讲了话,就是收在这里的《这就是我们的哲学》。会上有人还把大庆会战的奖章送给我。最令人难忘的是牟莺乔同志,她历经磨难,但却没有丢那本载有《祝福走向生活的人们》的《中国青年》。在会上她捧着这本经过30年风雨的《中国青年》送给我,真不免使我热泪盈眶了。

收在这一辑的文章也确实是经过风雨的。1957年右派兴风作浪时,《幸福的花为勇士而开》受到一些人的尖锐攻击;"文革"开始后,极左分子也从这篇文章开刀,诬蔑它宣扬了资产阶级的幸福观,是杀人不见血的软刀子。随后就展开了一系列的批斗。我自然为这些荒谬的批斗付出了代价。但是经过来自"左"、右两个方面的攻击倒使我放心了。广大读者给予我的安慰和鼓励已足以偿还我付出的代价。

第六辑:《风雨路上》。本辑是"文革"末期和粉碎"四人帮"初期的几篇散文。《草原记事》是"文革"辍笔7年之后写的第一篇散文。《在洪流中》是我参加四·五天安门事件群众活动的记录。《在欢乐的鼓声中行进》则是描绘粉碎"四人帮"后的第一次群众游行,为历史的转折留下了一点点步迹。

第七辑:《深深地怀念》。本辑主要是怀人之作,大部分选自《怀人集》中。这里有对毛泽东、周恩来等伟大人物的怀念与评价,也有对前辈革命作家和友人如柯仲平、丁玲、邓拓、郭小川、黄正甫、陈辉、李学鳌等同志的追怀。

回顾自己50年来的散文创作，感到自己下的功夫还是不够。我开始写作直到抗日战争、解放战争，都是醉心于诗，对散文不是那么看重；后来又顾到长篇小说去了。这些作品多半是受感情的驱使或者是斗争的必要，当时一挥而就，没有哪一篇是硬做出来的。这也许是它的好处。而另一方面，对素材的提炼，精心谋篇，从古典散文家的作品中汲取营养，可就不够了。

我说过，散文是一种具有高度灵活性的文体。它应该依据要表达的内容，量体裁衣，灵活运用，不必拘泥于一定的程式，更忌讳老是一个套子。然而也不是说好的散文没有共同的规律可循。

从古典散文和其他散文名家的作品中，结合我个人的体会，我觉得好的散文作品，往往具备以下几个必要的方面。

第一就是思想。一定的思想才是一篇散文作品的骨架和灵魂。如果没有一定的思想，这篇散文是无论如何也站不起来的。例如没有"先天下之忧而忧，后天下之乐而乐"的思想，也就不会有千古传颂的《岳阳楼记》了。尽管这种思想的表达，可能是含蓄，也可能是鲜明。

第二是真情实感。作者的真情实感是构成散文作品的真正的血肉，是弹动读者心弦的东西。作者的这种情感愈深厚，而感动读者心灵的力量才会愈浓烈。缺乏真情实感，徒有华丽的词藻，是注定不能感动人的。李密的《陈情表》，韩愈的《祭十二郎文》，朱自清的《背影》，都是以作者的真情实感作基础的。我个人的体会也如是。许多中学教师常常问到《谁是最可爱的人》的写作经验，我则答复他们：这是一种长期的感情积累，而在朝鲜战场上这种情感受到新的激发而自然地倾流出来。连《谁是最可爱的人》这个题目，也不是硬想出来的，而是从心里跳出来的。

第三是一定的人和事，最好事情本身就比较动人。一种思想，一种情感，如果不附丽在一定的人和事之上，就会显得空洞，难以得到尽情的发挥。像陶渊明的《桃花源记》，如果作者不虚构出一定的情节，作者对自己的理想只作空洞的论述，可能就索然寡味了。再如杜牧的《阿房宫赋》，如果作者不借助阿房宫这件具体事物，又怎能舒畅自如地抒发古今兴废的感叹呢！

第四是精炼。各类文体，精炼都是重要的品格，散文的要求应该更严。作为语言的艺术,散文应该写得优美、洗炼,一言一字,都要十分考究。散文不宜写得过长。在有限的篇幅内,写得富有诗情画意,描绘得惟妙惟肖,这些都不待说的了。

以上这些几乎都是老生常谈,然而我认为在散文创作中是应当注意到的。总之,我希望散文这门独立的艺术,在我们具有光辉传统的国家里,能够更加繁荣和发展。同时,我自己也打算继续努力,写出一些好一点的散文来。

1990 年 8 月 20 日于北京

编者注:本文是《魏巍散文选》(人民文学出版社,1991 年)序言,原书共收入各类散文 7 辑 66 篇。编辑本书时,增加了《魏巍文集》(广东教育出版社,1999 年)中收录的另 80 篇,以及《新语丝——魏巍文集续一卷》(中国文联出版社,2008 年)中的 71 篇,共 10 辑 217 篇。

目　录

战斗在北国山水间

我的起跑线 …………………………………………（3）
我的引路人
　　——纪念杨光池同志 ……………………………（11）
春天，第一次检阅 …………………………………（16）
雁宿崖战斗小景 ……………………………………（19）
黄土岭战斗日记 ……………………………………（26）
他走出了苦海
　　——一个向我投诚的日本工兵的故事 …………（35）
年礼 …………………………………………………（38）
王老勤的上坡路与下坡路 …………………………（40）
燕嘎子 ………………………………………………（43）
娘子关前
　　——英雄们怎样攻占了雪花山 …………………（51）
平汉线大破袭速写 …………………………………（60）
在突破口
　　——记石家庄内市沟西南突破口的激战 ………（62）

谁是最可爱的人

朝鲜同志 ……………………………………………（69）
火与火 ………………………………………………（80）
前线童话 ……………………………………………（83）

在风雪里 …………………………………………………………（86）
汉江南岸的日日夜夜 ……………………………………………（93）
火线春节夜 ………………………………………………………（99）
谁是最可爱的人 …………………………………………………（107）
战士和祖国 ………………………………………………………（112）
年轻人，让你的青春更美丽吧！ ………………………………（119）
冬天和春天 ………………………………………………………（125）
挤垮它 ……………………………………………………………（128）
祝贺 ………………………………………………………………（146）
前进吧，祖国！ …………………………………………………（150）
在阵地前沿 ………………………………………………………（157）
这里是今天的东方 ………………………………………………（175）
勇士镇守在东方 …………………………………………………（180）
写在凯歌声里 ……………………………………………………（182）
依依惜别的深情 …………………………………………………（184）

七月献辞

寄故乡 ……………………………………………………………（193）
怀仁堂随笔 ………………………………………………………（196）
我的老师 …………………………………………………………（199）
女将军 ……………………………………………………………（204）
我们的力量所在 …………………………………………………（214）
七月献辞 …………………………………………………………（218）

人民战争花最红

飞机也怕民兵 ……………………………………………………（223）
一家贫农 …………………………………………………………（233）
阮氏芳定 …………………………………………………………（241）
英雄树 ……………………………………………………………（246）
战斗的城 …………………………………………………………（254）
蓝江边上的小镇 …………………………………………………（261）
广平的夜 …………………………………………………………（267）

为青年朋友壮行

开辟中国的黄金时代 …………………………………………（275）
走在时间的前面
　　——给工人王崇伦同志的信 …………………………（278）
祝福走向生活的人们
　　——致北京石油地质学校勘探队员们的送别辞 ………（282）
幸福的花为勇士而开 ……………………………………………（290）
百花盛开的国家 …………………………………………………（305）
夏日三题 …………………………………………………………（309）
写你鲜红的历史 …………………………………………………（329）
路标 ………………………………………………………………（334）
弃燕雀之小志，慕鸿鹄而高翔！
　　——《幸福的花为勇士而开》续篇 ……………………（339）
我们的时代需要千千万万雷锋 …………………………………（359）
希望你们丝毫不逊色于前一代的青年
　　——给江汉石油学院第一届毕业生的信 ………………（365）
和石油战士谈心
　　——在江汉石油学院师生员工大会上的讲话 …………（368）
序《钻塔在你们身后升起》 ……………………………………（384）
知识胜于黄金，青春献给人民
　　——在廊坊石油管道子弟中学的讲话 …………………（386）
再上一重天
　　——在轮南整体解剖第一战役总结表彰大会上的祝辞 …（393）
这就是我们的哲学
　　——在北京石油地质学校55届同学会上的讲话摘要 ……（395）
祝石油战线双丰收
　　——在石油工业部教育工作会议上的讲话 ……………（399）
明天曲
　　——银杏宝宝乐园碑文 …………………………………（402）
答《时代青年》十问 ……………………………………………（403）

深深地怀念

草原记事 ………………………………………………（407）
风雨路上
　　——记戴笃伯 ………………………………………（418）
怀念与思考 ……………………………………………（428）
当我接到《周恩来选集》………………………………（434）
怀念一位伟大人物 ……………………………………（438）
那边，延河上空有一颗星 ……………………………（442）
我所认识的丁玲
　　——在丁玲创作讨论会上的发言 …………………（448）
醒来吧，丁玲！ ………………………………………（452）
才子·战士·学者
　　——怀念邓拓同志 …………………………………（456）
难忘的风范
　　——怀念李志民同志 ………………………………（461）
怀念瞿世俊同志 ………………………………………（464）
难忘那位无名作家 ……………………………………（467）
红杜鹃 …………………………………………………（472）
太行山的儿子
　　——悼诗人李学鳌同志 ……………………………（478）
他还活着 ………………………………………………（481）
四十年后的相遇
　　——魏巍与李玉安的通信 …………………………（484）
为张振山写碑文 ………………………………………（489）
王震将军碑文 …………………………………………（495）
我的老团长 ……………………………………………（497）
怀郭化若老人 …………………………………………（501）
痛悼刘志洪 ……………………………………………（503）
哀悼石玉山同志 ………………………………………（505）
送别艾青 ………………………………………………（508）
悼端木蕻良 ……………………………………………（510）

痛哉,贤人逝矣!
　　——敬悼魏传统同志 …………………………………… (511)
为李玉安送行 ………………………………………………… (515)
悼念冰心老人 ………………………………………………… (517)

石油战线巡礼

玉门不老
　　——石油战线巡礼之一 …………………………………… (523)
在敦煌
　　——石油战线巡礼之二 …………………………………… (528)
访克拉玛依
　　——石油战线巡礼之三 …………………………………… (532)
塔里木大会战
　　——石油战线巡礼之四 …………………………………… (538)
欢歌黄河口
　　——石油战线巡礼之五 …………………………………… (549)
为了更美好的明天
　　——石油战线巡礼之六 …………………………………… (557)
这才是青春开花处
　　——石油战线巡礼之七 …………………………………… (563)
枝枝青莲出水来
　　——石油战线巡礼之八 …………………………………… (568)

战斗在北国山水间

我的起跑线

一

1937年12月,我背着沉重的行李下了火车,来到山西的古城临汾。街道上行人如织,尘土飞扬,我放下行李,坐在路边的小吃摊上,要了一碗豆腐脑什么的吃起来。

在此之前,我已经在古老的长安城滞留了半个月。当年我17岁,这是我离开家乡郑州的第一次远行。临行之前,我的良师也是我最热心的忘年朋友——一个失去关系的老党员黄正甫,给他的两位熟人写了信,让他们能够帮助我,把我介绍到延安抗大去学习。怕我路费不足,还从微薄的工资中拿出了3块钱。可是,到了西安,要找的这两个人,也许有这样那样的顾虑都推辞了。这样我就不得不贸然去闯七贤庄八路军办事处。我站在办事处的门洞里,隔着窗口同一个年轻的工作人员谈了话。因为我没有介绍信,我的要求显然被婉拒,他说抗大已经招考过了。我的梦想幻灭了。我惘然若失地在门洞里站了好几分钟。幸亏旁边墙上贴着另一张招生广告,仔细看,原来是八路军115师军政干部学校要人。我问工作人员:"这个比抗大怎么样?"他答道:"也差不多。"于是,我就在当天夜里扛上行李上了火车,折返潼关,于朝阳初起时渡过黄河。在风陵渡的小火车上冻了一夜,这才来到临汾。

坐在小摊的矮凳上,我一面吃东西,一面张望着大街上的行人。这时太原已沦于日军之手一个多月,临汾城已成了晋中的抗敌重镇。不仅阎锡山的指挥中心设在此处,他还办了一个与共产党争夺青年的民族革命大学。南来北往的军人很多。以彭雪枫为处长的八路军办事处,也设在郊区不远的地方。街上也偶尔有佩戴着"八路"臂章的军人出现。我默默地注视着他们,他们之中有女兵,甚至有似乎穿上军服还不久的家庭妇女。他们谈笑自若地从我身边走过。这时候,我心里是多么地羡慕他们呵!为什么他们都能当上八路军呢?为什么我就遇到这么多困难呢?

坐在尘土飞扬的小摊上吃东西,对于我这个穷学生来说,是没有什么不习惯的。惟一不放心的,就是我口袋里的钱。我离家只带了15元钱,加上朋友送的路费也才18元。经过西安半个月的耗费,已经只剩下5元钱了。我入伍前的一切花费,都必须在这个数内解决。

付过饭钱,我开始同一个人力车夫讨价还价。因为我离开家乡,不自量力地带了一些书,裹在行李中,其中有杜甫的诗集、鲁迅的书,还有一本很厚的政治经济学。这些都是死沉死沉的,走远路我如何能背得动呢?所以必须得雇辆车。幸好价钱并不贵,到临汾西北的蒲县,一块多钱就可以了。

从临汾到蒲县有一条蜿蜒起伏的黄土公路。我在滚滚的黄尘中踽踽独行,到日落时分还没有赶到,只好住在路边紧靠山坡的一家乡村小店。

第二天一早,我刚要启程继续西行,偶尔抬头,见店旁墙壁上贴着一个通告,说是115师军政干校已由蒲县移往赵城(现属洪洞)马牧村去了。我只好掉头从原路再返临汾,乘夜班火车于当夜赶到赵城。一个人扛着行李行走在黑黢黢的田野里。摸索着,进了这座陌生的小城,找了一家小店住下。

这时,赵城已经迫近前线。传说敌我正对峙在霍县一带,距此仅90华里。城里已充满战时的气氛,小店里人不多,只住着几个国民党部队下来的散兵。大家都睡在一条大炕上。同他们聊起来,他们都很悲观。说是日本人的飞机大炮厉害,连刺刀也比我们长几分,你刺不到他,他就刺到你身上去了。我无意同他们多谈,只是注意询问八路军的所在和马牧村的位置。

第二天用过早饭,我即兴冲冲地上了路,一路打听着向马牧村奔去。路上我低头一看,我自家乡出走时穿的一双鞋子已经破烂不堪，很不像个样子。正好遇上一个卖棉鞋的妇女，我就买了一双，立时穿在脚上。不想在庄稼地里行走，被高粱茬子扎了一个大洞，怪可惜的。幸好很快就到了马牧村，又为喜悦的情绪所代替了。

马牧是一个很大的镇子。八路军总部和115师师部都驻在这里。115师军政干校驻在一个小学校里。在这里，接待我的是一个矮胖和蔼的东北人。后来知道，他就是学校的办公室主任，名叫方炽，曾经是东北大学的学生。他打量了一下我这个穿着黑色学生装风尘仆仆的青年人，问明来意，笑了笑，马上就同我对面而坐，开始了入学考试。方式很简单，就是口试我三个问题。一、资本主义的基本矛盾是什么？二、抗日民族统一战线的意义是什么？三、你自己的志愿和目的是什么？由于我在家时就受到上海左翼文化的影响，看过艾思奇的《大众哲学》和何干之的《中国的过去现在与未来》，以及生活书店出版的青年自学丛书和上海出的杂志《自修大学》，回答这些问题并不困难。第三个问题更可以借此倾吐我出来的满腔热忱了。回答完毕，他立刻挥挥手满意地笑着说："录取了！"我在这里饱饱地吃了一餐饭——大米饭和飘着一层辣椒油的豆腐洋芋（土豆）汤，于当天把行李搬来，换上了八路军的灰军服，左臂也戴上了十分醒目的"八路"的臂章，正式成为八路军的一名战士。想起这一段，我任何时候都忘不了方炽同志。多年前他在辽宁省任高等法院院长，我曾到他家里探望他。算来他已经逝世十多年了。

二

当时115师军干校还处于草创阶段。抗日青年每天都三五成群地陆续到来。学校还没有固定的教员，只偶尔有一位首长来校讲课。加上师主力北上执行任务不久，就合编到八路军总司令部随营学校去了。

随营学校是一个很正规的军事学校，其前身是红军教导师，抗日战争爆发后改编为随营学校，东渡黄河随总司令部一起行动。任务是在战地培训下层干部，随时补充部队。校长韦国清，政委陈明，教务处长阎捷三，政治处主任张正光，政治总教张平凯。他们在红军中都是久经锻炼且富有办学经验的老干部。

随营学校的所在地洪洞县白石村，也是一个很大的镇子，村子里有一个像地主庄园似的高墙大院，校部就驻在这里。我们来到白石村，又经过一番入学考试，共编为7个队，共千余人。我被分到文化程度较高的四队，住在一个名叫五圣寺的古庙里。庙前是一个小广场，对面是一座戏楼，旁边就是校部的那个大宅院。1938年元旦过后，正规的训练就开始了。

四队的领导是很坚强的。队长徐国夫，政治指导员欧阳平，军事教员陶汉章。他们虽比我们大不了很多，却都是经过长征的老练成熟的军人。队长徐国夫军容严整，谦逊诚朴，和蔼可亲。指导员欧阳平性格活泼，能唱兴国山歌，晚会上他唱的《送郎当红军》，很受大家欢迎。他上的政治课，也使我们这些外面来的大中学生为之倾倒，想不到工农干部竟有这样高的政治水平。据说，日后毛主席曾在延安的干部会上表扬过他。那时毛主席正在提倡"工农干部要知识化，知识分子要工农化"，欧阳平是作为"工农干部知识化"的模范事例提出来的。军事教员陶汉章，年轻英俊，多年后得知，那时他已在写一本关于游击战术的专著，不过当时并不知道。那时我们这些还很幼稚，更没有经过什么锻炼的年轻人，就是在这样一些久经锻炼的老干部的带领下起步的，怎么能不飞快地前进呢！

政治课的内容主要是中国革命的基本问题，抗日民族统一战线及政治工作等。军事课目主要是制式教练、班排进攻防御、紧急集合以及着装训练，晚上衣服、帽子、绑腿各放在什么地方，都由队长或军事教员——做出示范。我还记得夜间在白石村外，队长教我们如何以北斗星和女帝星找出北极星这个恒星以判别方向。此后在敌后抗战的岁月里，在冀中平原上，我一个人单独夜行，就是以这种方法来辨认方向的。

同学间的关系，也是团结融洽的。我所在的二班，班长张行言，瘦长瘦长的，戴着一副近视镜。据说是个大学生，处处以身作则，很像是个党员。解放后他在安徽大学当校长，几年前我曾去看过他。副班长张绍闵（后改名张立达，曾任辽宁省科协主席，省委文教长是我入党的介绍人）。他当时面黄肌瘦，甚为憔悴，曾在监狱中受过摧残。还有一个叫陈尔东（后改名林韦，解放后任《人民日报》理论部主任），大约是太原师范的学生，性格活泼，热情奔放，能指挥唱歌，也会作曲,后来在延安写过一首《黎明曲》,其中有"我们为反抗来到人间,怕什么流血牺牲!"的句子,为大家所传唱。此外还有两名大学生,一位是北大的高自新,外号人称"高老夫子",每逢讨论会,他总是滔滔不绝,口若悬河。剩下的就是王千祥和我了。王千祥是山西洪洞人,和我差不多是同年。我俩在班里年龄最小,学历又浅,也许出于自卑感,在讨论会上常常胆怯得不敢发言。此后王千祥发展成为很干练的军事干部,志愿军出国作战的第一篇报道《打败美国野心狼》,就是他写的。离休前已是沈阳军区装甲兵的副政委了。以上我们这七八个人,就挤在铺着稻草的地铺上,度着紧张而有意义的生活。

救亡室(现在称俱乐部)的工作搞得很活跃。成员都是由学生选举的。记得救亡室主任是邢亦民(后来曾任全国最高法院副院长、全国人大常委副秘书长)。经济委员是陆小山。墙报委员似是时颖和贾霁。缪正心、汪威尔、胡磊(后改名胡刚)都是救亡室的活跃人物。他们常常组织歌咏比赛、文艺晚会、游戏活动。每天从早到晚,都有抗日歌声,充满青春朝气。每隔一两周,还有新的墙报出版,贴在五圣寺的大殿里。我从家里带出来的一首500行的长诗,那是离家之前在黄河岸上流着眼泪写成的,也大胆地拿出来在墙报上发表了。最大的文艺活动,就是上海救亡第一队在白石村的演出和临汾刘村学兵队与我们的联欢,在五圣寺对面的戏楼上演出了许多精彩难忘的节目。白石村的军民人等掌声不绝。值得特别一提的是大音乐家贺绿汀,他刚创作出来不久的《游击队歌》,就亲自到我们四队来教唱。我还记得,他身披一件平型关的战利品日军的黄呢大衣,风度潇洒地一面打着拍子,一面轻轻地哼着口哨儿。

场面最热烈最难忘的,要算是看朱总司令打篮球了。八路军总部的所在地马牧村,距白石村并不很远。大约是1938年元旦过后,总司令亲自来校视察。晚饭后的游戏时间,他同学员们一起打篮球。这一举动轰动了全村,不仅学员来看,把白石村的老百姓也引来了,将整个球场围了个风雨不透。大家的目光都聚精会神地望着这个满脸风霜朴实得像老农民似的军人。当他接到球的时候,显然那班年轻人怕把他撞伤碰倒而只在他周围虚张声势。而他的投篮却很准,一举投中,场上就爆发出暴风雨般的掌声。但是这一切似乎都不重要,重要的是事情背后的潜台词:在中国的大地上,谁见过这些普通的士兵同赫赫有名的总司令在一起打球?在哪里才能找到这种人与人的真正的平等关系?正是这一切,比政治课更有力地说明着一切,改变着和融化着我们这些从外面来的知识分子的灵魂!或者说,我们在这个革命的大熔炉中默默地接受着无声的融化……

三

随营学校于1938年元旦后开学,至2月底正常的训练进程被打断了。

这时,侵占太原的日军经过整顿后继续沿同蒲路南犯,第一个目标就是夺取临汾。总部确定,随校西渡黄河合并到抗大总校。因为情况紧急,部队的行动是急促的。事实上这是一场新形势下的训练。

第二天,当我们转移到临汾以西不远的地方,响起了急速的防空号声,接着我们的上空出现了几架敌机。这时大约是下午三点钟的样子,行进的部队正暴露在强烈阳光照射的平原上,没有什么可以隐蔽的地方。大家正在犹豫慌乱,指挥员一声令下,让我们都隐伏在田坎之下,而田坎下正好有二尺多宽的阴影。尽管飞机飞得很低,而且在我们的上空盘旋了一圈,却并没有发现我们。而这时的临汾城及城郊,阎锡山的部队,还有民族革命大学的学生,却乱成一团。几架敌机正得意洋洋地在那里俯冲轰炸,不一时浓烟四起,完全被烟雾笼罩住了。待敌机过后,我们即起来拍拍土,井然有序地继续向西转移。为什么友军受到了那么大的伤亡,而我们却毫无损失?眼前这亲身经历的一幕,不能不使我们在内心里深深感到老红军干部作战经验的丰富和指挥的沉着。

对于我们这些学生娃子,长途行军自然是很艰苦的,背上负着很沉重的行囊,班里有两支步枪还要轮流背着,开始走30里已经有些吃不消了,而每天正常的行军是60里,走到地方已经一动不愿动了。第一天我的脚已经走肿,且磨起了血泡。同学们也是如此。在行军途中,我不断看到有扔东西的。一天,我看到路边整整齐齐放着一双皮鞋,不知是前边哪个扔的。我在家虽然没有穿过皮鞋,但也只有看两眼罢了。随后又发现路上有扔棉花的,显然是嫌从家里带出的棉被太厚,已经不堪重负,就随手揪出一把一把棉花丢弃在田野上。这样做的绝不止一人,因为在冬季光秃秃的田野上,那随风飞舞的棉花就像春天的柳絮一般。今天回忆起来,自然是些笑谈。

但是,人毕竟是要锻炼的。过了一段时间,渐渐也就习惯了。何况我们身边并不缺少可供学习的榜样。那些早一两个月来到随校的同学,就比我们强得多。例如陆小山(后来是沈阳空军副司令),虽是山东人,个子却不高,他是经济委员,每天都提前出发打前站,安排伙食,号房子,比我们辛苦多了,但却显得很能干,很坚强。我们的班长张行言,高高的个子,背上被包,扛上枪,头向前伸着,简直像一匹负重远行的骆驼。副班长张绍闵虽然瘦弱不堪,但依然显出十分坚毅的神色。这些对我们都是无声的鼓舞。渐渐我们的脚步越来越轻快,每天走个六七十里已经很习惯。我们穿过吕梁山时,吃水很困难,行了一天军还要到十几里外去抬水,也并不以为苦了。

行军中我们接受的最严格的训练,就是群众纪律。老红军的三大纪律八项注意,是检查我们一切行动的标准。部队住下,要挑水,扫院子,宣传群众;部队离开要捆铺草,借物送还,群众委员要检查纪律。随地大小便是决不允许的,必须挖茅坑,而且还要"瞄准",临走前还要掩埋。老红军的这一套纪律,就在行动中逐渐养成了。

在长途行军中,是同志间交流思想谈心的好机会。副班长张绍闵同我谈得最多,我把离开家乡前的经历几乎都同他谈了。面孔总是红红的陈尔东同我谈得甚为相同。有一次他在谈话中忽然问我:

"你的笔记本前面写的'韦红青'是什么意思?"

"那是我自己随便取的一个名字。"

"我问的是那名字是什么意思?"

"韦当然是'魏'的谐音,红青是说我要做一个红色青年。"我笑着说。

当时,我还不敢说要做一个共产党员,只能这样说了。日后回想起来,也许他们已经把我当做"培养对象",我的这些话很可能都向支部作了汇报。到了延安后的一个多月,即1938年的4月份我就被吸收入党,张绍闵就是我入党的介绍人之一。否则我的入党不会这么快的。

穿过吕梁山。经过吉县,于3月初到达黄河边的龙王庙,已经来到壶口。据说这正是惊蛰日的前一天。此时冰封的黄河已经开始解冻,老百姓说再过一天,冰上就不能过人了。后来得知,沿黄河南下的敌人,距我们不过20里路,形势是非常险峻的。可是校首长韦国清异常沉着镇定,仍站在黄河岸边指挥我们从容渡河。此时,黄河早已开始融化,有的地方冰块已经裂缝陷落。塌下的冰块有一两丈深。前面的部队在裂缝间架上了木板。队长让我们每个人都挟着一把谷草,以便把它铺在冰上不致滑倒。当我踏着冰块走到河中时,看见陷落下的一块厚冰已经有一丈多深了,那上面倒着一头可怜的驴子,正是刚才失足跌落下去的。但是我们随营学校的全部人马终于安全渡过壶口到达了西岸。据后来得知,同样由临汾过来的民族革命大学的学生,却受到了很大损失。

越过黄河,我们已经距日夜向往的延安不远了。又经过两天行军,当我们终于远远望见嘉陵山上的宝塔时,同学们是如何地欢腾雀跃呵!我们立刻就要投入一座更大的熔炉了。……

60年后,回忆起随营学校的这段生活,我总是充满感激之情怀念那些学校的领导者、老师们和同学们。我不能忘记他们,他们是我人生的引路人、我的老师和朋友。随营学校是我的真正生命的开始,我的人生的起跑线。

60年代,我在《井冈山漫游》那首诗里说:"红军哥呀红军哥/没有你来哪有我/不是你扑过急流攀险崖/我怎么接过火把来!/"我的这种感情正是从最初参加革命的日子开始孕育的。我想,革命总是这样,前浪牵引后浪,后浪推涌前浪,不断奔涌前进,是不会停止的。

1998年八一前夕

我的引路人

——纪念杨光池同志

经过半个多月的长途行军,总司令部随营学校从山西来到延安,随即被编为抗大第六大队开往洛川。但是我所在的四队却被留在延安,这使我们感到幸运。

抗大总校设在府衙门。大门的上端书写着"中国抗日军政大学"几个异常雄浑的颜体大字。这座衙门虽也有过煊赫的岁月,现在却已十分破旧了。在大堂的两侧,是两长排平房,大概是过去衙役们居住的地方。一进门就是特大的土炕。由于我们一路轻装过渡,只剩下一条薄薄的毯子。延安的3月,夜间还相当寒冷,冻得睡不着,只好起来跑步。

在这个大院里,住的时间不长。有一天让大家填表,其中一栏是自己的志愿。同学们的志愿自然是多种多样,有不少是仍愿回到家乡或大后方去的。我一看和我年龄相仿的王千祥同学填写的是"愿作八路军下级干部",我心里暗暗赞佩地说:"好,好极了!就是应当这样!"于是我在这一栏里,也立即挥笔写了这几个大字:"愿作八路军下级干部!"过了一两天我们就分在抗大三期末尾的二大队,很快搬到延安师范的旧址去了。

这个队的队长是杨光池,指导员白平,副队长沈敏。白平和沈敏都年纪很轻,似乎是外面来的学生,在抗大毕业后留校工作的。杨光池看去将近30岁了,满脸风霜,是个十分老练的军人。脚上穿着草鞋,胸脯上挂着闪闪发光的五星奖章,白底上有一匹驰骋的红马。据说只有经过十年内战的团以上干部才有资格佩戴。人说,他是1927年"四·一二"反革命政变后白色恐怖最严重的时日里在武昌入党的。后来被调到上海做共青团的地下工作。1930年,党组织批准他到江西苏区工作的要求,随之离开了上海。他曾在红三军团当过连政委和营政委,后来被调到毛主席、朱总司令身边任警卫连长。长征到达陕北,他当过一个时期的团政委,接着就被调到抗大现在的岗位上。

杨光池性格宽厚,外貌像普通工人那样诚朴,透着了慈祥、和悦可亲,我们都愿接近他。

延安这座边远的西北古城,在范仲淹的词里被形容为"四面边声连角起,千嶂里,长烟落日孤城闭"的荒僻之地,随着抗战一跃成为全国进步青年心目中的圣地和时代的中心。每天都有千百青年,纷纷从全国四面八方,甚至从海外跋山涉水,风尘仆仆地赶到这里。成为那个时代特有的最动人的风景线。外来的青年愈来愈多,抗大、陕公都大大地膨胀了,学校里容纳不下。怎么办?杨光池常常劝说学生们,不如转移到陕甘宁边区其他地方,比如说洛川、庆阳、瓦窑堡等地去学习。还说:"瓦窑堡不错,离延安又不远,不过90华里,老百姓都说瓦窑堡是天下第一堡呢!"可是这些动员都没有用。学生们一听要离开延安就急啦,甚至急得哭了,他们说:"我们不远千里来到延安,为的就是听毛主席、周副主席和朱总司令讲课,离这么远,这怎么行!?"杨光池没有办法,就给毛主席汇报了。因为他当过毛主席、朱总司令的警卫连长,见毛主席是很方便的。毛主席听了杨光池的汇报,不禁哈哈大笑,说:"那好办嘛,房子不够住,你就领着他们挖窑洞嘛!劳动就是第一课。这样不是既解决了住房,又锻炼了思想吗?"杨光池回来向学员们传达了毛主席的指示,大家一听不离开延安,都兴奋得跳起来。随后,我们就搬上清凉山,住在山顶的古庙里,高举镢头开始向山进攻了。

西北的黄土高原,堆积着极为深厚的黄土层。有许多山石头也不多,挖起来很容易。青年人的热情一旦发动起来,那股劲头儿是很大的。同学们成立了突击队,出的墙报也取名"突击"。我们每天只穿着衬衣,或者光着膀子,手持镢头、铁锹拼命向里掘进。潮湿的黄土,在洞口堆得像小山似的,然后由另一部分人拉到山下。有一天,我正汗流浃背地向里掘进,有一位同学捅了捅我,把我叫出来。这位同学比我大许多,总有近30岁了,名叫吴亮,一口山西话,听说过去是个中学教员。最近以来,除了随营学校的同学张绍闵(张立达)常找我谈话之外,同我接触较多的就是吴亮。他和蔼可亲,对我像弟弟那么亲热。我随着他走出来,他就悄悄地递给我一本油印的东西,我一看,是一本钢版刻印的书籍,红红绿绿的有光纸,印着密密麻麻的字,封面上刻着"党的建设",并悄声吩咐说:"没人时再看。"我立刻喜上眉梢。这分明是一种信号,告诉我入党有希望了,这是要我先学一点关于党的知识。

当时,从外面来的青年,有不少是有一定觉悟的。他们入党的愿望都很迫切,平时虽然嘴里不说,心里却很着急。杨光池自然心中明镜。何况这时抗大学生中党员的比例还很少,只占百分之六七。究竟是应当对他们大胆开门,或者应当慎之又慎地把门半闭半开呢?这不能不引起他深深的思考。恰好有一天,毛主席把他叫去了,问他:"你办了这样长时间的学校,学校里究竟有些什么问题,你是怎样看的?"杨光池就说道:"学员大多数是积极分子,他们之中许多人想入党,经常向我提出要求,而我们发展组织的工作却进展得太慢,这样恐怕不能适应形势的要求。"杨光池大胆讲了自己的意见,但讲后又忐忑不安,怕自己的意见提得不对。不料毛主席听后立即就肯定说:"光池,你这个意见讲得很对。这些学生,要首先看到他们的长处。他们能冲破重重封锁,不远千里到延安来,是很不容易的,是一件很好的事情;再说,他们都是一些抗日民主运动中的积极分子,有的还为党做过一些工作,大多数同志是好的。应当对他们开门。"果然时隔不久,毛主席的指示就传下来了,指出学校现在存在着政治上的关门主义和组织上的关门主义,必须引起注意。我想,我们这批青年知识分子就是在党的这一精神下进入党内来的。

当然,上述情况我们当时是不知道的。可是我们似乎隐隐感觉到这一点。不久,我就填写了入党申请书,于当年4月份即批准我入党。我们随营学校3月8日到延安,我进入抗大仅一个月多一点就入党了,看来这同我在随校的表现有关。自随校以来,张绍闵即同我不断谈话,对我知之甚详,因此,他同队长杨光池、指导员白平都是我入党的介绍人。5月1日,我同另外三四个同学一起,在清凉山的一个窑洞里举行了入党仪式。墙壁上挂着两幅不大的画像,那就是马克思和列宁。在他们的像前,由白平同志领导我们举行了入党宣誓。仪式是肃穆和庄严的。从此我就成为无产阶级先锋队伍中的一员。至今回忆起来,我将永远感念不忘杨光池、白平、张绍闵同志,他们是我革命的引路人。

半个世纪后,我重访延安,在清凉山为寻访我当年入党宣誓的窑洞,盘桓甚久。山上已住满居民,使我难以确切辨认了,仅在近似的一家窑洞门前留下一影作为纪念。恰清凉山书画社索字,遂留下小诗一首:"重临盟誓地,五十有四年。心赤不改色,永生向延安。"是的,不管世界如何变化,令人眼花缭乱,也不管共产主义处于何种艰难处境,我将永远属于无产阶级。

在抗大学习期间,墙壁上不断出现敌后战场的捷报。这些当然使人振奋,而对抗大的老干部也是一个刺激。他们谁不愿在华北和江南的敌后战场上显一显身手,为祖国的独立、自由建功立业呢?于是有许多人要求到前线去。毛主席知道了这事,有一天,把杨光池在内的几个人找去了。等他们坐下来,毛主席就不慌不忙地讲起了母鸡生蛋的故事。他说:"母鸡是干什么的?母鸡是生蛋的。生蛋干什么?生蛋可以孵小鸡。小鸡长大了,母鸡又会生蛋,孵出小鸡。如此一批又一批,这就是老母鸡的作用。"正当大家听得津津有味却不知所指的时候,毛主席才把题点破:"今天请你们来,就是因为你们还不知道老母鸡的作用。抗大就是一只老母鸡。现在前线部队发展很快,天天喊干部不足,天天向我要人,我们不培养出一批一批忠心耿耿的革命战士怎么行呢?你们就是培养先锋队的老母鸡呀!"一席深入浅出的话,把大家都说得笑起来了。主席后来还说过:"你们要安下心来干,准备死了就埋在清凉山!"

干部们安下心了。抗大正像人们说的,"越抗越大",办得红红火火,有声有色。我在政治队毕业后,学校又号召党员学军事,我又学了为期六个月的军事队。年底才毕业,分配到了华北敌后战场。从此才与我的老师杨光池同志分别。这是一个真正的阔别,重新见面,已是建国后的1953年。那时他在上海任公安局长,我路过上海时特意去探望他。他忙得不可开交,仍然抽出时间来接见我。他还是那么慈祥,那么和悦可亲。我问起他分别后的情况,才知道他长期在延安抗大,忠实地完成着"老母鸡"的任务。直到日本投降,他才下了山，分配到新四军。在解放战争初期，率领着一个旅，在苏北及两淮坚持着极其艰苦的敌后斗争。后来，成立了江淮军区，他作为军区主要负责人之一，率领部队建立了累累战功。1961年我经上海时，又去看过他。此后就没有再见面了。他逝世后，我曾写了一首《战马，红星》的诗来纪念他。的确，那位足穿草鞋、胸佩战马红星的满脸风霜、慈祥可亲的军人，将永远铭刻在我的记忆里，仿佛他仍旧在前面引导着我前进，前进……

1998 年 8 月 5 日

春天，第一次检阅

中午，太阳最炎热的时候，她们的队伍已经陆续来到了。唐县这个区只到了三个村子，其余几个村因为帮助才到的一个游击大队而忙碌着，没有来。

她们的队伍，行进在宽阔的谷道上。远远看来，真是花红柳绿的一片，在太阳光下闪出鲜明耀目的光辉。

慢慢走近，才看出三个队各有不同的风姿。在下苇子那个村里，多是蓝色的上衣，红底子蓝印花的裤子和粉红底子紫印花的裤子，后排的姑娘们则一律是深蓝色的上衣，大红裤子。梳得光光的头，垂着长长的发辫，多半是小脚，小半是大脚，武器一律是五尺来长的白蜡杆儿，背着各种颜色的背包。

而在史家沟那一队里，就有点杂乱。较老的很多，大多黑衣蓝裤，中间夹杂了几个大红大绿，手腕上还戴着白色不很发亮的银镯，手指上戴着白色的戒指，多半是小脚。武器有些挎着剪子，像士兵挎着刺刀一样。而排头的两个却背着两把青龙大刀，还飘动着红缨。……

在稻园村里，大小不齐，衣服也多是印花一类的东西，武器有很多人没有拿，有几个提着洗衣服的棒槌。

她们来到场子里，在太阳下站着，低着头，额上都出汗了，但还是一律稍息的姿势。

开会之前，由儿童团维持秩序。她们各个队的队长把自己的队伍都调到了会场的正面。会一开始，先唱了一个救亡进行曲。有些张大口唱着，也有几个像害羞一样地不唱，里边以年纪小的唱得最有劲。

主席发出尖锐的立正口令之后,她们便都注视着国旗。

场子里没有一点声息,远山也沉默着。

一个青年妇女跨到台上,短头发,大脚,蓝色的粗布衣服。

"自卫队的同志们!"她开始发言了,清脆而响亮。下边的人眼睛盯着她,"今天是我们妇女自卫军检阅的日子,今天要检阅我们妇女的队伍……"

接着她说明了检阅妇女自卫军的意义,和目前的中心任务:宣传使没参加自卫队的妇女赶快参加;亲自参加春耕运动;劝儿子丈夫上前线。……

妇女们瞅着她,瞪着如饥如渴的求知的眼睛,一直等她说"完了"。开始检阅了,队伍很快展开来。

队伍开始南、东、西三个方向站好。队长站在每队的前面中央。等到队长发出立正那尖锐的声音之后,妇女会主任到了她们的身边。她们的两只小脚以六十度的角度并了起来,两只膀子软软地下垂着。白蜡杆儿、青龙大刀、红缨枪靠立在她们的右臂上。她们多数的头习惯地下垂着,有的把眼睛翻起来看检阅者。检阅完毕,便开始走步子,两只小脚很有劲儿地一拧一拧地走着,青龙大刀、背包在她们的肩膀上晃动着,白蜡杆儿像树林样地伸向天空。……

全场都动了,流动着花红柳绿的光彩。

等到停下来的时候,她们的脸全红啦,鼻疙瘩上淌着汗珠。最后进行比赛唱歌,每队都差不多会唱十几个歌子:《送郎上前线》《不要开小差》《打杀汉奸》《老百姓偷枪》《大刀进行曲》《无敌游击队》《青年航空员》《救亡进行曲》……

有的偶然唱错了,儿童团便吃吃地笑起来,她们就瞅儿童团一眼,低声骂着:

"小鬼头们,笑什么!"

后来又进行政治问答,她们中间一个个断续而忸怩地答着,也都能够说得出来。

妇救会主任讲评以后,便发给下苇子一面锦旗散会了。花红柳绿的一群,便立刻走在各个方向的宽阔的谷道上,渐渐消失在村庄的树丛里面。

《抗敌报》记者周奋同志拍拍我的肩膀说:

"这都是那些从前不曾出过大门的,不敢说一句话的,成天只配躲在厨房里的很封建的妇女……今天怎么就能在这太阳下面,这些人们眼前……"

在那一分钟内,还没人回答他。

太阳已歪在西方。广场上静寂着,但还像飘动着她们为祖国斗争的歌声。远山发着蓝。……

1939 年 3 月于晋察冀唐县某村

雁宿崖战斗小景

月 夜 行 进

1939年11月2日晚,月亮出在东方,战士们集合在打谷场上,教导员开始向他们讲话了。教导员当过陕北红军,是个政治工作的老手,他并不费力气地使全场战士都为之激动。他告诉大家:我们又该打个大胜仗了。涞源城的日军正准备出动,在他们将要经过的路上,上级已经布置好了战场;那地方是一个很险要很狭窄的山沟,正是歼灭敌人的绝好地形;我们的任务便是以歼灭战的胜利来庆祝晋察冀军区成立两周年。第一连正好要去军区参加比赛,他们便向我们提出要求,一定要打一个漂亮的歼灭战;我们也向他们提出要求,要他们以比赛的优胜,来配合我们的胜利。于是双方的战斗热情,都鼓舞起来了。

正如柯仲平的诗:月有光,山有阴。我们像走进一幅浓墨画里。寒冷的月色,照着山谷的白沙与骨棱棱的山石,脚下的路更显得崎岖和大水后的荒漠。

我首先跟着机枪连行进。战士们沉默着,像在思索什么,只有通讯员王清江叽里叽喳地说话。天亮赶到黄土岭,大家吃着小米饭,他又招呼人们不要吃饱,准备下午多吃日本饼干,其余的人附和着越发兴奋起来。前面大炮轰隆轰隆地响着,战士们纷纷嚷道:"不会空来了。"

原来驻张家口的日军独立第二混成旅团,已有两千余人集中在涞源城准备出动,旅团长阿部规秀中将也从张家口赶来指挥。尽管敌军行动诡秘,但都在我情报网的掌握之中,消息迅速地送到了晋察冀军区司令部。军区聂司令员当机立断,立即作出决定:敌人如敢孤军深入,就要抓住这个战机,坚决予以歼灭。此时一分区杨成武司令员正在军区开会,接到命令,立刻策马返回,在白石山至银坊间勘察地形,选定了三岔口、雁宿崖、张家坟一条仅有四五十米宽的峡谷作为伏击地区。今天拂晓,从涞源出动的日军,其中一路约520余人,果然被我游击队一步步地诱到伏击圈里来了。

各兄弟团正按预定部署向敌包围攻击。我们一团分出一个营迅速占领三岔口,切断了敌人的归路,主力由东北攻击敌人的侧背。

从一道山沟里,队伍下了山,山那边便是敌人了。大炮轰隆得讨厌,"丝儿——""丝儿——"从我们头上穿过,在不远的山头上爆炸,升起一朵朵蓝烟。在这紧迫的时间,三连的支部书记召集了全连的党的活动分子会,讨论怎样带领新战士不惧怕地来完成任务。这个支部书记,是长征路上参军的红小鬼,年轻漂亮,性格活泼,一笑一口白牙,大家都很喜欢他,因为他是四川人,都开玩笑地叫他"锤子"。这时,他正站在山坡上大声地给战士们讲话。太阳已经出来了,照着那些欢喜而且怀着胜利自信的共产党员们的脸色。他们都决心为我们的老一团——这个在安顺场首先冲过大渡河的老红军团争取新的光荣。

战 场 小 景

随后我们就实行接敌运动了。我的心也像新战士一样紧张而忐忑。支部书记和连长在前边领着,我和战士们用小跑步跟进。我们进入了一条山沟,有几个老百姓站在茅屋旁,用他们像是艳羡又像是感激的发光的眼睛望着我们,战士们立刻把枪握得更紧了。我观察战士,他们也都感到自己作为一个革命战士的光荣与所担负的责任。

机关枪的射击声和大炮的轰鸣声更加紧密。部队上了山,我趴在山梁上,向对面山上窥视。我还没有看清楚,这个红小鬼支部书记便大声地嚷起来:"哎呀!上去了5个日本,瞄准!"于是带病的班长韩士林擎起黄黄的脸,对着机枪的枪尾,卜卜卜卜一阵,两三个日本仔抱着闪光的枪滚下去了。

"好哇！打得好哇！"大家叫着好。

但是河坝里那黄黄的小影子还往上蠕动，他们正在抢占一座高地。

红小鬼支部书记还是一个劲儿地嚷着："你们注意呀，呵呀，又出来了，顺着河坝正往上爬呢，打打！"又有五挺机关枪摆了上去，沉重的马克沁也咆哮起来。

敌人为了逃脱险境，拼命地往山上爬，很快占领了一座低山一座高山进行顽抗。他们已经陷入了天罗地网，四外的山上完全是我们的队伍，在阳光里，刺刀闪着异常明亮的刀光。远处，右后方的大黑山上，也有密密的模糊的人影，别人对我说那是青抗先和自卫军。东边，较远处便是长城了。那长城蜿蜒的腰身上，此刻弥漫着一带紫色的云气，笼罩着炮楼和堡寨，更显出这场景的无限悲壮。

正在我举目远望的时刻，那边一簇簇的人，已经冒着敌人的炮火前进了。

第一次冲锋与第一次反冲锋

冲锋号在西北的高山上吹起了，它撕裂了白色的云传播开来。我们头顶上的机关枪，出色地击打着敌人的阵地，那急速而激烈的拍子使人心惊。三连开始冲锋了。这时候，红小鬼支部书记把棉衣棉裤完全脱了。他只简单地向战士们鼓动了几句，便冲在了最前头。战士们哇的一声随着他的身躯飞开了。他们像滚动的火炭一样，向着敌人的山头冲去。敌人的歪把子机关枪朝着冲锋者激烈地发射。

战士魏廷栋，人都叫他迷糊，18岁了，在这次战斗中显得出奇的英勇。他一个接一个地把手榴弹甩到敌人的阵地上。他每投出一个，先是一冒烟，随后"梗"的一声，更浓的蓝烟便笼罩着山头，敌人的眼睛倒是被他迷糊住了。不一时，敌人便被迫撤到山的侧翼，三连随即占领了山头。紧接着东边山头上的敌人就用密集的弹雨向冲锋的胜利者盖了过来，炮弹也一连串地落到那个山头上。顽强的敌人进行反冲锋了，把我们的人又压了下来，有几个人受了伤，又退回到原来的阵地。敌人重新占领了那个蓝烟笼罩的山头。蓝烟袅袅上升,渐渐变成白色,像浓重的雨云。

这时,敌人的炮火又进而集中到三连退守的山头上,想把他们进一步逼退。可是红小鬼支部书记,还有老战士和党员们不断地鼓励着新战士,一个个仍旧趴在烟幕里,像晋察冀倔强的大山一样屹然不动。

第二次冲锋与第二次反冲锋

少顷,副营长愤恨地咒骂着,很远的山头也可以听得见他的声音:"这日本仔这样地顽强呀,马上进行第二次冲锋!"于是机关枪掩护着,第二次冲锋又开始了。红小鬼支部书记用驳壳枪向前戟指着,鼓动着战士:

"我们已经把敌人包围了。同志们!到了嘴里的肉,不能再吐出来,就是死了也得夺下这个阵地!你们说有把握没有?"

"有!!!"战士们激动地齐声回答。

"对!"支部书记满意地接着说,"今天我们为了国家,为了民族,不顾一切地冲吧!"

于是哇的一声,他们又像旋风一样地卷向敌人的阵地了。支部书记的声音和他那充血的发红的眼睛,还有他那高高举着驳壳枪的英姿,深深地使我感动。在这一刹那间,我认识了一个共产党员真实的姿态与一颗赤红的为民族的忠心。

像前次冲锋一样,我们占领了那块阵地,但是又像前次一样被敌人顽强的反冲锋压退下来。红小鬼支部书记硬是不退,他带着5粒子弹和一身的鲜血滚下来了。

第三次冲锋——病号排的战斗作风

太阳已经斜到了正西,将要落山了。双方对峙着,顽强对着顽强,很容易使人感到今天的战斗不能解决了。过了一会儿,经过准备,第三次冲锋开始了。孟宪荣是全营最优秀的轻机关枪射手,无法统计他射死过多少敌人。只要敌人在前边他可以看得见的地方运动,不管他们身上带着什么"军人安全"或"金甲守护神"的纸封,都是无可逃避的。今天他又大显神威了。为了掩护冲锋的同志们,他那挺机枪发疯似的咆哮着,把敌人打得吱哇乱叫,眼瞅着有五六个敌人乱纷纷地应声倒下。团长用年轻而愉快的声音,在后面大声地喝彩:"好呀,模范的射手呀!再来一个呀!"

随着团长的声音,喝彩声雷鸣般地响起来。这时,由于伤亡增大,不得不把战前组成的病号排也拿了上去。虽然全排都是病号,但排长曹葆全却是一个英勇善战的著名人物。当冲锋号声刚刚响起,他就率领着全排哇的一声冲下去了。说也奇怪,这个病号排就好像着了魔似的,不知从哪里来的那股子劲,一下就冲上了那个山头。随同冲锋的小迷糊魏廷栋,把新战士的手榴弹拿过来,在身上挂得满满的。他一个接一个地朝着敌人猛打,敌人一下子垮下去了,被压到深深的山沟里。我们的战士都立在山上往下猛烈地掷手榴弹,顿时烟气盖住了整整一条山沟,日本仔为浓烟所埋葬了。

四外的冲锋号响成了一片,震动了整个的大山谷。

敌人怪叫着,听来好似在哀哭。他们把枪丢掉,有的帽子也丢了,四处乱蹦乱跳,像猴子一样,有的跪下举起了双手,挥舞着旗子……

有一个头脑非常顽固的人,仍然拿着手枪藏在大石头后面进行抵抗。青年干事冲到他前面,他还用钢盔打人。敌工干事在外面一遍又一遍用日语喊话,他都不理,把魏廷栋气坏了,几步蹿上去,抓住他的头发,打了他两枪,他才倒在血泊里不动了。这个家伙穿着一件质量很好的绿呢子大衣,口袋里装着一本《宣抚心得集》。原来是个宣抚官,可怜的麻醉已深的人。

顽强对顽强,但是谁最顽强呢?是日本皇军,还是越过大渡河的中国红军?今天的雁宿崖之战,又一次得到了答案。

记一个奇遇

在我们搜索山沟的时候,看见一个日本伤兵,不过十八九岁,倒卧在冰冷的岩石上,淌着血,钢盔滚在一边。他那两条粗壮的腿,在痛楚地颤抖。我用几句单调而机械的日本口号安慰他,他起初不

理,后来我们把刚缴获来的日本罐头让他吃,他却意外地用中国话回答我:

"不怨你的!"说过,慢慢从口袋里摸出一张相片递给我。噢,这是一张用镜框装着的年轻而漂亮的小照,是他自己的照片。他还指着我掤着大拇指。

我带着好似不理解而又像理解了他的感情一样离开他,找担架把他抬向后方去了。

我沿着河坝向上走,染着血的日本人一堆一堆地可怜地蜷伏在岩石上。从那边过来很多很多的驮子,驮着各种炫目的胜利品,有子弹、炮弹、大米、大衣、毯子、饼干、罐头,真多极啦!每个战士身上都挂着两三条三八枪,很响地笑着,嚼着饼干和糖,一路谈着刚才和敌人搏斗的经过走过去了。

我跟着我们营的队伍,往前走着。战斗已经大部解决,只是还有几门山炮没有夺过来。敌人炮兵阵地的白旗,一遍又一遍地向这边被手榴弹烟掩盖的山沟悲哀地摆动着,意思是要他们的人到那里同他们会合,然而他们今生今世已经再也不能回去了。

十几个人缴了三门大炮

我重新爬上一个山头,看见对面敌人的炮兵阵地已被我们的手榴弹打着了火。黄昏从四外的山谷里无声地落下,荒草的火焰随着薄暮的寒风熊熊地燃烧着。

我们的营长李德才,勇猛善战,是当年掩护18勇士横渡大渡河的机枪排长。参加革命前,是江西乡村里的一名造纸工人。因为他满身都是土气,所以同志们又亲昵地喊他"土老"。这时,他看出残敌有动摇逃跑的模样,立即指示二连向敌人的炮兵阵地发动最后猛攻。

二连指导员老许接受了任务,立刻对他的连队作了动员。这个当年首先冲破天险大渡河的连队,很快就像风一样地卷到了河坝,向着这个最后目标冲击了。

优秀的射手孟宪荣仍然担任掩护。他真太叫我们兴奋了,在敌人动摇逃跑之际,一连三四梭子,打落了敌人20多个,眼瞅着敌人从陡壁上咕噜咕噜地滚到了黑魆魆的山沟。有一个家伙,还想把另一个快要滚下的家伙拉上来,孟宪荣哼了一声,手指一动,两个一齐滚下来了。

副排长赵炳芝,端着一支冲锋式,冲在前边呼喊着,别人也随着他喊。这声音太令人感动了,简直就是悲壮的诗。手榴弹红色的花朵,鲜艳夺目地接连开放在炮兵阵地的周围。敌人发出恐怖的嚷叫,简直像鬼一样,有的则是哀哭了。赵炳芝扫了一梭子弹,向前一扑就抓住了炮架,他心里喜欢极了,却不防从漆黑的炮脚下伸出一柄刺刀,挺进他的胸膛。而赵炳芝既没有叫,也没有喊,他的手仍然紧紧地握着夺过来的炮架。

炮兵阵地被我们占领了。借着荒草的火光,看见一堆堆戴着红领章、黄五星的尸体,撇下他们可观的骡马、大炮、在夜色里发光的炮弹,躺在一边不动了。

至此,500多名威风凛凛的日本皇军,连同他们的指挥官辻村大佐,就在雁宿崖这个偏僻的山村旁边全军覆没了。

冲锋的人们已经没有刚才那样紧张。十几个满城以东的新战士,用他们那经年劳动的农民的手掌,抚摸着大炮,露出农民不洁净的牙齿,天真地、得意地笑了。

夜,漆黑之极。四外零落的还有枪声,那是在搜索残敌。同志们蹲在山头,把罐头劈开了,把小白口袋撕开了,吃着罐头,嚼着饼干。"瞧,我的话没有错吧!"通讯员王清江又叽叽喳喳地说开了,大家笑眯眯的。他们似乎有点疲劳,但又像没有疲劳。

"我们从大龙华以后,好久没有打这样的胜仗了。"有一个战士说。

1939 年 11 月

黄土岭战斗日记

11月2日

　　夜间,将雁宿崖敌人的炮兵阵地最后占领的时候,这个将日寇第二混成旅团辻村大队完全歼灭的战斗就已经结束了。而搜索残敌的零落的枪声还在四外继续着。夜已经很深了,我们营的主力开始集结归来。

　　队伍前面走着很多的驮子,驮着胜利品。因为夜深,峡谷中的小河,水声越来越清亮了,牲口疲倦的蹄声就溶进这水声里,只是在山径的乱石上,不断看到它们的蹄子溅出耀眼的火花。战士们经过一天的激战,显然有点疲劳,但他们仍然兴致很高,一面嚼着日本人的皮糖和饼干,一面津津有味地谈着。他们每个人都背着两三支三八大盖枪,脖子里挂着日本兵的行囊——一种灰石色的袋子,里面装满了各种胜利品。我们的"土老"营长,这个经过二万五千里长征的英雄,平常很爱吹口琴,可是只会吹一支单调的进行曲,此刻也许过于疲劳,却没有把口琴取出来。他瘦黑的身躯铁一样地骑在配着漂亮皮鞍的洋马上,显得非常高大,悠然自得地行走在夜色里。

　　前面和后面不时传来一阵阵笑声,有人喊着:

　　"哎呀,注意呀,大米掉下驮子了!"

　　夜是那样的浓黑与安静,只有灿烂的星辰,亲昵地凝望着这胜利的土地、胜利的人们,倾听着我们的刺刀与水壶磕碰的悦耳的声音,仿佛刚才残酷的恶战已很遥远,而感到一种异样的和谐与静美。

　　翻过一道山梁,便回到我们的驻地了。因为不少队伍都在这个村庄宿营,管理员们正为分配房子而嚷吵着。

我们分在一个又空又冷的大房里,房东大嫂过意不去,要把热炕腾出来让我们睡。我说:

"你们不睡吗?天还没有明呢!"

"不睡了,我们听说你们把鬼子都打死了,乐得不瞌睡了。"

她说着,把小孩子们都喊起来烤火。同志们把东西摞下,衣服也不脱,就枕着缴获来的牛皮背包呼呼入睡。临睡前,我打开一大青瓶日本酒,请房东大嫂喝。她倒在一个龌龊的杯子里用嘴唇舐着,一直到我快睡着的时候,还听见她说:

"日本酒就这个味儿吗?"

11月4日

我们起身的时候,已经小晌午了。房东大嫂说飞机在天上直嗡嗡了一早晨。敌人每次遭到失败之后总是这样,谁也不去注意它。

我到了营长那里,他正在吃大米稀饭。他用小勺儿——也是日本军官皮包里的东西——慢慢地吃着。我向他碗里一看,昨天缴获来的白米真匀净,粒子又长又大,我不由得赞美道:

"多好的大米呀!"

营长笑着,乐极了。他穿了一件漂亮的黑呢子大衣,这是昨天缴那个随着敌人出来的伪县长的。我们的土老营长,还戴了一顶日本军官黄五星的皮帽,一身黄呢子军服,缀着红底金箍的领章。他的那瘦而黑的脸孔显得分外明亮。看哪,这一下土老可不土了:全身都是胜利品——只有脚上不是——他不喜欢穿日本人的烂皮鞋。我,想起来了,他脚上那双黄胶鞋,不也是去年攻克容城缴来的吗!

我们漫无次序地谈着昨天战斗的事。旁边,电话员把新得的电话机安上了,一阵阵铃声响得也很新鲜。院子里堆着一大堆胜利品:皮鞋、钢盔、雨布、大米、罐头……堆得简直像小山一样。

我坐了一会儿就走了,兴奋得一会儿也不愿安静。

二连在村外的小树林里,战士们一边擦枪,一边兴奋地谈笑。他们用刺刀把罐头挑开,你一筷子我一筷子地吃着。我和司号员把日本饭盒子挂在松枝上,把日本人专供野炊用的小油盒点着了火。

松林外面,摆着两门二连缴获的大炮,上边用草盖着。我把草拨开看了看,明光瓦亮,真喜欢人。我们的大渡河连多能干哪!

下午敌机又来了,怒气冲冲地在司格庄的上空盘旋着。我知道要投弹,赶快出了村子。结果投弹四枚,只炸坏了一间房角,炸死了一口小猪,特派干事弄了一头土。

晚上,增援的敌人已经来了,和我们离得很近。通报说,日军这个联队是从涞源城出动的,然后会合了插箭岭的敌人共有1500多名。值得注意的是,他们是由第二混成旅团旅团长阿部规秀中将亲自率领要出来报复。看来一场新的大战又要开始了。

夜里和老蔺谈话,他现在在团部正负责看管着两个俘虏呢。

11月5日

早晨,在三连和那些可爱的干部们一块吃大米饭、牛肉和酒,吃得非常高兴。晚上飞机又来了,掷了几个弹,天晓得落在了什么地方。

我参加三连雁宿崖战斗的检讨会,大家检讨了一些优缺点。同志们提出,一些新战士使用武器还不熟练。但一想起他们都是不久以前的农民,腿上还带着田野的泥土,竟然和老同志一起把敌人冲垮了,而且消灭了,那英勇的姿态,也确实令人感动。

增援的敌人,于昨天傍晚到达雁宿崖、张家坟和三岔口一带,在那里打扫战场,收拾头天的尸体。今天已经扑到银坊。小鬼子为了发泄怨恨,整整一天在那里烧房子,烟火终日不熄……

11月6日

今天一早,敌人由银坊继续进犯,于傍晚占领了司格庄和黄土岭。我们的兄弟营已在正面和敌人展开了激战。

命令终于来了:准备在黄土岭以东消灭敌人。

我们立即到连里帮助做政治动员。指导员们召集了各种党内党外的会议,说明了敌人的情况和上级给我们的任务。还特别指出:从黄土岭以东到上庄子,是一道5里长的峡谷,正像一个大口袋,按照上级指示,我们就要把敌人装到这个口袋里,统统干掉!

战士们坐在地上,新枪靠着肩头,听指导员讲话时,眼睛发出亮光。

"同志们!我们一定要接着雁宿崖歼灭战来一个更大的胜利!

明天就是我们军区成立两周年,我们要用胜利来纪念它!

"同志们!根据上级的部署,我们已经把敌人包围了。我们一团和二十五团已经卡住了敌人的去路;三团已经从南面包围了敌人;二团已经在司格庄那边把敌人的归路切断了,从北面去包围敌人;三支队已经在三岔口控制着到涞源的要道。军区的教导团和一二〇师的特务团也赶来了。这是一个大围攻战,我们一定要歼灭敌人!你们有把握没有呀?"

"有!有的是把握。"

战士们高声回答,充满胜利的确信。

动员会结束的时候,战士们乐呵呵地说:

"小鬼子还要送三八枪和大炮来哩,看老子消灭你!"

"老子们休息好了,就又来了,那你可别想回去!"

夕阳下山时,敌人已经进占了上庄子,同我们营面对面了。我们的营指挥所设在一家山间茅舍里。晚上,营长把一个排长找来,要他带一个班去扰袭敌人,让敌人夜间也不能安宁。夜深时,因为我们没有带毯子,冻得不行,大家只好起来烤火。突然间,几声极为尖厉的枪声和手榴弹声,划过了夜空,接着是嘈杂的枪声和炮声,震动着这山谷的午夜。我们知道是那一班人开始动作了。营指挥所的人都很快乐,只有年轻的勤务员歪在烤火人的膀子上睡得很甜。柴草的火焰染红了通讯员的脸和我们的营长瘦黑而严峻的面容。

11月7日

天不明,我们就吃饭完毕,准备今天开始总攻。

天落着小雨,山顶和山谷都弥漫着白雾。战士们非常有精神地在村口集合了。他们背着三八大盖,戴着日本钢盔,背着牛皮背包,穿着日本皮鞋。看样子比日本"皇军"更要威风。

以连为单位,指导员进行了战前鼓动。

我随同三连进了一条山沟。连长先拔了一个班和一挺轻机枪,先行上山占领阵地。他们刚爬上山,轻机关枪就像流水一样地打了第一梭子。很快敌人的炮弹就在离我们不远的山坡炸开了,一团很浓的蓝烟,缓缓升起,渐渐和浓重的雨云混成了一片。接连着又是几颗炮弹飞了过来。我正招呼战士们注意隐蔽,只听山头上机枪班长兴奋地叫：

"好！打得好！那个炮手完蛋了。"

"打死了吗？"我问。

"打死了，动也不动了。"

"谁打死的？"

"副班长。"

大家拍手笑着，果然不响炮了。

我们上了山。山上，雾气虽然小了，但是浑蒙蒙的还是看不清楚。我就把前天缴日本宣抚官的眼镜戴了起来。战士们看我戴了两副眼镜，都笑起来了。

我问机枪班副班长，是怎么把敌人那个炮手打死的，他说，一上来，就看见黄土岭的敌人集合在村外，先头部队已经向东出动，老后面停着很多的驮子。他向敌人密集处打了一梭子，敌人一下乱了，有的向山上爬，有的向大石头下藏，有的向村子里跑。牲口驮子也乱成一锅粥了。正在高兴，敌人的炮已经打了过来。他用眼一撒，发现上庄子村西有个家伙正用小炮向他瞄准，就被他一枪打了个仰面朝天，完蛋了。……

说到这儿，副班长笑嘻嘻地朝下一指：

"你看，现在不是还乱着吗？"

刚说到这里，突然停住，又对准机关枪的机尾，脚尖用力地蹬着一块石头，砰、砰、砰、砰，又朝乱糟糟的敌人点起名来。

我越急越看不见，脱下眼镜，才发现上面洒满了雨点。我连忙擦了擦，才看见困窘的敌人乱跑乱窜，这一下又打死了不少。而另一部分敌人已经上了北面的黑山。接着，敌人的机关枪也开火了，子弹在我们头上嗖嗖飞过。河坝里的敌人也向我们开始冲锋。一个战士说：

"来啦来啦！快打吧。"

"不慌！"机枪班长沉着地回答。

等敌人成密集队形冲得很近，机枪班长才咬着牙喊了一声："打！"接着哗哗哗把敌人打倒了二三十个。其余的败下阵去。机枪副班长因为身子探出太长，被黑山上射来的子弹打伤了，腮上的血流着，滴到了机枪的机尾和一片荒草上。

敌人又接连冲了几次,都被我们打回去了。一堆堆的死尸遗留在山坡上,没死的还在悲哀地嚷叫,声音清晰可闻。天上虽然有五架飞机助战,因为雾气很大,也无济于事。对面的黑山在雨雾中显出了深沉的哀愁,飞机在空中只是徒然地悲鸣。

下午,在敌人向我南山阵地拼命猛攻的时候,有几个战士从前面的小山头上喘吁吁地跑回来。原来他们的手榴弹都打光了,机枪班长崔发叫他们先下去,他们叫崔发先下去,崔发坚决不肯,因为他还有最后一梭子子弹,要再打死几个敌人。最后还是崔发留下了,他是陕北红军,一个优秀的共产党员。当敌人攻到半山腰时,只剩下他一个人,还是沉着不动,直到子弹打完,又打死了十几个敌人,才抱着机关枪滚下山来。

我凝望着崔发黑乎乎、瘦巴巴的脸孔,感动地问:

"你是怎么啦,崔发?多玄乎呵!"

"怎么啦,多打死几个不好吗?再说我丢了命也不丢这挺机枪,我背它三四年了。……"他嘻嘻一笑。

整整一天,敌人在我们的包围圈中狼奔豕突,想冲开一个口子都失败了,只好困守在几座高山上。然而黑夜已经降临,我们进攻敌人的时机到了。

先是团里响起了冲锋号,接着营里的冲锋号也响起来。政治战士们鼓动着,同志们立刻像战马扬起长鬃似的精神抖擞准备进攻。我抓时间抽了一锅子烟,觉得非常爽快。

天黑极了,没有星光,阴森而且寒冷。因为下了一天雨,全身衣服都弄得精湿。我四外一看,在浓墨一般的天幕下,晋察冀的大山屹立着一动不动,显出无限生命的力、斗争的力。

这时,四面八方都响起了冲锋号声。我们已经整顿好装具向前开进。顷刻,敌人据守的山头上,响起了我们的手榴弹声和敌人还击的枪声,枪火比白天还要繁密。敌人白天攻占的南山和北山都起了火光。我们知道友邻部队也都摸上去了,心中更为兴奋。我们谁也不放一声枪,只是一个劲儿地往山上摸去。直到离敌人很近的时候,才把手榴弹甩出去,接着敌人便像石头一样地带着哀号滚下去了。

我们和我们的兄弟部队,已接连夺下了几个阵地,最后只剩下一个最高的大黑山了。我觉得那个大黑山,在群山的火光与繁密的枪声中似乎在微微颤抖。

午夜时分,枪声渐渐稀疏下来。因为那个黑山太高,山险路陡,夜间进攻不便,上级就下令停止进攻,只派了一个小部队去袭扰它。午夜过后很久,才远远看见手榴弹爆炸的火光,在大黑山上发出异常明亮的光辉,并且随着冷风传过来敌人一阵阵的嚷叫。我们不知道这些异国人说些什么,只觉得声音非常凄惨。

接到命令,只留下少数部队占领阵地,其余的撤回村庄吃饭休息。一路上,只能看见火绳点燃的光亮在黑谷中往来地游走。各部队在路上相遇,就互相询问那一部分:

"七连。你们呢?"

"三连。你们得了些什么呀?"

"咳,只得了一挺歪把子机枪,还有几十个驮子。你们呢?"

"没有得歪把子。"声音很低,流露着遗憾。

"唉,明天再说吧。"有人说。

当我们回到驻地吃饭的时候,不知道谁说了一句,我们的炮兵连已经来了。大家都为此乐得发狂。

11月8日

命令说:经过我们昨天一天的围攻,敌人已经损失了大半,正企图向西北面突围。我们今天的任务就是继续攻击敌人,夺下那个大黑山来。

大家的战斗热情特别高,都决心将敌人最后歼灭。出发前,战士们抢着拿手榴弹,我也拿了几个小的装在口袋里。在一个小山庄上,我和战士们挤在一块儿烤火。人们东躺一个,西歪两个,我利用谈话的方式鼓舞战士。

优秀的机关枪射手孟宪荣,戴了一顶日本军官的黄五星呢帽,和我交谈着。他是冀中河间人,不仅射击技术全团闻名,而且非常有天才,能编剧本,会耍刀,是文化娱乐工作的能手。我是很喜爱他的。

"听说,一二〇师把涞源城占了?"

"谁说的?"

"大家都这么说。"

越是胜利的时候,好消息也多,有时候把希望也传成了新闻。显然人们太兴奋了。

我和曹葆全、张顺生两个排长一块吃饭。吃过饭,大家把背包完全放下,我也放下了大衣、皮包、一些文件和诗稿。我们就要向前开进了,我很想利用时间做些鼓动工作,但我对这种工作还不熟练,不能机动地进行,后来我叫二排长把队伍集合起来,还没有说,就行动了。

我随三连上了一座高山,又进到一线阵地。后面的大山上压着白云,那里设着我们的团指挥所和炮兵阵地。我不断听到从白云中发出的炮弹出口声,接着嗖嗖嗖嗖地从我们头上穿过,随后就在大黑山上冒起了一团团白烟。不久,白烟就把大黑山的山头笼罩住了。

大家正在为我们的迫击炮手叫好,看见上庄子附近的一座独立家屋走出几个人来,在那里指指划划,很像是一群指挥官的样子。一个同志说:

"我们的迫击炮,要是能朝那里㧟它几炮才好呢!"

说话之间,有几发炮弹就接二连三地在那里爆炸了。浓烟过后,倒下了好几具尸体,其余的都跑到房子里去了。①

山头上,一片喝彩声。

我们的迫击炮连真没有白来!

中午,敌人的阵势更加慌乱,几乎没有再向我们进行反击。但是飞机却比昨天猖狂,不断地在我们上空盘旋轰炸。

"注意防空呵,同志们!"指挥员们纷纷招呼部队。

大家都警惕地望着空中。忽然,一个战士喊:

"下来了!下来了!"

"什么下来了?"

"降落伞,你瞧,上面还有人呢!"

大家凝神观看,果然在敌人阵地的上空,有好几个降落伞正在

---

① 被称为日本"山地战专家"和"名将之花"的旅团长阿部规秀中将,于是役中被击毙,当时大家还不知道。数日后,日本报纸发表了《名将之花凋谢在太行山中》,曾详述其事。

飘飘摇摇地下坠,落到敌人的阵地上去了。

这种事,大家还是第一次看见,都感到新鲜,有人问道:

"小鬼子搞的是什么名堂呵?"

"也许是他们的指挥官被打死了,又跳下来几个指挥官吧!"人们在纷纷猜度着。

下午,举行最后猛攻,冲锋号又漫山遍野地响起来。在冲锋出发地,那个在长征路上还是司号员的副连长吴九山,拍了拍战士的背膀说:

"掏一把力,加加油呀!"

尽管敌人的机关枪在山径上喷射着弹雨,击打起一股股白烟,但谁也不管它,只是一个劲儿地朝着大黑山飞跑前进。一个战士跌倒了,接连着又有几个跌倒了,谁也没空去管他们,队伍只是迅速地飞行,背后的同志也没有一声叫喊。

从云中传出飞机的声音,在近旁山上掷了不少炸弹,但此刻没有人再去注意这一切。由于动作迅速,大家不一会儿就爬到了山腰。这座大黑山异常地高,爬了好久还不到顶,只好又缓慢下来。快到山顶时,大家略微喘了口气,接着,手榴弹便像小鸟回窝一般地飞向了敌人,敌人的歪把子机枪顿时哑然无声,我们就冲上去了。敌人那个射手,丢下歪把子就向山下滚,和手榴弹炸起的石头碎片一齐滚下去了。战士们又向下掷了几个手榴弹,滚到山坡上的敌人也就完蛋了。

敌人的死尸横躺在他们挖成的工事上。因为这山异常的陡峭,敌人跌在下面摔死的也不少。战士们从敌人的尸体上搜出不少"金甲守护神""祈武运长久"的纸封和各种画着红字的"不死"的符咒,被风吹得满山乱飞。

我们坐在工事里,用手掌不断抚摸着歪把子。因为它很新,得到大家一致的赞美。副连长尤其亲昵地握住它的弹槽说:

"这挺歪把子真秀气呀!"

我们已经夺取了这个重要阵地,一些残敌已由我们的兄弟部队去追击了。

1939 年 11 月

他走出了苦海

——一个向我投诚的日本工兵的故事

一

中山是最近投诚我们的一个日本工兵。我很喜欢他。他有着一副忠实而朴素的脸和两道浓黑的眉毛,简直有点像我的表哥。

他拍拍我的肩膀咕噜了一阵。老金翻译道:"他说,他到了另外一个世界上了。"

他这些天,正津津有味地在那里读着小林多喜二的作品。有时他和老乡家的小孩玩闹着,他握住小孩的小手,乐不可支地和小孩打闹。

二

他是一个石匠的儿子,初中毕业,已经背着归还乡土的梦在中国、在战争的激流里混了三年了。他度日如年地计算着日子,对兵役期满作着焦苦的企待。一切痛苦、一切屈辱、一切不满他都忍受着,像小鸟一样,他等待着解放,等待着脱出战争的樊笼。

等长官一转过脸去,他就对着长官的后背心里暗暗地说:

——老子的兵役期快满了,那时,你的丑脸,老子连看也不看一眼就要回国去的!

而对那些期满归国的人,他是何等地羡慕呵。他用他的梦,来羡慕他们,用他夜晚的梦,来医治白天被侮辱与损害的创伤。

而在半年以后,他又在军营里看到了那些已经归国的同伙,他们又二次被征来了。他的希望,他的羡慕,顷刻烟消云散,变成了一把清泪。站在滚滚无边的战争的海边踟蹰着,疲倦得再也不能举起脚步。

悲哀是容易变成愤怒的,像冬天的水波会变成坚冰。

小队长是给他最野蛮压迫的人,像豺狼一样暴戾。而他也把愤怒的火,像枪火一样集中到小队长的身上。这小队长,他简直不是人,他只是一支尖锐无比的、伸入人皮肉里去的刺,伸入人心灵深处去的利爪的幻影。全小队每个人都想把他嚼碎。

有一次,汽车停在半路上,有几个抓来的民夫逃跑,而又被小队长抓住了,他用枪托打着民夫的头,等到民夫满头流血的时候,又把他扔到拒马河里。回去,中山抱了一把干柴到小屋里,他对那个民夫说:

——烤烤吧。

而当他出来的时候,却碰到了小队长,小队长恶狠狠地用手敲着他的额头:

——中国人重要,日本人重要?我把他扔到河里,你给他抱柴烤火!

小队长打着他,骂着他,罚他坐了禁闭。

他在悔过室里摸着灼热的面孔想着:如果有机会走在山弯里或者战场上,我会毙掉你!

三

这一天,他的小队长带着很多木匠出来,要修涞源浮图峪到王安镇的桥。前面警戒部队捉来了两个老百姓,说是八路军的侦探。随后小队长留下他监工修桥,并且看守这两个老百姓,小队长想到前面看看。

临走时,他又说:

——看好,这是两个八路军的侦探!

——你怎么知道他是侦探呢?中山想,这更引起他的烦恼了。他爱理不理的,一点也不关心,只注意指导木匠做工。

一会儿,他忽然发现那两个老百姓跑了,不过跑得还不远,他想:

——怎么知道他俩是侦探呢?跑就跑吧,我顶多替你们挨一顿骂。

小队长从前面回来,他问那两个侦探哪里去了?

——跑掉了。他说。

——他是八路军的侦探,你把他们放掉是什么意思?

——我没有什么意思。

——没有什么意思,你干吗把他放掉?

——不是放掉的,是他走掉的!

——你嘴硬,你这家伙,一定是你放的!

——就算我放掉的,你随便吧!

——我随便!我把你送到军法处,我要你的头。

——你说什么?

——送你到军法处!

他突然一枪,一颗子弹呼啸着穿过小队长的胸膛了。小队长翻身倒在地下,他又狠狠地给了他一枪,咬着他愤恨的嘴唇说:

——我叫你送我到军法处,我叫你送我到军法处!你妈的屁!

木匠们的脸都吓白了,他扭住一个木匠,激动得颤抖地说:——领我……到八路军那里去!

今天,他已踏上另外一个世界了,他勇敢地走出了苦海。

原载 1942 年《子弟兵报》

年 礼

徐水敌据点大王店的"反共班",是由三十多个忠于日寇的民族败类组成的。他们比鬼子还厉害地敲诈着敌占区的老百姓,和鬼子一同吸着老百姓的血,成为鬼子最凶恶的爪牙。他们向你要钱,你拿得慢些,他们就说你是"通八路"。他们每天出外"巡逻",只要腿稍微拐一点路,就能弄个二百三百的"老头票"。他们还爱强奸新媳妇,有一次,他们在于房,轮奸了一个结婚才三天的新媳妇,把那新媳妇的衣服首饰剥光拿走了。

他们在鬼子搞的"自首运动"中,很卖力气,拼命捕捉抗日人员,破坏抗日组织。因为他们行动诡秘狡猾,一直未尝到八路军铁拳的苦味。甚至有一次,他们还解救了二十多个快被八路军消灭的鬼子。鬼子高兴地说:

"大大的好的!一个人给你们娶一个老婆的!"

他们也自吹自擂起来:"嘿,咱们向来没受过损失,日本打不了的,还得咱们去打……"

老百姓恨他们,牙齿都快咬断了。什么时候消灭这些狗杂种呀?

正是除夕之夜。

他们又出去抢"礼物"了,可是家里已经有人把礼物送去了。

午夜过后。一个"自卫团员"照例站在他们房顶上为他们放好哨,他们都睡去了。不料当他们好梦正香的时候,忽然房子下山崩地裂一声巨响,顿时这个"反共班"血肉飞溅,人早被炸得不知去向。附近的墙壁,全被震倒。鬼子兵乱成一团,乱哭乱喊。八路军的宣传品,也飞满了院子和鬼子的住宅。在惊慌失措中,鬼子把自己这个四五年的老据点紧紧包围起来,挨户搜抄,一直闹到天明。当他们把炸塌的房屋挖开时,断腿断手的,没头烂肚子的,一片血肉狼藉。

这正是大年初一,在解放区不定多么热闹哪,可是在这里,完全被恐怖笼罩着。鬼子失掉了三魂六魄,"反共班"几个昨夜迟回来的幸免者,更是没了魂,坐也不是,站也不是。老百姓打趣他们:

"你们不过年么?"

"还过年哩!差点没变成灰!""反共班"的几个幸免者垂头丧气地答道。

当然老百姓是高兴的啰!他们互相耳语道:

"嗨,八路军真有能人呀!"

"可不是,挑的时机也忒好!"

原载 1941 年 1 月 22 日《晋察冀日报》

王老勤的上坡路与下坡路

王老勤是一个须发斑白的老农民，69岁了，那么忠厚和善。他的历史沾满血泪，也有过欢乐。他的上坡路与下坡路说明了咱们农民的真理。

下　坡　路

这是前清和国民党的统治时代。

他是易县下隘刹村人。当他十多岁的时候，村里还有他一处院落和20亩山田。可是南管头义兴永的300吊钱，缠得他满身是债。家境就一天不如一天，走了下坡。卖地时，本家大伯又强以低价霸走。第二次卖地，当与买主交割时，他大伯又提出了个"上七下三"。说是按他家的规矩：该在与他相邻的田边上一边让出七尺，一边再让出三尺。地卖完了又接着卖院子。最后含泪退出村，蜷伏到僻野的水泉沟的草棚里。

王老勤就由中农变成赤贫。

长工是不能顾家的，又改行烧炭，穷得他的四个小孩冬天没穿过棉裤，全家盖一条破棉絮，还比不上别人的一条褥子。

孩子长大了，又变成了四个长工，继承着父亲的命运。在生活进一步的压迫下，父子三人就离开家到数千里的南方去修铁道。满望着挣来满把金钱，有穿有吃。……谁知，他皮包着骨头回来了，没到家，就倒卧在满城石井村的小店里，奄奄一息，直病了三年没有起炕。他的老二回来时，变成了疯子。

他们能算不忠厚么？不辛勤么？

可是在国民党统治的时代,和前清皇帝没有两样。他们走着下坡路。

谈起来老人家是要流泪的。

上　坡　路

可是,当共产党和八路军把他的家乡变成抗日民主根据地的时候,王老勤走上了上坡路。由于共产党执行了减租减息和改善人民生活的一系列政策,儿子们当长工,不单能糊口,还能顾家,慢慢就调回来两个儿子,种上八亩租地。自己还一个劲地加劲烧炭。家里慢慢就有了一部分剩余。这时,他又向村里住的八路军某部借了一部分钱,合拢来就置买了南独乐某地主八九亩地。那两个长工儿子也被召回了家,第一次在自己的田里做活。这是中共中央北方分局颁布双十纲领那年的事。……慢慢地还完了账,又添了一头驴。嘿！这头驴又大又俊,在山沟里随处可以遇到赞美。王老勤陪着它整日东奔西走,进行运销。去年又在独乐置了五亩地,一处院落。五亩地里有几亩是园子,还有一口水井。秋天,他那地里的庄稼,头是头,脚是脚的。

南独乐,或者说下隘刹,增添了一个整齐快乐的中农家庭。而他,这个须发斑白的老农民,就是这家的主人。

王老勤真正地从心里笑着,是从这时候开始的。

下　坡　路

日寇"扫荡"来了。堡垒修到了独乐,说在独乐"安民"。

他们先割完王老勤的好庄稼,用汽车装走；随后又烧毁了他的农具,拉走他又大又俊的驴；再后是抢走他所有的存粮和棉衣；最后是俘走他快要添喜的第三个儿媳,不知用什么残酷的方法,使她把孩子生到猪圈。他们(这些寇军的官兵们！)挤满了猪圈,大叫大笑："小孩干活的！小孩干活的！"呵,最后最后呵,还用死尸填满了他那口水井。

全家人又开始啼饥号寒。

"唉！我又走了下坡路了！"王老勤叹息着。王老勤心里难过，仇恨满腔。王老勤经过了多年的人世风霜，走了不近的路程。谁友？谁敌？谁不共戴天？他心里明白。但我们要安慰王老勤："不要泄气！有了共产党八路军，你只要加紧斗争，就有地你种，有你的上坡路走！"

1944年2月7日匆草于狼山脚下

燕 嘎 子

燕秀峰，22岁，冀中任邱县人。外号叫"燕嘎子"。他14岁参加了八路军，16岁加入了共产党。当过勤务员、通讯员，革命抚养他成人长大。19岁那年，调他到区小队手枪组，正赶上冀中地区变质①，点碉林立。任丘五区不过四十几个村子，就蹲着3个据点，11处炮楼。敌伪武装数量，超过他们十五六倍。他不管环境如何艰苦，在党的领导下，坚持战斗，两年多来获得了很大成绩。这期间，经他活捉的伪军特务不计其数，单说那人民最痛恨的特务，被他亲手斩杀的就有一百余名。经他参加奇袭攻克了的炮楼有8座，缴获了12支步枪、8支盒子。伪军特务们都怕他，临出门时还互相警惕："别叫燕嘎子打你的主意啊！"有一批反正伪军，知道他是嘎子，就指指点点地围上了他。问某次拿炮楼是不是有他？问某某是不是他打死的？他都微笑点头。反正伪军说："哎呀，过去可叫你把我们给吓草鸡了！"

地下生活，度日如年

冀中地区变质后，同志们失去了白日。地下生活，度日如年。有一次，他和一个伙伴，在王约村遭五百多敌人快速部队合围。他俩钻了"堡垒"②，敌人就掘洞抓他，挖一截，他俩在地下退一截。挖了差不多一天，眼看就挖到头，他俩无处可退。敌人打着电棒吆喝

---

① 经过日军1942年"五一"扫荡，冀中根据地变成了敌占区。
② "堡垒"：是当时人们对地道的称呼。

着:"出来吧!"那位伙伴,呼哧呼哧地出着粗气。嘎子想,今天非死不可啦。正在没门儿,他忽然摸着一把小铲,看看旁边像有一个填死的洞口,急忙刨开,恰恰盛下两个人,就钻了进去,用土又堵上了。敌人走后,他们才从土里钻出来。在这种环境里,同志们的脸黄了,眼红了,仇恨烧坏了人。

伏击"白脖子"①

开初,他和同志们常用的是"挑帘战术"②,后来转变了战术思想,化装出来活动,打伏击变成嘎子主要的战斗方式。而且他以那种可惊的大胆与突然性执行着战斗任务。1943年秋天,八房据点的白脖可把老百姓糟蹋坏了。老百姓咒着一个歌谣:"不怕神,不怕鬼(儿),就怕碰见蒋顶水(儿)。"这天,蒋顶水等13个白脖,一色盒子,骑着13辆车子,溜溜溜溜地向郑州(任丘北敌据点)飞奔。当两个尖兵驰过李庄子的时候,突然,一个人跳在这13辆车子的正中。乓、乓、乓,打得车子站不住,走不了,滚成一团。一个被嘎子抓住又放回的伪军,这时候口吃地说:"咱,咱们缴枪吧! 这,这是燕嘎子啊!"

初打梁召集

政委接到指示,派嘎子等6人到梁召集上,去打死当地炮楼上的大队长。他们到了集上,买了些葱、筷子,乱七八糟地插到口袋里。先看见了好几个带枪的伪军,嘎子心里怪痒痒的,浓眉动着,眼巴眨巴眨瞅着。同伴止住他,专等那伪大队长。左等右等,不见影子,他就闷了起来。走着走着,面前突然出现了伪大队长和4个护兵。正要躲闪,大个子护兵一把将他抓住,问:"你来干吗?""我是赶集的。"嘎子回答,腰往下就着掏枪。大个子伪军打了他两个耳光。伪大队长和别的伪军齐说:"捆起他吧! 这就是嘎子。"嘎子腰往下就着,大

---

① "白脖子":是当时老百姓对伪军的代称,因他们帽子上有白箍。
② "挑帘战术":我军隐于屋内,敌人一进屋,我军将帘子一挑,刺死敌人。这是在一定时期内被迫采取的。

声央告着:"老爷!谁是嘎子啊,我给你们磕头,我嫌怕,在村里,我就怕你们,这回我赶集,妈还嘱咐我,说不要碰上你们!……"说着,连自己也不明白怎么这么快,掏出盒子,砰的一枪,大个子护兵仰背摔倒了下去。又砰砰打完一梭子,那几个哇的趴在地上。近处炮楼上也响起枪声,打起手榴弹。燕嘎子安然脱险。事后,才知道有汉奸报告。

"我试试你的胆量!"

鄹州的敌人,强迫老百姓去开会。嘎子等4个人,化了化装,天刚黑也赶到鄹州去了。一个老乡知道了他是八路,又知道了他是燕嘎子,高兴得很,说:"正开会哩!我领你们去吧!"嘎子把老乡详细地盘问一遍就答应了。朦胧月色下,老乡领着他们。走着,走着,看见一个站岗的白脖正在门前走来走去。嘎子紧走几步,想活捉他,谁知被发觉了。那家伙大声地问:"谁?"嘎子答道:"自家人!"说着,就扣了火。只听大机头兵的一声——子弹臭了。伪军马上端起枪对着他,大声骂道:"自己人为什么扣枪机?"嘎子笑嘻嘻地说:"我试试你的胆量,跟你闹着玩呢!"伪军一愣,他随即又顶上了子弹,"砰"地一家伙,回头就跑。第二天,老百姓纷纷说:"八路军打枪真有准儿,那家伙一嘴狗牙全给打掉了!"

虎口救人民

老百姓给政委说:"你们快把鄹州那3个收税的打死吧,我们快不能活了!"老百姓买卖东西,都得经过他,缴出重税,不然就把你打得哭爹叫娘。嘎子等3个同志奉命奔到集上。说也凑巧,那3个收税的,一个胖的,一个瘦的,正分坐在桌子两边数钱。那个不胖不瘦的,正打骂老百姓,轰着老百姓好几十头牲口。老百姓忍气吞声地低垂着头,气黄了脸。嘎子的眼像着了火,"叭"地一枪,正打中那个打骂老百姓的家伙。嘎子的伙伴,也连发两枪,胖子和瘦子顿时倒在桌子两边,不动了。

这时老百姓嚷成一片:"打得好哇!八路打得好哇!"

斥退无耻诱降

嘎子染了一场大病,政委叫他回家休养。坏家伙就对他说:"抗日抗出个什么劲,还不如作个小活哩!"还说:"你上郑州呆呆去,准吃香!在楼上先呆着,以后反正也是一样!"嘎子瞪着眼骂他们:"投降敌人是王八蛋、软骨头干的,我燕嘎子是敲起来当当响的抗日战士,你把我当成什么人啦?"他为了预防不测,就转到了外村,敌人来捉他也没有捉住。

区里决定捉他投降的舅父。这时他已病愈归队。政委问:"谁去?"他马上说:"我路熟,我去!"他就领着区长、政委,头一个爬过了房,连声叫道:"奉林舅!"他舅一出来,嘎子就把他生擒了。

深夜偷袭清河口

政委计划好拿清河口炮楼。

队伍在外面布置好,政委就让嘎子先进去,收拾两个最手黑的家伙。嘎子和一个向导,在混蒙蒙的夜色下,爬过了外壕。这是夏天的午夜,壕沟里蚊子嗡嗡地叫着。向导用手一指,他就爬上了房。往院子里一看,那两个家伙正盖着被单打着呼噜睡呢,可是枪都在怀里搂着。他就轻轻地下了房,走到一个家伙身边,轻轻地扯开被单,然后弯着腰,一只手用盒子对着那家伙的脑袋,一只手扒拉那枪。一扒拉,一扒拉,就扒拉出来一支。对另一个家伙的枪,他干脆一抽,那家伙也没有醒。他把那支枪交给政委,政委说:"上!"同志们就一拥而上。然后,嘎子跑到伪班长的门外大声喊:"光剩下你了,快缴枪!"不大一会儿,伪班长就哆哆嗦嗦地把枪从窗口扔了出来。嘎子说:"还有你那支橹子呢?"伪班长无可奈何地又扔出来那支橹子。

这次,总共缴了18支枪,活捉了20多名伪军。

白日戏袭大于村

大于村炮楼上有个伪军贾班长。群众说:"这种六亲不认的坏蛋,抓住他,你们不打死,我们也得打死!"给他去信①,他来信骂。这天,嘎子出外送信,恰巧碰见这个炮楼上也出来一辆车子送信。嘎子一堵他,吓得那个小伪军崽子直啼哭。嘎子卡了他的车子,又夺了他仅带着的几盘子弹,就扶着车把说:"我累了,先借着骑骑。你回去给贾班长说,如果还要呢,就来信!"说过,头也不回,一溜烟走了。嘎子回来,政委就接到伪班长的来信,信上说:"走着瞧!"政委就派嘎子等5个人去打死他。

拂晓前,他们就化好了装。嘎子先派3个伙伴到村公所附近埋伏。然后自己拿了镰刀,背着筐,走到炮楼底下割草。伪军们起床,说话,他全听得清清楚楚。一会儿,就见两个伪军走了出来,边走边说到王约村索要菜金的事。嘎子就背起半筐草,悄悄跟在后面。看看离炮楼远了,他把盒子猛地一伸:"动!打死你!走,跟我到房子里呆呆!"他把这两个家伙送给同伴,就又到原地割草。隔一会儿,又出来了两个八房炮楼的"来客",也被擒住,还卡了一支盒子。不久,八房炮楼派出一辆车子来找那两个"客人",也被嘎子的伙伴卡住。这样,陆陆续续活捉了7个,都关在那间小房子里。

这时候,嘎子又改了装,到原地割草。可是伪军已经发觉,就在炮楼上指着他说:"打!他准是个八路!"嘎子很快转移到比较隐蔽的地方,看见炮楼上的伪军还在伸着脑瓜看他。他把盒子一举,那些小脑瓜就像老鼠般地缩进去。呆会儿,就又伸了出来。嘎子看着有趣,就换了一个地方,顺手拎起一支木棍向炮楼上瞄准。一瞄小脑瓜一缩,一瞄一缩,煞像一台小傀儡戏。把伪军弄得十分疲倦。

可是贾班长还没弄到手,怎么能算完成任务呢,嘎子心里不免着急。他浓眉一皱,心里暗想:"你要真敢打我,我就跳到沟里和你推磨。"决心一定,就大模大样,挺着胸脯,走到落吊桥处,仰面望着炮楼大声喊道:"谁在楼上?"炮楼上问:"你是哪个?"他嗓音洪亮地

---

① 当时我军曾以信件方式警告那些最坏的家伙。

说:"我是燕嘎子,贾班长在楼上吗?"炮楼上一个人答道:"在。"嘎子说:"好,贾班长!今天我们的队伍全来了,如果你不下来跟我谈谈话,我非把你这个炮楼戳倒不可!"这个伪班长虽坏,胆子却不大,嘀咕了一阵,就同一班伪军空着手走下炮楼,落下吊桥,站在吊桥上满脸赔笑地说:"到楼上喝点水吧!"嘎子上前一把抓住他,吓得他像长虫喝了烟袋油似的抖个不住。嘎子不禁笑了起来,说:"你哆嗦什么哩,走,跟我到屋子里呆一会儿!"这样就把他生俘了。

化装袭击石桥、石五集

1942年冬,高阳任丘的日寇,正强迫老百姓进行"反共誓约"。

在任丘、文新的两交界有个石桥村,嘎子过去在这里活动较少,敌伪对他们不很熟悉。

这天拂晓,嘎子和其他四个同志,化装成"宪兵队"。政委叫他们走在前面,自己和十几个同志化装成"鬼子兵"跟在后面。燕嘎子今天穿得可阔啦,还戴着眼镜,一路包围村庄,三八枪叮叮当当地乱打,把老百姓吓得乱跑。他们走到石桥大乡公所,往那里一坐,个个板着脸孔,烧水也不喝,说要打锣开会。折腾了好一阵子,估计炮楼上知道了,才叫伪乡公所的人领着去炮楼上接头。

到了炮楼边,燕嘎子凶里凶气地喊:"队长在不在?我们是任丘宪兵队来接头的,快下来!"伪军们一听说是宪兵队,就吓得不知东西南北,连忙噗通噗通都下了楼,站在吊桥上,"乓"地打了一个立正,还赔着笑说:"辛苦啦!你们来得真早啊!"嘎子点了点头说:"可不是,腰里还掖着饼哩!"接着,伪队长也迎了出来。嘎子和他的三个伙伴一路往里走,伪军一个个都打了敬礼,就像阅兵似的进了房子。

嘎子说:"队长,请你给顶上的岗说,叫他特别注意,八路近来活动得很厉害。"说着,把头扭过来对伙伴李志华说:"李志华,你也到顶上帮助站站岗。"李志华应声走了,他就和队长开始了个别谈话。先问:"举行反共誓约,你知道不知道?"又问:"老百姓都跑到近处了,你知道不知道?"伪队长都忙说:"知道!知道!"接着嘎子又客气起来:"这不是任丘地界,我们本不愿来,日本人一定要来。后面,宪兵队长也马上就到！"

"宪兵队长、日本人还来？"伪军队长惊恐地说。

"嗯，这几天他的脾气可坏着哩！"

"我去接接他吧！".

伪军队长连忙带了几个人出去了。燕嘎子就在屋里翻起来。东翻西翻，没有枪。后来，在一个套间里找着10支枪，他一下就背了6支。剩下的背不了啦，就嘎声嘎气地喊：

"拿烟来！"

另外两个伙伴进来，背上所有的枪。他又伸着头冲着炮楼顶叫："李志华，下来吧！"

他们走到院里，楼顶上的李志华也把放哨的枪拿了下来。伪军们一个个全愣了。嘎子掏出枪说："你知道我们是谁？我们是八路！"这时，我们的"宪兵队长"（政委）也到了，那位出去迎接的客气的主人（伪军队长）也傻眼了。政委把手一挥说："别愣了，跟我们走吧。"这次共缴获了11支枪，捉了20多个俘虏，一把火烧了炮楼，作了对"反共誓约"的回答。

押着这些个俘虏走出炮楼的时候，炮楼外站满了群众。政委笑着问："你们是来干吗的呀？"群众说："不是宪兵队打锣，叫我们到这里来开会吗？"同志们都笑了。

化装袭击石五集炮楼，更来得迅速。他们4个"伪军"，4支盒子，4辆车子，像刮风一样，一直卷到炮楼的近处，冲上吊桥，把十几个伪军都堵在饭桌上。一个被燕嘎子抓过而又放回的伪军，看见他突然出现，惊愕地说：

"你来了！"

"可不是吗，你们的枪呢？"

"在楼上。"

这个伪军还想拉关系，走过去嘻嘻哈哈地拉他。

他把浓眉一扬，大声说：

"动，我打死你！赶快收拾收拾你们的东西去吧。"

这次共缴获枪4支，捉俘虏10多名，烧了炮楼。

拿炮楼是那么容易的吗？不！这是因为群众是我们的，我们的英雄有千百万的耳目，闪电般的突然以及惊人的勇敢和机智；而敌人则像浮萍一样，飘浮在人民的海里。

燕嘎子用类似的手段，和他的伙伴一起，又拿下过大苟村公安局、八房、赵北口等处的炮楼。随着"向敌后之敌后前进"的战略思想的深入和各地英雄们奇迹似的战斗，炮楼的丛林逐渐消失了。人民又恢复了以前自由的生活。

人民最疼爱的孩子

敌伪把燕嘎子当成"活阎王"，当成神奇的人物。可是人民却把他看做最可爱最朴实的孩子。这一带人民是多么疼爱他呀！只要晚上他叫门——"谁呀？""嘎子。"那门便呀的一声开了。一次嘎子病了，转移到他不常活动的地区去休养。村长听说是他，惊讶地说："哟！你就是那个燕嘎子吗？"就把他藏在一个最秘密的地方。怕他冷，给他屋子里生上火；把自己舍不得吃的给他吃；还对一切人封锁了消息。后来，不知怎么被几个老大娘知道了，悄悄地问："听说嘎子来这儿养病哩？""没有！""唉，好村长，让我们看看他吧！"几个老大娘不住地求告着。他们觉得照顾他，照顾这个好样儿的八路军，是自己最大的光荣。在某村，一个年岁很大的老奶奶，听说他是燕嘎子，连忙擦擦老花眼，说："好小子，过来让我瞅瞅你！"嗬！竟把我们的嘎子看臊了。后来，拿下了那个村的炮楼，有几百个老百姓围住他，看他。小孩子扳住他的脖子，管他叫嘎子哥。

又一次，区小队和别的队伍住在一个村子里。因为疏忽，被优势的敌人包围了。仗打得很激烈。我们受了一些损失。敌人走了，几个老大娘哭着去找嘎子的尸首，猛然看见他从一个门洞里出来了，高兴得叫起来，拉着他的衣服说："俺们的好孩子，为了保佑你们，俺们已经烧了好几炷香！"

1944年冬写于阜平晋察冀边区第二届群英会上

娘 子 关 前

——英雄们怎样攻占了雪花山

雪 花 山

4月17日的拂晓之前,我们沿着"百团大战"的熟路,对"庆祝延安光复"的热狂者,展开了比7年前更加宏大的无情回击。

我们的同志,穿过碉堡地带,进到荆蒲澜村。一位老大爷紧拉着我的手说:"同志!你们要打井陉城么?你们一定要先占雪花山!"

雪花山,是一座险要的傲立的孤峰,井陉城就躺在它的脚下。从娘子关下来了一道急流的水,绿汪汪的,弯过山城之间。

这座高耸的孤峰,本来就无法接近,现在敌人又把峰顶向下切成两层一丈多高的峭壁。远远看去,就像一座黄色的大圆塔,两座高大的石头碉堡,就矗立在这座圆塔上。而且,峭壁之上,四周还围着坚固的石墙,墙外是绵密的铁丝网和一丈多深的外壕。

这真是个怪物!敌人就凭着它控制着全城和车站。

二三十名敌人,就藏在这个怪物里。云彩在他们上空飘着,绿汪汪的水,在他们下面流着,真像住在脱离人间的"天堂"似的。他们做梦也没想到,连午夜也没吃,就做了英雄们的俘虏了。

雪花山,是怎样占领的呢?这就是我们要讲的故事。

英雄的连队

攻击部队,是晋察冀三纵队二十四团的三连。这是副连长辛运生、副指导员王书亭率领的充满战斗朝气的英雄连队。

说起辛运生,大家是熟悉的:他是大同战役攻克七里村的英雄人物之一。后来,旅赠予他大同战役战斗英雄的称号。前张家口职业学校,一个女学生曾指名赠给他一块手表,使他在接表的一刹那落下泪来。以后,他发挥了更加旺盛的战斗热情,"刘藜"这个热情的名字,也一直被他记忆着。

他,辛运生,平汉北段战役末期,就升任了副连长。我原以为他是个高大魁梧的战士哩;没想到,他只不过是21岁的小青年,个子矮矮的,黑黑的,像个孩子一样。他12岁就参加了我们部队,敏捷活泼得像一只猴子。他挎着驳壳枪,卜浪卜浪地走在队前头,领着一群像他一样充满战斗热情的,却比他高大的战士。

就是他们,附了一连的一个排,接受了攻占雪花山的艰巨任务。

在这次战斗中,出现了许多的英雄人物:三排长又是副支部书记的张贺祥,还有二班长田宝序等等同志,留下不灭的功绩,光荣地牺牲了;安俊海和新战士刘寅卯立了大功;辛运生和一排长刘振邦,班长李友才,战士李登才、王新来、王同瑞、谷金生,解放战士宗禄,党的小组长王辉耀,机枪射手李永全,都各立了功。

关于他们攻占雪花山的经过,还是由英雄们自己来叙说吧!

被阻在峭岩绝壁下

辛运生

首先,我命令一、三排从东西两面突击。不准有任何响动,就是石头子,我也不准有人蹬响。我把火力布置好,就到了前面。他们以五分钟的时间,就突进了敌人的外壕。敌人不断在炮楼上拉着长声吆喝:"有——人——啰——!""你是谁?"但我们知道,敌人是瞎咋呼,实际上并没有发觉。

可是,事先的战斗准备不好,梯子和炸药都没有弄齐。第一次爆炸,是李登才去的,只把围墙爆破了一个小口,突击没有成功。八班长田宝序,冲到最前面,进了敌人的院子,牺牲在离炮楼不过十几米的地方。……这时候,天已经明了。敌人的手榴弹一堆一堆地落到我们身边。同志们有的在外壕里,有人爬到两层峭壁中间的棱坎上,进攻被阻止了。

三排长问我怎么办?我看天已经亮了,只有赶快拿下来。我就问他:"你们有小铁锹吗?"自然,我知道他们有,我说:"用铁锹砍铁丝网。突!"三排长张贺祥同志,我们的副支部书记,真是一个好样儿的!……这么困难,他一点没有犹豫,就拿着冲锋式走了。他跟着部队冲上去,被敌人的手榴弹砸回来,第二次又冲上去;连安平县的新战士杜庆才、杜庆曾两兄弟(杜庆才上次战斗还害怕哩!)也跟着他们排长,搭着人梯,往峭壁上爬!他一连组织了六次冲锋!

可惜,在最后爆炸成功的时候,他过于兴奋了,又持着冲锋式出现在爆炸的缺口,牺牲了……自然,死了自己的那个同志,都是难受的!可是……三排长,我们的副支部书记……他执行命令,是那么坚决,那么勇敢,对战士是那么好,那么注意政治工作。他家来了好几封信,叫他回家结婚,他对我们是一字没提……可是,难道我们不知道么?

……其他同志,也都非常勇敢。就说王辉耀吧,他这个安平的新战士,已经是36岁的人了,这回是第二次参加战斗。他通过敌人的火力地带,来回地背伤员,背伤员的枪!还有谷金生,也是来回地在敌人火力下取联系!在炸药没来以前,同志们在敌人手榴弹的火力下,在两层峭壁的棱坎上来回运动着,寻找机会,打击敌人!

刘振邦

(一排长,短小精悍,但比辛运生个子高些,粗实得很。)

三排从西往东攻;副连长叫我们从东往西压。我们爬上第一层峭壁,天就麻麻亮了。我把机枪摆好,心想:放好炸药,凭我们的战斗动作,半个钟头,就可以结束战斗。谁知道炸药少,李登才攀上去,只炸了一个小口。我一吹哨,同志们就都爬到第二层峭壁的沿上。可是,铁丝网挡住了我们,上不去,也下不来,离炮楼才20米。

敌人看见这机会,就扔下很多的手榴弹,想把我们完全砸死。可是,我们二班长李友才同志,把落在自己身边、同志身边的手榴弹,一个一个都拾起来,给敌人又扔回去。真叫人高兴!

这时候,我往下一看,远处有好多人走过来,向炮楼上摇着旗子。我知道是敌人增援。担心同志们害怕,我说了假话。后来,营的重机枪把敌人打退,我才放了心。营里怕我们害怕,给我们来信,叫不要撤。我想,不来信,我们也不会撤,磨烂了我们也不会撤!

可是,时间很久,炸药还不见来。我们在那样的地方爬着,已经没有意义了。我就用我的一支步枪掩护着,让大家往下撤。炮楼顶还有个小坯楼,被我打得一枪一股白烟,接着,一块一块的坯,就哗哗地落下来。敌人的投弹手站不住脚,就移到侧面的房上来打我们。可是他一伸胳膊,我就瞄死了他。这样,我们才从铁丝网前,二层峭壁的沿上撤了下来。

这样,太阳晒着,快到了中午。也没吃饭,也没喝水,嘴也张不开。嘴唇用手背一擦,净是黑粘的泥卷。实在难受!我就折枣树枝,剥了皮儿咬在嘴里。我说:"同志们!你们也来咬咬枣枝儿吧!"同志们往下看着大河,绿汪汪的,哗哗地流。我看看副连长,副连长看看我,看看河水。

我这时候只是想着:要是有棵醋醋溜草,该有多好!……忽然,王辉耀叫我:"排长!别啃枣枝儿了,这里有一个好东西!"我扭头一看,他身边有一棵四寸高的鲜绿鲜绿的小草,长着五分宽的绿莹莹的嫩叶。他把他身边仅有的这棵小草折给我。我拿在手里,望着它,它怎么这样的绿呀!仿佛我以前从来没见过这样绿的东西。我正要放到嘴里,从营部来的通讯员只是抿着嘴笑。我说:"你不渴吧!"看着他,我真有点生气了。伤员在一边渴得哭起来。王辉耀忙把折剩下的一个草叶放在伤员嘴里,安慰着,又在他的头下,垫上一块石头。

正在这时候,我听见炮楼里敌人吵吵着要跑。跑!谁负得起这个责任?我也顾不上渴了,马上又让大家爬到峭壁上。

不知道为什么,炸药还不见来。……

李登才

（战士，20岁）

在峭壁下面，我也是非常着急呵。

我实在没有什么功！虽然，我和安俊海第一次进行了爆炸，但我没有完成任务，只把围墙炸了个小口。

我是1943年参加部队的。后来我就回家了。（羞涩地）跑回去的。以后，听到蒋介石又进攻我们的解放区，村里动员我，我想：我也是个无产阶级，难道我就不怕顽固派来了受屈？我就来了。

我没有功绩！……在那儿，因为有了伤亡，排长把零散的同志组织起来，叫我代理班长，带领冲锋。我问排长："粘么？"排长说："粘！"我马上就带领一班人向敌人冲去了！

王辉耀

（党的小组长。36岁。脸又红又黑，也有了皱纹。虽然穿上军衣，还是像个农民。）

我也没有什么。不过上次打吴兴，有些怕，这次不怕了。也许这样，慢慢就胆大了。

我是安平县新民村的，在村里担任村长。这次扩军，有些小伙子不愿来，我火了。我说："你们这些无产阶级们，真给无产阶级丢人！你们就不愿保卫土地，保卫你们翻身的果实吗？"我就挑战，带头，拉出了十几个。我已经是36岁的人了！我打算好好地干几年。不然，我就赶不上打蒋介石了……

这次，立大功的刘寅卯，就是我前任村长的儿子。他父亲还有些不愿他来。他对我说："走吧！不要和他商量了！"他就来了。还有立小功的王同瑞，他是我们村的粮秣会计；王新来，他是我们村武委会的秘书。那天，你没看见他们吗？其实，在很远的山上就可以看见：他俩守在围墙爆破口的两边，就好像两尊门神似的，监视和封锁着敌人。你在那边山上看见的，整半天在那里立着的，就是王新来和王同瑞！

我动员的二三十个新战士，没一个逃跑。我们安平县的新战士，要坚决干到底！我们要来就不跑，要跑就不来！在雪花山上，敌人往悬崖绝壁下扔了那么多手榴弹,我们村的新战士,没有一个动摇的!

宗禄

(解放战士。副班长,高高的个儿。)

我是从西往东打的那一部分,是和三排长张贺祥同志在一起的。我们在下面趴着,看见我们的排长高高地立在靠着围墙边的梯子上,他的脑袋高出峭壁,端着冲锋式,瞪着炮楼,真好像天神似的。我看得清清楚楚,敌人的手榴弹,打在峭壁的沿上,打在他的脑袋旁边。他就扭身一跳,一团浓烟,就把他盖住了。可是,浓烟没有散尽,他就又站起来,又爬上梯子,还是站得直直的,端着冲锋式,瞪着炮楼。我们的排长张贺祥,真真是天神一样呵。……

……我开始,也进行了爆炸。李盛魁、李金中和我都没有经验。副连长安好雷管,我就把炸药抱在怀里。我们需要通过一道非常危险的高地,好几个同志都是在那里阵亡的。我说:"我走到头里!要是我阵亡了或负伤了,你们不要管我,就把炸药抱起,继续前进!"……后来,安俊海见我们不会点火,就跑过去把墙炸了个口子。三排长说了一声:"突!"大家就向前冲。一个落后同志动作犹豫,急得三排长骂起来。他叫着:"你不突,我马上枪毙了你!"我随着喊:"同志们冲吧!排长骂为了谁?还不是为了人民的胜利吗?……"

我们一连冲了几次,都没有成功。太阳晒得头昏眼花,这个喊饿,那个喊渴。排长叫我负责,说管理同志是我的责任;敌人跑了也是我的责任。别人,我不好意思管理;敌人逃跑,我能负起这个责任吗?我的心毛茸茸的,像猫抓似的。我说:"同志们!你们说上级是不顾我们,还是顾不了呢?你看看那河!东西运不过来有什么办法?克服困难,谁的立功计划上也有,今天,雪花山上,这就叫困难!"别的同志也一齐来解释鼓动,有几个同志就不嚷了。

以后,我就负伤了,一拐一拐的。三排长说:"宗禄!怎么样?你可坚持着点!你大小是个干部呵!"我说:"排长,放心吧!"……我是平汉战役解放过来的。一过来,就叫我们喝茶叶水,宽大了我!我来回地思摸着宽大政策。……前些日子,我们一块过来的几个,劝我逃跑,说这边的生活如何如何不好。我说:"在蒋介石那边生活好,是打那里来的?还不都是出在自己的家里吗?再说,在那边伤亡了,有谁来管?……"我又说:"我们以前是用枪打人家的敌人哩!人家伤亡了那么多,捉过我们来,受了几天训,就交给我们一支三八式,这样看得起,信得过,人生在世界上,都得凭一个良心!你想想:如果蒋介石捉了这边的人,是不是这样?"

我负了伤,还和同志们一起坚持着。快到中午的时候,炸药就来了!

英雄们的雷声响起了

刘振邦

炸药来啦!美式的重机枪也来啦!我欢喜得不知说什么好。

我们的副连长辛运生同志,他和同志们踏着同志们的鲜血,飞跑过那块高地,把炸药抱来啦。他马上指定爆破组长安俊海,新战士刘寅卯、王俊卿担任最后的爆炸任务,再发起总攻!

当副连长喊到刘寅卯的名字,这个 18 岁的小青年,就从他们班里站起来。我看见他的脸微微变了颜色。据后来他告诉他的老乡说,他当时很紧张,心嗵嗵地跳。他那手只拿过锄把子,哪里在敌人的火力下抱过炸药呢?再说,他蔫乎得就像个姑娘。可是一听连长喊他,他就压住心跳,走到我们面前。

我和连长一起对他们说:"你们要放大胆子,我们的火力一定要好好掩护你们。就是牺牲流血,也是为了人民呵!……"我又单独对爆破组长安俊海说:"你想为人民立功吗?"这个 19 岁的青年党员用眼睛看着我说:"想!"我说:"好!刘寅卯是新同志,你要亲自看着这包炸药爆炸!"

这时候,人们仰起脸,看着那直矗矗的大碉堡,手榴弹封锁的高崖。新战士王俊卿有些胆小了。他低声地嘟哝着说:"我身体太弱,又累……"副连长不等他说完,夺过一支步枪,哗地把枪机拉开来,喊着王俊卿的名字,高声叫道:"王俊卿!你知道战场纪律么?"安俊海连忙插嘴说:"王俊卿同志,你去完成吧,你只要爆炸了铁丝网,剩下的全是我和刘寅卯的!"王俊卿终于抱起炸药跑了上去。在半路上,他犹豫了一下,接着又前进了。据他后来说,他当时听到周围有许多的声音在喊:"王俊卿再勇敢些!""王俊卿再勇敢些!"

到底,他爬到了峭壁的沿上,又跳进了沟。

不一会儿,一大股浓烟,从沟沿上直立起来。紧接,一声巨响,沟沿上那道绵密的铁丝网,就散乱地倒在地上。

王俊卿回来了,乐得不用提。他的爆炸成功了!

接着,在美式重机枪的掩护下,安俊海和刘寅卯又前进了。

我叫住了安俊海:"安俊海!你是个共产党员呵!刘寅卯是新战士,你要亲自点火!"我又在刘寅卯的身后叫着:"刘寅卯!你要把墙下的石头扒下一块,把炸药放好!"大家瞪着眼,瞧着他们。我马上又对二班长说:"二班长!如果爆炸了,你冲不上去,你要负责!"……一切,是这么紧张。大家清清楚楚看到他们两个:一个人先爬到峭壁的沿上,把药接过,跳下大沟;第二个又爬上壁沿。我想,你们在远处的山上也是会看到的。他们冲上去了,就是这么上去了,勇敢的安俊海和刘寅卯!……在敌人手榴弹的硝烟里,接着,他们又扑进了铁丝网。

…………

……他们回来的时候,不知道是因为惊慌还是被什么绊住,他俩整个的身子倒在了半瘫的铁丝网上,从铁丝网上又滚下来。

他们下来了。衣服被挂破了,布条子在身上搭拉着,气喘喘地站在我们面前。

炸药,没有响。

安俊海看着我,大家看着安俊海。安俊海,脸红了,像自知有明显缺点的人一样,羞惭地站在同志们的面前。据他后来说,他那时的耳朵嗡嗡响,好像听见人们说:"看吧,这就是爆破组长安俊海!他还完不成任务呢,他还是个党员呢!……"他没等我和副连长批评,马上说道:"没有完成任务,这次我一个人去!"说着,向卫生员借了把剪子,又跑上去了。刘寅卯说:"我也去!"说着,这个平素蔫乎的"姑娘",也赶忙追上去了。

追上去了,身上飘着被铁丝网挂破的布条子,第二次他俩又爬到峭壁的边缘上。你们在远处的山上看见了吗?……那还是安俊海和安平新战士刘寅卯!

辛运生

这时候,我把李登才、宗禄等28个轻伤同志都组织起来。我说:"同志们! 八路军是轻伤不下火线,你们就带伤立功吧!"我又指着宗禄说:"宗禄! 你是副班长,你还应该上去! 回去记功一次!"火力都准备好了。……随着,从峭壁上腾起了一大片黑烟,炸药爆炸了。震得我们的身子直晃悠。冲锋号响着,同志们的集团手榴弹,在炮楼的四周纷纷乱飞。你看哪,整个高崖上的炮楼,像浮在一块黑云中似的,只露着两个楼顶。我高喊着:"冲呵! 机炮班的同志,放下机枪,拿起步枪冲!"机枪射手李永全,就拿起步枪,争先地冲进黑烟里去。黑烟从炮楼的枪眼里往外流着。全部"天堂"上的人们,做了我们的俘虏,缴枪了。……

尾 声

战斗结束了。……辛运生、王书亭和这个英雄的连队,还有一连的一排,全部站在雪花山上。黑烟飞散了,山顶的小庙边,一株桃花正盛开着。辛运生拿起新缴的小炮,向城墙上的敌人打了3炮,以特有方式发出了占领雪花山的胜利信号。对井陉城的总攻,马上也要开始了。娘子关下的绿水,奔腾叫哮地流着。

1947年4月20日于井陉荆蒲澜村匆草

平汉线大破袭速写

11日夜半，徐水至固城的平汉铁路大翻了身，像是一架无限长的大梯子似的，倒在路基的一边。第二天太阳快落到山尖，人们又带着锨镐棍棒和两手血泡出发了。离铁路还有四五里路，早有另一群战士和群众向回运道木。有背着的，抬着的，大车拉着的，小车推着的，显出得意的样子从我们身边走过去。我们这班民兵里有个复员军人陈克仁，他穿着过去缴获的黄呢大衣，从村里扛来一根鲜红的红漆轿杠，成了人们开玩笑的目标："嘿！你们看！美国装备，也来破铁道啦！"引得人们哄然大笑。大家更着急地向前赶。离铁路一二里路，就听见一片嘈杂声和钢铁的响声，像是一个大集。

过了宽大的外壕，天已经黑了。只见无数强大的黑影，拥挤在铁路线上；一时难以看见他们在干什么，也难以分清是什么声音。只是嘈嘈杂杂，响成一片。我听见有一个战士在唱："人民要翻身，铁路也翻身！"

徐水站和固城站的红灯，在远处暗淡地照着。从那里不断地升起照明弹，镁光弹在夜空里错落地画着红线。天黑以后，从四面八方，群众来得更多了，铁路线上的队伍更长了，声音也更加巨大了，掀道木的声音，轰隆隆，轰隆隆，像列车开进一般直传到远处。破路基的镐锨，在石子上溅出细碎的火花。只听农民们彼此招呼着："挖深些！挖宽些！""不要心疼你们的镐刃，砍断蒋介石的狗腿，回去再钢镐刃吧！"

三星过午了，人们的肚子饿得咕咕噜噜地响起来。这时又有人号召："咱们临走，每个人再烧一根道木！"不知从哪里又来了新的力量。轰隆隆地掀下了道木，沿着铁道线一堆一堆地高高地架起来点起了火。这一段平汉线就顿时陷在大火里,火接火,烟接烟,满是松香气息,地下滴满了黑油。大火照着,群众拿着五光十色的武器,乐呵呵地站着。徐水某庄的老头儿高老儒,在火边抖动着胡须,用镐头指着徐水车站说:"看看我们的照明弹怎么样?"在这支队伍回去的路上,我感叹地说:"咱们老百姓,现在的思想,可真是进步了呵!"一个叫姚盔子的老头儿急忙打断我的话说:"不进步,凭什么保卫我们的胜利果实呢?"后边是一片火光,村子里传来了断续的鸡鸣。

1947 年 10 月 13 日晚写自前线

在 突 破 口

——记石家庄内市沟西南突破口的激战

11月10日,暗淡的落日照着石门。尽管敌机来回地扫射轰炸,我军已经以各种形式的阵地,迫近到敌第二道防线50多米的距离。4点40分,总攻的炮声,开始响起。密集的炮火连续排射,引起了整个战壕兴奋的骚动。大家挤着,看着,指着,叫着。眼看这道两丈多深,布着电网的深沟的里沿上,那些用铁轨构成的密密的地堡和密密的枪眼,顷刻都被炮烟罩住。这时,同志们纷纷脱下棉衣,有绑鞋带的,紧腰带的,还有人就在鞋底上磨起刺刀来。战壕里贴满了花花绿绿的标语:"坚决解放石门!""打到哪里占到哪里!""打进去就不出来!"这时,战士刘英福低头看了看自己胸前的红旗奖章,走到排长跟前:"排长!这次打石门,离我家不远,我怎么也得卖把力气,碰见危险事,你就叫我去!"话没说完,只见敌人的前沿上,红艳艳的火头霍地一闪,大家的身子不由一晃,只听一声震天巨响,立刻冲起了十几丈高的黑烟。原来是六连和工兵同志们的炸药响了。眼瞅着,英勇的工兵,又扛着什么,飞也似的钻进烟雾,进行连续爆破;爆破手刘英福,也像箭一般地跟了上去。第一次爆炸起的土块还没完全落下,接着又是两声巨响,又冲起两道黑烟。这时,只听冲锋号响成一片。机枪射手们一齐站立起来,掩护的枪声也响成一片。连长和青年副指导员孙臣良同志喊了一声"冲啊",四连的同志们,猛地跳出战壕,向黑烟里冲去。

空中的土块,乒哒乒哒地落到人们头上。解放战士刘云举,是40多岁的人了,但他为争第一功,拼命地跑着,冲到最前面,第一个跳进壕沟。三排长王福魁,在两层人梯上站立起来,抓住被炸坏的电网,第一个攀上了沟沿。紧接着又上来了五六个勇敢的战士,光荣地占领了石门西南的突破口。

可是,敌人趁他们立足未稳,纵深的火力一齐猛烈地盖了过来。这道防线紧挨着敌人的西兵营,两排营房,分别在南北两侧组成交叉火网;正面十几米处,就是西兵营一段开着枪眼的围墙。这时,后面的同志还没有跟上来,占领突破口的只有六七个人。忽听"抓活的! 抓活的!"一片乱糟糟的叫喊,原来从正面断墙的窟窿里钻出了二三十名敌人,扑到三班长王福魁的面前。敌人喊着杀声,正要挺起刺刀来刺,王福魁,沉着的王福魁,这一个贫农,这一个党员,这一个挨过日寇、地主毒打的脾气暴烈的青年,这一个为人民负过四五处伤的老战士,趁着敌人还没有得手的一刹那,跳到工事上,站在敌人稠密的火网中,用冲锋枪左一梭右一梭,对着距离五六尺远的敌人,咬着牙,一气打出了60粒冲锋子弹。有十几个敌人横躺竖卧倒在面前,剩下的连滚带爬跑回去了。

王福魁跳下了工事,正要利用敌人的掩体,巩固阵地,忽然他班的两个新战士从一个地堡里慌慌张张地跑过来,边跑边喊:"班长! 班长! 我们要夺敌人的机枪,我们的枪叫敌人夺过去了!"王福魁咳了一声,马上端起冲锋枪,冲到地堡跟前,有五六个敌人正挤在地堡口上,慌慌张张像要逃跑,被他一梭子打倒在地,把新战士的两支枪夺了回来。这时,四连全部已经从深沟之下爬了上来,和敌人面对面地趴着,好像被一道墙分在两边一样。我们的战士,清清楚楚看见,敌人的刺刀在散兵坑里索索地抖动;我们的战士,把手榴弹弦一拉,一伸手就放到敌人的散兵坑里,冒起一朵朵的烟花。突破口是比刚才巩固些了。

敌人稠密的火力又盖过来。年轻的副指导员孙臣良抬头一看,只见从西兵营左前方的一间房子里,冲出一百多敌人,直向突破口压了过来。敌人进行第二次反冲锋了! 刚刚打开的突破口,又陷在危急之中。

这时,有好几个同志被打得落下深沟,王福魁的帽子被打得飞了下去,头上流着血。在稠密的枪声里,只听副指导员高声地、断断续续地喊着:"同志们! 就看这一下子了! ……胜利不胜利,立功不立功，是死是活，全看同志们能不能巩固阵地了！"战士刘耀林流着血，躺在地上，副指导员问："刘耀林，怎么样？"刘耀林睁开眼说："不要管我，快指挥吧！……我死了也就是这样，没有什么。"敌人更近了，副指导员又喊："秦得力！站起来打！站起来打！"话没说完就负了伤。连长又接着喊："秦得力站起来打呀！"这个解放战士，这个18岁的候补党员，这个自己不穿给战士穿，自己不吃给战士吃的副班长，就端起机枪站了起来，在夕阳的红光里开始扫射。忽然他身子一歪，被打中了，马上绑扎了一下，又端起机枪来打。与此同时，成群的手榴弹嗖嗖地、嗖嗖地飞了过来，敌人的第二次反冲锋，就这样被打垮了。

不向两翼扩展，就不能巩固突破口。

连长张洪指挥三排巩固突破口，一、二排积极向两翼扩展。六班长张长科率领全班，在排的最南端，猛烈向南压缩。他们向敌人的散兵坑一边投弹，一边前进。张长科爬到一个地堡跟前，摸摸地堡，正要把手榴弹塞进枪眼，突然发现从枪眼里露出一颗手榴弹头，他就用刺刀往里一捅，只听"娘呀！"一声，敌人的手榴弹在地堡里面爆炸了。而张长科也由于用力过猛，身子往下一滑，被敌人一枪打中了他的腿，接着又打中了他的腰，血顺着裤腿流了下来。可是，这时候张长科并没有退下去，他忍着痛，咬着牙，摸着那个枪眼，把一支飞雷，又狠狠地塞了进去。当地堡随着巨响彻底毁灭的时候，他又大声喊叫战士韩连银向里猛冲，而他自己已经没有力气，边喊边带着满身的鲜血滚落到沟底去了。

接受命令的韩连银，是个17岁的青年战士。他那猿猴一样灵活的小身子，这时候一鼓劲从晃着敌人刺刀的两个散兵坑中间，嗖地一家伙钻了过去。其他人刚要跟上，一抬头就被打倒了。这样韩连银就一个人陷进敌人的火网里，手榴弹到处乱飞。他回过头来，看见离他六七米远的两个散兵坑，敌人正端着刺刀死死地盯着他。韩连银觉得，回去既不可能，就抓起一颗手榴弹向敌人呼地扔了过去。哪知距离过近，散兵坑里的敌人，拾起这颗手榴弹又扔回来，正好落到韩连银的胳肢窝下，哧哧地冒着烟。好一个韩连银，抓起冒烟的手榴弹，又让它第二次飞出了手，刚刚落到那个敌人的头上，就"嗡"

的一声,把敌人炸得满身是血,倒在了战窝里。另一个散兵坑里有两个敌人,抱着枪吓得又傻又愣,也被他接连两枪,结果在散兵坑里。年青灵活的韩连银,解除了后顾之忧,气更壮了,瞅瞅前面,就又像燕子一般地从工事上滚了过去。这一次,他的枪托、弹簧都被打透,却没有伤着他,又和同志们趴在一起向里扫射。

接连又打退敌人第三次反冲锋,敌人重新夺回突破口的梦想被粉碎了。前沿的敌人,已经被我歼灭。

负了伤的副指导员,头上缠着雪白的绷带走回来。他和连长商议着:"一定要炸坏敌人的围墙。"

那个戴红旗奖章的青年爆炸手刘英福,又站在了连长、副指导员的面前。他总是这样坦然!对任何危险也是这样坦然!听连长说完,他说了一声:"好吧!"马上搬起炸药箱要走,青年摄影员陈庆祥拍着他的肩膀:"刘英福,刘英福,转过脸来!过去在固城,你立过大功,这次还希望你再立一大功!你走到哪儿,我跟你照到哪儿!"刘英福说:"好!你们看好吧!"连长又说:"刘英福!你可快点!"刘英福说:"连长,别着急,你放心就是!"这时,敌我双方的枪声都很激烈,刘英福搬起炸药箱,跳进敌我手榴弹交织的火网里。呆了不大工夫,他就从弥漫的硝烟里滚了过来。连长、副指导员连忙问:"刘英福,怎么样啊?"刘英福还是那么坦然:"你们别着急,待会就响!"

随着震天动地的爆炸声,围墙被炸开一丈多宽,营房里的枪声响成一片。我们的五连六连争先涌进新的突破口。时间不大,就发出了占领西营房的信号。主力蜂拥而入,敌人的第三道防线便崩溃了。

照着石门的那轮暗淡的落日,已经落下。暮色里,宽大的石门市,已经展开在战士们的面前。

1947 年 11 月写于石门

谁是最可爱的人

朝 鲜 同 志

年轻的朋友们,请你告诉我
在艰苦的日子里
什么是这世界上最珍贵的东西?

一

我有着许多可爱的老战友,都像拴在我的心上一样,不定在什么时候,他们就微笑着,隐隐出现在我的眼前。

今年,自从朝鲜战争爆发以后,最引我怀念的,是我的一个朝鲜籍的老战友——老金。当我翻开报纸,看到人民军勇猛进军直迫釜山的时候,就好像看见他骑着一匹马,带着一支队伍,沉默地、气昂昂地疾进着。有时候,又像看见他在阵地前沿的战壕里,严肃地举着望远镜,望着面前密密麻麻的工事在思考。可是,当我又看到侵略者在仁川登陆的消息,就像看见他——老金,又瘦了些,黑了些,在费力地指挥着队伍,掩护着,艰难地撤退。特别是,我看到侵略者向朝鲜倾下千百吨燃烧弹的消息,就好像看到老金和他的队伍,在无边的大火里苦战、呼喊。……

老金,我的战友!现在我翻看着你今年夏天给我的一封信,还有你多年前留下的一把小刀。这把小刀,早已经长满了厚厚的红锈,可使我更想起艰苦的日子,想起了你!

二

1942年的春末，我们正处在艰苦的反"扫荡"中。有一天，为了跳出敌人的合击圈，直走了一整夜，才到了宿营地——在半山坡上，一个只有两户人家和一个羊圈的小山庄。困得我也不知道是枕在同志的腿上还是膀子上，很快就睡熟了。

睡梦里，我跟日本鬼子搏斗着，被日本鬼子摔倒骑在身上，往我嘴里塞石头子。我挣扎着醒来，一看不知是哪个同志的一条又肥又粗的大腿，正横在我的胸脯上。我搬开它坐起来，才发觉我是这么饿呵，腿是这么疼呵，再也睡不下去。我心里念叨着："怎么还不开饭呢！炊事员是搞什么鬼的呢！"加上我平素对司务长印象不好，不知怎的，就肯定是司务长光睡觉不负责任。越想越有气，就顺手找了一个小棍儿拄着走出来。

走到院子里一看，做伙房的小屋还没冒烟呢。我就冒了火，冲进去，劈头就说：

"司务长，你这叫负责任不负责任？"

司务长正掂着一条小米袋儿思量什么，一听，也冒了火。

"我为什么不负责任？"他还用眼睛瞪我。

"你说！为什么到这工夫还不做饭不点火？"

"你不调查研究，你主观！"他竟然做了结论；又气昂昂地说，"部队一到宿营地，老乡就说，米叫日本烧了，小半瓮酸菜也叫倒在茅坑里啦。我马不停蹄地到了小张庄，粮库主任也叫鬼子杀啦，谁也不知道粮食在什么地方藏着。来回20里，我屁股还没沾地，你……"他越说越气粗，"烧火！你叫谁烧火？四个炊事员，夜黑价两个跑了坡，这工夫还没上来。这儿井也没有，离河二里地，炊事员上上下下抬到这会儿，才抬了半缸。不知道你钻到哪儿睡了一觉，就跑到这儿来撒野啦！"

我讨了没趣，气也消了，有气无力地问：

"那么，怎么办呢？"

"怎么办？反正够不够就是它！"他掂了掂手里的那条小米袋，又说，"李干事！假若你是这个司务长，看你的锦囊妙计吧。"

我俩就大眼瞪小眼地呆了起来。

这时候,两个炊事员吃力地抬着一大桶水走了进来。他们一边喘气一边兴奋地说:

"司务长,咱们有办法啦!"

司务长闷着头。我没精打采地问:

"有什么办法呢?"

他们一边往锅里倒水,一边说:

"金干事跟通讯员,背了两大篓野菜回来啦!"

我和司务长三脚两步地跑了出去。只见老金跟通讯员一个人背着一个大篓子,弯着腰儿正吃力地从沟底向庄上爬。看得出来,特别是老金已经再也走不动了。我们一边喊一边跑了下去,看见老金黄黄的脸,因为几天不洗变得黑乌乌的,汗珠在下巴上挂着。他俩的鞋头,全飞了花,露出的脚趾头,用布裹着,凝着紫红的血痂。我俩赶忙把两个篓子从他们冒着热气的背上接过来,呀,满满的两篓子野菜,什么野韭菜啦、凄凄芽啦、老鸹筋啦、水芥子啦,全是绿莹莹的,还像用它绿星般的小眼看人一样。我们看看野菜,笑眯眯地看看他俩。司务长拉着老金的手,不知说什么好。老金一时喘不上气,可是看出他的眼睛在微微笑着。

我们把两篓子绿莹莹的野菜往院里一放,大家都围上来,也是笑眯眯地看看野菜,看看他俩。

通讯员红红的脸上,亮着明闪闪的眼睛,喘着气说:

"咱们金干事,真是比不了呀,一到这儿,他打听了一下老乡,就把我喊走了。"他指了指对面那座郁苍苍的山峰,说:"我们就爬了上去。金干事用小刀,我用手指头,就比赛起来啦。急得金干事把小刀都碰坏了。"说着,他举起一把明光光的小刀。我接过来一看,小刀果然碰了两个口子。通讯员又说:"可是,金干事的歼灭战打得真彻底,连石头缝里的野菜,都叫他剔下来啦。他爬到一个悬崖上,要不是我拉着他,差点把他摔下去。"

"这一下老金可解决了问题啦。快烧火吧!我的肚子早提抗议啦。"

"会餐吧,同志们!"

"我烧火!"

"我摘菜!"

大伙嚷着,一齐动了手。老金也抓了一大把野菜,靠墙坐着,伸开两只开花鞋,摘起来。

不一会儿,同志们围着热气腾腾的一大锅小米粥,两大锅野菜,用着各色各样树枝儿、草棒儿做成的筷子,狼吞虎咽地吃起来。

谁也不能够形容,它是多么香甜呵。

那时候,现在写诗的红杨树也跟我们一起当干事,他当时还写了这么一首诗呢:

> 谁说野菜苦,
> 我说野菜香:
> 野菜长在荒岭上,
> 不怕山穷露水冷,
> 石头缝里也生长。
>
> 谁说野菜苦,
> 我说野菜香:
> 野菜长在高山上,
> 不管连夜暴风雨,
> 星星一落见太阳。
>
> 朝鲜同志上山去,
> 野菜跟他到队上;
> 吃罢野菜高声唱,
> 人人都说野菜香。……

当天晚上,支部给了我一个任务,叫我培养老金入党。

现在,忘在我挎包里的那把长满厚厚的红锈的小刀,就是老金当初挖野菜的小刀呵。

三

连续几个月的反"扫荡",我的身体已经拖垮了。我像许许多多同志一样,像许许多多当时在苦难里熬煎的人民一样,发着很重的疟子,长着满身疥疮;而且因为夜盲症,在夜行军里,两条腿被石头碰得满是青一块、紫一块的伤痕。有一次,我们在大山上被敌人整整包围了一天,没吃一口饭,没喝一滴水。夜间,部队突围了。下了山我再也站立不住,就昏昏迷迷地倒在了小河边。

队伍从我身边迅速地奔驰过去。我知道我已经没有可能跟随部队突围了。我把头伸到绿汪汪的溪水上,拼命地喝起来,想增加一点点力量。

"别喝啦,小李!"

我听见有人喊我,抬头一望,见老金离开队伍,急忙忙地向回返。他走到我跟前,摸摸我的头,说:"怎么样,小李?支部书记叫我留下来照顾你!"

"老金!"我叫了一声,不知道有没有落下泪来。在这样情况下,听见了这种语声,是最让人动感情的。我说:"你快走吧,我,我不能连累你!"

他拉我坐了起来,柔声地说:"不要动感情嘛,同志。看你烧得像火炭儿一样,我没有病,怎么也好说。"他思索了一下,说:"我搀你到老乡家里先缓缓劲儿,有敌情也好应付。"说着,就搀我往山坡上的一个小庄儿走去。我的头像着了火似的,歪在他的肩头上,晃晃荡荡地走着。

我们刚走到村边儿,就看见老乡们乱纷纷的,拉着毛驴的,背着小孩的,提着包袱的正往沟里卷。一个白头发老太太拉住我们说:"哟,同志呀,你们还不快走,敌人离这儿不远啦!"

老金详细问了一下,思索了一会儿,就决定到最险要的摩天岭上,因为这儿敌人从来没有上去过。

这当儿,天已经黑了。

我仍旧趴在他的肩头上,可这样高高低低的羊肠小路,两个人怎么能够并着膀儿走呢。走几步,不是我跌倒,就是他跌倒,再不两个人一块儿滚在地上。要我自己走,他又不答应,怕我跌下黑森森的山沟。最后,他把绑腿解下来,拴到我的皮带上,牵着我。就是这样地走着呀,我望着他那白背包,听着他那破水壶磕碰的叮咚的声音走着。

走了不过十几里路,我就觉着像是走了几百里路一样。我觉着像有一股冰水在我的脊梁沟儿里开始流着——哦,我知道我的疟子又袭来了。接着打抖,我站不住。我跌倒了。老金赶忙回身搀我,可我怎么也挣不起来。我迷迷糊糊地,觉得老金把我抱在怀里,还听他喊:"小李!小李!是疟子来了吧?"我"嗯"了一声。他又说:"那么,咱就在这儿歇一会儿。"说着,他也坐在地上。

这当儿,"哒哒哒,哒哒哒……"头顶的山头上,突然响起了一梭子机枪声。回声在山谷里嗡嗡响着。

我猛然一惊,稍微清醒了些。老金很敏捷地掏出了驳壳枪,往山头上望了望,然后,在我耳朵边轻轻地说:"有敌人。"

就处在这样的一种关头呀!

同志们,你们想,我怎么能让老金因为我一个病得这样的人,无代价地牺牲呢?……我紧紧地攀着老金的脖子,对着他的脸,几乎用了我整个生命的声音,悄悄地恳求他:

"好老金!好同志!我永远忘不了你,我的好战友。我恳求你放开我走吧,我只要你留下一颗手榴弹呵!"

在星光下,我看见老金的脸,从来没有过这么严肃呀。他几乎带着恼怒地说:"胡说!"说着,就站起来,四面望了望,马上把驳壳枪往腰里一插,不由分说地就把我背起来。不知道从哪里来的一股精神和力量,振动着他的全身,他背着我昂然地向回路走。我虽然迷迷糊糊,但我觉得的,在我下面的,是一种多么坚定和沉着的步伐!

在一个山拐角的地方,不知道是他的脚登空了,还是被一块石头绊住了脚,我们猛然跌倒了。我还在他的身上压着。急得我赶忙滚到一边,看见他的头正摔在一块尖石上。我轻轻地唤着他,他也不答应,只是呼哧呼哧地喘气。我摸了摸他的头、他的脸,粘津津的,头发也湿漉漉的。我知道他流了血。我浑身摸索着,找出了一个救急包。正给他缠着,他"唔"了一声,醒了。接着他叫:

"小李!小李!"

"我在你身边呢。"我说。

"把你摔伤了没有?"

他呀,摔成了这样,还先问我呢。我嗓子里像梗塞着什么热辣辣的东西,回了一声"没有",不由得鼻子一酸,跌下几滴泪来。

我把绷带打好,他就坐起来。他摸索着,把摔掉的驳壳枪拾起,在衣服上擦了一下,又说:"我估计敌人,刚才并没有发觉咱们。不过……"他指了指三星说,"你看,天快过半夜了,我们今天夜里是走不出多远了。不如找一个好隐蔽地藏在那里,他要来就跟他拼!"他征求我的意见:"小李,你看呢?"我点点头。他站起来又要背我,我强硬地拒绝了他。他不得不又用绑带牵着我走。我们拐进一个更狭窄的山沟里。

边走他边摸着,把驳壳枪一会儿拿出来,一会儿又掖到腰里。绕了好几个弯儿,又走了一截儿,他忽然站住,用手一指兴奋地说:"小李!你看。"我仔细一瞧,黑森森的,是一个山洞。他伸着枪,猫着腰儿,摸索着爬了进去。"好地方!好地方!"他在里面连声叫着,"小李!把背包打开吧,这块石头平一点。"我把背包解开,也猫着腰儿爬了进去,黑洞洞的,一点也看不见,四处一摸,有小半间房子大小。他接过我的被子,给我铺上。他像完全忘记了自己的创痛一样,拍着我的腿,说:"你还呆什么呢,快睡!明天好应付情况。"他扶我躺下来,然后就靠着一边坐在洞口。这时候,我发疟子的冷劲儿过去了,又开始发热,慢慢又被烧得昏迷起来。开头还听见他揭手榴弹盖子的声音,以后就什么也不知道了。

每当我昏昏迷迷睁开眼睛的时候,就恍恍忽忽地看见一个伟大奇丽的巨影:一个人,头上扎着绷带,紧攥着一颗手榴弹,坐在洞口,头向外望着。我像躺在母亲怀里的婴儿一样在酣睡着。我心里似乎想说:"老金,你休息休息吧。"可是,我不知道是不是说出了,我是烧得完全昏迷了。

当我醒来的时候,天已经亮了。看看洞里空落落的,只剩下我一个人。看看我手里还握着一颗手榴弹。看看四围都是石壁,地上还仿佛有什么毛茸茸的东西卧过的样子。这是一个狼窝吧,我猜想着,更觉得孤单焦急起来。老金到哪儿去了呢?……我耐不住,爬到洞口一望,外面是披满茂草的山峰,风吹得山草呜呜地悲啸着,摇摆着。什么也看不见。

寂寞呵,这是真正的寂寞!我愿看见一点点人影,听见一点点人声,哪怕是我平常印象最不好的同志的一点影子,一点语声。……

好大一会儿,才看见从山头上走下一个人来。晴蓝的天衬着,看得十分清楚。他头上扎着一条白绷带,手里提着一包什么,一拐一拐地走着。我认得出的,这就是老金呵。我向他摆着手,几乎喊出声来。等走近了,我看见他只剩下一只露着脚趾头的烂鞋,光着一只脚,在乱石上碰得血糊糊的。可是不知道为什么他那样兴奋,一见我就笑着说:"小李!等急了吧?"我一把把他拉到洞里,几乎把他拥抱起来。

我看着他的脸,他方方的黄脸,已经黑瘦了,颧骨也高了,眼窝也深了,但那深陷在眼窝里的眼睛,却时时散出微笑的光芒。我问他干什么走了,他像没听见,只是忙着解开提来的小手巾包。手巾包打开了,是十多块黄灿灿的蒸南瓜。他连忙说:"吃吧,吃吧。"然后才回答我说:"我不是告诉你啦?"我说:"没有呵!"他又笑起来:"唉,准是你烧昏了。我一直守着你,直到天快明了,我怕敌人天亮搜山,想先侦察一下敌人的动静,我把你摇醒,怕发生意外,还交给你一颗手榴弹呢!"他又递给我一块南瓜,也拿了一块自己吃着,可是看得出,他一次只咬一小口。他接着说:"侦察回来,我正想给你找点东西吃,你说多么巧呵!在那边山窝窝里,正碰上昨天那个老大娘。她给了我这么多蒸南瓜,还打听你的消息呢。吃吧,小李。"

我一连吃了几块蒸南瓜,精神也好了些,怕不够,没敢再吃,马上被他看破了,又递给我一块。我问起敌情,他像竭力向我隐瞒着什么,说:"吃吧,不管它!"我一直追问,他才告诉我:四外山头上是敌人的帐篷,山下头村子里是灯笼火把,乱糟糟的,特别是房子没有烧,这是敌人没有撤退的最可靠的征候。这些征候表明:敌人在今天搜山是确定无疑的了。

"老金!"我带着感叹的声音说,"只要我有一颗手榴弹,只用一颗,我不管在什么地方都会拼个够本,也会保全我的民族气节。只可惜我连累了你!"听了这话,老金立刻目光严峻,不满地说:"我根本不同意你这个说法。你这是看不起我。不要看我是一个朝鲜人,我老金为了一个战友牺牲,为中国人民牺牲,不管牺牲在任何一个中国的山头上、村子边,是绝没有遗憾的!"他显然因此激动起来,接着说:"小李!我不知道你是用什么眼光看我!……我认为我这一生,如果能看到你们解放啦,我的祖国也解放了,倘若我还能成为一个共产党员,就是我最大的幸福!"

这样严肃,使我们沉默了半晌。

洞外,起了大风,山草呜呜地叫着,下起小雨来。

"老金,你跑了一夜,咱们躺到一块儿暖暖吧!"

他答应了。当他向下解手榴弹袋的时候,我看见有一颗手榴弹的把儿上像有一行字。我拿过来一看,黄黄的把儿上写着:

"为党,为中国人民流最后一滴血!"

我像被一种什么巨大的热流冲荡着,马上想起支部书记给我布置的任务。

"老金!"我叫着抱住了他,看着他扎着绷带的头、瘦黑的脸,说,"我愿做你入党的介绍人!"

老金也把我抱住。在这个狼窝里,虽然外面的天是那么阴暗,洞口的山草在摇摆,风雨不绝地袭击我们,但我们感到是多么的温暖呵。

我的心在低唱着:

> 在这艰苦的日子,
> 亲爱的朋友!
> 请你告诉我:
> 什么是这世界上最珍贵的东西?
> ············

四

1943年秋天,我调到另一个地区以后,就失掉了老金的信息。解放张家口,我才听说,他已经回到他解放了的祖国去了。直到今年8月,才接到他捎给我的一封信。捎信的还说他在朝鲜人民军的某个师里当师长,他那个师打得还很不错。

那封信是这样写的:

亲爱的老战友:

我们不见面,算来已经六七年了。在这样长的日子里,我并没有忘掉你和许多的中国同志。直到我归国以后的前几年,还不断梦见我们从前山沟里的老房东们。我甚至想,在我们胜利后再去看看那些地方。同志!这几年你的情况怎样呵,你结婚了吗?做了父亲吗?……这一切,我一点都不知道。

我自从回国以后,仍旧在军队里工作。在团里呆了几年,去年又调到师。我时常想,我所以能今天为我的祖国、为朝鲜人民负这样的责任,完全是中国共产党对我的培养和你们对我的帮助。假若没有这点,我还不仍旧是被皮鞭追赶着的小工吗?这是我这一生永远不能忘记的。……

我要向你报告的不幸的消息是:我的老母亲和我的大孩子(14岁),已经在上月美国鬼子的轰炸里炸死了,连尸首都没有找到。我的妹妹也参加了部队,有一次,她曾经冲上敌人的坦克,用手榴弹把敌人炸死。但是前两天,她也在一次冲锋里牺牲了。现在我只剩了一个4岁的女儿,由她母亲在乡村里带着,我的老婆想起来就哭。同志,现在我的祖国,我的故乡的许多村子,正像当年我们在一起时,北岳区的那些乡村一样,差不多被烧完了。有的只成了一堆土,只剩下军用地图上的一个村名。……

老战友,请你不要难过。……我们当然会更勇敢更机智地战斗下去。请你相信,老战友,我过去不怕日本人,我现在是决不会怕美国人的。我觉得:除了残暴以外,美国鬼子在战斗力上绝不比日本鬼子强些。也许我们会遭到一些什么挫折,也不过像咱们过去在一起遭受的困难一样。老战友,请你相信:我老金只要一天不死,我就要和他们拼!我老金的眼睛,是不能看到有一匹野兽蹲在我的故乡的。

因为连日的战斗,恕我不多写了。我最后希望你千万要来信,把你和一些老战友们的情形写来。因为在战场上,我也不断地想念着你们!

....

五

现在,我的面前,放着这一封信,和一把长满红锈的小刀。它使我记起我们经历的苦难的日子又交织着朝鲜战场的火光。

老金,我的同艰苦共患难的战友!

我怀念着你。

我不能忘记:在中国人民苦难的日子,是谁爬在那高山的悬崖上挖取野菜;是谁在黑夜里牵着我、扶着我、背着我离开那死亡的影子;是谁缠着白绷带、拿着手榴弹警卫着我……特别是,是谁叫我懂得了什么是这世界上最可珍贵的东西。

老金,我的同艰苦共患难的战友!

请你等着我吧,在不久的时候,鸭绿江就会看见,你的老战友和你并着肩立在那燃烧着火光的地方!

1950 年 12 月 15 日夜于北京

火 与 火

在朝鲜,倘若你是一个从前并没有到过朝鲜的人,你已经再也不能看到朝鲜原来是什么样子了。多少城镇和乡村,在敌机滥炸下,已经成了混着白雪的焦土。勤劳的朝鲜人民,他们世世代代建筑的居住的这些地方,他们的子女歌唱过舞蹈过的这些地方,现在只是在军用地图上留下了一个名字。可是,我要告诉你,它给朝鲜人民的,绝不是恐惧和凄凉,而是另一种东西。这种东西,像朝鲜那些倔强的无尽的峰峦一样,站立在全朝鲜的每一块地方,它的名字叫做"仇恨"。

在一个雪夜,我们赶到了熙川。它过去曾是热闹的城市;现在,在拥着白雪的焦土上,只能看到一座孤零零的钟楼和几扇断墙。即使这样,据说敌机每天还要轰炸几次,我真不知道它们还要在这里轰炸什么东西!

为了找一个歇脚处,我们不得不在附近的山沟里找了一个人家。这个"家",是熙川的老百姓临时在山坡上挖了几个坑,用树枝和稻草搭成的窝棚。

在这里,我们遇到了一个名叫刘秉烈的孩子。这个孩子,虽然只有13岁,但却像成年人一样地沉默着坐在我们的身边。他跟我们说,战前,他的父亲是工人,他就在附近的中学校里读书。在那些和平的日子里,他曾甜蜜地想过:要好好学习,成为一个有用的人,把自己的国家,建设成一个没有穷人的国家。但是,他的学校被炸毁了,他失了学。接着,他的家又被炸毁了。在被炸的那一天,他第一次看到了30多具零乱的尸体,倒在他的周围。说到这里,他的眼睛射出火光。他狠狠地说:"他们毁灭了我们的城市和乡村,连不会说话的小孩子也炸。我要把那些家伙,全打死,全咬死!"他用手指着熙川说:"你们看吧!那不是我的家吗!"同志们又看了看那一片高高低低的土堆,还有那座孤零零的钟楼。……有人问起他今后的希望,他毫不犹豫地说:"我要当一个人民军的战士。"可是我们说:"你的年龄是不够的呀!"他愁闷地低下了头。仇恨,使这个13岁的孩子成熟了。他的眼光照射着我们,是这样地沉郁和坚强,使我们不敢相信,坐在我们身边的是一个孩子。

在顺川北20里,一个叫金谷里的小庄,我遇到了一个70岁的老妈妈。当我们住在她家里的那天夜里,她怀里抱着她的孙子,一整夜坐着,给我们盖好从身上滚落的大衣。等到第二天我们醒来的时候,她还像母亲般地守着我们。她穿着白衣白裙,头发也已经白了。

我们问她家里还有什么人,老妈妈往我身边凑了凑,眼睛望着我们,带着极痛苦的表情。她说,她的27岁的儿子,被美国鬼子杀死了。他们是把他从山沟里找出来,打得眼珠都不转的时候,又用石头砸死的。她用两只枯老的手比划着她儿子惨死时的情景。她回想着,反复地叙说她的儿子是那样一个又聪明又老实的人,一天和和气气的,有说有笑的,村里人谁都爱他,夸他。他们家是那样幸福地生活着。可是,现在只剩下了她和她的儿媳妇跟一个不会说话的孩子。……说到这里,老妈妈身向前倾,两只干枯的手紧紧地攥住我的两只手,对着我的脸大声地说:"孩子们!孩子们呀,你们快抓住杀我儿子的凶手吧,你们把他们打死、撕碎吧!"她好像怕我们听不清楚,又攥住每个人的手,拍着每个人的胸口说了一遍。她的老年人的干枯的眼窝里,有几粒似乎闪着火光的眼泪,滴到我们的袄袖上。我知道这不是普通的眼泪,这是仇恨的火珠。

在平壤附近,我还遇到一个朝鲜的新闻记者。他的名字叫金路丁。他的炸伤的手现在还缠着绷带,他的靴筒上还有着弹痕。他在撤退的时候,和人民在一起,徒步跋涉了25天,走了1700里路,被包围了20次,都被他冲了出来。当我们问到他的家,他说,他有着一个年轻可爱的妻子和两个孩子。他的妻子是朝鲜一个有名的歌手。可是直到现在还不知道他妻子和孩子的消息。当他叙述这些情形的时候,他是那么痛苦,可是他是在笑着说的。他又说:"我们辛辛苦苦建设了5年,现在却被敌人炸毁了。我现在只有一支枪,一支笔,一个本子。我现在也不想家,也不想我的爱人和孩子,我心里只有一个东西,就是复仇和胜利。"这是一个朝鲜知识分子的声音,是包含着痛苦和仇恨的刚强的声音。

在朝鲜战场上,愚蠢的敌人,以为用他的铁与火可以征服这个穿白衣的民族。但他们不知道,他们扔下的每一颗炸弹,从他们的弹片上滴落的每一滴血,都变成了无边的仇恨。朝鲜人心里的仇恨的火焰,比侵略者的燃烧弹更要强烈得多。就是这种火,推动着每一个人民军和志愿军的战士,不顾生死地前进。就是这种火,使得无数的朝鲜妇女和老人,穿着单薄的衣服和草鞋,在冰天雪地里修路、运输,来支援军队,歼灭美国侵略者。就是这种火,使得千千万万朝鲜的母亲们,献出她们的儿子。我亲眼看到:在温井,一个送过两个儿子参军的母亲,当着我的面,又指着她的一个16岁的儿子和一个18岁的姑娘,也要把他们送到人民军去。就是这种火,这种火要一直把侵略的野兽们烧死为止。这不是星星之火,这是无边的火、排山倒海的火,任何力量都不可能扑灭的火。

1951年1月14日寄自朝鲜中部某地

前线童话

这里,我要记下两个真实的而又像是童话般的故事。

"志愿军"

1月17日,我们住在顺川北20里的一个小山庄,名叫金谷里。房东是一个朝鲜妈妈和一个朝鲜少女。她俩坐在我们的身边,一边逗着两个多月的孩子,一边和我们亲热地谈着。那个少女抱着的是一个非常可爱的孩子,肥肥胖胖的,睁着两个大眼,不断地望望这个,望望那个,笑眯眯的。我不由得接过他来,抱在我的怀里,话题也很自然地落到这个小生命的身上。

朝鲜妈妈激动起来,指指孩子,望望我们,不断地感叹着。孩子的姐姐和她母亲争着,抢先述说了下面的故事。

当美国侵略军向北疯狂进犯的时候,正是她弟弟降生的第六天。她们背着这个孩子,跑到70里以外的亲戚家。刚到不久,就突然遭到了敌机的空袭。等她们跑到附近的防空洞,才发觉急忙中把她的弟弟撇下了。她要回去找,她母亲眼看着那间小屋的附近全起了火,怎么肯答应呢?她们母女全哭了。……这时候,有几个中国人民志愿军的战士走过来,问明了缘故,立刻就奔向那燃烧着大火的地方。紧挨那间小屋的一间房子,已经炸毁了,还冒着火苗。战士们走进小屋里,小孩子已经蹬开了被子,光着身子滚在炕席上哇哇的哭着。一个战士连忙解开扣子,把孩子抱在怀里,又穿过烟火,送给了他的母亲和姐姐。可是战士们不等她们母女说出心里的谢意,又匆匆地走了。

这位朝鲜少女说完这个故事之后,又从我手里接过孩子,笑眯眯地望着他,亲着,并且说:"等你懂话的时候,我要第一个告诉你,你的生命是怎样得来的。"大家的目光,也都集中在孩子的身上。朝鲜妈妈还在不断地感叹:"同志!这孩子的再生父母就是中国人民志愿军呀!"

有一个同志问:"这小孩叫什么名儿?"

"还没有起呢。"朝鲜妈妈回答。

"那么,就叫个'志愿军'吧。"

那朝鲜少女微笑着征询似的望着她的母亲,朝鲜妈妈很严肃地点了点头。这时候,小孩儿已经在他姐姐的肘弯儿里睡着了,嘴角里流露着甜蜜蜜的笑容。

捉 麻 雀

在南朝鲜抱川郡东豆川里,有一个13岁的孩子,名叫金守孙。他很快便跟中国人民志愿军一个姓陆的战士成了亲密的朋友,好像我们国内那些千千万万的孩子们跟解放军战士们的友情一样。

一天,这个战士害肚痛病倒了。小孩子赶忙去找他的妈妈要肚痛药。妈妈告诉他:用一个烧死的麻雀,蘸芝麻盐吃,是一个很好的偏方。他马上像一匹忙碌的小马似的,东邻串西舍,这家到那家,搬凳子,扒房檐,一个黄昏掏了4只唧唧喳喳的麻雀,高兴极了。妈妈帮他做好,他就欢天喜地端到战士那儿。

姓陆的战士看了好半天,才看出是几只死麻雀,哭不得,笑不得,他正肚痛得厉害,怎么肯吃这只有调皮孩子为了开心才吃的东西呢!孩子见他的朋友不吃,说又说不通,听又听不明,急得想哭;最后再三比划,几乎是强迫他的朋友吃了下去。可是他却像完成了一桩重大任务似的快乐,跳着蹦着,回到他妈妈那儿。

谁知道,这个奇怪的偏方,倒真使得战士的肚子不痛了。

第二天,部队要出发打仗去了,这个姓陆的战士正要去找他的小朋友致谢、道别,他的小朋友又端了3只烧好的麻雀走来了。战士摇摇手,指指肚子,意思是肚痛已经好了。但是小孩子也比划了几下,意思是:你的肚痛好了,咱就一块吃吧。说着,就拉着他的朋友,攀着他朋友的脖子,两个人像爱人分吃苹果那样地分吃了3只烧雀子。吃完,又一块唱了一支歌:《金日成将军之歌》。

1951年1月22日草于朝鲜某地

在风雪里

一

我听说这故事的当儿,汉江前线正打得紧着呢。

天下着鹅毛大雪,志愿军一队一队地正往前线上开。同志们急急忙忙地赶路,可谁也没有注意:有一个十二三岁的朝鲜小姑娘,紧紧地追着他们。

部队一住下,这个小姑娘,不知怎的,一摸摸到我们一个机枪连的连部来了。同志们一看,这是哪里跑来的一个小姑娘呵,这冷的天,只穿着单裤单褂儿,束着一条很脏的小白裙子,一双浅口薄底的小胶皮鞋也破了。头发乱蓬蓬的揉成一团,上面还粘着草棒儿,仔细看,脖子上还有被炸弹片炸伤的地方。她抱住这个的手,握一会儿,说一阵儿;又抱住那个的手,握一会儿,说一阵儿。可是联络员不在,谁也不知道她说的是什么,她是从哪里来的呀。

直到联络员来了,大家才知道:她是一个失掉了家的孩子。她已经流浪了二三百里路了,今天这儿住一宿,明天那儿住一夜,今天这儿要点吃的,明天那儿要点吃的。这天,她正钻到一个草窝窝里睡觉,一看咱们的志愿军队伍过来了,她就追来了。

志愿军同志们听了这种情形,争着给小姑娘洗脸,盛饭,接着安排小姑娘睡了觉。

谁知道,第二天小姑娘倒不愿意走啦。她跟连长说:"叔叔!我要跟你们走!"

连长笑了笑说:"小姑娘!你跟我们走干什么去呀?"

小姑娘说:"我别的干不了,我给你们烧点水,端个饭还不成吗?我在家还帮妈妈做过饭哩!"

"可是,我们一两天就要打仗的呀!"

小姑娘很勇敢地说:"打仗?怕什么!我不能打,我还不能看?眼看着你们打死美国鬼子,我才高兴哩!"

可是,想想吧,小朋友,志愿军怎么能把一个小姑娘带到火线上去打仗呢?扔了她不管,也不肯呵,这怎么办呢?

连长就去找指导员商量。

到底还是想了一个办法,就是让房东把她收下。房东当面答应下来了,又跟小姑娘好说歹说,才把小姑娘安插在房东家里。谁知道,到了半夜,小姑娘又跑到连部里来了。她说,房东把她关到一间小冷屋里,还说等队伍开走了,要砸死她。……原来,那家房东是个地主。

这村子一共三家人,那两家又没人在家,连长跟指导员都急得没有主意。第二天中午,营长打来了电话,让部队加紧战斗准备,还说夜里就可能进入战斗。这更让连长跟指导员发愁呀。连长的眉头皱成了一个疙瘩,指导员额上的青筋也鼓起来了。两个人,在最危急的战斗里,也没这么着急过呀。

可是,小姑娘还在一边说:"好叔叔!我知道你们答应了我啦。什么时候出发呀?"一边说,还一边指着蹲在一旁的重机枪说:"嘟嘟嘟,嘟嘟嘟!打死那些'米国撒拉米'①!"

这真让连长跟指导员哭笑不得呀!连长看了看表,表滴滴答答轻快地好像跑步似的走着。

二

连长只好给营里打电话请示。

教导员像在电话里考虑了好一会,才回答说:

"关于这个朝鲜小姑娘,你们不要着急,要很好照顾她。待一会儿,我亲自去处理。"

---

① "米国撒拉米":朝鲜话"美国人"。

果然,隔一会儿,营教导员来了。

营教导员是一个高个儿的年轻人,是一个很和蔼、很可爱的人哩。连长、指导员、战士们都赶过来向他敬礼。小姑娘是个多聪明的孩子呀,也学着大家的样儿行了一个举手礼。

连部里挤满了一屋子的人。

教导员指了指小姑娘说:"你们说的就是这个小姑娘吗?"

连长点点头说:"是呀,就是她一定要跟我们走呀!"

小姑娘看出来是在谈她哩,就跑到教导员的身边,好像见了妈妈似的,把她那乱蓬蓬的头歪在教导员的膝盖上,两只小手抓着教导员的皮带;接着又抬起头,指指自己脖子上的伤口,一双大眼望着教导员。她说起自己是怎样被美国飞机炸伤的,怎么才从着火的房子里跑出来,她找到爸爸,看见爸爸倒在牛棚外面,给牛煮的草扔在一边,她摇摇爸爸,爸爸不理她,爸爸被炸死了。她又在厨房里找到妈妈,妈妈大概是正在淘米吧,米撒了一地,她摇摇妈妈,妈妈不理她,妈妈不会再理她了。她去看哥哥,哥哥还握着搓的麻绳,脸上有一片血。她去看嫂嫂,嫂嫂手里还拿着给她做的新衣服,也倒在地上不动了。……就这样,小姑娘美好的一个家庭,就剩下她一个人。小姑娘在爸爸妈妈的跟前哭了一阵,又到哥哥嫂嫂的跟前哭了一阵,最后把眼泪擦干就出来了。

当联络员给大家翻译的时候,联络员也是一个朝鲜人呀,他讲着,讲着,大大的泪珠就滚下来了。大家的头都低了下去。教导员的眼也湿润润的,强压制着自己没有掉下泪来,他叹息着。

接着,小姑娘又把脸抬起来,两只大眼望着教导员,要求着:

"叔叔,你千万让我跟着你们走吧。我要报仇!我什么都能学会。我还会中国歌呢,不信,我给你们唱唱!"说着,她望了望全屋子的人,就唱起来了:

东方红,太阳升,
中国出了个毛泽东,
…………

她唱着,唱着,教导员一把就把她抱在怀里,不知为什么,教导员的泪珠,就再也止不住滚下来了。这时候,全屋子的志愿军同志都哭了。有的背过脸去抹眼泪,还有擤鼻涕的声音。

"同志们!"教导员向大家严肃地问,"你们说这孩子可爱不可爱呢?"有谁会说这孩子不可爱呢! 教导员又说:"是呀,这孩子可爱得很。跟我们祖国那些千千万万可爱的孩子一样。可是这孩子叫敌人害得多苦呵! 要是美国强盗打到我们的祖国,我们祖国那些可爱的孩子,会变成怎么样的情形呢?……"

大家静静地听着。祖国的那些千千万万的孩子,那些在城市里的,在乡村里的,戴红领巾的,没有戴红领巾的,像田地里一眼看不到边的谷穗一样,活蹦乱跳地出现在眼前。大家想着,想着,眼睛睁得圆圆的,望着教导员。

教导员又接下去说:

"可是,同志们! 我们决不让我们祖国的那些幸福的孩子,像这小姑娘一样;同时,我们还要使这个小姑娘,使千千万万的朝鲜孩子,像我们祖国那些孩子一样幸福。你们说对不对?"

"对!"大家齐声说。

"好,同志们! 我们就是为了他们战斗的。今天晚上我们就要开始战斗了。你们的机关枪擦好了没有?"

"擦好了!"

"六〇炮呢?"

"也擦好了!"

"好,同志们! 那么,要打就要狠! 越狠越好! 就让那些野兽们尸体堆成山,血流成河,统统死到我们的阵地前面吧!"

"可是,这个小姑娘到底怎么办呢?"连长插嘴问。

教导员说:

"你们连很好地照顾这个小姑娘,这是很好的。我要表扬你们。至于这个小姑娘,让她跟我走吧,我来想办法。"说着就拉着小姑娘的手,站起身来。

小姑娘看见教导员要带她走,高兴得蹦蹦跳跳的,小脸儿笑得像开了花似的,说:

"好叔叔,走吧,你带我到天边,我也是要去的。"

三

山路上铺满了白雪，漫天遍野刮起了白毛旋风，天多么冷呵。教导员把大衣脱下来，给小姑娘披在身上。开始，小姑娘不穿，教导员装作生气的样子，小姑娘才穿了。大衣拖着地，踢里拖落地走着；可是，她心眼儿里着实高兴哩。这时候，要是路上有旁的人，她一定会骄傲地说："你们看看吧，我也成了志愿军啦！"

等他们到了营部的时候，除副教导员不在，营长、副营长全在家。教导员做了介绍，小姑娘就赶忙抢过去握手。副营长的眼睛真尖，一下就看见小姑娘的脖子上有伤，马上喊：

"通讯员！你们搞什么呀，快找卫生员给小孩子上药！"

教导员问战斗准备工作是不是全搞好了，营长说全准备好了。教导员松心地笑着说："咱们怎么样欢迎咱们的小客人哪？"

营长拍拍小姑娘的头，哈哈地笑起来，他笑得真响呀。他说："小姑娘，你的运气真好！我刚才买了一个小鸡，准备吃了打仗有劲，你就来了，就算欢迎你好啦！"

卫生员把小姑娘的伤口洗了洗，上了药，通讯员就把饭端上来了，鸡也煮好了，冒着热气。

小姑娘不好意思吃，每次只夹一点点，又惹得营长哈哈地笑起来："嘿，还客气哩！当兵要能吃、能走、能打才行哩，来！"说着，他夹起肥肥的一块鸡腿，油珠嘟当地给小姑娘放到碗里。

小姑娘今天怎么才能说出心里的高兴呀！

吃过饭的时候，天气已经不早了。团里通讯员送来了命令：晚上八时出发。营长悄悄地在教导员的耳朵边说：

"怎么办呀，老刘？你打算……"

教导员也对着营长的耳朵，小声地说：

"我早让副教导员去安插她了。"

原来，教导员没有到机枪连以前，就告诉副教导员把她安插在附近的老百姓家。

大家正在屋子里说说笑笑，忽然嗡嗡嗡——敌人的飞机来了，在村子上空转开了圈子。小姑娘就很勇敢地站起来，嚷着："叔叔！

趴下！趴下！"可是志愿军叔叔们早跟美国飞机作战惯了，谁也不怕。她看他们全不动，就走上去捺着，强迫他们趴下。她是多么爱志愿军叔叔们呀。

美国飞机走了的时候，副教导员回来了，后面跟着好几个朝鲜老百姓。有一个弓着腰的白胡子老汉，还有一个朝鲜老太太，她手里还拿着一件小棉袄。

副教导员一进来，就兴奋得大声地说：

"教导员！办成功啦！他们几家都争着要收下这个小姑娘哩！"说着，又摸摸小姑娘的头，拉拉小姑娘的小手。

那个朝鲜老太太连忙抢上来要给小姑娘穿小棉袄，那个弓着腰的白胡子老汉，摆着手，往前挤着说："不，不，同志，你叫她跟我走吧。"

小姑娘一看这种情形，就连忙跑到教导员跟前，急得要哭，她说："叔叔，你们不是答应了我跟你们走吗？怎么又要把我送走呢？"

教导员、营长一齐着急地说："好孩子！我们马上就要打仗啦！"

"可是，我出来就是要报仇的呀！"

唉，这一下可把一圈子的人给难住了。谁也没想到小姑娘这么硬呵。可怎么办呢？

正在这当儿，忽然，听到门外有一个女人的声音：

"这儿是营部吗？"

接着就进来一个年轻女人，剪发，穿着制服，背着挎包。她说："志愿军同志！我是这个面①的女性同盟干部。我是来给你们筹备粮食的。"

营长不由得又用很响的声音笑起来说："好呀，你来得好呀！我们的粮食已经筹备好了。你来处理处理这个问题吧。"说着，他就出去准备出发的事情去了。

那女干部问明了情形，就把小姑娘抱起来亲着，亲热地解释着："好，你要报仇，你就到我们那里工作去吧。"

教导员趁这个机会说道："是呀，到那里工作，也是打美国鬼子呀！"说着，又装作生气的样子说："你再不听话，叔叔以后见了你，再

---

① 面：相当于中国的区。

也不理你啦！"

这时候,小姑娘才慢慢地低声地说："好,我听叔叔的话。可是我以后还是要跟叔叔打仗去的。"

这时候,响起了很尖很响的集合号声。部队集合出发了。小姑娘又最后地跑上去跟营长、教导员还有许多战士们握了握手。等队伍走出好远,她还站在一块高坡上,用她那响亮清脆的声音喊着："叔叔,再见吧！叔叔,再见吧！……"

1951 年 6 月

汉江南岸的日日夜夜

在祖国已经是春天了,可是在这儿一切还留着冬季的容貌。宽阔的弯曲的汉江,还铺着银色的冰雪,江两岸,还是银色的山岭,低沉的流荡的云气也是白漾漾的,只有松林在山腰里、峡谷里抹着一片片乌黑。——这就是汉江前线的自然风色。

敌人离汉城最近处不过15公里,离汉江还要近些。美国侵略军的指挥官们早可以从望远镜里看见汉城了,如果开动吉普车,可以用不到20分钟。可是他们不是用了20分钟,他们是用了9个多师的兵力,用了20天的时间,用了一万一千多暴徒的血,把这些银色山岭上的冰雪涂成了红的,可是他们从望远镜里所看到的汉城,并不比20天以前近多少。

这是为什么呢?为什么这个大名鼎鼎的帝国主义,20多万军队20多天连十多公里都走不了呢?

是他们的炮火不行吗?不是。他们的炮火确实凶恶得很。他们能够把一个山头打得白雪变黑雪,旧土变新土,松树林变成高粱楂子,松树的枝干倒满一地。假若他们能够把全世界上的钢铁,在一小时内倾泻到一块阵地上的话,也是不会吝惜的。

可是,他们还是不能前进。

是因为他们的飞机不多吗?不行吗?或者是它们和地面的配合不好吗?也不是。他们的飞机独霸天空,跟地面的配合也并不坏。他们可以任意把我们的前沿阵地和前线附近的村庄,投上重磅炸弹和燃烧弹,使每一块阵地都升起火苗,可以把长着茂草的山峰,烧得乌黑。

这样,他们能够前进了吗?仍然不能!

那么,是因为他们攻得不疯狂吗?更不是。一般说,当他们的第一次冲锋被击溃之后,第二次冲锋组织得并不算太迟慢。开始他们每天攻两三次,以后增加到五六次、七八次,甚至十几次。在我们阵地前,尽管美国人的死尸已经阻塞了他们自己进攻的道路,但他们还是用火的海、肉的海,向我们的滩头阵地冲击。最后,他们的攻击,已经不分次数,在我们弹药缺乏的某些阵地上,他们逼着李伪军和我胶着起来,被我打退后,就停留在距我50米外修建工事,跟我们扭击。他们的飞机、炮火,可以不分日夜,不分阴晴,尽量地轰射。夜间,他们在天空拉起照明弹,探照灯的网。最后,他们又施放了毒气。你们看,除了原子弹,他们所有的都拿出来了,他们所能够做的,都毫无遗漏地做了,他们的攻击可以说是不疯狂吗?

可是,他们前进了没有呢?没有。

那么,到底是因为什么呢?原因很简单,这就是在敌人的面前,在汉江南岸的狭小的滩头阵地上,隐伏着世界上第一流勇敢的军队,隐伏着具有优越战术素养的英雄的人!

当然,战斗是激烈而艰苦的。——这并不像某些人所想的,我们的胜利像在花园里、原野上随手撷取一束花草那么容易。这儿的每一寸土地,都在反复地争夺。这儿的战士,嘴唇干裂了,耳朵震聋了,眼睛熬红了。然而,他们用干焦的嘴唇吞一口干炒面,咽一口雪;耳朵听不见,就用结满红丝的眼睛,在滚腾的硝烟里,不瞬地向前凝视。必要时,他们必须用被炮火损坏的枪把、刺刀、石头,把敌人拼下去。这儿团、师的指挥员们,有时不得不在烧着大火的房子里,卷起地图转到另一间房子里去。这儿的电话员,每天几十次地去接被炮火击断的电话线。这儿每一个指挥员的表,不是一分钟一分钟地过,而是一秒钟一秒钟地度过!

某天夜晚,我到达某团指挥所的一间小房子里。一张朝鲜的小圆炕桌上铺着地图,点着一支蜡烛。飞机还在外面不断地嗡嗡着。副师长正和团长、政治委员在看地图。他们研究妥当以后,副师长——一个略显苍老的中年军人,打开他那银色的烟盒,给了我们每人一支香烟。我们正在蜡烛上对火,突然随着嗵嗵两声巨响,蜡烛忽地跳到地上熄灭了。蒙着窗子的雨布也震落下来。照明弹的亮光像一轮满月一样照在窗上。

但谁也没有动。团长把蜡烛从炕上拾起,又点着了。政治委员拂去地图上震落的泥土。警卫员把雨布又蒙在窗上。我们又点起了香烟。

团长像征求别人同意似的笑着,瞅着副师长,说:"副师长!你看我们的战斗有点像'日日夜夜'吧?"

副师长沉吟了一下,声音并不高地说:"是的,我们正经历着没有经历过的一场战争。我们,不——,"他纠正自己,指了指地图上画着的一条粗犷红线,"这儿的每一个人都在经历着'日日夜夜'式的考验。"他停了一下,忽然,又弹掉烟灰,微笑着:"不过,我们的沙布洛夫是不少的!"

在战斗最紧张的一天,在师指挥所,我听到师政治委员——他长久没有刮胡子,眼睛熬得红红的,在他每次打电话给他下级的时候,总要提到这几句:"同志们!你们辛苦了吧!"他似乎并不要下级回答,紧接着说:"我知道你们是辛苦的。"然后,他的声音又严肃又沉重:"应该清楚地告诉同志们坚守的意义,我们的坚守,是为了钳制敌人,使东面的部队歼灭敌人。没有意义的坚守和消耗,我们是不会进行的。你们都清楚,我们一定要守到那一天。"停了一停,又说:"还要告诉同志们,有飞机大炮才能战胜敌人算什么本事呢?从革命的历史来看,反革命的武器总是比我们好得多;然而失败的总是他们,而不是我们。不要说在这方面超过他们,假若一旦平衡,或者接近平衡,他们就会不存在了!今天,我们的武器不如敌人,就正是在这样条件下,我们还要战胜他。我们的本事就在这里!"他把耳机移开,似乎要放下的样子,但又迅速拿回来,补充了一句:"我们的祖国会知道我们是怎样战胜敌人的!"

在阵地上,战士们就是以政治委员的同一英雄意志,进行着战斗。

这里,我要记下一段两个人坚守阵地的故事。其中一个名叫辛九思,我亲自访问了他。我很快发现他是一个别人说半句话,他就懂得全句意思的聪明青年,今年才20岁,黑龙江人,是一个刚刚两年的共产党员,现在是副班长。在出国以后的苦战中,他像许多的战士一样,裤子的膝盖、裤裆都飞了花,但他补得很干净。站在那儿,是那样英俊而可爱。某天傍晚,当他到前哨阵地反击敌人回来以后，见自己排的阵地上，许多战友都坐在自己的工事里，还保持着投弹射击的姿势，但是却牺牲了。只剩下了战士王志成一个人，聚精会神地蹲在工事里，眼往下瞅着。神色仍然很宁静，半天才打一枪。敌人不知道这儿有多少人，也不敢上来。辛九思爬到王志成的身边悄悄地问："你还有弹药吗？"王志成指指仅剩的两粒子弹，悄悄地幽默地答："只有他兄弟两个啦，你呢？"辛九思用大拇指和食指比了一个圆圈。这时，天已经黑了。敌人的哨音满山乱响，敌人的炮已经进行延伸射击。后面的连阵地上，也哇啦哇啦地说着外国话。——显然，连的阵地已经后撤了。王志成说："副班长，连的主力已经撤了，怎么没有送信来呢？"辛九思说："是呀，怎么没送信呢？可是没命令，我们就不能撤。我们不是给班长表示过，只要有一个人就要守住阵地，有两个人还能丢掉阵地吗？"王志成点点头说："那当然。我的决心早下了。人家很好的同志都为祖国牺牲了，我们死了，有什么关系！"辛九思马上纠正他说："哪能死呢？天塌大家死，过河有槎子。敌人上来咱们砸他一顿石头，往坡下一滚，那些胆小鬼不会找着咱们的。我刚才就是这样滚下来的。"说到这里，王志成像忽然想起了一件事情，说："副班长，咱俩还是快蹲到两个工事里吧，炮弹打住一个，还有一个守阵地的！"说着，两个人就蹲到两个工事里了。辛九思又探过头去鼓励地说："王志成！好好坚守，回去给你立功呵！"王志成在星光下笑了一笑，点了点头。他们是这么沉着，一点也不慌乱，一会儿看看前头，一会儿听听后面。这时，敌人的炮，已经向阵地的后方，打得更远更远了。四处的阵地上，敌人乱糟糟的。这里已经像一座海水中的孤岛。但敌人仍旧不敢上到这个给他打击最严重的阵地。几个钟头过去了，夜深风冷，他们的身上、枪上结满了霜花，冻得在战壕里跺着脚。王志成又招呼辛九思："副班长！咱们这儿怪冷清的，咱们吃炒面吧，别叫饿着。""好吧。"辛九思答应着。两个人就把炒面袋子解开。风呜呜吹着，吞一口炒面，就要把口儿连忙捂住。直等通讯员踏过膝盖深的白雪来叫他们的时候，他们才按着北斗星的指示绕过敌人走回来。

当这个战士叙述完他的故事之后，他用他年轻人特有的明闪闪的眼睛看着我，又补充说："出国以来，人家非党群众还那样坚决，都提出立功入党呢；我是个党员，又有什么可怕的呢？假若战争打到东北，打到咱们的祖国，"说到这里，他的眼睛像生起一片阴云似的暗了一下，随手一指面前一个背着小孩还希图在烧焦的房子里找出什么东西的朝鲜老妈妈说，"我们的父母还不跟她一样的吗？……你不知道，我是个最不爱流泪的人。我认为男子流泪，是羞耻的。在旧社会的时候，母亲把我卖给别人，我母亲哭得像泪人一样，但我没有掉一滴眼泪。可是这一次到朝鲜，我看见朝鲜老百姓被美国鬼子害得那么苦，我哭了。现在，已经春天了，老百姓的地还没有种上，他们将来吃什么呢？……要是美国鬼子打到我们的祖国，像这样的炸，像这样的烧，咱们国又不比朝鲜，人是那样多，村庄又是那样稠呵！……"

战士们，他们就是这样地战斗着，就是怀着这样伟大的不可战胜的心灵坚守着。

因此，你可以明白：敌人在我们这样的战士面前，虽然拥有火力优势与空军的助战，是必然不能打胜的。而且，还要特别指出：在敌人这样的炮火下，敌人的死伤，总是远远地超过了我们。

这里我要举一个并不出色的连队来做例子。这个连队正因为不出色，以致常遭其他连某些年轻战士的嘲笑，甚至给他们加上一些诨号。这次阻击，人们又以为这个连打得不好。据团首长亲自到该连的阵地上检查，该连某个排的阵地前，就有 51 具美国鬼子的尸体。这个排虽然最后只剩下 6 个人，其中还有 2 个负伤的，但正是这 6 个人，还使冲到面前的 16 个美国人做了俘虏。

在汉江南岸的日日夜夜里，我们英雄的部队，他们并不只是用坚强的防守，使敌人在我们的阵地前尸堆成山，血流成河；重要的，他们还不断用强烈的反击，夺回阵地，造成敌人更惨重的伤亡。我不断听指挥员告诉他们的部队："不能在敌人面前表现老实，你们不应该挨打，应该反击，坚决地反击！"

某次，敌人进攻部队的一个营，已经进到距我某师指挥所不足 1000 米。当天晚上，我们某部就进行了一个强大的反击。他们切断了这个美国营的归路，几乎将这个美国营全部歼灭，活捉了 80 多个俘虏，仅有少数敌人逃窜。据这个部队的一位负责同志告诉我："当我们的部队一听说去反击敌人的时候，你不知道从哪里来的那股劲儿，就好像春天头一回放青的马子一样，连缰绳你都拉不住了。那天晚上,很远很远我就听到炮兵排长喊:'预备——放!''预备——放!'营长骂他们:'你们声音这么高干什么用呢?'他们还是:'预备——放!''预备——放!'他们真是兴奋得连别人的话都听不见了。有一个失联络的尖兵班,别人都不知道哪里去了,结果是因为他们走得太快,一直钻进敌人的心脏里消灭了敌人一个班,还带回来5个俘虏,大家才找着了他们。你看莽撞不莽撞?最有趣的,是我们的一个排长张利春同志,他是立过5个大功的战斗英雄。这次,当他扑到敌人阵地上的时候,他看到有4个美国兵都把下半截身子装在睡袋里。他急了眼,来不及等后面的同志,先打死了一个,接着就扑上去,用脚踏住一个,两只手抓住另外两个家伙的头发,捺了个嘴啃泥,一边狠狠地说:'中国人过去总是在你们的脚底下,今天,你们该低低头了!'两个家伙又不懂他的话,只是翻着白眼。……你看看咱们的同志哪个不像个小老虎呢?"

在激烈而艰苦的日日夜夜,无论将军和战士都像盼跟最亲爱的人会面一样的,焦盼着这一天的到来,即2月12日,这一天是我汉江东段部队出击的日子。果然,这一天,一秒钟,一秒钟,接近了,来到了。马上,不出三天,就传来横城歼敌两个师的消息。这两个胜利汇在一起,就是我们祖国人民所看到的——汉江前线歼敌两万三千余人——那个凝结着许多日日夜夜无数英雄故事的数目字。这时候,前线的战士们,拍拍那日日夜夜的尘土,就跨过将要解冻的银色的宽阔的汉江,井然有序地回到汉江北岸休息了。可是胆怯的敌人,在我们撤退的后两天,还不敢踏上那闪射着英雄光辉的银色的山岭。

1951年3月16日

火线春节夜

在汉江南岸的日日夜夜里,谁会想起这一天就是春节呢。阵地上,山草燃烧过的地方,还是黑乌乌的,打落的松树的枝干,到处散落着。有什么不同会使人想起这一天就是春节呀!

黄昏,战斗停下来。这块阵地上的一小片松树林,只剩了3棵。一棵烧黄了一半,一棵歪着脑袋折下来,垂在地上;但是,有一棵还完整地、黑森森地站在那儿。

经过一天的激战,口干舌燥,早晨送来的饭一时咽不下去,倒不如扯个乱谈更觉得快乐些。

有一个战士说:

"你们说,到底是渴难受呢?是饿难受呢?"

"是渴难受呀!"

"我也说是渴难受!饿我倒满不在乎。"

但一种论调的出现,总是会有另一种论调来反驳的。马上有人说:"你们说渴难受,可飞虎山五天五夜只吃了两顿饭,地上掉的六七个生棒子粒儿,你们为什么拣起来吃了呢?你们为什么裤腰带勒一把又一把,皮带眼儿不够了,又往上钻新眼眼儿呢?"

马上又有人反驳他:"你说渴不难受,敌人的炮把雪打黑了,你为什么抓一把就塞到嘴里,吃得那么香呢?"

正争论着,忽听山坡上有一个粗壮的、嘹亮的、愉快的声音喊:

"同志们!今天是大年初一呀,我给你们送肉来了!"

大家一看,是炊事员老张,正背着一个大口袋,从侧后面的山坡上往上爬。他爬着,呼呼地喘着,简直像架风箱似的,可是他还上气不接下气地喊:

"同志们！我代表……伙房,我还,还代表司务长跟同志们拜年啦!"

大家一听,都好像带着几分惊奇、几分恍然大悟的神气说:"哦,今天就是大年初一呀!"

有人似乎不相信,还在那儿屈指算着,最后才肯定:"一点不错,今天是大年初一!"

炊事员老张走上来,满脸笑嘻嘻的,他对同志们确是非常亲爱的哩。他把口袋往地上一放,掏出许多红红绿绿四四方方的纸包。有的是包着肉,有的是咱们老张他用朝鲜方法做成的大米面打糕。他双手捧着给每个人分了两包。当他把肉分给每一个人的时候,还特别加上一句:

"同志们,不要轻看,这是祖国来的哩!"

"真是祖国来的?"

"真是祖国来的咧!"他昂着脖子,骄傲地说。

有的战士,马上把肉块子举得高高的喊:

"同志们！你们看,这是从祖国来的!"

有的战士,熬红的眼睛亮晶晶的,看着手里的肉笑着;有人马上就咬了一口;有人小心翼翼地放到工事里,生怕谁把它碰着似的。

春节来了,祖国又送来了慰劳品,能叫人不高兴吗!

阵地上,马上热闹起来。

班长立刻分派有的人去捡小松枝生火盆,有的人去用刺刀刮开被炮火打黑的雪层,挖出干净的白雪,或是到山下头河沟里背冰块;自己用缠着绷带的手找出雨布,把洞口蒙上,防止漏出火光。不大工夫,一缸子一缸子的白雪,小白铁锅盛着冰块,就在火盆上炖起来。大家挤着围着,轮换着用小刀把肉一片一片地切开。小火苗的光,霍闪霍闪,照着每一个年轻的脸,红艳艳的。

有人指着自己的一缸子白雪、几片肉、一块朝鲜打糕,还有早晨剩下的米饭说:

"你看,这还不是好几个菜吗！这年过得蛮不坏哩!"

又有人从另一个洞口探出头来,悄悄地叫:

"到我这里来吧,我还有一个小鱼,比你们还多一个菜哩!"

这时候,像往日一样,晚班的敌机又来了,沿着我们的阵地,丢了一长串照明弹,间隔一般般远,荡荡悠悠的,在那儿悬着,像是天灯似的。敌人的炮,半天打一下,一声近,一声远。

可是,战士们除了专门警戒的人以外,他们还是要度自己的春节呀。

已经有一缸子冰雪炖化了。他们端着,像名酒一样珍贵,自己只喝一小口,就亲热地传给别人。吃肉的时候,总是捏起一片,先瞅瞅它,然后才轻轻地送进嘴里,一小口一小口地吃着,像生怕把它一下吃完,再不能品祖国的味道似的。

有一个战士,像忽然想起了什么,把茶缸子从嘴边移开,说:

"今天,在咱们祖国,不定多热闹呢!"

"是呀,秧歌不定扭得多欢哩!"

有人插嘴:"你们是留恋后方的和平生活吧!"

这话,真让刚才说话的同志不高兴。他马上把茶缸子放到火盆边上:"我要是留恋后方生活,我就不出来!我要是想让咱们的祖国变成朝鲜这样子,一个村,一堆灰,光光的马路不能走,把脸贴到地皮上钻洞,吃雪,我出来干什么?我出来,就是为了我们的祖国天天像赶集那么热闹,扭秧歌,打花鼓,种田,唱歌,学文化,在马路上随便走!"

班长说:"算啦,算啦,这是过年,又不是开讨论会。"

有一个粗声粗气的声音,好像要武装解围似的,说:"什么热闹不热闹,我看哪儿的鞭炮也比不上咱们这儿热闹哩,又用不着花钱买!"

这个班里,可就是有一个人不说话,托着腮帮子。

班长说:"你怎么不说话哩?"

"我说什么?"他抬起头,把手放下来,"你们张口合口祖国、祖国,你们都是有脸回祖国的人啦,咱们班立功的立功,入党的入党,就剩下我一个没脸的人啦!"

大家赶忙解释:

"你也不算落后呀!"

"是呀!你今天成绩也不错呀!一个人抱着机枪打,打坏了,又用卡宾枪打,你今天不是打死七八个敌人吗?"

班长也说:"你的成绩,已经报告给连长了;再说支部现在正讨论你的问题呢。"

一个战士，紧紧凑近他的脸，用一副逗笑的样子，说了一段快板：

> 小伙子，你别悲观，
> 愁眉苦脸多难看，
> 只要你的决心大，
> 立功入党不困难。

大家哄地笑起来。

"我并不是悲观，"他脸上似乎走过笑纹，但辩解着，"过去表示态度，我没表示过，可你们不要以为我的决心小。这次出国，如果我要不成为一个共产党员，我就不见祖国的面！就是朝鲜解放了，你们都挂着奖章回去，我在这儿帮助朝鲜老百姓盖房，也要争取入党，争取立功的！"

忽然，洞口的雨布一动，探进一个头来，紫黑的脸膛上，蒙着一层灰泥，几乎可以说他只是戴了半个帽子，另外半个被烧去了一大块。大家一看，嘿，这不是排长吗！

大家亲热地招呼着：

"排长，年过得好呀！"

"你们班过得好呀，同志们。"

有的给排长端水，有的给排长拿肉，又一齐挤着给排长腾地方，可排长只能挤进来大半个身子。

排长说："同志们，注意！我传达连部的一个指示。"大家静下来。排长接着说："刚才指导员到我们那里宣布，营里今天表扬我们连打得好，有许多同志立了功。你们班长负伤不下火线，领导全班打垮敌人12次冲锋，立一小功。"大家都注视着班长，班长的脸稍稍一低，似笑非笑地看着自己缠着绷带的手。只有那个未入党的同志，眼睛圆圆的，看着排长。排长又继续说："另外，支部还宣布王瑛同志候补党员转正。"那个未入党的同志眼睛瞪得更大了。排长这才注视着他，说："支部还批准王淑金同志，成为中国共产党的候补党员！"

呀！大家的眼睛刷地全瞅着王淑金啦。假若是王淑金独自个儿在这个洞里多好呢，偏偏有这么多的人，叫人怎么表示好呢，应该说什么呢，手应该放在哪儿呢，决定不笑吧，脸上已经笑出来了，决定沉静一点吧，脸上已经发烧了，大概是红了，他应当怎么好呢？

"王淑金，你怎么不说话呀！"

"王淑金，表示表示态度呀！"

"您叫我说什么呢？"王淑金脸红着，结结巴巴地，"同志们，我，我会对得起'共产党员'这四个字的！"

"同志们，为了庆祝你们立功、入党，"排长从口袋里摸出了一个大半截香烟头儿，说，"咱们营长从团长那儿拿来了两支烟，营指挥所合抽了一支，剩下一支给了咱们连长，连长、指导员抽了小半支，就把这半截儿给了我。"

见了这半截烟，抽烟的人眼珠子都快掉出来了，但还是客气地说：

"排长抽吧。"

排长在火盆里小心地点着，抽了一口，就递到王淑金的手里，又拍了拍他的肩膀，咭咭嘎嘎地笑着走了。

王淑金没有抽就递给班长，班长强迫他抽了一口，然后，每一个人又各抽了一小口。淡淡的烟环，你是带着多少日日夜夜的辛劳，带着多少光荣愉快的心，在这个小洞里撞击着、舞动着呀！人们瞅着你，似乎听出你撞击着的银铃一样的声音哩。

……正在这时候，大家同时听到外面有一阵呜啦呜啦的怪响。

班长爬出洞口，大家也跟着爬了出去，谛听着。

一阵怪响过后，只听山坡下面喊：

"共军兵士们！今天我要对你们讲几句话。……"

大家知道：这是敌人又进行阵前广播。那广播匣子又继续叫：

"今天过年了，你看你们在山上多苦哇，吃不上饭，喝不上水，脚也冻肿啦……"

马上有人骂："去你娘的蛋！"

但那广播机，还照样说它的：

"我们联合国军队，是为了解放朝鲜来的；联合国已经宣布了你们是侵略者……"。

"乓!"不知道是谁忍不住开了一枪,接着骂:"我们进屋不脱鞋,还要自我检讨哩,我们是侵略者?"

班长跳起来喊:"打这个蒋介石派来的狗杂种!"

乓乓乓乓乓乓……阵地上响起了从美国人缴来的卡宾枪、自动枪声。

那广播机还继续着:

"你看我们有飞机大炮,你们有什么呢?快快投降吧!你们可以从小路过来……"

战士们有好几个声音同时骂,有的还用手指着敌人:

"有飞机大炮,你们为什么冲不下来老子的阵地呀!"

"老子就是没飞机,也把你们追到这里啦!"

"老子要有飞机,早把你狗日的撵到南海里喂王八去啦!"

"投降,先缴给你些子弹头!"

又是一排乓乓的自动枪声。

但广播机还在响。这时,王淑金走到班长的面前说:

"报告班长,我去搞掉狗日的广播机。"

"我也去!"王瑛说。

"我也去!"

"我也去!"

"听命令!"班长严肃地说,"王淑金和王瑛两个人去。"

两个人把手榴弹盖咬开,把子弹也摸了一摸,顺着山坡走了下去。

30分钟以后,只听轰隆轰隆几声响,那广播机正说到"如果不然,我们一定要消灭你们……"的时候哑然无声了。

可是等了一个钟头、两个钟头,也不见他俩回来。

班长是多么地焦急呀,他让大家回洞里休息,自己蹲在哨兵旁边等着。

下半夜,听见下面的松树枝叶簌簌地响,一看,影影绰绰的,好像有五六个人影往山上爬。仔细一听,嘀里嘟噜的,似乎还有外国人说话。

班长悄悄地招呼哨兵:"准备好!"说着把手榴弹弦挂在手指上。

"谁?"

"我。"是王淑金的声音。

班长惶惑着,但警惕性是很高的,他大声喊:"为什么人那么多?"

"是我们捉的俘虏。"王瑛答。

班长一阵高兴,不由得喊:"同志们,他们捉了活的来啦!"说着,加快脚步迎上去,班里的人也争着钻出洞口跑过来。

只见王淑金和王瑛每个人背着七八支卡宾枪,站在后面;前面是4个俘虏;另外还有一个穿便衣的也拿着枪站在一边。那几个俘虏,好像一个个没有长着枝叶的秃树桩子呆在那里。

班长兴奋地说:"同志,你们怎么搞的呀?"

那个穿便衣的抢着说:"这是班长吗?我还要向你道歉哩!……我是师部的侦察员,上级叫我去'捉舌头'①,我发现这四个家伙,"他指了指那4个秃树桩子,"正躲在一个小屋里,钻在睡袋里打鼾哩。可一个人真不好下手呀,正巧,碰上你们这两个大将啦,我请他们帮忙,就把这几个家伙给擒来啦。也没有经过你同意,真对不起!"

班长早已经乐得不行,连说:"那没有什么,没有什么!"

那几个俘虏,见人们都跟班长说话,就扑通扑通给班长跪下了,边磕头边用手掌锯着脖子,嘀里嘟噜地咕噜着,引得大家一阵乱笑。战士们也用手锯锯脖子,摇摇手,他们才一个个拘拘谨谨地站起来,又像半截秃树干似的呆在那里。

王淑金和王瑛走到班长面前,把肩上的枪放在地上。王淑金说:"报告班长,我们把广播匣子炸坏啦,以后又配合他们捉俘虏。回来,我们看见山底下,有一堆20多个尸首,都是被咱们白天打死的美国人,我们一共捡回卡宾枪13支,临回来我们把狗日的一个个都翻了个脸朝上……"

"那是为什么呢?"班长问。

"为什么?"王淑金气昂昂地说,"狗日的明儿个敢进攻,就让他进攻的时候看看吧!"说着,又指着地上的枪,"班长看看这枪好使不?"

---

① "捉舌头":就是去捉俘虏了解敌情。

班里的同志们争着拿起枪来,班长也拿起了一支,枪上面结满了霜花。他用衣袖拭了拭,朝着敌人的方向,乓乓打了几枪。战士们也都手痒得禁不住打一枪,喊一句:

"小子们!看明天的吧。"

"小子们!看明天的吧。"

枪声在山谷里清脆悦耳地响着。

夜风呜呜地吹着,启明星已经升起。

在汉江南岸的日日夜夜里,谁会想到这一天就是春节呢。可是春节不回避任何艰苦的地方,它在战士们的阵地上,像在祖国一样,用它愉快的脚步走过了。

1951 年 3 月 25 日

谁是最可爱的人

在朝鲜的每一天,我都被一些东西感动着;我的思想感情的潮水,在放纵奔流着;它使我想把一切东西,都告诉给我祖国的朋友们。但我最急于告诉你们的,是我思想感情的一段重要经历,这就是:我越来越深刻地感觉到谁是我们最可爱的人!

谁是我们最可爱的人呢?我们的战士,我感到他们是最可爱的人。

也许还有人心里隐隐约约地说:你说的就是那些"兵"吗?他们看来是很平凡、很简单的哩,既看不出他们有什么高明的知识,又看不出他们有丰盛细致的感情。可是,我要说,这是由于他跟我们的战士接触太少,还没有了解到我们的战士:他们的品质是那样地纯洁和高尚,他们的意志是那样地坚韧和刚强,他们的气质是那样地淳朴和谦逊,他们的胸怀是那样地美丽和宽广!

让我还是来说一段故事吧。

还是在二次战役的时候,有一支志愿军的部队向敌后猛插,去切断军隅里敌人的逃路。当他们赶到书堂站时,逃敌也恰恰赶到那里,眼看就要从汽车路上开过去。这支部队的先头连——三连就匆匆占领了汽车路边一个很低的光光的小山岗,阻住敌人。一场壮烈的搏斗就开始了。敌人为了逃命,用了32架飞机、十多辆坦克配合着发起了集团冲锋,向这个连的阵地汹涌卷来。整个山顶的土都被打翻了。汽油弹的火焰把这个阵地烧红了。但勇士们在这烟与火的山岗上,高喊着口号,一次又一次把敌人打死在阵地前面。敌人的死尸像谷个子似的在山前堆满了,血也把这山岗流红了。可是敌人还是要拼死争夺,好使自己的主力不致覆灭。这场激战整整持续了8个小时。最后,勇士们的子弹打光了。蜂拥上来的敌人占领了山头,把他们压到山脚。飞机掷下的汽油弹,把他们的身上烧着了。这时候,勇士们是仍然不会后退的呀,他们把枪一摔,身上、帽子上呼呼地冒着火苗,向敌人扑去,把敌人抱住,让身上的火,也要把占领阵地的敌人烧死。……据这个营的营长告诉我,战后,这个连的阵地上,枪支完全摔碎了,机枪零件扔得满山都是。烈士们的遗体,保留着各种各样的姿势,有抱住敌人腰的,有抱住敌人头的,有掐住敌人脖子把敌人摁倒在地上的,同敌人倒在一起,烧在一起。还有一个战士,他手里还紧握着一颗手榴弹,弹体上沾满脑浆;和他死在一起的美国鬼子,脑浆崩裂,涂了一地。另有一个战士,嘴里还衔着敌人的半块耳朵。在掩埋烈士们遗体的时候,由于他们两手扣着,把敌人抱得那样紧,分都分不开,以致把有些人的手指都掰断了。……这个连虽然伤亡很大,他们却打死了300多敌人,更重要的是,使我们部队的主力赶上来,聚歼了敌人。

这就是朝鲜战场上一次最壮烈的战斗——松骨峰战斗,或者叫书堂站战斗。假若需要立纪念碑的话,让我把带火扑敌和用刺刀跟敌人拼死在一起的烈士们的名字记下吧。他们的名字是:王金传、邢玉堂、井玉琢、王文英、熊官全、王金侯、赵锡杰、隋金山、李玉安、丁振岱、张贵生、崔玉亮、李树国。还有一个战士已经不可能知道他的名字了。让我们的烈士们千载万世永垂不朽吧!

这个营的营长向我叙说了以上的情景,他的声调是缓慢的,他的感情是沉重的。他说他在阵地上掩埋烈士的时候,他掉了眼泪。但他接着说:"你不要以为我是为他们伤心,我是为他们骄傲!我觉得我们的战士太伟大了,太可爱了,我不能不被他们感动得掉下泪来。"

朋友们,当你听到这段英雄事迹的时候,你的感想如何呢?你不觉得我们的战士是可爱的吗?你不以我们的祖国有着这样的英雄而自豪吗?

我们的战士,对敌人这样狠,而对朝鲜人民却是那样地爱,充满国际主义的深厚热情。

在汉江北岸,我遇到一个青年战士,他今年才21岁,名叫马玉祥,是黑龙江青冈县人。他长着一副微黑透红的脸膛,高高的个儿,站在那儿，像秋天田野里一株红高粱那样淳朴可爱。不过因为他才从阵地上下来，显得稍微疲劳些，眼里的红丝还没有退净。他原来是炮兵连的。有一天夜里，他被一阵哭声惊醒了，出去一看，是一个朝鲜老妈妈坐在山岗上哭。原来她的房子被炸毁了，她在山里搭了个窝棚，窝棚又被炸毁了。……回来，他马上到连部要求调到步兵连去，正好步兵连也需要人，就批准了他。我说："在炮兵连不是一样打敌人吗？""那，不同！"他说，"离敌人越近，越觉着打得过瘾，越觉得打得解恨！"

在汉江南岸的日日夜夜里，有一天他从阵地上下来做饭。刚一进村，有几架敌机袭过来，打了一阵机关炮，接着就扔下了两个大燃烧弹。有几间房子着火了，火又盛，烟又大，使人不敢到跟前去。这时候，他听见烟火里有一个小孩子哇哇哭叫的声音。他马上穿过浓烟到近处一看，一个朝鲜的中年男人在院子里倒着，小孩子的哭声还在屋里。他走到屋门口，屋门口的火苗呼呼的，已经进不去人，门窗的纸已经烧着。小孩子的哭声随着那滚滚的浓烟传出来，听得真真切切。当他叙述到这里的时候，他说："我能够不进去吗？我不能！我想，要在祖国遇见这种情形，我能够进去，那么，在朝鲜我就可以不进去吗？朝鲜人民和我们祖国的人民不是一样的吗？我就踹开门，扑了进去。呀！满屋子灰洞洞的烟，只能听见小孩哭，看不见人。我的眼也睁不开，脸烫得像刀割一般。我也不知道自己的身上着了火没有，我也不管它了，只是在地上乱摸。先摸着一个大人，拉了拉没拉动；又向大人的身后摸，才摸着小孩的腿，我就一把抓着抱起来跳出门去。我一看小孩子，是挺好的一个小孩儿啊。他穿着小短裤儿，光着两条小腿儿，小腿乱蹬着，哇哇地哭。我心想：'不管你哭不哭，不救活你家大人，谁养活你哩！'这时候，火更大了，屋子里的家具什物也烧着了。我把他往地上一放，就又从那火门里钻了进去。一拉那个大人，她哼了一声，再拉又不动了。凑近一看，见她脸上流下来的血已经把她胸前的白衣染红了，眼睛已经闭上。我知道她不行了，才赶忙跳出门外，扑灭身上的火苗，抱起这个无父无母的孩子。……"

朋友，当你听到这段事迹的时候，你的感觉又是如何呢？你不觉得我们的战士是最可爱的人吗？

谁都知道,朝鲜战场是艰苦些。但战士们是怎样想的呢?有一次,我见到一个战士,在防空洞里,吃一口炒面,就一口雪。我问他:"你不觉得苦吗?"他把正送往嘴里的一勺雪收回来,笑了笑,说:"怎么能不觉得!咱们革命军队又不是个怪物。不过咱们的光荣也就在这里。"他把小勺儿干脆放下,兴奋地说:"就拿吃雪来说吧。我在这里吃雪,正是为了我们祖国的人民不吃雪。他们可以坐在挺豁亮的屋子里,泡上一壶茶,守住个小火炉子,想吃点什么,就做点什么。"他又指了指狭小潮湿的防空洞说:"你再比如蹲防空洞吧,多憋闷得慌哩,眼看着外面好好的太阳不能晒,光光的马路不能走。可是我在这里蹲防空洞,祖国的人民就可以不蹲防空洞啊。他们就可以在马路上不慌不忙地走啊。他们想骑车子也行,想走路也行,边蹓跶边说话也行。只要能使人民得到幸福,就是我们最大的幸福。所以,"他又把雪放到嘴里,像总结似的说,"我在这里流点血不算什么,吃点苦又算什么哩!"我又问:"你想不想祖国呀?"他笑起来:"谁不想哩,说不想那是假话。可是我不愿意回去。如果回去,祖国的老百姓问:'我们托付给你们的任务完成得怎么样啦?'我怎么答对呢?我说'朝鲜半边红,半边黑',这算什么话呢?"我接着问:"你们经历了这么多危险,吃了这么多苦,你们对祖国对朝鲜有什么要求吗?"他想了一下,才回答我:"我们什么也不要。可是说心里话,我这话可不定恰当呀。我们是想要这么大的一个东西——"他笑着,用手指比个铜子儿大小,怕我不明白,又说,"一块'朝鲜解放纪念章',我们愿意戴在胸脯上,回到咱们的祖国去。"

朋友们,用不着繁琐地举例,你已经可以了解到我们的战士是怎样一种人,这种人有什么一种品质,他们的灵魂是多么的美丽和宽广。他们是历史上、世界上第一流的战士,第一流的人!他们是世界上一切善良人民的优秀之花!是我们值得骄傲的祖国之花!我们以我们的祖国有这样的英雄而骄傲,我们以生在这个英雄的国度而自豪!

亲爱的朋友们,当你坐上早晨第一列电车走向工厂的时候,当你扛上犁把走向田野的时候,当你喝完一杯豆浆、提着书包走向学校的时候,当你安安静静坐到办公桌前计划这一天工作的时候,当你向孩子嘴里塞着苹果的时候,当你和爱人悠闲散步的时候,朋友,你是否意识到你是在幸福之中呢？你也许很惊讶地说："这是很平常的呀！"可是，从朝鲜归来的人，会知道你正生活在幸福中。请你意识到这是一种幸福吧，因为只有你意识到这一点，你才能更深刻了解我们的战士在朝鲜奋不顾身的原因。朋友！你是这么爱我们的祖国，爱我们的伟大领袖毛主席，你一定会深深地爱我们的战士，他们确实是我们最可爱的人！

1951 年 4 月 1 日夜草

战士和祖国

这里我不准备再说更多的英雄故事,朋友们,你们已经知道得不少了;虽然,你们所知道的不过是千百件中的一件。

我想说的是,当志愿军现时还拿着劣势武器的时候,为什么敌人凶残的炮火、飞机吓不倒他们,并且表现了世界人类最大的勇敢、最强的战力?而能够把世界上帝国主义中最强大的美国侵略军打得落花流水、一败再败?换一句话说,这个部队的每一个成员,是一种什么伟大的力量在支持着他们?或者说,英雄们的心灵深处,到底是怀藏着一种什么奇异的东西呢?

这个问题,我是慢慢得到答案的。

在我们部队开到汉江北岸休息的时候,一次,我到一个班里去开一个座谈会。坐在我身边的这些战士,他们身上披满了日日夜夜的灰尘,有的军衣上还有被燃烧弹烧着的痕迹。他们并不骄矜地,而是谦逊地注视着我。我看到他们这样淳朴可爱的面貌,心想,这就是跟全世界赫赫有名的帝国主义作战的战胜者呀!这就是那些打到一个人也要守住阵地的坚定的人、勇敢的人呵。我不由得带着敬意说:

"同志们!你们辛苦了。"

可是话音还没有落地,就立刻听到他们几乎是同时的回答:

"为了祖国,这算不得辛苦!"

"为了祖国嘛。"

"我们,为了祖国!!!"

还有一个又高又大的战士,把他一双带着血茧的大手,伸到我的面前,笑嘻嘻地说:

"我这双手,就是为了咱们的祖国干活的呀!"

说过,他们一齐用眼睛注视着我。

我,我怎么能够一下说出这声音里是含着什么一种东西呵;我只是觉着这种声音的分量,强烈地把我震撼着。

……座谈会结束了,战士们还不愿意散。有一个战士,又打量了我一下,问:

"同志,你是从北京来的吗?"

"是呀。"

"那么,"他注视着我说,"你知道咱们的毛主席怎么样呵,他的身体好吗?"

我还没有回答,就有人插嘴说:"我想,他那样忙,他的身体一定会瘦些。"

"是会瘦些的。"有几个战士点着头。

我回答说:"毛主席当然很忙,可是毛主席的身体还很健康。"

这时候,年轻的战士们,越发显得愉快活泼起来,问这问那。有人问起天安门,有人问起东北的工厂,有人问故乡的土地改革,有人问学生的参军,有人问祖国去年庄稼的收成,有人问祖国某条铁路线的双轨到底铺到那里,一直问到我平常毫不注意的一些问题。总之,他们是在关怀着我们祖国广大国土上的一切。他们醉心地谈着,就好像谈着一个最亲密最心爱的人,愿意连他的头发都要谈到。

我笑着说:"嘿,你们是这样爱谈祖国的呀!"

"嘿,不光我们,我们的指导员还做了一首诗呢!"

"什么诗呵?"我忙问。

有一个战士背诵着:

中华儿女扛起枪,
保卫祖国出边疆;
抗美援朝逞英豪,
为国增光美名扬!

会后,我把战士热爱祖国的感情告诉了团政治委员。他点了点头,说整个部队差不多全是这样,并且给我说了这么一段故事。

某团有一个班长,名叫姜世福,他又是党的支部委员。处处坚持真理,刚强得很。不管是什么人要有一丝一毫违犯纪律的现象,叫他看见了是不行的。这次在汉江南岸景安里战斗中间,他打死了许多敌人,自己也负了重伤。眼看这个刚强可敬的战士就要与世长辞了。他的脸色和平时一样,不过当他看同志们的时候,眼睛里含着更加深厚的感情。同志们望着他,他望着同志们。卫生员赶过来给他包扎伤口,他摇摇头,声音很低地说:

"同志们,我不能跟你们就伴了。"

同志们凑近他的脸,说:

"老姜,你还要留下什么话吧?"

他摇摇头,握住离他最近的一只手,说:

"只要祖国的人们知道我是怎样牺牲的,我就……"

说着,他的脸上流出一丝恬然的微笑,眼睛从容地、慢慢地合上了。……

当政治委员说完这段故事之后,他严肃地沉思着说:

"当然,在我们没有出国之前,谁也知道是为了祖国,可是当出国之后,看到种种情形,好像才更加知道什么是祖国,更知道她的可爱!"他又说:"就拿我们团长来说,不也是这样的吗!……二次战役,我们团在连战几昼夜之后,又受命迂回敌人,要一气赶140里路。部队来不及吃饭,就连明彻夜地赶。走了90多里,部队就又困又饿拖不动了。有的困得前仰后合地向前走,有的脚上打满了泡,摇摇晃晃地走。还有一个营,坐下休息了。可是我们的团长呢,他年纪那么大了,身子又弱,一看到这个营停下了,就喘吁吁地、很吃力地赶上去责备那个营长;随后,站在那里,提高声音,对大家说:

"'不要忘记我们是从什么地方来的!——我们是从鸭绿江北面来的!'大家伙儿看着他,一个说话的也没有。说着,他又用手指了指北方,非常严峻地问:

"'同志们,鸭绿江北岸是什么地方?'

"'是祖国!'队伍回答。

"'是呵,是祖国。'团长用深沉的语调重复说,又问:'那么140里路,我们走了90里就休息了,把敌人放跑,我们对得起祖国吗?……'"

政治委员说到这里，不由得笑着，又说："你说怪不怪，一提'祖国'，就有这样大的力量！部队没有休息，一直插到目的地。"

祖国，祖国，你在战士们的心灵上，是有着多么大的力量呵！你不仅仅是挂在战士们的嘴边，你是在战士们的心灵深处生根、发芽和开花了。

为了进一步了解英雄们的心灵，我在继续地留意着。

某天黄昏，我要到前线去，看到前面村头上围着几个人。只听有一个高高的声音说：

"老乡！我不愿意下来嘛，他们硬让我下来啦！"

我走上前去一看，见是几个东北担架队的老乡，正围着一个伤员在那儿说话。那个伤员，不过二十一二岁，看来是我们队伍中一个很平常的战士，并没有什么惹人注意的地方。他头上团团地缠着绷带，两只手也缠着绷带露在被头外面。老乡看我站在那里，有一个就向我惊叹地说：

"小伙子真是好样儿的哩！"

"骨头真硬，真够得上是一个中国人！"另一个补充着，"他一个人打死了好几个美国鬼子哩。一颗大炮弹正落到他旁边，他头上带花了，把他震得昏昏迷迷的。可是卫生员给他绑扎好，正要往下背他，他醒来了。他说：'你们让我下去干什么哩？我不下去。'又抱着一挺机枪打；第二次，他又被子弹打掉了一个手指头。指导员让他下去，他又说：'人这么高，这么大，少一小块肉算什么哩！我不能打枪，我还能压子弹。'因为战斗很激烈，也就允许了他；可是第三次，他的另一只手又在撒手榴弹的时候挂花了。他怕指导员催他下去，先走到指导员面前说：'指导员！请你千万让我留在这儿。我们的班长已经牺牲了，无论如何我是不能下去的。我的手不能用，我的嘴还可以说话，我要求当通讯员！'听人说，在他说话的当儿，手上的血顺手指头向下滴着，他的脸色变都没有变呀。指导员安慰他，劝他下去，他还是不肯。最后指导员给他下命令：'下去！这是党的决定！'哈！这小伙子才捏着鼻子下来了，你不听，刚才还念叨哩！"

"是呀，"那个躺在担架上的伤员，也许是太兴奋了，他还想打手势，可是他的手没有动得了，只是他的肘弯儿微微欠动了一下，说，"我想，我不下来，满能完成通讯任务的呀。"说完，他的眼睛闪着明亮的青春的光辉,照射着我,似乎说:"同志,你以为我是对的吗?"

我走近他的身边蹲下来,安慰他说:"同志!你真是一个好样儿的,你打得真勇敢!"谁知道这话倒使他不好意思起来了,他的明亮的眼睛,似乎流露出一滴年轻人的羞怯,微微笑着。

我把他的被头掀起,把他露在外面的手盖上。然后,我注视着他,追问他到底是为什么这样的勇敢。

他笑了一笑,接着严肃地回答:

"同志,我能含糊么?你想想,自打过了鸭绿江的那天起,我们看到的都是些什么!"接着,他就叙说起从鸭绿江到汉江,他们走过的不是一片片焦土,就是一片片大火,有时候就在两边烧着大火的街道上穿过,或者是在被杀死的朝鲜人的身边宿营。说到这里,他的声调特别沉痛,他说:"有一次,我们住在一个庄子,晚上到的时候还是好好的,老百姓亲热地照顾我们。你说多巧,我们住的那家房东,有一个朝鲜老妈妈,和我母亲的样子一样,也是40多岁,不过就是穿着白衣白裙罢了。那天我困极了,我就好好地睡了一觉。当我醒来的时候,我发现我裤子挂破的地方,不知道是谁给我缝好了。我一问同志们,才知道是这位老妈妈,让她儿媳妇端着灯,她趴在炕上给我缝好的。我真觉得她和我的妈妈一样呀!可是到了白天,我执行任务回来的时候,就看到这个村子起了大火,房屋全被炸塌啦。到我住的房东家一看,老妈妈的儿媳妇炸死了,老妈妈的腿也被炸断,还抱着她的小孙子,正跪着半截腿爬呢。老妈妈看见我就哭了。我的眼泪也就掉下来了。我赶忙把小孩子解下来抱着,把老妈妈背到卫生所去。我们班的人,有的恨得跺脚,有的跳起来骂,有的掉着泪。这一整宿,我没有睡着,我翻过来倒过去地想:帝国主义是什么心呀!他为了占朝鲜,他是不怕朝鲜人灭种的呀!我又想到了自己身上,过去日本鬼子杀死了我的爹,蒋介石抓走了我的哥哥,我只剩下母亲。幸亏毛主席领导得好,胜利了,咱们中国人民翻了身,新中国成立了。我也分了几亩地,娶了媳妇,养了儿女。我不再到别人家里放猪放牛、挨冻挨饿了。我有了家,也有了国。可是,假若让美国鬼子到了咱们中国,我的老娘还会剩下吗?我的老婆跟孩子,还会剩下吗?他们不光要杀死她,烧死她,他们会把我的房根脚也要挖出来的呀!"说到这里,他稍停了停,他的年轻的眼睛带着痛苦的表情,似乎又回到当时的情景。他又继续说:"那天晚上,我一闭眼就好像看见我们的国家是多么好呵,是多么大呵,人是多么稠呵。如果让老美那样地炸、烧,把在朝鲜的这一套搬到咱们那里,你想想咱们的祖国会变成什么样子呢?……"他又用充满热情的声音叫我:"同志,再说我们的新中国建立起来是容易的吗?为了她,不知道有多少同志流了血,从南打到北,又从北打到南,算不清走了多少路,打了多少仗,也不知道在各式各样地形上挖过多少散兵坑!有时候为了争夺一间小小的房子拼过命,为几米的土地流过血。到现在,多少人的血肉里还包着美国子弹。新中国,这是我们一块肉一片血换来的呀!……这次出国,路过东北的时候,我看见那工厂的大烟囱跟小烟囱,像小树林子似的,突突地冒着烟,我的心哪,就像开了花似的。你不知道我心眼儿里多乐,想得多远!难道我们人民的天下,愿意叫它再变了吗?难道我们的建设,愿意叫它变成一堆灰吗?不,狗种们想碰我们的祖国一根毛,我都要叫他们流血!我要叫他们知道他们的脑袋是不是肉做的!"他激动得禁不住又把缠着绷带的手露在外面,"我就想,只要能保住我们的新中国,使我们的人民、我的母亲安全,我个人死到国外算什么!这次打仗负了几次伤,他们就让我下火线,死都没有关系,为祖国、为受苦受难的朝鲜人民流一点点血又算得什么呢?……"

  朋友,这就是我要告诉你的,在朝鲜前线上战士们可贵的思想历程,英雄们不可战胜的伟大心灵。这就是在任何残酷艰苦的战斗中点起胜利火花的那种东西。

  朋友,这里,我忠实地向你报告这些事实,是想让我们祖国的每一个儿女,不管他穿的什么衣服,做的什么工作,都更加热爱我们的祖国吧!对于取得革命胜利的中国人民来说,"祖国",这不是一个普通的词儿,这是一个至亲至爱的名字、尊贵的名字、神圣的名字。"什么是祖国?"过去总没有一个人能够把她用一句话或者几句话恰切地说出来,我想,这的确也是不可能的。"祖国",当人们提起她的时候,也许有人想起的,是勤劳纯朴的父母;也许有人想起的,是妻子和儿女可爱的笑脸;也许有人想起的,是壮丽的山川和灿烂的文化;也许有人想起的,是天安门上那面染了无数先烈热血的迎风飘舞的红旗;也许有人想起的,是快乐地舒放着烟花的工厂;也许有人想起的,是充满歌声的美丽的园林。当然,他们共同想到的,还有一个人,这个人像他们的父亲,又像他们的朋友,日日夜夜在思虑着,怎样使他们避免灾难,得到可能谋取的幸福,——这就是他们值得骄傲的英明的舵师。可是,不管他想什么,他想的会是这一切吧!因此,"祖国"呵,可见你是一切神圣美丽的东西的总称!你不能不让人乐于为你而生,勇于为你而死,为了你而奋发前进!

1951 年 3 月 21 日深夜

年轻人,让你的青春更美丽吧!

青春是美丽的。但一个人的青春可以平庸无奇,也可以放射出英雄的火光;可以因虚度而懊悔,也可以用结结实实的步子,走到辉煌壮丽的成年。

年轻的朋友们,这里,我要向你们报告,毛泽东教导下的知识青年们,在朝鲜战场上,怎样度着自己的青春。

青年团员戴笃伯,他,24岁,是湖南的一个中学生。在志愿军某连当文化教员。他碰到的第一次战斗,是飞虎山战斗。他带着一个担架组抢救伤员。当部队冲上又高又陡的山头,跟敌人展开激战的时候,他还在山脚下蹲着。这时候,像一般初上战场的人一样,他觉着敌人的每一颗炮弹,每一颗子弹,都像专朝着自己飞来。但是,他想:"我能够这样地害怕战争吗!我为什么老蹲在这里?我不是在决心书上写过,要迎接对我的锻炼和考验吗?"他这样想着,就站起来,往山上爬。他刚钻进一个小树林里,霍然,有一颗炮弹正落到一棵大树上,把大树炸断了。他又连忙蹲下。这时候,在炮火闪闪的红光里,他看见山头上,一个战士滚下来,不知道是被子弹打中的呢,还是被石头绊倒的。可紧接着,那个战士又从山坡上爬起来,高举着手榴弹,像在喊着什么,又冲上去了。年轻的戴笃伯心里想:"难道我就不能够前进吗?"他又站起来,努力把腰伸直了些,带着担架小组爬了上去。这时候,阵地已经被我们攻占了。连长一见戴笃伯来了,急忙关切地问:"怎么样呵,戴笃伯?你这是大姑娘坐轿,头一回哩!"戴笃伯笑了笑,就准备把阵地上的一个伤员抬下去。可是,山陡,路小,没法抬。戴笃伯就说:"那么,让我来背。"连长不答应,想让别人来背。戴笃伯急得红着脸说:"连长,我的决心书不是白写的呀!"他说着,就把那个伤员背起了。可是,在陡坡上没有走下多远,就满头满脸的汗,跌跌撞撞地走不动了。又挣扎着走了几步,觉得心慌,口渴,头昏,眼花,腿又酸又软,每迈一步,腿上都像有千把斤重。他想:"一个人怎么这样重呵,我休息一会儿才好呢。"这当儿,也不知道怎么把伤员碰着了,只听背上"哎哟"了一声。这使他的心比受了最严厉的责备还要难过呵。他只扶着一棵小树定了定神,就脸冲着山,手扒着陡坡,几乎是倒行似的,咬着牙背了下去。……他到底把伤员背到了绑扎所。

当戴笃伯第二次赶往阵地去的时候,已经不害怕了。而且,他把战士们的水壶灌满了水,叮叮当当背了一身。战士们接到水壶几乎乐得跳起来,拉着他的手,笑着,叫着。……敌人开始冲锋了,大家劝戴笃伯下去。可是,他说:"不!我一定要打一个手榴弹!"敌人冲到面前了,到底戴笃伯跟战士们的手臂一起,扔出了平生第一颗手榴弹。这不是一颗普通的手榴弹,这是一颗光彩的手榴弹,这是中国知识青年的锻炼决心!这颗手榴弹,在世界黑暗势力的面前爆炸了;而且,年轻的戴笃伯,他亲自听见了这颗手榴弹爆炸的声音。

在战士们的请求下,给他记了一功。庆功会那天,他曾经对人说:

"这是我戴笃伯平生最快乐的一天!"

这里,我还想说一说那些女青年们的情形。

从跨过鸭绿江的那一天起,她们就背起了多少东西呵!每人背着背包,背着10斤干粮、10斤米、一把小铁锹,有的人还背着一把小提琴。有一夜,行军90里,男同志还有人掉队,但是她们咬着牙,带着满脚泡,连距离都没有拉下。过冰河,她们也像男同志一样,卷起裤脚哗哗地蹚过去。冰块划破了腿,就偷偷地包上也不言声。露营了,就在山坡上用松树枝支起一块小雨布,挤在一起。夜间冻醒,就蹦一蹦、跳一跳再睡。第二天早起,她们的头发上结满了霜。男同志们笑她们说:"嘿,你们演'白毛女'都不用化装了!"她们也笑男同志:"还说哩,你看,你们不是'白毛男'吗?"

二次战役时,她们有不少人到野战医院做护理工作,立了功。

我曾经向伤员们问起她们的情形。有一个伤员兴奋地说:"这些女同志,可不简单哩。虽说人家以前是些学生,没经过什么锻炼,可是决心真大！自打她们到这儿来，给我们洗血衣呀，捉虱子呀，打水、打饭、喂饭呀，一天到晚，饭都顾不得吃。有些人给我们洗衣服手都泡肿了。我们就说：'同志呀，歇会儿吧，在家里，你的衣服还是你妈妈给你洗呢，你看，我们的衣服又是血什么的，你不嫌脏吗？'可是，她们翻翻眼说：'同志，你再别说这个。你们的血是为了谁流的呢？……这是世界上最干净的东西！'另外还给我们捉虱子。我们说：'这该怎么谢你呢！'她们就又开玩笑地说：'美国鬼子那么老大个子，你们还百儿八十的捉呢，难道我连几个小小的虱子都捉不了吗！'可是，无论如何，我们不让她们端大小便，谁知道又叫她们看破了。她们就反问我们：'你们不是常说阶级弟兄吗，为什么分得这么清呢？实说吧，这些天，我已经忘记了我是个女的了。'就这样，她们白天忙一天，夜间还要拿着枪去担任警戒哩！"

"嘿，还有一个女同志，她是个团员，提起她我一辈子都忘不了！"另一个躺着的伤员挣起身子坐起来说，"那时候，敌人的飞机天天来，轻伤员能走出去，可是我们重伤员怎么办呢？她就把我们往防空洞里面背。有一次，敌机一共来了四五架，又是打机关炮，又是扔炸弹。我们屋里一共3个重伤员，等到她背走两个，第三趟回来背我的时候，我看见她满头满脸又是汗，又是泥，浑身上下都是灰土，不知道她在外面跌了多少跤呵。我就不让她背，可是她不由分说地，又把我背起了。她摇摇晃晃地，刚一露头，一梭子机关炮咕咕咕打在我们旁边；附近的房子也炸着了，冒的烟看不见人。我就说：'同志，你把我放下吧，不要让我连累了你！'她扭过头来严肃地说：'你不要这样说！'这时候，也确实背不出去了。她就把我靠屋墙根放下来，然后趴在我的身上护着我，并且说：'假若敌人把房子炸倒，先压住我，我宁让我自己负伤，也不能再让你负第二次伤！'……当时，我的泪都流出来了，同志，你说她够不够一个青年团员！……"

有一天晚上，在行军中，我和一个女同志走在一起。她个子不很高，看样子不过十六七岁。肩膀上挂着干粮袋，还有一把二胡。两条小辫子，在军帽下垂着，游打游打的，活泼而轻快地走着，还轻轻地哼着什么歌儿。

我问："你是文工团的吗？"

"是呀。"她回答。接着就告诉我她是才从一营回来的，她们那个小组在那儿呆了四天。说着,又继续轻轻哼着她的歌儿。

我打断她,又问:"这四天,你们做了些什么呢?"

"我们哪,第一天搜集英雄例子,第二天就编,第三天就排,第四天就演。今天刚刚演完,就出发了,你看,弄得我化的装还没有洗呢!"说到这儿,咯咯地笑起来。也许是怕我看见她脸上涂着的油彩,连忙伸手抓了一把雪,往脸上搓着。

对她们这种战斗式的工作作风,我称赞着。

她说:"可是粗糙得很哩!……不过,我们想起到作用就是了。你想,咱们的战士哪有闲空儿,你光去'绣花'能行吗?所以我们就来快的、简单的。没有灯,就在月光底下。没有台子,就在院子里,田野上。行军的时候,战士们一边走,我们就一边给他们说唱。……我们反对森林子里头耍大刀!"

"你们的文艺工作可做得真不少呵!"

"不只文艺工作哩!我们哪,是什么也做,碰到什么做什么。我还做过伙夫呢!"

"伙夫?"

"呃,前方炊事员可忙哩,他们又送饭又送水,还要送弹药。我看他们忙不过来,就要求当伙夫。另外,我还……"

"怎么样?"

"我还当了两个月俘虏营的排长哩!"

我看着她那小小的个儿,说话那种孩子气,不由得笑起来。

"你笑什么!"她正正经经地说,"你别看他们那么老高个子,他们不服从我管理行吗?我叫他们站着,他们就不敢坐着!"

我不敢大声笑,只在心里笑着。这时候,忽然哨音一响,部队休息了。一闪眼,看不见她。一会儿,听见远处一个石崖上,她用年轻而清脆的声音喊道:

"同志们,我们唱个歌儿好不好?"下面齐声说:"好!"歌声起了。在汉江对岸敌人探照灯的亮光里,她的臂膀在轻捷地舞动着打着拍子。

歌声一落,她走过来,端着两缸子从小河里舀来的水。给了我一缸子,另一缸子,她咕咚咕咚就喝了下去。喝过,两只手在脑后一叉就仰着休息起来,两条辫子垂在积雪上。

我不禁揣想着：半年或者一年之前，她们还是没有经过锻炼的学生，在父母面前，还是平平常常的孩子。而现在竟然在离前线几里路的地方，这样地坦然、愉快，在全世界斗争最激烈最尖锐的战场上做了这许多工作。这是多么叫人羡慕的一件事情！我不由得感叹地说：

"同志！你们的进步是多么快呵！"

"那，靠党的教育，也要靠自己有决心。"

"可是，你的决心是什么呢？"

"我呀？"她羞涩地笑着，低头看着自己的脚，没有说下去。呆了半晌，才又说，"和别人的也差不多！"

"那么，是要决心入党呵？"

她笑了。

这时候哨音一响，部队又前进了。她抖了抖头发上的雪，我们又走在一起。

"不过，我们进步得快，还有一个重要的原因哩！"她说，"我们和战士们常在一起，和英雄们在一起，我们自己也就勇敢起来了。"她非常有兴味地谈着：开始出国的时候，她背的东西很多，觉得走不动；可一看战士们比她们背得还重，并且边走边说快板，自己也就走得轻快了。敌机打照明弹，自己觉得很害怕；可战士们却说："给咱们点起天灯啦，真好走！"自己也就不觉得害怕了。有一次，她看护伤员，别的伤员乐哈哈的，有一个突破三八线战役下来的伤员却唉声叹气。她问他为什么不高兴，那个伤员说："唉，同志，我流了点血，没有什么说的；只是我觉得我应该冲到三八线以南负伤，不该在三八线以北就负了伤……"另一次，她到前方参加战斗，敌人的炮火打得正猛烈的时候，有几个战士却在那儿满不在乎地缝鞋子。她惊讶地想，为什么炮火连天的时候，战士们干这不相干的事情呢？一问，战士们笑着回答："不缝鞋子，等一会敌人垮了，怎样追击呢！"她说到这里，赞叹地瞧着我说："你看咱们的战士是不是英雄！在他们负伤以后，还想的是前进；在敌人的炮火最猛烈的时候，想的是追击！我们跟这样的英雄在一起，怎么会不勇敢起来呢！我们将来，也会……"

"也会怎样呵？"我追问。

"也会……"她低声又笑了一阵，好像很不容易直说出来。

"说呀！"

"也会当英雄的。"她鼓足勇气,说出了她的心灵里美丽的秘密。然后,她用力踢开一块脚下的石子,抬起头来。在黑夜里,也可以看出她的眼睛里闪着青春的火星。她严正地说:"你以为这是不可能的吗?"

"能够的,当然能够的。"我连忙点头说。

"一定能够的。"她肯定而严肃地说,"当然,我们很年轻,我们懂得的事情还很少,我们是在平平静静的环境里长大的,我们还没有经过什么严格的锻炼和考验;正是这样,我必须把我放在炉火里,看看我是不是块钢铁。当老同志们谈起他们那时代的艰苦斗争和英雄事迹的时候,是多么吸引我!英雄,英雄,它把我的心全部地吸引了。我总是想,我什么时候才能成一个像他那样的人呢?才能给我的祖国一点什么贡献呢?但是,我又想,他们究竟是怎么熬过的呢,他们真伟大真了不起呵,这种生活是多么有意义呵!……可我今天呢,也是在这样做着了,我能不感觉快乐吗?我们的老团长看见我蹦蹦跳跳的,总是说:'小黄毛丫头!一天乐呵呵地乐什么哩!'我就是乐的这个呀!"

年轻的朋友们,他们就是这样沿着和工农群众结合的道路在火热的斗争中度着青春的。这是快乐的青春、美丽的青春、英雄的青春!毛泽东时代的年轻人,谁不愿意有这样的青春呢。朋友们,青年团员们!我知道你们是那样地喜爱丹娘、保尔和我们祖国的英雄们。你们常常谈着他们,甚而把保尔的话写在自己的日记上。你们常常向自己发问:"我能不能做这样的英雄呢?"可见你们对英雄行为是多么向往,你们年轻的生命是多么强烈地愿意闪出英雄的火光。而今天朝鲜战场上的青年们,已经给你们做出了光辉的榜样。当你们读到这篇英雄事迹的时候,我想提醒你,在半年或者一年之前,他们是跟你们一样的人;那么,他们可以这样做,你们也是完全可以这样做的。朋友们,为做一个全心全意为中国人民和世界人民服务的英勇战士而奋发努力吧,不会有比这再光荣的了。让我们在千千万万的岗位上,出现千千万万的英雄吧!让我们伟大的祖国革命英雄主义的花朵遍地齐放吧!

1951年5月6日

冬天和春天

春天,已经来到全世界光明与黑暗斗争着的朝鲜前线了。在这个季节之前,中朝人民部队经历了整整一个冬季的并肩作战,把世界人民最大、最后的一个垂死的强敌——美帝国主义打败了,戳穿了"纸老虎"的虎皮,击破了美帝国主义不可战胜的神话。但对人民来说,这一段艰苦而又胜利的路程,只不过是一个迎接更大胜利的准备。丰收的冬季,孕育着更加伟大的、辉煌的春天。

下面,让我用一位指挥员的谈话来说明吧。

那是在一个晚上,我和一位团指挥员坐在一间小屋里。从窗户吹进来的风,满有春天的味道。我们就纵谈起来。

"你问我部队在冬季作战的收获吗?那,真是蛮丰富的。"他兴奋地说,接着,指了指墙上挂着的电发卡宾枪,"首先,就拿最明显的来说吧。这新式的卡宾枪,是美国人在这次朝鲜战争里才开始使用的;可是,当他们和我们接触的那一天起,就源源不断地交到我们手里。从敌人手里缴获的炮,现在已经和我们的炮排在一起。我觉得我们能拿这些东西回手来打敌人,是多么快活的事!你想,我们今后作战的火力,不会加强些吗!其次,我觉得很可珍贵的是,我们在和现代化装备的敌人作战中,丰富了自己,提高了自己。"他似乎很想强调这一点,"也许,对我个人讲来,更觉得明显些。在几个团的干部中间,我是最年轻的一个。因此,这几个月里,我的脑子简直没有真正休息过,我完全沉在实战学习里面。现在,我感觉到自己是提高了,所得的东西,也许比上几年军事学校还要多些,还更加属于我自己。在指挥上,我一次比一次觉得更有把握些。这个收获的可贵,也许一般人体会不到,可是在一个指挥员说来,是比农民看见满囤满仓的粮食还欢喜哩。"说到这里,他忽然用爽朗的声音笑着说:"你说怪不怪呢,这几次战役是这么巧,好像有意地在各方面锻炼我们一下:第一、二次战役——锻炼了我们的运动歼敌,第三次战役,锻炼了攻坚,第四次战役又来了一个阻击。过去,我们战术上的优越性已经使敌人惊讶了,今后,我们还会使敌人更加惊讶的。"

说到这里,他似乎非常兴奋,脸上放出一种奇异的笑容。这种笑容,是只有指挥员在战斗胜利结束的时候才有的呵。他接着说:

"在收获中有一种有形的东西,比如刚才说的卡宾枪、榴弹炮,这是可以看到的;还有一种你在表面上不容易看到的东西,无形的东西,这就是人的思想和意志。可是你决不要轻视这种无形的东西,当炮声响起来以后,你就可以看到这种东西的力量是惊人的。这是决定战争胜负的主要因素之一。这次出国作战,我感到我们部队的每一个人都读了两个重要的'课本'。一个是'决心课本',一个是'信心课本'。一过江,同志们先读了一个'决心课本',这个课本,是美国侵略者用他们的炸弹、燃烧弹和朝鲜老百姓的鲜血给我们写成的。当我们渡过鸭绿江以后,看到满地瓦砾、遍地被残杀的朝鲜人民,每一个人不但认识了美帝国主义者的面目,而且认识了他的骨髓是用什么做成的。一提起美帝国主义,大家痛恨得眼珠子都变成了红的。我们认识了朝鲜人民今天的境遇,也认识了祖国所受的威胁。我们更加热爱自己的祖国和兄弟的朝鲜人民。这个'课本',使我们愿意粉身碎骨,只要能消灭侵略者。另外,经过这四次战役,在上面的决心支持下,我们一直成为战胜者,在这里面就又读了一个'信心课本'。这个'信心课本'上说:'美国侵略者及其帮凶是完全可以被打败的,尽管敌人装备精良,保有海空优势,也仍然是可以被打败的。'这两个'课本',不是用墨水写成的,是用血写成的。我们在过去的条件下,就已经战胜了优势装备的敌人;随着今后装备改进、战术技术的继续提高,必定能创造未来的更大胜利,把美国侵略军及其帮凶军埋葬在朝鲜半岛上!"

当他说完这段话的时候,显得很严肃,停了好几分钟之久。

"我觉得,在我们方面还有一个重要收获。"他说,"这就是中朝人民的友谊越来越巩固、越深厚。这种团结已经不是用普通名词所能形容的了,已经不是用任何力量可以分开的了。我总想,一个国度同另一个国度的人,竟能这样地亲密,真是历史上的奇迹。关于这个因素,我想你不会轻视,这是另一个歼敌制胜的决定因素哩!……我的见解就是这样。"当我们谈话结束的时候,门外有一个严肃而有力的声音喊道:

"报告!"

团指挥员把身子正了正说:"进来。"

雨布掀开,通讯员送进来两封信。团指挥员马上拆开,看着看着,不禁自言自语地微笑起来:"又是两份! 又是两份!"

"什么?"我问。

"要求下次战役担任主攻任务的请求书。"

说过,他把请求书搁在桌案上。

春天来了,指挥员的桌案上,到处摆满了这样的请求书。这是渴望着更大规模战斗的请求书,这是渴望着更大胜利的请求书,这是春天的请求书。你到各连去看吧,战士们都像燕子一般地繁忙着:磨刺刀呀,擦新缴获的枪呀,补磨破的衣服呀,趴在窗口写新的立功计划呀,独自个儿坐在山坡上写入党、入团的申请书、志愿书呀。……一切都说明:春天,已经来到这个全世界光明与黑暗斗争的前线了。这个春天,必将是我们祖国人民、朝鲜人民欢腾呼喊的春天;而对敌人来说,则是一个可怕的春天。因为我们有了丰收的冬季,难道还没有辉煌的春天吗!

1951 年 4 月 2 日

挤 垮 它

一

　　早晨,雾气很大,满山的栗树林子,向下滴水。大雾里,我和师政治委员坐着小吉普车,要赶到前方指挥所去。昨天晚上,他就跟我说,他们这里正在组织一次小的战斗,今天晚上就要打响。我就是因为这个来的。小吉普车在山谷的小公路上,像个撒了欢的小牛犊似的奔跑着。过了一道道哗哗响的小河,一座座青青的山岗子,没多大工夫,我们的衣服就被雾气打湿了。

　　车子停在一个很陡的山坡下面。政治委员指了指说:"就是这里!"我们下了车,往坡上爬着。坡上草深露浓,一簇一簇的小松树,有点发绿,又有点发黄。政治委员说,这树是去年敌人用燃烧弹烧的,草也是今年才长出来的。说着,我们拐进一簇比较浓密的树丛里,只听树丛那边一个洪亮的声音说道:

　　"叫他们讲道理出来!为什么无缘无故给我伤一个人?"

　　这声音过后,只听另一个较低的声音说:"我让他们在今天晚上把检讨报告送来。"

　　"要深刻检讨。"那个洪亮的声音着重地说,"一定要接受经验!在下午5点钟以前把报告送到我这里!"

　　一听,就知道是我们那位年轻师长的声音。虽然几年没见,他,可是我的老朋友啦。我们出了这座小树林子,就看见靠着一面峭壁搭着一间小房子,房子前面有炕席那么大的一块平地,师长就在那里站着,一个参谋也站在那里。听见脚步声响,师长机警地转过身来:"呵！你们来啦！"他亲热地叫着,我们也赶忙迎上去同他握手。他看着我,笑了笑说:"我听说你来啦!"我仔细地端详着他。像过去一样,他浑身上下都很清洁、整齐,保持着军人的习惯和风度。可面容却显得有些苍老了。额上添了几道皱纹,眼睛里布着红丝而又显得深奥,可以看出来他在深沉的思虑中度着日子。

我们把几个小木凳子放倒坐下,警卫员端过茶来。我望着师长说:"你的身体还好吧?"他闪着红丝的眼睛笑着,说:"要论爬山,看地形,我们这里的几个团长,哪个也跟不上我!"政治委员接着对我说:"在这方面,他倒是可以吹一下,我们师的人,都管他叫'爬山虎'呢!"站在一边的参谋同志,用不同意的口气补充说:"昨天夜里,他出来散步,一下就晕倒在我们现在坐的地方。还是哨兵发觉了,才把他架到屋里去,有好一会,他才清醒过来。"师长马上不服气地分辩着说,这不过是睡眠不足,偶然的现象罢了。他伸出手来指着年轻的参谋说道:"别看你年轻,你到了我这年龄还不定怎么样,我在朝鲜再磨多久,美国鬼子也磨不垮我！别揭我的短啦！快把地图拿来!"

参谋把地图拿来,他亲手铺在地上,把凳子向前移了移,望了望政治委员又望着我说:"来！我先把这个战斗的具体部署讲一下,等会儿我还要开炮兵会议。今天敌人的飞机、坦克,是对我没有什么大办法的,可是,对敌炮的斗争,制压敌炮的斗争,却要费费脑筋!"他不自觉地摘下了帽子,放在膝盖上,我这才看见他的光头已经有些谢顶。他用手指轻轻地搔着他的稀疏的头发,好像要从那里搔出什么东西似的。停了半晌,他像才把思想从沉思里收回来,指着地图上敌人的前沿,说:"今天晚上,我就要他这一块！他不让我插进一只脚去是不行的!"他把兵力、火力的布置讲了以后,又抬起头来,两个眼睛的深处,像闪出两小朵火光似的,谁也没看,只望着头顶上的一个松树枝说:"这就是今天的朝鲜战争！——你要是不想公平合理地解决问题,我就要不断地向前搬家,我一口气吃不了你,我一口一口地吃！杀死你一个,你就少一个！你在板门店的桌子上拖,我就在这里跟你磨。挤垮你!"

他正要把地图折起,另外一个更年轻的参谋从作战室里走来报告说:"今天拂晓,敌人向我们一个班的阵地进攻,被我们打死十几

个,现在敌人正拖死尸。"他听了,马上瞅着那个参谋的眼睛说:

"那么,你指示了部队什么呢?"

那参谋像是怕受什么责难似的,只是忽闪一双孩子气的眼睛,因为他实在并没有指示什么。师长立起身来,膝盖上的帽子掉在地上,他说:

"告诉部队:给敌人点教训。"

"敌人放了烟幕——"

"放了烟幕,给我朝烟幕里打!用六〇炮打!"

参谋答应了一声,转身要走,他又叫住了他:

"告诉他们团长:不能让敌人大模大样抬死尸,注意组织火力教训敌人,抬一个换一个。我们阵前不是四马路,不能让这些客人自由旅行!"

他坐下来,把地图折好交给参谋拿走,又把帽子拿起来,打了打土:

"这些东西们,在几个月以前还疯狂得很哪,每天向我们进攻,这都不说,竟然在阵地上,在我们的面前搂着女人跳舞!……可是现在呢?你去看看吧,我是已经欣赏过了,过来过去在阵地上爬着走,撅着个大屁股像狗似的那么爬!本来是人,变成爬虫类啦!哈哈!……让政治委员同志给您详细谈谈吧。"他哈哈大笑起来。政治委员也笑出声音来了。

开炮兵会议的人们已经来齐了。政治委员等一会儿也要忙别的,我就赶忙趁政治委员的空儿,一同到他的房间里。这时,轰轰几声巨响,是敌人的炮打在山脚下,灰蓝色的烟缓缓地上升着。大雾已经离开地面,跟山顶上的云合在一处。往东一看,太阳已经出来了,把山岭照得红通通的。

二

政治委员的这个洞子,有一间普通房子那么大小,里面壁上糊着报纸,非常整洁。床上挂着蚊帐。靠着桌子的墙上,挂着一幅毛主席像,还有一幅从画报上剪下来的郝建秀的彩色照片。桌子上的空酒瓶里,装着一束朝鲜山野常见的金红色的野百合花。

他是不抽烟的,但他把烟递给我一支。我们并膀儿坐在他的铺上。从门里朝外望去,看得见有八架敌机,正在轰炸附近的一座桥梁。敌机的身边,不时开放着高射炮的烟朵。

政治委员是一个很老练稳重的人,或者说多少有点儿斯文。他的话不紧不慢,好像织布梭一样有节奏地把他的思想准确精密地表达出来。

"老魏同志,志愿军出国不久的朝鲜战场你是来过的;这次入朝,一定感觉变化不小吧?"他用微笑的眼睛巡视了一下他那令人满意的房间,这又是住家户又是办公室的房间,他那束金红的野百合花开得多鲜艳哪。我马上回想起我上次入朝时的困难情景,弯着腰钻防空洞的情景。他接着说:"是的,'打过三八线,凉水拌炒面'的时期已经过去了。今天,我们装备、技术的改善,虽然某些方面还是赶不上敌人,可是因为我们建立了巩固的阵地,老实说,敌人想赶走我们,想让我们离开这个地方,"他用脚踏了踏脚下的土地,"绝不可能!"

他停了停,又说:"这是为什么呢?这是因为我们已经摸熟了敌人的脾气,有了思想准备了。过去刚出国作战的时候,我们有些性子急的同志,连两瓶牙膏都不肯带,好像这么一个帝国主义,还不如他的一瓶牙膏的寿命长。可是,现在人们懂得了,一个早晨是不能打垮一个帝国主义的。现在,人们已经不是那时单纯的燃烧的热情,而是一种沉毅的、坚韧的、不屈不挠的战斗意志。你看,我们凡在一个地方住上一个月,就都把房子修建起来,安起了家。横竖我们不住兄弟部队住,我们走了朝鲜人民住。好些地方过去是战场,今天是后方。我们的桌子、凳子和好多日用家具,都是木匠出身的战士同志造的。战线就是我们的家。来,老魏,你欣赏欣赏我这个箱子!"

我把屋子里看了一遭儿,并没发现有什么箱子。

他看着我左望望、右瞅瞅的神气,不禁笑了起来,指了指我面前的桌子说:"就在你的面前嘛,还看不见!"他连忙把桌上的花瓶拿起,把盖子打开,里面满满地装着书籍文件,哦,我这才明白,原来这是个长了四条活腿的"箱子",安上了四条腿就是一张办公桌,桌箱两用,我也不由得哈哈大笑起来。

他盖上了箱子盖儿,又说:"当然,这不过是一个小例子;你还可以到处看到很多。这就表明了一个思想,一个意志——持久作战的意志!大家都习惯了战地为家。如果美国鬼子不要和平,我在这里坚决奉陪。"

我开玩笑地说:"你坚决奉陪,我倒要听听你的陪法呢!"

"嘿!陪法吗?你看到我那位伙计没有?"我知道他指的是师长,"我们师里有了他,哪个敌人在我们前面,哪个敌人就喘不过来气。他这个火车头,把我们自己也拉得连个加煤上水的工夫都感到不大够用了。"

他停了一下。

"半年以前,我们初上这块阵地的时候,"我知道他要讲半年以来跟敌人的斗争过程了,"那时候,敌人确实猖狂得很,工事修得马马虎虎,仗着他的炮火,在阵地上跳舞,作柔软体操。我们的师长亲自到前沿看了看这种情形,他就告诉部队:'不能光让我们憋在工事里,也要把敌人捺到工事里。我们得想办法,不能让他们那么舒服。'这一下正投合了战士们的心思,战士们早就憋不住劲了,白天打,月亮底下也打,大家叫这个是'打活靶',见了敌人一个影子,就好像馋猫一样,眼睛瞪得多大。时间不久,美国鬼子,也就呲牙咧嘴地抬木头修起工事,憋在工事里头老实了。谁知道我们的伙计这时候反倒不高兴起来了。"

"那是为什么呢?"我问。

"为什么?——这就是我们师长的积极作战精神。敌人在他面前猖狂了,他是不能忍受的;而敌人老实了,也不能令他满意。他要把敌人挑逗起来,好进一步地杀伤敌人,挫折敌人的斗志。他跟我说:'伙计,我们不能老蹲在这里,防御并不等于老蹲在这里,我们要往前挤!马蜂不敢螫你,你就要捅马蜂窝,马蜂自然就要出来螫你,这样就可以更多地打死马蜂!'——这就是他的道理。于是他就一天在地图上和到前沿上去找空子。一瞅准就挤下一块。敌人果然不服气。就拼死命争夺,争夺的结果是敌人丢了人又丢了阵地。这样,我们就完全跟敌人扭在一起,最近处甚至离几十米;有的山头,敌人占着一半,我们占着一半,彼此说话都听得见。这个时节,我们就夜夜袭击他们,敌人真是讨厌死我们了。可是我们的师长这时候却给部队讲——"政委兴奋得站起身来，稍稍提高了声调，"'哪个干部让敌人最讨厌，他就是最好的干部！哪个兵让敌人最讨厌，他就是最好的兵！'"

"那么敌人向后撤了么？"我问。

"是的，"政委回答说，"不过，开始他是扭扭捏捏的。有些阵地，他白天来晚上走。这时候，我们又用伏击的方法来消灭他。我们侦察员可有些楞家伙，有时候伪装得活像一棵树，就钻到敌人的侧后去，甚至离放哨的敌人几步远，敌人扔罐头盒子扔到他脑瓜子上他也不动，把敌人侦察得一清二楚。这样的伏击，往往使敌人连个回去报丧的都没有。敌人觉得离我们近了实在没有什么好处，这才往后缩了缩。一方面加强坦克的活动，一方面添设了多到十几道的铁丝网，还遍设了地雷、跳雷、挂雷、照明雷等等的地雷阵，让这些法宝去保护他。"

"那么，这么多地雷，是叫人有些恼火的。"我说。

"是的，开始是这样。"政委点点头。这时他递给我一块糖，说是他老婆从祖国捎来的，他自己也剥开一块放到嘴里，又继续着说：

"关于打坦克，我想不要多说啦，仅仅我们师，三个月共敲掉敌人的坦克40多辆。有一个火箭炮手因为没轮着自己打，现在还嘟囔着。凡是打坏的坦克，我们就指示部队再装上炸药去炸烂，决不让敌人拉回东京再修理。关于地雷，虽然我们的步兵战士没有经验，但是他有伟大的自我牺牲精神。有的战士一发现了地雷，就瞪着它，指着它说：'你有什么了不起！你当我们不敢惹你吗？我偏偏惹惹你看。你就是老虎我也要拔掉你两个牙！你就是大象我也要扯掉你的鼻子！同志们，站开一点，仔细看我的动作，我如果这么拔牺牲了，你们就接受我的经验，改个办法！'很快，敌人的地雷法宝就破了产。人们起雷起得着了迷，也有了经验，战士们就像到了瓜地里一样，一口袋一口袋地往我们阵地上扛。扛来以后，就给他来了一个地雷大搬家，有的埋在我们的阵地前头，有的就埋在敌人出没的地方。有一次敌人到了山顶，中了一颗地雷，就抢着往山脚的防空洞钻，轰，轰，防空洞的地雷也响了，几个敌人全炸死在那里。地雷扫清了，这时我的伙计又在电话里嚷起来：'同志们呀！这个地方蹲的时间不短啦，往前挤一挤呀！'我们师长有个脾气，爱把挤出来的地方种上棒子作纪念,战士知道这个。你猜战士听见师长的话以后又怎么讲呢,战士的话比我们总是生动得多——"

"怎么讲呢?"我着急地问。

政委笑了笑:"他们讲,好消息!咱们的师长又叫咱们开地种棒子啦,各人都种上点吧,头伏萝卜二伏菜,三伏种荞麦,得快些呵。"

我笑得几乎把糖吐出来,我说:

"那么,今天又去开庄稼地啦!"

这时,我们的谈话告了一段落。可是那边的炮兵会议还没有结束,只听师长那洪亮的声音讲道:

"就这么办!不管敌人的炮群怎么多,射程怎么远,不要忘记,一个根本的弱点——怕死,他是不能克服的!现在我们炮兵装备加强了,祖国人民捐献我们多少大炮呀!敌人的步兵可以被打得像狗爬,敌人的炮兵就不会被打得像狗爬吗?……"

一阵满堂哄笑在峭壁间回响。

三

上午8点钟的时候,我和司令部通讯科长到前面去。还有一个热情的通讯员领着我们。小通讯员黑乎乎的小圆脸,一笑还有两个酒涡;穿着一双合脚的黄胶鞋,背着一支冲锋枪,几乎是跳跃着走在前面。

我们沿着一条隐在山沟的小公路向前面走。飞机在头上转,我们也不理它。一路走来,两边都是青青的山岭,很美的山岭。满坡的栗子树,玉棒般的栗子花落了遍地,放着甜香,野海棠像一片碎银子撒在河边,小河水戏着小鱼哗哗流去。可是,走不多远,就看见前面冲起一道黑烟,拐过山脚,看见一间房子正起着火。离房不远,还有一座跟中国一样样的美丽的小钟鼓楼,也被炸得歪斜在那里。这不定是朝鲜的什么古迹!

我们从着火的房子走过不远,又有两三间房子,这几间房子还算完整。但其中的一问,也被炮弹掀走了一角。房子前面的打谷场上,有一个须发斑白的老汉,光着膀子,赤着两只脚正在打场。看见我们,用老花眼望了一望,点了点头,又继续打。门里边,一个妇女背着一个小孩正在切菜,还有一个十二三岁的女孩,穿着已经破了的海军式制服,正在看书。

"不好!"突然,通讯科长惊呼了一声,又猛拍了我一下肩膀说,"你看!"话音没落,只听轰通一声巨响。

响声去处,升起一团黑烟。原来一颗炮弹正落在稻田那边几个插秧的朝鲜妇女附近。只见那几个妇女连忙朝一边跑了十多步远,蹲了一会儿,擦了擦被溅到脸上的泥,又回到原地插起秧来。我清清楚楚地看到:这是两个穿白衣白裙的,一个穿淡青小褂束着黑裙的朝鲜妇女,在水平如镜的稻田里,映着她们三个弯着腰插秧的影子,也映着她们背后青山的山影。

"咦!"通讯科长赞叹了一声,说,"你再往前边去,还可以看到很多。我们往前面打,朝鲜人就紧跟着我们在后面种!我们往前挤一块,他们就在后面种一块。仅仅是'真空地带'没有他们。在我们最前面那个连的后面,就有他们!虽然,他们也有的被炸死在稻田里!他们的血也流在稻田里!……"

通讯科长的声音有些嘎哑:

"而且,你看,他们种的稻垄子多直多齐呵!这是慌慌促促种的吗?你看不出来,就是这种情况下种的。"

我看了看那很直很直的稻垄子,又望了望那几个插秧的朝鲜妇女:有两个弯着腰,一个正往田埂上走,大概是去取稻秧。

"多么了不起的人民!"通讯科长边走,深有所感地说,"每天都有这样情形:一个人去前线种地被炸死了,亲人们就当天掩埋了他,揩干眼泪,又接着去种;有的泪也不滴,就又扶起犁把子。老魏,这是种地吗?这不是种地,这是作战!多么顽强的战斗精神呵,朝鲜人民就这样跟我们在一起,和敌人磨着、斗争着……"

忽然,通讯员回头说道:

"注意,前面是敌人的炮火封锁区……"

话没说完,只见前面升起一团团黑烟,接着轰隆轰隆像一阵炸雷一样响了一阵,这是敌人的排炮。

"首长!"小通讯员的脸绷得连酒涡也没有啦!瞪着两个小黑眼珠,望着通讯科长,也看看我,说,"别的时候我服从您,这当儿您听我!我要对您负责!"

我俩微笑地看着他。

他把通讯科长和我的雨衣,都不由分说地拿过去挟好,以便我们能跑得轻快些;然后一捉枪把,眼睛盯着前面。呆了两三分钟,轰隆隆,轰隆隆,又是二阵排炮打在原处,这时候只听他喊了声:"快跑!"我们就跟着他猛跑过去。我们跑的这段路,满是大大小小的弹坑,小坑是炮弹坑,大坑是炸弹坑,有的里面是水。除此以外,就是稻田溅过来的稀泥和榆树皮似的炸弹片。地皮都熏黑了一层。

"好啦!可以慢慢走啦!"

小通讯员很为他的"指挥"胜利而得意,卖弄了一个鬼脸。一边掏出手巾擦汗,一边又向我们笑了笑,两个小酒涡又露出来了。

通讯科长故意沉着脸,用上级对年轻战士的那种亲昵的语调说:"真调皮!你以为这就指挥了我们啦!"

"嘿!不管怎样,我完成任务啦。——前面那个山头就是!"

四

我们进入了交通壕。呵,这交通壕多长,多远啊!它曲曲弯弯地绕过山头,盘过山腰,下到谷底;接着,像我们祖国的长城一样,又飞上陡峭的山岭!有几处纵横交叉,路线连结,四通八达,伸向各处。你不知道它是通到人民军、志愿军的多少营连,多少阵地和多少指挥所呵!从东海岸到西海岸,它把所有的这一线高山大岭盘结在一起,穿联在一起!

"这是怎么挖的呵,真像我们祖国的长城一样。"我赞叹着。

"你还没有看到真正的'长城'哩,"通讯科长说,"假若你看到我们的战士,用自己的双手,不,用自己的意志,创造的'地下长城',你才更加惊讶呢。"

正说着,只听那边传来有节奏的沉重的敲击声。

我们向前赶了几步,只见交通壕的一边,搭着一个小棚子,棚子底下,两个战士光着膀子,通身是汗,正抡着大铁锤子打铁。另外一个战士蹲在那里拉风箱、添煤,小火苗呼呼地欢叫。小棚的柱子上,贴着"小小铁工厂"几个字。

我们停住脚步,仔细一看,那风箱小得很,一看就知道是用子弹箱改造的。那铁砧子是一个什么铁砧子呀,那是一个二尺来长的美国八英寸炮的臭炮弹!那弹头的尖头,在地下埋着,这就成了铁砧子。两个光膀子的战士,一个用钳子夹着一个烧红的镐头,一个抡着铁锤狠狠地砸着。旁边扔着好几十把大大小小的镐头,有磨秃了嘴尖的,有拦腰受伤剩了一半的,还有的只剩了几寸长。我马上想起,这不就是在北京展览过的那种镐头吗?是呵,就是那种镐头,那种赶做阵地工事,从鸭绿江挖到汉江,又从东海岸挖到西海岸的镐头!为祖国,为朝鲜人民的幸福构筑防线的镐头!那曾感动得人们滚下热泪的志愿军的镐头!

掌钳子的战士,又把一块红通通的秃镐头,带着小火苗夹起;拉风箱的战士,又捡了一把秃镐头放到炉火上,风箱忽嗒忽嗒地吹奏着,火苗又呼呼地欢叫着。

我们正看着,忽听有人喊道:

"给我们班快点打呀!里面的镐又磨成鸭子嘴啦!"

我们顺着声音看去,一个战士手扶着洞口正向这边张望。这个战士手脸乌黑,好像才从煤窑里钻出来似的;由于苦重的劳动,他的脸也有些瘦削。他用力地呼吸着新鲜空气。

这个战士,怎么这么黑呀?我很纳闷。我们跟这个战士打了个招呼,就一块进了洞。刚一进去,里面黑得什么也看不见,只闻着有一股松木的香味。觉得走了很远很远,才看见有一点火光。走近一看,原来地下烧着几块松木"明子",松木起着黑烟,烧得噬嶙冒油。我们这才知道战士的手脸就是被这松烟熏的。走了不远,又是一堆堆烧着的松木"明子"。借着火光,看见一个战士,正坐在那里举着镐刨着。我仔细一看,周围全是坚石。这个战士的镐头落下去,就冒出一股火星,落下一些碎末。有时落下去,只啃了一道白印,好几镐才下来核桃大的一块。这个战士就是这么刨着,咬着嘴唇,一镐一镐地刨着。

"同志,您辛苦啦!"

他把脸扭过来,看了看我们说:"家常便饭啦!"说着,又要去刨。我给了他一支烟,握了握他的手,只觉着他的手面上疙疙瘩瘩的,仔细一看,上面有三四个紫葡萄似的血泡。还有一个破了的,浸着血。我说:

"看你的手面上全成了血泡啦!"

他把烟在松木"明子"上燃着,抽了一口,笑了笑,幽默地说:"不要紧,一门榴弹'泡'也没有,都是小六〇'泡'!"

通讯科长说:"他们最辛苦啦,有的战士打了泡还保守秘密呢,班长跟他们说话的时候,就把手藏在背后,为的是怕别人换下他们!"

为了怕耽误他的工作,我们就走出洞来。

这时,只见山头上,顺着交通壕跑过一个人来,他头上戴着一顶用树叶做成的防空盔,背着一个金色的黄铜喇叭,喇叭上飘着红绸子。他兴冲冲地走着,红绸子在身后飘着,手里提着一包什么,一边走一边嚷:

"又来了一个嘴啃泥!"

那几个打铁的战士,把铁锤放下,截住他忙问:"司号员,落到哪儿啦?"

"就落到咱们这个大山脚下啦,翅膀摔断啦,飞机身子钻到地里头好几尺深,驾驶员成了肉饼子啦!你们看……"司号员说着,在洞口打开了他的手巾包。

我们也赶快走过去。

这是什么手巾包呀,这是一面斑斑点点的美国国旗。国旗里面包着:美国女人的照片,打着红嘴唇印子的情书,还有这个家伙得意洋洋抱着日本女人的合照。此外,还有非常精致的美金收入登记簿,一个断了表带的手表。还有……

我们拿起一面折叠得很好的白布,展开一看,上面印着好几国的文字,有日文,朝文,中文,俄文,还有不大认识的其他文字。每国的文字排成一小方块,都是同样的八九句话。那一小方块中文,上面写的是:

这里有人帮我的忙吗?
我饿了!
请给我一点热东西吃,给我点热水喝!
我是来帮助你们的。
请你们藏庇我,不给共产党害我……

我给大家念了一遍,战士们全都哄声大笑起来。那个抡大锤的战士,笑得咯咯的:"生活要求很不低呀,还想吃热的东西呢!"拉风箱的战士紧接上说:"唉,人家又不天天吃饺子,藏着你这个肉饼子干什么呢?"更引得大家笑了一阵。

那个正在挖洞的战士,也钻了出来。

这时司号员说:"你看,你们只顾笑,还有个最精彩的东西,你们就不看!"说着,从那个皮夹里掏出来一小片纸。

大家一看,正是今天日本东京某戏院的夜场戏票。

"你们看巧不巧?"司号员摇着那张戏票说,"今天晚上我们正要开快板晚会,这个戏票可是个编快板的好材料,我找文化教员去啦!"说罢,整理好他的手巾包,顺着交通壕一溜烟跑走了。

那个手上起满血泡的战士,拉了一下他的同伴说:"回去挖吧,伙计,这个买卖合算,手上多几门'泡'没关系,咱们就这么跟他磨!"

他们又回到洞里,小小铁工厂又响起了沉重的锤声。

五

我们在一个山坡上,到达了今晚要参战的那个连队。

通讯科长忙着去检查通讯工作。在这里我遇见了副指导员。他刚开完支部大会,现在正蹲在那里帮助战士绑飞雷。见我来了,他站起来敬了一个礼。多年轻呵,最多不过二十一二岁。脸被太阳晒得说红不红,说黑不黑。我给他道了辛苦,这年轻人黑黑的睫毛忽闪忽闪的,似显不显地露出一点年轻人的拘束和羞怯。

他给我搬了一个子弹箱子让我坐下。我擦着汗,一阵凉风吹来,着实凉爽得很。这也许是前线上最宁静的时候,头上只有几架敌人的炮兵校正机,不死不活地飞着,敌人时断时续地打一两发冷炮,谁也不理睬它。这时附近一排洞子里,传出了一阵阵的歌声。

这是多么引人的歌声呵,这是战士们的歌声!

我说我要去看看战士们。副指导员马上派人领我进了一个班的洞子,又忙着绑飞雷去了。一进洞口,我看见一边壁上,平扯了四五道铁丝,铁丝上满挂着书,像丰收的豆荚,一本挨着一本。那些有彩色封面的连环图画,封面上多半写着"赠给志愿军叔叔",字儿歪歪扭扭的,却歪扭得那么可爱,好像刚学挪步的孩子。另一边的壁上,靠上面挂着一溜儿慰问袋:有葱绿色的,有淡青色的,也有米黄色、粉红色……战士们把它挂得一般般远,一点尘土都没有。有的虽然已经洗过,但上面绣的字儿、花儿,还是十分鲜艳。风一吹进来,它们就像架上垂着的葫芦一样微微地摆动。再下面是战士们自己的墙报,墙报上是表扬模范的快板,和战士自己贴上去的决心书。一边靠墙还支着一块小木板,上面是战士们的饭碗和用敌机的破片制成的筷子和小勺。靠里的墙上还挂着用蛇皮蛙皮制成的胡琴……这些那些,真真是个住家户的样子!

"是谁在门口呀,请别挡着亮儿,进来吧!"

我连忙走进去,坐下,呆了一刻,才看清楚了战士们,正在缝手榴弹袋。虽然我们的大炮多了,炮火强了,但跟敌人打交手仗的时候,这还是好东西哩。他们怕在节骨眼上四个手榴弹不够用,这里他们要缝一种能装十四五个的大手榴弹袋。

一会儿,我们就熟得像老朋友一样啦。

他们都是这么年轻壮实:穿着衬衣,有人露着粗粗的膀臂,有人露着紫铜色的胸膛。一个个坐在地铺上,挤在一起,边缝边唱。唱的全不一样,各人唱各人喜爱的,声音高低也不一样,横竖主要是缝手榴弹袋。

也有的没有唱。——这是第一次参战的新战士,他还不知道战斗到底是什么样哩,拿针的手有点儿轻微的颤动。可是那些老战士,却好像自己从来就是老战士似的,多少有点傲然自得的神气,唱得比别人都响。

一个小圆脸战士唱得最快活,他大概是四川人吧,光着个脚板子,一边唱还一边用脚板子一动一动地打着拍子。

我说:"小鬼,你怎么这么乐?"

"嘿,打仗还不乐!"

他回答了我,马上就有一个年纪稍大的战士插嘴说:

"同志,还没有给您介绍:这是我们班最快乐的人啦。人家这几天,就接连碰见两件大喜事!"大家都停了唱歌,很有兴趣地望着小鬼。

"什么大喜事？"我忙问。

小鬼脸红红地抢着说："有客人在这儿，可别胡开玩笑！"

"这是什么玩笑，这是事实嘛！"那个年纪稍大的战士越发起劲地往下讲，"第一件喜事，是前天晚上接到他老父亲一封信，信里说：你不要惦记家里啦，土地改革实行啦，房也分啦，地也分啦，不住小茅草屋啦，搬到地主家的正堂上去啦。家里头过去不和，现在也和美啦，你要好好地为人民立功！还说，你媳妇……"

"他娶了媳妇？"

小鬼的脸更红了，沉着小圆脸威胁地说："你再说！你再说！"

但那个战士还是照样说下去："怎么！现在你媳妇成了村里的妇联会主任，这还要保守秘密！"

那小鬼反驳地说："咱们连有几个没得到这样的信？你们为什么单挑出来说我！"

另外又一个战士插了嘴："说说你有什么不好！光许你藏到墙角里独自个乐！"

"喂，别吵！别吵！这是第一件喜事，还有第二件哩。"那个战士又继续说道，"这第二件喜事更大！——咱们班里的人，一天吵着要见毛主席，谁也没见过，可是他见到了毛主席……"

"在画报上！"有人插嘴。

"不，前天晚上，我放哨回来的时候，点上灯，正要睡下，听见他喊：'毛主席，毛主席……'我推醒了他，问：'你做什么梦呢？'他揉着眼，怔了好一会才说：'我梦见立了功去见毛主席啦！毛主席正握着我的手跟我谈话呢！'"

小鬼报复地说："还说我呢，你昨天晚上不也是做梦参加庆功会，刚上台要报告立功事迹，就被人家鼓掌鼓醒啦。战斗还没开始，你就先参加了庆功会！哈哈！"

正在这时，听见排长在洞口上喊："手榴弹兜缝好了没有？连长待一会就来检查啦！"

大部分战士的袋子都缝好了。手榴弹，叮叮咣咣地往兜里装。他们简直像穿炸弹背心一样，披挂起来，好不威风。

连长来检查过之后，连部又传来通知，青年团员们到连部集合。不大会，到前面去指挥作战的团长也都从交通壕里匆匆地走过去。

战斗的时刻,围猎的时刻,一分钟一分钟地迫近了。

六

太阳已经落山,战斗快要开始。

通讯科长检查完了工作,我们到一座较高的山上,在这里可以看到战斗是怎样进行。

我站在这块阵地上。这是多少双带着血茧的手,一镐一镐挖出来的阵地呵! 正是这块阵地,这一块连一块的奇迹般的地下长城,使得具有优势装备的数十万侵略暴徒不能前进一步,惊惧在我们的战威之下。多伟大多倔强的阵地呵! 我就站在这样的一块阵地上!

前面,这是清清楚楚的两列连绵的山岭。两列山岭之间,是长满荒草的山谷。山谷中间是一条弯弯曲曲的细流。

通讯科长用手一指:"那条小河你看见了吗?"

"看见了。"

"好!"他说,"这比你看地图要清楚得多,河这边就是和平阵营,河那边就是侵略阵营! 不过,河那边有几个发黄的山包子,你看到了没有?"我仔细一看,敌人那列山岭下面,果然有几个发黄的山包子。

他继续解释说:"这几个发黄的山包,都是最近向前挤的。如果你分不清敌我的阵地,你便看看山头是发绿的还是发黄的,就可以知道。发绿的多半是敌人的,发黄的多半是我们的,因为敌人的炮火多,把我们的山头打成黄的。可是,还有一个规律:你看看,黄山头,一直是向前的;绿山头,一直是向后的。你从团部经过,看见他们团长种的一小块棒子吗? ——那是当时挤的新阵地,可是现在那棒子地早成了大后方了。"

我没有回答他什么,一直望着河那边的几个黄山包。那几个黄山包,有多少可爱的战士守在那里呵。他们在那里正做些什么,我不知道也看不见,但只看见那几个黄山包,在山谷那边,在河那边,在敌人绿色的山头下,对抗着敌人密密麻麻的地堡,是多么顽强地站立着!

慢慢看不见了,天黑了。突然间,听见背后一阵呼啸着的炮弹出口声。回头一望,只见火光闪闪,照亮天空,是我们的大炮开始射击了。接着前后左右的炮兵阵地,像打闪一样,都开始了急袭。成群的炮弹像几千飞扑的猛禽,嗞嗞地从头上飞过去,飞过去！飞过去！

战斗开始了。

我一看表,分针正指到炮火急袭的时刻上！

只见敌人的一线山头,大大的火团,血红的火团,一明一灭,接着是一阵阵炸雷撕裂天空的爆炸声。那声浪呼隆隆隆、呼隆隆隆地滚动着。敌人接连地打起一个个照明弹,照明弹在山头上空飘飘坠坠地垂着。敌人的探照灯像一条白色大蟒似的晃动,把山头照得雪亮。

看吧,今晚一定要有一场激烈的炮战！我预料着……

这时,通讯员从交通壕走过来,告诉我们说:突击连已经突过了第三道铁丝网！

过去三道铁丝网,还有七道呢！这时我想起了突击连的同志们,特别是我们年轻的副指导员,还有那个小黑圆脸的战士。他们现在是怎样地在铁丝网里爬着呵,前进呵！炮火延伸射击了,前面响起了激烈的手榴弹和机关枪声。

按战斗常识,已经进入了你死我活的肉搏战。

敌人的飞机,轰轰隆隆地飞过来,声音很沉重,一听就知道是重轰炸机,很明显,他们要来轰炸炮兵阵地。因为我们炮兵发射的火光这么大,我真为他们担心。

重轰炸机,围绕着我们的炮兵阵地盘旋起来。等它看好,正要准备投弹的时候,我们的高射炮火,红色的曳光弹像一条条火龙似地迎了上去。重轰炸机就急忙折到另一个炮兵阵地,但等它遇到同样拦阻射击的时候,就远远地飞到不知什么地方去了。

后面响起了一阵沉重的爆炸声。

"怕死鬼！"通讯科长轻蔑地笑着,"你看这几架轰炸机,本来是来炸我们的炮兵阵地,可是高射炮火一去迎接,它们就不知到什么鬼地方扔弹去了！敌人不管什么兵种,怕死这个特点都是一样。过去敌人的炮多凶多猛呵！现在我们一制压,他就大部不敢发言了。"

敌人的炮,果然,除少数在进行还击外,大部都变了哑巴。我忽然想起师长在炮兵会议上的讲话,我心里不由得生起一种敬意;他多日的辛劳,得到了成果。

这时,忽然通讯员又跑过来喊道:"科长!副教导员叫我告诉你们:阵地已经占领了,敌人消灭了,叫你们进洞子休息呢!"

我们回到营部的洞子里。

电话铃叮叮响着,副教导员拿起了耳机。接了电话,他把耳机一放,对我们说:

"咱们师长的工作抓得真紧哪!"

"他说了些什么?"

"他说:明天上午要把战斗报告送去,晚上就要把战斗的经验教训总结送去,一定要打一仗,进一步!小战斗也不能随随便便!下次挤阵地就会挤得更好!你看战场还没打扫呢,战后工作就布置下来了,你说他抓得紧不紧!……"

这时,忽然听见门外有人唱歌,用那样高亢的声音唱着:

> 炮火震动着我们的心,
> 胜利鼓舞着我们。……

副教导员马上脸色一沉:"这不是突击连的副指导员吗?战场还没打扫,为什么他先下来啦!"说着,我们出去一看,只见从那边过来一副担架,有一个人躺在上面,他还在继续唱着:

> 中朝人民亲兄弟,
> 并肩作战打击敌人。……

呵!是他!是副指导员!是那个脸被太阳晒得说黑不黑说红不红的年轻人!是他!

我差不多和副教导员一块迎上前去,副教导员拉了一把担架员的膀子,悄声地问:"伤得怎么样?"担架员回答说:"腿上,伤得不轻!"谁知却被他听见了。他想挣起身子,没有挣起来,他说:

"副教导员!您放心吧,过不了一个星期就回来啦!"

我和副教导员握了握他的手,这刚才打过手榴弹的手,这还带着烟火气息的手。在星光下,我多想再看看他,多想清清楚楚地看看他!这个可爱的年轻人!

  担架过去了,慢慢地转过了山弯。小风吹着,又传送着他的歌声,这是这块阵地上发出的歌声呵。听着这歌声,使我回想起我在这块阵地上所经历的一切。……这一切,是一个意志,一个声音,它像洪亮的号召一样,在我的耳边响着:坚韧地斗争下去吧,以你更大的雄心去压倒敌人吧,能前进一寸就前进一寸,前进一寸也不算少;能杀死一个,就杀死一个,杀死一个野兽就少一个!让野兽们更加害怕我们,更加厌恨我们吧!要是侵略者不想和平,撒赖逞凶,战士们,活活地熬死他们!挤垮他们!

1952年9月12日于朝鲜西海岸

祝 贺

姑娘回到娘家，总是欢喜的。我这次入朝来到某军，正像姑娘回到娘家一样，心里有一种说不出的感情。因为这是我革命的家，战斗的家，长期培养我、教育我的家呵！

这支部队，从她跨过鸭绿江的那天算起，到现在已经一年多了。在这一年多的日子里，同各兄弟部队一起，同朝鲜人民一起，她迎接了，勇敢地迎接了她从未经历过的这场战争。这对她不能不说是一个考验。然而，她经得起了这个考验。特别是在可歌可泣的涟川、铁原阻击战中，现代战争的烈火，检查了她优秀的战斗品质。一个部队有着这种战斗品质，这是多么光荣和可贵呵。当我听到各方面的良好反映，我心里也觉得暗暗高兴。

当然，我知道这些荣誉的得来是不容易的。我来到这里的三个月中间，看到许多指挥员和干部，我所熟悉的老战友们，他们是多么勤恳，多么辛苦！有的人头上开始添了几丝白发，有的人添了几道皱纹，有的人，他的面容比起他的年龄已经显得苍老。然而，他们的精神，他们的战斗意志，却仍然是那样年轻，像春天的杨柳那样年轻，像奔腾的流水那样年轻。战友们，亲爱的战友们，我知道你们是辛苦的，战争能夺去你们的青春，但它却夺不去你们永远朝气蓬勃的战斗意志。你们的每一丝白发，你们的每一道皱纹，都和祖国人民的幸福联系着，都和祖国荆江分洪的水闸、淮河的庄严工程等等一日千里的建设联系着，都和我们千千万万孩子们的可爱的笑脸联系着，和世界和平联系着。

我也看到了一些年轻的战友，他们过去或者被人喊做"小张"，或者被人喊做"小李"，虽然今天仍然有人这样亲昵地唤他，但是在党的亲切教导下,他们已经开花了,已经结果了,已经不是一株小树,而变成一株大树了。他们的战斗经验、工作经验更加丰富了,他们的风度也更加老练了,他们在各个战斗岗位上,都成了有力的支柱。

更可贵的,我还看到了几个老炊事员同志。他们现在还作着炊事员的工作,虽然这个单位的人员不知流动了多少次,但他们依然像从前一样地忙碌,紧张地切菜,小心地淘米,辛勤地挑水,勤恳地征求每一个同志对伙食的意见。当我握着他们满是茧子的两只大手的时候,能不让人动心吗? 而且他还要这样战斗下去,不论什么险恶的环境,也不论到什么时候,他都要这样跟下去,一直到实现了他的崇高美丽的理想为止。虽然功臣榜上不一定有他的名字,庆功会上也不一定有他的发言或报告,但他向人们宣示了平凡而又伟大的真理,他们是忠臣,是党的忠臣,人民的忠臣,国际主义的忠臣,人们同样会从他们那里得到鼓舞,会感到做不好工作就对不起他们。

还有一些战友,可爱的战友,我没有见到他们,而且我永远看不到他们了。他们为了完成光荣而艰巨的任务,为了尽到自己的责任,为了自己伟大的理想,在战斗中间,和党和人民和他的老战友们永别了。有一天,我骑着一匹黑马到某地去,饲养员告诉我,这就是老战斗英雄、团长邓仕均同志生前骑的那匹黑马。这匹黑马,跟英雄的邓仕均同志好多年。我骑到这匹马上,望着这匹马黑色的鬃毛,想着邓仕均同志战斗的一生,心里是如何地悲痛,而又对敌人是如何地仇恨。仕均同志和别的牺牲了的战友们!虽然我们不能相见了,但是你们的顽强的战斗意志和你们的声音笑貌一起留在我们的记忆中间。这次在保卫开城的坚守防御中,你们团和其他团狠狠地打击了敌人,这不是你们留下来的战风吗? 就是这种战风,在任何的战斗里,要把敌人压倒,使敌人纵有优势的装备,也要屈服在我们的战威之下。牺牲的同志们,祖国人民和朝鲜人民都永远忘不了你们的好处。

这次我回到军里,还看到了更多的我不熟悉的同志们。这些同志,来自丰饶的四川,来自四时如春的云南,来自繁华的上海,也来自广阔平坦的中原和祖国的东北。……他们都是在抗美援朝的号角下拿起枪来的优秀儿女。他们都是这么有觉悟,有生气,有着饱满的战斗热情,叫人一看就心里头欢喜。他们的到来给这支部队注入了新的有生命力的血液,也从这支部队中很快地接受了优良的战斗作风,立下了累累的战功。看到他们的战功,你真难相信不久以前,他还是一个普通的工人和农民。看到了他们,更使我感到了"娘家"日子的兴旺。

我来到这个军已经有三个月的时间了。在这三个月中间,我感到这个军在各方面都有新的进步。最使人高兴的,是整个部队的革命英雄主义,有了进一步的发展。这是一个很大的成就,很重要的成就。

我参加了军、师的英模会和庆功会。我和很多的英雄、模范和功臣同志们见了面,谈了话,听了他们的报告,从他们那里受了很大的感动和教育。有许多英雄已经成了我亲密的朋友。这里,我不去一一歌颂他们的英雄事迹了,这是几句话说不完的。我要很好地去体会它,以便能很好地歌颂它。这些英雄们创造的英雄事迹,没有一件是轻而易举地创造出来的,没有一件不是用自己对祖国对党对人民的全副忠诚、全副热情,用生命和血创造出来的,因此,文艺工作者也必须同样用自己的全部生命和耗干自己的血去歌颂他们。

我这里想提一提一个有意义的数字。在这个军,作战的一年半以来,包括郭恩志等许多志愿军的英雄在内,全军涌现了 415 个立功单位和 8000 多个人民功臣。这一个数字在一个军的范围来说,是颇惊人的。这不是一个人两个人,也不是几十或几百个人,而是 8000 多人!像各个兄弟部队一样,这些数字,表示了整个部队爱国主义与国际主义的觉悟是多么高!他们的革命英雄主义精神是多么旺盛!

祖国鼓舞着我们。党和毛主席鼓舞着我们。在毛主席的领导下,我们伟大可爱的祖国,我们充满着青春的祖国,正以一日千里之势奔腾前进。她一天比一天可爱,一时比一时可爱,她使一切优秀的儿女,都甘愿为她牺牲自己的一切。这就是我们部队革命英雄主义的无穷源泉。今后,在共产党的坚强领导之下,在英雄、模范、功臣同志们的带头之下,在这支政治素质优良的部队里,在这支战斗作风顽强的部队里,在这支各种工作朝气勃勃的部队里,革命英雄主义必将形成更强大的洪流。而这样,恶贯满盈的美国侵略者就会受到更沉重的处罚;我们这个军也就会在祖国人民之前,在毛主席之前,在朝鲜人民和世界人民之前,得到更大的荣誉!

这就是我的祝贺。

1952 年 9 月 20 日于朝鲜

前进吧,祖国!

炮火声里,栗子树朴素的花穗,又落遍了朝鲜。这是朝鲜战争的第三个年头。朋友,你们一定很羡慕我,在这里,我又看到了我们可爱的战士们。他们,离开可爱的祖国已经两年了。在这两年中,他们付出了多大的辛苦呵。两年的时间不算很长,可是我看见许多的指挥员,他们的额上添了皱纹,有的人鬓角上添了几丝白发。战士们,千千万万的战士们,他们的双手都磨起了厚厚的血茧,他们就是这样,用自己的双手,劈开了、掏通了从东海岸到西海岸的崇山大岭,连成密如蛛网般的地下长城。他们就站在这道长城上,打击着、折磨着那些还没有斩尽杀绝的野兽;也是在这道长城上,他们回头望望北方——那是自己的祖国。

祖国,对于一个离开她两年的战士,是多么地叫人神往呵。谈起祖国,当然,他们在怀念着自己的母亲,怀念着自己的妻子和朋友;可是他们却更忘情地谈着一件事,人人都在谈着,处处都在谈着,在那所有的弯弯曲曲盖满硝烟的战壕里,都在谈着一个迷人的字眼——祖国的建设。你可以看见,在许多指挥员的房子里,在插着一束野花的瓶子旁边,挨着他们的军事地图,贴着郝建秀等劳动英雄的彩色照片,治淮工程的照片,成渝铁路通车的照片,近代化铁路、工厂的照片。在战士们的掩蔽部里,也贴着这些画片:有许许多多微笑的孩子,也有第一次出现在祖国农业合作社的拖拉机,还有突突冒着烟的工厂。就是那些为了祖国为了朝鲜人民而光荣牺牲的人们,他们的身上,也有着跟决心书一起被鲜血染红的这些照片呵。

祖国在前进。祖国一日千里的建设,是多么激动着为她战斗在国外的儿女们。祖国呵,在炮火弥天的战线上,人人都在想着你,人人都在听着你,甚至从一封短短的家信里去猜着你。人们虽然望不见你,可像能听见你一样;因为你奔腾前进的脚步,在震动着你的儿女们的心呵。你使得多少战士,在接到新的枪支、火炮的时候,惊奇着,赞叹着;你使得多少战士,为你的每一个成就奔走相告;你又使得多少战士,在低吟了家信之后,一连许多天,脸上都保持着动人的笑容呵。遥远的祖国呵,你知道吗,你知道你的奔腾前进,是怎样地激动着那些为了你拿起枪来的儿女们!

某个连队进行爱国教育的时候,有一个叫杨恩华的战士站起来说:"报告指导员,我有两句话跟大家说一说吧。"这个战士得到指导员的允许,就走到队前,从口袋里掏出了两封家信,还有一张照片。他眼里含着泪圈,高高地举起了这张照片,激动得声音都有些嘶哑了。他说:"这是我妹妹的相片,你们看好不好呢?"大家一看,这是个年轻的女孩子,真好呵,又壮实又好看,一双明亮的大眼,梳着两个发辫,发辫上还结着两个蝴蝶哩。

"同志们,可是她从前不是这样的呀!"同志们望着他,他边想边说,"她以前给地主家当丫头,浑身上下打得青一道紫一道的,拖着一个小干巴辫子,脸黄黄的不像人样。她三天两头哭着跑回家来,我有什么办法呢?爹娘撇下了我俩,我连我的妹妹都养活不了!我们只有守着奶奶去哭,守着叔叔去哭,可是他们没家没业的,又有什么办法呢!"说到这里,泪珠滚了下来,他又说:"我一跺脚出来这多年了,谁还想到我的妹妹还活着呢!……可是,祖国变啦,家乡也变啦,信上说,靠近我们家乡,工厂建设起来啦,她已经进厂当工人啦。我奶奶、叔叔都分了地,成立了互助组,说不定,再有几年大拖拉机也在我们那里呜噜呜噜地耕种啦。她还说,要我坚决在前面打,她在后边努力建设,要跟我比赛哩。你们看看相片上她那乐呵呵的样儿!"

同志们又一齐望着照片,望着照片上那个发辫上结着蝴蝶的女孩子。他又像询问别人似的说:"同志们!你们说这是怎么回事?这些天,打起仗来,我两条腿不由得就要往前钻;干起活来,只嫌时间短。连大铁锤都砸成了圆疙瘩,尺半长的大锹头磨成了织布梭,可是我呢,困也不觉困,累也不觉累,越想越高兴,越干越有劲,你就不知道这股劲头有多大！"

　　这是一个普通战士的家庭变化，也是万千个普通战士的家庭变化。祖国近年来天翻地覆的变化，给人多大鼓舞呵！如果说，当我们的战士跨过鸭绿江的时候，是美国野兽们对朝鲜惨无人道的摧残，是那些废墟，是那些血与火，惊醒着人们，激怒着人们，为保卫祖国奋不顾身地战斗；那么在今天，战士们的浑身就更增添了新的无穷的力量：这就是祖国的建设，祖国一天比一天的美好，以及新的迷人的美景，格外地吸引着人们，燃烧着，真的是燃烧着人们的心！

　　当成渝铁路通车的喜讯，传到了朝鲜战场，特别使得四川籍的战士们轰动了。正在行军中的战士扭起了秧歌舞；阵地上的战士，拍着他们怀里的枪支唱起了家乡的"金钱板"。战士杨国明的家紧挨着成渝路，他更以深沉的感情告诉人们：他家的门前有一条小河，小时候打草打柴过来过去，就看见河两边插着两个小木牌，听人讲，这就是要修的"成渝路"。可是等到自己长大了，20多年了，小木牌早已烂掉了，父亲也被迫着修路受难死了，可也从没有看到什么"成渝路"。他说："谁会想到，解放不到三年，成渝路就通车了呢！我现在常常梦见家门前的小河上，架了一座又结实又漂亮的大铁桥，火车冒着烟嘟嘟地从那边过来了，我的母亲正穿着新衣裳看火车呢！"另一个叫李志轩的四川籍战士插嘴说："可不是吗！我也做过一个梦。梦见坐上了祖国的火车，不知道怎么东扭达西扭达地就拐到成渝路上。我一看，真好呵！这成渝路真比哪条铁路都漂亮。火车嘟嘟地走着，一走就走到离我家40里的车站停下了。从车窗里向外一望，哈，变啦！我出来的时候，这儿还是一片荒凉的草地，工人们正在那里铲草，怎么沿着铁路一大片一大片全是一般般高的三层楼房呢！工厂的烟囱像小树林子似的，全突突地冒着烟。那边还有一个飞机场，一架挨着一架停满了白晃晃的战斗机。我的家乡变得多美呀！我正在望着望着，忽听有人说：'你在这儿尽望什么，快到你家啦，还不下车？！'我下车一看，送我参军的亲戚朋友们全来欢迎我了。我正想要背起背包走呢，一个亲戚说：'傻孩子，你为什么不坐汽车走呢？'我说：'我出来的时候，全是小道儿，大石头乱绊脚，怎么能走汽车？'亲戚说：'这么难修的成渝路都修好了，难道公路还没有修吗，快上汽车吧，一直送到你大门口！'我乐得坐上一辆红油漆的大汽车刚要走呢,就听有人喊我:'快上岗吧!'我睁眼一看,原来是我们班长。……"——这是一个梦,应该说这不是一个梦,这是祖国正在前进的真正美景。我们的战士,就是在艰苦战斗以后的睡梦里,也在渴想着描画他们的祖国,他们的家乡现在的、未来的美景。

某天,当我沿着交通壕走向某连阵地的时候,听见前面一排洞子里,传出来一片沉重的锤声,跟那"杭唷""杭唷"的呼喊。而且还听到有两个声音在一递一句喝唱着:

我给它加一块砖!
我给它加一块瓦!
我给它再加一个螺丝!
我给它再加一个烟囱!

我顺着这声音,走进一个洞里,只见有两个战士正在坚石上打眼。一个掌着钎子,他的"虎口"被震裂了,裂纹里浸着血;另一个抡着铁锤,汗水湿透了衬衣,下巴上的汗珠噗噗地落到地上。为了节约灯油点起的松木"明子",把他们的脸上、身上熏得乌黑。就是他俩一递一句地低声喊着。

我说:"同志们,你们给什么地方加一块砖、一块瓦呀?"

"给毛泽东城!"

"毛泽东城?"

"是呀,"抡铁锤的战士收了铁锤,擦了擦汗说,"同志,你没听说吗,在我们祖国要修一座毛泽东城。这座城,把好几个城市连在一起,方圆好几百里。这座城,工厂的烟囱要像这山上的树林似的。马路有80多米宽,能并排走下40辆汽车。比北京还要大!"

"不,能并排走48辆汽车,这个城比你说的还大哩!"掌钎子的战士纠正说。

拿铁锤的战士用他一双充满光彩的眼睛望着我,继续说:"同志,你说这座毛泽东城修起来该多好呵,它也许比一切城市都要美!能给它放一块砖,添一块瓦多光荣呵!我俩叮叮当当地打着,打着,高兴起来啦,就觉着自己是在那儿修毛泽东城一样。所以我俩就吆吆喝喝地唱起来啦!"说过,小伙子把汗水湿透的衬衣一脱,两手一拧,拿到洞口迎风一抖,又穿起来,一边喊:"伙计,干吧!"马上又举起了那柄八磅重的大铁锤。……祖国呵,你能告诉我吗,你的未来的道路究竟有多宽、多远、多美呵,你是以多大的魅力在吸引着人们。

当祖国新造的武器到达朝鲜前线的时候,更引起人们的欢喜和疼爱。某个年轻的师长,一听祖国造的无坐力炮来到了,就马上喊参谋:"快打电话,让他们先送一门来我看看。"炮,架在他的门口,人们很少能看见他用这么轻柔的动作抚摸着那乌亮乌亮的炮身,像以前抚摸他的战马一样。他低着头,足足看了有好几分钟,才又亲手给它穿上炮衣,让人抬走。他一边眼送着那门炮,自言自语地说:"如果我的小玲子还活着,我发给他这门炮,有多少坦克敲不烂它!"人们告诉我,小玲子是跟了他好几年的通讯员,如果活着,今年是19岁了,是这里通讯员里最小最逗人爱的一个。五次战役当中,有一次,敌人的坦克快爬到师指挥所,警卫排布置向坦克猛打,但机枪、步枪所有的火力,都挡不住坦克的前进。小玲子一看急了,就提着两个手榴弹冲了上去,像小燕子似的,一下子就爬到了坦克顶上。他先朝履带上插手榴弹,手榴弹滚掉了,把他也炸伤了。他脸上流着血,又去揭坦克的盖子,想把手榴弹投进去,可是怎么也揭不开。把人们急得棉衣都叫汗湿透了。据师长后来告诉人,他那时候,看着他的小玲子,恨不得替他咬开盖子,让他把手榴弹投进去。……后来,盖子从里面打开了,伸出了一支手枪,对着小玲子的胸脯乒乓就是几枪,小玲子是胸脯上带着好几粒子弹硬把手榴弹填进去的,坦克炸毁了,可是小玲子也躺在了那辆坦克上。——我,我这才明白:今天祖国造的、这么好的炮,是怎样地牵动了我们这位师长的感情。当我跟师长谈起这事,师长感叹地说:"我今年30多岁了,战争生活占了我年龄的一半。在这多年的战争里,我敢这样说,无论哪一个敌人,在勇敢上,在吃苦上,在接受作战经验上,都不能比得过我们、赶得上我们。美国鬼子更加差得多。可是我们却少一条,就是缺少现代化的装备。假若这样的一支军队,像小玲子这样的战士,加上充分的现代化装备,你不能想象它是多么的强大!有多少战士这样讲呵,他们说,不要说有超过敌人的装备,如果我们有跟敌人差不多的装备,我们就可以给他指定日子让他滚到大海里去。"他停了停,又继续说:"反过来说,不也是这样的吗!敌人所以还敢这样逞凶耍赖,难道不正是因为我们还没有强大的工业,充分现代化装备,他觉得我们在这一点上还不如他吗?……可是现在祖国的建设是多么快呵,大规模的经济建设就要开始了,当我接到一门炮、即使一支手枪也好,我也觉得那么可爱。这不是一门炮、一支手枪,这是我们整个的祖国向着新的历史前进呵!"

隔了些日子,在一个晚上,我又去见我们的师长。在灯光下,他正支着腮微笑着,听参谋报告无坐力炮初试锋芒的战果。这一天激烈的反坦克战,把敌人出动的30多辆坦克,击毁了18辆。参谋还兴奋地说,其中有一个炮手,他自己一个人就击毁了5辆。据连里报告,在这个战士刚准备开炮的时候,接连好几发坦克炮弹落在他的附近,就把他打得负了伤歪倒在战壕里。这时候,他手扶着无坐力炮的脚架直起身子,又望着自己的炮,低声唤着也已负伤的伙伴:"这是祖国的工人老大哥给我们造的一门炮呀,还没打住一辆坦克,我们就随随便便地下去?不能!这样,我们对不起那些工人同志们!"那5辆坦克,就是他这样带着伤,血顺着袖子流着,连绑扎也没有绑扎的时候接连击毁的。事后,指导员找他去填立功喜报,他说:"指导员,你不该先给我立功,你该先给他立功!"指导员说:"你说的是给谁立功呢?"他说:"给谁?给造这门炮的工人老大哥!起码,这个功劳应该他占一半,我占一半。"过后,这个战士还一直打听这门炮是哪里造的,他想写信去感谢他。师长听到这里,不由得笑了起来,点着头说:"难道这炮是一个人造的吗?应该感谢祖国所有的工人老大哥们,将来,他们会把我们的这些小老虎子,一个个都给插起翅膀来的!"

祖国的朋友们,祖国的父老们!从夏天到秋天,我在朝鲜战场上遇到的千万个战士,都让我转告你们:他们对你们是多么地感激。临津江还没有解冻的时候,就送来了单衣;秋风刚刚吹起,又收到暖暖的冬装。白发苍苍的老妈妈含着热泪献出了多年的积蓄;刚会写信的孩子,一口一声志愿军叔叔。这是多么地叫人动心呵。而且,他们特别感激的是,你们在他们出国的两年间——只两年呵,把祖国,把他们的家园建设得这么美好。他们知道你们是辛苦的。他们知道你们在机器旁,在矿井里,在田野上,在森林中,在人烟稀少的荒山大岭,是多么地辛勤劳苦。因此,他们也知道,在你们的双手上展开的美景,是多么地可贵,他们知道需要用什么去保卫,值得用什么去保卫。他们还要我转告你们:他们对祖国再没有什么令人猜不到的要求,只是挂心着祖国的生产建设。如果你们相信你们的儿子是英勇的话,请你们放心吧,能用多大的力气就用多大的力气去建设吧,他们一定要把三八线上的地下长城守好,他们自豪地称自己是"三八线上的哨兵",他们要给祖国站岗,给朝鲜站岗,给亚洲站岗,给全世界站岗,直到圆满地完成这个哨兵的责任。而且他们将不放松一分钟一秒钟的时间去逼敌人,挤敌人,折磨敌人,努力地把阵地推向前去。他们知道:多向前推一寸,战争和灾难就离祖国远一寸;多推一个山头,朝鲜人民就多一个可耕种的山头,多一个幸福的山头;三八线上的炮声,就离我们幸福的孩子、歌唱的机器、茂盛的庄稼更远。祖国的父老们,你们是这样热爱你们的孩子呵,假若你们愿意知道志愿军的声音、志愿军的心愿,这就是他们的声音、他们的心愿!

　　祖国,我们光荣伟大的党引导着的祖国呵,我们五万万颗爱国心燃烧着、沸腾着的祖国呵,你的大规模的经济建设就要开始了。你将一天比一天可爱,一刻比一刻可爱,.没有人知道你究竟蕴藏着多大的力量,没有人知道你的前途究竟是多么美丽、广阔和辽远。为这样的祖国效忠,为这样英勇仗义援助朝鲜的祖国效忠,是多么地愉快,多么地扬眉吐气,即使鲜血涂地也是多么地光荣呵。朋友们,祖国的朋友们,党中央的号召,在我们的耳边响着,战士们用鲜血和生命争取的时间,又是这么宝贵,在这伟大建设的信号发起的时候,你是怎样地去迎接我们祖国的新的历史任务呢!……两年来,从祖国到朝鲜,我看见一面是热火朝天的建设,一面是在炮火弥天中奋不顾身的战斗,好像两个齐头并进的战场一样。让这两个战场相互鼓励也相互比赛,共同地把我们的祖国推向前进吧:在朝鲜的儿女们,必将以不断的胜利,奉献给祖国的人民;祖国的人民,特别是工人同志们,也请你们用花园一样美丽的祖国,来迎接有一天早晨胜利凯旋的战士们!

1952 年 10 月于朝鲜西海岸

在阵地前沿

1952年11月3日至11月25日,我在朝鲜战场155.7阵地上住了二十几天,这是当时的日记摘抄。

11月8日

早晨,离开1号阵地,顺着交通沟往主峰走。昨天的雪已经化了,今天山坡上又铺上白霜。一边走,我一边回头看敌阵和沟里的小河。这是很长的一道大山,山上是一片片枯草和凌乱的弹坑。

路上有两发炮弹打到我们附近,没有响。

吸了些新鲜空气,很愉快。

回来,给做了四个菜,找指导员一起吃。吃着吃着,激起我一个多日来的感想:我们文艺工作者的贡献实在太小,而我们费去的人力有多少呵!工人、农民、司务长、炊事员、汽车司机,还有许多照顾我们的通讯员,到处像花一样捧着我们,吃,吃好的;用,用好的;打仗时还为我们担心。我们一个人一生可以做的事情太少。像鲁迅一生写出了多少作品呵,而我们竟然也称起"作家"的人,一生究竟能写出几篇有用的东西!比起劳动人民对我们的抚养,实在太不相称,实在叫人惭愧!

今天,副连长梁青山和团侦察连高彪子在我屋里闲谈。两个人都说,这一天天没有任务,蹲在这里,算干什么的呢!高彪子说:"我的计划,咱们就搞无名山那个山腿。我亲自带一个班插上去,截断他的主峰,找一挺机枪掩护,我往下压,你往上攻,保险成功。"梁青山说:"行,我也这样想。赶快向上级提吧!"高彪子又说:"这上级真怪,他光在手心里攥着你不放!"

两个人说了一阵,又谈起最近的伤亡。高彪子说起他的某一只"鹰"多么好,多么能干,可惜牺牲了。说到痛心处就流下泪来,哭了一阵。然后就站起身说:"走,咱们去听话匣子!"说过,就同副连长走了。——这些人多么单纯可爱!

高彪子,安东人。圆圆的脸,一笑还露着金牙齿。人们说,他和老美摔过跤,手上还有被老美咬破的印子。我曾问过他的外号是谁起的,他说,是他们团长叫起来的。

晚九时许,我出去解手,看见357高地方向又同敌人打响了。炮声隆隆。敌人的探照灯射出一道白光,好像一条粗大的白带。曳光弹的红光一个跟着一个飞。机枪声颇为稠密。板门店的探照灯的光柱孤独地射向天空。对面的敌人一声也不响,大概是他们最恐慌的时候。只偶尔响起机枪声。——敌人的气焰显然已经被我们压住了。

11月9日

小马,漂亮而伶俐的小马,把炮对镜给我往上起了起,我看了我将要去的2号阵地。山包上打得破烂得不像样子。在距坑道口四五十米处有一个很大的炸弹坑,至少是500磅的炸弹炸的。就在这只有很少树楂子和乱叶子的阵地下,隐伏着不可逾越的力量。

今天我要到最前沿去。在暮色中,我和副连长梁青山顺交通壕走着。他不断回过头来告诉我,哪里是最暴露的,姿势要低一点。我们约走了1000米,才到了三排的阵地。在黑影里我看到几个站岗的战士,我同他们握手道辛苦,他们的手掌都是粗拉拉的。

进了洞口,觉得这里比一号阵地干净些。拐弯抹角往里走,还有一段是石头的,更低,得弯下腰才能走。壁上向下渗水,副连长说是前天下雪化的。

拐到一个漂亮的小斗室里,刚刚能站起来。中间一张小桌,两边两张床。上面顶着木头。床壁上,顶上,都钉了雨布,乍一看像是帐子。壁上挂着一个大罐头盒子做的油灯,灯很亮,棚上的木头已熏黑了。桌上摆了一部分祖国造的电话机。黑色的被覆线在棚上扭着。电话员坐在那里。

一会,副排长陈广义来了,他和副连长给我介绍了三排的情况。这里有一个很活泼的小鬼班,由一个33岁的老班长带领着;一个壮年班,由一个个性急躁的青年班长带领着。从谈话还听出八班长王俊峰是个品质优美的人。他同哥哥是一同参军的,真是无巧不成书,他的哥哥是机炮连的八班长。我感到在这里又找到我的人物了,这使我很感愉快和满意。

闲谈到午夜12时,饿了,电话员小骆下手给我们擀面条。据说他在北京干过馆子。大家在一起吃了,小骆和小马也吃了。同战士在一起,觉得特别亲热热闹。这里是被单纯的美充溢着,没有那么多虚伪和雕饰。

饭后,已凌晨1时。估计外头月亮已出来,我们就沿交通沟到最前沿去。最前沿,一溜暗打火。战壕白天打坏很多,战士们刚刚又整起。我正要到一个暗打火里,敌人的重机枪打了一梭子,副连长说,我先去看看。他看好了,才让我跳到一个洼洼里。我向前一望,敌阵地是这样近,正对着敌100阵地,右前方是无名高地。敌我中间是一道沟,小河在月色中发亮,听到了小河的水声。沟里是一片黑糊糊的茂草,据说有一人深。对面八号沟,猛一看像是一片白茫茫的烟,细看才能看出是一条沟。

这时,一个四川的青年战士报告,说刚才山下有动静,像敌人在摆弄铁丝网。铁丝网一响,八班长就吹一声口琴,铁丝网就不响了。战争真是在奇妙地进行。

回来,他们劝我休息,我实在也困了。睡觉前,副连长把祖国人民慰问的东西拿出来,一件一件赞赏。他宣布:手帕他要保存,不用;日记本他要保存,不用;牙具袋他也要保存,不用。说来说去都不用,都要留作纪念。听说其他战士也同样如此,有人把缸子用布套包起来,还有人把毛主席像寄到家中。

副连长把一套被褥全部给了我,还把敌人的一块降落伞绸布,给我铺在枕头上。

我睡了。我舒适地睡在距美帝国主义侵略军不过400米的地方。

11月10日

睡梦中听见不知谁在说话:"我刚抓住了一个俘虏,又让狗日的跑了,把我也急醒了。"……阵地,在梦中,在渴望战斗的梦中。

这里下午2点就开晚饭,大家都起来了。副连长陪我到了八班。八班长不在,副连长叫人把他找来。他来了,因坑道过于狭窄,他蹲在了我的面前。他身体魁梧,胖脸,有些麻子,两手粗大。面貌虽不漂亮,但可以看出是多么纯良。我称赞他辛苦,说他的工作搞得好,他把头低一低,再抬起来,也说不出什么。我问到他的身体,他说他自上阵地体重还增加了好几斤呢。

我总觉得敌阵地晚上看得不够清楚,又让他们带我到前沿去看。在暗打火里向外望,这一次可看清楚了。下面这条沟并不宽,最窄处不过200米。下面一片一片全是荒了的稻田和深深的草。小河看得清清楚楚,那边还有一泓水,几株松树。山上有不少敌人的地堡,虽然光线较暗,但可清楚看到地堡的枪眼。我像馋猫见了小鱼一样,舍不得离开。忽然一颗烟幕弹落在敌右侧阵地,接着我们的迫击炮弹正落在敌人的交通沟里。时间不大,敌炮就嗖嗖地还击过来。副连长和正副班长让我回来,还让我先进洞,就好像主人让客人先进门似的,这不是客气,这是可贵的友爱。

晚上,侦察连的副连长高彪子来了。他的旧棉衣上套了一件新军衣。我笑着说:"怎么,我在哪里,你就到哪里?"他脸色有点严肃,头上冒着汗,说:"我们下去执行任务!"副连长给了他一支烟,他抽着说:"叫我们到8号沟那里去打伏击,我亲自带着去。现在可以下去了吧!"我说:"不慌,你先擦擦汗。"我递给他自己的手帕。他说:"我这人不客气,首长要我擦,我就擦。"他擦了又把手帕还给我。高彪子又对副连长说:"他只要下来,不管多少,都要弄他一个。如果敌人一个排我们就打,如果两个排以上,我们就先放过去,然后从他屁股后去兜,咱们两面夹!"副连长听后很赞成,说:"好!"高彪子把怀一拉开,向屁股后挂的一支"五一"手枪一拍,说:"你看我准备得怎么样?"我还没有猜出是什么意思,副连长马上说:"你准备跟人摔跤呀!"高彪子笑了笑,向身边挂着冲锋枪的通讯员说:"我上去一抱,绊倒他,你就拉腿!"通讯员说:"你放心,捺不住他还行!"副连长说:"我马上去给你布置火力。有我这儿挺破机枪,保险你吃不了亏!"副连长一走,高彪子一扫这个很干净的隐蔽部说:"嘿,当个步兵连的副连长多滋!"停了一会儿,他忽然望着我说:"首长,我要弄个照相机给你!"我知道这是同志间感情最深厚的表示了。他接着说,他过去在国内缴获过多少漂亮的照相机,都叫上级要去了。他还缴获过小卧车上的小收音机,口袋里一装可方便哩,行军背着它,唱了一星期,叫上级发现了,团长调去了,又让师首长见了,又给调去了。

正谈着,无线电话员叫我去听步行机里美国鬼子说话。我就去了,他把音量调节弄好,把耳机递给我,果然就听见美国鬼子说话,声音很响,可惜我不懂,不知道说的是什么。电话员说,这就是附近敌人在联络。

回来,副连长告诉我,高彪子已经下去了。还说:"他们回来后,我们也要下去进行'偷爆'。"我问:"高彪子现在已经到了吧?"副连长说:"用不了20分钟就到了。"

我在想象着也记挂着在黑暗中行进的"高彪子"们。……

11月11日

一整天天阴。昨晚下雨,交通沟存了水。

敌机轰炸黄鸡山及122.7阵地。

起床后,二排副陈广义来。他能说会道,是冀中常见的那种聪明青年。军事术语说得滚瓜烂熟。你问他什么,他都不直截了当地回答,而要从一说到十。他可能是侦察员出身,说了许多侦察兵的生活。他还以嘲讽的调子说,他们这些人摆老资格不在乎,练兵学习不入脑,你规定不许怎么样,结果一不注意他们就溜出去了,简直讨厌得不行。所以部队住城市,常常把他们摆在城外。他们还常常给上级讲:以前我们班的战士,在这个团当营级干部的有四个,当团级的也有一个,我现在还是副连长,人家见了我都叫我老首长,你说叫我怎么说呢!有的说:我的战士都背上二斤半了,我还背个大脑袋冲锋枪!可是,陈广义强调说:你别看他们这么讲,执行起任务还是很坚决的!最后这句话,看来是他讲的重点。

他还招呼我,从主峰到1号阵地,交通沟常发现一种二尺多长的毒蛇。这种蛇只要闻到人的气味,就将身子憋成一个疙瘩;等到你过来,就猛力一弹去咬人。咬了以后,眼看着那紫色的血顺着血管往上流,流到哪里,哪里红肿溃烂。你可要小心一点。我笑着说,那不成了美帝国主义的帮凶了吗!

他说的这种蛇,确实是有的,我也听别人说过。在我睡觉的雨布后面,除了挖坑道小镐的响声,还有一种唧唧的叫声,不像老鼠,不知道是不是这种蛇的叫声。

今天吃饺子。我到了八班,看见班长王俊峰在揉面,四川孩子小罗脚对脚地坐着在擀皮儿,大家乐呵呵地包着。班里有3个情绪最饱满的新战士,一个是小田,一个是小骆,一个是于成。小田是工人,当过7年的皮鞋匠,非常活泼可爱,显得比农民出身的战士洒脱些。于成和小骆是翻身农民。他们都谈到,朝鲜战争发生后,农村地主的气焰高起来了,他们是在这种气氛下参加部队的。由此看来,他们对保卫胜利果实有一种天然的敏感,所以在描写农民战士时,不可以忽视土地问题。

通讯员小马明天要去学习。这几天他给我打饭打水,我很感谢他。我要他来坐坐。他也因为我对他的亲热很满意。他说,不是我当着首长说这话,确实的,以前在旧社会哪有当官儿的对我们这么好的呢!他不知道我多爱他们,我抚着他们粗粗的臂膀、粗粗的手,真是爱极了。

洞门口,常常坐着一个"病号",叫黄×。他一天哼哼咳咳地说他吃不下饭。据说他右倾情绪很严重。人人都不大谈他,也不大理他。在这里像个特殊人物。我耐心地问到他的经历,他说给家里去了51封信,都没有接到回信。唉!这个人……

11月12日

敌人由于恐慌,昨晚打了两个多小时的照明弹。

今天,利用战士睡觉时间,读了报上斯大林《社会主义经济问题》的3封信。在敌人的炮火下读这样的著作,也很有点意思,至少说明,敌人的炮火并不能扫荡共产主义。

主峰上来电话,说今天敌人打炮忒多,必须引起警惕。还说是否有毒气弹,要注意防毒。说话间,敌炮已经在头顶上响起来。声音很沉重,震得桌上的蜡烛不断地跳舞。耳朵也嗡嗡地响。副连长很有经验地说:"这是105!如果是8英寸的炮弹,就会把灯震灭了!"接着他又仰起头大声地喊:"打到洞口了吗?叫五班快下来!"五班的同志们睡得正香,有的还不愿起。只听五班长叫:"洞口已经打塌了!快起!快起!打着你谁负责?"几个战士才揉着眼下来擦枪。一会儿,八班的洞也落进来一颗炮弹,没有响。八班长王俊峰把它抱出去扔了。接着,他又找着望远镜,钻出洞口观察情况。不一时回来报告,炮是对方阵地上的坦克打的。那几辆坦克呜噜呜噜地开一阵,打一阵。这场炮击直至下午5时才停。查线的电话员回来说,主峰后面伙房的交通沟也打平了。

我原来计划同小鬼班(七班)的小鬼们谈话,进来了一个长着黑髭的年长的军人。他有一双通晓世故的眼睛和一副经过风霜的赤红的脸膛。原来他就是小鬼班长唐殿君。他说因为自己上了年纪,反倒很喜欢"小嘎儿们",他曾经要求给补个小嘎儿,不想上级一下把他调到小嘎儿窝里,使他特别愉快。整天哄他们,吓他们,说笑话,讲故事,关心他们。

晚上,我走出洞口一看,敌探照灯照得雪亮。东边阵地上,炮声和机枪声仍很激烈。可以看到对面敌炮的出口处小火蛋一亮一亮,接着炮弹带着火光从我们头上飞过去。战士说,这是敌人的自动推进炮,要我赶快下来。

本来还准备想些什么事情,因为过于困倦就睡着了。睡梦中听见说,八班长负伤。等到醒来时,八班长已经送走了,使我感到非常遗憾和歉疚。

11月13日

早晨,出外呼吸新鲜空气。电话员到洞口看着我。昨天卫生员也是这样。无非是怕这位"首长"遇到什么。这是多深的爱护!可是假若真有一颗炮弹飞过来,不是多伤一个人吗!

无线电话员的生活也很有意思。他说曾在电波中与窃听我电话的敌人遭遇过。一次,敌听到我某班长去主峰取电池,就插进来说:"班长在那里等着哩,你们快去接他吧!"实际上班长已经回来了。我就说:"你不要费心啦!"一次敌人呼我们,我就说:"你是中国人吗？"他说："是。"我又问："你爱祖国吗？"他又说："爱。"我就说："那你为什么给美帝国主义当走狗呢？"他无话可说，就说："明天再见吧。"按规定是不许在电话中同敌人乱扯的，这不过是遭遇战罢了。

今天到八班去，袁俊康提着一口袋热腾腾的馒头来了。苏贵成劝我在这里吃，我也就在这里吃起来。馒头蒸得很好，花生米略有点辣味也不错，比给我专门炒的菜还合口。战士们吃饭很客气。一块儿吃过饭后，他们仿佛对我更亲热了。

我找到年轻的新战士刘东海，想了解一下八班长王俊峰负伤的情况，因为王俊峰是同他谈话时负伤的。那时刘东海在洞口外面上岗，由于刘东海比较胆小，第二天又要下去执行任务，他不放心，就去同刘东海谈话去了。刘东海说，班长给他讲："明天要去执行任务了，你怎么样，你敢不敢去？"刘说："敢。"班长又说："好，咱俩一块儿去爆破，把铁丝网给它炸开，行吧？"刘又说："行。"下面班长又给他讲怎么摸敌人，敌人打枪的时候，要弯下腰。正在这时，敌人的子弹打过来了。班长把头往下一低，不想被击中。可是他当时并不慌，立刻打开救急包，捂住脸，一边说："我带花了。"刘东海赶快喊卫生员出来给他包好。他又说："我去休养以后，你要征求全班对我有什么意见，把意见给我记在小本上。我休养回来，你告诉我，我好克服。"接着班长自己走回到洞里，卫生员给他上了药，他又对副排长很难过地说："这次上阵地没有打上仗，快执行任务了，我又负了伤。我觉得没有完成任务，很对不起上级。我自己天天教育战士小心，结果我自己倒被打中了。这是我的缺点。……"担架来了，他又对担架员说："这交通沟抬人太不好抬，哪里不好走，你们就不客气地说，我下来走，等好走的地方你们再抬。"出了洞，他一直走出交通沟好远，才上了担架……

听了刘东海的话，一个革命战士的良心把我深深感动了。王俊峰呵，你有着多么美丽的灵魂！在这个黑夜里，在这个星光照着的前沿阵地上，你那颗耿耿的忠心，在放射着夺目的光辉。为了培养一个胆小的战士，你负伤了。昨天你还在这里，现在你大概到了后方了吧。我知道你心里是难过的。同志，我了解你，我祝福你。

接着，我和刘东海谈起他们班长平时的情形。他说，班长和他平时谈话很多。第一次见面，班长问他："你是哪里人？"他回说："河南人。"又问:"什么县?"他说:"禹城县。"又问:"禹城县? 什么村?"他就说:"××营子。"接着班长就说:"哦,那地方我住过。你家里还有什么人?"他说:"父,母,哥哥……"班长立刻说:"哦,我在你家里住过,我好像见过你,你的父母我都知道。"听到这里,我不由得扛了一下身边的五班长笑起来。他怎么会知道刘东海的家呢,这分明是一个有经验的人去用爱——革命的爱去靠近一个没出过门的小鬼,使他在外不觉得孤单。这是生活中美丽的谎言之一,我很喜欢这种充满着爱的美丽的谎言。

刘东海说,王俊峰还给他讲了许多英雄故事。如某战士身下压着5颗手榴弹和敌人同归于尽的故事。很明显,这是他有意用这些故事启发新战士的勇敢。然而由于被教育者过于年轻和幼稚,还不能领会班长的苦心。

今天,我仔细地瞅了瞅五班长程纪材。这是一个性如烈火的人物。他23岁,湖北老苏区人。他的脸被打红的机枪枪身烫坏了,今天刚把绷带解下来,脸上还是红一块白一块的。他见我比别人不拘束。他说他父亲是老红军,在红军北撤时,没有跟上走,被国民党抓住丢在长江里了。他的哥哥也是老红军,牺牲了。他是遗腹子,等到长大,国民党仍然整天来抓。一天夜里,母亲含着眼泪说:"孩子,你在家死了也是死,还不如到外面去干革命,就是死了也有价值。娘也算不白养活你一场。你在家死了,像你父亲似的,连个尸身都见不着。你去吧,有一天革命胜利了,娘也许还能见到你。"母亲说着,哭了,妻子比他小三岁,也哭了。妻子给他拿出了一双鞋,他就这样参加了游击队。先给一个政委当通讯员,没有枪,背着一把大砍刀。人小,跟不上队,苦得很,一想母亲的话,就又有了力量。政委曾想让他回家,他死活不肯,说是死了也死在部队上。果然革命胜利了,他又回去见到60多岁的母亲。他一心想让老婆进步,就把她带出来。还让老婆帮助老百姓修堤筑坝。老婆有点受不了,他就教训她,骂她。老婆说:"我吃不了这个苦!"说着就往外走。他就抓起刺刀鞘打她。正好被政委看见,一把抓住他,训斥说:"你的脾气怪,我的脾气比你还怪,我想杀人,行吗? 你政治上比她觉悟高些,可是你们是平等的! 你怎么能打人呢?"听到这里,我们都哈哈地笑起来。

人总是有优点也有缺点。一方面程纪材有高度的革命积极性,另一面由于主观性过强,总嫌别人干得不多。比如挖工事,他本人确实很卖力,挖得很多,但别人干不了那么多,他就很不满意。这样也就产生了他同周围人的矛盾。

晚上,在无线电话组那里,和哨兵苏永光扯谈。他害羞,腼腆极了,持着一支自动枪也不看我。但是我要出去解手,他就以保护者的姿态跟着我。他今年才16岁,去年参军时才15岁。我问:

"你这么小参军,人家要你吗?"

"我没说真岁数儿。"他答。

"那你为什么一定要来呢?"

"保家卫国……"还是很害羞。

"有这么多人还不行么,要你这个小嘎儿来?"

"多一个人是一个人的力量。"

有人插嘴:"别看他小,已经打住两个敌人了!"

我又问:"你怎么打住的?"

"早晨打住的。"他说。

副排长急了,插嘴道:"小苏,你就不会说得生动点儿?比如说你怎么发现的,怎么观察的,怎么打的……"

小苏仍然慢声细气儿地说:"他在交通沟里走,我就把他打倒了;第二天,他又在交通沟里走,我又把他打倒了。"

我笑着问:"打住第一个敌人,你感觉怎么样?"

"高兴。"

"怎么高兴?像吃糖一样高兴吗?"

"比吃糖还高兴。"

他回答得总是这么简单朴素,叫人发笑。

"怎么会比吃糖还高兴呢?"我故意逗他。

"因为敌人少了一个。"

他年轻而白嫩的脸,红红的,简直不敢抬起来看我们。

"这孩子就是老实!"副连长梁青山叹口气说。

11月14日

这个洞子里存在着几种不同的生活方式:一、战士们整夜站岗,静听着对面黑黝黝的山岗和河沟里的风吹草动。一直到天亮。吃过早饭,睡到下午2时。起床后唱一阵歌子,擦擦枪,吃了晚饭又上岗。二、炮班整夜掏坑道。三、副连长和排副查查岗,后半夜没有事困一会儿。四、班长一整夜查岗,给战士有时端碗开水。五、炊事班天一黑就睡,凌晨2时起床做饭。六、无线电话员晚饭后联络一下就睡,一早起床。七、我,晚11时或凌晨1时睡眠,晨8时或9时起床,10时吃饭,然后记日记,直到战士起床进行访问。

今天,在小鬼班进行座谈。副连长把两个洞子的人召在一起,很快发现,这样的方式太呆板了。

这些孩子,在家多半是放牛、放猪、拾柴的。另有一个小李是水手,小肖是讨饭的。在谈到出身时小肖并不直爽,显然他认为讨饭是丢人的事。小徐是个孤儿,在谈到旧社会地主压迫剥削时,在黑影里自己捂住脸,显然受到极大的创痛。我怕伤了孩子的心,未详细问他。王恩先是父母死去时给了别人的,现在他要求把姓改过来,恢复姓李。

在全部小鬼中,以小水手为最活跃,以小孤儿为最深沉,以讨吃的小肖为最懒散。据说,他上岗打瞌睡,屡谈不改。讨吃的孩子虽饱受旧社会的伤痛,但缺少劳动的锻炼,因此显得疏懒。我过去在骑兵团工作时,也遇到过这样的人,诉苦时痛哭流涕,平时吊儿郎当,甚至说谎骗人。

今天以小鬼班长唐殿君谈得最有意思。他参军时父母都不愿意。他动员父母说:"你老人家不要不乐意。生儿养女,无非是为了孩子孝顺,不愁后事。以前旧社会时候,我巴巴结结一天,还不能给您老人家弄来吃的。现在地有了,就是我在外头牺牲了,也像是在你们身边。你们睁睁眼瞅瞅这地,这地就是我呀!……"他的话使我心灵震动,一句话说透了解放战争的本质。而抗美援朝不是反帝反封建斗争的继续吗!当然又加上了一层保卫世界和平保卫自身的社会主义建设。"这地就是我呀!"一句地地道道农民的话,是作家不易创造出来的。

我们一起吃了饭,小鬼们上岗去了。小苏把子弹袋在腰里煞得紧紧的,又穿上大衣,拿起了自动步枪。他不大喜欢自动步枪,很羡慕别人戴的木把冲锋枪。假若他要有支冲锋枪,他就会更加高兴了。

排副陈广义是个老兵,见多识广。我让他谈谈工人出身的战士与农民出身的战士有何不同。他说,工人出身的战士团结性好,斗争精神强,思想不常波动,作战顽强,比农民出身的胆子要大,也不迷信。比如在东北解放战争中,大车拉烈士的遗体,一车拉四五十,像秫秸垛似的,横一个竖一个,用大绳捆上。工人出身的战士往车前面一坐,满不在乎;而农民出身的战士则往往不敢接近。他还举出,不久前五班副牺牲在暗打火里,八班的战士就不愿在那里站岗。问他为什么,他就说那里冷,其实那里怎么会冷呢!他还说,一个工人出身的战士出去解手,碰上敌人摸上来了,要是农民出身的战士,很可能跑回来报告;而他却往墙角里一蹲,等敌人摸过来,突然扑过去把枪夺到手,然后向后面的敌人猛扫。他还说,工人出身的往往不小气,不保守,有东西大家用,而农民出身的战士,东西却看得金贵。此外,工人出身的战士比较讲卫生,农民出身的战士就差些了。

他的谈话,虽然不能说全面,但还是很有道理的。例如法捷耶夫的《毁灭》,对矿工的描写与对农民的描写就有差异。这是作家对生活的研究,需要注意的。

我们谈话的这个坑道,被雨季和炸弹弄得歪歪扭扭,很不像样。谈完话,他就送我回来了。

11月15日

下午,越过交涌沟到了八班下半班。与小罗、于生等一起吃了饭。吃的是馒头和花生米。他们老认为,应该给我单独弄吃的,还安排电话员小骆给我做饭,却不知道我同战士一起吃更有乐趣,也更安逸。

今天我的目的是向敌人打几枪。入朝以后,我一枪也没打过,总觉得说不过去,有点别扭。我的行动是向敌人示威,自然这只具有象征意味。这表明魏某人来了,他来到过这个阵地。

谢谢几个战士没有坚决阻拦我。麻子副班长阎传义,给我选好地势,把美造自动步枪给我装上子弹,然后,用棍子把枪眼捅开。我进入暗打火里,瞄准了敌158.77阵地的一个地堡。西斜的阳光正好照着那个山头,在阳光与阴影的结合部有一个圆馒头似的东西。我学战士的样儿把帽檐儿一歪,瞄好了,一连开了两枪。为了凑够中国习惯的概念,又打了1枪,一共3枪。他们催我下来,我才下来了。心里果然痛快。

很快,副连长和电话员都知道了,好像是件大事。

主峰打电话来,叫去领象棋和扑克。不一时领来了,大家都很高兴。饭后我们开始打扑克。我和卫生员联手,排副和副连长联手,直打到午夜零点。开始我们处境不利,后来形势突然变化,大获全胜。

这时,有几缕隐隐的诗思透入心中。我把扑克让给小骆,自己靠着墙,坐在皮褥子上含烟沉思,想为这阵地写几首诗。

11月16日

早晨,被敌炮震醒。因为它正打中洞顶,声音显得沉重。洞口又震塌了一些。

起床后,与无线电话员闲谈。他说,初上阵地时,为了迎击敌人的秋季攻势,紧张得很,人人都去背木头加固工事。来回60里,有时一天背两趟。路上和交通沟里,全是人,就像赶集的一样。团长、政委也都上山亲手伐木。可见阵地能这样坚固,是流了很多汗水的。

由此又谈到团长,他说师范学生出身的孟团长,特别喜欢青年人,常常一见面就开玩笑:"你娶老婆了吗?有对象没有?没有,好好干,将来给你找一个。"如果路上遇到哪个战士不给他敬礼,他就叫住你:"为什么不给我敬礼,嗯?敬了礼再走。"所以战士们也很喜欢他。

今天,再次到小鬼班去。小鬼朱正堂引着我,通讯员小徐跟在后面。小徐有些胆怯,呼吸的声音有点儿不对。他的父亲是被国民党打死的,母亲做小生意,赶火车,从火车上掉下来摔死了。他的3个兄弟都送给了地主富农。他问我:是否可以把3个兄弟要回来?我说:当然可以。他说:给人家写了文书了呀!我说:地主的政权都打倒了,文书还算得什么!?

外面天很黑,沟里很滑,我们摸摸索索地到了小鬼班。

小嘎儿们正蹲在灯下数子弹,老班长聚精会神地登记。我们在这里打了一场扑克。晚上10点钟,他们就上岗去了。

外面下起了小雨。小徐和"小王"坐在我的身边。这两个孩子过去都是孤儿。"小王"要求恢复姓李以前,还只能叫他"小王",他把脸靠在我的肩胛上,我抚摸着他嫩滑的小脸,望着他的黑眼睛……

忽然,班长唐殿君长叹一声:"离开祖国两年了!也不知道祖国变成什么样儿了……"我说:"你想祖国了吗?"他说:"唉!比自己的家还想得慌。"我问他想祖国的什么哩,他说:"两年不见了,都说祖国变了,也不知道变成啥模样了,自己也说不清想她那一点。"

这是他内心情感的自然流露。

我问小嘎子们想不想,他们说:"我们刚出国,还想什么!"当然,他们想的是建功立业,那种十分辉煌的东西!

11 月 17 日

今天我是被歌声惊醒的,是排副和无线电话员王尚民在那里唱歌。

早晨到洞外活动。雾很大,连后面的主峰和山下麻子脸般的谷底都看不见了。

我想:何不乘此时机到上面看看?于是,谁也没有通知,就沿着交通壕到了一个暗打火。"谁?"一个战士惊喊了一声。他拿着一把小锹守在洞口,看清是我,笑着点了点头。我向敌阵一看,还是满山满谷的大雾,只有隐约看见谷底小河的闪光。交通沟外的山坡上,只有稀稀疏疏的十几株树,叶子都已落净。有的枝丫被炮火打得歪在地上。

我不禁又想打枪。此刻没有管我,这个好机会不可失却。于是,我端起枪来朝地堡和河岸有响动的地方开始射击。大约打了 10 发子弹,然后把枪交还那个战士。

排副叫我吃饭来了。过了几分钟,敌人就打过来一阵排炮。我说敌人报复了,战士说这是常事,每次打过冷枪后都是如此。

饭后,无线电话员苗长盛从主峰回来。一进屋就说,今天到团部看了一场电影,看的是《白毛女》,大家都流泪了,我也流泪了,没有不哭的。我家里和白毛女差不多。——可见《白毛女》是一部伟大的现实主义作品。

今天,写了首求战曲《连长,你听我说》,反映战士的心情。

晚上同两个青年战士谈话。一个叫杨克清过去拉黄包车,曾被美国兵殴打过。这个耻辱,至今仍刻在他的心上。他说,他在战场上打倒敌人时,尝到了难以名状的胜利者的欢乐。现在他很想成为青年团员。另一个战士胡登煌,对自己的母亲改嫁很不满,认为留下他弟兄二人受了苦。我向他解释了社会原因,要他谅解自己的母亲。

今天,炊事员何燕纯来了。他是河南人,原来是个青年农民,特别爱说爱笑。不一会儿,把他的秘密全告诉了我,现在的心情和自己的缺点,也全告诉了我。我很喜欢他。这样的人物变出来怎么会概念化呢!概念化把劳动人民的优秀素质窒息了。我爱生活,生活的美使我陶醉。

晚十时,八班八个战士下去撒宣传品。他们抱着宣传品与"和平信箱"下阵地去了。

11月18日

今天,外面很冷。

由炊事员何燕纯引起,副连长给我讲了战士王连喜的故事。这个青年的性格,更加引起我的喜欢。把这些战士优美的性格展开,不就是宽阔的灿烂的画幅吗!中国人民的优美品质是同这些不同的性格结合在一起的。

我应该给"最可爱的人"这个称号做出相应的详细的注解。

昨天下去撒传单的战士回来说,排副看见草丛中有一块白花花的,上去一摸,是一个死者。再一摸,腰里有我们的梭子兜儿,兜儿里还有一个梭子,只掏出半截儿。死者手边,有一个手榴弹,手榴弹兜里也有一个。很明显,这是我们的烈士。排副说,这是上次打伏击牺牲的六班副。曾下去3次没有找到他,因当时草很深,他穿的新军衣又和草色难以分辨。他的名字叫蔡燕顺,是全连最勇敢的青年。在观音山战斗中,曾掩护全连撤退立过大功。这次下去打伏击,因为同敌人突然遭遇,在掩护别人时牺牲了。排副决定下一次带上担架前去抬他。

哨兵报告,8号沟下面的草哗哗响,可能是敌人来拣我们的宣传品了。

11月19日

在三排的阵地上已经蹲了10天。准备明天回主峰,但依然有留恋之心。

副连长梁青山,为了给我送行,告诉下午吃饺子,还准备了几个菜。我也准备给战士讲讲话,因下午他们准备去抬烈士遗体,未能集合成。又去小鬼班打了一次扑克,"小王"这孩子居然很能用脑筋,把我们整得不轻。

11月20日

晨5时起床。天还没有亮。副连长给我打开话匣子,唱了两个唱片。不一时七班的小徐,八班的孙启贤,还有其他班的代表都来为我送行。五班的杨凤岐,结结巴巴说了几句感谢"首长"看望他们的话,并表示"一定要多杀敌人"。我也鼓励了他们几句。出洞时,我同无线电话组和炊事员都握了手。外面天色已亮,他们挤在洞口送我。不想敌炮也来为我送行。我怕有伤亡,劝他们回去,他们仍坚持在交通沟里送了我一截才回去了。

回到主峰,就像回到了大后方。这里坑道也宽了。

迫击炮连七班长林长清,见了我很亲热。他是工人出身,伴着他的迫击炮已经7年之久。南下打安阳时,中了地雷,全班大部伤亡,他是从土里刨出来的。提起这事,他就流着泪说:"多好的炮手呀!都是我手把手培养的。"至今他还怕见"安阳"这两个字,见了就难过。这次上阵地,两个月来,他的这门炮消灭敌人一百余名。他一见我,叫了一声"首长",似有所求,又不好意思开口。我说你说吧。他说,他想托我买一本《太阳照在桑干河上》,给全班人读。我答应买一本送他。可见战士很关心革命文化。

下午,一个叫林长清的战士来叫我,说要打炮了。我沿着高高的土梯走上了观察所。这里在山顶上开了一个大天窗似的口子,炮队镜伸出洞口。林长清说发现了两个敌人,我从炮队镜里望去,果然在对面敌纵深阵地上,黄色的交通沟里有两个两寸多长的小黑人,似乎在修工事。我说:"怎么不用炮打呢?"他说:"迫击炮打不到。"我说:"怎么不用山炮?"他说:"上级规定,10个人以上的目标才能动用山炮。"我叹了口气,真是便宜了他们。

在观察所,林长清还向我提起,国内造的炮弹,在引信头处,有一个锡制的堵塞,每次打炮时,就把堵塞拔出来扔了,炮手们都觉得很可惜。如果把它换成木塞子,那对国家建设就要有利得多。听了他的话使人很感动,处处都表现了战士对祖国命运的关怀。

我坐在子弹箱上,同一个年轻的炮兵观测员谈话。小伙子学生出身,高中毕业。他说看过我的作品,自己也写点散文。我问他我们炮兵的技术水平如何。他说,如果大家都在睡觉,发现情况,6分钟可以开炮。命中率百分之七十五到九十,在技术上并不逊色于敌人,只是在器材上还欠完善。虽然我们的重炮少些,射程近些,但我们在技术上善于集中,所以适当地弥补了这一缺陷。

11月21日

整个白天,敌机集中轰炸前2号,但多数炸弹落到沟里去了。敌侦察机也很活跃。昨天,敌机轰炸了1号,炮向1号打得也很多。一个电话员给连长讲,敌人明天早晨可能进攻。连长当时没说什么。我仔细一想,也觉得情况异常,确实敌有进攻的征候。

11月22日

正在睡梦中,国内参观团的张政委把我喊醒。他说:"你不要是看打仗吗?仗已经打过了。"我以为他在开玩笑,结果是真的。他说,凌晨敌人打了一千发以上的炮弹,他是被惊醒后才起来的。敌人正在进攻1号,现在电话还联络不上。

我一看表针正指向5时,指导员的铺已经空了,他们竟没有叫我。很快了解到,敌人是在凌晨二时半开始进攻的,那时我刚入睡半个小时。

我到外面解手,天还黑洞洞的,枪炮声沉寂下来,显然战斗已经结束。我来到连部,看见指挥室里坐着几个人,通讯员端着灯在门口等候,连长两只手都拿着耳机在打电话。从电话中得知,我伤亡7名,其中阵亡3名,都是十二班的战士。他们反击了敌人两次,才将敌人击退。在阵地上捉住了一名负伤的美军,已经把他抬回洞里。

不一时，又接到指导员从1号打回来的电话，报告说：今日凌晨，敌人约一个连的兵力，分三路开始进攻。开始前，敌以机枪长时间连续射击，借以掩护他们的行动，我们竟习以为常没有发觉。待发觉时，敌人已经爬到我们后边的交通沟，并占领了山顶。经过我两次反击，才将敌人打退。缴获了敌人3支步枪，3副担架，最后敌弃尸二具逃跑。报告中还说到，战士尹海云同敌人牺牲在一起，他的枪已摔断，手脚也被炸断，估计是与敌摔跤时，拉响手榴弹与敌同归于尽的。我不禁想起不久前这些同志都同我握过手呀，想不到他们已经成为烈士了。排长姜国盛也负了轻伤，我立刻接过电话，安慰了他。

不一时，营长从黄鸡山赶来了。他对未给敌人足够的炮火杀伤感到遗憾。人们对胜利不足常常是不满意的。估计到敌人明天还要来拉死尸，准备大干一场。

正说话间，把那个受伤的美俘抬来了。坑道里人们呼呼隆隆地朝外跑。我也跟着走出去。狭窄的坑道被堵塞了，人们都想争先看到这位"来客"。我挤过去，看见这位高鼻子的美国兵躺在担架上，头上缠着绷带，嘴呼哧呼哧地喘气，吐着血沫。他的脸上又是血，又是泥，血已经凝成紫色。战士好奇地敲敲他的胸脯，说是穿着铁片。我上去一敲当当响，果然穿的是避弹衣。有人还想看看他穿的是什么鞋，掀开被子，原来穿的是说红不红的粗糙的皮鞋。这个俘虏听见人们议论他，伸了伸胳膊，表情很滑稽，也许他在庆幸自己还活着吧。可惜周围没人会英语，无法同他对话。我在想，他的确应该庆幸，假若不是遇到这样富有人道精神的军队，不把他抬回来，不给他盖上被子，恐怕早就把他冻僵了。

晚饭后，到指挥室，看见营长正与迫击炮连长、山炮排排副、机炮连副连长等一群"炮官"们挤坐在一起，商讨炮火拦阻方案，准备晚上敌来抢死尸时给以更严重的打击。

1995年9月14日摘抄

这里是今天的东方

三年前今天的夜晚,迎着整个土地都在燃烧的陌生的战场,志愿军跨过了鸭绿江桥。

他们将会遇到些什么,他们将会做出些什么,他们做出来的事情,将会有何等深远的意义,这是不容易即刻就被人全部理解的。

然而,他们,这些腿上的泥土还没有洗净的农家孩子,这些衣服上满是油泥的普通工人,跟满身战伤、脸孔被战火熏黑的老战士夹在一起,跟已经40岁还没有结婚的老指挥员夹在一起,背着他们的母亲赶着送来的一双布鞋,背着他们的步枪和手榴弹,带着破旧的电话机和刚刚发下来的朝鲜地图,才从大车上、犁耙上解下来的骡马,拉着仓促擦去红锈的老式山炮和野炮,跟在他们后面,是的,他们还背着一袋炒面,就是这样,他们踏上了将要决定东方人民命运的鸭绿江桥。

可是,他们在这个气势汹汹的头号帝国主义,这个兽中之王,跟他的一列帮凶们之前,他们会做出来一些什么呢?他们将以怎样的果实,呈献给祖国的父老和危急的朝鲜民族呢?他们将把天安门前飘起了一年的红旗,连同刚刚冒烟的工厂,连同刚刚把土地证领回家去的人们放置在什么境地?他们将对东方,对世界说些什么?而东方和世界又怎样地去看待他们?

不能不使人担心。

全世界的朋友们,凝望着鸭绿江桥。

事情会这样发生的:我们国家的一些好心肠的老人,也在悄悄地慨叹着和劝阻着:

"我们的国家还太年轻。我们的创伤没有平复。我们的财政经济这样困难。只凭步枪跟手榴弹,能够顶得住他们吗?"

是的,实情确是这样。1950年的秋天,新中国刚满一岁。虽然这个秋天,跟我们祖国今年的秋天是一样的美丽,南方的橘子林跟北方的柿树林,照样升腾着旺盛的火焰,可是我们的国家,却是带着怎样的一身创伤与贫穷呵。荒废的工厂,高高的炼铁炉上刚刚砍去长着的小树;我们的农民兄弟,还有三万万以上的人,没有得到土地,依然生活在极度的困苦中;全部的国土还没有完全解放,解放军正在极其艰苦的进军西藏的中途;另一部的战士们,为了节省国家的开支,放下还在发热的枪筒,拿起十字镐,走上了荒山野岭;那许多反革命残余、土匪,还在到处骚扰;有些人的心里,还隐伏着作为殖民地耻辱标记的崇美、恐美的暗流。只要稍稍回忆一下,在那个朝鲜民族遭遇最严重考验的时刻,我们的国家,不正是这样的吗?

是的,正是这样。难道从这样的国家里走出来的一支带着步枪和手榴弹的队伍,他们果真能够打退那个兽中之王跟他的那一列帮凶吗?

然而,他们在那个东方巨人的明亮无比的目光所照亮的道路上,勇敢地、坚决地、义无反顾地踏上了鸭绿江桥。这是只有毛泽东和中国共产党才有的那种智慧和勇气所能够做出来的,也是像中国这样具有传统的革命气概和仗义援助他人的人民所敢于去从事的,真真可以称得起是英明的、果敢的行动。正因为这样,在今天,我们每一个人,都会很清楚地从我们的身边看到:它给我们避免了什么和带来了什么,它给我们整个的祖国,给朝鲜人民,给东方,给世界避免了什么和带来了什么。

它给我们带来的,是多么不同的一切呵!

三年来的事实,是无须多说了。从傲慢的侵略者走向鸭绿江的时候脸上堆着的从容的笑容,到板门店的桌子旁边哈利逊歪着脑袋所吹的口哨,到最后,在一次丧失了12万多人以后,他们在一个上午签了字的颤抖的手:这就是事情的进程和结果。我们和我们英雄的朝鲜兄弟一起,在世界革命人民的支持之下,就这样打败了他们,让他们在全世界的面前丢够了脸。在20世纪,在东方,不,就是在我们的身边和刚刚过去的日子里,是发生了怎样一个新奇的、美妙的、你不相信也不行的神话呵!

我是多么想说一说，这段神话的创造和它对我们的意义。

我们究竟是依靠了什么能够越战越强，能够打得退、顶得住、战得胜这群恶兽呢？

这就要说到英雄的朝鲜人民了，这就要说到我们中国人民的爱子——志愿军英雄们了。是他们，怀揣着几个冻硬的山药蛋，站立在成吨的钢铁和弥天的烈火中，纵使剩下一个人，还擎起石头不后退一步；是他们在朝鲜的雪地上，迈着冻肿的双脚，一步一个血印，爬上了堆满炮火与冰雪的山岭；是他们，夜夜手扶舵盘，坦然地走遍了满是定时炸弹的朝鲜战场；是他们，挑着饭担子，在炮火封锁的道路上，伴着自己的笑容，每月要走1000里以上的路程。在危急的战斗中，一边打机关枪，一边高唱着"东方红"的是他们；在自己的战友全部阵亡时，抱起炸药包、爆破筒，毫不回头地奔向敌人的是他们；用年轻的胸膛，堵住敌人的射口，用自己负了重伤的肉体，俯在铁丝网上，让同志们从上面踏过去，去进攻敌人，而在临死时，口里默默念着"祖国"，念着"毛主席"的也是他们。……是他们，呵，这是何等的英雄气概！正是这种英雄气概，敌人才把朝鲜的山岭，唤做"伤心岭"！正是这种英雄气概，才使我们年轻的新中国经得起这个无情的考验，并且给我们取来了我们面前可以看到的一切。

我曾两次到过朝鲜。当我面对着他们的时候，我曾默默地落过几滴眼泪。这是什么泪？这是一个中国人的生命凝结成的感叹。我感叹英勇的朝鲜民族，她是一个可爱的民族，顽强的民族，放到她肩上一千斤她也是那样，放到她肩上一万斤她也是那样的出色的民族。我感叹我们自己的民族，自己的人民，她又是怎样的一种民族，怎样的一种人民呵！就拿黄继光来说吧，他不过是中国茅屋里的一个普通的青年，当他的生命放射出震撼人心的火光的时候，他不过才21岁，离他参军的时间不到两年，离他入团的时候不到一年，他怎么有这样伟大的气概，这样叫人感泣的胸怀！千千万万的黄继光们，他们把我们劳动人民的这种气概，这种品质，集中地发挥到怎样的高度！这是你仰起头来都不能看到的高度呵！这是我们这个世界上最古老的民族，历经深重的苦难不曾灭亡的证据！这也是中国人民注定必然要对世界有所贡献，必然要走向幸福道路的证据！不也是由于这种精神，使得我们的国内似乎是在一个晚上就改变了她的面貌哪我们的祖国,当她开始挑起这副战争重担的时候,似乎看来是力不胜任的;何况她所挑的还不只是一副重担而是战争与恢复的两副重担。但她在宽广的大路上,昂首阔步,走得是那样地好,那样地叫人感到喜悦和惊奇。谁能告诉我,我们的人民究竟是潜藏着多么大、多么深厚的精力呢?像万年的荒野下深深埋藏着的亿万年的矿藏,自从毛泽东的巨手掘开了压着她的地层之后,她所燃烧起来的冲天的力量,连我们自己都有些不认识她了,连我们自己都感到惊奇,像一个巨人对着自己的影子一样。没有人会知道,她还要对全人类做出些什么;打击侵略者,支持人类进步事业的抗美援朝战争,不过是她开始的一件罢了。

人们永远不会忘记:当第一面五星红旗迎风展开,从天安门前飘飘升起的时候,我们的领袖向全世界所宣告的那一句话,那一句使中国人听来不能不声泪俱下的话:"中国人从此站立起来了。"是的,站立起来了!灾难深重的民族站立起来了!在这次铁和火的考验中,向全世界显示了:站立了起来的中国人,是怎样的中国人;显示了站立起来的中国人,是怎样对待落在他肩上的历史责任,用什么态度,用什么气概去完成他的历史责任!抗美援朝战争的胜利,使得我们有权利这样说:"老爷们!这里是今天的东方!"志愿军的每一个战士们,你有权利这样说;黄继光的母亲,罗盛教的父亲,祖国千千万万的父老们,在棉纺机旁的郝建秀和所有的工人同志们,你们每一个人都有权利这样说:"这里,是今天的东方!"

三年以来的朝鲜战场,朝中部队歼灭了100万以上的敌军。但任何数字,都不能概括这个胜利和志愿军这个巨大的英雄行为的意义。这种意义所展示的方面,有的我们可以看到,有的却藏在南洋海岛上的渔人们的心里,藏在广岛的农夫心里,藏在我们难以看到的东方和西方,只有等到某一天,我们才能够看出这个胜利所发射出来的火花。但是,仅就对我们自己来说,志愿军的英雄行为,对我们的人民是提出了怎样一种崭新的道德面貌,一种行动的规范和一种前进的动力呵!当我们用这种志愿军式的英雄气概,去生活,去工作,去学习,去做一切似乎是不可能做到的事情,去从事伟大的祖国建设的时候,可以设想,它的攻无不克的力量,是会多么迅速地把我们的祖国推向幸福的前程呵!

秋天的鸭绿江水，正在孩子们的钓鱼竿下，安静地向大海里流去。鸭绿江桥正默默地度着这个最光荣的日子。今天，人民的激越的脚步声，又盖上了另一座桥，通到社会主义社会的大桥。这座桥，更宽，更远，它更深刻地联系着我们伟大人民的幸福的未来。这不是一座普通的桥，这是一座金桥、银桥。这仍然是我们亲爱的领袖，用他百战百胜的手，指给我们的胜利的桥。

朋友们！我们的先烈和抗美援朝的英雄们，他们为了这个神圣美丽的理想所洒下的鲜血已经不少了。这座桥，现在就在我们的脚下，只要我们多流一滴汗，我们就靠近它一步。我们有这样好的党，这样好的领袖，这样好的人民，什么看来是不可能的事情，我们都是会做出来的。朋友们，紧紧掌握国家的总路线，用志愿军式的英雄气概跨过这座桥吧。一个站了起来的中国人，应该这样，也必须这样。不会有一个诚实的中国人，如果是真真诚实的话，他愿意空着手走到社会主义。

1953 年 10 月 25 日

勇士镇守在东方

一提起朝鲜人民军,就在我们心里唤起一种深深的感情。这是因为我们是蹲过一条战壕的同过生死的战友。虽然朝鲜战争的风暴已经停息下来,但我们之间的战友情谊,却同朝鲜战场上无边的风雪、漫天的火光交织在一起,而使我们终生难忘。

朝鲜人民军诞生了十个年头。十年的时间不算很长,但它却经历了一场很大的战争。这是一场严厉的考验。在这场考验里,这支军队不但没有被削弱,而且经受了伟大的锻炼,成为战斗力很强的一支军队,对世界和平作出了伟大的贡献。我们可以骄傲地说,我们的战友——朝鲜人民军,是镇守东方的勇士!

1952年秋季,我曾到守卫延安半岛的一支人民军部队里进行过访问,给我留下许多难忘的印象。我深深感觉到人民军是一支觉悟很高的部队。那时候,他们的生活十分艰苦。战士每月领到的津贴费,只够买一盒火柴。夏天只有一套军衣,无法洗换,只有跑到僻静的河边洗好晒干,才穿着回来。就在这种情况下,我看到他们保持着高度的乐观精神。军营里飘着歌声。当我同他们谈起这些困难的时候,他们都不愿意谈。他们说:"我们的苦是很多的,可是我们了解自己国家的情况!"

人民军的干部同战士,对美帝国主义、对李承晚都有着刻骨的仇恨。他们之中约有三分之一甚至有一半人的家属,遭到了敌人的残害。还有些战士的家庭,一口人也没有剩下。一个战士对我说:"朝鲜人并不是不掉眼泪,可是炸死得太多了,人的泪也就被仇恨的火烧干了。我们做工作的时候,什么也不想,一到过年过节,或是看到老年人,就想起自己被杀的父母来了。……"说到这里,他愤恨地说："敌人一个也不能留!"这些战士最挂心的就是渴望消灭敌人,就是面前布满地雷,也要冲到最前面去。这就可以了解到,为什么美国强盗把朝鲜的山岭唤做"伤心岭",因为在朝鲜千千万万座山岭上,都立着这些一无所惧的复仇的战神!

在这支部队附近,住着志愿军的一个侦察排。有一天,我同这伙子活泼的侦察兵们谈起了对人民军的印象。他们跟人民军接触得比较多,一谈起来,那种兴奋的乐呵呵的样子,我现在还能够记得。有人谈到,和人民军的同志见面,他们总是说你"顶好""辛苦啦",亲热得很;有人谈到,晚上宿营没有房子,人民军就睡在外面,把房子腾出来给他们住;有人谈到,和人民军住在一起,常常半夜醒来,发觉身上盖上了人民军的蚊帐;有人谈到,他们没有菜吃,人民军的同志往往奔走半天,找到几条咸鱼给他们吃。还有一个战士谈到,一次他们迷失了道路,找到人民军的侦察队。那里有一个执行了一昼夜任务的朝鲜侦察兵刚刚睡下,又不忍心把他叫醒。后来还是把他叫醒了,他还埋怨说:"为什么不早把我喊起来呢!"我同这些侦察兵们整整谈了半天,我深深体会到这两支军队兄弟般的感情,也认识到朝鲜人民军是一支国际主义教养很好的军队。

朝鲜人民军的同志们! 我的这篇短文,是很难概括尽你们这支军队的优美素质,也很难描写尽中国人民、中国军队对你们的感情的。我只是向你们寄上一片诚挚的祝贺。我想说,我们中国人民解放军十分幸运有你们这样亲密的战友、英雄的战友。你们已经对世界和平和人类的进步事业做出了很大的贡献,今后还会要做出更大的贡献。你们的责任很重。我们希望你们更加强大。让美帝国主义和李承晚这帮丑类瞧瞧吧,让他们去轻举妄动吧,看我们的勇士镇守在东方……

1958 年 2 月 7 日

写在凯歌声里

志愿军回来了。让我们来给你洗一洗战尘吧,同志们。从1950年烽烟告急的秋季,到现在已经七年了。在这七年里,你们朝朝夕夕都在怀念着自己的祖国;就是在战壕里,在向敌人冲锋陷阵的时候,只要提起她的名字,你们就涌起了奋不顾身的力量。同志们,好好看看久违的祖国吧,今天,你们已经回到了她的身边。

你们回来了。你们是迎着朝鲜战场上的漫天大火,慷慨而去,今天是云散天开,凯歌还乡。同志们,你们披着风尘,也披着不朽的光荣。是你们,同朝鲜人民在一起,用英雄的臂膀击退了敌人,使我们年轻的祖国,经受了严酷的考验;使无家可归的朝鲜老人和孤儿,又重度和平的生活。同志们,我们国家里无数新起的工厂,无数明镜般的水库,都有你们的功劳一份;在朝鲜,在填平的弹坑上,新长起的庄稼和花草,都充满对你们的感激。

你们回来了。你们走过了多么艰苦的路程!祖国人民将永远不会忘记,你们用雪水拌炒面的日子,用石头跟敌人厮拼的日子,在成吨的炸弹嘶啸中,你们高喊着口号,把敌人打得头破血流的日子。同志们!这一切都将载入史册,永远激励我们的后代。我们民族的血管里,将百代不衰地奔腾着你们的精神!

你们回来了。让我们永远记住长眠在那里的战友吧。没有他们的慷慨献身,就不会有今天的一切。他们已经不能再回到自己的故乡了,但他们的精神,却筑成了一座国际主义的高塔。这座高塔光芒四射地照亮了世界人民大团结的道路,这种大团结,将把一切帝国主义及其走狗彻底埋葬!

你们回来了。让我们也永远记住并肩作战的朝鲜人民吧。在你们离开祖国的七年中,我知道你们时时都在系念着祖国的一切,可是当你们要离开那里的人民,你们又是那末依恋。临走你们又收起了一把朝鲜的土,又撒种上满山的马尾松。你们对爱护你们、支援你们的朝鲜父老是怀着何等的深情呵!同志们!认真学习朝鲜人民的好品质,也永远珍视我们两国人民的友谊吧,只有人民的友谊,才是我们最可靠的长城!

你们回来了。你们由牧童变成了坚强的战士,你们由普通的庄稼汉,变成了我们祖国的英雄和功臣。同志们!是谁领导我们取得了震撼世界的胜利?是谁鼓舞着我们以低劣的武器战胜了强大的敌人?是党。凯歌声里,让我们齐声歌唱伟大的党!

你们回来了。同志们!你们不是疲劳的兵士走到了宿营地,你们是精力充沛的战士,从一个战场开到了另一个战场——社会主义革命的战场,社会主义建设的战场。在你们的面前,你们马上可以看到这个大战场动人的场景。这种场景,很快就会唤起你们新的献身的渴望。同志们,投到这个新的战场上来吧,凭你们的英雄气概,你们一定可以克服新的困难,创立新的功勋!

同志们!你们回来了。我们祖国优秀的儿女,全国人民最可爱的人,你们回来了。全国人民都在欢迎你。你的新老战友也在欢迎你。人们用来欢迎你的,不只是鲜花与欢呼,还有千百座新的工厂,新的楼房,新的街道,新的市区,以及繁星一样布满祖国的兴旺的农业合作社和他们纵横交织的水渠。这就是祖国人民用双手给你们编织起来的凯旋门!

1958 年 3 月 16 日

依依惜别的深情

我在凯歌声里来到了朝鲜。我又看到了这里的人民,这里的山水。多明丽的秋天哪!这里,再也不是焦土和灰烬,这是千万座山岗都披着红毯的旺盛的国土。那满身嵌着弹皮的红松,仍然活着,傲立在高高的山岩上,山谷中汽笛欢腾,白鹭在稻田里缓缓飞翔。在那山径上,碧水边,姑娘们飘着彩色长裙,顶着竹篮、水罐,走回开满波斯菊的家园。看到这种种情景,回想起朝鲜人民的遭遇,真叫人说不尽的激动,说不尽的欢欣!

可是,在这些日子,在志愿军就要跟他们分手的日子,深深的离情却牵着他们的心。他们可以承担一个浩大的战争,可以承担重建家园的种种艰辛,可是却承担不了如此沉重的离情。志愿军也是这样。他们在远离祖国的八年中,时时想着祖国,念着祖国,可是,当他们一旦要离开这结下生死之谊的人民,却是无限地依恋。

用什么来表达自己的心意呢?战士们又有什么呢?他们只有一双结着硬茧的手,一颗赤诚的心。在这离别以前的有限时刻里,我看见他们在日夜辛忙。人民军的战友们就要接防来了,他们把营房刷了一遍又一遍,就是墙上溅了几个泥点,也要重新刷过,就是一把水壶,也要把它擦亮。为了美化营地,他们简直成了传说中炼石补天的女神。他们从东山爬到西山,从北岭奔到南河,采来了红石、白石、黄石、绿石,还挖来了苔藓的青茸,给每座房舍的四围都镶了花边,给每座院心都修了花坛,说是花坛,实在是一幅幅绣在地上的彩画。这里有龙、凤、狮、虎,有白兔、彩蝶,有水中青莲,有雪地红梅,还有白云缭绕的天安门和牡丹峰。如果你走近细看,就更会看出战士们的苦心:他们是用手电泡涂了红漆,做成小白兔的眼睛;把瓶口切下来，镶上花瓷碗片，做成了蝴蝶翅上的花点；就是在那漱口池里，也砌了红日、雄鸡和"早晨好"的祝辞。正像战士诗里说的"园地道路作锦绸，摆花好似坐绣楼"，这里的一花一叶，都渗透着战士们的汗水和深情！

此外，战士们还把最心爱的东西，留赠给人民军的战友，在每一座礼品室里，都袒出了他们的一颗颗红心。就是我这在部队多年的人，也从没有赏识过战士们这么多的机密。这些赠品，都是他们从来不舍得用，从来不拿给人看，一直藏在小包袱的最里层的，都是包藏多年，跟他们跋山涉水，在水里火里就是牺牲生命也不肯丢的。这次，为了离开这块国土，为了最珍贵的友谊，他们的机密泄露了。这里有爱人分手时连夜做成的手帕，有一参军就背着的绣花袜底，有家传几代的瓷碗，有姐妹的绣花荷包，有洞房花烛之夜的合欢杯，还有未婚妻用红毛线织成的腰带。这些爱物，就是他们本人，也只是在没人的时候，才取出来看一下，接着又匆匆藏起，可是，今天他们拿出来了，而且用红纸题了诗句，摆在这里。有一双做得异常精美的绣花袜底，上面附着一首这样的诗：

妻子做袜千针线，临别赠我在江边，
爱情绵绵如江水，永远长流水不断。
此袜爱在我心间，藏在包内整四年，
转送战友表心意，两心相盼永相连。

这些动人心弦的赠礼，使得另一些战士们难煞了。战士胡明富等三个同志，决定亲手做绣花手绢给人民军。他们没有布，就扯了包袱皮，又找来颜料，染了几束彩线，染时候还放了碱，让它永不褪色。杀敌勇士就这样拿起了绣花针，变成了绣花姑娘。绣呵，绣呵，两条绣花手绢终于绣成了。他们还题了下面的诗：

粗手绣花夜更深，绣了一针又一针，
针针线线心相印，中朝友谊比海深。

在这有限的时刻里，战士们还多方寻思着，为当地的父老们尽一点力。他们思虑着：哪些溪涧在山洪到来时不好通过，就架起一座座石桥和板桥；哪些人家离河太远，就在散居的村舍边，挖下一口口水井；哪些水井靠近大路，又在水井上加了井盖。他们还挨家挨户去看，看谁家的房子漏雨，就苫上新草；谁家的灶台裂了缝，用灰泥把它抹好。他们还拾来美国的炸弹片，生起炉火，打成了镰刀，割下山藤编成筐篮，按照朝鲜式样做成活腿的小圆桌，然后把它们分赠给朝鲜的阿爸基和阿妈妮。另一些心灵手巧的战士们，他们还为孩子们制作了小手枪、万花筒和滑冰用的小冰车，为年迈的老人雕制了龙头拐杖。当这些饱经沧桑的老人把拐杖接到手里，他们昏花的老眼涌出泪水，他们感慨活过了几个时代，从来没有见过这样的军队——这制作万花筒和龙头拐杖的军队！他们称颂着，中国共产党和毛泽东教导得好，这些中国孩子的心，简直是金子一般的心，银子一般的心，水晶石一般晶莹玲珑的心！

在阳德郡日岩里，我看见战士们正急急忙忙赶修着一座朝鲜式样的房子。原来村里有一个驼背的孤苦的妇人，带着四个孩子，十年来没有一间住房，在这儿那儿借居着。这房子就是为她修的。战士们怀着深切的爱，把廊柱染成红的，还在飞檐下绘了鸟虫花卉，绘了两国人民并肩作战的彩画。直到出发前一天，他们才把房子刚刚烘干，用白纸裱好。搬家时热闹非常。部队出动了好几十名战士，有人端锅碗，有人抱坛罐，有人扛木头，有人背草袋，有人赶小猪，小猪吱吱叫着，锣鼓敲着，排成了一长队，热热闹闹，把这一家送进新居。接着，战士们手拉手，围着房子，围着这位朝鲜妈妈跳起舞来，朝鲜妈妈伏在战士肩上，倾流着自己的眼泪。这时候，她的老母亲也从阳德赶来了。这位头发斑白的老人，斟满一杯酒，捧到政委的唇边，说昨天晚上她做了一个梦。她说她梦见一条天龙从天上下来了。这条天龙在空中悠悠冉冉，消失了，就听见一派乐声。乐声里，从四面八方涌来了不知道多少志愿军，向她的女儿走来，围着她的女儿跳舞，就像今天战士们围着她女儿跳舞的情景一样。她说，在梦境里，她的女儿用双手提起了裙子，志愿军就争着向她的怀里投着鲜花，投着珠宝。那些珠宝上，还写着"寿福"，那些花朵，看来很轻，可是一落下来，每一朵都沉甸甸的，把裙子都坠沉下来。……深情的人民呵，你对我们的军队作了多么美丽的歌颂！可以想见，人们要离开这样的一支军队,怎么会不深深地依恋!

可是,志愿军的行期,仍然是一天天地迫近了。朝鲜父老们,他们白天做活也安不下心去,夜里也不能安静睡眠。他们再三探问志愿军的行期,惟恐人们悄悄离开,一听见汽车声响,就要推开门窗来,张望一回。如果哪个战士到了他们家里,阿妈妮们就会端出一铜碗一铜碗的栗子,再不就从鸡窝里慌忙地抓出发热的鸡蛋,向你怀里乱塞。他们还把熟识的战士请到家里,杀鸡,买酒,眼看着你吃到肚里,仿佛才能宽舒一下他们的离情。温井里有 22 个老妈妈,她们集了钱,准备酒食,请了几十个战士去谈心,这一夜,她们向中国孩子们倾吐了自己的感情。有的说"你们走了,就像我掉了一扇膀子",有的说"你们走了,就像是吃饭时缺少了盐",有的说"要是背得动,妈妈要把你们背着送过鸭绿江!"她们带着泪,把头上的银簪拔下来,把带了几十年的结婚戒指取下来,把传留几代的跳舞时带在身上的小铜铃拿出来,塞向战士的怀里,戴在战士的手指上。她们还把菜一口一口夹到战士们的嘴里,有的人含着热泪咽下去了,有的人背过身去,把阿妈妮喂到嘴里的栗子又悄悄吐出来,用纸包好,小心地放在衣袋里,作为对朝鲜母亲终生不忘的纪念。战士们激动地说:"如果美帝敢再动手,就是我活到 80 岁,胡子 3 尺长,我也要带着儿孙们来抗美援朝!"

朝鲜人民的深情厚谊,就是这样叫人终生难忘。温井里有一个瞎老妈妈,自她的女儿被日本人抢走,她的一双眼睛,就被那年年月月的泪水沤瞎了。当二十几个战士去向她告别的时候,老妈妈动情地说:"你们在这儿住了几年,我也没看见过你们的模样儿。你们帮我修好了房子,我也看不见修房子的是谁。天哪,要是叫我的眼睛睁开,看你们一眼,就是立刻死了我也甘心!"她拍拍自己的心,又摸摸战士们的胸口:"孩子,我看不见你们,让我摸摸你们吧!"说过,她把二十几个战士,从头到脚都摸了一遍。

在这惜别时刻,简直无一处不是友谊的诗,感人的诗。人们编成许多诗歌来赞颂这珍奇的友谊。在古阳德的枫林柴门中,住着一位满头白发的无名诗翁。我去访问了他。谈到志愿军的撤离,老人异常惋惜地叹了口气,拔笔写下几个汉字:"完似股肱,人民全部之言。"老人还递给我五六个自糊的白纸信封,信封上都写着"平安南

道阳德郡东阳里 78 岁翁朴仁俊谨奉"的字样,打开来,都是赠给志愿军的送行诗章。其中有一首是:

> 还乡千里路,雁叫三月秋,
> 两国兄弟谊,苍江不尽流。

还有一首:

> 夜霜红深千林树,可作明朝欢送情,
> 戴白头髫车下满,连呼万岁动山城。

在这惜别时刻里,朝鲜人民对牺牲在这块国土上的中国人民志愿军烈士们,尤其怀有深深的感情。

在修建东阳里九龙江桥的时候,流送的木头常常被石头堵住,为了排除阻塞,年轻的蔡定琪,奋身跳进急流,不幸被卷进旋涡而牺牲了。这也许是志愿军牺牲在朝鲜的最后一人。牺牲后,就葬埋在志愿军的烈士陵园。可是,东阳里的人民,坚持要把他葬在东阳里,并且选择一块最好的向阳墓地,按朝鲜仪式重新安葬。深情的人民呵,他们要东阳里的男女老幼,抬起头就能望见蔡定琪的坟墓,也让蔡定琪,能够望见他所献身的九龙江桥。志愿军答应了这个请求。移葬那天,东阳里的男男女女都参加了葬仪。下葬前本来是极好的天气,可是在下葬时,忽然间送来了一片乌云,下了一阵大雨,这时候,在墓地上空,现出了一弯美丽非凡的彩虹。下葬完了,彩虹又渐渐隐没。事后,在东阳里居民中,流传着一段神话式的解说,说这是中朝友谊感动了天地,所以才出现了这样美丽的彩虹。

离别的日子,终于不顾人们深重的离情来临了。行李装上了汽车。大车套上了骡马。大炮着好了炮衣。营门上已经换上了人民军的哨兵。战士们最后一次扫净了院子,挑满了水缸,拍一拍身上的尘土,打好了行囊。

这一夜,有多少朝鲜人家没有合眼,有多少人家午夜三点就亮起了灯,他们再一次整理好花束,把礼物放进竹篮,坐等着集合号就要响起的拂晓。拂晓,这是深秋的拂晓呵,可是人们已经走出来了,穿着单薄的衣裳走出来了。老人们戴着高高的乌纱帽。妇女们顶着竹篮,背着孩子。人们都拿着枫叶。就是背上的孩子,小手里也拿着枫叶。他们站在大路边,站在寒气袭人的晓风中。

部队集合了。妇女们打开竹篮,分赠着礼物。孩子们爬上大炮,把红叶插上炮口。小吉普也被无数的彩纸条和成串的纸花缠成了花车。阿妈妮们,孩子们,姑娘们,她们做这些事情的时候,统统没有哭。昨天晚上,战士们就告诉他们说不要哭。里[①]干部们也告诉说,为了不使志愿军难过,让他们不要哭。他们很听话,他们真的抑制住了,在做这些事情的时候,统统没有哭。

出发号响起了。战士们背起背包,挎上了枪,走向夹道欢送的人群。"万岁"声响起来了,火红的枫叶举起来了,孩子们奋力地撒着纸屑的花雨,欢呼着:"荣光-伊斯达!""荣光-伊斯达!"[②]志愿军的脚步移动了,人们的眼睛潮湿了,但谁也忍着,竭力喊着口号,仍然没有哭。

可是,当战士们握着老妈妈的手,叫了一声:"阿妈妮,再见!"不知道是那个老妈妈忍不住了,捧着战士的手,第一个哭出了声。接着是姑娘们、孩子们哭出声来,然后是那些男人们无声的眼泪、低低的啜泣。这时候,战士们简直是在朝鲜人民送行的泪雨中行进,这不是哪一个人在哭,这是全朝鲜人民在捧着赤心送着他们至亲至爱的友人!

我的一滴泪,也止不住滴在这千行泪雨中。呵,亲爱的、可敬的朝鲜人民!在纷飞的战火中,你是那样刚强!敌人把你的城镇变成了废墟,你没有哭;敌人把你的家园烧成了灰,你没有哭;敌人杀死了你的亲人,你没有哭;敌人把你绑在大树上,烧你,烤你,你没有哭;你真是一把拉不断的硬弓,一座烧不毁的金刚!可是今天,当你的战友——中国战士们要离开你的时候,你却倾洒了这样多的眼泪!仿佛要把你们每个人一生一世的眼泪,都倾洒在今天!你是多么刚强而又多情多义的人民!

请收起眼泪吧,亲爱的、可敬的人民!你的泪是这样倾流不止,

---

① 里:相当于村。
② "荣光-伊斯达!":朝鲜话"光荣呵!"

已经洒湿了你们的国土。我知道,你是为中国战士的鲜血而痛惜,为中国战士的一点点工作而感怀。你今天的泪,是对中国战士的最崇高的评价,是给予中国战士的无上的光荣!我知道,这泪雨中的每一滴,都不是普通的眼泪,一颗,一颗,都是万金难买的友谊的珍珠!

在这送行的泪雨中,中国战士们也个个垂泪,一小时已经过去了,还没有走出二里路。这时候,在送行人的行列里,不知是谁喊了一声:"不要哭了,替他们背背包呵!"人们才像忽然醒转过来,擦擦泪,去夺战士们的背包。小孩子也把背包抢过去背在肩上,妇女们把夺过的背包,高高顶在头上,飘行在战士的身边。这时的队伍,已经不分行列,不分军民,不分男女,错错落落,五光十色,互相搀着扶着,边说边走。这是什么队伍呵!也许这不像队伍吧,可是这确是世界上最强有力的队伍,这是心连着心、肩并着肩的友谊的巨流!这支巨流,行进着,行进着,越过了一道道水,一道道山,他们行进在枫林烧红的山野,行进在社会主义的东方……

1958 年 11 月 7 日晚

七月献辞

寄 故 乡

不论走到什么地方，人总是爱他的故乡的。尽管他乡的水更甜，山更青，他乡的少女更多情，他乡的花草湖光更温柔；然而，人仍然是爱他的故乡的，爱它的粗朴的茶饭更好吃，爱它的乡音更入耳，爱它的淳朴的丝弦更迷人！

因此，故乡呵，当我听到你选我做你的代表的时候，不能不拨动我一种特殊的感情。这是在领受母亲温柔嘱托时的感情，这是在领受父亲严肃命令时的感情，这是一个忠诚的士兵，注视着连长信任的眼光，领受战斗任务时的感情。故乡呵，作为你的忠诚的儿子，我将如何地竭尽心力，完成你托付的一切呵。

故乡，你曾是一块多灾多难的地方。人们曾带着深沉的感情感叹过，中华民族的灾难是深重的；而你，是灾难中的灾难，是人民的牢狱和坟场。在那黑暗的年代里，我听见过憔悴的母亲在黑窗户里面的绝命时的呻吟，我听见过哥哥那个失业工人的沉重的叹息，我看见过邻家姑娘14个钟头换来的两毛工钱如何被强盗们夺去，我看见过我的姐姐全家大小睡着的一领破席。我看见过，我还看见过无数的乡亲，他们从大破产的农村中流浪到城市，把亲生的女儿送到妓院，自己流落为军阀的士兵和盗匪。故乡呵故乡，我不爱你吗？可是你是怎样的一个故乡呵，你生产了那么多的棉花同小麦，可你却是连黑窝窝头都不让人吃饱的故乡呵。因此，我不能不离开你，我愿走得越远越好，我的头不愿再回一回，我的眼不愿再望你一望。故乡呵，我不是恨你，而是爱你，你若不在烈火中再生，你就同那些糟践你、凌辱你的恶魔一同在烈火中灭亡。

在遍地烽火的抗日战争里，你的灾难不是减轻而是更加深重了。"水、旱、蝗、汤"的灾难,已经把你的生命逼到了尽头。这一年,有300多万淳朴的人民饿死在自己的故乡,更不知道有多少人民四处逃亡。死尸无人收葬,蓬蒿越过屋顶。这是什么景象?这是连"地狱"也不会有的景象,这是生命濒于绝灭的蒋家王朝的"德政"呵。甚至连吃掉自己亲生儿女的惨剧,也竟然发生在我的故乡。当我听到这些消息,而又正当我们的革命大军向南挺进的时候,我递上了要求批准南下的请求书。故乡呵,我恨不得立刻抱上炸药,去炸开你罪恶重重的黑暗的牢门,哪怕我当时就倒在你的牢门之下。

而终于呵,雷电劈开了你的牢门,飓风击落了你身上的枷锁。这是人民自己的数百万雄师进攻的雷电,这是中国人民要求生存的复仇的飓风。我在北中国的大山岭上听到了这个消息,我挥着热泪,我怀着叫人战栗的喜悦,我要上得更高,我要看得更远。故乡呵,我要望一望你,我要望望,是谁,是哪一支部队,是哪一些爆破手、机关枪与大炮的射手解放了我的多灾多难的故乡呵。我恨不得立刻飞到你的街头,牵着勇士们的衣襟,去亲吻他们身上的血迹与战壕中带来的尘土呵。

呵,这是多么长、多么可怕的一场噩梦!

故乡,你醒来了。你在生命垂危的时候醒来了。你在共产党的雨露中醒来了。脚踏着欢腾叫啸的黄河,眼望着红光万丈的北京,你伸展着你的身子,舐着你的伤口。曾几何时,家人的书信飞来,朋友的书信飞来,乡亲的书信飞来,故乡呵,你已经变成了我的美丽的故乡了。我问,我散步的那条小路呢?他们说,铺着柏油的林荫大道。我问,那路边的茅棚呢?他们说,已经变成了一片高楼。我问,侄儿呢?他们说,正在学制造拖拉机。我问,侄女呢?他们说,在新建的工厂里,最近加入共产党。——哦,那想必是一个不错的青年女工。我再问,再问,他们就说,还是回来看看吧,保准你会迷了路。哈哈,朋友们,迷了路算什么呢,今天在故乡迷路的,怕不是我一个,就是在故乡找个向导,也不会算是丢人的。呵,侄女儿,愿你和你同伴的姑娘们,为人们制作更多的用品吧。侄儿,愿你和你的伙伴们,为长时期受苦受难的故乡快制造拖拉机吧。朋友们,愿你们建设起更多的工厂,让它们手拉着手,肩并着肩,让它们的烟囱冒出的黑烟,像画家豪迈的大笔一样抹上我故乡的天空,愿它们的尘灰,落上我窗前的牵牛花,就像鞍山的美人蕉披上一层工业战线上的光荣的战尘。朋友们,当我回去时,我不怕迷失路,我愿意迷失路,愿意迷失在你们生产品的小山旁,迷失在你们烟囱的丛林里,迷失在你们家园美丽的小径中,像我错走进天宫一样。

故乡,我的历尽苦难而终于走向幸福的故乡,你走过的道路,我是知道的;你的心愿,我是了解的。我将怀着你的意志和心愿,踏上怀仁堂的石阶;我将怀着你们满腔的热诚与感激,走到毛主席的身边。通过中华人民共和国宪法的时候,我将怀着对社会主义故乡的渴望,举起我的双手。选举中华人民共和国主席的时候,我将用我们千千万万父老的感激的热泪,写上象征着我们全体人民、各个民族光明与希望的名字:"毛泽东。"父老们!我将怀着你们这样的心愿和意志,以尊严而又虔诚的步子,走向怀仁堂去。

1954 年 9 月 17 日晨 3 时草

怀仁堂随笔

怀仁堂的后园，有一个宽大的草坪，草坪周围种植着花草。有一天，全体代表在这里合影以后，人们好像一齐意识到他们和最亲爱的人亲近的时刻。

多年来梦想着的时刻到来了。这时，人们涌向前去，涌向前去，连花白胡须的老汉也是这样地涌向前去。他们要挤到他的身边，哪怕说一句话，握一握手。我挤也挤不上，望也望不见，只得绕到一个门口，这是等一会儿他一定要经过的地方。

呵，他过来了，他被簇拥着过来了。我看见他那宽大深广的前额了，那载着这个世界也载着中国每一间茅屋的海呵，夜夜面对着灯光为每一个人谋取着幸福的波澜壮阔的海呵。

终于，他来得更近了，只有几步路了，他就在我的面前了。突然，是这么突然，我的全身像着了火一样，就在这一刹那，我所准备又准备的话全忘了。我这时，这时，怎能说出我的感情！我愿他立刻给我一个最严格的命令，最严重的任务，去进攻任何一座堡垒，去攻取任何一座火山，不管经过任何艰难困苦，我都要去，我都要走，走，走，哪怕走到天边。……他的右手，已经被许多人握住了，我迎上去，双手捧住他的左手，叫了两声："毛主席！毛主席！"

哦，我今天就要在选票上写上他，写上这个中国人民千载万世都不会忘记的名字！他，对我们的民族，对这个世界，对我们的历史有着何等深远的意义呵！我们的民族，谁不知道是世界上历史最悠久、文化最灿烂的民族之一呢，她对世界是有过贡献的；可是，从这一世纪以来她陷入了多么悲惨的命运！那些一手高擎《圣经》，一手仗着刀剑的强盗，跟一个赛过一个的卖国贼，他们把这个民族的生命毁到了奄奄一息的地步。"中国"就这样成为贫困与落后的代称,在那些强盗们的眼里,"中国人"三个字不过是低微下贱的别名,而我们这个伟大的民族是不会熄灭也永远不会熄灭她的火焰的!因为整个世界都还凝视着她,期待着她履行无可推卸的责任。终于,在这个民族处在最黑暗最危险的年代,中国人民最痛苦的时光,中华大地以她最大的慷慨,中国民族以她全部的精力诞生了我们中国历史上一位伟大的人物,中国人民英勇非凡的儿子。他和他的战友们高举着马克思列宁主义的最明亮的火把,凝聚着、烤炼着革命的力量,创建了以对无产阶级事业,对人民事业的赤胆忠心结成的共产党。中国人民起来了。中国人民得救了。他是我们民族起死回生的最伟大的英雄呵。

我回到怀仁堂不久,这个人们早已用幸福的想象一再描画的时刻开始了。每张桌上都放好了墨盒和毛笔,每个人的面前,都放好了一叶白宣纸裁成的选票。我面对着选票心想,这不过是对我们最亲爱的人和他亲密的战友朱德同志的一种信任的表示罢了,而这五寸长四指宽的一张薄纸,怎能记载下六亿人民对他们无尽的感激与深情!我记得仿佛少数民族的诗里说过,用大地的树木做笔,用头顶的蓝天当纸也写不尽他们的感激与深情呵。为了使这庄严幸福的一刻,在我的一生里停留较长一些的时间,我没有马上去写。我看着周围的人们,特别是那些坐着手推车,坐着担架,病容里闪着激情的代表们。会场静肃无声。我看到的面孔,都是那样严肃和庄重,含着深深的感情。有许多人好像立志要画两个赛过圆规下的圆圈,费力地移动着笔触,有人因为没画得圆,像是对自己十分的不满。眼看投票的时间快要到了,我才拿出我自己的笔,我没有用那枝桌上的毛笔,因为我想这对我的笔也是一点纪念。我也像别的代表一样画得很郑重,很慢,因为我深深懂得我的笔端饱含着多少万人的心愿和感情呵!

当大会主席宣布毛泽东同志、朱德同志分别以全票当选为中华人民共和国主席、副主席的时候,怀仁堂上是响起了怎样地欢呼呵。人们恨不得立刻涌到毛主席的身边。人们站在凳子上欢呼。少数民族代表舞着他们手中的红绫欢呼。整个的欢呼声像要把怀仁堂高高举起。两排中国风味的六角宫灯上垂着的红穗,也在微微摇摆。呵，欢呼吧，让全中国都听到，让全世界都听到，让我们的敌人也听到。这是有了自由，有了权利的中国人民的欢呼，这是过去连盐巴都吃不上的少数民族，今天得到祖国温暖大家庭的欢呼。这是脚步声震动世界的六万万人民正在前进的欢呼。这十分类似战场上那种冲锋陷阵的呼喊。这喊声好像说，走呵，前进呵，毛主席领导我们前进呵，我们到最幸福最美好的前边去吧！……

1954 年 9 月 27 日至 10 月 6 日于北京

我 的 老 师

《教师报》增加了副刊，编辑同志嘱咐我给教师朋友们写篇文章。写些什么好呢，想了好半天，也没有一点儿进展。写些大家都知道的话吧，自己也觉得害羞。写些有见解的话吧，自己并没有体会过教师这种职业的甘苦。多年以前，我上过几年初级师范，也想过从事这种职业。可是那时候的社会，包括那些培养师资的人们在内，连八块钱一个月的教书的活路，都不肯施舍给我。我只有"逼上梁山"，以后也就没有机会去尝受这种职业的甘苦了。

我想来想去，记忆解救了我。我想起了一同和我度过童年的几位老师。他们的样子甚至他们的衣服样式和颜色，都是这样清晰地浮在眼前。童年的记忆是多么珍奇！愿这些永远珍藏在我的记忆里，我愿永远地感念他们。当然，在我想起他们的时候，也不免回想起我自己——当时一个孩子的一些甘苦。而这些甘苦，却未必是他们能够知道的。因为这些是存留在距成人很近又很遥远的另外一个世界。今天让这个20多年前的孩子来谈谈心吧，这对许多教师朋友，纵然无益，也会是有趣的。

在我八岁那年，我们县城的一个古庙里开办了"平民小学"。这所小学有两个好处：一是不收学费，二是可以不做制服。这对县城里的贫苦子弟是一个福音。也就在这时候，我和我的小伙伴们变成了学生。我们新领到了石板、石笔，真是新鲜得很，整日在上边乱画。新领的课本，上学下学都小心地用手帕包起。回家吃饭，也觉得忽然高了一头，有了十足的理由。如果有哪一个孩子胆敢说我们的学校不行，那就要奔走相告，甚至立刻动武，因为他就是我们当前最主要的敌人。总之，我们非常爱自己的学校，日子过得非常快乐，而且自满。可是过了不久，就发生了一件事情：我们班上换来了一个姓柴的老师。这位柴老师是一个瘦瘦的高高的个子。他对我印象最深刻的有下面三点：一是他那条扁起裤管的灰色的西装裤子，这也许是在小县城里还很少见的原故；二是他那张没有出现过笑容的脸孔；三就是他手里拿着的那支实心竹子做的教鞭。终于有一天，在上课的时候，也许我歪着头正看窗外的小鸟吧，或者是给邻座通报一件在当时看来是应当立刻通报的事情，总之，冷不丁地头上挨了重重的一鞭。散学后，我两手抱着头哭回家，头上起了像小馒头那么大的一个血包。（当然，今天也并没有影响我的工作！）我当时哭着说："我再也不上学了。"妈妈也在心疼的情况下对我作了妥协。可是呆了不几天，我就又跳跳蹦蹦地跟同伴们一起回到学校里去，好像什么事情也没有发生过。然而今天我愿意揭开当年儿童世界里的一件秘密：我之所以重新走进学校，实在是因为我舍不得另一个程老师，舍不得那些小伙伴，特别是舍不得学校里的那个足球！

最使我难忘的，是我的女教师蔡芸芝先生。

她是我的二年级、三年级和四年级前一学期的教师。现在回想起来，她那时大约有十八九岁。右嘴角边有榆钱大小一块黑痣。在我的记忆里，她是一个温柔和美丽的人。

她从来不打骂我们。仅仅有一次，她的教鞭好像要落下来，我用石板一迎，教鞭轻轻地敲在石板边上，大伙笑了，她也笑了。我用儿童的狡猾的眼光察觉，她爱我们，并没有存心要打的意思。孩子们是多么善于观察这一点呵。

在课外的时候，她教我们跳舞，我现在还记得她把我扮成女孩子表演跳舞的情景。

在假日里，她把我们带到她的家里和女朋友的家里，在她的女朋友的园子里，她还让我们观察蜜蜂，也是在那时候，我认识了蜂王，并且平生第一次吃了蜂蜜。

她爱诗，并且爱用歌唱的音调教我们读诗。直到现在我还记得她读诗的音调，还能背诵她教我们的诗：

圆天盖着大海，
黑水托着孤舟，

远看不见山,
那天边只有云头,
也看不见树,
那水上只有海鸥……

今天想来,她对我的接近文学和爱好文学,是有着多么有益的影响!

像这样的教师,我们怎么会不喜欢她并且愿意和她亲近呢?我们见了柴老师像老鼠见了猫似的赶快蹓掉,而见了她不由得就围上去。即使她写字的时候,我们也默默地看着她,连她握铅笔的姿势都急于模仿。

有一件小事,我不知道还值不值得提它,但回想起来,在那时却占据过我的心灵。我父亲那时候在军阀部队里,好几年没有回来,我跟母亲非常牵挂他,不知道他的死活。我的母亲常常站在一张褪了色的神像面前焚起香来,把两个有象征记号的字条卷着埋在香炉里,然后磕了头,抽出一个来卜问吉凶。我虽不像母亲那样,也略略懂了些事。可是在孩子群中,我的那些小"反对派"们,常常在我的耳边猛喊:"哎哟哟,你爹回不来了哟,他吃了炮子儿啰!"那时的我,真好像父亲死了似的那么悲伤。这时候蔡老师援助了我,批评了我的"反对派"们,还写了一封信劝慰我,说我是"心清如水的学生"。一个老师排除孩子世界里的一件小小的纠纷,是多么平常,可是回想起来,那时候我却觉得是给了我莫大的支持!在一个孩子的眼睛里,他的老师是多么慈爱,多么公平,多么伟大的人呵。

每逢放假的时候,我们就更不愿离开她。我还记得,放假前我默默地站在她的身边,看她收拾这样那样东西的情景。蔡老师!我不知道你当时是不是察觉,一个孩子站在那里,对你是多么的依恋!……至于暑假,对于一个喜欢他的老师的孩子来说,又是多么漫长!记得在一个夏季的夜里,席子铺在当屋,旁边燃着蚊香,我睡熟了。不知道睡了多久,也不知道是夜里的什么时辰,我忽然爬起来,迷迷糊糊地往外就走。母亲喊住我:

"你要去干什么?"

"找蔡老师……"我模模糊糊地回答。

"不是放暑假了么?"

哦,我才醒了。看看那块席子,我已经走出六七尺远。母亲把我拉回来,劝说了一会,我才睡熟了。我是多么想念我的蔡老师呵!至今回想起来,我还觉得这是我记忆中的珍宝之一。一个孩子的纯真的心,就是那些在热恋中的人们也难比呵!……什么时候,我再见一见我的蔡老师呢?

可惜我没有上完初小,就和我们的蔡老师分别了。我转到城西的县立五小去上完最后一个学期。虽然这时候我同样具有鲜明而坚定的"立场",就是说,谁要说"五小"一个不字,那就要怒目而过,或者拳脚相见。可是实际上我却失去了以前的很多欢乐。例如学校要做一律的制服,家里又做不起,这多么使一个孩子伤心呵!例如,画画儿的时候,自己偏偏没有色笔,脸上是多么无光呵!这些也都不必再讲,这里我还想讲讲我的另一位老师。这位老师姓宋,是一个严厉的人。在上体育课的时候,如果有一个人走不整齐,就要像旧军队的士兵一样遭到严厉的斥责。尽管如此,我的小心眼儿里仍然很佩服他,因为我们确实比其他学校走得整齐,这使我和许多"敌人"进行舌战的时候,有着显而易见的理由。引起我忧虑的,只是下面一件事。这就是上算术课。在平民小学里,我的"国语"(现在叫"语文")比较好,因而跳过一次班,算术也就这样跟不上了。来到这里,"国语"仍然没问题,不管作文题是"春日郊游"或者是"早婚之害",我都能争一个"精通"或者"尚佳"。只是宋老师的算术课,一响起铃声,就带来一阵隐隐的恐惧。上课往往先发算草本子。每喊一个名字,下面有人应一声"到——",然后到前面把本子领回来。可是一喊到我,我刚刚从座位上立起,那个算草本就像瓦片一样向我脸上飞来,有时就落到别人的椅子底下,我连忙爬着去拾。也许宋老师以为一个孩子不懂得什么叫做羞惭!从这时起,我就开始抄别人的算草。也是从这时起,我认为算术这是一门最没有味道的也是最难的学科,像我这样的智力是不能学到的。一直到高小和后来的师范,我都以这一门功课为最糟。我没有勇气也从来没有敢设想我可以弄通什么"鸡兔同笼"!

……上面,就是和我一起度过童年的几位老师。今天,当我回忆着他们并且叙述着他们的时候,我并不是想一一地去评价他们。

这并不是这篇文章的意思。如果说这篇文章还有一点意思的话,我想也就是在回忆起他们的时候,加深了我对于教师这种职业的理解。这种职业——据我想——并不仅仅依靠丰富的学识,也不仅仅是依靠这种或那种的教学法,这只不过是一方面。也许更重要的,是他有没有一颗热爱儿童的心!假若没有这样的心,那末口头上的热爱祖国啰,对党负责啰,社会主义建设啰,也就成了空的。那些改进方法啰,编制教案啰,如此等等也就成为形式!也许正因为这样,教师——这才被称做高尚的职业吧。我不知道我悟出的这点道理,对我的教师朋友们有没有一点益处。

1956 年 9 月 29 日匆作

女　将　军

在我们人民解放军里,有一位女将军,这就是李贞同志。我很早就听说,李贞同志是我们军队中最早的战士之一,并且原来是个童养媳。一个童养媳成长为一个将军,这恐怕在古今中外的历史上都少有吧!革命,中国革命,是充满着多少奇迹的画卷!

我们到她家里访问了她。

李贞同志,已经是49岁的人了,可她中等略高的身材,看去仍然十分坚实。这是只有经过劳动、经过风浪才可能有的那种坚实。她穿着米黄色的衬衫,灰色长裤,赤脚穿着凉鞋,一头浓密的黑发稍稍梳向脑后。很快我们就感觉到她具有一种热情、坦率的军人风度。

"谈些什么好呢?"她燃起一支烟,问我们。

我说:"就从童养媳谈起吧。"

"好,就这么谈下去。"她说,"这怎么会忘记呢,那时候,平均每天至少挨打一次。直到今天,我还常常做这样的梦:上山砍柴,天黑了,下雨了,心里着急怕赶不回家去。常常急得出一身冷汗。……"

我们静静地坐在藤椅上,在一棵古槐下,听李贞同志叙说起她自己的身世……

李贞同志,是湖南浏阳县永和市小板桥人。她生在只种着两亩半租田的贫农家里。10岁上死了父亲。李贞同志姊妹6个,一个寡妇母亲领着怎么过活呢?她和姐姐都是6岁的时候,就送给人家当童养媳了。把她送往别人家去的时候,大人哄着说,人家没有女孩儿,很喜欢女孩儿,是到人家做女儿去的。6岁的孩子,还真的以为是这样。谁知到了别人家里,人家却有3个女孩儿。婆家的姐姐说:"嘻嘻!你还不知道哩,你是给我弟弟当老婆的!"李贞哭了。从此后,许多繁重的劳动,都压在这个小姑娘的身上。此外,还要背嫂嫂的男孩子,那个男孩子比她还大一岁。6岁的孩子砍柴,砍了不会捆,捆上又挑不起,这就要挨打。大盆的水端不动,也要挨打。把嫂嫂的男孩子摔着,就更要挨打了。那个比她大4岁的未婚夫,嫌衣服洗得不净,竟也要揪着辫子打人。没有法子,只有逃回娘家去。可是,自己的亲娘也不能不忍痛打她几下再送回来。李贞满肚子的委屈,到哪里去申诉呵!只有和近处的几个童养媳,在打柴打草时,说上一场,哭上一场。从这时起,在她年幼的心灵里,就总是缠绕着一个念头:怎样才能脱离这个家,世界上还有没有一条另外的路。

李贞长到十五六岁,胆子就大了些。一天,她跟要好的几个童养媳计议着,想偷偷离开家,跑到城里去做女工。有两个大些的童养媳说:"路费怎么办呢?再说,咱们又不认路。"李贞又跟姐姐商量。姐姐说:"抓回来会要把你打死的!"李贞说:"打死就打死。"姐姐又说:"如果到外面找不到事,可到哪里去呢,外面骗子又多得很。"李贞犹豫了,但是她的这条心是不死的。不久,事情暴露了,嫂嫂听到了。嫂嫂说:"好吧,你跑吧,上了天也要把你抓回来,入了地也要把你挖出来!"

一次,李贞到山上砍柴,碰上了倾盆暴雨,等她把柴担回家来,全身就像从水里捞出来一样。这时候,全家人也都从田里劳动回来,因为没有干衣服换,就骂她没有把衣服洗出来。李贞气急地说:"我也到山上砍柴了,哪里有工夫洗呢!"家里人因为她顶嘴,就抓起东西来痛打她。李贞前思后想,逃又逃不掉,走又走不脱,天地虽大,哪里有可怜的童养媳一线生路!她想到这里,就穿着一身湿衣服,披头散发地跑出去,想扑到门前的水塘里求得一死。等到她被左邻右舍追回来、挡回来的时候,邻家的刘家婆婆含着满眶热泪,安抚她说:"旦娃子,女人就是女人呵,女人是受不尽的苦呵!你看我60多岁了,还要上山砍柴,还要挨骂,女人就是女人呵……"

李贞同志说到这里,靠在藤椅背上,沉重地抽着烟。

但是,历史不可能是一潭死水。第一次国内革命战争的风暴震撼着李贞的家乡。

1926年春天,李贞已经19岁了。为了摆脱不幸的命运,她还是想到城里做女工去。这时候,姐姐悄悄告诉她本地建立了妇女组织,"要革命!"革命,多么新鲜的字眼呵!当时的李贞虽然还说不出它的意思,但是她仿佛意识到,这会给自己的命运带来一些改变。她就在妇女会的表上填了"李贞"这两个字。在这以前,她一直被人喊作"旦娃子",十八九年来连一个正式的名字都没有的。

李贞是勇敢的。尽管婆家威吓她,说要砸断她的腿,叫她"出得门,进不得门",但是她捉迷藏似的,在家乡的丘陵上躲闪着。而且,她很快就剪了自己的头发,像现在男同志的头发那么短。她包了一块手巾回家,被娘发觉了,娘照脑后就是两棍子。娘说:"你是做了媳妇的人哪,要剪到你家里去剪,为什么到我家来?"李贞回答说:"谁也要剪的,这是潮流!"

说到这里,李贞还交代说,从这时起,一直到抗日战争,在十多年中间,她的头发一直是这么短,乍看像个男孩子似的。以后她在游击队里当侦察员,有时装男,有时扮女,都很方便。当然也出过一些笑话。比如在冀中平原,一次李贞到女厕所解手,一个农村妇女闯进去,把她当做男同志,就骂:"你为什么到这里?"她开玩笑地说:"给你们增加点肥料嘛,又没到你房里去!"那妇女看她一个劲儿地笑,把她的军帽一摘,疑惑地说:"你到底是个男的,是个女的?"李贞同志说:"你看呢?"两个人都笑了。

从这时起,我们这位勇敢可爱的"男孩子",就开始了自己的革命生涯。她常常提着一个装着文件的草篮子,随共产党员们到处去发动群众,组织工会、农会、妇女协会、儿童团。不久,她就担任了区妇女协会委员。1927年的3月,她加入中国共产党。但紧接着黑云滚滚,严酷的考验就到来了。

蒋介石反动派发动了"马日事变",对共产党人开始了血腥的屠杀。

怎么办呢?区上办公的地方已经被"剿",李贞也受到通缉。回家么,有家难回;到亲戚家躲起来么,又怕亲戚受了连累。镇上、村上到处是搜索队,大路上还守着地主的镖客,正要捉拿共产党员去给被杀的土豪劣绅祭灵。同志们被杀的被杀,逃到外地的逃到外地,还有一些经不起考验的人,消极了,叛变了。这对入党还不到一个月的李贞,不能不是一个严酷的考验呵!

然而,李贞是记得她的入党誓言的。她对自己说:不管怎样,我永远不能叛党!

　　李贞在深山里藏了几天之后,决定回家筹借路费,到城里去做女工,把自己暂时地掩蔽一下。她偷偷回到家里,母亲还当她早被杀了呢,见面大哭了一场。自首分子李承斌等三人听说她回来了,来劝她自首,被她抢白了一顿,羞惭而去。这时候,母亲就悄悄问她是不是共产党,李贞气恼地说:

　　"你问这干什么?"

　　母亲伤心起来,就说:"娃子,娘只能生你的身,不能生你的心呀,你给娘说,娘还能害你?"

　　"是共产党怎么样? 不是又怎么样?"

　　"你要不是,那还说什么呢;假若你是共产党……"

　　李贞盯着母亲,听着她下面的话。

　　母亲说:"假若你是共产党,好汉做事好汉当,你就决不要自首! ……你要自首了,势必要把别人都供出来,这是损德呀,娃子!"

　　李贞感动地扑到母亲怀里,落了几滴眼泪。

　　母亲又说:"我看出你的样子,是要干下去的。共产党现在是倒霉的时候,可是石头也有翻转时!"

　　"娘,你怎么知道我们会成功呢?"

　　"我怎么知道? 你没看,共产党都是些好人哪!"

　　当晚,母亲匆匆卖了粮食,请人驾了一只小船,把女儿送到城里。不久,李贞就在一个税务局职员的家里做了女工。

　　李贞说到这里,以无限的深情怀念着自己的母亲。她说:"说也奇怪,我的母亲并没有受过什么高深的教育,不过是一个普通的劳动妇女,可是她给了我多大鼓舞呵!"

　　李贞还说,在游击队里的时候,隔两三个月不见母亲,就觉着闷得很,哪怕路过看她一眼,母亲给煮上一个鸡蛋吃吃,就觉得无上的愉快。可是自从李贞长征以后,就再也没见过母亲的面;解放以后,才知道母亲在遭到日本鬼子的痛打以后,去世了。

　　李贞同志把快烧着手指的烟蒂,放在烟缸里,竭力压抑着自己的感情。

　　革命的火焰,既然烧起来,就不会熄灭。不久,秋收暴动的工农队伍攻克了醴陵,接着又解放浏阳。李贞还在枪声激烈的时候,就从那个税务局小职员的家里跑出来,和党又取上了联系。接着她被派做当地的支部书记,受命组织群众继续向敌人进行斗争。

不久,李贞和几个共产党员从一个团丁(地主武装)那里夺得了第一支枪。1928年春,彭老总又送给他们12支枪。背枪的都是共产党员。这就是后来被称为"浏东游击队"的最初队伍。有了枪好像有了护身符,有了革命的本钱。但是枪怎么放呢,仗又怎么打呢,却没有一个人懂得。大股敌人来了,大伙就分散隐伏在大山上。敌人走了,为了挣饭吃,男的给人家打短工,李贞就给人家织麻。探得了有利情况,就向敌人进攻。可是怎么进攻呀,李贞回忆到这里的时候,不由得微笑起来了。她说:第一次打张家坊(反动武装团防所在地),9个人3支枪,外加一个装爆竹的煤油桶。她一只手拿着枪,一只手提着煤油桶,一进门就放,敌人全吓跑了,也没有打到一个。另一次,他们住在深山里的一座小楼上,李贞提议外面放个哨,可是队长刘二说:"放哨?放哨不如睡觉!"结果外面被敌人包围了,门外反上了锁还不知道。部队虽然冲出来了,但是伤亡很大,部队也被打散了。李贞幸亏得到一个贫农老汉的帮助,扮作一个串亲戚的女人才逃了出来。

尽管经验这样缺乏,但是人民起义军仍旧顽强地锻炼着、发展着。一支拥有30多支枪的"浏东游击队",终于又组织起来了。李贞当了这支游击队的士兵委员会委员长。那时士兵委员会权力很大,可以决定队里最重要的事情。

当时,一支枪,简直比生命还宝贵。可是一件意外的事发生了,一个裁缝出身的战士杨梅生在战斗里把一支枪丢掉了。

有什么可说呢,按照士兵委员会的纪律,要把丢枪的人立刻枪毙。这是全体战士举手通过的。李贞一向是一个坚决勇敢、做事干脆的人,如果是对敌人,她可以马上举起枪来,可是今天要动手杀自己人,这就不能不引起她激烈的内心斗争。她,考虑着革命军队铁的纪律的必要,也想着这个裁缝平素的工作、战斗和他的一生。她,辗转不能入睡,想呵,想呵,整整地想了一夜。第二天一早,她见了队长李石维。

"是不是可以不杀呢?"她小心地问。

"什么?"队长吃了一惊,"这是士兵委员会的纪律呀!"

李贞讲了自己的建议：眼看快要打仗了，让杨梅生夺一支枪回来，免除死罪；如果做不到再执行死刑。

队长沉思了一阵，口气也有些活，他点点头说："要能做到，似乎也可以咧。不过，万一人跑掉了，那就由你负责！"

李贞得到支持，就马上找党员商量，党员们答应去队员中活动一下。结果，一部分队员赞成，一部分队员反对。有人说："哼，我早看出来了，婆婆妈妈！"

这时，李贞又把杨梅生找来。

"你犯了死罪啰，同志！"

"知道。"

"怎么办呢？"

"死吧。"

"有没有办法不死呢？"

他摇摇头："我也举过手的！"

"再想一想！"

"没有。"他还是这样说。

李贞一提自己的办法，杨梅生马上说："不行。假若你们绑着我去打仗，我怎么夺枪呢？假若不绑我，又怕我跑掉。"

李贞告诉他，党完全相信他，可以让他像普通战士一样参加战斗。这时候，这个忠实善良但却略略有些胆小的裁缝噗通一声跪下了，眼里滚下了感激的热泪。……

李贞暗暗布置几个党员帮助他，使他在战斗里能有夺枪的机会。

部队当晚就出发打仗。

一乘小轿颤悠悠地在大路上行进着，好像当地娶寡妇一样。轿里藏着枪支，还坐着李贞同志。

在这场使敌人措手不及的战斗里，杨梅生缴了3支大枪，还有一把马刀，他又成为一个坚强的勇士了。

1928年冬，一区苏维埃政府成立起来了。但是不断地遭受着反革命队伍的袭击。

这时，李贞又调到区政府工作。我们这位剪成短发的"男孩子"，又提着草篮子，打着赤脚，漫游在群众的大海里。

一天,飘落着大雪。李贞正在萤火洞区政府办公,猎枪响了,喜铳响了——这是给他们放哨的老百姓发出的警告信号,敌人已经不远。

李贞和游击队员张维,还有一个女同志仓皇地去和游击队取联系。在风雪里,她仍然只穿着单衣,一双赤脚在雪地上咯吱咯吱地走着,跑着。谁知走到半路就遇见了敌人,他们只好钻进一座黑森森的原始森林。

天黑了,敌人又燃起灯笼火把吆喝着,搜索着。

李贞他们虽说冻得索索发抖,心里却盼着风再刮大些,雪再下大些,以便把敌人的灯笼吹灭,把自己的脚印儿盖住。

直到后半夜,吆喝声和灯笼火把才渐渐远了。可是也更觉着冻得难受。李贞的那一双赤脚,简直像猫咬一样难忍。经张维提醒,她才把草篮子里包文件的包袱皮儿撕开,把脚包住。

他们就这样捱了一夜。天色亮了,向哪里去呢?萤火洞被敌人占了!要穿过这座森林,向另外方向去吗?一眼看去,树林阴森黑暗,枝干密密地纠结着,钻也难以钻过。这时候,李贞说,就是从树上爬,也要爬过去。说着,他们3人就这么像猴子一样,从这棵树又爬到另一棵树。那个女同志,没有爬惯树,再加上心慌,手抓着树枝就发抖,手脚都刺破了。大约5里路的原始森林,他们整整爬了一天。等到爬出森林的时候,3个人已经是衣衫褴褛,满身血迹了。他们到了一家老百姓家里,老婆婆叹息着说:"唉,伢子,你们受苦了。我活了60年,都没有听说有人从这山上走过。"

老婆婆告诉他们,再不能往前走了,敌人正要血洗这块地方。老婆婆有一个儿子又傻又愣,坚持着要他们再藏到山上去。

"我们吃什么呢?"李贞笑着问。

"我给你挑番薯去!"

"下雨又怎么办?"

"我给你送蓑衣呀!"

老婆婆看儿子的样子不愿留下他们,只好失望地给他们每人两块大红薯,送他们继续上路。

当李贞同志叙述到这些艰苦斗争的时候,总是对当时的劳动群众,流露着深厚的感情。她还清楚地记得,在他们越过敌人重围的一个深夜,天气又阴又黑,他们迷失了道路。这时,他们叫开一家的房门,谁知道只有一个孤零零的拐子。这个拐子,多少年连10里以外都没有走过。听说他们迷失了道路,就毅然决然地锁上门,要给他们带路。他说:

"伢子,反正我是半条命了,只要救了你们就好了。你们还有出息,你们为老百姓……"

"老伯伯,你怎么知道我们为老百姓呢?"

"唉,你们是共产党,你当我不知道!"

在漆黑的夜里,他拄着拐杖,跌跌撞撞地走着。同志们于心不忍,就背起他走,他们一起走着漫长而艰难的路。

李贞同志遇到的最艰险的战斗,要算十八折战斗。

这时,她已经结了婚,并且怀了4个多月的身孕。

头天晚上,她给游击队员们洗了衣服,还没有很好休息,第二天一早就发现了敌情。这场战斗,直打了一天,最后被迫退到深山里去。山里没有人家,他们只有采些野桃,不成熟的牛心桃,还有映山红充饥。这样的苦日子过了一个礼拜。接着敌人又继续压过来,最后只剩下李贞等5个人退到狮子崖上。一看,后面却是好几丈深的绝壁。敌人包围过来,干脆不打枪了,大喊大嚷要捉活的。在这万分危急的时刻,李贞说:"我们不能让捉活的,我们要往下跳!"大家还在犹豫,李贞把眼一闭就跳下去了。

等到李贞醒来的时候,她睁睁眼,满眼都是黑的,什么也看不见。呆了好一阵,还是觉得大山在转,用尽满身气力,脖子也抬不起来。

也不知道呆了多长时间,她才又醒过来,看见队员张维在不远的地方躺着。

"我的脖子断了么?"她声音很低微地问。

张维的身子也抬不起来,只是微微地摇摇头作了回答。这使李贞的精神好了很多。但是又觉得肚子不得劲,勉强挣扎着站起,马上血像泉涌一般地顺着两条腿流下来,接着又跌倒了,晕了过去。

她再次醒转来,才意识到孩子流下来了。可是怎么也看不见孩子在哪里。她又低微地问:

"张维,怎么没看见我的孩子呢?"

张维是个二杆子,说话总是愣声愣气的,他用手一指说:"那是什么,是老鼠么?"李贞顺他的手指一看,才看见旁边草丛里有半尺长一个孩子。她瞪大了眼睛,连孩子身上细软的汗毛都不放过地看着,小鸡鸡像米粒那么大。她爬过去,用双手抱起来,看了又看,这就是她刚才生下的男孩呵……

"埋了他吧……"她轻声地说。

张维那个二杆子又说话了:"活人还顾不住,还管他哩!"

"他也是个人哪,张维。"李贞说,"要是我不看见呢,那也罢了。"

说过,她又往前爬了几步,用手挖了一个坑儿,在狮子崖下草草埋葬了她的孩子……

李贞勉强挣扎着,走到一家老百姓家里。老百姓送给她一块破布当月经带。因为情况紧急,李贞不能不继续走路。虽然裤腿上的血格巴把她的两条腿都磨破了,这一天,她还是赶了六七十里路!下面紧接着又是一连40多天的行军和战斗。

这一次,确是敌人最残酷的一次"血洗":到处都是一坑一坑的被屠杀的革命群众。狗和鹰到处在撕食着尸体。就是局面恢复以后好多天,一个人不带枪还不能够走路。——因为狗已经不管死人、活人,见了人就扑了上去。一到天将黑的时候,不知从哪里飞来的鹰群,它们凶恶地向路上的行人袭击着。想想吧,这是怎样的一个世界!李贞和她的伙伴们,就是在这样的环境里,为了中国人民的命运,同敌人进行着生死的搏斗。

听了李贞同志的故事,我们在座的人都深受感动。不仅使人体会到革命创业者从无到有是多么艰难,而且从李贞同志的身上,体现出中国劳动妇女的伟大。当她们一经被党的探照灯照亮了道路,她们就是这么心无二志地走下去,走下去。她赤着双脚在荒山野岭上是这么走,在冰雪地上也是这么走,在长征路上,脚被石子磨烂了,脚趾合不拢来的时候,也还是这么走,走下去。从6岁到13岁,她只穿过一身棉衣,棉衣小了,就从两边拆开,镶补一下,下面飘缀着一截布片,从13岁直到游击队以后的若干年,她都是穿着单衣或夹衣过冬。从游击队一直到长征结束后的陕北,她才第一次领到一床被子。然而,她还是毫不沮丧地走下去,为了党和人民的事业,为了崇高的理想,她不知道什么是累,什么是苦,什么是死,什么是名誉和地位,更不管道路是多么漫长,需要付出多少鲜血!……让李贞同志鼓舞着我们年轻一代更勇敢地前进吧。在我们向李贞同志告别出来的时候,我不断地想着,想着,多好的人呵!这样的人,对于我们的事业,对于我们这个世界,永远是最宝贵的。

1957 年 7 月 13 日

我们的力量所在

第一面五星红旗,在天安门的上空升起了。那时节,我们正在进军的中途,禁不住洒下了几点热泪。它杂着绵绵的秋雨,洒上我们的枪支,洒上破旧的图囊,还有那溅着泥点的马鞍。……那一天,中国的土地,该承受了多少这样的热泪呵!

匆匆间,这个日子已经过去了10年。

10年,不算很长,我们的祖国起了多么大的变化!那个穷苦的工人,那个在旧社会用铁丝绑着破烂鞋子走路的人,现在已经是车间的支部书记了;那个从深山野林里走出来的白毛女,头发已经变青了;那个脸上带着鞭痕的老农,正安安静静坐在敬老院的阳光里;那个蹬三轮车的老工人,向他的乘客一次又一次地叙说着儿子考上大学的喜事……这些故事,这些中国人民的家常,是说不尽的。至于说,那一列列绵延的高楼,那一座座新起的厂矿,那一处处明镜般的水库,还有那牵牛花蔓一般缠绕着祖国田野的渠水,也不用细说,连我们的山川草木它都知道。

10年间,不论走到哪里,我都感到热腾腾的,像有一派巨大的热流。它包围着我,冲激着我,赢得我不少激动的泪水。但我却探测不出它的深度,也看不到它的边岸。当它激荡在工厂里,我见它变作奔流的铁水;当它在少女的手指下,我见它变作美丽的刺绣;当它在江海里,它又变作一船船的鲜鱼;当它在田野上,它就变作金色的麦浪;当它在朝鲜战场,在福建前线,它又变作压倒敌人的枪声……

它是多么有力,多么神奇!如果给它取一个名字,这就是爱,是中国人民对党、对社会主义、对新生祖国的无限的爱。人民的心,就是这股热流的源头!

应该说，10年来的日子，已经对这种爱做了可靠的检验。

新中国成立以后不久，在我们的东方，就发生了一个威胁朝鲜人民生存也威胁我国安全的战争。这不是一个严酷的考验吗？千千万万祖国的儿女们，他们对于党是不是具有坚定的信念，他们对于祖国，对于祖国的社会主义前途是不是具有真正的热爱，他们对于国际主义是不是具有最大的忠诚，不能不说是一次严酷的考验。然而，他们是听党的话的，是信赖党和毛主席英明的决定的。他们带着低劣的武器，在陌生的战场上，同敌人展开了生死的决斗。敌人打败了。伟大的抗美援朝战争，与其说是用低劣的武器战胜了敌人，毋宁说是党的英明领导，是人民胸怀中对党、对祖国、对朝鲜人民无比的热爱所拧成的铁绳，击退了敌人，并筑起一道不可逾越的长城，挡住了敌人的去路。

在社会主义改造的工作中，在与国内敌对分子的斗争中，我们同样看到革命群众对党的信赖。可以说，没有一条战线不是在群众的支持下声势浩大地向前推进。

在社会主义建设中，我们的人民是以勤劳英勇、富有才智、能吃苦，守纪律的优异姿态出现的。因而，我们各项事业的进展是多么神速！我住居在北京郊外，当我离开一个时期重又返回那里的时候，是多么叫人兴奋呵！我看到的不是一个个的建筑群，而是一条条崭新的繁华的街道，使得我必须向别人打听这些新街的名字，向别人询问公共汽车的行驶路线，仿佛是那里的生客一样。假若隔一些日子不出门，在某一条小路上，你又会遇到工地上那些毫不客气的"禁止通行"的木牌，拦住了去路。在夜间，有时候你还会跌落到新掘的土沟里，或者很尴尬地闯进别人的院子。多么神奇，又多么有趣的年代！一个居民竟不知道他的周围已经发生了什么和将要发生什么。就在你不注意的时刻里，也许是一个静静的深夜，窗户突然间被照耀得通红，那里一个新起的工厂，已经为祖国送出了第一炉铁水！

1958年春夏，我到过十三陵水库工地。当我第一次登上这刚刚隆起的烟尘弥漫的大坝，我心里是如何地激动！这是我从来没有看见过的场面呵！一个宏大的战役，也不过只能看到它的一角而已；可是在这里，在这个白沙漠漠的阔野，你看到的不是几千人，几万人,而是几十万人向一个目标冲锋陷阵。这里是分辨不清的人流,是满山满谷的红旗,是箩筐、手推车、轱辘马互相插花的长阵,是冲锋号一阵阵的激鸣和人群震天动地的呐喊。这是什么样的劳动?这简直是作战,是奋不顾身的作战,是中国人民为摆脱贫困落后那种强大决心的充分表露。这里的人你分辨不清他们的面貌,你看到的只是穿着绿、蓝、白三种服色的世界上最朴素的人群。你也不知道他们的姓氏,他们共同的姓氏就是伟大的中国人民。他们拿着、推着、挑着那被称做是最落后的工具,要为他们自己和他们的后代闯开一条路,一条最幸福最美好的路。看着,想着,我再也遏止不住自己的眼泪。在这一霎时,我觉得我更深地认识了自己的人民,自己的祖国。这样的人民,是会成为最幸福的人民的!这样的国家,是会成为最繁荣最强大的国家的!不管有多少阻挠,也不管经过怎样的艰难!

　　这只不过是大建设年代的一角。在我们广大的国土上,人民都在这样英勇奋战。我们的支部书记们,生产队长们,车间主任们,他们日以继夜地奔忙着,说服着,鼓舞着人们的前进,几年来没有睡过整夜的觉;我们的工人们心甘情愿地加班加点,困得饭碗跌在地上,然后拾起破碗的碎片,脸上含着微笑;我们的妇女,在畜力不足的时候,成群地嚷吵着,笑着,把裤管挽得高高的,拉着木犁走过自己家乡的土地;我们的残废军人们,失去了双臂,把大喇叭架在树杈上,用他热情的语言,为他曾保卫过的祖国服务……我们的人民,是多么好的人民呵!这样的人民,有什么样的敌人可以把他打倒,有什么样的困难可以将他吓退呢?没有!因为他们已经被伟大的共产党武装起来,成为最有理想、最有毅力的创造新生活的勇士。同样,敌人对我们党的一切阴谋、诅咒、怨恨,也统统无用,因为党生根在人民的心中,为人民最深沉最热烈的爱所保护着。人民懂得,失掉党,将失去自己的一切。党和人民就是这样血肉般地连在一起,成为一种任何力量不能破坏、不能分解、质地最好的合金钢!

　　这就是我们的力量所在。

　　这就是中华人民共和国的生命所在。

　　这就是我们今后能够取得更大成就的根本保证。

　　如果有人问,我们的党为什么会获得人民这样深厚的爱?党和人民为什么有这样深刻的姻缘?那我就要请他去问一问38年来血迹斑斑的道路,问一问被汗水打湿的中国的土地,也问一问中南海夜夜不熄的灯光……

1959年9月16日为纪念国庆10周年而作

七月献辞

伟大的中国共产党,已经走过了40年战斗的路程。

现在,全中国人民都这样亲切地呼喊他:我们的党。

我们的党,亲爱的党呵!当你诞生40周年的时候,我们献给你什么样的赞歌和花环呢?现在,可惜还没有最壮丽的颂歌,足以记载你那不朽的功勋;至于花环,只有象征着中国人民的幸福与全人类的幸福的那种花环,才会是你所喜欢接受的花环!

打开历史的篇章,拂去岁月的风尘,我要大声发问:究竟是什么日子,才真正向我们垂危的东方古国透露了春天的信息呢?究竟从什么时候起,那贫民窟里暗淡的灯火才结起了含着希望的灯花?那低矮的茅屋才停止哭泣,飞出了一枝枝铁矛的红缨?……是7月,是我们党诞生的40年前的7月。

星火延烧大地,细流汇成江海。转眼间,已经40年了。我们的党呵,在这40年中,你的大半时日是在战马上度过的。你戴着斗笠,穿着草鞋,跋涉过多少荒山野岭,走过了多少雪夜霜晨!在中国苦难的大地上,哪一条山径小路没有你印下的足迹,哪一处湖泊溪流没有你洒下的鲜血!……

我们的党呵,你有着多么坚定与勇敢的灵魂!帝国主义和中国的反动派们,他们用尽一切办法搜你,剿你,绞你,烧你,还用尽世界上最无耻最恶毒的语言来污蔑你,诅咒你。但是屠杀丝毫不能将你吓倒,污蔑和诅咒只会使你更加磊落光明。想想吧,在那黑暗的年代,连我们不会说话的孩子都要被斩尽杀绝,遍野的尸体引得天上的飞鹰都来扑搏行人,这真是历史上罕有的恐怖。可是,我们的党,你却显示了何等的英雄气概呵!我们的千千万万的同志们,当他们倒下去的时候，他们不是张皇失措倒下去的；他们是整好自己的衣裳，梳理好自己的头发，大步跨上刑场；他们是带着高昂的战歌，与闪射着火光的口号声视死如归。他们的血流红了雨花台和一切无名的山水，他们的呼喊使沉默的山岳都起了回声。……

终于，人们听见了你的呼喊，从浓重的夜色里抬起头来，凝望着原野上飘动的星火，心灵里燃起了信心的火花。终于，更多的人，一天比一天更清楚地认识了你：只有你而且惟有你才是他们的前途和希望。他们涌进了你的队伍，从死者手里接过了燃烧的火把。于是，在中国的大地上，展开了中国历史上从来不曾有过的最壮丽的进军。

革命胜利了。这是你同人民一起经历过多年的鏖战所取得的胜利。这是世界上为数四分之一的人口获得大解放的最辉煌的胜利。我们的党呵，你对于自己的祖国以及这个世界是做出了何等重大的贡献！然而，你的眼睛，并没有望着美酒与花束，你望着的仍然是而且永远是生气勃勃的未来。你片刻也没有停息地，带着满身战尘又投入了新的战斗。你昨天是满身的硝烟，今天又披上了工地的风雨！

敌人打倒了，但是怎样才能最后地赶走那恼人的贫困？在这"一穷二白"的土地上，怎样才能更快地兴建起幸福的乐园？我们的党又沉入苦思中，正像她过去在漫漫黑夜里探寻着胜利的捷径一样。

终于，在我们广袤的国土上，飘扬起建设社会主义的红旗！中国人民最伟大的创造力，发出了闪电和雷声。梯田修上云头，河水流上高山，山岳敞开胸怀，江河吐出电花，那数不尽的明镜般的水库，把我们的原野，装点得像一位古代的勇士，身上穿着闪闪发亮的金甲。城镇呵，原野呵，你在我们英雄人民的手中，变得多么美好！在我们的同志们过去倒下的荒丘，你修起了这样多的高楼，在我们往昔马蹄踏过的地方，你栽上了这样多的好花，在我们曾经战斗过的偏僻的乡村，已经听见了马达的歌唱，还有那数不尽的烟囱，它们像披发长吟的诗人一样，傲立在一处处过去是一无所有的荒郊！……

我们的党，亲爱的党呵！当我们谈起你的名字的时候，我便像在秋夜的天空上看见的那无边的灿烂的星群。在我们的队伍里，拥有多少英勇的优秀的战士！我们有闻名全世界的横扫千军的元帅，我们更有多少牧童出身的身经百战的将军,我们有头发斑白精神蓬勃的革命家,我们更有多少像刘胡兰、黄继光那样的英俊少年,我们有多少穿着褪了色的旧军衣永远是那么忠诚淳朴的干部,我们更有难以数计的眼睛里终年带着红丝的支部书记……我们的党,你是多么壮丽的兵团呵!尤其使我们感到自豪的,是我们革命航船上久经考验的舵手们。我们不会忘记,他们曾经在重重暗礁中找出正确的航路,在惊涛骇浪中把我们引向胜利的港口。我们围绕着他们,像灿烂的星群围着一轮明月。……

亲爱的党呵!当我谈起我们这亲密的、战斗的家庭的时候,我不能不歌颂我们的家风。我们的家风——群众路线的家风,这是我们党在长期革命的烈火中锤炼成的传家之宝。我们来自人民,相信人民,为了人民。人民是我们的上帝,群众路线便是我们的圣书。我们永远不是群众的上司,而是人民的学生与忠仆。我们的党,过去是而且永远是带着机油气息、泥土气息的党,过去是而且永远是能够戴着斗笠下田的党,和人民睡在一条土炕上谈心的党,和人民群众甘苦与共、生死与共的党。

今天,我们的党,披着满身光荣跨过了40个年头。但是,这只不过是我们行程中的最初的峰峦。我们不能忘记:现在还有大半个世界仍旧呻吟在帝国主义、资本主义的铁链之中,中国人民所向往的真正美景,也还在前面。我们的党呵,你的道路是遥远的,责任是重大的。今天,当你挑着更沉重的担子,向更加灿烂的高峰阔步前进的时候,全中国的人民,都在含着感激的热泪凝望着你,从心坎里流露出他们各自的赞歌。他们不是在闲云流水中认识你的,他们是在风暴、险滩和急流中,生死存亡的搏战中认识你的。他们比任何人都懂得更清楚:只有你而且唯有你才是他们真正的代表,才是他们的希望和前途,才是他们取得胜利和巩固胜利的保证。你是人民的命根子呵!假若谁离开了你,他就会像夜行人失去前进的方向!假若失去了你,我们谁也无法想象又会落入一种怎样的生活!党呵,我们亲爱的党呵,我们要永远跟着你走!今天,我们献给你的,不是歌曲和花环,是我们永远不会更变的忠心!

1961年6月23日草

人民战争花最红

飞机也怕民兵

1965年7月,我们带着中国人民的深厚情谊,来到战斗的越南。

祖国的朋友们,父老们!我知道你们是多么关切地凝视着越南战争,正像当年你们用全副心灵凝视着火光与雪花交织的朝鲜战场一样。因为这场战争,不仅是在我们祖国的大门口所进行的战争,也不仅是我们最亲密的越南兄弟决定命运的战争,而且是关连着东南亚人民的前途,关连着世界革命事业的战争。尤其当美国强盗大肆轰炸越南北方以来,我知道这万千炸弹不仅落到了兄弟的国土,也落在了你们的心上。我知道你们的眼睛日夜都在望着南方,你们的心早已飞到了越南兄弟的身边。我更知道在我们广袤的国土上,一向受到毛泽东教导的、为国际主义精神所武装的我国青年,你们早已热血沸腾,正随时准备着为支援这场斗争献出自己的一切。朋友们,我就是带着你们这样的感情,来到这英雄的国家。

我们访问了越南北方。在110天里,我们经过了4000公里的旅程。我们初来时,越南北方击落了美国飞机300多架,到访问结束时,已经击落700多架了。在这段时日里,朋友们,我们是看见了一块多么神奇的国土!在这块国土上,美国飞机简直像猎枪声中的鸭群一样纷纷落地,而越南勇士的胜利纪录,却有如古代英雄的响箭一般脱弦上升。可以说每一个日夜,每一段旅程,我们都生活在胜利的气氛中。我们同越南英勇的高射炮手们和可爱的民兵们一起,分享着胜利的欢乐,战斗的欢乐。

在我们的整个旅程中,虽然行色匆匆,不免走马看花;但我要向同志们说,我们却看见了真正的花,革命的花,正在灿然盛开的人民战争的红花。它在硝烟里是开放得多么奇丽多么鲜艳哪!在整个越南北方,我们看见了由高射炮手、万千民兵和全体人民所织成的火网。这绵密的火网就张在越南的海岸和越南北方的天空。美国强盗的飞机,就是这样一架一架地,一批一批地,像飞蛾投火一样烧死在人民战争的火网里。那些刚刚喝完咖啡把炸弹扔到别人家里的飞贼,正一个一个地束手就擒;那些"雷神""鬼怪"和故意装上扩大器用啸声吓人的强盗飞机,正一架一架地落地焚烧。人民战争的思想一旦开花,是多么地壮观呵!这种花,不仅在今天的越南南方的游击战中开得那么丰富多彩,而且在越南北方的对空作战中,也开得这么壮丽非凡五彩缤纷!

对一个懦弱者来说,当那满载炸弹的、配置着火箭和导弹的飞机扑下来时,该是多么可怕啊!可是当人们一旦被崇高的思想武装起来,当人们敢于面对面同它进行战斗的时候,尤其是当广大人民真正被发动起来、组织起来、武装起来的时候,事情就完全不一样了。现在,我们可以对世界上一切信服人民战争和不信服人民战争的人们说:在越南战场上,不是人民害怕飞机,而是飞机害怕民兵!

在我们的旅程中,遇到了多少可爱的民兵呵!每当我看到他们,看到那些背上流着汗水的、脚上沾着泥巴的男民兵和那些腰里缠满子弹、戴着尖尖的斗笠、英武而又俊雅的女民兵,我心里就涌满说不出的热爱。我真觉得,他们是我们时代的风俗画中最美好的人物。我可以说,真正决定越南命运的,绝不是那拥有现代武器的美国强盗,而正是这些脚上沾着泥巴的、戴着尖斗笠的当代英雄。不说别的,就凭他们把美国飞机整得这样苦,也该在世界革命的功劳簿上,给他们记上大大的一功!

当然,应该提到,不是所有的人都承认越南战场上这种最鲜明的现实。世界上还有那么一批人,他们自己不敢同帝国主义作斗争,也不相信别人的斗争。他们根本不相信越南会取得这样巨大的胜利。他们常常发问说:"你们真的打下那么多飞机吗?它们都落在什么地方?"当然他们更不相信民兵用步枪可以击落敌机。他们根本不相信民兵。越南清化省有一个名叫吴氏选的姑娘,个子不算高,体重只有42公斤,在激烈的战斗中,她一次却背上重达98公斤的两箱炮弹。有一位"修牌"记者在访问这个姑娘时死也不肯相信。他说:"一个人所负载的东西,不可能超过自己的体重。"当时,真把这位越南姑娘气坏了,她心里说:"你们这些人光看到越南人个子小,我要叫你们知道他反对美帝的意志是坚强的!"这位姑娘立刻把更重的102公斤的弹药愤然扛起,当面给这位记者看。这位记者的当场出丑是毫不奇怪的,因为现代修正主义者不是早就说过,民兵只不过是"一堆肉"吗!

这种来自修正主义工厂的奇怪论调,这种怀着不可告人的目的,到处专门给越南人民泄气的论调,被越南战场上活生生的现实碰了个粉碎,被万千民兵的枪口碰了个粉碎。我们最初在清化海滨看到的一架美机残骸,就是民兵打下来的。

我们在一个落雨的早晨来到这个乡村。这是个很美的乡村,它紧靠着波涛滚滚的大海,附近还有几座桂林风味的小山,正蒙在苍茫的烟雨里。村外有一条小径,两旁长满了香蕉和葵树。就在这条小径上,乡干部和村干部迎着我们,把我们引到村西一座房子背后的小园子地里,在这里我们看到了这架AD5型飞机的残骸。它在距房子几米处一头扎进地里,露出地面的部分,像一个没头的熏鱼一般,黑乌乌地烧成了一堆,五脏六腑都露在外面。它的两个翅膀据说在落地时已经折断,飞到附近的葵林里去了。现在剩下的半截翅膀和凌乱的发动机,也被人零碎分割做纪念品去了。据说它落地时发出很大的响声,腾起了百多米的火烟。

村里的群众,一听说中国同志来了,很快就亲热地围来了一大群。有扶着拐杖的老人,有背着孩子的妇女,还有背着步枪、腰带上挂着皮子弹盒的男女民兵。孩子们来得更多,唧喳乱叫。一下把个小园子挤得满满的。大家争着向我们叙说这架飞机被击落的情景。这种深厚的感情,使我感到真像在国内回到当年老根据地一样。

我一只脚踏着零乱的发动机问:

"飞贼呢,飞贼抓到了吗?"

"早就摔成肉酱了!"30岁的身材魁伟的民兵排长武进妙笑了一笑,"我们挖了两天,只挖出来3个头、7条腿。"

"那到底是几个人哪?"

"据敌人宣布,说失踪了五个人;可是我们实在凑不够数儿了。"

人们哄堂大笑。

笑声里,民兵排长指着人丛中一个二十一二岁的民兵说:

"让他给你们谈谈。他叫黎玉邻,那天就是他打的机枪。"

这是个和蔼可亲的青年。个头儿不算很高,一双赤脚上沾着泥巴,脸上老是挂着微笑。他多少有些不好意思地说:

"那天清早,我正在地里干活儿,一听警报,就跳在工事里等着。一会儿,就看见它沿着海边向北面飞,大约有200米高的样子。我迎着它打了五个三发,就看见从它的翅膀底下喷出火焰来啦……也,也就是这样。"

他望望我们,仿佛他自己也觉着说得不够周全,带着几分歉意地微笑着。

高个儿的民兵排长对黎玉邻说:

"你看中国同志来了,你就不能介绍得再像样儿一点?再生动一点?"

"本来就是很简单嘛!"他红着脸,又对着我们难为情地笑了一笑。

"你看,我们的人就是这样。"陪我们进行访问的越南作家何茂涯也笑着说,"你让他打飞机可以,你要他讲,可就比打下一架飞机还难。"

人们又笑起来。

民兵排长见他很窘,只好做了一点稍为详细的补充。他说,那天一共来了4架敌机,在海上盘旋,是为了寻找头天被打落的飞行员的。因为天上有云,地面有雾,它们飞得很低。后来,其中一架离开队形沿海边飞来。它沿途都遭到各个乡民兵的射击,到了这个乡的上空,已经有些摇摇晃晃。被机枪击中以后,它勉强又升高了50米躲藏到云彩里去了。等到它又钻出来,就看见它的翅膀底下喷出了火焰。这时它又翻了个肚子朝上,大约是想挣扎着降落到海里去吧,不想火越烧越旺,就一头扎下来了。事后检查,两个翅膀上都有步枪的弹痕。就是这样,失落的飞贼没有找到,又有5个飞贼成了肉酱!

听到这里,我兴奋地对人丛里一个满头银发的老大爷说:

"老伯伯,你看看!到底是帝国主义厉害还是人民厉害?"

这个老大爷——事后知道他叫阮伯协,是一个76岁的老贫农,他手扶着拐杖抖抖颤颤地向着我们走了几步。

"依我看,还是人民厉害。"他说,"美国鬼子擦破一点皮,他就乱哼哼。"

人群里传过一阵低低的笑声。

"笑什么!难道不是么?"老人望望众人神色庄严地说,"他们也就是凭着武器。……法国人已经被我们打出去了,我看美帝国主义也得叫我们赶出去!"

我称赞老人的话十分正确。老人很兴奋,扶着拐杖走来走去,吆喝着、驱赶着那些正在吵嚷的孩子们,不让他们干扰中国客人。但孩子们都不听他,还照旧地嚷吵着。

谈起美国人,人们显得更加活跃。省里来的一个民兵干部介绍说,前天18架美国飞机来炸咸龙桥,一下子就被打掉了3架。其中一个飞贼跳伞,群众都从防空洞里跳出来鼓掌欢叫,有拿镰刀的,有拿木棍的,风也似的向飞贼将要落下的地方猛跑。那场面真是热闹极了。后来发现降落伞被风吹落到江心,大家又立刻驾着小船去追。尽管头上还有好多架敌机盘旋,人们也不顾了。好几个合作社的小船,箭一般地争着往江心赶。在离这个飞贼还有50米远的时候,他就把手高高地举了起来。当时因为这个飞贼过于肥胖,怕把小船压翻,同时他本人也穿着救生衣,就把他用一根绳子牵在船后。上了岸,民兵们嫌目标太大,叫他自己在前面走。他以为要枪毙他,就嚎叫起来,装作他的腿疼痛难忍的样子。当时情况紧急,语言不通,民兵们只好抬起他走。两个人抬臂,两个人抬腿,因为太重,还有两个人横着一块木板抬他的腰,就像抬死猪一样地抬到乡里。民兵们也以为他的腿真的负了重伤,谁知一检查,只不过红肿了一些,连皮也没有破。……

说到这里,省里的民兵干部笑了一笑:

"你看,他们在空中轰炸的时候,看样子怪了不起的;一下地就浑身发抖,连魂也没有了!等民兵们把他送到省里,他见人就作揖求饶;人们问他感觉地面的火力怎样,他抱着头就打寒颤。后来发现这个人还是个中校呢!……"

人们听了,又哄地笑了起来。

"打飞机,也有一个发展过程。"高个子的民兵排长又补充说,"开始,我们民兵在地头上刚把机枪架起,有些老人就喊:'快不要闯祸了!'就是民兵,也不大相信用步枪、机枪可以打下飞机。等这架飞机一打下来,情形马上不同了。生产劲头更提高了,人们夜里也下地劳动,收早稻过去要一个月,这次12天就完成了。民兵们打飞机打得着了迷,老盼它来,飞机一不来,就心眼儿里痒痒的难受。……"

看到越南人民的战斗热情这样高,真使人感动和兴奋。我想起,前天曾听人说,有一种"独脚神",这种"神",半个脸,半边身,一条腿,样子很怪,非常吓人。我没有来得及询问有关它的传说。但是,这不正好是美帝国主义的一个绝妙象征吗?当前的越南局势,英勇的越南人民,真比神话中的哪吒还要厉害。哪吒只不过三头六臂,而为人民战争路线所武装的越南人民,却是拥有千首万臂的天神。比起来,美国强盗不过是只能以其怪相吓人的独脚鬼罢了。试看一部近代史,帝国主义征服人民的主要手段之一,一向就是靠它的"吓人战术"。它所梦想的胜利,正是建筑在人们的恐惧心理上。正像独脚鬼仗凭着它的怪相吓人一般。等到人们一旦不怕它的怪相,并且敢于面对面地瞪它,用枪打它,也就"见怪不怪,其怪自败"!用一句北京话说:"它也就没辙了!"今天的越南情况,不就正是这样的吗!

我们访问的这个乡,只不过是越南北方千千万万乡村中的一个。其成绩也还不是第一等的。我们还访问过义安省的一个乡,这个乡的民兵,在我们到达时已经击落了4架美国飞机,并且没有一人负伤。他们负责保卫的一座桥梁,汽车仍然顺利畅行。

我们赶到这个乡,正是午夜时分。当晚月色十分明亮。借着月色,我看见这里的交通壕纵横蜿蜒,在绿树丛中伸向各处,给坐落在香蕉园和稻田中的乡村,增添了不少的威严。这个乡的几个自然村,都紧靠着一条公路,前面不远的地方,就是一座十多米的木桥。敌人妄想使北方"瘫痪",现在对越南北方十几米甚至几米的小桥,也不惜投上成百的炸弹。据说这个小木桥周围,就有150多个弹坑。但是这座桥仍然安全无恙,只不过被炸弹激起的水柱冲走了一块木板。而这块木板却向美国强盗索取了4架飞机的代价。看到这一切,对这个乡的民兵们,怎能不唤起我深深的敬意呵!

第二天早晨,我们在村边一个农家,会见了乡党委书记邓渐同志和乡民兵队长高玉青同志。年轻的乡民兵队长向我们介绍了击落四架敌机的经过。其中一架是敌机冒着大风和暴雨来轰炸桥梁时被击中的。谈话中还特别介绍了一位23岁的女民兵。她名叫邓氏青,是本乡的第一个女机枪射手。她现在是村民兵排副排长、生产队副队长、乡团委委员和少先队的辅导员。本乡所进行的39次战斗,她没有漏过一次,有几次不是她战斗值班,就使用步枪射击。在最紧张的时日里,她吃住都在阵地上,尽管只离家800米远也不回家。……

说到这里,民兵队长笑了一笑:

"你们知道她的父亲是谁？……哈哈,就是你们所看到的这位乡党委书记！"

我望望桌子对面这位个子高高的乡党委书记,不禁肃然起敬,连忙放下笔同他握手,向他祝贺。乡民兵队长又补充说:

"他的男孩子也是民兵排的副排长咧！他还有一个女儿,最近也参加了青年突击队,开到远处去了。"

这时,我看见这位53岁的乡党委书记,在他饱经风霜的脸上,流露出微微的笑容。

我请他亲自介绍一下自己的女儿。

"她的缺点也很不少呀！"他抑制着自己的喜悦笑了一笑,"不过这孩子很听话,性格是比较柔和。……她要是看见邻家东西乱了,就由不得要去帮人家收拾；听说邻居有人生病,就由不得要去问候照看。在河岸上看见一个老太太挑的玉米掉到河里,她就跳下水把玉米捞起来,帮人挑到家去。……不过,不过,"乡党委书记说,"我觉得她在思想斗争方面还不够大胆……"

刚说到这里,进来了四五个男女民兵,都是精神焕发的20岁左右的青年。乡队长指着一个俊雅的女民兵说:

"叫她自己谈吧,她就是邓氏青。"

邓氏青穿着一件毛蓝色紧身小褂,宽大的黑裤,身后披着一束长长的黑发。她温和地笑着,在对面长凳上挤着坐下了。

"这可说什么呀！"她笑了笑,用征询的眼光看看旁边的人。

"就叙叙家常吧！"我笑着说。

"已经出嫁了,可就不比当姑娘自由了。"她笑着说,"在婆家吃饭的多,做活的少。我公公又是支部书记。一家子都靠着我这个主要劳力呢!"

"你的爱人做什么工作?"我插嘴问。

民兵队长笑着说:

"人家的爱人,原来是河内的大学生哩,最近参加了人民空军。"

我不由得哈哈大笑地说:

"你们这一对儿配合得真好!一个在天上打飞机,一个在地面打飞机。你还是一个'三承担'的模范,不光把全家的生活承担下来,还成了一个很不错的机枪射手。这的确不简单哪!"

邓氏青不好意思地笑了一笑,说:

"开头儿我们女的都是拿步枪,机枪是我偷空学的。……我们夜里下三点就起来犁田,天明就收工回来。我就瞅着这空儿,让排长教我使用机枪。人家没有时间指导我,我也摸索着拆卸。常常拆得开却装不上,瞅着一大堆零件,急得满脑袋是汗……"

刚谈到这里,几架喷气式敌机贼一般地突然出现在我们的上空,发出震耳的狂啸。屋门口原来有好几个孩子伸头探脑地看热闹,还有一个光屁股小孩坐在门槛上老是瞅着我们傻笑,这时都被乡党委书记赶到防空洞里去了。

接着,附近传来几声沉重的爆炸声。

"又是炸那座桥呢!"乡党委书记摆摆手说,"我们还是谈我们的。"

邓氏青接着说道:

"敌人去年'八五'轰炸北方,今年4月就'升级'升到我们这里来了。敌人天天轰炸,疏散的人每天都要经过我们阵地。我看见女人背着孩子,孩子扶着老人,肩上还扛着那么多东西。一见这,就使我从心眼儿里痛恨美帝。他们为什么要来破坏我们的生活?……"她停了停,又说,"现在你看到,敌机平常经过,我们是不随便打的,等它飞低了,才动手打,争取一打就中,用第一排子弹把它打下来!"

在座的几位出色的民兵,还有负责训练工作的复员军人潘庭留,24岁的民兵排长范立,皮肤黝黑而又穿着黑衣黑裤的"漆黑勤",在救火中表现极为勇敢的18岁的女侦察员陈氏金贞,大家都一一谈了自己的心情。但是,团支部书记、民兵排长又兼机枪射手的阮鸳

却还没有张口。他尖下颏,大眼睛,人长得聪明英俊,外号却叫"少嘴的小伙子"。我故意问他:

"人为什么给你取了这个外号?"

"说话少点儿呗!"他笑了一笑。

"你平日说话少,今天该多谈谈你的心情了。"

"讲心情,就不如说讲仇恨。"他望着我,"自从敌人轰炸北方,哪一项损失不是我们一滴血一滴汗建起来的!"他停了停,眼望着门外。耳边还不断传来隆隆的飞机声。"我家过去是雇农,现在也还是贫农。虽然家里还不算富裕,总是好得多了。我不能忘记,有了党有了革命,才使我们走上光明大道。"他充满憎恨地说,"现在生活刚刚好了一点儿,敌人又来破坏,不能不引起我特别的痛恨。"

阮鸳的话虽少,但却说出了全体越南北方人民的心情。我是懂得这种心情的,因为中国人民也有过这种心情。这是一个刚刚抓住碗边的人,却要被人一巴掌打开时所引起的特别炽热的仇恨。中国人民就曾经怀着这种燃烧的仇恨和对朝鲜人民的火热心肠,投入过一次艰巨的战争,并且同朝鲜人民一道毁灭了上百万的敌军。现在,也正是这种心情,这种特别强烈的仇恨,在整个越南的北方和南方,燃起了冲天的怒火,张起遮天盖地的火网,使一批批飞贼化为灰烬。

下午,一伙民兵拥着我们去看他们的阵地。沿着田塍一路走来,两旁都是稻田,好像一望无际的碧绿的湖水一般。在这么紧张的战斗里,他们把田种得这样好,真使我不绝地惊叹。

我们来到小树林里的一片空地上。这里有四五个环形的机枪工事。一些男女民兵正守在机枪旁边战斗值班。其中一挺机枪,由两个十七八岁的小姑娘守着。这些生活在海风和烈日下的海滨少女,脸色黑红,眼睛明亮,一个比一个强壮勇敢。她们戴着尖斗笠或铜盆军帽,显得十分英武。我看见交通壕里还铺着门板,上面搭着遮雨的席片,就问:

"你们夜间也睡在这里吗?"

"是呀!"她们笑着回答。

"吃饭呢?"

"打起来,有人给我们送。"

"你们也会打机枪吗?"

她们笑着,不好意思回答了。

别人代答:"凡是在这里值班的,都会打机枪。"

我又望望他们的机枪。他们创造的活动枪架很简单却很有趣。一个大竹筒套在一个小竹筒上,我让他们试了一试,转动起来竟是非常灵便。这几挺枪,朝着敌机可能俯冲的方向,高高地仰着枪口。

我久久望着这块曾击落 4 架敌机的光荣阵地,望着这些种田的小伙子和挑水砍柴的姑娘们,不禁想到:今天在整个越南的北方,有着多少像阮鸯、邓氏青这样的男女民兵呵!在那山丘之上,绿野之中,又有着多少怒指蓝空的枪口呵!当飞贼们从南越的港口,从泰国的空军基地和从军舰上起飞之前,这些饱含着仇恨的枪口,就早已在整个北方的草丛间等着它们。当它们高飞时,它们遇到的是令它们胆战心惊的高射炮火;当它们低飞时,它们遇到的是丛林一般的机关枪和步枪。一个被俘的美军少校慨叹说:"高飞时炸不中目标,低飞时又非常害怕民兵的步枪。"这就是这些飞贼们坦白的供状。看哪,人民战争的威力,民兵的威力,不但对地面的敌人显得那么可怕,而且今天已经伸展到高高的天空去了。

亲爱的越南兄弟们!亲爱的男女民兵们!越南的蓝天是属于你们的。那些华尔街来的流氓们,已经在你们的枪口上空发抖了。狠狠地惩罚它们吧!打得更猛更准吧!今天我想说,由于你们的光辉实践,在人民战争的历史上,将会要大书一笔:飞机也怕民兵!

1965 年 11 月

一 家 贫 农

汽车在夜色里忽然颠簸起来。借着星光,我看看外面,大大小小的炸弹坑愈来愈多。山坡也被炸瘫了,石头滚落在路面上。经验告诉我,这是敌人的轰炸重点。一问,果然前面不远就是咸龙桥了。

哦,咸龙桥!我的精神立刻为之一振,不由自主地喊出声来。因为我早就听说,这是一座英雄的桥。在我们来到以前,这座桥已经被少则十几架多则成百架的美国飞机轰炸了36次,而这座桥却仍旧巍然屹立在浓烟烈火中。并且,就在这座桥的四周,有整整40架敌机落地焚烧,还有不少的飞贼被生擒。(等到写这篇记事的时候,听说那里击落的敌机,已经不是40架而是60架了。)

我们决定立刻下车步行,好更真切地看看它,这座英雄的桥。

我们沿着山间公路走了不远,就看见一带江水在朦胧的夜色里发着白光。人们告诉我,这就是马江了。这是被约束在黑森森的群山里的一条激水。这条激水势如奔马一般,正好在这里穿过一个险峻的山口。咸龙桥就横在山口上。我看见马江穿过黑郁郁的山口直泻平原,莽莽苍苍,正像是跃然而出的一条苍龙。

我们在桥上缓缓走去。一面察看这座桥在夜色里雄伟的姿影,一面察看两岸高耸的群山,一切都显得无比威严。听听脚下的江水,江水并不喧哗,但却隐隐传出深沉有力的波声。听说,在战斗最激烈的两天里,这里曾一举击落28架敌机。我在想,当一架架敌机冒着黑烟纷纷坠地的时候,该是多么壮观的景象!难道这是白宫的老爷们所曾料到的么?不,他们没有料到。因为在他们的眼睛里,这不过是地图上的一座普通的渡桥。他们不知道一座普通的渡桥,因为拥有英雄的人,它就变成了一座隐伏着怒火的强大堡垒,一座在疾风暴雨中镇静而威严的"钓鱼台"!

围绕着这座桥,产生了多少动人心魄的故事呵!

然而,我愿意首先叙说的,却是一家贫农。也许它可以回答:为什么咸龙桥能够在烈火中昂然屹立?也许它可以回答:人民战争的花朵,在什么人的心里开得最美最红?

这是发生在5月末尾的一次战斗。由于敌机一次又一次遭到惨重的损失,这些胆怯而狡猾的飞贼们,就想出一条鬼主意:他们总是向海的方向俯冲;即使被打掉,也可以落在海里,等待直升机来救。这天,当敌机正这样俯冲轰炸咸龙桥的时候,忽然,江中犁开一道浪花,从海上沿江而上开来了一条越南军舰。这条军舰正好对准俯冲的敌机猛烈开火,给敌机造成了致命的威胁。为了摆脱不利的处境,敌机也就向这条军舰拼命地展开攻击。又是投炸弹,又是发射火箭和导弹,顷刻间,军舰四周都是腾起的水柱。这条军舰十分镇定英勇,在奔腾的马江里忽进忽退,宛如一座威风凛凛的活动堡垒,不断地向着俯冲下来的敌机喷发着猛烈的炮火。但是后来因为军舰搁浅,中了一发火箭冒起烟来。舰上的炮手也有不少负伤。也就是在这最危急的时刻,出现了一场民兵保卫军舰的惊心动魄的搏斗。

当时,在岸上指挥民兵作战的,是一位21岁的姑娘。她名叫阮氏嫦,是这个区的民兵队长。(她已经是我的熟朋友了,因为她的个子相当高,我开玩笑叫她"山东姑娘",可惜此处不能详细描写她。)她正指挥着两个民兵连同敌机战斗。她一见军舰中弹,舰上发出呼救,立即一面指挥民兵射击俯冲的敌机,来掩护军舰;一面指挥男女民兵登上军舰,去救护伤员并代替负伤的炮手们。一声令下,男女民兵们,有的驾起小船向军舰猛划,有的就跳在马江的激流里向军舰奋力游去。有一个女民兵吴氏选(我在上篇文章里曾经提到她),因水急浪大,被大浪打昏了,又漂回到江岸;但她刚刚醒转来,吐了几口水,就又跳在奔腾的江水里游过去了。还有一个发电厂的电工,也游到军舰上代替负伤的电工。顷刻间,这只江面上的活动堡垒,炮火又轰鸣起来,炮筒直指天空展开更加炽热的战斗。在这同时,村子里的群众也都忙碌起来,有的忙着给民兵做饭,有的驾着小船把啤酒和椰子送上军舰。尽管弹片不断地刷刷地落到江面上,但是运送弹药、运送饮料和接救伤员的小船,仍然一只接一只地向着军舰前进。直到军舰驶出自己的防区,民兵们还在江岸上不舍地追着它,跟着它,护送着它。这是一幅多么动人的人民战争的图画呵!

我所要讲的一家贫农的故事,就是在这场战斗里发生的。这个村子里有一个老贫农,名叫吴寿蔺,已经64岁了。他有5个儿子,大儿子早已参军,剩下的4个儿子,这次全部上了军舰。弟兄4个合使一门高射炮,有的装弹,有的开炮,打得十分英勇。老人最小的儿子吴寿六——大家都亲热地叫他六儿,连续负伤两次都不下军舰,直到第三次负了重伤英勇牺牲。小六儿的3个哥哥也有2个光荣负伤。当他们英勇奋战时,老人正在社里喂猪,听到儿子的伤亡,一步也没离开自己的岗位。直到给六儿送葬,他才去了。人们怕这位年迈的老人悲伤过度,找人搀他,而他却说:"我这人虽然心里悲伤,还能走得动,也不掉泪,我不用别人来扶!……"果然,在墓地的追悼会上,老人没有掉下一滴眼泪。

这是怎样的一个家庭,怎样的一位老人呵!

我是多么渴望能够亲眼看一看他。到清化的第三天,我们就到他家里去了。那是一个雨夜。他的老伴说,他在社里喂猪还没回来呢。我们等了一会儿,也不见回。夜已经很深了。相陪的人催我们回去。我只好带着非常遗憾的心情,在潇潇的雨声里离开了这个村庄……

没想到,过了一天,我们却意外地看到了他。

这是一个炎热的下午。我们正坐在一个农家挥着汗雨谈话,吴寿蔺和他的老伴,一人手里提着两个绿皮儿的大椰子来了。他们是顶着大大的太阳,从20里外赶来看我们的。老人的老伴是前天雨夜我们在一盏小油灯下看见过的。她比寿蔺老人小2岁,今年已经62了。她今天还特意换了一件比较干净的棕紫色的上衣。可是,只要看一看她裙子下一双隆起粗筋的赤脚,就可以想见她一生一世经过了多少辛劳。寿蔺老人穿着抗战鞋,棕色的三婆衫已被汗水浸得褪了颜色。他留着越南老人喜爱留的平头,虽然头发已经花白,但却行动敏捷,精神活跃。他把两个大椰子往地上一放,就说那天晚上我们到他家去的时候,他到社里喂猪去了,很对不起;又一再说明,椰子是自家种的,不是在街上买的。说完,又接着告诉我们:那天我们刚走,飞机就来投弹。有两颗炸弹正投在离他喂猪的地方不远,可是,"都是臭的"!说过,哈哈一笑。

我们忙着给老人点烟倒茶,称赞他的儿子所作的贡献。老人兴奋得烟也顾不上抽了,把点着的纸烟往烟灰缸上一放,就谈起他的儿子来了。他告诉我们:他的大儿子在抗法战争时就参军去了,并且"参加过奠边府战役";他的大儿媳妇也参加了工作,对他非常孝顺;他的二儿子原来在军队上当炮手,复员回来在碾米厂当工人;他的三儿子在太原工业区当工人,最近也回来搞农业了。说到这里,他笑了一笑:

"光我们家就有4个党员!"

"都是谁?"我笑着问。

"你看,"他伸着手指,"老大家两口儿,还有老四和我们的六儿。"

"六儿本来是团员,是牺牲那天才追认是党员的。"吴寿蔺的老伴补充说,"在墓上追悼他的时候,连他的叔叔都称他是吴寿六同志。"

这时,我看见老人放在烟灰缸上的纸烟已经熄灭,连忙拿起打火机帮他点着。老人的脑筋究竟有些不够用了,由于他的话被别人打断,抽了两口烟,抬起头望望众人,问:

"我,我刚才讲到第几个了?"

"讲到第四个了。"大家笑着说。

"对,对,讲到老四了。"

他抱歉地笑了一笑。接着告诉我们,老四也在军队上当过炮手,现在是民兵连长。战斗那天,他怕社里的稻子霉了,正在社里晒稻子哩,一听飞机响,就连忙跑到江边阵地上去了。

当寿蔺老人刚刚谈到全家最宠爱的小儿子六儿,他的老伴当众打断了他。

"还是我来说吧,"她向大家说,"有些事儿他不知道。"

提起六儿,我脑海里立刻浮现出一个非常可爱的17岁的男孩子的面影。那天深夜,我们到他家里访问,看见屋里柱子上挂着他很大一张照片。他梳着小分头,圆圆的脸,大大的眼睛含着微笑,显得非常漂亮聪颖。

"他是个乖孩子。"老妈妈说,"不光全家喜欢他,全村人都喜欢他。他是村里团支部的委员,牺牲时候,好多男女青年都哭啦。……"

从老妈妈的叙说里,我们知道,六儿在七年级上就停了学,在村供销社当售货员。但是他思想开朗,他说,停几年再上有什么要紧!供销社一部分卖百货,一部分卖烟、油。本来由两个售货员管,另一个不在时,他就跑来跑去一个人干。他还在村子里担任治安工作,敌机一来,他就拿着喇叭喊,督促大家下防空洞。飞机一走,他又跑到供销社售货。晚上还去文化补习班教书。临参加战斗那天,他正拿着喇叭喊呢,一听军舰遇险,他就急忙把喇叭交给别人,说:"我要到军舰上去!"还说:"你们等着看吧,我会表现出勇敢来的!"他上了军舰,哥哥们打炮,他就在旁边装弹。他还让哥哥教自己打炮。他的下巴被弹片打伤,掏出手帕包扎了一下,一边淌着血,一边坚持战斗。他的哥哥要他下去,他就向哥哥作揖,哀告说:"我的好哥哥,我拜拜你们吧!叫我千万留在这里吧!"他打了第二排炮弹,弹片又打伤了他的左脚,他没有倒下,仍旧继续向敌机开火。后来,一发火箭射来,弹片打中了他的头部。在滚滚的烟火里,他向哥哥们行了个举手礼,表示他不能继续战斗了,然后才倒在甲板上……

屋里沉寂无声。我脑海里立刻又浮现出六儿可爱的面影:圆圆的孩子脸,聪颖的大眼睛里露出微笑。

"他活着的时候,我是有些宠他。"沉了沉,老妈妈又回忆着说,"有时候,他也向妈妈撒娇。他就是喜欢书,喜欢交朋友,出去的时候,衣服喜欢穿得整齐一些。他还特别疼爱七妹妹,每天晚上回来,都教妹妹念书。他每月的工资是 33 元,除了给我买烟打油,其余的都供给妹妹上学。……"

我转过脸问寿蔺老人:

"听说六儿牺牲的时候,你正在社里喂猪?"

"对,对,"老人点点头说,"那天我正在社里喂猪,有人说:'吴寿蔺!你的 4 个孩子都上军舰了!'我说:'他们有他们的任务,我有我的任务,没有什么可大惊小怪的。'过了一会儿,有人跑来找绑担架的东西,我就问:'有人负伤了吗?'他们就告诉我,老四负伤了,六儿也负伤了。他们没有敢说六儿牺牲了。这时候,我打了一个寒噤,觉着跟平时很不一样。可是我守着猪圈,一步也没有动。我不能离开!"

"这是为什么?"有人插嘴问。

"为什么!这是我们社里的整整50口猪呀!"老人望着大家,"我要离开,飞机来炸了,就没有人把猪栏打开,这些猪得统统炸死!"

老人神色激动,把手里的烟又往烟灰缸上一放:

"后来,又有人说:'你的4个孩子,不是死了,就是伤了。'我想:负了伤,国家给他治疗;就是牺牲,国家也会好好安葬。我只有仇恨美帝,如果美国飞机不来,我的儿子怎么会有的负伤,有的牺牲了呢!同志呀,我给你说,这时候,我真愤怒得发抖,可是我不能哭。因为,这时候飞机走了,大家正在扬场,人很多;我要是哭了,就会影响扬场,更可能使别人灰心。我就吩咐家里人,统统不能哭!谁也不许哭!……"

"那天,也有不少人去安慰他。"老伴补充说。

"对,对,那天有不少人到猪圈来安慰我。"老人接着说,"我对乡亲们讲:'做父母的谁不心疼孩子?六儿,也不是容易就养大的。可是,他是为祖国,为党,为人民,为政府牺牲的。他牺牲是他完成了自己的任务;我不能回家去,因为我的任务还没有完成。'……当天晚上,直到有个姑娘来代替我喂猪,我才离开了猪圈。……"

我又问:

"听说,给六儿送葬,你还不让人搀?"

"是呀,"他点点头说,"你想,哭哭啼啼搀搀扶扶的多难看哪!"

说到这里,他指了指他的老伴:

"那天晚上,我们送葬回来,已经后半夜了。省委担心我们过于悲痛,把我们接到办公室去安慰我们。我的老伴就说:'请领导上放心。以后敌机再来,我就代替六儿去送炮弹!'我就说:'不成!你还要照顾孙子哩,再说你的身子也不太行,这个任务就交给我!'……"

当老人谈着这些的时候,我的心被一种无比强大的力量震撼着。我不禁又想起前天晚上的那个雨夜,在奔腾的马江边上的那座茅屋。这座茅屋看来比村里其他的农舍要显得低矮。可是就在这样的茅屋里,居住着一个对革命对祖国多么忠诚而又多么坚强的家庭呵!

谈起现在的生活,老人说:

"困难是有,可是要比起从前就好得多了。我给同志说吧,八月革命前,我吴寿蔺没有一寸土地,几十年,我们两口都是给地主做苦工的……"

"算啦,过去的事不要提啦!"老伴扭过脸去。

"给中国同志讲讲怕什么,"老人看了老伴一眼,"后来我又给人挑东西。来回几十公里,挣不到几个钱。就这样,日本法西斯还在路上拦住我,不让我去。钱挣不来,饿得孩子们哇哇地哭。……逼得没法儿,我又去山里开荒,法国鬼子的飞机又来轰炸,一天到晚钻防空洞。等到开出荒地,粮食还没有收到手里,地主又跑来收租子了。……"他激动起来,"这天地虽大,逼得我吴寿蔺没有一条路可走呀!最后我不得不去……"

"唉唉,你给同志们讲这些有什么用!"老伴立刻又打断他,而且显得有些生气了,"这些事三天三夜也讲不完!"

由于老伴几次打断,老人对自己的身世也就不多说了。但是他的神色仍然十分激动,他说:

"同志,你想想,我们还愿意走回头路,再去过那样的生活吗?不,不,我们一定要打到底!"

寿蔺的老伴神色凄然,偏过脸坐在那里。她今天几次打断老人的谈话,可以想到,这其中有多少辛酸事呵!虽然这些事没有细讲,我们也是可以猜到的吧。这个富饶的绿色的国土,整整被法国人压榨了 80 年!在这 80 年中,越南人民真正是被榨得干干的。听人说,过去由于人们吃不起咸盐,甚至流出来的汗水都不是咸的。这是多么可怕的生活!两位老人和千千万万的越南人民,就是从这样的生活里走过来的。

最后,老人站起身来,让我们一定要给毛主席、刘主席问好,感谢中国共产党和中国人民对他们的坚决支持。说过以后,从手上脱下一个用飞机残骸做成的银色戒指,套在我的手指上。

我们把两位老人送出门外,送到栽种着绿色的龙骨篱笆的小径上。我久久地望着他们的背影,望着他们被终年的汗水浸褪了色的衣裳,望着他们粗筋隆起的赤脚,心里不禁默默地喊着:贫农们!对革命、对祖国、对党忠诚不贰的贫农们!今天,我又从你们身上,看到了这块土地上深不可测的力量,听到了这块土地上真正的心声。我深信,即使在你们的面前,横起一道红腾腾的火山,它也挡不住你们的去路呵!

  两位老人已经转过小径,渐渐消失在芭蕉的绿丛里。我正待转过身来,这时候,猛然听见咸龙桥方向,响起了一阵十分嘹亮悦耳的像滚雷一般的高射炮声。……

1965 年 12 月 2 日

阮 氏 芳 定

这一篇要讲的,还是保卫咸龙桥战斗中的一个故事。

咸龙桥附近有一座小型炼铁厂,名叫咸龙高炉。这个厂的自卫队,经常同高射炮兵联合作战,打得非常英勇。其中有6位姑娘,很出色。人们称她们是"高炉六姑娘"。我这里记下的,只是她们之中的一个:阮氏芳定。

我们到达清化时,芳定早已负了重伤躺在医院里。听人说,她是一个翻砂工人,出身自贫农家庭,父母亲都是很老的党员。4月3日和4日,是战斗最激烈的两天。敌机曾出动了540架次猛袭咸龙桥和另外两座桥梁。芳定一开始参加的就是这场最猛烈的战斗。头一天,她是作为救护队员参加战斗的。在严酷的考验中,她不但没有被吓倒,还在当天晚上要求发枪给她。第二天早晨,当她把一支步枪接到手里,真是高兴极了。她说:"这是我一生最大的幸福。"这一天咸龙桥击落17架敌机,芳定竟日战斗,没有离开阵地一步。5月7日,她不幸负了重伤,枪也被炸断了。可是,当人们把她从土块里挖出来时,还看见这个女孩子保持着射击姿势。由于她伤势过重,抬到医院里一直处于昏迷状态,直到第五天才渐渐苏醒过来。她的母亲也够坚强的,几天来,她一直守望着昏迷不醒的女儿,没有掉一滴眼泪,反而在芳定醒转过来的时候哭了。这时候芳定对母亲说:"你怎么哭啦,妈妈,你应当为女儿高兴呀!"随着伤势一天比一天好,芳定在医院里又说又唱,从来没有愁眉苦脸。去看她的同志回来都说:"芳定真是乐观主义!我们好像不是去看伤号,好像去看她演戏似的。"……

我们来到清化,离芳定负伤时已经两个多月。听说她的伤基本上好了，不过身子虚弱，身上还残留着一些弹片没有开刀。我们正准备去医院里看她，不想芳定却先看我们来了。

这是一个下午。我们正坐在屋子里谈话，芳定走进了我们的院子。假若不是那对大白鹅咯咯嘎嘎地叫了几声，我们还没发现进来人呢。她的身体比较虚弱，脸色有些发黄，头上还用一块白纱布包着。当时我不知道她就是芳定，只觉得这是一个文雅而柔弱的姑娘。

一听别人喊她芳定，我大步走上去，把她的一双手都握住了。这时候，我才发现她左手的两个手指也没有了。想起这个年轻的女孩子为我们的事业所做的贡献，我心里不由一阵激动，好久好久，抚摸着她手上的伤痕……

我问她：

"你的伤完全好了没有？"

"好得差不多啦。"芳定温和地笑着说，"开头儿我的伤是不轻，半边身子都炸伤了，头发烧焦了，耳朵也往外流血，衣服不能穿，席子不能躺，就睡在香蕉叶上，盖着一块纱布。许多人都觉得我没有希望了。可是不到一个月，我的皮肤就长好了，头发也长起来了。……可见要一个人死，也不是那么容易。"

她说到这里，不由得抚摸了一下包着纱布的头微笑着。

"可是你的身体还很弱呀！"我笑着说。

"你别看我弱，"她说，"我过去还是个排球运动员呢。"

我上下打量了她一眼，半开玩笑地说：

"这个，我可看不出来。"

"叔叔，"芳定笑着说，"到运动场上，你就看出来了。"

我看天气太热，她头上还包了块纱布，就说：

"芳定！这里也没有外人，你就干脆把它取下来吧！"

芳定犹豫了一下，笑了一笑，就把头上包着的那块纱布摘下来了。

这时候，我才看见她新长出来的头发还不足一寸，倒完全像个男孩子了。大家都望着她，望着这个俊秀的"男孩子"微微笑着。芳定有些不好意思，瞥了女服务员同志一眼，用手向自己的腿弯一指，说：

"过去我的头发也像她们那么长呢!"

"那不要紧。"我笑着说,"要不了多久,就又赶上她们了。"

"我可不是觉着可惜呀!"芳定笑着解释说,"叔叔,这些事我在医院里不知想过多少遍了。每当我想起烈士们的英勇牺牲,就觉得自己负的这点伤简直算不了什么。我认识到:要革命,就要付出代价。要想使我们的国家独立、统一,不付出代价肯定是不行的。"

我连连点头赞成,深感芳定是一个很有思想的青年。

我问芳定究竟是怎样负伤的。

"我是在5月7日负的伤。"芳定叙述说,"这天,领导上看我太疲劳了,本来要让我休息;可是我一想,不,不能休息。因为这天正是'奠边府战役'胜利的纪念日,我想敌人不会不来轰炸,如果放过这个好机会,这是很可惜的。我就又照常到阵地上去了。哈哈,真没白去!这一天,果然发生了很激烈的战斗。我们一共击落了6架敌机。"

说到这里,芳定笑了一笑:

"我正立在交通壕里射击,看见炸弹直冲着我的位置掉下来了。这时候,我本来可以躲开,不过我没有躲。"

"这是为什么?"我惊讶地问。

"在这以前,我已经顺利地躲开过一次了。"芳定笑着说,"这一次,我刚要像上一次那样躲开,猛然一回头,看见另一架敌机俯冲下来,离地面只有300米高。我一看,这情况太有利了,如果把这样的好机会放掉,那实在是太可惜了。于是我立刻决定,今天我就是死了,也非要再打出这一发子弹不可!……我刚把手指扣上扳机,轰的一声,我就被埋到土里去了。"

"这发子弹到底打出去了没有?"

"打出去了,到底还是打出去了!"她微微一笑,"虽然我被土埋起来,脑子还很清醒。这时候,我想改换一个姿势射击,就用力推土去摸枪筒,可是老摸不到,才想起,我的枪筒可能是断了……"

大家听了,都被芳定的勇敢牺牲精神深深地感动。想想吧,这么一个女孩子,面对着俯冲下来的敌机,面对着带着啸声下来的炸弹,眼都不眨一眨,这是何等的英雄气概呵!敌人妄想来压服这样的人民,是直到它们的骨头变成灰也不会成功的。我望望众人,大家都沉在深深的感动里。屋里静静的,只有田野的布谷鸟传来几声婉转的啼声。……

"这也有一个进步过程哩。"芳定停了一停又笑着说,"以前,光听人说美国飞机厉害,到底怎么厉害也不知道。头一天参加战斗,喷气式一冒烟,我就当是要打炮了,趴在地下不敢动。飞机往下丢炸弹,我还当是大飞机生小飞机呢!"

听见这话,大家也笑起来了。

"经过第一天战斗,我以后就不害怕了。"芳定接着说,"这主要是我对敌人太痛恨啦。我只要一想起敌人,屠杀我们南方的同胞,浑身就像着了火似的,凭它丢下多少炸弹,我也不害怕了。"芳定抬起她那男孩子式的头,像是回忆着什么,停了一停,又继续说,"以前,我们这里放映过一部南方的纪录片。我从来没受到过这样大的震动。过去只是听说,这次亲眼从银幕上看到,成群的人被敌人拷打、屠杀,死尸一堆一堆的。有一个小孩,被一个恶棍剖腹挖肝,把肝掏出来的时候,小孩还在喊着叫妈呢。尤其是对那些妇女,就更不用说了。有一个年轻的妇女,美国人使用电刑拷问她,把充电的东西塞进生殖器,最后还割掉了她的乳房。……我从来也没有见过这样的场面呵!我同我的女伴回来,个个热泪盈眶,一边说一边哭。我接连几夜都没有睡着。一闭上眼,就出现了这些情景。我晚上记日记,不知哭了多少次,泪水把笔记本都打湿了。这时候,我觉得被害的不是南方同胞,就是我自己,仿佛是我自己在遭受着那些拷打,那些毒刑。我开始还边写边擦眼泪,后来手帕湿透了,我也不想擦了,就让它尽情地流吧!当时,我真恨不得立刻到南方,同美国强盗和它的走狗们拼!"芳定激动起来,眼睛射出火光,"我给叔叔说吧,5月7日那天,不知怎的,我脑子里老是出现着这些被残害的妇女和一堆一堆的尸体;回过头来,又看见刚刚被炸的村庄,房子正在燃烧,黑烟卷到天空。我对自己说:芳定呀芳定,你看看,敌人不是把这种惨象又搬到北方了么!要不打死它们,不是照样要遭到那种命运么!我这样想着,就光想找飞机打,就光想把它打下来。当炸弹下来的时候,我还是想:我不能饶你!无论如何,我要把这一枪打出去!……"

最后,我们还从芳定的笔记本里,看到她一张照片,就是在最激动她的那天里拍的。也许她刚刚为她的南方同胞流过眼泪吧,也许她正在考虑她被分割的祖国的命运吧,我看见她满脸忧思,充满悲愤的情感。我进一步地了解了芳定。芳定,她不是一个肤浅的姑娘,这是一个富有革命思想的感情深沉的青年。这是一个时时刻刻把祖国的命运人民的命运搁在心上的青年。因之,昨天看来她还是一个柔弱的女孩子,几天之内,她就在漫天烈火中变成了一个顶天立地的勇士。战争使人惊醒,使人振奋。它不但不能毁灭人民,毁灭一切,而且催使人民迅速地进步,在几天之内,芳定就跨过了一个人几十年的进步路程。伟大的革命战争,正在促使越南这一代青年更早地成熟了。

可惜我们同芳定相处的日子太短,几天之后,我们就离开清化向南去了。在我们分手的时候,芳定紧紧拉着我的手,眼圈红红地说:"叔叔,我没有别的话了,我只有赶快养好伤,回到工厂去,重新拿起枪来进行战斗。我向你们保证:我们还会取得更大的胜利!"

离开芳定,我总是时常想念她。每当我想起她,我就想起那屹立在烟火中的咸龙桥;每当人们提起咸龙桥,我就又想起芳定。我仿佛又看见她立在高高的山上,仰着她那男孩子一般的头,高举步枪,向着敌机狠狠地射击。她仿佛再一次对我说:"叔叔,我已经想过多少遍了,要革命就要付出代价,要祖国独立、统一,不付出代价是不行的。你看,我一定要打出这一枪去!……"

1965 年 12 月 16 日

英 雄 树

为了赶路,天色刚交黄昏,我们就告别了清化的朋友,登车向荣市驰去。

今天,司机灵同志和波同志的准备工作特别好。两辆吉普车又重新加了伪装。车篷上插满了椰子树长大的绿枝,飘飘曳曳,就好像古代英雄的战冠上插的雉翎一般。车子一飞驰起来,耳边就响起飒飒的风声,给我们的行动增添了不少战斗的风采。

在前几篇文章里,我都没有来得及讲述一点越南战地夜晚的风光。其实,一到夜晚,正是这战斗的土地最活跃的时辰。尽管天色还没全黑,敌人的夜班飞机,就投下一串串的照明弹,但却阻止不住公路上长长的车队和喧腾的人流。那些白天不知隐蔽在哪里的卡车,这时都插着高高的树枝走出来了,像是一片片小丛林在公路上飞驰。只要你少许迟慢一步,就被人超过去了。路上还有一种运货的自行车,是越南同志在抗法战争中创造的。车把上绑着一根棍子,人们一手撑着棍子,一手推着车座,每辆车能推好几百斤。这种车在喧闹的公路上也排成了长队。走在路两边的,有披着伪装布、戴着软木军帽的军人,有肩上扛着锄头和枪支的妇女,还有一队一队新组成的青年突击队,男男女女,背着行李,挑着炊事用具,开往敌机轰炸最激烈的地方。他们的情绪都是这么活跃,即使你坐在车上,也可以听见他们的笑声和歌声。

为了保证行车安全,防空哨已经在漫长的公路线上建立起来。提起防空哨,凡是在朝鲜战场上生活过的同志们,都会感到很亲切吧。那些防空哨的战士,身上总是披着一层多么厚的尘土呵,他们肩上挎着步枪,手里挥着三角形的红绿小旗,夜夜守在路边。虽然事隔多年,他们那英勇的面影,还是会伴着雪花,伴着风尘闪现在你的记忆里吧。今天越南战地的防空哨,已经与那时不同了。它不是由部队的战士们担任的,而是由临近乡村的民兵担任的;那时的报警信号是防空枪,现在用的是防空灯。灯分红白两色,白色表明有敌机盘旋骚扰,红色就表明要你放胆行进。这些灯,每隔一定的距离就有一盏。它们或者嵌在粗大的竹筒上,或者挂在高高的树枝上,在黑茫茫的夜色里,以它热情的无声的语言告知行路的人们。

在越南战地的公路上,只要走上一二百公里,你就会感到那些守卫在防空灯下的人们,尤其是那些活泼的姑娘们,是多么热情了。当你的汽车从她们身边驰过的时候,尽管防空灯已经作了明白的指示,她们还是禁不住要用热情的又尖又亮的声音喊道:"同志们!放心走吧!""没有敌机,开快一点!"她们那热情而清脆的嗓音,在寂静的深夜里,尤其在困倦袭人的黎明之前,总是那么快那么有效地在司机心里产生了鼓舞力,把车子开得简直像要飞翔起来一般。一些性格愉快而大胆的姑娘,还断不了要同司机开几句玩笑:

"喂喂,把我带到荣市去吧!"

我们的司机灵同志,是参加过奠边府战役的老战士,性格粗犷豪迈,别人不说话,他还主动找话说呢,更别说姑娘们有意开玩笑了。这时他就会说:

"你到荣市干什么呀?"

"有要紧事呀。"

"什么要紧事呀?"

"我们的爱人在那里哪!"下面响起一阵叽叽格格的笑声。

"好好,那就请上车吧!"

司机灵一面说,一面加大油门,呼的一声就从她们身边开过去了。

后面又掀起一阵清脆的笑声。……

在战地公路上夜行,你不但会时时感到越南人民开朗的乐观的情绪,而且会更深切地感到,伟大的斗争把人们紧紧地联系在一起,使同志间的情谊变得更加亲密了。尽管彼此素不相识,仿佛也要说几句逗笑的话儿,才能发抒自己内心的感情。

防空灯一盏一盏地过去了。在我们的眼睛里,它已经不仅仅是某种简单的标志,而是一种热情,一种力量。当你走了好长一段路还没看到它,就会觉得缺少了一点什么;当它远远地从夜色里出现了,就会立刻给你的心头增添一种说不出的亲切和温暖。可惜的是,赶路人总是赶路要紧,很难得有机会下车来看看它们。

夜半,车行到义安省演洲县境。远远看见一盏红灯,挂得高高的,显得特别鲜亮耀目。我看司机也有些疲劳,就请他停车作片刻休息。车在防空灯近处停下了。我们走向哨位。第一眼看到的,是一株木棉树,人们常常称这种树是英雄树。这株树长得十分高大雄伟,看来总有几百年了。树干下端有好几围粗,长得像铁青色的岩石一般。那盏红灯,就悬在树上。树下一个女民兵和一个老人席地而坐守在那里,还有一个女民兵在一条长凳上睡得很是香甜。公路两旁的稻田里传来时高时低的蛙声。

我走到他们身边,向他们道了声辛苦。那位长发姑娘不好意思地笑了,虽然在暗淡的月色里看不见她的笑容,但你可以感觉出她是在愉快地微笑着。老人连忙接过去说:

"辛苦,为的是明天哪,为的是孩子们哪!"

我见老人性格爽朗,一点也不显得陌生,又问:

"你也是民兵吗?"

"倒是想参加,就是年纪不行啰!"他哈哈大笑。

"那么,你是'白头军'吧?"

老人摇摇头,又笑了一笑。我又猜:

"那你一定是干部了?"

"这还差不多。"老人哈哈一笑,诙谐地说,"多少有一点儿!"

女民兵从旁解释说:

"你们不知道,这是我们村的支部书记,还是1930年的老党员哩!"

我们都笑起来了。我说:

"老同志,你也来站防空哨了?"

"随便站一会儿。"老人仍旧诙谐地说,"年轻人爱困。他们白天打飞机,夜里站防空哨。坐着坐着,眼皮就打起架啦。我来看看,叫他们也多少睡一会儿。……"

我正要跟老人谈下去,那边有人叫我:

"同志巍！快上车，赶路要紧哪！"

我只得同老人和姑娘握手告别。等车子开出很远，我还从车门里探出头来，望着那株高大的英雄树和树上悬着的红灯。红灯渐渐看不见了，我才转过头来。没有同这位老同志深谈，使我觉得十分惋惜。过去就听说，义安、河静是越南建党最早的地区之一，是有名的义静苏维埃起事的地方。想不到今天一踏入义安省，就在路上遇到他们。而尤其令人感动的是，这些老同志的革命精神竟依然这么旺盛，他们还继续在战斗着，和年轻人一起战斗着。在一霎时，我仿佛觉得，他不正像是那株高大雄伟、经过无数风雨的英雄树么！只要他的生命存在一刻，他就要站在路边，给过往的行人举着一盏红灯……

这天夜晚，我们在敌机骚扰下闯过两个渡口，已经到了傍明时分。估计再过一个渡口，已经太迟，就把车开下公路，向一个乡村投宿去了。谁知事有凑巧，我们正好住在一个老党员的家里，使我那惋惜的心情，意外地得到了补偿。不过这个情况我是第二天才知道的。

这里的农家，都有着比较大的院子。院子里种满了各色树木。有香蕉树、柠檬树、柑子树和槟榔树。与其说是院子，不如说是一座好看的园林。我们提着各自的手提包，被引进一个农家时，一轮黄铜色的落月，已经沉到香蕉林后面去了。院子里满地树荫，静悄悄的，只有远近的布谷鸟传来几声啼唱。我们在树影里等候着。只听村干部在门外轻轻叫了几声，就从茅舍里走出一个又高又瘦的老人。他一听说是中国同志借宿，连忙把家里人喊起来，屋子里一阵响动，只不过用了几分钟工夫，就把房子腾出来了。我被安排在一张几分钟之前他们还在睡着的蚊帐里。这一切都使我想起过去战争的年代，只有在老根据地才有的那种亲切和温暖。

整整一夜的奔波，使我们很快就睡熟了。直到第二天小晌午，才被什么声音吵醒。我迷迷糊糊地觉得有好几个孩子在蚊帐外面偷看我，小声地喊喊喳喳地说着什么。我很困，又觉得应当满足孩子们的好奇心，就把一只手从蚊帐里伸了出去。我手指上还戴着吴寿蔺老人送我的用敌机残骸做成的戒指。孩子们果然高兴了。有好几只小手伸过来摸我的手，摸着摸着，又来脱那枚戒指，议论得也更热烈了。我故意把手一动,他们就连忙跑开,发出小光脚丫在地上响起的那种声音,还可以从足音上听出其中一个孩子是很小的。

我觉得有趣,也就不愿再睡。坐起一看,是三个小孩儿。一个是六七岁的女孩,一个是三四岁的男孩,最小的一个至多不过两岁,光着屁股,光着小脚丫,对着我嘻嘻地笑。

"看,你们到底把他吵醒啦!"

昨天晚上我们看到的那位又高又瘦的老人,埋怨着孩子们。一面忙着把刚刚采下的鲜茶叶倾倒在一个白瓷壶里,给我们泡了一大壶新茶。

昨天晚上,在月光和灯影里,我们虽然感触到这位老人的热情,却没有看清他的面貌。现在仔细一打量,只见他穿着黑衫黑裤,打着赤脚,胸前飘着一部白髯,眼睛炯炯发光,显得特别有神。

我连忙说:

"老大伯!可是麻烦你们了,弄得你们昨天晚上没有睡好。"

老人连连摇手,说:

"同志,如果不是为了帮助我们越南,你怎么会在这个时候来到这里!"

"一个目标儿呀!"我说。

"对对,一个目标儿。"他笑着说,"那就别说谁麻烦谁。都是美帝国主义麻烦了咱们!"

我们都笑了。

老人端过茶来。这鲜茶叶泡的茶,绿莹莹的像龙井茶一般颜色,只是另有一种特殊的清香。为了靠老人近些,我端着茶坐到门限上。孩子们已经不再陌生,趴到我的膝盖上仰着小脸观察着我。

老人抽着我递给他的中国烟,接着说:

"咱家住干部是常事了。我给同志说,从1930年起,一些闹革命的人就常住在这里。"

说到这儿,他带着一种自豪的神情笑了一笑:

"你看看我这屋子,跟别的屋子有什么不同?"

我把这个屋子打量了一眼,并没有看出有什么特殊的地方。

老人见我神情惶惑,指了指暗间的上面,笑着说:

"你再仔细看看这里!"

哦，我这才注意到，原来上面还有一层木板顶棚，被烟熏火燎变成了黑色。我忽然想起，在上海一个做地下工作的老工人的家里，曾经看到过类似的顶棚。我笑着说：

"这是不是掩护干部的地方？"

老人笑着点点头说：

"不光护干部；护油印机，护秘密文件，护传单，都在这里。现在革命形势不同了，要不然我还得把你也护到这里哪！"

大家都哄然大笑起来。

我带着敬意说：

"老大伯，你也是30年的老党员吗？"

"凑凑合合也算一个。"老人笑着说，"1927年，中国革命运动的影响就传到我们这里。我从小就光着屁股放牛，连条裤子都没有。法国人和地主的租税交不完，一交不上就抓去拷打。人民成十万成百万地饿死，一个个褴褛不堪，真可怜哪！就是这样，法国公司每年还硬让你喝几公升的葡萄酒，你不喝也得拿钱。你想想，那是什么世道？我老想这个世道什么时候才算完哪？……好啦，1930年，印度支那共产党在广州成立了。这里也来了党员向我们宣传。一下子就说中了我的心。那时候，我真是日夜盼望革命爆发。……"

老人神色振奋，黑眼睛显得愈加明亮，仿佛又回到他那青年时代似的。停了停，他捋着白髯又说：

"我3月间入党，5月间就被捕了。是叛徒领着密探来抓我的。那天晚上，我一听狗咬得很厉害，知道事情不好，刚要跑，一看进来半院子人。许多密探帽子上还戴着小电灯，一闪一闪的。同志，我给你说，要干革命，这叛徒可是最危险的，是时时刻刻要警惕的。那个叛徒，连他的妻子都出卖了，更何况是我！他们把我抓走以后，整整拷打了我两个月，打得我遍体鳞伤。干革命嘛，就是这么回事：没有决心不行，没有勇气不行，不豁出脑袋不行！我咬定牙关，自始至终只说我编好的口供。哈哈，你真硬起来，他也没法儿，最后只好判了我一年徒刑。出狱以后，我就又干起来了。……"

老人说到这里，笑声朗朗，把我们都引得笑起来了。

我问老人现在是不是还做工作。老人说：

"从八月革命起，我连续九年担任乡农会主席和乡主席，因为年纪太大,前年就退休了。可是,自从敌人轰炸北方那天起,不知怎的,把我这劲头呼的一下子又鼓起来了,我觉着好像又年轻了好多岁似的。说心里话,我真恨不得上前线,到南方,亲手打死几个美国强盗才痛快。咳,这话都是白说!……"他叹了口气,搓了搓手。"我只好哪里有任务,就往哪里跑,去做思想工作,鼓动工作。我常给青年人讲:我们那时候是什么条件?你们现在是什么条件?我们那时候,是赤手空拳,你们现在,手里不是步枪就是机枪,你们还怕什么!人们夜间种地疲劳了,我就又讲:你们说说,是疲劳的滋味难受,还是挨饿的滋味难受?疲劳了,屁股一沾地就克服了;要是庄稼种不好,挨起饿可就不好受了。嘿嘿,人们还是很听我的。因为我遇见活儿就抢在头里。你说是夜里下地,是挖交通壕,是夜间巡逻,都漏不下我。防空哨不让我去,我怕年轻人打瞌睡,也免不了要到那里看看……"

我不由得又想起昨天晚上的那位老人,那株高大的英雄树和树上的红灯。那盏红灯,在远远的夜空里闪耀着,又浮现在我的眼前……

停了一刻,我又问:

"老大伯,你这样干,身子还能顶得住吗?"

老人神态诡秘地笑了一笑,压低嗓门说:

"说实在的,要比年轻人可是比不上了。夜间下地,眼睛也不好使,累是累一点儿,可是我不能不去呀!老人总要起老人的作用呵!"

说到这里,一个束着粗布黑裙的老妈妈来到门口,一手提着水桶,一手拿着椰子壳做成的水瓢,对老人说:

"一说起你那些事就没个完了。同志走了一夜,又没好好休息,你让他到井边去冲个澡吧!"

老人立刻站起身来,把我领出园子,到了井边。所谓井,其实是一个被香蕉、木薯、菠萝蜜树围着的池塘。我汲了满满一桶水,按照越南人洗澡的方式,从头到脚冲了个痛快。……

黄昏时候,我们又要动身向南去了。我恋恋不舍地同老人一家分手。老人看见我裤腿上粘了许多狗尾巴草,又连忙叫住我,吩咐几个孩子给我摘掉。几个孩子纷纷抢着用小手一根根地往下拣着。

那个最小的孩子,也跑来学着哥哥姐姐的样子。

临上汽车,老人把我们一直送到公路上。还把新摘下来的没十分成熟的绿皮柑子硬塞给我们。我们推辞不要,老人硬放在车上去了,还挥着手说:

"你们要走一夜的!路上会口渴的!"

汽车扬起灰尘在一号公路上向南驰去。老人站在路边,很快就消失在苍茫的暮色里。可是他那飘着白髯的豪迈形象,却深深留在我的记忆中。他那洪亮的声音,仍然响在我的耳边,我仿佛听见他还在说:"老人总要起老人的作用呵!"

天渐渐地黑下来了。当我沉思默想的时候,迎面而来的,又是一盏盏比花朵还要好看的红灯。这些红灯,挂在高高的英雄树上,远远看去,就像是有谁高举着它似的。……

1966 年 1 月 16 日

战 斗 的 城

司机同志一面加快速度,一面兴奋地告诉我们:前面不远,就是荣市了。

荣市,是闻名的义静苏维埃运动的故乡。今天,在新的考验中,它又创立着新的光荣。在我们来到以前,包括这座城市在内的义安省,已经击落了 89 架敌机。加上沿路义静时代老党员给予我们的深刻印象,使我们愈加敬重、愈加向往这座英雄的城市了。

汽车开足马力在一号公路上飞驰。过了禁河渡口只不过 30 分钟,就看见远处出现了闪闪烁烁的灯光。公安员丁文利同志,不禁充满喜悦地喊道:

"电灯!你们看见电灯了吗?"

我顺着挡风玻璃向前望去,灯光点点,愈来愈密,终于一座灯火辉煌的城市,出现在面前。在和平生活里,看到这种景象,那是很平常的;而在敌机如此频繁的轰炸之下,能看到这样灿烂的灯火,叫人多么激动和兴奋呵!这哪里是平凡的灯火,这是越南人民的抗敌意志闪放着光华!

车子开进荣市。我几次提醒司机开得慢些,以便好好看看这座英雄城的姿容。

城市是镇定而安详的。交通壕随处可见,街道两边,每隔不远,还有一个圆形的单人掩体。背着枪的民兵们,走来走去,配合着人民警察维持秩序。街上行人不少。自行车来往奔驰。三五成群的女民兵,一路走,一路说说笑笑,还不时听到她们的歌声。那些白天疏散的人们,正刮风一样骑着自行车纷纷从城郊归来,后面坐着他们披着长发的妻子。尤其别具风味的,是那些卖鲜茶叶和土烟的小摊,在街道两边点着小油灯,招引顾客。这些小油灯,每隔三五十步就有一盏,点缀着越南夜市特有的景色。小饭馆更是显得喧闹,有的把桌子一直摆到路边。大家围着一盏小油灯,像家人一般地团聚着,吃着说着,准备着夜间的工作和第二天的战斗。……

我们在教堂前面的广场上下车,等待利同志取联系去了。司机同志从车上抱下两张凉席,大家席地而坐,闲谈起来。今晚大家看到荣市沸腾的战时生活,都显得兴奋非常。尤其何茂涯同志,他老是望着电线杆上的路灯出神,显出深深感动的神情。他告诉我们,20天前,他离开这里时,荣市发电厂刚刚被炸,今天忽然看到这么灿烂的灯火,想起工人同志的战斗精神,真是说不出的喜悦。……

我被涯同志的谈话所吸引,不由得也仰起头来,望着一盏一盏的电灯。心里想,能够亲眼看看那些工人同志该多好呵!

正谈话间,忽然电线杆上的喇叭发出短促有力的喊声:

"本市市民注意!本市市民注意!现在发现敌机,正沿着海岸飞来!立即准备战斗!立即准备战斗!……"

差不多与这同时,全市的电灯,像谁喊了一声口令似的一齐熄灭了。

我们兴奋地仰起头来,等待着将要来临的空战。时间不大,由远而近传来了隆隆的飞机声。几支探照灯柱,像陡然从地面上伸出的银色的长剑,横扫天空。随后是一串串像火龙腾空一般的高射炮火。

只不过几分钟工夫,敌机就逃遁了。荣市的灯火又大放光明,仿佛比刚才还要明亮。

多么美丽引人的灯火呵!

几天后的一个早晨,我们在城郊的一个小村庄里,同荣市发电厂的一位党委委员和几位工人同志会面了。

这个小村庄,傍着一条溪水,坐落在青青的稻田中。农舍外面,一抬头,就可以看见一簇簇清雅的竹子,都长得像茶杯那么粗细,显得很是清幽。这里的布谷鸟,似乎比清化还多。昨天啼唱了一个夜晚,今天早晨,还在远一声近一声地啼唱着。

党委委员向我们介绍了荣市发电厂的情况。从他充满自豪感的语调里,我们了解到,这个厂,在1930年的革命中,就是一个战斗堡垒。敌人空袭北方以来,已经对它进行了三次大轰炸,它都经受住了考验,并且成为一个坚强的战斗单位。

为什么能够做到这一点呢？党委委员着重地说：

"这是因为我们厂党的基础好,党员和团员占一半以上；而且我们十分重视思想工作。我们让每个同志都懂得自己岗位的重要,只要机器停止运行几分钟,就立刻会影响到各个方面。因此,我们提出口号：要像炮盘上的战士那样去进行生产,进行战斗……"

说到这里,机器工人、23岁的团支部书记范春耀说：

"让我谈谈黎氏美槐同志吧。你们听听她的事迹,就会知道我们厂是用什么精神来进行战斗的。"

我忙问："她今天怎么没来？"

"她已经牺牲了。"范春耀说,"她是我们厂的女技术员,又是我们团支部的委员。她平时就表现得很好,时时刻刻都想到把成本降低。人又活泼大方,能同群众打成一片。所以,她牺牲的时候,全厂的同志都很悲痛。……"范春耀停了一停,回忆着说,"那天是6月4号。早晨敌机来了一次,我们刚跑上阵地,它就飞走了。我们正吃早饭,它又从我们预料以外的方向、从决山后面突然扑过来,先喷出一股黑烟掩护自己,接着就向厂里投弹。随后四架敌机轮番轰炸扫射。煤屑飞扬,尘土弥漫,一时什么也看不清。即使这样,我们也没有停止战斗。我们循着敌机扑下来的啸声向它猛烈射击。敌机飞走以后,听说有人负伤,我连忙跑回厂房,沿着满是碎砖烂瓦的楼梯爬上三楼,看见一个人站在楼梯那里。原来这就是黎氏美槐。我连叫了几声,没有回应,才知道她牺牲了。但她却仍然一只手提着警报锣,一只手抓着楼梯,披着长发,像一尊铜像站在那里。……"范春耀沉了一沉,又继续说,"她的任务本来是敲警报锣,是完全有机会走开的；可是她不但没有走开,反而在轰炸最紧的时刻,跑上了四楼,检查了压力电表,把电表关好,然后才离开。不幸牺牲在楼梯那里……"

大家都为黎氏美槐的事迹深深感动。在我的脑海里,立时树起一个多么伟大的形象！这是比传说中的、手执火炬的自由女神,还要崇高还要圣洁的形象呵！

党委委员点点头,接着说：

"是的，我们的工人同志就是用这种精神来进行战斗的。"他指指坐在我身边的一个高个儿的老工人说，"就拿我们的电工窦克欣同志来说，也是这样。他这工作与别人不同：别人是躲着炸弹走，他是要迎着炸弹走，哪里轰炸最激烈，就赶到哪里去。去年'八·五'，敌人第一次轰炸荣市，他看到横过蓝江的输电线断了，电杆很高。要按平时，需要先把线卸下来，至少要用两三个小时，才能把线接好。他觉得这样太费时间，就借了一个救火的梯子，爬到半天空里。头上是俯冲的敌机，下面是高射炮阵地，弹片刷刷地落着。他只用了8分钟的时间就修复了。现在敌机不断轰炸，这些事对于他已经是家常便饭了。……"

窦克欣谦逊地笑了一笑。他的头发已经花白，穿着一件褪了色的粗斜纹布的工作服，皮腰带后面带着工具兜儿。无论从他挺拔利落的神态，或是从他粗短有力的手指，都可以看出这是一个地道的工人。我凝望着他，心中想道：这样一位头发花白的老人，能够在浓烟烈火中奋力爬上高空，趴在电线上，真不是件容易事呵！

"这是我本身的工作。"窦克欣把这些看得十分平常，"我在这厂里当过八年小电工。有一次，因为没有给法国人送礼，把我赶出去。我到处流浪，又学驾驶汽车，当了23年司机。八月革命后，我才回厂。我知道，过去是给谁干活，现在是给谁干活。1963年，厂里发生了一件事故，我作了处理，厂里评我是模范，我没有接受；就是刚才党委委员谈的这些事，我也觉得都不过是自己应尽的责任。一个工人就应当这样做，更别说是党员了。……"

"你今年多大年纪了？"我问。

"59岁了。"窦克欣说，"本来明年该退休了，从敌人轰炸北方以来，我想，我不能退休！这样我会吃不下饭，睡不着觉。现在敌人天天都在轰炸北方，南方也还没有解放，退休不是时候！"他像同谁争辩似的，又说，"退休，不能只看年龄，要看环境，要靠条件。只要我还有一口气，还没有献出最后一滴血，我就得干下去！"

党委委员刚点起一支烟，准备说什么，这时候，听见外面响起一阵激烈的高射炮声，人们一片喧嚷：

"打下了！打下了！"

"一架！一架！"

"不不,两架!你朝那边看!"

人们纷纷离座,向院里跑去。亲眼看看打落敌机,是多么痛快的事呵!可惜在清化有几次好机会,我都没有看清。这回可要抓紧。谁想我刚刚踏出屋门,公安员利同志就叫:"同志魏!伪装!伪装!"我刚抓起绿色的伪装布,他又叫:"帽子!帽子!外面有弹片。"等到我又拿起软木军帽跑出去时,看看天空,敌机已经飞走,在碧蓝的天空里,只留下两缕长长的黑黑的烟痕。这是哪位大艺术家,蘸饱浓墨,刚刚扫过粗犷的两笔呵!看看烟痕旁边,点缀着白白的圆圆的高射炮的烟朵,像是秋天蒲公英的绒毛一般被吹上天空悬在那里。

我对利同志真是埋怨不止,而他却不作声,只是得意地微笑。布谷鸟像是传报捷音一般,在绿色的田野里,一声声地啼唱着。

大家回到屋子里,燃起"奠边府"牌的香烟,继续着刚才的谈话。

在我斜对面,坐着一位工人,圆胖脸,大眼睛,眉目清俊,活泼聪明。他自己说34岁了,看去却年轻得多。党委委员指指他说:

"这是我们的透平组长黄玉足同志。让他谈谈吧,他也像黎氏美槐那样坚守着自己的岗位。"

党委委员简略地告诉我们:在激烈的轰炸中,黄玉足让组里的三个同志撤退到安全的地方,自己一个人做四个人的工作。他工作的地点是二楼,一颗炸弹在离他十几米处爆炸了,又是烟,又是火,玻璃片子乱飞,周围什么也看不见。他就在这时摸上了三楼,把发电机关上。他看不见别的同志,就摸到电话机旁,从电话上鼓动别人。他喊:"同志们!我们的枪炮就是机器,我们的阵地就是机床,我们要用阮文追的精神来坚持呵!……"

"我是南方人。"黄玉足说,"我的家就在岘港。直到现在,敌人还在糟踏我的家乡。"他竭力克制着自己的感情,"1954年,我集结到北方,满以为只过两年就可以同家人团聚,现在已经11年了,不要说回家,好多年连个音讯都得不到。"他已经压制不住自己的激动,"直到1958年,我才得到一点消息:敌人逮捕了我的父亲,打断了他的左臂,硬逼着同我脱离父子关系。他们还在那里剖腹挖肝,其中就有我的亲人。……同志,你想想,祖国被人分成两半,家庭被人分成两半,这是什么滋味?我能安安静静地睡好觉吗?我屡次提出回到南方参加战斗,同志们安慰我,劝解我,叫我把对敌人的仇恨变成力量,好好在北方搞社会主义建设。这话也对。我恨不得把自己的全副力量都使出去。我经常想:我究竟如何做,才能对得起正在南方浴血战斗的同胞们呢?才能不愧是一个南方人呢?我只要这样一想,就什么也不害怕,把命豁出去也行。……"

说到这里,黄玉足同志把他父母和妻子的照片拿给我们看。并且告诉我们,这些照片是1958年从家乡秘密捎来的。从那以后又是音讯杳然,大家看后,感情越发沉重起来。

黄玉足同志收起照片,沉了好大一会儿,才继续说:

"我们一定要保卫北方,解放南方。我们统一祖国的意志,是任何力量也阻止不住的。6月4日,敌人轰炸了我们的电厂。奇怪的是,有些外国记者,竟把我们的荣市说成是如何如何荒凉了。当时,我们工人听说这事非常气愤,7号就让电灯亮起来了。让大家都来看看吧,我们的荣市究竟是一座什么城市!"

提起这事,大家纷纷补充说,那些记者来到这里的时候,这个电厂其实还没有被炸,只不过为了防空的关系,路灯比平时少一些罢了。

"还有怪事哩。"另一个同志气愤地说,"他们在前面一个地方,还叫我们的战士坐下,把步枪懒散地靠着肩头,装出愁容满面的样子,来拍一张照片。当时,战士非常愤慨,对这个记者说:'我们越南的战士没有这种姿态!你要看我们的姿态,就到高射炮阵地去看,就在敌机飞来的时候去看!'……"

像这些丑事,我也听到不少。有的记者到越南"访问",除了吹嘘对越南的援助,就是给越南人民泄气。难怪引起越南同志的莫大愤慨。其实,他们想要这样的照片干吗要那样费事呢?他们拍一张自己的照片拿去发表,不是挺合适挺现成的吗!

傍晚时分,我们结束了这场热烈的谈话。临别之前,发电厂的同志们又紧握着我们的手说:

"我们向中国同志保证:我们将永远让荣市灯火通明,让电灯照亮每一条大街和小巷!"

工人同志们,骑上脚踏车在月色中归去。我在村边目送着他们。远处,荣市已经亮起了繁密的灯火,并且隐隐传来欢愉的闹声。

在这一霎时,我觉得这些灯火,显得更加灿烂,更加可爱了。在那灯火之间,我仿佛看见黎氏美槐崇高的圣洁的形象,她一手提着铜锣,一手高举着火把,披着长发,高高地立在荣市的上空,那点点的灯火,就好像是她的火把飞出的火星一般……

　　我在心里默默地赞颂着:呵,荣市,你有着这样英雄的儿女,我怎能不称你是一座战斗的城,英雄的城!

1966 年 1 月 19 日夜半

蓝江边上的小镇

月明如昼,蓝江如画。我们来到义安省都良县的 D 镇,已是午夜时分。镇上静悄悄的,人们多半趁着大好月色下地去了。只有十字路口的饮食店,还殷勤地为过往行人留着迟熄的灯光。

这座小镇,坐落在高高的江岸上。因为附近有一座水闸,而成为敌人的轰炸重点。听说,我们来到以前,都良县击落了 14 架敌机,大部分是这个小镇打下来的。记得访问清化的时候,我曾对保卫某座桥梁的高射炮手们说,他们的阵地是一座"钓鱼台"。战士们很喜欢这个比喻。其实,在战斗的越南北方,凡是敌人一心想要摧毁的重点,哪一处不是大大小小的"钓鱼台"呵!而且,越是敌人轰炸最猛烈、最厉害的地方,也就是最仇恨敌人的地方,群众积极性最高的地方,人民战争的红花开得最旺盛的地方,英雄们最多的地方。

当晚,主人为了照顾我们的疲劳,很快就引我们到一户农家安歇去了。第二天,我们本来想出去走走,看看这座小镇的战斗风貌;还没有出门,县里安排我们见面的先进人物已经来了。其中有十年来连续四次当选为支部书记的 1930 年的老党员阮友冈;有三〇年都良起义的旗手现在是白头军的黄成欣;有以自己的身体作枪架的装卸工人璜玉摆;有在敌火下八次横渡蓝江的女服务员阮氏梅;有经常帮助高射炮兵进行战斗的十三四岁的孩子黄仲莲;还有镇上的民兵,蓝江的水手,高射炮连的指导员和率领民兵作战的县队长。他们在两张方桌的周围坐得满满的。我们看到这威风凛凛的阵容,真是兴奋极了。这不是这座小镇的一幅活生生的英雄谱吗!我们仿佛突然闯进了色彩烂漫的百花园,一时真不知先采撷哪朵好啦。

越南作家何茂涯同志见我犹豫了一下,走到我身边,悄悄地说:

"今天人多,还是抓重点吧!"

我忽然想起,从清化到荣市,一路来曾听到不少服务员们的英雄故事。这些被认为最平凡的岗位上的人们,对这场战争作了多么不平凡的贡献呵!可惜我却一直没有机会访问他们。我这样想着,就把目光投到阮氏梅同志身上去了。

梅同志穿着一件棕紫色的紧身小褂,正坐在我的对面温柔可亲地笑着。她很像是一个性格绵软的家庭妇女。再加上她挽起的黑发和稳重的举止,更显得像是一个老大姐了。我随口问:

"老大姐!你多大年纪了?"

"35啦。"梅同志笑着说,"在我们店的女同志里头,我年纪最大啦。我的大孩子都14岁了。按规定,一般孩子多的,都不吸收当自卫队员;可是店里优待我,我有四个孩子,还叫我当自卫队长哩!"

她说这话时,脸上流露出深为满意的笑容。

我请求她首先谈谈自己的事迹。

"也就是到阵地上送些柠檬水吧。"她笑笑说。

"能把东西送上去就不简单。"

"这也是受到战士们的鼓舞呀!"她说,"我们每次把柠檬水送上阵地,战士们总是问:'轰炸得这么厉害,你们是怎么来的?'有的战士还捧着柠檬水说:'服务员同志!请你们看吧,这柠檬水,我们是决不会白喝的!'这一来,把我们的气鼓得更高了。同志,你想,战士们日夜坐在炮盘上,一天得要流多少汗水呵!只要我们一想这些,就什么危险也不怕了。阿蓉,你说是吧?"

她转过脸看看女服务员阿蓉。阿蓉是一个长得很细气的女孩子,是镇上饮食店派来照顾我们的。她正忙着给大家倒茶,听见这话,对着我们笑了一笑。据说,她也随同梅同志到阵地上好几次了。

"轰炸最激烈的那天,是4月23号。"阮氏梅继续说,"我们都是头天晚上,就把东西装好。把筐子、担子也准备得停停当当的。因为我们过了江,还要挑上走好几里路。这天早晨,我们把东西装上船,刚刚离岸,3架敌机就像贼一般地扑过来了。头两架玩弄了个假动作俯冲下来,并没有投弹。我们不管它,继续往前摇。接着第3架就把炸弹投了下来。小船周围,掀起了很高的水柱。我赶忙叫别的服务员趴在船舱里。我自己却不能躲。因为船太小,我怀里抱着两箱柠檬水,两腿中间还有一箱饼干。你说巧不巧,扔下6颗炸弹,有5颗炸了,第6颗正好挂在江岸的大榕树上,摇来晃去地要往下掉。岸上的人拼命地喊:'阿梅!趴下呀!趴下呀!''阿梅!危险哪!危险哪!'可是我怎么趴下呢!我又不能把柠檬水、饼干扔到江里!岸上的人见我还是照样站着,喊得更厉害了。我只是瞪着眼望着那颗晃来晃去的炸弹。那颗炸弹晃了一会儿,就落下来,发出了很大的响声,激起的水柱像瀑布一样落到船上。我们浑身上下像从水里捞起似的,小船也灌满了水,眼看要沉。我们就摘下斗笠来,把水舀出去,继续往前摇……"

这时,大家都用钦慕赞许的眼光望着阮氏梅。她不好意思地低下头去,轻轻地喝了一小口茶,又接着说:

"船靠了岸,我们挑起担子就往阵地上赶。路过一座桥的时候,又被民兵拦住了。我们服务员胸前都佩着黄牌通行证。我指指黄牌说:'我们有这个,干吗不让我们过去?'民兵说:'不是不让你们过,是怕你们危险,敌机刚刚丢下了好几颗定时炸弹。'我们说:'你们守在这里还不怕牺牲,我们是为你们服务的,还怕牺牲吗?'民兵说不过我们,只好答应我们过桥。我们气喘喘地赶到阵地,战士们见我们浑身上下都是泥水,又是一连声问:'你们是怎么来的?是怎么来的?'我们笑着说:'我们就是这么来的。'我看见战士们捧起柠檬水的时候,眼泪都快掉下来了。他们说:'同志们,你们的任务不是战斗,还不怕牺牲地赶到阵地上来,我们更应该加紧战斗了。就是我们牺牲了,牺牲以前,也要高喊几声:服务员万岁!'……"

梅同志的叙述,使我深深感动。今天,在越南北方,有着多少这样奋不顾身的服务员呵!"服务员万岁",这是战士们用自己的满腔热情喊出来的。这是对服务员同志的最崇高的奖赏,最崇高的评价。而他们是不愧这种奖赏的,是不愧这种评价的。因为他们在弥漫的烟火中,送到阵地的,并不只是几箱饼干,几箱汽水,而是一种代表全体人民的火热的心肠,是鼓舞人们进行战斗的强大力量呵!一种常常被认为是最平凡的、做不出什么成绩来的工作,在群众的心目中得到如此崇高的评价,又是多么值得来深思呵!

"这样,我们的任务只能算完成了一半儿。"梅同志又接着说,"我们在阵地上卖了钱,再帮助战士们洗洗衣服,补补缝缝,就挑着空担儿到各乡各村转悠去了。因为我们还有别的任务呢!"

"什么任务?"我问。

"采购任务呀!"梅同志说,"我们每次去,都要把鸡蛋、鸭蛋、柠檬、辣椒、鱼露……收购满满一担子挑回来。收购的时候,我们就调查了敌人的轰炸情况,一回来就向领导上汇报。"

"你们做的工作真不少呀!"我说。

"采购工作,比起平时来是繁重了。"阮氏梅说,"八五以后,镇上经过的人多,饮食店有时要卖整整一夜;再说农民也需要花钱哪!……"

阮氏梅结束了她的谈话。我们又接着谈了两位同志,阿蓉已经从饮食店里,给我们挑来了午饭。座谈会只好匆匆结束。今天遇到这样多的好同志,可惜都未能深谈。尤其是那位1930年入党的老支书,来不及交谈,更使人感到遗憾。幸好县委的同志说,晚上我们还要专门去访问他,我才兴奋起来。县委的同志还告诉我们:最近他那个村——同盟农业合作社,因为敌人轰炸得最厉害,已经把整个村子迁往别处去了,他们在搬家中表现了很好的组织工作,我们晚上就可以看到他们的新村。

黄昏,县委的同志领着我们向新村走去。我们沿着江岸缓步而行,一面察看着蓝江的景色。这条以湛蓝闻名的美丽的江水,此刻虽已变成了深蓝色,但却显得更加有力和深沉。那座为附近四县人民灌溉使用的蓝江水闸,经过50次轰炸,仍然屹立着,晚风吹来,浪声激越,远远望去,江面上腾起一道城墙一般的白浪。这里江岸很高,很陡,江岸上有许多粗大的榕树。下面停泊着一只只像织布梭一般的小船。我立时想起,梅同志横渡烟火弥漫的蓝江,大约就是摇的这些小船吧。

我们到达新村时,一轮明月已经从东方涌起,老支书早已在路边等候我们多时了。他领着我们在新辟的小径上走着。我们一路走,一路看。这里尽管房子都是匆促搭成的,树也很少,但在短短的时间,能把整整一个村子搬过来,毕竟不是一件容易事呵!一路走来,我们看到家家户户都在月光下忙碌着。有的在垒牛槽,有的在盖猪圈,有的正把香蕉树的嫩苗,栽进新刨开的湿土里。耳边还不断听到孩子们欢乐的嚷吵声和水牛哞哞的叫声。……

我们一面走,一面谈。我问老支书:

"老大伯,你们这次大搬家,怕有不少困难吧?"

"这倒没有困难。"老支书说,"要是单干那时候,可就难了,可现在是合作化了。我们搬家,都由生产队来包,搬完一家,再搬一家,何况我们一个乡搬家,还有另外5个乡来帮助哩!有的房子,大家伙一抬就抬过来了。"

"你说的是整个房子?"我惊奇地问。

"是呀!"老支书笑笑说,"除了特别大的房子要拆开来搬,像这些普通房子,只要把屋顶一揭,大家喊一声:'走!!!'就抬过来了。"

我不由得哈哈大笑。老支书又兴奋地说:

"我们保证每家都有房住。被炸毁房子的,也由我们合作社帮助盖。尽管住得差些,大家都很高兴。敌人想给我们增加困难,没想到我们把家一搬,原来住的地方,还可以扩大水田呢!"

老支书兴致很高,说到这里,又发表自己的见解道:

"据我看,要想抗美打得好,就要把群众生活安排好。还要自己动手,光坐在那里等着是不行的!"

我点点头,十分赞同他的看法。又问老支书,敌人轰炸以来,农业社遇到了一些什么新的问题。老人深思了一会儿,答道:

"说是新问题,其实也是老问题。当干部的,你得往前头站才行。敌灾不是水灾,不是跑出去躲几天就过去了。所以,哪里轰炸得紧,我就往哪里跑。救人呀,救火呀,抢救东西呀,乡亲们不叫我去,我也得去。群众看见你不害怕,自然也就不害怕了。"

他停了停,又说:

"再一个问题,就是报酬问题,也要合理解决。夜间劳动和白天劳动不能一样,安全地方和危险地方也不能一样。比如耕一亩田白天10分,夜间就要记12分;比较安全的地方记7分的,危险地方就要记12分。最危险的地方,还要组织青年突击队去干。有些先进青年不同意给自己多记,说这是经济办法,可是领导和群众都愿给他们多记。直到现在还争论着哩!"

老支书又领我们串了几家,直到相陪的人催我们回去,我们才与老支书握手告别。

我们回到镇上的时候,大概敌机刚刚飞走,镇上正响着解除警报的缓缓的钟声。街道两旁,卖鲜茶叶和土烟的小摊,又闪烁着一盏盏诱人的灯火。十字路口的饮食店，更是非常喧闹。街上行人如织，一支青年突击队的大队，男男女女，正扛着铁锹，背着行李，挑着炊事用具，以急行军的速度在镇上通过，给这座小镇更增添了欢腾的、战斗的气氛。

我们跨进饮食店，看见几十张小方桌已经坐得满满的，阿蓉见我们来了，特意找了一个房间，给每人端来一大碗热腾腾的肉丝汤面。我看见阮氏梅同志正在收拾东西，进进出出，显出十分忙碌的样子。她顾不上跟我们说话，只对着我们笑了一笑。我问：

"老大姐！你这是又准备着明天到阵地去吧？"

"不，我今天要连夜下乡。"她说。

"什么事这样紧哪？"

"是这么回事，"她解释说，"我们刚刚接到消息，说今天敌机轰炸，在一个乡里炸死了几头黄牛，一头水牛，我们要不快去收购，群众该受多大损失！"她指指门口停放的木轮手推车说，"在天亮以前，我就得把肉推回来。我们要让群众的损失尽量减少，能减少一分是一分呵！……"

梅同志顾不上多说，只随便笑了一笑，作为告别，就快步出门，推起手推车在月色中走了。

这位中年妇女在月光里渐渐消失的身影，使我重又陷入深深的沉思里。直到我走出饮食店，仍然思绪翻腾，不能自抑。从阮氏梅和老支书的身上，我们看到越南同志那种关心群众、时时处处为群众打算的作风，是多么令人感动呵！假若没有坚强的群众观点，他们的工作怎么会做到这么细致的程度！尽管这里看到的，只是几件平常的小事，对我们共产党人说，却是最宝贵的、最根本的。正是由于这种作风，才使社会主义的优越性，在这座小镇上表现得这么活生生的。也正是由于这种作风，才使一座普通的农业社和一座普通的饮食店，比一座钢筋铁骨的堡垒还要坚强。……

我一路走，一路想，眼前是一盏盏的灯火，耳边是蓝江的浪声。我不禁默然问道：蓝江边上的小镇呵！你这座暴风前的大树，火雨中的堡垒，请你回答我，我是不是看到了你真正的灵魂？……

1966 年 3 月 1 日

广 平 的 夜

这里,我要记下一个平凡而又难忘的战斗的夜:广平8月的夜。

我们来到广平——这个战斗和生产都位居越南北方前列的省份,已经好几天了。想同青年突击队的年轻同志见见面,几乎成为我的一桩心事。省委同志考虑到这条道路敌人飞机封锁得很紧,为我们的安全而犹豫难决。最后几经议商,才算定下来了。我们真是高兴万分。当时谁又知道,随着这个决定,还附赠给我们一个难忘的战斗的夜晚呢。

南方的太阳,真是热得厉害。中午,我同翻译宪同志和司机波同志到木集溪里游泳,大家像回到了儿童时代似的,游了个尽兴才罢。但一上岸,还没有走回住地,就又是满身汗水。直到黄昏我们的车子上路,暑气才为之一扫,显得格外畅快。

天色在车轮声中渐渐黑了下来。走了不远,便被一道溪流阻住了去路。河上的小桥,下午刚被敌机炸毁。附近村庄的群众,正用石头垫一道临时渡桥。为了争取时间,我们让汽车随后跟进,就先踏着急流中的乱石徒涉过去。过了河,我发觉公安员利同志走路不甚方便,用电棒一照,才看见他的脚碰伤了,红艳艳的血流在黑色的抗战鞋上。我心里很不安,总以为是他在搀扶我的时候被碰破的,而他却微笑地一个劲儿地同我争辩。我们急忙找出纱布帮他缠好。然后坐在路边草地上,等候着车辆的到来。

夜色越发浓黑了。出发时,天还晴得蛮好,日落处一片霞光,东海方向只有一圪垛并不惹眼的黑云。不知什么时候,这块黑云竟像是一道宽阔的墨黑的江水漫流过来,很快涌过我们的头顶,同远处的地平线连在一处。刚才借着星光,借着地平线落日的余晖,还能模糊看到远处的山影与附近乡村的轮廓,现在一切都沉没在浓墨般的夜色里了。在整个的旷野上,只有远处亮着一盏闪闪烁烁的灯光。

这是一盏防空灯。防空信号与义安省略有不同。只要刚刚传来一点轻微的敌机声,灯光就倏地熄灭了。飞机过去,它又很快地亮起来,以无限的热情招引着人们。令人惊讶的是,有时当这盏灯熄灭的时候,隔了好一阵,飞机声才隐隐传到我们耳边。守候在防空灯下的这是谁呀,竟有着这样灵敏的耳朵?

时间很长,车子还没有来。我们等得难耐,同时也为前面的这盏灯光所吸引,就向前信步走去。夜间看来遥远的其实未必那么遥远。我们走了不远一程,就来到防空灯近处。这里的公路是从一个小山岗劈出来的凹道,两边是三四丈高的土岸,岸上有一棵树,那盏防空灯就挂在树枝上。我们立在凹道里向上仰望,人坐在灯影里反倒更加看不清楚,灯光摇曳,人影模糊,只能听见从那里传出两个女孩子的笑语声。她们不知谈着什么有趣的事情,咭咭嘎嘎地笑着。

涯同志故意装出严肃的语调,仰起脸问:

"谁在那里放哨?……你们的笑声太高了吧!"

女孩子止住笑声,反问:

"你们是谁?到哪里去呀?"

"我们是专门查哨来的!"宪同志逗笑地说。

"来查哨就上来吧!"她们一起笑着说。

"那你们先唱一个广平号子。"

"我们会唱,就是不唱。"一个女孩子调皮地说。

"等你们打下飞机来,我们才唱哪!"另一个说。

一个同志插嘴说:

"到明天,我们给你打下两架。"

"那你们就等明天再来听吧!"一个嗤嗤笑着;另一个又加上说,"到明天我们先打下来,就该先听你们唱喽!"

人们边说边笑边走,两位姑娘还分毫不让地追击着说:

"'查哨的'同志们!前面 M 桥不好走呵,小心跌倒,碰破了皮!"

"广平的姑娘真不好惹。"人们边走边议论着,"不光打飞机出名,嘴头子也真够厉害!"

从刚才越南同志的笑谈中,使人感到,同志间的感情是多么亲密呵!战斗的生活,崇高的理想,共同的任务,把人们紧紧地结合在一起,变成了一支无坚不摧的力量,使"同志"这个词儿更富于它原有的含义了。

我们又走了一程,后面的两辆车子才赶上来。我们立刻上车,想夺回失去的时间。车子刚刚开出凹道,远远看到前面一带小山背后像起火一般,腾起一派红光。附近的村庄里传来一阵阵厚重的防空鼓声。转过山弯,才看见是两颗摇摇欲坠的照明弹,发出将要熄灭前的暗红色的光亮挂在远处的天际。看样子,敌机轰炸袭扰的地方,正是两位姑娘告诉我们的 M 桥渡口。司机闭了灯,借着照明弹的光亮,继续向前开进。

说话间,M 桥方向,空中一亮,一亮,又是几颗照明弹丢下来,数了数,一共有五颗照明弹同时悬在那里,把村庄、道路照得明晃晃的。专门操心安全工作的利同志,立即命令停车。话音刚刚出口,只见地面上一大溜火花直射天空。接着,空中突然喷发出一个大红火球,向着斜下方坠落着。后面车上的几个越南同志兴奋地狂喊:

"打中啦!打中啦!"

"飞机落下来啦!"

我们慌忙跳下车来,后面车上的司机波同志早已兴奋得像孩子似的爬到车头上去了。我也脚踏车灯攀了上去。那个红通通的大火球向下滚动着,顷刻间,不知落到什么地方去了。天空中只有刚刚丢下的几颗照明弹,还飘飘摇摇地悬在那里。

一个同志惟恐没有打中,急迫地问:

"是不是真的打中了呵?"

"我看得真真的!"宪同志肯定地说。

"有没有可能是炸着了房子?"

"你真是!房子还会跑到天空去么?"

我们一行人真是兴奋极了。惟有个别同志因为刚才下车动作不快而惋叹不止。车子继续向前开进。走了不远,路边上站着两个人,要求搭我们的车子。一问,原来他俩刚才看得出了神,自己的车子开走了,还不知道。大家听了哈哈大笑。因为车小人多,没法子,我们只好……只好抱歉地把他们丢在后面去了。

车子离开小山,来到平坦的原野上。这里视界开阔,刚才那位个别同志再也用不着因为丢失了那壮美的瞬间而惋叹了,这时正在 M 桥方向,可以清楚看到那架坠地的敌机在熊熊地燃烧。随着东海的夜风,那团火光一时小,一时又大起来,因为夜色浓黑,越发显得红艳艳的。广平呵广平!你的夜景是多么的壮丽动人!因为你是用劳动人民的双手织成的人民战争的夜景呵!这时,我手攀车门,久久地凝望着那个火堆,那个把美国飞机变成灰烬的火堆,不禁又想起防空哨上的那两位广平姑娘。姑娘们!我想这时候,你们一定会唱起广平号子来的!你们一定会唱得最优美!最悠扬!最动听!正像炮火、炸弹压不住越南土地上布谷鸟的欢唱一样,广平的夜也是少不了你们勇敢的歌声的!……

忽然一阵急骤的防空鼓声,把我从沉思中唤醒。我们正穿过一座村庄。在黑魆魆的夜色里,房顶上立着一个人影,对着我们喊道:

"刚才打下一架敌机,你们看到了吗?"

"看到了。"利同志在车上回答。

"你们往前走,要注意一些!"那人用警告的语气说,"现在头顶上有好几架敌机,正在寻找跳伞的飞行员呢。"

出村不远,就是 M 桥渡口。利同志叫我们下车休息一下,到渡口取联系去了。车子的马达一停,听见顶空嗡嗡隆隆的飞机声响成了一片。每架飞机上都亮着盏绿灯,这架刚飞过去,那架又飞过来。我们数了数,至少有 4 架敌机,围着那个大火堆反复盘旋着。

我们坐在路边草地上,一面用软木军帽掩着火光抽烟,一面悠然自得地望着天空吊丧的敌机。一个同志说:

"这几个家伙,怕正在大上'哈罗''哈罗'地穷喊呢!"

"大概他们永远喊不到了。"从广平来的矢同志说,"也许飞行员正同老阎王谈话哪!"

这几架敌机围着火堆盘旋了很久,大概觉得厌烦了,就往下投照明弹,有时一气投下七八个来,照耀得如同白昼似的。最后才徒唤奈何地一架跟着一架哼哼着飞到别处去了。

我们在夜色里乘船过河。上岸不远,忽地从一棵大树下跃出几个持枪的黑影,大喝一声,拦住了我们。原来这是附近村庄的民兵。他们盘问了我们一阵,才说刚才被击落的敌机,落在距这里六公里处。飞行员已经跳伞了,现在周围几十里内的大小道路,已经尽行封锁,周围村庄的几千民兵正纷纷出动,捉拿飞贼。

"飞贼捉到了么?"一个同志急迫地问。

"降落伞,飞行员的座椅全找到了。"拦住我们的人兴奋地说,"就是飞行员还没捉到。这个家伙大概钻到小山上的丛林里去了。现在民兵们正把那座小山团团围住进行搜索。……"

我们的车子开出几步,那几个人又在车后喊:

"前面民兵很多。如果叫你们停车,你们应当马上服从,免得发生误会!"

我们连声答应,车子又继续向前开进了。不一时,车前卷起几阵狂风,接着飘下了雨点。夜深风凉,穿着短袖汗衫,已颇有些寒意。大家纷纷打开手提包,加了件长袖衬衣。望望那架燃烧的敌机,火光暗淡,已经渐渐熄灭。更使人觉得夜色如海,深不可测,整个原野响着沙沙的雨声。这时,我心里甜丝丝的,止不住想:现在那个跳伞的飞贼,那个来自大洋彼岸专门以破坏别人家园为职业的家伙,怕正躲在灌木丛里心惊胆战瑟瑟发抖吧,比起他们飞在天上,嘴里嚼着口香糖,洋洋得意地追杀放牛孩子来,怕是另有一番滋味吧。原野上的雨声愈来愈密,从中仿佛可以听见成千的民兵们急骤的脚步似的。是的,这些脚步声也如同今夜的雨声一样,正沙沙地、沙沙地向着小山包围前进。伟大的人民战争,你使得今晚广平的夜色,显得是多么深沉又多么威严呵!……

"这个家伙,不到天明就会被抓住的!"一个同志愉快地说。

"让他多抖一些时候也好。"我接上说。

雨声渐大,最后竟像瓢泼一般倾泻下来。灵同志上好车门,开开大灯,加速前进。专门操心安全的利同志,忘记了脚上的疼痛,竟轻松地哼起民歌来了。不用细听,就知道还是他那支永远也不会忘怀的南方的家乡的歌曲。我靠在椅背上,做出要睡的样子,却没有丝毫的睡意,耳边似乎有一个声音在说:你应该朴素地、如实地把今晚的经历记录下来,题目也无须另起,就叫"广平的夜"。这仿佛不是我的心而是广平的夜色告诉我的。……

1966年4月4日

为青年朋友壮行

开辟中国的黄金时代

今年夏天,我读了一部激动人心的书。这是关系着中国人民子孙万代幸福的书。这部书就是中国人民的第一个五年计划。它是依据着中国人民多年来的渴望,依据着历史的意志,用英雄的画笔写成的。我们感激毛主席和他的战友们,他们在通宵不熄的烛光下写下了这部社会主义的灿烂画卷。

当我展开这部画卷的时候,我想起了1942年一个风雪交加的夜晚。那天夜晚,我随着我们的一支部队去袭击敌人。在战斗结束回来的山路上,有几个战士倒下了。我推推他们,他们不起。他们就穿着破棉衣,倒在冰雪里。我知道他们仅仅是因为在那艰苦的年代吃不饱饭、体力又经过过分的消耗而倒下的。我的心不能不有些难过。这时,忽然有人喊了我一声。我赶上前去一看,原来是跟我很要好的一个青年战士。他的名字叫柳玉文,是一个活泼、勇敢的机枪射手。他扛着一挺机枪吃力地走着,身上枪上披满了雪花。他仿佛正兴奋地想着什么,望着我说:

"她到底是什么样子呢?"

"谁?"

"社会主义。"

哦,原来他想的是这……在伙伴们倒下的山路上,在风雪交加的时刻里!我的心被一种有力的东西震击着。接着他又问我:她,究竟什么时候才能到来?虽然我用政治常识上的一些话回答了他,可是又怎能说出她的全部美丽,而且我自己也不知道她确定到来的日期呵。

后来,这个战士的连队,在残酷的反"扫荡"里被数千日寇包围。

听说战斗到最后，子弹打完了的时候，他在山顶上召开了党的小组会，然后把文件撕碎，把机枪拆开，零件扔到草丛里，突围了。战后，我遇见他，我鼓励他，称赞他，可是他一点也听不见，原来他的耳朵已经被炮火震聋。后来上级决定让他复员，他哭了。他拉着我，抖索着他的破军衣说："不要看这身衣裳破，可是我不愿脱它呀！"

这是在军队生活中对我印象最深的战士之一。我在内心里把他当做我最亲爱的朋友。今年夏天，当我展开了这部社会主义的灿烂画卷，我就又想起了那个风雪之夜，又想起了柳玉文。柳玉文同志，也许您还活着吧，也许您已经是农业合作社的社员了吧。我想告诉您，您在那个风雪之夜问我的话，已经有了最生动、最辉煌的解答。您为她战斗、为她残废的那个理想，在中国的大地上不仅生了根、长成了大树，而且已经到了繁花盛开的年代。这花开在一切我们进行过激战的地方，同志们倒下过的地方，胜利过也失败过的地方。这花要开遍从北京到国境线上的最末一个乡村！

读读这部书吧，柳玉文。我们革命军队的一切可爱的柳玉文们，我们祖国的工人、农民同志们，青年们，都来读读这部书吧。它会使你懂得一个中国人应当有的自尊和庄严。它会使你对生活充满新的勇气，充满开朗、豪迈的热情。它会唤起你一种强烈的、不可抑制的劳动愿望。它会使你感觉到我们的道路越走越明亮，我们的前景越来越清晰。社会主义再也不是模糊的远景了，她已经是我们眼前的现实，她已经清晰得好像自己手上的指纹一般。你读着它，读着它，你的眼前就好像眼看着凸起一座座城，钢铁的城，纺织的城，石油的城。就好像眼看着一个个乡村，走向集体化的乡村，它们像夏夜的繁星一样密布在我们亲爱的国土。你仿佛会看见，草原上的风是怎样惊讶地亲吻着、抚爱着烟囱的第一缕黑烟。你仿佛会看见，自己的母亲是怎样用手遮着太阳，望着第一列行驶过门前的火车。你还会看见黄河，奔腾不羁的黄河，以碧空般的流水拥着红鲤鱼流过故乡，给父亲的葫芦架和牛棚都挂上电灯。……呵，你读着它，读着它，它的每个铅字都好像向你辉耀着，用强大的声音呼喊着：一个光芒耀眼的年代就要到来了。这是我们梦想过但却没有看见过的年代，这就是中国历史的黄金时代。

同志们！去开辟这个时代，向这个伟大的时代进发吧！

我们要像战士检查武器一样来检查我们的忠诚,对社会主义的忠诚。

一切困难都将被克服,一切障碍我们前进的力量都将被击碎。

因为我们的脚步是历史的脚步,我们创造的是光荣的历史,我们的名字是伟大的中国人民!

1955 年 8 月 19 日

走在时间的前面

——给工人王崇伦同志的信

亲爱的年轻的工匠王崇伦同志:

  我钦佩您,敬慕您。

  现在是1953年的12月,正是人们为完成今年的工作计划而紧张奋斗的时候,而您的车床已经热情奔放地带着响亮激越的音节跨进了1956年。是呀,我一点都没有说错,正是祖国第一个五年计划第四年的那个1956年!亲爱的同志,当我从街头的广播里,听到了您的这个消息,我在那个电线杆挂着的大喇叭下,站了很久,很久。我当时觉得,在我的头顶上,冲过一颗带着响声的、燃着火焰的、赤诚的忠心,工人阶级的忠心!我深思了。谁听了这个消息,能不引起自己的深思呢?谁能够不联想到他自己,他自己的工作?亲爱的同志,您就像一颗宣布大进攻战役开始的信号弹一样,带着迷人的色彩冲上了天空,它将怎样地吸引着万千忠于祖国的人们,不惜一切地赶上前去,扑上前去呵。

  我多么想给您写一封信。我必须表示作为一个中国人对您的感激。但您会知道,我对您的尊敬和感激,不会只是代表我一个人的。我到过朝鲜,也到过我们祖国海防线上的一些岛屿。我曾经说过,志愿军的战士们,他们把祖国建设的画片是如何珍爱地贴在战壕里,或者揣在自己的怀里,甚至牺牲的时候,这些画片,是跟他母亲的照片一起被鲜血染湿的。国防线上的战士们,虽然我们提得少些,但他们也是多么艰苦啊!他们远远离开自己的家乡、自己的妻子老小,住在海外的孤岛上。那儿不是没有枪声的,那儿不是没有复杂而艰苦的战斗,那儿还是不能脱衣服睡觉,吃一口水,也要爬山过岭到几里、十几里以外的地方去抬,看一次电影那就很不容易。什么是他们最大的安慰?那就是靠风浪里摇来的一只小船,带来一点两点祖国建设的消息。因此,王崇伦同志,我认为您是深切地懂得他们心情的人。当我们的战士们,能够听到我们的祖国有像您这样优秀的工人,这么有勇气,有智慧,在工业战线上这么出色地劳动,他们会得到多大的快乐与鼓舞呵,他们会怎样地从心眼里感激您呵!

当我和我周围的工人同志们谈起您的时候,大家都赞叹地说:

"嘿,看看人家!要是大家都像他那样,咱们的社会主义保险能提早来到!"

是的,王崇伦同志,如果大家都有像您那样高的创造精神,我们的社会主义是会提早建成的。建成社会主义的日子,并不会像我们的表针一指到12点食堂里就开午饭那样的准确。历史老人也并不曾给我们指着许多日历中的一页说:"开庆祝大会吧,小伙子们,这就是社会主义建成的一天!"事情是不会这样的。社会主义的建成,是可以早些,也可以晚些的。因为社会主义并没有被藏到什么神秘的地方,她就在我们的手上。如果我们每个人都很自觉,都用他全部生命的力量来创造,那么她就会来得早些;而如果我们中间,想让别人把自己"带"到社会主义去的人还很多,想随大流"流"到社会主义去的人还很多,自私自利的人还很多,害怕走到时间前面去的人还很多,那么,这个美丽的时间,是会到来得晚些的。让我在这里引用一位老工人的话吧,他说"只要咱们干得好,社会主义就建成得早"。这话说得多正确,多干脆!而您,王崇伦同志,您就是干得最好的一个!您摆脱了时常捉弄我们的恼人的时间,勇敢地出色地走到了时间的前面。我们部队中,有这么一种人,只要冲锋号一响,不管敌人的炮火多么激烈,他早已经冲到了最前面,这种人常常是全部战线勇气百倍的鼓舞者。这种人是我们部队中最优秀最可爱的战士。而您,王崇伦同志,您就像这些战士一样,远远地冲到前面去了。我要在我的心里,把您和这些最优秀的战士们排在一起。让我们追上您,让我们跟您一起,在总路线的号角声中走到时间的前面去吧!

王崇伦同志,从您创造"万能工具胎"的经验里,我体会到,必须把我们工人阶级的创造勇气和信心更高地发扬起来。您在创造这个工具之前,不是有过这样的想法吗:"就凭我这两下子,怎么能凭空创造工具呢……"别的工友们,也常有类似的想法:"创造工具,这都是工程师、技术人员的事,咱们能行吗?"这种自卑心理,是我们工人阶级在旧社会里长期处在被压迫、被轻视地位的结果。应该说,在我们的国家里,"平凡人"创造"奇迹"的年代已经到来了。我们人民丰富的创造力,可以创造出任何的"奇迹"。识字不很多的高玉宝同志,能够写出那样好的书来,这不是奇迹吗?拿着一支枪的刘光子,一下子能捉到 63 个敌人,这不是奇迹吗?钢铁战士张渭良,在负了重伤之后,爬了 10 天 9 夜终于爬回自己的阵地,这不是奇迹吗?我们荆江分洪的工程,在资本主义国家里好多年才可以完成,而我们两个多月就完成了,这不都是奇迹吗?在我们的工业战线上,这些奇迹同样不少。认真地说,我们抗美援朝战争的胜利,本身就是一个奇迹。我们的国家,在很短的时间里,取得了惊人的成就,就是一个最大的奇迹。然而,这些奇迹,都是我们这些平凡的人们做出来的。我们的工人同志们,应该鼓起创造的勇气,使我们当前的工业战线上,出现一道充满英雄气概的创造的洪流!

三年来,决定我们祖国人民命运的抗美援朝战争,是极端艰苦、激烈的,光荣的中国人民志愿军站在这条战线的最前列。今天,当我们的祖国进入大建设的历史时期,这条决定我们祖国万世基业的宏大战线,是谁站在它的最前列呢?不是别人,正是我们伟大的工人阶级。应该说,我们的志愿军,没有辜负全国人民的重托,他们对他们所担负的任务,是完成得不坏的。今天,我们的工人同志们,一定会拿志愿军做榜样,一定会像志愿军那样的英勇,在社会主义工业化的历史上,给我们的民族,给我们的人民留下万世不朽的功勋。而您,王崇伦同志,在这条紧张的战线上,我希望继续不断地听到您的新的战绩。让我们一起为我们的子孙万代创造幸福吧。

祝您和帮助您进行创造活动的技术人员同志们健康。

最后,我把我随手写的一首小诗抄在后面,算是对您的一件小小的贺礼。

时光老人,你说他老不老?

戴着一副老花镜,胡子眉毛全白了。
可是他乘着一匹追风马,
提着一大包日历,年年月月在我们前面跑。
追呀!追呀!
累得人腰疼腿酸、干瞪两眼追不上,
你没听见人们嚷:"工作太多时间少。"
可是,有一个小伙子的腿脚真少见,
现在是1953年,他1956年的工作开始了。
老人一看着了急,胡子一翘多么高。
用拐杖打得追风马喷着白沫,
没追上小伙子,老花镜也不知什么时候丢掉了。
气得他日历包一丢,一声长叹:
"咳!你们毛手毛脚,什么也不听我安排,
建成社会主义的日子由你们自己去提早!"

            1953年12月2日

祝福走向生活的人们

——致北京石油地质学校勘探队员们的送别辞

勘探队员们,年轻的朋友们:

你们在整装待发,准备走向远方。

听说几天之后,你们这些年轻的侦察兵们,在祖国五年计划第三年出现的新的支队,就要出发到前线去了。你们将要到遥远的戈壁滩,到吐鲁番,到柴达木,到酒泉和四川去了。你们将要同你们留恋的北京告别,同天安门告别,同你们的学校生活告别。

我向你们,出征的战士们,深深地祝福!

你们去的地方,是比别人要远的地方,是比别人要苦的地方。你们是光荣的母亲们最远行的儿子。你们执行的是五年计划——这个使我们祖国奠定幸福基础的最伟大的战役。同志们,一切人都将向你们深深地祝福。

不客气地说,有许多人是并不愿到那样的地方去的。他们向往的地方,给自己选择的地方,是繁华的大城市,或者是风景秀媚的故乡。如果提起一些例子,也许是丢丑的事。比如有一位大学生,为了怕分到西北,赶忙声明他的"唾液不好"。据解释,假若"唾液不好",到气候不佳的地方,是要颇受影响的。你们看,连唾液都同西北有了这样对抗性的矛盾!

可是同志们呢,你们这些年轻的侦察兵呢,却偏偏愿去西北。四川比玉门条件好些,玉门又比吐鲁番、柴达木条件好些,可是你们却偏要把吐鲁番、柴达木列为你们的第一志愿。你们的校长告诉我,吐鲁番、柴达木只要一定数量的人,而报名的却超过好几倍。同志们,这说明什么呢?我们的人民有"儿不嫌母丑"一句谚语,这就说明了你们对祖国是一种怎样的感情。因此也就不感到那地方的荒凉可怕,相反地把自己的行动认为是值得自豪的英雄行为。你们不是从概念上懂得,是从血肉里懂得:这个国家,不是别人的,是我们自己的。是你的,我的,他的。这广大的土地上的任何一处,即使一座小山丘、一棵树、一块石头、一粒砂,都是我们所心爱的。正如戈壁滩上的勘探姑娘们所说的:我爱故乡的早晨,我也爱这里的早晨。是的,在广阔的祖国,每一个地方都有她最好的早晨。

当然,戈壁滩上是艰苦的。而尤其你们的工作是艰苦的。刚才,一位勘探队长已经给你们介绍过了。听过他的话,我更感到把你们比喻作"侦察兵",比喻作"战士",不算过分。你们就将和他们过同样的生活。在睡梦中,你们的帐篷也会被大风拔起,你们也将同风沙作战;在缺水的时候,你们也将仿效志愿军吃一点牙膏;在普查中迷失了道路,你们也将在漫漫荒野当一当团团转的"团长"。而且,你们的生活,也会像他们一样过得很有趣。你们也会同样地布置自己的"动物园",把那些野兔、地鼠、猫头鹰、四足蛇捉住,来供自己消遣。在树林旁边,你们也会举行歌舞晚会,在小山丘上,你们也会用高歌和琴声抚爱无边的草原。而且,你们也将同样地在那些庄严的节日,想起天安门,想起毛主席,庄严地庆祝党的生日——七一。你们刚才所流露的不就是这种感情么?正是这种勇壮的感情!

刚才,一位聪明勇敢的姑娘,就在这会上写了一首诗。你听,这首诗写得多好:

> 我是勘探队员,
> 我是青年团员,
> ············
> 今天,我们长了翅膀,
> 要想飞得最高最远:
> 飞向柴达木,飞向吐鲁番,
> 但分到了酒泉、四川,
> 也大笑得鼻孔朝天!

你听,这声音多么豪迈!面对艰苦,就是这样坚强!凭着这样的声音,那些鬼石油想永远躲在地下睡觉是不行的。你看,我们的青年,一种革命英雄的气概,一种战士的气质,已经在他们的身上逐渐地成长起来了。什么是革命英雄的气概?什么是战士的气质?这就是愿意做别人不愿做的工作,愿意去别人不愿去的地方,不怕脏,不怕累,不怕苦,心甘情愿涌上危险最多、负担最重、牺牲最大的战线。如果一个国家拥有着这样的青年,她就能成为最有前途、最幸福、最富庶的第一等的强国。反过来说,如果一个国家的青年,养成这么一种风气:畏惧艰苦,贪图安乐,见有光可沾,就一窝蜂似的拥上去;见要吃亏,就远远避开,甚至跳到井里也想抢个干地方,那末,这样的"战士"组成的队伍,必然不堪一击,这样的国家,也是迟早要倒霉的。是不是这样呢,同志们!

一个到过戈壁滩的朋友说,那里有一种草,说起来,奇怪得很。你把它的根拔起来,根冲上,头冲下挂在那里,它不但不死,反而像和你作对似的,活得更加茁壮有力。据说,勘探队员们,非常喜欢这种草,常常拔起它来,挂在帐篷上;还给它取了个名字,管它叫"偏活不死"。同志们,我们新中国的青年,应该锻炼成一种什么式样的青年呢?我们,决不应该成为温室中的花草,而应该像这种草——"偏活不死"。温室中的花草,样子也许并不难看,可它们只是在供人玩赏的时候,只是在装饰这个世界的意义上才有一点点用。尽管它会夸耀地说:"嘻!你看我的'条件'多好!"但它离开了那些"条件",也就到了它的末日。而这种"偏活不死"呢,它植根在荒漠寒苦的大野,领略过真正的风霜,即使连根拔起,也宣示着强烈的生命的威力。我们就要像这样的草,把我们烤炼得更粗壮一些,更勇悍一些,要像小狮子一般地充满精力。放到什么地方也能活,能吃,能睡,能跑。遇必要时就能拿起枪来英勇无情地作战。

为什么我们要锻炼成为这样的青年,而不能是那种娇弱的小姐、少爷呢?因为我们国家的建设工程,是异常浩大、异常沉重的。特别是,一刻也不应该忘记我们的面前还站着敌人。我们有一些同志,往往不免把敌人对我们的仇恨和阴谋估计得过低。我记得当朝鲜战争爆发的时候,有人竟以为美帝国主义不会出兵。几天之后,美帝国主义的空军出动了,还有人以为它不一定出动陆军。事实如何呢?用善良的心地,去估计帝国主义的心地是不成的。同志们!

中国革命的胜利,我们祖国的复生,敌人是把我们恨死了的,不摧毁我们,他们是决不甘心的。因此,就决不能说,没有任何突然事变的可能。而一旦突然事变袭来,如果我们的青年是这种"偏活不死"的野草,我们就会一无所惧。我们就有可能抗得住最大的风浪,最严厉的风霜。我们就有可能在敌人杀死我们一个的时候,使他付出50倍到100倍的鲜血!

我们就需要成为这样的青年!

下面,我们来谈谈怎样走向生活。

生活,走向生活,这是多么诱惑人的字眼呵。它使得我们年轻人对它充满了美丽的梦想。这种对生活的诗意的描画,让它陪伴你到80岁吧。这是不能算作缺点的。因为我们的国家,我们的生活,在我们的历史上确实是一首壮丽动人的、青春的诗篇。我们就生活在、呼吸在这诗篇之中。有些人,不过参加了三几年工作,小小年纪就摆出一副"小老头"的样子,叹息着说:"唉,一切不过如此!"这种人,多么干瘪、可怜!

可是,我们年轻人的缺点是:往往把生活看得过于单纯。

同志们!生活,并不是一条平坦的道路。

生活,假若拿走路作比的话,你是行走在山地,而不是行走在平原。平原,一马平川,即使有一丘、一壑,也看得清清楚楚,走起来轻松省力,但也平淡无趣。而山地却大不相同:时而有开花的山谷,时而有歌唱的溪水,但却不是没有悬崖、绝壁,不是没有恶兽、风险。因此,你走起来,就必须把眼睛擦亮,把步子放稳,既要坚决,又要沉着,既要小心,而又必须大胆。

但是,有人却未免想得太单纯了。

就拿你们来作比吧。你们这些日子是多么激动,觉睡不熟,饭吃不好,全身都充满了侦察兵的自豪的感情。甚至走到大街上,连陌生的行人,你们也想向他们大喊一声:"我们是要给祖国找石油去的!"你们是想让一切人都意识到你们马上从事的有意义的远征。你们就这样出发了。可到了半路,就比如到了西安吧,你们需要在某某机关留住一宿。而那个机关一位传达室的工作人员,却对你们简直是非常冷淡,你从他脸上一点也看不出已经到了一批"祖国的尖兵",而且首先就让你们这些又饥又渴的"尖兵"们在房檐下蹲上两个钟头。怎么办呢,同志们? 假若说,到了玉门,又碰上了这么一个招待所,那简直是一个人们常说的"没有招待的招待所"。那么,又怎么办呢?回去吗?回去,"尖兵"岂不是要变成"后卫"了吗?当然,我知道你们决不会回去,可是我不知道你们的热情会引起怎样的变化?

而这样的事,在你们走向的生活里,却是常常有的。

《中国青年》第七期,登了《让火车通过秦岭》一篇文章。这篇文章叙述岑嘉法同志,在地质学院毕业后,本来没有学过工程地质,但却分配他做工程地质的勘测工作。在接受任务的时候,有些任务的名称都听不大懂。可是他终于接受了任务,经过种种困难,反而把自己锻炼成为一个"先进工作者"。同志们,假若你们遇见这种意外、这种困难,怎么办呢?

同志们! 可见生活并不是平坦的道路。

可见生活就是斗争,是同惊涛骇浪的搏战,而不是悠闲的旅行。

可见,所谓走向生活,那意思就是说,走向斗争。

一个走向生活的青年,正好比初上战场的新兵。他必然会遇到许多意外的困难,也会办出一些蠢事、傻事。比如说,敌人冲来却急得拉不开枪栓,惊慌失措,不拉弦就把手榴弹扔掉,如此等等。但这并不关紧要,重要的是他怎样选择新兵常有的两条道路:一条是变作逃兵;一条是变作老练的战士。

同志们! 在生活的各种各样的困难面前,如果我们不愿变作逃兵,我们就要下决心成长为勇敢善战的战士,成长为"青出于蓝而胜于蓝"的英雄前辈的接班者,成长为管理国家的能手。

懂得了生活就是斗争,就不会因一点点小的挫折而痛苦,因一点委屈而伤怀,因一点障碍而徘徊观望,因一点胜利而浮夸骄傲。就会勇往直前,一无所惧。就会懂得:"走"向生活,是要用自己的腿去"走"。是去做生活的"主人",而不是去作生活的"宾客"。是去努力创造,而不是去吃现成饭。

所谓斗争,这就是说依靠党的领导,依靠团的组织,依靠群众力量,对敌人作战,对大自然作战,对坏人坏事作战;同时也同自己身上的坏东西作战。要决心把自己身上旧世界的残渣加以清洗。

如果我们锻炼的目标,是一个共产主义的战士,而并不是一个拿拿薪水、唯唯诺诺的雇员,那末,我们就需要有生活的勇气,或者说作战的勇气。

斗争的胜利决定于学习。向人民学习,向周围的同志学习。到工业战线去的人,还要特别注意向工人学习。现在有许多技术人员,他们在工人面前,总是梗着脖,摆出高人一等的样子。好像他们的脖子上箍着什么铁箍似的,弯不下来。这并不说明他们的高明,而只是说明他们还没有学会怎样去对待劳动人民。

同志们,这就是我们对生活的看法,对生活的态度。

最后,我还想提醒同志们一点,也许这是很重要的一点。

这就是:生活,是一场长途赛跑。

听说几天以后,你们就要向西北出发了,这就是踏上了长跑的起点。而终点在哪里呢?终点是直到你生命的终了。这还不算长途赛跑么!这是世界上最长距离的赛跑。看,我们屋子里现在满满地坐了100多人。但谁是最后的胜利者呢?我还不敢说。我希望你们当中不要有一个懦弱的人。但谁又能担保没有?也许到某一个时候,就会有人说:"不成了,我跑不动了。"会不会这样呢,同志们!

同志们,生活像大海一样,对于勇敢的水手,它是美丽多彩的;但也别忘了,它对于懦弱的人,随便轻侮它的人,又是严峻无情的。现在,大家全是在一条线上,静听号令。一声信号升起,几分钟后,一前一后,就会显露出错错落落的队形来了。生活里,也出现过这样的人:乍开始跑得蛮好蛮快,简直是"喷气式",但没有好久,就变成了老牛破车。当然,另一方面的情形更常常有:那些开头被大家瞧不起的人,在到达终点时,也不一定就是"渣子"。

因此,所谓长途赛跑,意思就是说,不是跑100米,不能够一鼓作气,只打一个冲锋;应该要有韧劲,应该准备要受几百次挫折,要打几百次、几千次冲锋。爬山,把这个道理表示得特别明显:要爬上一座四五千米的高山,只凭一两个冲锋,无论如何是上不去的。过去我们在军事生活中,常常比赛爬山。往往最后的胜利者,当他接近高峰的时候,他并不是不累,他和大家一样腰疼腿酸,甚至感到即使一分钟也不能坚持。但是因为他最后咬了咬牙,拼尽最后一把力,于是他成为最后的胜利者。而那些失败者呢,也恰恰是在这个节骨眼上,动摇了,感到无论如何也支持不住了,在大石头上坐下来了。

长途赛跑的情景,也往往如此。

我们的生活现象,不也常常是这样的么?

我们回想一下那些一起参加革命的人。开始,他们是在一个桌上吃饭,一条炕上睡觉,一起打闹嬉笑,称兄道弟。但经过了几个风暴,若干年后,他们之间,却有着多么可惊的差别:有的人成为党的坚强干部,有的人虽受能力限制,即使当炊事员吧,但忠心耿耿,也不失为优秀的革命战士;但另一些人,却成为可耻的逃兵、叛徒,甚至面对面的敌人;也有第三种人,虽然水涨船高,职位不断提升,但斤斤计较个人私利,鸡毛蒜皮,依然故我。

为什么同是在党的领导下工作,环境也常相当,而若干年后,他们之间的差异会如此之大?难道某些人是得天独厚么?事实并不如此。党对党员,正像母亲对儿子,是没有厚薄之分的。那末,这到底是怎么回事?具体分析,原因当然不止一个,但革命者的主观努力,不能不是一个带有决定性的原因。

我们平常所说的锻炼,这究竟是什么意思呢?它首先就意味着是革命者本身克服消极因素发扬积极因素的一场艰苦的自我斗争。在这中间,党的教育是很重要的。但是党的教育只有通过革命者的主观努力才能起决定性的作用,才能真正改造革命者的行为。党的教育,对于那些不老实的人,不过是过耳的轻风罢了。一些人的错误,一犯再犯,原因就在于此。

"主观努力",这是什么意思呢?这就是指生活的严肃性。所谓严肃,请大家不要误会是走路要迈八字步,双手必需放在背后,说话要学什么"首长"腔调。我们不需要这些东西。我所说的严肃性,是指一个革命者强烈的是非观念。在他的心里,应该给自己制订出一部宪法,应该给自己树立起一条明朗有力的生活的律条:对的,该做的就做;不对的,不应该做的就坚决不做。

同志们,请你们看看我们的生活现象吧:包括我们自己在内,许许多多错误缺点的发生,其中固然有相当一部分,是由于犯错误者本人的无知;但不能否认,很大一部分却是由于明知不对,然而由于内心里某种不可遏止的私欲,又驱使我们干了。多么可怕的魔鬼呀!拿贪污分子打比,他不知道贪污不对吗,那才是怪事!假若他真不知道,也就不会偷着干了。我们自己,倒不一定有这样的事,但有没有这种性质的事呢：就是说，明知道这样做不对，但还是做了；明知对的事，却没有去做。这种事情，大大小小，在生活里恐怕是不会少的。这就是我们为什么必须给自己订出这样一个有力的律条！假若我们不用这种法条约束住自己，我们的缺点只有越来越多，还哪里谈得上进步呢！

在生活里，有一些同志进步很快，原因在哪里呢？有一个同志，给我的印象很深。他原来在地方工作，后来调到军队当记者。初调来闹了一阵情绪，我找他谈了一次话，仅仅一次，他就坚决改过，永远没有再犯。后来在战斗里，还立了大功。你说这样的人，进步怎么能不快呢？即使他的缺点再多上十倍，也终有克服干净的一天。

当然，这样做，是要花些力气的。一个人正是走下坡路容易，走上坡路难。就拿部队行军来说吧。一个体弱的战士，走得很艰难。这时候，大家都会想得到，把他的枪和背包接过来，替他背一背，这是一件应该做的事。可是大家同样都走了八九十里，又饥又渴，累得够呛，如果再加上一支枪，一个背包，那绝不是轻松的事。也许有的人，在心里想一想，也就算了。但一个优秀的战士，却会在这个时候强迫自己去解除战友的负担。不消说，好的品质，只有在这种人的身上，才会比较迅速地形成。

同志们，我的话就说到这里，作为我的一点心意，作为向你们的祝福，一个朋友的祝福。

同志们，我凝视着你们，勇士们的出征。

同志们，我热望着从你们留下脚印的地方，升起石油塔的丛林。

同志们，我更企待的是你们的成长。

去吧，勇敢地走去吧！也许你们的脸会晒得更红一些，更黑一些。但是，若干年后，当拖拉机在祖国的大地上，燃着你们的石油到处奔驰的时候，人们是不会忘记你们的。人们会想起第一个五年计划第三年度出现的年轻的侦察兵。祖国的父老们，会抚着他们的花白胡须，赞叹着："啊！我们英勇可爱的孩子！"

1955年5月24日

幸福的花为勇士而开

一

"幸福",这个闪光的字眼,人们谈起它,是有着多么不同的含义。在这一点上,它比起任何其他的字眼来,都显得突出而强烈。——这是多么奇怪的事!可是仔细一想,哦,它原来紧紧连着一个基本的东西,即每个人各不相同的生活目的。

不同的生活目的,当然不会有同一的幸福观。

生活目的,归根结底,是由不同的阶级意识形成的。

这样看,就没有什么奇怪了。

人们的生活目的,何止千万种!但你清醒地思索一下,还是可以发现一条鲜明的界限。就是说,他是为个人、为少数人而生活呢,还是把他个人融化在集体之中,为集体、为大多数人而生活。这条界限,正是资产阶级及其他非无产阶级思想与无产阶级思想的分水岭,当然也就是他们的人生观的分水岭,幸福观的分水岭。

对于为集体、为大多数人而斗争的人们说来,不要说集体事业的伟大成就,即使极微小的成就,也会使他们深深地感到幸福。然而,对于为个人,为少数人而生活的人们说来,所谓"幸福",不过是他个人灵魂深处某几项微不足道的私欲得到满足而已。只要这几项可怜的私欲尚未得到满足,即令集体事业有最伟大的成就,他也是无动于衷,甚至是牢骚满腹、悻悻不平的。

确定生活目的,这不是一件小事情,这是一件大事情。年轻的朋友们,你既已踏上了人生的道路,你就要严肃地考虑你究竟是抱着什么样的生活目的。因为它将主宰着你一生的行为,并且将从"人"的价值上给你短促的一生作出严峻的结论。……

资产阶级的幸福观与无产阶级的幸福观,至少有下列两个根本不同的特征:

第一,资产阶级幸福观的出发点是个人和少数人,而无产阶级幸福观的出发点是集体和大多数人。

第二,资产阶级的幸福观是寄生,而无产阶级的幸福观是创造。

这是两种完全对立的幸福观!

从这里,我们自己的幸福观,可以得到可靠的检验。

在资产阶级的观点看来,人天生就是自私自利的动物,真正大公无私的人是没有的。所谓"幸福",当然指的是个人享乐,那有什么疑问呢。假若你跟他说:喂,老兄,为他人打算,为他人做些事,你自己也可以得到幸福。他马上会对你嗤之以鼻。因为对他说来,这是完全不可理解的。"假如说一个人的艰苦工作是为了别人或者为后代人缔造幸福,倒是事实,但是对他自己却没有什么幸福可言。"某些人不正是这样说的吗?这里,我们可以退让一步地问:是的,是为了别人或者为后代人缔造幸福;而这个"别人"或者"后代人",难道不包括你的父母和你将来的子孙在内吗?大家看,他是把他的亲戚、朋友、亲生父母和他的子孙都排斥在他的"幸福"的概念之外的,这是何等可耻、何等丑恶的、极端的利己主义!这就是资产阶级幸福观的赤裸裸的面目!

人们知道,连大地上的某些鸟兽都并不如此。

但资产阶级的幸福观,却是如此。

而在无产阶级看来,在人类社会中,除了那些寄生虫之外,人民之间的互相协助,互相扶持,一人为大家大家为一人的同舟共济态度,是完全自自然然的天理人情。道理很简单:为取得生活资料的对大自然的斗争,和为争取解放的阶级斗争,个人、少数人,是完全无能为力的。因此,"幸福"这个概念,绝不会只是个人,而是包含个人在内的同一命运的集体。

这里,本来并没有什么奥妙,但对具有资产阶级观点的人看来,却是不可理解了。

有一位重庆的高中学生发问道:"我不知道人为什么要为集体,人,就是为别人而活着吗?"

我们不愿过分地去责备他。我们对这个学生解释:那么,就譬如你吧,你大概不下于十七八岁的年龄。在这十七八年的岁月里,你吃的粮,你穿的布,你住的房子,你使用的家具,你读的书,你用的纸、笔,你看的电影和戏剧,总之,你所享用的一切生活资料,都是哪里来的呢?当然,都不会是你一个人的劳动创造的。而每一件生产品,又需要多少直接和间接的劳动者呢?就单拿你面前的这本《中国青年》来说吧,它不仅是今人,而且是古人,它不仅是无数工人、农民,而且是无数战士的劳动成果与战斗成果,是整个社会的劳动成果。这上面洒满了你不知道姓名的千千万万人的血珠与汗珠。可是整日享用着这些劳动成果的人,却怎样地发问呢,他却问:"人为什么要为集体,人,就是为别人而活着吗?"

在渺无人烟的荒岛上,绝不会出现什么鲁滨逊。

每当提起"幸福"的时候,我们往往仅只意味着"享受",而不意味着其他,这是由于我们沾染了剥削阶级的陈腐的幸福观的缘故。因为从剥削阶级的观点看来,"享受"与"劳动"是两个绝不相容的概念。如果你跟具有这种观点的人说:喂,老兄!在劳动中也可以感到快乐和幸福。那他又会对你嗤之以鼻。因为这在他又是完全不可理解的。

张文治[①]不正是这样的吗?他说:"有钱的老板们,一天不干活,还能吃得好,穿得好,这样的生活多幸福啊!"他又说:"你知道人活着是为了什么,还不是吃、喝、玩、乐而已。老实说,假如我现在有钱

[①] 张文治是一个受资产阶级影响而堕落的共青团员,后被开除团籍。(见《中国青年》1954年第17期《什么是青年的幸福?》)

的话,我干脆就不干工作,去……"就是说,携带着他那位可怜的爱人到处去"……而已"。

难道无产阶级的幸福观是这样的吗?

在无产阶级的眼里,这种人不过是令人痛恨的蝗虫和可耻的盗贼。

不会有一个善良、正直的人愿去做窃夺别人劳动果实的盗贼,更不会在享用着这些"赃物"的时候,反而感到很幸福。

这,只有资产阶级才会干得出。

也只有他们才那样心安理得。

多么可耻,又多么可恨!……

在无产阶级的幸福观中,"劳动"与"享受"并不是对立的,而是和谐地、有节奏地携手前行。

因为他们懂得:只享受不劳动、不创造,不仅不是幸福,恰恰意味着幸福的毁灭、社会的衰退、人类的灭亡!

当劳动果实属于人民所有的时候,劳动就是幸福的源泉。不仅劳动的成果,能给人以幸福;就是在劳动过程里,只要劳动者本身充满着自觉与光荣感,劳动和创造本身,也会带给他幸福和快乐,甚至是惊人的快乐。

在我们的国家里,劳动同快乐,是多么亲密的近邻!

在长辛店铁路工厂的四周,我曾遇见过许多退休的老工友,那些辛劳一世白发苍苍的老工友。

他们享用着每月按时领发的退休金,又有强壮的儿女在劳动,他们还有宽裕的时间栽种花木,把家庭收拾得十分舒适。

可是,他们一个一个地都在发牢骚说:"厂子里不要我啦。他们光看人的年纪大不大,就不看人家的胳膊腿怎么样!"他们伸着腿,扬着胳膊叫人看,"这叫什么生活!一天价闷在家里,憋得没法到卢沟桥上去数狮子头,这么下去,就说是铁,也要生锈啊!"

朋友们,你们有空,可以到长辛店的永定河岸上看看,那荒凉的河岸上,有一片片的小树,一片片开出的荒地。这是谁种的呢,这是谁开的呢,就是那些没有任何人去命令他们的老工友,那些退休的白发苍苍的老工友。……

可见,"劳动"对于劳动者,并不像对于少爷那么可怕。

在乡村里,我们那些可敬的农民伯伯、大娘,也是这样。

这些几乎丧失了劳动能力的老人,在满堂的儿孙媳妇下地之后,你去他家看看吧,他们极少是在那儿静坐的。他们不是磕磕绊绊地去喂猪、喂鸡,就是用粗筋隆起的老手,抖抖颤颤地从墙上取下一缕麻来,坐在那里搓麻。

"喂,老大爷,该歇歇啦。"

"唉,做一点,是一点,人能坐着吃等死么?再说,叫别人瞧着,也不好看。"

可见,在劳动人民的脑海里,劳动就是道德。

丧失了这种道德,只会感到不安,怎么能感到幸福?

可是有些人,却"理直气壮"地质问我们:

"你们常说,为革命事业艰苦奋斗,这不正说明为革命事业奋斗是艰苦的吗?"

我们说:是的,为革命事业奋斗不仅是艰苦的,而且是极为艰苦的;劳动也是艰苦的,而且有些劳动,可以说是十分苦重的。但是,因为他们为人民做了这样的大事,这样的好事,心灵上就得到了莫大的安慰与幸福。请问,这有什么矛盾呢?你之所以认为二者绝对地对立,你之所以只感到艰苦的一面,不过是资产阶级的鬼魂作怪罢了。因为对资产阶级说来,你让他为别人做些事,你让他去劳动,那就是"苦役",怎么会是"幸福"呢!

从这两种幸福观的比较里,就是说,以极端的利己主义和寄生意识为基础的资产阶级的幸福观,同以集体主义和创造为基础的无产阶级的幸福观比较一下,朋友们,你们可以知道,哪一种幸福观是健康的,道德的;哪一种幸福观是罪恶的,不道德的。如果用来指导我们生活的话,哪一种幸福观充满着人的尊严,青春的生命,战斗的、创造的热力,因而是人类社会进步的动力;而哪一种幸福观,却是充满着羞耻、腐败、堕落,因而是人民事业的毒瘤。

二

有人问:"'幸福'究竟包含哪些内容,它是物质生活的概念呢,还是精神生活的概念?"

我认为:"幸福",既是物质生活的概念,又是精神生活的概念。既是"享受"的概念,又是"创造"的概念。

这才是"幸福"的完整的概念。

人类的物质生活的愿望,不断地得到满足,当然是包含在"幸福"这个概念之内的。

我们的规模宏伟的建设工作,正是为我们的幸福生活打下雄厚的物质基础。

我们不是禁欲主义者的教徒,我们不过是为多数人罢了。

但是,我们要批判一种流传甚广的论调。

这种论调是:"人生在世,吃穿二字。革命还不是为了更好地穿衣、吃饭吗?"

我们不去分析这论调产生的社会原因;即使说,它指的是为集体而不是为个人,这话也是不完全的。因为它没有说到,作为一个"人"的另一个重要方面,就是人的精神生活。它把"人"大大地降低了。

裴多菲的诗句说:

> 生命诚可贵,
> 爱情价更高;
> 若为自由故,
> 二者皆可抛!

可见,人,不是可以关在笼子里吃鸡蛋粉的金丝雀呀!

人的精神生活,有极宽广的领域。政治生活、文化生活、道德、理想、斗争、创造以及友谊、爱情等等,都是这个领域中色彩烂漫的花朵。

一个人,应该极力去开拓这个美丽的精神世界。让它丰富、宽广起来。让它发出火光和音乐一般的声音。让它像长满野花、充满香气的草原。让它像起伏万状的山岳。让它像呼啸着暴风雨的海洋。让它能容纳下这块大地,这块生育着亲爱的人民的大地!

千万不可使它荒芜。

也千万不可使它只有两个可怜的土坑:"名""利"的土坑。

三

在一个革命者看来,离开了伟大的生活目的,一切幸福的概念,都是平庸的。

就比如爱情吧,没有人怀疑它是幸福;但假若没有充实着伟大的生活目的,那就像没有阳光照耀的花朵一样,既没有色,也没有香。像果戈理在《旧式地主》里所描写的一对老夫妇一样,吃了睡,睡了吃,请问,这有什么乐趣,又怎么能叫做幸福?

世界上尽管有许多人可以把它当做幸福,然而,对一个革命者来说,勉强要他在简单生活欲望的满足里感到幸福,那是多么困难!

有人说,你看我,我的生活目的就很"伟大":

第一,我为工程师的职位和一千个工薪分而奋斗;

第二,我为美丽的小洋房和漂亮的小汽车而奋斗;

第三,我为美满幸福的小家庭而奋斗。

据我看,他的生活目的,渺小得很,可怜得很。因为在他的生活目的中,数来数去还是他,以及几个有限的角色!

我们的学校,如果用人民的血汗培养出这样的"工程师",真是绝大的罪恶!

另一个人满怀感叹地说:

"人生在世,只有短短的几十年,我最怕的是默默而生,默默而死,除了亲戚朋友,谁也不知道有我这样一个人,这与动物又有什么两样……"他并且说:"我倾倒于'大丈夫不能流芳百世,亦当遗臭万年'的话,我常常想,不能做岳飞,亦要做一个秦桧,不能做郝建秀,做一个蒋该死亦不妨……比那默默无闻的人,好了不知多少呢。"①

咦!多么叫人触目惊心!

当过去日本帝国主义者打到我们的祖国,我们的民族处在生死存亡的关头的时候,年轻的我常有一个疑惑。为什么有许多人会甘心出卖自己的祖宗去当汉奸呢?哦,不想我在这里找到了答案。

他哀叹着,生怕和禽兽同类,但他哪里比得上禽兽?禽兽只是盲目地谋生,并没有这么恶毒地残害人类之心呵!

在我们看来,所谓"名",不过是集体生活中同志的、人民的信任罢了。一个人忠诚于集体,给集体多做了一些事情,同志们自然对他表示一种"信任"。——这是集体生活中的正常现象,也是对被信任者的一种鼓励。而野心家对"名"的理解,却是不择手段地高踞人上!

野心家和敌人一样可恨!

人民有一切必要的手段,来对付大大小小的野心家。

什么是伟大的生活目的呢?

这就是人类历史上空前壮丽的伟业:共产主义事业。它是全体人类的仙境。

任何自私的生活目的,比起它,是多么地渺小、可怜!

四

在一个革命者看来,离开了创造,一切"幸福"的概念都是空虚的。

石油漫流在地上,像清水一样平淡无奇;只有当你燃起它的时候,才能体现出它的可爱和美丽。

---

① 请郝建秀同志原谅,我这里抄的是某人的原文。——作者

一个正直的人,假若他要想体现出"人"的价值,首先,就要和那些坐享其成的寄生虫区别开来。

在我们的社会里,判别一个"人"的价值,并不是看他从人民那里取得了什么,而是看他对人民拿出了什么。

幸福,是人所创造,与宗教信徒们的"上帝"无关。不要说高楼大厦,就是一座小小的茅棚,也不会从祷告中产生。

每一小滴幸福,都需要代价。

今天的幸福,是无数前人血汗的结晶;今后的幸福,也需要今人相应的代价。

人们常常说,生活在毛泽东时代的青年是幸福的。

这究竟是什么意思呢?

据我看,它不外指着下列两个方面:

第一个方面,是他们已经享受到了他们的前辈战斗的果实。他们已经不再是没有地位、没有权利的奴隶,他们已经以一个光荣、自由、值得自豪的中国人,站在这个世界之上,并且享受着人民国家的特别关怀和许多方面的福利。

第二个方面,就是在他们的面前,已经开辟了并且继续开辟着宽广的道路,使他们有可能献身于伟大的人民事业,获得工作与创造的机会。

应当承认:这已经是他们的前一代青年所梦想不得的幸福。

这是无数先辈流血牺牲的结果。

但应该同时承认,我们现在的生活,仅仅是幸福的开始。有许许多多方面,还使人很不满足。

比方说,我们的农民得到了自由,成了土地的主人,这当然是幸福;可是生产力太低,年年又都有水、旱等灾,灾情严重的地区,虽有政府救济,也仍然不免要以野菜充饥。

比方说,我们盖了许多的工人宿舍,这自然是工人的幸福;但是因为赶不上需要,有些工人把"结婚证"都领下来了,但却找不到房子。

再比方说,我们开办了许多学校,但仍然有许多人不能升进中学或大学。

再比方说,有许多青年应当使他们在志趣相投的工作上,发挥自己的才能,但因为某一项工作的特殊需要,他们不能不去做他们不愿从事的工作,甚至还有人暂时找不到工作。

像这样不能令人满足的情况,是会碰到的。

但是,朋友们,这种情况说明了什么呢?这种情况说明:我们的前辈只是给我们推倒了前进道路上的大山,他们还来不及把一切应有尽有地都准备得那么妥善。可是,我们有志气、有出息的青年,也并不愿意他们的先辈把一切都安排得那么妥善。

话又说回来了,难道不正是因为我们各方面还都不能满足,才需要我们大踏步地前进吗?如果一切应有尽有,那么为社会主义而斗争的口号,还有什么意义?

有些人很愿做一个"作家"。据说,好处是灵感一来,挥手成篇,名利双收,不亦乐乎!

像我们这样的大国,实在需要很多作家。目前创作之不能满足人民需要,作家太少不能不是原因之一。但"文学商人",我们一个也不需要。

因为,文学是战线,不是市场。

创作之于作家,首先就是劳动,是夜以继日的、沉重的、复杂的劳动。如果一个人想做"作家",而又不酷爱劳动,他首先就要有做"小偷"、做"骗子"的勇气。

作家是有幸福和欢乐的。但他的幸福并不在鼓掌声里,也不在用稿费买来麻花吃着又香又脆的时候。

创作不是照相,也不是按照一定式样、一定规格制成的千篇一律的产品,更不是任何形式的抄袭。创作如果真正可以称为创作,作家的幸福就在既艰苦又快乐的创造中。

多么快乐呵,当活生生的现实和自己的生命一起血肉相连地飞出心灵的时候!特别是他的语言,燃起了人们斗争热情的时候!

一次,我从第一个早晨写到第二个早晨,在淡青的晨光洒进窗口的时候,写成了。我虽然浑身酸疼,但却不能入睡,我不自禁地写下一篇记录我当时快乐心情的短诗。我还久久地望着第一片早霞,心里在说:"呵,一点不错,工作着是美丽的。"

我问我自己:譬如说在某一天,国家给了我"一千个工薪分""漂亮的小汽车""美丽的小洋房"等等,总之,都是第一等的享受,我是否会感到幸福呢？我想,在我踏进这个"美丽的小洋房"的一刹那,我将会感到幸福;但假若我坐在这样的房子里,写不出东西,我不仅感不到任何幸福,我感到的将是沉重的生命枯萎的悲哀。朋友们,假若我不能给这世界添一点什么,那么,我活着,会有什么乐趣？

我想别人也是一样。

我的许多朋友,不都是这样的么？

在南方,有我一个常常怀念的朋友。他是某个城市的中共市委书记。过去在军队里做过师政治委员,负过重伤。连年累月的辛劳,使他的身体衰弱了。特别是某次一连几个昼夜没有一刻休息的劳动,使他患了严重的失眠症。休养刚一好转,就又投入工作,身体越发不可收拾,不得不躺在医院。从他的来信中得知,他是多么地苦恼呵。他再不能忍受这休养的生活,他说:"我的脑子坏了,不能做思想工作,还可以去开拖拉机。"

请看,他苦恼的是什么？ 他苦恼的,并不是没有"美丽的小洋房",他的休养地是西湖与太湖;他也不是没有"美丽的小家庭",他爱他的妻子和儿女;他也不是没有地位,他周围有着许多尊敬他的人们。总之,他现在已经有了某些人正在孜孜以求的一切。可是他为什么这样苦恼？ 原因就在于他是一个革命者。因为在一个革命者看来,即使一切都得到满足,倘使丧失了为人民工作的机会,就是人生最大的不幸。不会有任何一种不幸,比它更为不幸了。

一个人在人生的长途中,是会常常遭遇到这样的或那样的不幸的。但是,一个对人民、对革命忠诚热忱的人,工作的幸福常常能抵抗、冲淡甚至弥补其他方面的不幸;而其他方面的幸福,却不能补偿丧失了为革命工作的最大的不幸。

在漫长的革命岁月中,多少人慷慨地洒尽了鲜血,带着伟大、美丽的梦想倒下了。他们希望自己的后起者建设起自己的国家。

我国绝大多数的青年，他们正是这样做了。他们怀着骄傲的、幸福的感情，勇敢地接受了这副重担。边境的丛林里，有他们的马蹄的音响；大海的白浪里，红色的云霞里，有他们无畏的歌声；荒凉的大戈壁，印着他们的足迹；星宿海的石岩，刻着他们的名字；野兽出没、人迹罕到的森林，有他们的篷帐；雨雪霏霏的高原，有他们震动群山的怒吼；还有，还有无数平凡的计算机、打字机，倾听着他们终年不懈的、刻苦的、忠诚的心声。他们无愧是中国革命英雄的后代。

可惜的是，还有另一部分青年，他们受了资产阶级很深的影响。他们是那样羡慕安逸舒适的生活，鄙视劳动，害怕斗争，畏惧困难，怕冷，怕热，怕风，怕雨，说什么西北太冷，东南太热，乡村太偏僻，山地太寂寞。一天价怨天怨地，愁眉苦脸。

我不知先烈听到，当作何感想！

有人对他的幸福观，做了如下的描写：

"我觉得一个人的生活安适，就是幸福。比如说：和自己的父母、兄弟、姊妹坐在屋里，一面喝茶，一面看'深山古寺'的中国古画；在百花盛开的季节同自己理想的爱人走在林荫小道上谈情说爱；又比如说，和几个情投意合的朋友，在高楼上弹弹钢琴，唱唱歌，跳跳舞；或者在日暖风和的天气里，独自一人在小山顶上读读诗，如果恰巧这时候灵感来了的话，就顺便写写文章。……若果能这样，那该是多么幸福呵！"

你看，他写得何等高雅！

这不是有闲阶级，士大夫之流的声音吗？

可惜他没写上，在月白风清之夜到周作人的苦雨斋里去吃上一杯苦茶。

这使我回忆起，在抗日战争初起，大敌当前之际，躲在小屋里看"深山古寺"的顺民，不就是这种人么？

如果诸如此类的"幸福"不能实现，他就叫喊起来了。什么气候不适合于他喽，经常闹胃病喽，山地没有电影看，没有舞会，没有游泳池喽，如此等等。

老实说，谁会同情这种娇嫩的少爷、小姐的声调呢！因为他们太健忘了，志愿军在朝鲜吃炒面、拌雪水的日子，并没有过去几天哪。

模范小学教师覃仲斌同志写的《要成为一切人的幸福的匠人》这篇文章，对我们是有教育意义的。

作者初到瑶区开展小学教育的时候，并没有一座现成的小学等着他。而且气候恶劣、住户分散、语言不通。但这位有志气的青年，并没有叫喊。他虚心地向瑶胞学习瑶语，又翻山越岭地去拜访他们，和他们同住、同吃、同劳动，又施行了巡回教学。就是这样，经过了两年时间，在上级和瑶胞的支持下，创办了三所民族小学，还开办了夜校。在全部几乎是文盲的瑶胞中，散布了文化的种子。

他最后被调走的时候，瑶胞们恋恋不舍地围着他，使他深深地感到幸福。他说：这时候，我才真正体会到幸福的滋味。这种幸福是，只有当你用自己的劳动，为集体的事业做过一些事情，使人们的生活变得更加美好一些，当你在人们的欢笑声中，和大家共同享受幸福的情感里，你才能体会到的。

这就是革命者的幸福，创造者的幸福。

这种幸福，所给人的快乐，绝不是一般的幸福可比。不信，请问一问王崇伦创造万能工具胎成功时的情景，问一问战士占领敌人阵地时的情景，勘探队员高擎着他们所发现的矿苗时的情景！

在人民代表大会的间隙里，我请我的一个青年朋友郭恩志到我那里欢聚。

他是志愿军的战斗英雄。在五次战役里，他率领着一个仅仅四十余人的连队，在防御战中，杀伤敌人八百余人。

我请他喝酒。他喝了几杯之后，凑到我的耳边，神秘地、窥探地说：

"什么时候？"

我嫌他问得没头没脑；我反问："你问的什么呀？"

"台湾呗！"

"傻郭！"我亲昵地故作责备地说，"我看到了全世界实现共产主义无仗可打的时候,你怎么办!"

"我呀,"他嘻嘻笑了一阵,把酒杯擎起,"我还是弄炸药——到矿上,崩山!"

我多么喜欢他的感情。

他的幸福观我没有问,读者可以推断。我想,大概不是一边喝着茶,一边看"深山古寺"吧!

五

也许会有人说,我对某些幸福观的嘲笑未免过甚。

但我认为,我应该这样去说。因为我们的青年,不是一般的青年,他们是在漫长、艰难的道路上战斗过来的并取得了胜利的中国英雄们的后代,他们肩负的是"前人从来没有做过的极其光荣伟大的事业"。他们不应该是怕冷怕热的少爷小姐,他们应该是比他们的前辈更为出色的英雄豪杰;他们不应该是怕风怕雨的温室中的花草,他们应该是傲立在高山之巅与暴风雨为伍的苍松;他们不应该是抱着几项可怜的私欲患得患失的小丑,他们应该是用全部生命,全部青春的热力向崇高目的扑去的战士;他们不应该对那种封建的、资产阶级的、美国式的幸福津津乐道,而应该和人民一同前进,为历经苦难的中国人民创造出历史上从来不曾有过的幸福!

我们所需要的,就是这样的青年!

我们也应该是这样的青年!

什么是幸福?

幸福就是深刻理解自己工作的意义,自觉地为共产主义事业做出贡献。

只有多为人民做好事,使人民得到真实的好处,才是人之一生无愧于心的最大的幸福。个人生活愿望的满足,不过是幸福这个大花篮中的一般的花朵。

对自己的工作不感兴趣的人,是因为他还没有深刻理解自己的工作与伟大的共产主义事业的生动的联系。

个人利益常常突出在集体之上,是一切苦恼的根源。

让我们用毛泽东同志青年时代的日记中的几句话,来作为本文的结束。这几句话是:

  与天奋斗,与地奋斗,
  与人奋斗,其乐无穷!
  其乐无穷!其乐无穷!

1954 年 10 月 28 日至 11 月 21 日断续写成

百花盛开的国家

在社会主义建设青年积极分子代表大会上,我和青年积极分子们相处了一段日子。日子虽然很短,但他们却留给我一种难忘的印象。是的,他们都是些普普通通的青年,可是他们每一个人的事迹,谈起来都是一首淳朴的诗。

当你面对着这支队伍,你不能不为它的壮丽感到惊奇。他们大部分人的年龄,都在二十上下,解放初期,也不过是十几岁的孩子;可是他们在党和国家的抚爱下,生长得多么迅速!他们简直像沃野上的高粱,经过一阵雷雨,长得都叫你听出声音来了。你看,他们已经在建设社会主义的各条战线上,都为祖国做出了贡献!

在这支队伍里,哪怕随便举出几个,你就可以知道是多么让人喜爱。就拿这个小鬼刘安福说吧,我说他是小鬼一点也不冤枉他,他刚刚15岁,只能勉强地叫做青年。头一次碰上,我就一把抓住他:

"来!咱们谈谈。"

"谈什么?"

"谈你的事迹。"

"我没有事迹!"

说着,他马上挣开我的手要跑,没有跑脱,又调皮地跟我挤眼。我几乎是用威吓的方法,才采访了他一点材料。哦,就是他,抓住了一个正向森林放火的特务。特务用石头把他的脑袋打伤,他也没有让这个特务逃脱!

还有一个青年,比刚才说的小鬼个子高些,可是看那脸形、眼睛,都还是一副小孩样子。有一天,我见他站在一旁看别人跳舞,想下场又有几分怕羞。我走到他身边跟他攀谈:

"你在哪儿工作？"

"农业合作社。"

"是模范社员吧？"

"社长。"

喝，这小年纪就是社长！我不禁有些惊奇。后来我才知道他就是报纸上介绍过的李长福。他不仅是社长，而且还是让5000亩沙荒地长出庄稼的出色的社长哩。

此外，还要举些什么人呢，也许大家已经知道苗族青年罗学方吧，这个青年，你看他矮矮的个子，你绝不会想到他就是面对面杀死两只猛虎的勇士。再说说阿角吧，她坐在主席台上，她那彝族姑娘的打扮，她那温柔文雅的样儿，都使你想起童话故事里的公主。你绝看不出来她就是主动要求到最艰苦、最偏僻的大凉山去散布文化种子的小学教师。

此外，还要我再举出哪些好呢？说一说又是出色的火车司机，又是体育选手，又是文艺比赛大会的得奖者的孙士贵吗，说一说在修筑康藏公路中，用身体扑灭火捻，挽救了30多个同志的生命的战士秦学文吗，说一说我们的少年诗人何树林吗，说一说长江上的第一个女轮船驾驶员罗烈芳吗，呵，这是说不完的。他们的事迹都是这样的生动和感人呵！当你置身在他们之间，你会感到像走进万紫千红的花园，你会感叹我们的党给青年们开辟了多么广阔的、光荣的道路，使得他们在任何岗位上都发出耀眼的光彩！

有人不是常常埋怨自己的工作细小和平凡吗，仿佛做这种平凡、细小的工作是做不出什么来的。说这话的同志们，请你们看看这次大会的阵容吧。我们民间的谚语说："三百六十行，行行出状元。"这次参加大会的积极分子们，真是四百行也不少。正像他们在《致全国男女青年书》里说的，从飞翔在高空的喷气式飞机的驾驶员到农业合作社的会计，从炼钢工人到牧羊姑娘，从科学研究工作者到山林的猎手，从勘探队员到小学教师，一直到饲养员、售货员、邮递员、接生员、炊事员、人民警察……真是应有尽有，色彩斑斓。它强烈地宣示着：一个人，只要他热爱社会主义，热爱工作，真正懂得自己工作的意义，不论在什么岗位上，都能够对祖国做出出色的贡献。

这是我对大会最突出感受到的一点,因此,我愿意特别着重说说这些在所谓平凡、细小岗位上怎样成为光荣的积极分子的人们。

　　首先,让我们拿打字工作说吧,这被认为是多么平凡、细小的工作呵。罗长芬同志,这个说话有些快的女孩子,开始做这种工作的时候,不是没有这种想法的。可是当她认识了这一工作的意义,经过勤学苦练,打字效率每小时就由400字提高到3500多字。大会上还有一个杨齐光同志,他竟达到了每小时4216字,无一差错,创造了全国打字的最高纪录。他们将如何影响自己的同行提高工作标准而有利于我们的事业呵。能说这种平凡、细小的工作做不出出色的成绩吗!

　　大会上,广州市的售货员樊榴英同志的发言,也让人深受感动。也许,这也算是一种最平凡、细小的工作吧。可是这个在旧社会受过摧残,脸色有些黄的女孩子,她是如何对待这种平凡、细小的工作呢?起初,在她业务不熟练不能很好完成售货任务的时候,她心里感到对不起党和人民,难过得晚上连觉都睡不着。睡在床上,她还去记、去念那些商品的价钱和名字。后来,为了设计一种专供洗澡用的长毛巾,她牺牲了休息时间,把水彩笔拿到家里画图。想想吧,一个女孩子,守着深夜,手握画笔,为她的人民她的顾客画图！果然,她的设计成功了,顾客称誉她的毛巾是"樊榴英毛巾"。顾客们常从广州最东的东山,最南的石榴岗,走到她的柜前说:"售货员同志,请你给我包一条毛巾,您拣的我就满意。"这是怎样的信任！这是平凡、细小的工作吗？不错,可是只要有樊榴英这样的人站上这平凡的岗位,社会主义的商业经济,是不会被资本主义战胜的。

　　在大会上,我还听到一个私营五金店店员李修同志的发言。在私营商店当店员有什么前途呢,许多店员工人都这么想。李修同志也曾这么想过。尤其在经过"五反"以后,他觉得和老板朝见口,晚见面,很讨厌。可是,当他接受了同志们的意见,了解到他的岗位的意义,他在反对资本家偷税、漏税的斗争中,某次曾使国家增加税款4万元。仅仅举出这一个数字,就可以了解:假若没有这些有觉悟的青年守住这个岗位,那对国家将是多么巨大的损失。这个岗位,在整个过渡时期,都是社会主义的重要前哨呵。

　　在会上,我还听到一个钢铁厂炊事班长王福荣同志的发言。炊事工作,在那些善于区分等级的眼睛里,也许比一般平凡的工作还等而下之吧。可是,这个一撮头发常常盖住右眼的热情的青年,他是怎样看待自己的工作呢,他站在大会讲台的后面响亮地讲道:"我经常这样想,解放前受资本家的剥削压迫,过着牛马一样的生活,今天自己成了工人阶级队伍中的一员,当了国家的主人了。因此,我认为今天的做饭和过去的做饭是根本不同的,这是社会主义建设事业中一件不可缺少的事情。饭做得好坏,直接关系着工人的身体健康;工人身体强壮了,就能更好地搞生产,加速祖国的社会主义工业化。想到这些,我很爱自己的工作。"这位热爱自己工作的青年,就在"切一切,剁一剁"的平凡的工作中,研究了13种做饭切菜的工具和机器,推广了80多种饭食的花样,而且还用碎砖烂泥给职工们修了个热菜炉。我想,在他出席全省和全国的积极分子大会之前,一定是钢铁厂的职工们举起双手把他选出来的。

这里,我不再更多地举例了。青年积极分子的事迹清楚地告诉我们:在我们的时代里,任何平凡的工作,都具有着不平凡的意义;任何平凡的劳动,都可以创造出不平凡的奇迹。邓小平同志代表党中央指示我们:"应当善于把远大的理想和日常的工作结合起来。"这就是我们青年们前进的道路。

青年朋友们,让我们向这些光荣的青年们学习并且向他们看齐吧。他们在自己的岗位上能够开出那样好的花朵,我们也是可以开出同样的花朵来的。因为我们同样披着雨露——党的抚爱的雨露,我们同样长在沃野——中国人民的这片沃野。在中国人民建设社会主义的新高潮就要到来的时候,在这个阳光和雨水足够的国家里,我们的国家一定会成为百花盛开的国家。

1955年10月9日于北京

夏日三题①

生 与 死

一

生与死夏夜,繁星在天。我低头沉思。
我想起种种生与死……

人们说,生命是宝贵的。是的,是宝贵的。
有人高举酒杯倒下,像烂泥鳅一样,死了。

有人纵欲无度,像空蛇皮一样,死了。
生命是宝贵的吗?醉生梦死,生命的虚掷而已。

有人厌倦"红尘",苦修"来生",枯萎在黄卷青灯之下。
"来生"何在?韶光已失!
生命是宝贵的吗?可怜与愚昧而已。

---

① 1958年12月13日,广州何济公制药厂化工车间失火,危及爆炸性药物,整个厂房和周围居民的生命财产受到严重威胁。工厂女工共产党员向秀丽奋不顾身,扑住正在迅速蔓延的火焰,抢救了国家财产,保护了群众安全。她因严重烧伤抢救无效,于次年1月15日光荣牺牲。在全国青年学习向秀丽的活动中,有种种不同理解。《中国青年》1959年第九期,发表了读者黄里的来信,并以《人生最大的快乐是什么?》为题展开了讨论。本文就是在这次讨论结束时写的。黄里的来信附在后面。

有人为个人偶然的不幸,郁郁寡欢,失去了生命的欢乐。

有人为失恋,悲痛欲绝。

有人为一时的委屈,感到终生无望。

还有,我们乡村的一些老人们,因为跟儿媳拌几句嘴,而萌轻生之念。

他们用一池水、一根绳结束了自己。

生命是宝贵的吗?唉,这实在是生命的不幸!

号角激鸣,杀声震天,坚城已破。

剥削阶级的"忠臣义士"们,苦苦据守残垒,想阻遏怒浪排天的革命激流。

几只癞皮狗,怎能阻挡住历史的进程?

他们被勇士们毫不怜惜地击杀了。

生命是宝贵的吗?他们像扔在烂泥里的子弹壳一样,早就被人遗忘,包括他们的主子在内。

人们一再惋叹地说,生命是可贵的。

然而,我想问:一个人的生命究竟可贵在什么地方?

是不是在于,他活着的时候,可以消耗许许多多的生活资料?

是不是在于,他死了的时候,可以在人世间分占一小片黄土?

不!

伟大的烈士安业民生前说过:"革命战士所以活着,只应该有一个目的,这就是对人民有用。"

多么朴素的语言!而又是多么辉煌的真理!

是的,这才是生命的可贵处。

12年前,在我国一个偏僻的山村里,有一个16岁的姑娘,迎着风雪,精神镇定,态度从容地卧倒在敌人的铡刀之下。——这就是中华儿女永远引为尊严和骄傲的刘胡兰!

她死了么?她死了。但是19年后,我们在向秀丽的身上,在安业民的身上,我们又看见了她,在我们心中永远活着的刘胡兰!年轻可爱的刘胡兰!

在向秀丽这些英雄们的身上,我们看到了刘胡兰、董存瑞和黄继光的生命所投射的光辉;同样,从云周西村的风雪,隆化城与上甘岭闪动的枪火里,我们也听见了长征英雄们草地上的呐喊,看见了广州起义者手中的红旗。

这就是我国人民的面貌。这就是我国大地上不可抗御的共产主义的铁流!

时光飞逝,岁月如流。但是英雄们,为人民事业牺牲的英雄们,他们将永远如灿烂的星辰,照抚着我们的家园。透过历史的尘沙,给我们,给后世指引着人生的去路。

伟大的生,光荣的死,即使短短的二十春,也胜过庸碌无为的一百年!

一个真正的战士,必须是生为人民而生,死为人民而死,生而对人民有用,死而对人民有益。——这就是我国万千优秀儿女用鲜血和生命写下的箴言。

除此之外——

我不知道还有什么更伟大的生;

我也不知道还有什么更光荣的死!

茫茫宇宙,请你告诉我;浩瀚的史册,请你告诉我;古往今来的哲人,请你告诉我:

离开自己的人民,离开人民的事业,我们的生,我们的死,究竟还能有什么意义呢?……

二

个人主义思想严重的人,是既不甘愿为人民而生,更不甘愿为人民而死的。

在为人民事业牺牲的时候,有人提出了一个"原则":

"如果因牺牲自己的生命而所换得的成绩,超出自己一生所能达到的成绩,那就牺牲,相反,如果得不偿失,那就不该去牺牲。"

看来,这"原则"颇受了一点"经济核算"的影响。好吧,就让我们来核算一下。

先以长征英雄们为例。现在他们大都是将军或者差不多是将军了。他们指挥着整军整师的队伍,对祖国做出了卓越的贡献。而且肯定还要做出很大的贡献。这里我就要问:假如当年他们当战士或连排长的时候,就接受了这个"原则",进行了"经济核算",谁也不肯勇于牺牲,那末,还有没有以后的革命?还有没有今天的胜利?

拿今天的青年打比,也是一样。今天的青少年,总有人将来要当伟大的理论家、伟大的发明家的。这不是开玩笑,因为老年人终要被青少年所代替。假定他们也采用这种"核算"方法,那末,请问:还有什么集体利益值得他们去牺牲呢?那岂不是整个城市失火也不要问吗?

同志们想必知道这样一个故事。

胡宗南进攻延安,动用了他的装备精良的美械化军队三四十万人猛扑过来。当时西北我军只有几万人,众寡悬殊,形势是很危急的。

人们劝毛主席渡过黄河,在比较安全的地方,指挥全国的解放战争。

毛主席拒绝了。他不愿在情况险恶时就离开那儿的人民。

他为什么不想到,他以后还会对人民、对世界有更大的贡献?

这样的"原则",如果被人们接受,大家请试想:

军队还能不能作战?

渔民还敢不敢出海?

矿工还敢不敢下井?

一切艰险工程还能不能兴建?

对一切水火灾害,还敢不敢向它进行顽强的斗争?

这样的"原则",只能制造逃兵或叛徒。只有"集体利益高于一切"这个不可动摇也不可代替的原则,才能激发人们成为战胜敌人、战胜艰险的勇士!

依据这一"原则",也就产生了对一系列英雄行为的奇特评价。

一个交通民警救了一个快被电车轧死的老太太,而牺牲了自己。

有人评论说,这就要考虑是否值得的问题了。因为权衡轻重,"老"太太已到了她的晚年。

咦!

我想他的母亲听了这话,也会不寒而栗。万一遇到同样的情况,他要真运用起这条"原则"来,可怎么办?当然,他会心安理得地说:"亲爱的妈妈,请你根据集体利益和科学计算的原则,原谅我一次。你横竖也活不久了,不是我不救你,是我的生命比你的生命价值大呀!"

一个小学教师去搭救一个落水的儿童而牺牲了自己。

儿童来日方长,这总是该救的。不然!有人评论说,这也是应该考虑是否值得的问题:因为他的年纪又太小了。

那么,怎么办呢?

只好是教师落水,让儿童去救;民警发生危险,由老太太去救!

还有一个办法是:见死不救。

谁让他的年纪不是太大,就是太小!

一个不老不少的人,总该救了。又不然!

"用一条命,换一条命,不是等于不救么?"一个人说。

"假若救起的那个人,反不如我思想进步、品格高尚,岂不是得不偿失么?"又一个人说。

按照这种说法,那些在战场上为抢救负伤的战友而牺牲的人,简直是做下了蠢事。他流血都流得快要死了,还去管他干什么呢?至于为抢下烈士的尸体而牺牲生命,那就是更大的蠢事。因为他们连"一条命换一条命"也做不到。

我们口里讲"为人民服务",但是对人民最宝贵的生命,却这样那样地挑剔,这究竟是为什么服务呢?

还有一种不值得,据说是:

一个警卫员在最危险的时候,可以用自己的身体去保全团首长的生命;而如果反过来做一做,那未必是正确的。

你看,连生命和友谊也用算盘珠磕算过了。

老实说,起码我不给你当警卫员,"只许我救你,不许你救我",这是什么逻辑?

有人落入水火，生命已到毁灭的边缘……

"快去救他吧！"良心说。

"且慢！"另一个"我"说，"让我精密计算一下。"

"她太老了！"

"他太小了！"

"他的思想没有我进步！"

"他职务太低，作用不大！"

…………

——人死了。

生命是宝贵的，难道忽然间，这一切他和她的生命都不宝贵了吗？

问题的实质找到了：只有他自己的生命，才是真正可贵的！

三

又有人说：为抢救别人的生命而牺牲，或许是有价值的；至于为抢救一些公共财物而牺牲了人民最宝贵的财产——忠实的园丁，这就更加不合算了。物质财富损失了可以再创造，人死了就不能再复活！

在讨论中，不少人重复着这样的话。

是的，"损失了可以再创造"！损失一个工厂，再建设一个工厂！损失一座矿山，再开凿一座矿山！损失一座水电站，再筑起一座水电站！损失一座弹药库，再搞一个弹药库！反正：物质财富是可以再创造的。

说得粗鲁点儿，这话本身就有点儿脱离生产的大少爷的口吻。因为他不了解生产物质财富是一种怎样的斗争。自从人类拿着大棍子打野兽，直到烟火弥漫的炼钢炉，这种种方式的对大自然的战斗，哪里没有生产者洒下的血迹？至于人民为取得这些物质财富所进行的多年残酷的战争，那就更不消说了。难道物质财富和人的生命，竟可以毫不相干地分开来看么？

这种说法，是把物质财富从集体利益中分离出去，在它遭受损失的时候，便于保存个人的生命罢了。

个人主义思想严重的人,对人民的生命都看得不大值钱,对公共财物看得如此轻易,也就不奇怪了。

有人用划分阶段的方法,提出问题,说:战争环境,为了夺取政权,牺牲生命值得;和平环境的牺牲是不值得的。理由是:一个人的生命,应该贡献在最有价值的地方。

因此,他宣布说:"万一我遇到向秀丽同志这样的事故,那就未必用生命去抵值。"

这想法,有点儿稀奇。

战争——是要为人民扫除肮脏的垃圾。

和平——是要为人民兴建幸福的高楼。

两者都是为人民,一个是扫垃圾,一个是盖高楼,为什么前者牺牲就值得,后者就要"未必"呢?难道修一座高接天宫的幸福高楼,就不是最有代价的地方?

所以,我说这想法有点儿稀奇。

人类的斗争,无非是阶级斗争与对大自然的斗争两类。这两类斗争,对革命者来说,是一个目的,即解放与发展生产力,建设人民幸福的生活。

难道一个奠定革命人生观的人,会用不同的态度去对待吗?

何况,这两类斗争常常是交织进行,是你分也分不开的。比如说:一个反革命特务,到你所在的工地上纵火,你能不能这样说呢:"请便吧,老兄,现在是和平时期,我现在正进行着对大自然的斗争!"

还有人把是否有名作为衡量牺牲价值的标准。他们说:有名英雄的牺牲,鼓励了千百万人的前进,也许比自己活着的贡献更大;而无名英雄,牺牲的意义又何在呢?

他们忘记了,有名英雄只不过是千千万万无名英雄的代表。有名英雄,是全体人民的典范。他们对激发人民的革命斗志,提高人民的道德水平,推进我们的革命事业上,有不可轻估的伟大意义。但是,假如没有千百万无名英雄的前仆后继,没有全体人民群众的奋发努力,我们的事业仍然是不能够胜利的。

而英雄的可贵处,伟大处,也正在于他们摈除了一切私心,一切生前死后的虚荣。

还有一种论调说:

"向秀丽这样的死,虽然是光荣的,但人死了就什么也不知道,光荣有什么用?死了的人决不会为光荣而喜,也不会为耻辱而羞。……我不希望为民祸害,永远受万人之骂,也不希望为人民作出一时的巨大贡献,就牺牲了自己宝贵的青春……"

对这样的论调,能够说些什么呢,同志们!

我只想指出一点:他的话句句是真,但有一句是假——"我不希望为民祸害",因为他做不到。

假若有一个反革命分子,用枪逼着他说:"朋友,帮帮忙吧!"他会答应的。因为"只有生存才是人生最大的快乐,才是值得留恋的"。

过去,贪生怕死之辈,不就是这样做了叛徒,做了汉奸,做了反革命的帮凶吗?他们怎么能说不"为民祸害"?

可叹的是,这样的人,在过去斗争剧烈的年月,也常常做不到长命百岁,只不过比别人死得可鄙罢了。

而那些能够活下来的,在同志们鄙视的眼光下,头都抬不起来,难道这也叫"人生最大的快乐"?这样的快乐够可怜了。

四

在讨论中,什么是最有害、最可怕的论调呢?

"人死了,光荣有什么用?"这论调,可鄙而已,但不可怕。因为人们一望而知:这是小市民那种极端自私的"好死不如赖活着"的保命哲学。

我以为最有害与最可怕的是:"留得青山在,不怕没柴烧。"这短短的十个字,读来使人冷汗直流。因为它会诱使人犯下无穷的罪恶而不自知!

过去,许许多多的动摇变节分子、叛徒,他们是怎样动摇叛变的?敌人威逼他们在"自首书"上签字,他们签字了;敌人要他们写

"悔过书",他们写了。他们就正是这样想的:"签个字,算什么!写个小纸条儿,算什么!反正'留得青山在,不怕没柴烧',我出狱以后,还不是一样为革命服务!假若我死了,岂不是革命的损失么?"他还自以为得计地想:"敌人让我欺骗了!"动摇分子总以为自己聪明,他们把革命者宁死不屈的革命气节看得一钱不值。敌人和内奸分子也恰恰就抓住了他们的弱点,劝诱他们:"签个字算什么呀!你出去以后,还是可以为共产党干事的!"——就是这样,他们变成了可耻的叛徒!

什么"留得青山在,不怕没柴烧"呀?底子解开,原来是小资产阶级动摇怕死的"保命哲学"!因为它旨在于"留",而不是在于"烧"的!由于他不敢在生死问题上正视"革命利益高于一切"这个森严的原则,他们才编出来这种"曲线救国论"式的道理来欺骗别人,并用来安慰自己怯懦的灵魂。

时代变了,但这种想法,这种口吻,在个人主义者的身上却是何等相似!

这种"保命哲学",来源于小资产阶级的动摇性。

把个人,尤其把个人的生命看得重于一切,就是这种思想的特征。

我们平常说的,某某怕死,某某不怕死,某某经得起考验,某某经不起考验,实质上也就是指生死关头,他是以"集体"为重,或者是以"个人"为重。

以"个人"为重者,在生死关头,必然瞻前虑后,畏首畏尾,不成为逃兵,就成为叛徒。

以"集体"为重者,在生死关头,必然神志清醒,信心百倍,成为蔑视死亡,撷取胜利的勇士!

以"个人"为重的人,在生死关头哭泣着:"呵,假若我死了,这对革命是何等重大的损失!"仿佛他一死,天昏地暗,连地球都不转了。

以"集体"为重的人,却不是这种看法,他们高唱着:

你们杀了我一人,
好像明灯暂被狂风吹,

革命少了我一人，
好比大海丢了一滴水。

——刘绍南：《答敌人审问》

把革命群众看做雄阔的大海，而自己不过是其中的一滴，自然不会成为吝惜生命的懦夫；把自己看成是天皇老子，把个人的生命看得比地球还大，把集体看得比鸡蛋还小，就是想勇敢，也勇敢不起来呀！

我遇到过一个自首分子。
我问："你为什么会叛变的？"
"就是，就是对头颅看重了一点。"他吞吞吐吐地说。
是的，愿意革命，但却又舍不得自己的头颅，这就是许多小资产阶级革命者的悲剧。
他们对革命犯了罪，给自己也带来无穷的痛苦。
而那些革命的先烈们，他们在生死关头却是何等地慷慨！他们高唱着："满天风雨满天愁，革命何须怕断头？"（杨超：《就义诗》）他们高唱着："丈夫于世何所求，赤膊条条任去留。"（续范亭：《绝命诗》）他们高唱着："砍头枪毙，告老还乡；严刑拷打，便饭家常。"（林基路：《囚徒歌》）他们真正做到了中国古语所说的"视死如归"！这种不可征夺的英雄气概，不仅使人民奋起，而且使敌人丧胆！
看来，只有以"集体"为重的人，才可能有真正的勇敢。

五

有人批评说：哼，你们是提倡"死"的！
不，决不！
我可以说，没有任何人能比得上我们共产党人对于"生"怀着那样深沉的热爱！你从我们的骨头里，血液里找不出一丁点儿的虚无主义、厌世主义。我们的心，既不向往远古的盛世，也不寄予渺茫的"天国"。我们的脚是实实在在地踏在地上，实实在在地热爱着人生！
我们的爱又是这样广阔，没有任何种族与民族的偏见。我们十分挚爱自己的人民,自己的国土,自己的历史,自己的文化,我们也热爱一切国家的劳动人民,并且尊重和珍视他们的成就。我们对自己的亲人、朋友、同志和领袖的热爱是诚恳的,我们也经常从他们的爱里,吸取到生活的勇气。我们生活在自己的人民中间,是如意的和愉快的,他们一句热情的话,一次真挚的笑,都使人感怀,就是那些不相识的人们,营业员一声亲热的招呼,理发匠剪刀的鸣响,也使人感到人间的温暖。我们也爱自然。爱大海,爱田野,爱山峦,爱一切天下的美景。我们虽不会临风洒泪,对月伤怀,但它那惊人的美,倒真会激动得我们洒下几点无名的热泪。我们还爱人们美好的创造,一切好听的声音,好看的色彩,好的物质产品与精神产品。我们也爱使自己的筋骨舒展,思想飞驰,在万千的产品中,增添上自己的一件。我们更加热爱未来。我们渴望看到还没有看到的人类最美好的前程,我们甚至想到星际之间做一次纵情的漫游。即使地球有一天真要毁灭,它也打不断我们的兴致……同志们!我们是比一切爱美的人都爱美,比一切爱生的人都爱生的!

"可是,你们为什么又赞美什么光荣的死呢?"有人又问,"这不是矛盾吗?"

不,这并不矛盾。我们爱生,不是只爱个人的生,我们还爱集体的生,人民的生。正因为我们的热爱太执著,太深沉,所以我们甘愿以少数人的死,来换取多数人的不死,以个人的死,来换取集体的生。董存瑞、黄继光、向秀丽、安业民等英雄,不正是以自己的死才避免了多数人的不死吗?我们无数的革命先烈,不正是以他们的死才换来了我们民族的生、人民的生吗?革命战士们,他们的目标是如此明确坚定,所以,他们既能热烈地生,也能慷慨地死,他们每个人都愿活上300岁,但是为了人民事业的必要,他们也乐于只活上光辉的20年!

有人问:那么,你们是不是提倡那种轻率的牺牲呢?

不。在斗争中,我们从来反对莽撞和轻率。(例如打仗不利用地形,乱冲一气等等)我们尤其反对那种从虚荣出发的为了显示个人勇敢的所谓"英雄行为"。

勇敢加智慧,是我们一向提倡的战术。

只有勇敢,缺少智慧,不仅达不到预期的目的,反而会付出意外的代价。

反过来说,缺少勇敢,也就谈不到智慧。因为智慧是从勇敢的心灵里产生的。当情况险恶时,吓得神志昏迷,哪里还有什么智慧?

我们的勇敢,是智慧指导下的勇敢。因而它有别于盲目的勇敢。

我们的智慧,是勇敢基础上的智慧。因而它不是消极躲闪的"聪明"。

为了我们事业的胜利,我们必须充分发扬自我牺牲的精神;而为了爱护同志的生命,我们又必须十二分注意生产斗争中的安全。

六

在这段文字就要结束的时候,忽然想起一个问题,是过去不曾深思过的。

我想起了我国几个著名英雄牺牲时的年龄。

董存瑞牺牲时是 19 岁。

黄继光刚 20 岁。

邱少云 21 岁。

罗盛教 21 岁。

向秀丽 25 岁。

安业民 20 岁。

刘胡兰年龄最小,才 16 岁。

他们是多么地年轻呵!他们生活得厌烦了吗?不,他们的生活方在开始。他们没有自己美好的愿望吗?不,他们也像我们一样,有许许多多美好的愿望。他们没有值得留恋的亲人吗?不,他们有自己留恋的亲人。可是,他们为了你,为了我,为了他,为了我们大家的生存和解放,幸福和繁荣,而毅然决然地贡献出最宝贵的生命。他们的生命,放射出震撼大地震撼人心的火光。他们为什么能够做到这一点?无他,这是由于他们是真正地热爱真理,热爱党,热爱人民,这是由于他们树立起了革命的人生观,而且是那样地明确和坚定!

树立起革命人生观,抛弃剥削阶级腐朽的人生观、个人主义的人生观，自然需要一个锻炼的过程，甚至是艰巨的过程。但是，这个过程能够缩短吗？一切有志气的青年们，能够在自己年轻的时候，更早地树立起来吗？同志们！我想是能够的。我国无数的革命家，无数的有名英雄与无名英雄，他们早就向我们证明了这一点。我们家乡有一句俗话说："有志谋不在年老少，无志谋枉活一百年。"是的，没有破个人主义立共产主义的大志，即使活到80岁，他也仍然是而且只能是凡庸自私碌碌无为的人！

个人与集体

有人提出这末一种人生哲学，叫做"人人为自己，也就是人人为大家"。

这种主张说：

像那种损人利己，把自己的幸福建立在别人痛苦上的人，是很卑鄙的，我也痛恨那种人。但是我又想，如果大家都不剥削人，谁也不占谁的便宜，但也不必为别人牺牲自己的利益，各人付出足以换取自己生活需要的劳动，这样我们都为集体做了事，也就取得了自己应得的一份，从表面上看，是人人为自己，实际上确实是人人为大家，这不是也很好吗？

这就是说：

个人主义＋个人主义＋个人主义＋……＝集体主义。

你瞧，这公式多妙！

检验一下。

假定：当日本帝国主义侵略我们国土的那些年月，大家都抱定"人人为自己"的各顾各的态度，请问，还有没有我们民族的独立与生存？

假定：当我们的人民在四大家族的压榨下，挣扎呻吟在死亡线上，人人都为自己，请问，还有没有人民的解放？有没有中华人民共和国？

大事如此，小事也如此。

假定：在向秀丽的工厂里，发生爆炸的那段危急时刻，如果"人人为自己",能不能避免许多生命财产的毁灭?

人人为自己,实际上就是人人为大家吗?

看来,必须改几个字:"人人为自己,就是害大家。"这才真正符合这个"公式"的实际。

记得,某个少数民族,有这样一段民间故事。

有七八个懒汉一起出去游玩,玩累了,就在河边躺下来歇着。他们很饿。离他们几步远的地方,就有面包,还有一桶牛奶,可是谁也不愿意去拿。

后来,饿得不行,一个聪明人出了个主意:谁先说话,就罚谁去拿,大家都同意了。

一个猎狗窜过来,去吃面包,没有人讲话。

猎狗又去吃牛奶,还是没有人讲话。

牛奶桶被蹬翻了,牛奶溅到一个懒汉的脸上。猎狗在他的脸上舔着,舔得痒痒的,他实在忍不住了,叫唤了一声。

"嘻嘻,该你去拿了!"其他懒汉高兴地说。

可是,拿什么呢?

这就叫:谁也不占谁的便宜!

在旧社会里,小资产阶级也受到地主、资产阶级程度不同的剥削和压迫。因此,他们"也痛恨那种人"(但同时又羡慕那种人)。这是一方面。另一方面,他们又害怕革命,害怕损害他们的小康地位。他们在无产阶级、贫苦农民与反动阶级两种势力的冲击下而动荡不定。革命胜利了,解除了帝国主义、反动阶级对他们的剥削与压迫,这是他们感到高兴的;但是,要他们接受为人民服务的观点,要他们接受集体主义的思想,却又使得他们感到非常为难。这就是他们的阶级心理。

"谁也不占谁的便宜",就是这种阶级心理的表现。

"谁也不占谁的便宜",无论过去和现在,都是一种空想。

在旧社会,你不愿占别人的便宜吗?姑且这样说罢,可是别人要占你的便宜,你怎么办?

我们之中,没有一个人愿意帝国主义占自己的便宜,可是,他们坐着炮舰来了，口诵《圣经》，手仗刀剑，他们非占你的便宜不可。

我们之中，也没有一个人想去占四大家族的便宜，想去占保甲长的便宜，可是他却照样地派捐、抓丁，不但要你的钱，而且要你的命。

我们的劳苦大众，也没有一个人愿意地主、资本家占自己的便宜，但是，你让他们少占一点也做不到。

他们要占别人的便宜，即使方式文明一些也好，可他们是多么地残酷和野蛮呵！

可见，占便宜不占便宜，不是小资产阶级的主观愿望所可以决定的。而这个阶层本身，也不能避免生命财产的破灭。

那末，在新社会里，就可以实行这样的"原则"了吗？

不，还是做不到。

在新社会里，大家都在集体主义思想的指导下进行着英勇忘我的劳动，为迅速改变我国"一穷二白"的落后面貌而奋战不息。而你却惟恐别人占你的便宜，只斤斤于"付出自己生活需要的劳动"，现在和将来的社会成果，你却同样享受，这不是占了别人的便宜了吗？

"谁也不占谁的便宜"这话不仅不通，而且这样讲是不应该的。

一个二十几岁的人，出学校门时间不长，工作也不太久。而在这以前的长时间里，我们已经消耗了多少别人的劳动成果呢？那些抚养我们的人，教导我们的人，他们已经付出了多少精力呢？那些为我们战斗的人，他们已经付出了多少的生命和鲜血呢？这里倒真是应该来"核算"一下。我们已经占了别人不知道多少便宜，而正当需要我们出力气的时候，却提出了"谁也不占谁的便宜"，连上级多分给一点工作，都感到勉强和不愉快，假若我们的先烈能听到这样的事情，他们会不感到伤心和生气吗？

"人人为自己，就是人人为大家"，这就是给个人主义插朵花，让它合法通行。

这是危险的论调！

不管说话人的主观愿望如何，这口号实质上是资本主义的口号。它反映了和代表了资产阶级的利益。因为这口号的实现，事实上就是恢复剥削制度，允许资本主义的自由发展。这是资产阶级要拍起巴掌欢迎的。到那时候，不仅千百万群众重新陷入资本的奴役，就是你这个"痛恨"剥削者的人，恐怕也不会很舒服了。

要知道，"人人为自己"，这正是资产阶级用来发展自己的口号，是资本主义的旗帜。

欢乐和悲愁

人生需要欢乐。欢乐，是生活的维他命。

缺少欢乐，就像好花缺少阳光，食物缺少食盐，无香也无味。

只有一种人喜欢忧愁，那就是过往的词人。而那也未必全是真的，辛弃疾就说过："少年不知愁滋味，为赋新诗强说愁。"

也许林黛玉是真正喜欢悲愁的典型。但是，她假若活着，早就敲碎药罐子，同我们的小伙子到公园里谈天散步去了。

我们要欢乐，不要悲愁！

但是，什么是人生最大的快乐？

不同的人生观，会有不同的答案。

资本家说：多开几处工厂店铺，多弄些钱，多娶几个老婆，多吃些珍肴佳餐，多修几处富丽的别墅，这就是他们最大的快乐。他们弄坏了身子，吃坏了肚子，一张口就哇哇的吐酸水，也并不因而就改变自己的看法。他们还在名山涧泉边，让石匠刻上自己的名字，什么"某年某月某某游此"之类，借以永垂不朽，这想必也是他们最大的快乐！

地主会说：让国民党回来，变天倒算，把共产党人和革命群众千刀万剐，这才是他们最大的快乐！

农奴主会说：永远保存"最美妙"的农奴制度，任意抽筋扒皮，割鼻剜眼，用人头骨做饭碗，是他们最大的快乐！

小资产阶级，显然没有这几种人的"气魄"大，他们从地主阶级、资产阶级的人生观里，东挑一点，西拣一点凑成自己的"理想"，这些"理想"的实现，就是他们最大的快乐！

可是对于劳动人民来说，尤其对于革命者来说，能够认为这些是人生最大的快乐吗？

一些西方资产阶级的记者(这些靠资本家的残茶剩饭过活的人),他们说共产党人是"清教徒",是不知道人生乐趣的傻瓜。

这是泥淖里的癞蛤蟆在窥测天鹅的胸怀。

共产党人并不是只知受苦不知享受的怪物。一切通常使人们感受到快乐的事情,例如可口的饭食,舒适的住宅,幸福的婚姻,以及其他物质与精神生活的享乐,对于他们也绝不是苦役,而同样是一种快乐的事情。问题是,而且仅仅是,他们的心太大了一些,在他们的心里,不仅住着他个人、他的家庭,而且住着整个的国家、整个的世界。因此,个人与家庭生活的满足,并不能使他们感到最大的满足,而必须是世界上大多数人都得到那种高度的物质与精神生活的快乐!

如果说过错,这就是他们的"过错"。

小资产阶级的个人主义者,拼命地追求个人的快乐。但我看他们的生活里,是充满忧愁,最少快乐。

在旧社会里,倒是地主、资产阶级有更大的快乐(不管是什么性质的快乐),小资产阶级呢,由于他们阶级地位的不稳定,不是为地位的下降担心,就是为"向上爬"的挫折失望,经常精神紧张,心境灰暗,实在说,并没有什么值得夸耀的快乐。至于说到其中破产的部分,就更难说了。他们经常遭到失学失业的威胁,即使爬上一个碗边子,也少不了要看别人的眼色。哪里谈得上什么快乐?

在新社会里,他们的生活稳定,前途光明,应该愉快起来了吧?不,由于他们其中的一部分人,不愿抛弃个人主义,就经常感到集体主义是一种束缚,一种压力,心境仍然不够舒畅。他们的胸怀是多么地狭小呵!工作不能使他们感到快乐,劳动不能使他们感到快乐,为别人做一些事情,也不能使他们感到快乐。他们感到快乐的,只有那么一点点个人的东西,而这点东西,又经常和集体利益相矛盾,未必能得到实现,这样,忧愁就越来越多,快乐就越来越少了。

看来,个人主义,患得患失,是一切苦恼的根源。因为他的心跟大家不是一个劲儿,他的脚步,不能跟前进的大队合拍。纵然他也跟着走,但走得很勉强,很痛苦。在他的私欲得到满足时,可能有一刹那的快乐,但不久就又为新的患得患失所代替。他的心神永远是不宁静的,他的毕生都会充满烦恼,得不到真正人生的快乐!

什么人才能得到真正的快乐?

我们说,只有革命者,只有抛弃个人主义的人,才会有真正的快乐。因为他们的心地纯洁,目的鲜明,他们以革命的利益为利益,以革命的前途为前途,他们不计较个人的成败得失,自然不会有不可解脱的忧愁。他们的心里纵有风雨晦明,经过党和同志们的帮助,也会一霎时云散天开。他们的生活里将充满人生的欢乐!

有人怀疑为集体服务可以得到快乐。

理由是:如果更多地为集体,就往往要牺牲一些个人利益。譬如要多争取参加义务劳动或多搞一些社会工作,就必然牺牲个人一些休息时间;要主动地关心同志们的疾苦,就必然影响到对自己的照顾;有时领导上多交了一些工作给我做,我就感到这是额外负担。尽管有时我也这样做了,但个人利益既有所牺牲,从内心讲,就难免有些勉强和不舒畅,又怎能说这是愉快的事呢?

为集体服务是否可以得到快乐,决定于你是否出于革命的自觉。你认为为集体服务是高尚的事情,是革命者的天职,自然你会感受到莫大的快乐;你认为为集体服务是额外负担,自然你会感到是勉强,是不舒畅。革命者对待集体事业的态度,之所以与个人主义者的感受相反,正是因为他们不是出于被迫,而是出于自愿,他们不是害怕舆论的谴责,而是出于不可遏抑的热忱!

一个人的个人主义还没有克服,在为集体多做一些事情的时候,感到勉强和不舒畅,是很自然的。这是一个发展过程。但是,假若你是一个有志气的青年,你应该不管舒畅不舒畅,勉强不勉强,都要强迫自己去做。这样,你就会在提高革命自觉的过程中,从勉强达到不勉强,从不舒畅达到舒畅,像无数革命者一样怡然自得。

同志们!让我们的生活,充满欢乐吧!

因为在我们面前的,是一个前所未有的欢乐的时代!

1959年7月

附：黄里同志的来信

编辑同志：

我是一个在新社会成长起来的青年，参加青年团已有好几年了，一直受着党的抚养教育。特别是经过整风运动以后，深感到在今天这个伟大的时代里，生活愈来愈迫切地要求我们彻底干净地清除一切个人主义的肮脏思想。我也曾多次下过决心，严格要求自己，但由于共产主义人生观未能真正树立，几年来进步始终非常缓慢。不久前，机关里开展了轰轰烈烈的学习向秀丽的活动，我们都为向秀丽这种舍己为群的英雄行为所深深感动。在学习讨论中，许多同志都说：一个人生活的最大价值，就在于他能为更多的人（人民群众）生活得更好而活着。正因为如此，在必要时他也能为更多的人更好地活着而牺牲自己。学习以后，大家都纷纷表示，要把向秀丽这种崇高的精神贯穿到我们日常生活中去，随时随地都要把集体利益放在前面，要把全心全意为集体谋福利看做是人生最大的快事。这个问题我思考了很久，还是知其然不知其所以然。究竟为什么一个人只有全心全意为集体、为他人才算生活得有意义，才是人生最大的愉快？从我个人日常生活中体会到：如果更多地为集体，就往往要牺牲一些个人的利益。譬如，要多争取参加义务劳动或是多搞一些社会工作，就必然要牺牲个人一些休息时间；要主动地多关心同志们的冷暖饥饱和疾苦，就必然要影响到对自己的照顾；有时领导上多交了一些工作给我作，我就感到是额外负担。当然，这些事必要时还得做，尽管有时我也这样做了，但由于对个人利益既有所牺牲，做的时候，从内心讲，就难免有些勉强和不舒畅，又怎能说这是愉快的事呢？我还想：有些革命老干部和积极分子，他们终日勤勤恳恳，忙忙碌碌，席不暇暖，食不甘饴，有好处首先让给别人，有困难自己承担……而且这样的行为，又不是偶尔为之，而是成为生活的常规，这样生活下去，难道他们都是怡然自得吗？当然，像那种损人利己、把自己幸福建立在别人痛苦上的人，是很卑鄙的，我也痛恨那种人。但是我又想，如果只要大家都不剥削别人，谁也不占谁的便宜，但也不必为别人牺牲自己的利益，各人付出足以换取自己生活需要的劳动。这样，我们都为集体作了事，也都从中取得了自己应得的一份，从表面上看是人人为自己，实际上确是人人为大家，这不是也很好吗？有什么不对？同时，我还想：向秀丽、罗盛教等英雄，为了抢救某个人，抢救某些公共财物而不惜牺牲了生命，是否完全值得？是不是对人民真正有利？一个人的生命无论如何应该宝贵，尤其是这些舍己为人的英雄，肯定已经具有了先进思想和高尚的品质，在党的教育下，他（她）一定会继续进步，如果不牺牲的话，将为人民做出多少贡献！而被救活的人，当时或者以后是否会具有英雄那样的先进思想和高尚品德呢？是否能弥补英雄的牺牲所给社会造成的损失呢？他们今天能否做出或超过这个英雄不牺牲时将能做到的贡献？这都是个大问号。至于为抢救一些公共财物而牺牲了英雄的生命，丧失了人民最宝贵的财产——忠实的"园丁"，这就更不合算了。人是最宝贵的财产，生命只有一次而已，物质财富损失了可以再创造，人死了就不能复活，正如俗话说："留得青山在，不怕没柴烧。"我总怀疑这样的牺牲究竟有多大价值？是否有些得不偿失呢？假如向秀丽当时也竭尽一切力量去救火，只是并不以自己的身体去阻挡火，或者在受伤以后及时退下来，既已积极地参加了救火，也不至于牺牲生命，这样又有什么不对呢？许多人不都是那样做的吗？

　　的确，为了这些不能解决的问题，我深为烦恼。我想这恐怕还是属于人生观的问题吧？！但这种人生观究竟错在哪里？我是多么迫切地等待着你们帮我解答呵！

黄　里

写你鲜红的历史

在我们英雄辈出的国家里，出现了一颗新的亮星，这就是杜凤瑞。他是人民空军战士的卓越榜样。

什么样的人才能做一个好的空军战士呢？据我想，他首先必须具有非凡的勇敢。一个软弱怕死的人，在任何兵种里都不会是一个合格的战士，而在空军里，在我们铁鹰的战列中，就更是这样。试想，在那云海茫茫的高空，一霎时风雷万里，离开上级的监督，如果没有高度的自觉，没有真正的勇敢，就绝难完成人民的信托。1958年10月10日，在福建龙田上空的激战中，我们看到杜凤瑞是一位怎样的勇士。当他的长机遭到攻击，他奋不顾身地冲入敌阵，扑杀了一架敌机，随后他的飞机连同他本人都负了重伤。在这危急的时刻里，他的飞机每秒钟都有爆炸的危险，但他毫不犹豫，挥洒着自己的血滴，驾驶着冒烟的战鹰，迅猛地追迫敌人，从1.2万米的高空直追降到离地面300多米的高度，终于将敌机打得凌空爆炸。直到他的飞机再也不能操纵的时候，他才决定跳伞，当他刚刚跳出座舱，他的飞机就爆炸了。这是多么勇敢无畏的战士！烈士生前的言行证明，这种勇敢，完全不是什么血气之勇，也不是任何虚荣心、羞耻心支持的一时勇敢的表现，而是来源于高度的觉悟，来源于对敌人高度的憎恨与对党、对人民、对战友的无限热爱。只有建立在这种思想基础上的勇敢，才称得起真正的勇敢，也才是最坚实、最牢固的。有人以为，平时马马虎虎，只凭战时猛一下子，就可以创立功勋，这是靠不住的，是经不起严酷的考验，并且是不能持久的。

其次，我们看到，烈士最显著的精神特征，就是他那伟大的集体主义精神。过去，曾听说，个别同志为了猎取个人战功，而使战友遭到不幸的事情。而杜凤瑞同志,则与这种精神品质完全相反,他表现的是舍己救人的崇高品德。集体主义精神,对于我们的空中鸷鹰们是多么必要!我们不仅需要善于搏击的猎手,而尤其需要被共产主义精神所武装的百战百胜的鹰群!

在向杜凤瑞同志学习中,大家一致指出他对党的路线的坚定和忠诚。他不但自己身体力行,而且时刻劝导、鼓舞自己的家庭走社会主义道路。这说明杜凤瑞同志没有停留在翻身农民的觉悟水平,而已经是具有共产主义觉悟的、无产阶级化了的坚定战士。有些同志,在民主革命阶段,是勇敢坚决的,但是当革命更加深入的时候,当我们多年渴望的社会主义到来的时候,却反而张皇失措,犹疑动摇,甚至过不了社会主义这道关口。而杜凤瑞同志则与此相反,他是满腔热忱拥护总路线的鲜明榜样。

同志们!在我们人民革命的历史上,在我们的革命军队里,曾经出现了多少英雄人物!他们那压倒一切敌人的英雄气概,简直像天神一般的勇敢。他们那毫无自私自利的心,简直像水晶石一般的透明。每当我们听到他们的事迹,谈起他们的品质,总给人以深深的感动。现在,让我们来想一下,这些英雄人物,他们那种崇高的道德品质,究竟是怎样铸成的呢?难道他们那种巨人般的高度,是永远不可企及的吗?我们一般人能不能获得他们那样的品质,也成为像他们那样的人呢?

世界上并没有天生的英雄。像董存瑞、刘胡兰、黄继光、邱少云、向秀丽、安业民、杜凤瑞等等英雄人物,他们既不是下凡的天神,也不是转世的星宿。他们都曾经是普通人,是我们昨天的伙伴。他们那种崇高的道德品质,也不是生来就具有的。事实告诉我们,一个人的好与坏、革命与反动、先进与落后,都是由种种的客观原因和主观原因所造成。所谓客观原因,这里包括生长他的阶级土壤,他所处的环境,他所受到的教育和影响;所谓主观原因,就是他对这种客观环境影响所采取的态度,所作的努力。客观环境的影响,毫无疑问,是异常巨大的,从总的方面说具有决定性的作用。例如杜凤瑞同志,假若不是他参加了革命斗争,假若没有党的领导,假若不是共产主义的理想煽起了他心灵的火花,他绝不可能成长为现在这样的英雄。也许有可能成为英雄,但只能是农民类型的英雄,却不会是无产阶级式的英雄人物。拿我们自己作比，也是一样，假若不是党的领导、革命部队作风的影响、同志们的帮助，仍然是生活在旧社会里的泥淖中，到现在我们自己都难以想象会变成一个怎样的人。因此，我们说，客观环境及其影响，从总的方面说是有决定作用的；但是，在同样的环境之下，一个革命者的进步与落后，却取决于个人的主观努力。请看许多出身大体相同、环境大体相同、参加革命早晚也差不多的人们，他们同样受到党的教育，为什么若干年后会有极大的差异呢？为什么有些人变得那么坚强，那么忠心耿耿，而另一些人却是鸡毛蒜皮，依然故我呢？为什么有些人的立场愈来愈坚定，而另一些人的"反骨"也愈来愈硬呢？难道党的教育是厚于此而薄于彼吗？否，党是像亲生母亲一样对待她的各个儿女的，是像普照的阳光一样爱抚着她行列里的每一个战士的。其所以发生这种情况，这是革命者个人主观努力的问题，也就是他们每个人对党的教导采取什么态度的问题。

杜凤瑞同志的历史，可以帮助我们找到这种答案。他在日记里写道："有些人思想进步慢，工作成绩差，是什么原因造成的呢？我认为，原因只有一个，这就是自以为正确……明明自己看错了也不能改正，明明领导的意见正确也不能诚恳接受。我深深体会到，依靠党才能进步，否则就要落后。"这就是杜凤瑞同志对党的教导采取的态度。因此，他在生活的道路上，扎扎实实，前进不息，在陆军中是好战士，在航校是好学员，最后成长为一个伟大的共产主义战士。

在生活里，那种反面的例子，我们不是也看到过吗？我就看到过这样一个人：他从小在革命部队当兵，出身也并不坏，可是他有一种非常荒谬反动的论调。他把我们的党、我们的军队划分为两类人，一类是走"上层路线"的，一类是走"群众路线"的。他把那些靠拢党、听从党的教导、对我们革命的大家庭怀着热烈感情的人，叫做"唯唯诺诺"的人，拍马屁、溜沟子的人，把他们归于第一类；而把那些敢于反党、敢于同上级拍桌子的人，称做"英雄"，美其名曰走"群众路线"。试想，这样的人纵然在军队里呆上100年，如果他不改变自己的观点立场，党的教导又有什么用呢？这就是环境大体相同，同样受到党的教导，由于每个人生活态度的不同产生了截然不同的结果。

我们成熟的、英明的党,时时刻刻在关怀和教导着我们;劳动人民的优美品质,时时刻刻在影响着我们;伙伴们的英雄模范事迹,不断地在鼓舞着我们;社会主义建设和社会主义的变革运动,在我们面前像波浪一般地展开;旧社会遗留的污毒,纵然还有很大的影响,但它们毕竟成为被蔑视的不合法的东西。难道这样的环境不是很好的环境吗?难道这样的条件不是很好的客观条件吗?问题是道路虽好还要我们自己的双脚来走。共产主义思想虽好,也不会飞到我们的头脑里扎根。不会有任何一种物理、化学的方法,会一古脑儿地使我们头脑里的个人主义的污垢消失。一句话,主观努力是一个重要问题。我们看杜凤瑞同志,在生活实践中是抱着多么严肃的态度。他在另一篇日记里写道:"每个人在成年以后一直到停止呼吸的几十年的生活,就构成各人自己的历史。各人自己历史画面上所涂的颜色是白的、灰的、粉红的或者是鲜红的,虽然客观因素起一定作用,但更重要的还在于自己的努力。每个人每时每刻都在写自己的历史。每个党员和共青团员都应当好好地想一想,怎样来写自己的历史。一个党员和共青团员要以马克思列宁主义、毛泽东思想来作自己的思想行动的指导,真正做到言行一致。我要永远保持自己历史的鲜红颜色。"这段很有思想的话,虽是引述别人的,但我们从他的决心中,也可看到一个伟大的形象,一个头脑异常清醒和坚定的战士迈开大步严肃地走着人生的道路。现在我们可以告慰烈士的英灵说:亲爱的同志;你已经完全实现了你生前的誓言。你的历史,是一页通篇鲜红的历史!你的一生,是红色的一生!它红得像鲜花,红得像烈火,红得像你在祖国的碧空洒下的忠实于党忠实于人民的热血!

同志们!让我们想一想,我们的历史是涂了些什么样的颜色呢?是鲜红的呢,还是颜色浅淡的粉红呢?或者是还夹杂着一些白色和灰色的斑点呢?我不知道每个人将怎样来回答这个问题。也许在回忆中,会感到兴奋,也会感到惭愧。但是沮丧和叹息都无补于事,过去的日子已经像流水般地逝去。只有下定决心,诚诚恳恳,兢兢业业,用自己的赤诚和忠心来书写今后鲜红的篇章。但是,如果不解决一个根本问题,纵然下了决心,那些白色和灰色的斑点,也许还会玷污我们的历史。这个根本问题,就是人生观的问题。也就是说，在我们的内心深处，究竟是为个人、为少数人而生活呢？或者是为集体、为大多数人、为我们伟大的人民事业而生活？我们的脑瓜，究竟是让它变做"国营"的好呢？变做"私营"的好呢？或者是弄成一个"公私合营"的小杂货店好呢？同志们！只有我们牢固地树立起共产主义的人生观，生命的航船才算有了正确的方向，纵然有弥漫的云雾，也不会迷失航路，我们的历史也才能写得鲜红。让我们每个红色的战鹰，以及围绕着他的一切工作人员们，都用赤胆忠心的大笔来书写鲜红的历史吧！这就是向杜凤瑞烈士学习中应该得到的结论。

1959 年 11 月 21 日北京

路　标

一

在这些日子里,一个伟大的灵魂震撼着人们的心灵,这就是雷锋这个普通战士的灵魂。他使我们许许多多人感动得流下了眼泪。

他,在这个世界上只活了22年;加入中国共产党也还不到两个年头;可是在这短暂的时间里,他活得多么纯洁,多么高尚,多么光彩呵!他的生命是过得多么有价值有意义呵!他正是毛主席所说的那种高尚的人、纯粹的人。一个人能够这样活着,即使活上一天,也胜似那浑浑噩噩的一百年!

有人说,雷锋的事迹是平凡的。可是,正是在这平凡里,我们认识了一个伟大的灵魂。在雷锋的历史上,虽没有上甘岭冲天的火光,也没有云周西村惊人的风雪,但我们完全可以说,他同黄继光、刘胡兰同样的伟大;或者说,他就是我们祖国建设年代的黄继光和刘胡兰!

雷锋,这是我们时代的真正的新人。我们这样说,是因为我们的时代,是无产阶级集体主义兴起的时代,是个人主义终将被集体主义所代替的时代;雷锋呢,不就是这种时代精神活生生的完美的典型么?你听他说:"力量从团结来,荣誉从集体来。"你再听他说:"一滴水只有放进大海里才能永远不干,一朵花打扮不出春天,只有百花齐放才能春色满园。"他就是这样心甘情愿地、毫不勉强地要"永远做一个永不生锈的螺丝钉",自觉地"把有限的生命,投入到无限的'为人民服务'之中去"。这是多么深刻的语言,多么动人的无产阶级集体主义的歌声呵！雷锋的伟大行动，正是这种思想的耀眼的火花。正因为雷锋的周身甚至每个细胞都浸透了这种情绪，所以能同几千年私有制度留下的旧思想、旧习惯彻底决裂；这就使他有别于任何历史时代、任何阶级的英雄人物，而成为我们这个时代的、我们无产阶级所拥有的真正的新人。

雷锋呵，你虽然生活在20世纪的60年代，但人们从你身上，也从千千万万革命战士的身上，却看见了未来的人类、共产主义的人类。在这些日子，我常常看见你，看见你那褪了色的军衣，看见你那谦逊的微笑，你是以多么崇高的精神，招引着人们前进呵！

二

在我沉思默想的时候，仿佛听到一种深沉有力的呼喊："人们呵，在你自己的一生里，你究竟打算做什么样的人，走什么样的道路呢？"

谁在呼喊？这是生活在呼喊。它要求每一个人都要作出毫不含糊的回答。

雷锋的出现，对于我们辨认生活道路，是一个多么有力的援助！

在以往的战争年月中，人们穿行在崎岖的山径和茫茫的荒野，每当风声怒号，夜色深沉时，多怕迷失了方向，迷失了道路，而又多么容易迷失方向和道路呵！可是，这时候，只要在路边，借着模糊的星光发现了前人设置的路标，人们就会发出惊喜的喊声，更加振奋地向前行进。

现在，雷锋出现在我们的生活里，不正是一支叫人惊喜的路标么！

现在，我们的祖国早已越过了漫漫的冬夜，欢度着阳光明丽的春天。但是，正像人们所体会的，春天，尤其在初春天气，这是残冬的余威同新起的暖流进行搏战最激烈的季节。在这个新旧交替的社会里，一方面，新的人、新的思想以令人目眩的壮丽姿态茁壮成长；一方面，资本主义的、封建主义的旧势力、旧思想、旧习惯仍然以各种形式大量存在，它们每时每地都在拉我们的后腿，阻挠我们前进。这种斗争，不仅表现在阶级与阶级之间、人与人之间，而且反映在一个人的头脑中。在人生观的领域里所进行的战争,集体主义与个人主义的战争,也同样是多么尖锐剧烈呵!人们看到,就在同一家国营商店的柜台里,这边一个人是满面笑容百问不厌,那边一个人却愁眉苦脸,发出"十年寒窗付流水"的慨叹;在同一块田地上,有人为参加农业战线的斗争、促使祖国农业早日过关感到光荣,同时就有人埋怨"修理地球"耽误了自己的"远大前程";同样的青春,同样的年龄,有人跋山涉水,为改变祖国一穷二白的面貌而感到莫大的幸福,另外却有人认为糊糊涂涂地吃喝玩乐那才算没有虚掷自己的年华……这是一场多么激烈的新旧斗争呵!我们的年轻一代,正是在这场难解难分的无产阶级同资产阶级人生观的交战中前进。他们思考着、判断着、争执着、觅寻着自己的路……

雷锋出现了!他,有如一座光芒万丈的金塔,矗立在共产主义的思想高地;他,有如一支鲜红的路标,高高插在我们生活的十字路口。现在,面对着这个伟大的战士,人们有机会再想一想:究竟要做什么样的人,走什么样的路。究竟是像雷锋那样活着,做一个大公无私的高尚的共产主义者有价值有意义呢,还是做一个自私自利的人有意义呢?或者是开一个"公私合营"的杂货铺,一年四季患得患失地度过一生有意义呢?对照雷锋的思想,我们再看一看那些旧时代的、剥削阶级的偏见,是显得多么渺小,多么可怜,多么没有意义呵!为什么人一定要当"官"或取得其他高级职位才算是活得有"价值"呢?为什么一定要高人一头、超人一等才算是有"前途"呢?为什么只有清闲、少劳动或不劳动才算是"幸福"和"快乐"呢?为什么要把服务性行业看得那么卑贱见不得人呢?这是些多么可怕而又可鄙的偏见!现在正是这些剥削阶级留下的臭垃圾阻塞着我们的去路,影响着我们许多方面建设事业的前进。我相信,雷锋的榜样,不仅给我们指出了正确的生活道路,而且加强了我们同一切旧思想、旧习惯坚决战斗的勇气。假若我们自己头脑里有这些东西,就毫不客气地同它开火吧,正如雷锋所说的,要像秋风扫落叶一样。

在学习雷锋中,有人说雷锋虽好,却高不可攀。实际上,恐怕是对放弃个人主义还缺少勇气吧。有人就坦白地说:"我要丢掉个人主义,就没有积极性了,因为前进的发动机被摘除了。"是的,摘除了一个人的"发动机",这的确是可怕的;可是,这究竟是什么样的"发动机"呀,破旧不堪,经常在集体事业中发生故障!摘除这样的"发动机",就可以换上一架最新最美、保你使用终生的十万匹马力的"发动机"。雷锋同志也正是装置了这样的"发动机",所以才精神奋发,力气无穷。这架"发动机"的名字,就是他从毛主席著作里取来的、彻底的无产阶级的人生观:"全心全意地为人民服务。"让我们每一个人都取得一架这样的"发动机"飞腾前进吧!

我们要做雷锋那样的人!

我们要走雷锋那样的路!

三

学习雷锋的运动,正在我们的国家迅速展开。

这是一个共产主义思想扩展阵地的运动;这是一个促进我们的新人大批成长的运动;这是推进我国的社会主义建设迅速发展的运动。我们欢呼这个运动全面地深入地开展下去。

这个运动现在刚刚开始,在我们的周围就出现了多少动人的景象呵!过去没人打扫的走廊,现在忽然变得干干净净,你查不出是谁打扫的;过去被忘却了的煤堆,风吹日晒,现在忽然大家争着去把它团成煤球收藏起来;家庭困难的学生,书桌上忽然出现了无名氏赠送的笔记本;丈夫出门在外的产妇,屋子里忽然降临了一位烧水做饭的姑娘;不安心工作的炊事员,开始求师访友,急着提高烹调技艺;见了熟人就躲起来的理发学徒,也愉快地拿起刀剪,脸上出现了笑容……在这些日子里,就是幼儿园的孩子,也在争着给老师抹桌子,擦钢琴,连留在家里的小病号,都悄悄地把一床床被子叠好。雷锋呵,你的生命放射出来的光辉,在一刹那间,照亮了多少人的灵魂!

毛主席号召我们"向雷锋同志学习"的深远意义,越来越清楚了。在我们的国家里,应该说,像雷锋这样的英雄是不少的;但是,对于我们所进行的空前伟大而艰巨的事业,不管在哪一条战线上,都需要有更多的、成千上万的雷锋。随着运动的发展,想想吧,假若我们的工厂、公社、仓库的管理人员们,都能用雷锋拣牙膏皮的精神进行节约;假若我们的学生、干部,都能用板子上揳钉子的精神进行学习；假若我们服务性行业、商业部门的同志们，都能用风雨中送人母子回家的精神为人民服务；假若我们的艺术家们，都能用雷锋那样对党、对人民的热爱和赤诚去歌唱；假若我们大家都像雷锋那样去帮助同志：我国人民和年轻一代的精神面貌将会提到怎样的高度！我们的社会主义建设将会出现何等沸腾的景象！

随着运动的发展，我们相信：在我们的队伍里，在各条战线上，必将出现千百万个雷锋！一个拥有千百万雷锋的国家，这意味着什么呢？这就意味着，我们的社会主义建设事业，必定会以更高的速度前进，我们的社会主义必定会更早地建成！这就意味着，一切今天没有的，明天就可能有；一切没有达到的，明天就会达到！

1963年3月28日晨7时

弃燕雀之小志，慕鸿鹄而高翔！

——《幸福的花为勇士而开》续篇

开 篇 辞

在"向雷锋同志学习"的热潮中，我国青年又一次展开了关于幸福问题的讨论。这次讨论，是对雷锋同志的幸福观抱有各不相同的理解引起的。讨论十分热烈。最可喜的是，在参加讨论的一万件来稿中，绝大部分的意见是正确的。不妨说，这是无产阶级思想，在人生观的领域里，又打了一个很大的胜仗！

这就说明，我国青年的精神面貌，是着实叫人高兴的。这就说明，无产阶级的人生观，每时每刻，都在各种旧意识的阻挠中扩展着自己的阵地。这也就预示着，在我们中国大地上，将会要出现越来越多的、千千万万的雷锋！

这绝不是偶然的。因为我们的土地，曾饮过苦难的人民过多的血泪，灌溉过一代又一代革命者的鲜血；同时，它又是我们的党和毛主席，一年四时，用共产主义精神辛勤耕耘的土地啊！

在讨论中，虽然有很少一部分意见是错误的，这也并不奇怪。千百年来的陈旧观念，哪能一个早晨就消失呢！对于这部分同志，通过讨论，可能获得更多的益处。我们热望他们，十分挚诚地热望他们，今后，在树立无产阶级人生观的正确轨道上大步前进。同时，对这篇文章的论点和解释，也欢迎提出不同意见，继续进行讨论。

阶级·时代·标准

一个革命青年,究竟具有怎样的幸福观才是正确的呢?我以为,只有树立起最先进最革命的阶级——无产阶级的幸福观,才是最正确的。

为了树立无产阶级的幸福观,需要进一步明确下述三个方面的问题。

第一,需要同一切剥削阶级的幸福观划清两条界限。

第一条界限:剥削阶级的幸福观(一些受剥削阶级影响很深的小私有者同样如此)总是把享受同创造看做是两个绝不相容的概念;而无产阶级的幸福观,则把享受同创造看做是统一的概念。

第二条界限:剥削阶级的幸福观的出发点(小私有者也一样),总是为了个人和少数人;而无产阶级的幸福观的出发点,则是为了集体和大多数人。

这两条界限,也就是无产阶级幸福观同剥削阶级和小私有者幸福观对立的特征。只要掌握住这两个根本对立的特征,一切幸福观,不管说得怎样天花乱坠,披上什么理论的花衣,都将得到可靠的检验。

一些人说:"剥削别人当然是可耻的事情,我不愿像剥削阶级那样,把自己的幸福建立在别人的痛苦之上;但是,一个人为什么不能为了个人而活着呢?"这就是说,他只愿划清第一条界限,还不愿划清第二条界限。这样,他也就难以最后脱出剥削阶级幸福观的范畴。我们将在后面详细地讨论这个问题。

我们说:只有划清这两条界限,无产阶级的人生观才能够树立起来。

第二,要深刻理解无产阶级的历史责任。马克思主义一再教导我们:无产阶级的最后战斗目标,是要在全世界消灭剥削和压迫,解放全人类。这就是无产阶级的历史责任。

今天,我们的国家虽然已经获得解放,但是全世界还有三分之二的人民,仍旧呻吟在帝国主义和资本主义的奴役之下。我们应该时时刻刻想到他们,他们正遭受着和我们过去同样深切的痛苦,我们应该能听到世界最边远的角落里皮鞭下的呻吟和战斗的呐喊。我们不仅要把自己国家的革命进行到底,不仅要付出巨大的劳动来改变我国人民一穷二白的处境,还要用永不衰竭的热忱,来支援这些地区反对帝国主义的斗争和反对资本奴役的斗争。事实上,也只有这些地区的人民获得了解放,才能保证我们不再遭受帝国主义的侵犯,我们的胜利才能说是最后得到了巩固。

可是有人却说,革命的年代已经过去了,今天应该是尽情享受的时候。毫无疑问,这种认识是错误的。其所以如此,正是由于他没有清楚地认识到无产阶级的历史责任。本来是世界人民的革命运动蓬蓬勃勃大发展的时代,却被认为是应该偃旗息鼓享受安逸的时代。

事实上,一个国家获得了解放,这个国家的无产阶级,这个国家的人民和青年,他们对世界革命的责任,不是减轻了,而是大大加重了。就是对这个国家本身来说,阶级斗争也并没有停止,而是在另一种形式下继续进行。不是在被统治的状态下进行,而是在人民成为统治者的状态下,即无产阶级专政的条件下进行。如果不清楚地认识到这一点,前辈们传给我们的革命火把,就会暗淡或熄灭,这就恰好是背离了和辜负了自己的时代。

第三,向低标准看齐呢,还是向高标准看齐?

在建设社会主义的长时期内,人民的思想,正处于从旧意识到新意识的过渡状态。表现在人生观的领域里,就是形形色色的人生观、幸福观的纷然杂陈。在我们的周围,可以看到,生活着各种各样的人。有自私自利的,有半公半私的,有先公后私的,还有公而忘私和大公无私的。比如雷锋同志,他就是这种公而忘私和大公无私的光辉典型。

那末,我们究竟应该以哪种人作为自己的榜样呢?究竟应该以哪种标准当做自己一生的奋斗目标呢?对所有的人,革命组织从来无意用同一的标准来要求;但是,这并不是说,每个有志气有出息的青年不可以向自己提出最高的要求。在人生的道路上,一个人只有向自己提出的标准越高,他所达到的高度也才会越高。如果一开始就给自己定下一个很低的标准,比如说"只要我不剥削就行了",那末,在他的一生中,也就很难达到怎样的高度。

同志们！让我们还是把雷锋同志作为自己的榜样吧。担负着重大历史责任的中国青年，不但需要而且应当有勇气达到这种辉煌的高度！即使攀登不到这种高度的话，也至少希望自己成为一个先公后私的人，因为这是一个社会主义国家的好公民应该具有的道德。

评"吃得好＋穿得好＋住得好＝幸福"

什么是人生最大的幸福？

有人提出一个"公式"："吃得好＋穿得好＋住得好＝幸福。"

我以为，要判断这个"公式"是否正确，首先就要问：这里说的"吃得好、穿得好、住得好"究竟是怎样来的？也就是说，是以什么样的手段取得的？

过去，那些地主、资本家老爷们，国民党的达官贵宦们，以及他们的走狗和爪牙们，他们吃的、穿的、住的都算够好了吧；可是，他们依靠剥削、压榨、勒索得来的这种人肉筵席，难道是值得羡慕的幸福吗？不，这不是幸福，这是地地道道的罪恶！

那末，在不剥削别人的条件下，也就是说，用正当的劳动手段得来的吃得好、穿得好、住得好，可以看做是一种幸福吗？

当然，可以看做是一种幸福。

但是，如果把它当做自己的生活目的，也就是说，仅仅是为了自己吃得好、穿得好、住得好而活着，那末，这种幸福，也只能是马克思所说的那种"可怜的、有限的、利己的快乐"，而绝不是革命者的最大的幸福。

只有不是为了个人和少数人，而是为了集体为了全世界大多数人都吃得好、穿得好、住得好而斗争，才是革命者的最大的幸福。相反，当全世界大多数人啼饥号寒挣扎在死亡线上的时候，当自己国家的人民生活水平还比较低的时候，一味追求个人享受，这不仅不是幸福，而是一种羞耻！

持有这种"公式"的人还说："任何一个人，不论他属于什么阶级,只要他活着,他的一切活动的目的,都是为了吃穿住得更好。"

这话对吗?不对。请问:

当董存瑞高举炸药包与敌人同归于尽的时候,吃穿住得更好吗?

当刘胡兰视死如归地卧倒在敌人的铡刀之下,吃穿住得更好吗?他是为了自己她是为了自己当雷锋把自己的积蓄捐献给人民公社,也是为了自己吃穿住得更好吗?

还有那些难以尽数的,为了我们的伟大祖国而流尽鲜血和心神劳瘁的人们,难道都是为了自己吃穿住得更好吗?

说这种话,不仅模糊了先进思想与落后思想的界限,而且模糊了剥削阶级与无产阶级的界限。

我们承认:在劳动人民之中,尤其在小生产者当中,在一定时期内,当旧社会的陈旧观念还没有来得及从他们的精神上洗刷干净的时候,他们可能会把个人的吃穿住作为生活目的。但是这种情况,是会随着社会的不断前进而逐步改变的。我们坚信:这种陈旧的人生观,迟迟早早,终将在大多数人中成为历史的陈迹!

持有这一"公式"的人,还举出了一个似乎是很有力的论据,他们说:"革命的最终目的——实现共产主义,也是为了无限地满足劳动人民的物质生活需要呀,那末,说吃得好、穿得好、住得好是人生的最大幸福,又有什么不对呢?"

这意思无非是说:无产阶级主张共产主义,也是为了人们吃得好、穿得好、住得好;我,也主张吃得好、穿得好、住得好,这不是一致的吗?

不,鱼目不能混珠。为共产主义而奋斗,是为全人类兴建共产主义的幸福大厦;你所说的吃穿住,只不过是为个人营造小小的窝巢。这两种截然不同的生活目的,又怎么能够混同呢!

此外,我们发现,个人享乐主义者,他们对共产主义社会的理解,也是非常错误的。他们不是把这个社会,首先了解为人类创造力的全面开花,而仅仅是了解为尽情地吃喝玩乐。这只能是浪荡公子的荒诞想象,绝不是共产主义社会的真正面目。他们忘记了:就是到了那时候,人,仍然是要劳动的,不是干得更坏,而是干得更好。

正如马克思所描写的,"劳动已不仅仅是谋生的手段,而且成了生活的第一需要"。正是在这种条件下,人类空前伟大的创造力,才会无限制地喷发出来,成为空前的奇观。也只有在这种条件下,一切物质产品与精神产品的极大丰富,才会成为现实。我不相信,在未来共产主义社会里,生活着的是一群一群只懂吃喝玩乐的小姐少爷;如果那样,人类最幸福的社会,怎么能够出现呢?即便出现,也是会立即垮台的。

持有这种"公式"的人,还有一种理由:"追求吃得好、穿得好、住得好,不但不会'丧志',而且还会'坚志',因为追求物质文化生活的愿望越迫切,就越要努力为实现共产主义而奋斗。"

我认为,批评"丧志"的与主张"坚志"的争执者双方,也许都没有错,因为他们各自所说的"志",原本不是一个东西。你批评他"丧志",是说他会"丧"共产主义之"志",他说会"坚志",是说他会"坚"个人主义之"志"。因此,我说双方都没有错。

至于说,"追求物质文化生活的愿望越迫切,就越要努力为共产主义而奋斗",正确的说法应该是:把集体放在第一位,追求人民大众的物质文化生活的愿望越迫切,才会越要努力为共产主义而奋斗;如果把个人放在第一位,追求个人享受越迫切,他倒要小心是否会为资本主义而奋斗。

总之,在无产阶级的幸福观里,我们决不排斥物质生活的概念,我们同样把物质生活的满足,看做是幸福的重要内容。但是作为革命者来说,问题的实质在于:究竟是把个人物质生活的满足当做奋斗目标,或者是把人民大众的物质生活的满足当做奋斗目标?一切从个人出发,捧出"吃得好+穿得好+住得好=幸福"的公式,这就只能是追逐金钱,只能是"为人民币而奋斗"这个老公式的翻版。因此,就不能不说它是错误的。

物质生活与精神生活

在讨论中,对于物质生活与精神生活的关系,也引起了争论。

一种意见认为：一个人要有正确的幸福观，应该把精神生活放在第一位，物质生活放在第二位。理由是：一个人如果只是追求物质生活的满足，而精神生活很低下，这样的人，不能认为是幸福的。

另一种意见却认为：物质生活是第一位的，精神生活是来源于物质生活的。物质生活的好坏，始终是幸福不幸福的主要内容与第一标志。如果离开物质生活来谈精神生活，一个人的幸福不就成了虚幻抽象的东西了吗？

首先，需要明确一下"精神生活"的概念。

如果这里所说的"精神生活"，是泛指人的一般精神活动，那末，每个阶级都有各不相同的精神生活。例如资本家追逐最高利润的狂热，地主无限制地埋藏元宝、白洋，奴隶主拿人头骨做饭碗当做乐事，这不都是他们的"精神生活"么？如果笼统地讨论物质生活与精神生活何者占第一位，就没有多少实际意义了。

文化生活，也属于精神生活的范围。如果和物质生活相比，它当然只能占第二位。只有吃饱肚子，坐在那里看戏才会是愉快的。

政治自由，这是精神生活的根本问题。一般地说，它同物质生活是紧密地联系在一起的。在旧社会，劳动人民经济上受剥削同政治上受迫害，是联系在一起的；在新社会，劳动人民当家做主同物质生活的改善，又是联系在一起的。如果两者一定要做个比较，我们常常感到失去自由比起物质匮乏有着更深的痛苦。我们解放军的多数老同志们都有过这种体验：当他们参军之后，虽说物质生活仍然十分艰苦，但精神上却感到无比的愉快，因为比起他们给地主扛长工当放牛娃来，是作为一个人生活在这个世界上了。相反的例子，可以举出中世纪的宫女和资本家的姨太太们，她们吃的、穿的、住的，都可以说是"高标准"了，可是她们的幸福究竟在哪里呢？

这里，我们不准备过多地讨论一般精神生活的问题，我们想着重讨论革命者的精神生活的问题和这种精神生活在革命者的幸福观里应占据何种位置的问题。这可能对我们有更多的益处。

对于一个无产阶级的革命者来说，什么是他的精神生活的主要内容呢？

毫无疑问，革命理想，是构成他的精神生活的核心。

革命理想，就是革命者的生命。不，比他的生命还要珍贵。在这一点上，我们共产党人，要比一切宗教的信徒对他们的"上帝"还要真诚百倍。为了实现革命理想，我们人人都可以毫不吝惜地抛洒自己的鲜血，我们人人都可以慷慨地牺牲自己的一切！

可以设想，对于这样的人，要他把某一些物质生活的满足，作为幸福的第一个标准，这是多么困难！

在过去斗争激烈的年代，一个人参加革命，不但不能提高自己的物质生活，还要尽可能拿出钱来，充作党的活动经费；更别说经常面临的杀头危险了。

大家都听到过共产党人彭湃的故事。他参加革命，首先从自己开刀，把他大地主家庭的土地，完全分给了农民群众。闻名的共产党人杨殷同志，为了给党筹措活动经费，不仅卖去了自己的全部田地，又卖去了自己兄弟的田地，最后把妻子的遗产，把妻子的首饰都拿去卖了。

相形之下，那种一味醉心追求物质享受者的精神境界，显得是如何地渺小与可怜啊！

在旧社会里，反革命的物质生活，比革命者不知好过多少。可是革命的人们，却宁愿吃树皮草根，而不要敌人的佳餐美肴；宁愿露宿山野，而不要敌人的高楼大厦；宁愿穿粗布褴衫，而不要敌人的绫罗绸缎。即使敌人用砍头枪毙来威胁，也不能改变他们的选择。

在我国历史上，有过多少这样可歌可泣的人物！像李大钊、邓中夏、恽代英、方志敏，等等无数烈士，假若他们肯于放弃自己的革命理想，那是可以得到"高标准"的物质生活的，可是他们却义无反顾地为人民倾尽自己的全部鲜血！

把追求物质享受作为自己的最高目的，在斗争激烈的年代，这种人，就很有可能成为革命的叛徒。

抗日战争时期，在敌后战场上，只有日本帝国主义和汉奸才吃得好、穿得好、住得好；假若抱定这样的目的去生活，那岂不是要当汉奸么？可是，真正甘心去当汉奸的，只有那些为数极少极少的人类渣滓们。

这就足以证明：把物质享受无条件地放在首位，就连普通老百姓的道德也是通不过的。

有人反驳说："离开了物质生活的享受，来谈共产主义理想，谈伟大的革命志气，谈艰苦奋斗，那是从根本上完全排斥了物质生活的合理性。"

这话不对。共产党人不仅不排斥物质生活的合理性，而且是为实现物质生活合理性而斗争的最积极、最热忱与最彻底的战士。

试想：在人民没有取得政权的日子里，为了给工友们增加几分钱的工资，而不怕牺牲流血，走在示威队伍最前列的，不是共产党人又是谁呢？

试想：在人民取得政权之后，领导人民建设强大的物质基础，并不断提高人民物质生活水平的，不是共产党人又是谁呢？

尤其重要的：又是谁在历史上第一次把剥削阶级所据有的一切生产手段，变为全社会的财富？此外，还有哪一个阶级和政党能够做得这样彻底呢？

不，不是我们排斥了物质生活的合理性，而正是一切剥削阶级从头到尾排斥了劳动人民物质生活的合理性，使人民陷于被剥削的悲惨境地。恰恰是我们，无产阶级和共产党人消灭了剥削，这才实现了劳动人民物质生活的合理性。

有人会说：既然你们对人民群众的物质生活这样重视，为什么又把革命理想强调得那么高呢？

好，让我们着重谈谈这个问题。

一般来说，幸福，既是物质生活的概念，又是精神生活的概念，它是由物质生活和精神生活这二者构成的。对人民群众物质生活的任何轻视都是错误的。一个人缺少最低限度的物质保证，这当然不是一种幸福；同时，一个人物质享受的满足，也并不能弥补他精神上的空虚。显然，这二者缺少任何一方面都是不完整的。

但是，对于担负着解放全人类的历史任务的无产阶级来说，尤其对于他们之中的先进部分来说，却特别应该把革命理想放在主导的地位。这是因为：无产阶级如果不用革命理想把自己最充分地武装起来，并以此带领劳动群众前进，它就不可能完成本国人民的解放，并进一步完成全人类的解放。

有人总觉得：强调革命理想，不把物质生活放在第一位，幸福就无法"落实"，就会成为虚幻抽象的东西。仿佛这是一种"唯心论"的立场。

其实不然。事实上，物质生活不管你强调到什么程度，就是你把它强调到天上去，好的物质生活也不会从天而降。它仍然必须从劳动与斗争中产生。离开劳动和斗争，不仅美味佳肴无从出现，就连一片菜叶，也不会因为你的强调就自动地跑到餐桌上来。

因此，我们从劳动和斗争出发来谈幸福，把它看做是幸福的基础，人们合理的物质愿望才能真正得到"落实"。这才真正是唯物论的立场。而离开劳动和斗争来强调"物质生活的第一性"，这个"第一性"，不就成了悬在半天空的东西了吗？不恰好成了"虚幻抽象"的东西了吗？它又到哪里去"落实"呢？这才真正是唯心论的立场。因为它不是从创造而是从"享受"这个观念里产生的。

有一些人，总以为强调革命理想，仿佛与物质生活无关，甚至是同物质幸福相对立的。其实，他没有认识到，只有用革命理想把人民群众武装起来，才能为社会主义创造出雄厚的物质基础。物质可以变为精神，在这里，精神又可以变为物质。

试想，井冈山时代，当革命者揭竿而起的时候，他们拥有什么了不起的物质呢？但是，他们却有一个有名的口号，叫做"红米南瓜——打倒资本家！"这在当时很多人听起来，不过是空想和奇谈；还不到30年，它就变成了伟大的现实。——这就是因为吃"红米南瓜"的中国革命者，他们拥有着可以把精神变为物质的革命理想！而这种理想是完全符合历史发展规律的。

这就告诉我们：一个胜利了的阶级，一个胜利了的国家的人民，只要不丢掉这种革命理想，同样，任何困难都是可以战胜的。反之，如果丧失了这种革命精神，就是已经拥有强大的物质力量，革命事业也是没有保障的。

不可能设想，一个革命阶级的精神状态不佳，可以获得解放；也不可能设想，一个胜利了的阶级精神状态不佳，可以巩固与发展自己的胜利。

我们十分感谢我们的党,始终如一地强调政治挂帅,使我国人民保持着永不衰竭的战斗的精神状态。这是令人感到庆幸的。这就预示着,不管我们如何穷,也不管可能遭遇多少挫折,我们都是真正有前途的,有希望的。若干年后,6.5亿穷棒子的中国,终究要成为世界上富有强大的国家,这绝不是什么荒诞的奇想。

对此,我们中国人民怀着百分之二百的确信!

个人幸福与集体幸福

雷锋说:"自己辛苦点,多帮人民做点好事,这就是我最大的快乐和幸福。"他又说:"我活着,就是为了使别人过得更美好。"——这正是毛主席说的全心全意为人民服务,这正是无产阶级集体主义的幸福观。

可是,有人却说:"你们老是强调集体幸福,究竟还承认不承认个人幸福?"

我们说:我们强调集体幸福,但是从来也不否认个人幸福。我们是集体幸福与个人幸福的统一论者。我们反对的,仅仅是那种以个人为前提,游离于集体之外,凌驾于集体之上的"个人幸福";对于另一种以集体为前提,把个人融合于集体之中的个人幸福,我们不仅不反对,还要积极地关怀它,维护它,尽可能使它得到完满的体现。尤其对于那些公而忘私和大公无私的人,更要给以特别的关怀。因为,这种个人幸福本身,就是集体幸福的一个部分。

一句话,我们反对的仅仅是个人幸福至上,而不是个人幸福。

我觉得,现在的问题,倒并不是我们的社会有谁否认个人幸福,而正是有人想把集体从幸福的概念里排挤出去。

有人就说:"帮助了别人,只有被帮助者才是幸福;对于帮助者,只不过是精神安慰而已。因为你的同志幸福,不等于你自己幸福。"有人甚至说:"幸福总是属于个人的,而且是由个人来感受的,离开个人还有什么幸福可言呢?"

噢!"你的同志幸福,不等于你自己幸福。"当然,你的国家、你的人民幸福,就更不等于你的幸福。这不是个人主义幸福观是什么？

噢！"幸福总是属于个人的。"这不明明是说幸福只能是个人的概念吗？这不明明是要把集体从幸福观里挤出去吗？

这里只有一句话说对了：幸福"是要由个人来感受的"。可是，你的感受同雷锋的感受，为什么有这样大的不同呢？归根结底，是来源于不同的生活目的。雷锋是为千百万人民活着，当然"多为人民做点好事"，会感受到这是他最大的幸福；你只为自己活着，当然只有你孜孜以求的私欲得到满足，你才会感受到这是最大的幸福。

在你看来，离开个人便没有幸福可言；在我们看来，当幸福不同集体联系在一起的时候，不是属于千千万万人民的时候，即是个人生活得像皇帝老子一样，像神仙一样，对于这个世界又有什么意义呢？

看来，还是不要把集体抛开吧。因为幸福，它本来就是由集体幸福和个人幸福这两者构成的，是由两者不可分离地联系在一起的。

那末，集体幸福同个人幸福，这二者究竟是一种什么关系呢？

在集体主义者看来，集体幸福是个人幸福的基础，个人幸福是集体幸福的体现，没有集体幸福，也就不会有个人的幸福。

如果把集体幸福比作一株大树，个人幸福便是树上的花朵和果实。只有这株大树根深叶茂，才能开满树繁花，结一树果实。如果这株大树被虫豸蛀空或被雷电击倒，请问花和果又系在何处呢？

但是，有人却说："集体也是由许多个体组成的，每个个体得到了幸福，这个集体不也就幸福了吗？"

乍一看也颇似有理，仔细一想，这话恰巧把真理说颠倒了。有谁能够指望，一棵枯死了的果树，能够结出甜美的果实呢！

有人总是害怕强调集体幸福，会抹杀个人幸福。其实，愈是看重集体幸福，人人都把集体幸福放在首位，个人幸福也才愈有保证；反之，愈是强调个人幸福，人人都把个人幸福放在首位，势必破坏集体幸福，并导致个人幸福的毁灭！

这就是生活的逻辑，活生生的逻辑！

回想,当日本帝国主义侵入我国的那些日子,如果不是我国人民把民族的生存放在首位,人人奋勇,个个争先,我们能避免当亡国奴的命运吗?而当大家都做了亡国奴的时候,你怎样去追求个人的幸福呢?

同样,在国民党反动派统治我们的那些悲惨日子,如果不是我国人民把人民解放的利益放在首位,进行决死的战斗,我们又怎能够有今天的幸福呢?

今天同样如此。假若6.5亿人民,不下定最大决心去改变一穷二白的状况,不建设强大的国防,保卫祖国的安全,而只是梦想着个人"高标准"的生活,这不是空洞的幻想吗?

个人幸福同集体幸福,就是这样不可分离地统一在一起的。同时,不可否认,在总的一致下,这两者也存在着矛盾的一面。

无产阶级和被压迫民族,不可能设想,不付出重大代价,就可以赢得解放;胜利之后,同样,不可能设想,不经过艰苦奋斗,就可以建设起富强的国家。

在这个阶级这个民族的先进分子看来,在个人幸福同集体幸福发生矛盾的情况下,牺牲个人幸福,创造集体幸福;牺牲眼前幸福,换取长远幸福;牺牲局部,保存全部,这是理所当然的。当他作出这种牺牲的时候,不仅不是勉强的、痛苦的,而且是自觉的、愉快的。因为他们高举的旗帜,是"集体幸福高于一切"的旗帜,这是共产党人和革命群众引以自豪的神圣的旗帜!

我们该没有忘记,抗美援朝中,战士们有一句响亮的口号:"一人受苦,万人享福。"难道不正是这个口号所代表的强大意志,才赢得了我们面前的一切吗?

在讨论中,有人提出这样一个问题:

"雷锋说,他活着是为了别人过得更美好。可是,一个人活着,难道不也是为了自己吗?如果为了自己的享受,去剥削别人,那当然是损人利己的可耻行为;但是,如果一个人成天辛辛苦苦只为别人做事,一点也不为自己,这不太苦了吗?在互不剥削的条件下,为了自己活着,又有什么不可以呢?"

我在《夏日三题》中,曾经对"人人为自己,就是人人为大家"的同类错误论调提出过意见,谈到一些同志"谁也不占谁的便宜"的说法,无论在新旧社会都是一种空想。本文前面也简略提到这个问题,现在让我们再作一次较为详细的探讨。

仔细想来,提出这个问题,也是不奇怪的。一般地说,在我国剥削行为已经被搞臭了,而无产阶级的人生观,在更大的范围内,方在形成之中。在这种情况下,要求某一些人立刻放下个人主义,还觉得是蛮心疼的。这就很自然地出现了这种论调。它的意思,实际上是说:在不搞剥削的范围内,应当允许个人主义在道德上合法存在,或者说,我们应当保存那种"不搞剥削的个人主义"。

问题是:我们能不能依靠这种"不搞剥削的个人主义",来建设强大的社会主义国家呢?

不行。

第一,个人主义,尽管标榜的是不搞剥削的个人主义,也是社会主义建设事业的绊脚石。由于它一切从个人出发,把个人凌驾在集体之上,它就不能不处处损害集体利益,成为建设事业的发展障碍。这样的人,如果在农村人民公社中劳动,他就会把他的自留地看得高于一切,对集体耕作敷衍塞责。如果在工厂中劳动,他又会不顾质量,片面追求数量,给生产造成重大的浪费和损失。尤其是,在社会主义建设的长时期内,由于城乡差别和体力劳动与脑力劳动差别的存在,在工作条件上的轻重苦乐,报酬上的高低,是不可能完全一样的。就是在同一个车间里,工作也有轻重不同,定额也有高低不同。此外,内地与边疆,先进地区与落后地区,在工作、生活条件上,都不免存在着一定的差别。那末,个人利益同集体需要的矛盾,也就会在这些差别中表现出来了。在这种差别无法很快改变的客观条件下,怎样来解决这个矛盾呢?回答是:只有光辉的集体主义思想,才能顺利地解决这种矛盾,推动我们的工作前进。假若这个社会的成员,都抱定一种所谓"不剥削别人"但也决不为别人的态度,势必都要拈轻怕重,挑肥拣瘦。那末,谁去做那些又苦、又累、又脏、又重的工作呢?谁去搞农业呢?谁去到边疆呢?谁去孤零零的海岛呢?谁去做那些被认为是平凡的服务工作去呢?可见,这种"不搞剥削的个人主义",在任何角落里都是损害集体利益的消极因素;我们的集体事业,正是依靠着具有集体主义思想的人们,抵消了和克服了这种消极因素而获得前进的。这正是我们当前生活中的真实图画。

第二，这种宣称"不搞剥削的个人主义"，既然实质上是个人主义，它就仍然属于资产阶级思想的范畴。因此，搞剥削的个人主义同所谓"不搞剥削的个人主义"，并没有也不可能有一条不可逾越的鸿沟。谁能够保证它不越过剥削的界限呢？小生产者的资本主义自发性，就是很明显的例子。当一个劳动农民占有小片土地和不多的生产工具的时候，他并没有存心要剥削别人。而一旦经济条件发生了变化，比较富裕一些，他就要接着雇短工，然后雇长工了。他的思想也就自然而然地随着经济地位的变化而变化。开初，他的经济地位不高，劳动工具不全，在乡里间可能表现得很谦和，甚至能吃一些亏，因为他不能不取得邻舍的帮助。随着经济地位的变化，就会由能吃亏变得怕吃亏，由怕吃亏又发展到要让别人吃亏了。其他小私有者，也是这种发展过程。今天，社会主义的经济制度和政治制度，虽然给了这种自发势力很大的限制，但只要在思想上开了口子，允许这种所谓"不搞剥削的个人主义"在思想领域中合法通行，就必然会助长经济领域中的资本主义因素以形形色色的形式繁衍滋长。我们的社会主义制度，就渐渐会由变形而变质，最后导致资本主义的复辟。到那时候，我们一代一代人用鲜血和生命换来的革命成果，也就付诸东流了。这是多么危险啊！

第三，要实现共产主义，不仅要物质产品有极大的丰富，而且要人们具有共产主义的道德和风尚。也就是说，不仅要有物质条件，还要有精神条件。

那末，这种共产主义的道德和风尚，是怎样形成的呢？它会不会在物质条件具备之后的某一天早晨，突然凭空出现呢？不会的，它是由人们在改造客观世界的长期斗争中，也在人们同封建主义、资本主义思想意识的积极交战中，不断地进行自我改造，一步一步地、一滴一点地形成的。社会主义建设，不仅为共产主义的物质条件在进行准备，同时，还要为这种精神条件进行积极的准备。这两种准备是交织在一起进行的。事实上，没有共产主义的精神准备，也就不可能完成共产主义的物质准备。共产主义的精神准备做得愈好，共产主义的物质准备才会愈加顺利。因此，在社会主义建设中,我们一方面适合现在的革命阶段实行按劳分配的制度,但同时,我们却一刻也没有忘记,把人们的思想引向共产主义的方向。毛主席号召"向雷锋同志学习"的伟大意义,不仅在于以更高的速度推进我国的社会主义建设,而且也在于树立共产主义新型人类的典范,为共产主义准备精神条件。因此,这一号召的意义是十分深远的。如果我们提倡什么"不搞剥削的个人主义",这不是背道而驰吗?这不是要把我们人民的精神状态,拉回到资本主义的方面去吗?即使将来我们的物质极大地丰富了,又凭什么精神条件向共产主义过渡呢?

因此,我们说,这"不搞剥削的个人主义",虽然换了一顶稍许好看的帽子,但帽子下面仍然是资本主义不散的阴魂!小心资本主义借尸还魂!

"斗争就是幸福",是不可理解的吗?

马克思说:斗争就是幸福。

毛泽东同志说:与天奋斗,其乐无穷;与地奋斗,其乐无穷;与人奋斗,其乐无穷!

许许多多无产阶级的优秀战士,也都说过词句不同而意思相同的话。

可见,把斗争看做革命者的最大幸福,这是对无产阶级幸福观最深刻最简要的概括。

可是,有人总觉得这话不可理解。他们说:"斗争和幸福这两个概念是对立的,应该是有斗争就没有幸福,怎么反而说斗争是幸福呢?"

当真,斗争同幸福是两个对立的概念吗?

斗争,无非是推翻旧世界建立新世界的阶级斗争和人类征服大自然的斗争。同志们试想,离开这两个方面的斗争,我们的幸福究竟从何而来呢?

让我们从切身问题想起:在中国土地上,帝国主义洋老爷是怎样被赶跑的?敲骨吸髓的国民党是怎样被推翻的?几千年残酷剥削人民的封建老根是怎样被斩断的？中国人民的深重苦难是怎样被结束的？这里的哪一桩哪一件是离开斗争能够得到的呢？中国人民解放以后，在宏伟的革命与建设中取得了种种伟大成就，又是哪一桩哪一件离开斗争能够获得的呢？

这就说明：斗争同幸福不仅不是对立的概念，而且是统一的概念。在这个世界上，只有斗争，才是幸福的真正的基础；只有斗争，才是幸福的惟一的源泉！

有人提出问题说："斗争，无论是阶级斗争或对大自然的斗争，都是艰苦的。例如过雪山草地，或者在烈日当空下进行抗旱斗争，只能说是艰苦，怎么会是幸福呢？"

有人进一步说明："斗争只不过是获得幸福的手段和必付的代价，而享受才是目的；只有斗争胜利了，才能说是幸福的。比如种庄稼，它本身并没有什么幸福可言，只有享受到劳动成果的时候，才能说是幸福的。怎么能说斗争是最大的幸福呢？"

这就是说：只有享受才是幸福，而创造（劳动和斗争）却不过是苦差事罢了。

把享受同创造分开，这是剥削阶级幸福观的特征，也是旧社会传留下来的最牢固最可怕的成见。

在我想来，一个正常的人（就是说还没有这种陈旧观念影响的那个时候），他生活在世界上，不仅有享受的愿望，而且有创造的愿望。创造同享受是密切地结合在一起的。他不可能觉得只有享受才是快乐，而创造是一种痛苦。从古代流传下来的某些歌谣，可以得到证明。但是，自从剥削制度产生以后，劳动者得不到享受，而享受者却不从事劳动，这就产生了劳动与享受的分离。从此，就愈来愈深地形成了享受同创造仿佛是互相对立绝不相容的观念。只要一提幸福，就立刻意味着享受，只要一提劳动、创造，就立刻被意味着痛苦，"幸福"同"享受"几乎被看做是同义语了，而劳动、创造却被远远抛出幸福的概念之外。但是，这只能说是一定历史过程所形成的成见，并不能说是真理本身。

我们看到，随着剥削制度的消灭，劳动同享受已经重新结合起来了。人们对劳动的态度，已经在发生着新的重大的变化。就以种庄稼为例,旧社会,农民常常自称是"受苦人",这是实在的,因为他们的收获物的绝大部分为地主阶级所剥夺,劳动是在没有多少指望的情况下进行的,这种劳动过程当然没有幸福可言。可是土改之后,他们的劳动热忱是多么惊人啊!同样烈日当头,同样的庄稼活,同样的劳动过程,却充满了欢乐。因为这种劳动,是自觉自愿进行的,是在满怀希望、十分愉快的心境下进行的。这就说明,只有享受才是幸福而劳动是痛苦的说法,并不是任何时候都是真实的。

例子所指的,仅仅是当劳动同享受衔接起来的时候所产生的愉快。这只是一个方面。还有一个方面,也许是更加重要的方面,人们会愈来愈把创造意志的满足当做是自己最大的愉快。随着社会的进步,随着旧意识的改变,随着体力劳动与脑力劳动差别的逐渐消失,随着社会分工的日益合理,这种情况将一天比一天发展。正如马克思所预言的那样,劳动就终于会成为人们的"第一需要"了。

以上是就整个社会说的;至于说到革命者,他们现在就已经是具有高度自觉的人。对于他们,劳动和斗争早就成为他们的"第一需要"了。我们常常看到许多老同志,物质生活再苦,他都可以忍受,但是要让他们脱离劳动和斗争,对他们却是无可言喻的莫大的痛苦。

当然,无论劳动和斗争,都不是游戏,都有它的紧张的、繁重的、艰苦的一面。问题的关键是:如果从事劳动和斗争的人,怀有伟大的革命理想,怀有为千百万人服务的热忱,怀有生气勃勃的创造意志,是自觉自愿进行的,那末,他不仅有足够的力量,去抵抗和战胜它那艰苦的一面,而且会感受到它的欢乐的一面。他就会是艰苦而又愉快的。而且,在艰苦的劳动和斗争中,往往会产生出巨大的惊人的欢乐,这是一种一般享受所无法比拟的创造的欢乐。反之,如果从事劳动和斗争的人,没有这种自觉,只是作为谋生手段或者是被动地进行,当然,那就只能感到艰苦的一面了。

有人举例反驳道:"试把一个未经受过任何影响的人,比如一个小孩,你给他一块糖和一把锄头,这两样东西任选一种,那他会怎样呢?我想他当然要吃糖的。"

他用这个例子来证明,好逸恶劳才是人类的天性;而斗争就是幸福,不过是"用一种思想意识去给快乐、幸福下定义"罢了。

我果然去问了一个小孩,一个十二三岁的小姑娘。

小姑娘完全出"他"意料地说:"我要那把锄头。"

我又问:"那是为什么呢?"

她说:"一块糖,一会儿就吃完了;有了锄头,就能生产出好多好多的糖。"

然而,提问题的人会说:"不行!你说的小姑娘,显然是受了某种思想意识的影响的!"可是断定孩子们一定要拿糖的人,显然也会是受了某种思想意识的影响吧!

好逸恶劳,真的是人类的天性吗?不,这只能是一种由特殊条件形成的剥削阶级的天性。劳动人民中的这种旧意识,也只能是罪恶的剥削制度对他们的天性的戕害!随着制度的改变,这种旧意识终将被逐步根除。这种情况,已经被我们的生活所证实了。

同一个人还举例说:"假设有这样一个场合:在你面前有一座乱葬岗和一个风景迷人的海滨,还有一个牌子写着:'把乱葬岗锄掉是快乐的,到海滨游泳是痛苦的。'这时我的感受仍然是到海滨游泳是快乐的。"

我们说:请放心,并不会有人告诉你"到海滨游泳是痛苦的",但奉劝你,也不要把"把乱葬岗锄掉"当做是莫大的痛苦。把乱葬岗锄掉,就可以出现第二座风景迷人的海滨,然后你到那里去游泳,并且看到千千万万人到那里去游泳,这时候,我相信你会产生一千倍以上的快乐!反之,假若人人都像你那样,就连第一座风景迷人的海滨也是无从出现的,请问,你"仍然"感觉到的快乐,又从哪里"感受"呢?

把斗争看做是人生最大的幸福,我是这样理解的。

我觉得,人的幸福的确是多方面的。物质文化生活的满足,健康美满的爱情,以及其他合理愿望的满足,这些都是一种幸福,我们从来不把这些内容排斥在幸福的概念之外。但是,一个人,不管他的环境如何舒适,不管他面前的美酒如何香醇,也不管爱情的甘泉如何甜美,毕竟只具有个人意义,因之,也就很难使共产党人和真正的革命者得到最大的满足,看做是最大的幸福。因为,生命对于他们,还有更重大更根本的意义,这便是为全世界劳苦大众的解放而斗争,为共产主义而斗争。当他们怀着这一崇高目的投入斗争的时候,他们清楚知道,这一斗争换来的将是万恶的旧世界的溃灭和新世界的诞生,换来的绝不是一个人而是千千万万人的幸福。而这种幸福将是任何个人私欲的满足所永远无法比拟的。一个革命者,怎么能不把它看做是人之一生的最大的幸福呢!

终 篇 辞

总起来说,幸福,这个古往今来议论纷纭的问题,归根结底,它的核心是人的志向,也就是生活目的的问题。你有什么样的志向,你就会把这种志向的满足,看做是你的幸福。

但是,不同的志向,它的价值和意义也是不同的。个人主义幸福观的全部内容,说到底,只不过是为自己营造一个小小的窝巢;而我们无产阶级和共产党人,却要赢得整个世界。两者相比,一个真如檐头的燕雀,一个却是高翔的鸿鹄。

同志们!当帝国主义在全世界谋求霸权兴妖作乱的时候,不管你是否意识到,我们的责任已经是更加重大了,我们的命运,同全世界无产阶级和被压迫人民的命运,已经更加紧密地联系在一起了。让我们新中国革命青年的心中,结结实实地刻上一幅进行伟大建设的中国地图,再刻上一幅燃烧着革命火焰的世界地图吧,让我们更加勇敢地为中国人民和世界人民的利益而斗争吧,让我们像雷锋同志那样地工作和生活吧,我们应该弃燕雀之小志,慕鸿鹄而高翔!

写于 1963 年 9 月 21 日

我们的时代需要千千万万雷锋①

这场讨论好

从今年2月起,上海《文汇报》展开了一场《八十年代要不要学雷锋?》的笔谈。《文汇报》的同志要我为这次笔谈写一点意见。我认为,《文汇报》能够抓住当前青年中存在的现实思想问题,举行这样生动活泼的讨论,是很有意义的。这对我国青年的健康成长是大有好处的。当前青年中存在的思想问题很多,这些问题如不解决,就会影响他们的进步。我希望我们的报刊今后能够密切联系青年的思想实际,多举行一些这类问题的讨论。当然,这种讨论要力求深入,能适当展开,要能反映出各种不同的意见,才能引起大家的兴趣,并对他们有实际的帮助。

学雷锋的重大意义何在?

"八十年代要不要学雷锋?"这个问题的确提得及时。但是,看了这个题目,也不免引起我许多感慨。很明显,这反映了当前一部分青年对雷锋精神的怀疑和动摇。大家知道,雷锋不是一般的先进人物,而是我国社会主义时期出现的一代新人的代表,是以集体主义思想为特征的时代精神的代表,是伟大的共产主义战士的光辉典

---

① 此篇文章刊登在《文汇报·社会大学》专刊,自1980年2月7日开展的专题讨论《八十年代要不要学雷锋?》一栏中。魏巍同志的文章是作为这次讨论的小结。

型。那么，对于这样一位我国无产阶级和我国人民引为骄傲的光辉灿烂的人物，对于这位千百万群众十分崇敬的人物，为什么到了今天反而有人认为不值得学习或者没有必要学习了呢？这就是一个值得严肃思考的问题。显然，这同十年中"四人帮"对我国青年思想上的腐蚀有关，同我们良好的社会主义道德风尚遭到破坏有关。一些人追求的是权力、地位和金钱，舒适的工作与较为优厚的报酬，全心全意为人民服务的思想大大不如过去了。在这种风气影响之下，学习雷锋自然不会受到一些人的重视了。但是，我们要说：雷锋，这颗闪耀着共产主义思想光芒的明星，他升起在我们的国土之上，出现在新旧社会交替之间，是有重大意义的。他将昭示和鼓舞我国人民和千百万青年，为一个崭新的社会而斗争。他的光芒是永远也不会暗淡和消失的，除非我们的心离他远了。要问"八十年代要不要学雷锋"吗？我看，不仅八十年代要学，九十年代也要学，要长期学下去。尤其当前，面对着实现"四化"的庄严任务，是多么需要振奋我们的革命精神呵！而形形色色的资产阶级思想、歪风邪气，又在紧紧拖着我们的后腿。在这种情况下，大力倡导学习雷锋精神，具有强烈的现实意义。否则，就不能扶植正气，以保护我们的青年；更不能鼓舞士气，推进四个现代化的伟大事业。

　　列宁认为，在资本主义和共产主义中间隔着一个过渡时期，这个过渡时期不能不是衰亡着的资本主义与生长着的共产主义彼此斗争的时期。也就是已被打败但还未被消灭的资本主义和已经诞生但还非常脆弱的共产主义彼此斗争的时期。我想，这个时期，也许是很长的吧，在思想领域里也许是更长的吧，也许是两种力量、两种思想长期的拔河比赛吧。但是不管时间怎样长，斗争如何艰巨，我们都要异常坚定地站在无产阶级这一边，把青年引向共产主义的方向。学习雷锋的运动，就是积极扩展共产主义思想阵地的运动，就是不断削弱并战胜资产阶级思想的运动。这样就会大大巩固社会主义的力量，并有利于未来的革命发展。学习雷锋精神的更深刻更深远的意义，也许就在这里。

雷锋，已经不再是我们的表率了吗？

有人说，雷锋是六十年代的典型，现在是搞四化，攀科学技术高峰，应当学陈景润，雷锋已经不再是我们的表率了。我认为，这是把红与专、政治与业务机械对立起来的片面看法。建设四个现代化的社会主义强国，这是我国人民极其艰巨的历史任务。它不仅需要先进的科学技术，而且要依靠千百万群众坚忍不拔的革命精神。这两者是缺一不可的。

在红与专、政治与业务相互关系的问题上，我们已经有着许多痛苦的教训。过去林彪、"四人帮"的极左路线，就是把红与专、政治与业务割裂开来，从"左"的方面加以歪曲，把政治架空，鄙弃业务，从而带来了不良的后果。从表面上看，他们很强调"红"，实际上，他们既破坏了"专"，也破坏了"红"，大大破坏了我们的建设进程，并贻误了整整一代人的青春。粉碎"四人帮"后，经过一系列拨乱反正的工作，这种局面已经扭过来了。现在许许多多青年都在勤奋地钻研业务，那种废寝忘食的精神实在令人感动。但是，不能否认，也开始出现了另一种偏向，即忽视政治的倾向。听说，在一些大学里，许多青年人都不爱学习政治理论，把政治课当成负担，连四项基本原则都答不上来。甚至听重要政治报告、英模人物报告时，在下面聊大天、打毛衣、读业务书。这不能说不是一种危险的倾向。有人认为，现在只要学陈景润就够了，雷锋已经不是我们的表率了，不就是这种倾向的表现吗？我们说，陈景润那种钻研业务的刻苦精神固然应当很好学习，难道雷锋的全心全意为人民服务的精神就可以不学了吗？我决不相信，建设四个现代化的社会主义强国，没有为人民服务的精神，只凭技术就可以建成。也不相信缺乏为人民服务精神的人，缺乏理想、思想空虚、只为个人和小家庭而活着的人，甚至怀疑社会主义制度、连爱国心也缺乏的人，他的技术能够很好发挥作用。

总之，又红又专，仍然是我国青年健康成长的惟一正确的道路；政治与业务的统一，仍然是我们发展各项建设事业的正确方针。红不能代替专，专也不能代替红。政治不能代替业务，业务也不能代替政治。过去用"红"来代替"专"是错误的,现在有人说"专就是红",也是一种谬论。红与专,政治与业务,二者应当相辅相成,而以政治为统帅为灵魂。坚定正确的政治方向,是任何时候也不能忽视的。现在,我们的国家,面临的困难很多,实现"四化"的任务又如此艰巨,如果我们的青年没有像雷锋那样的献身精神,我们的事业就是没有希望的。

没有先进的科学技术,就没有四个现代化。我们努力钻研科学技术,这是完全正确的,我们向一切有成就的科学家学习,也是非常必要的,但是并不能代替学习雷锋。马克思曾说:"历史认为那些专为公共福利从而自己也高尚起来的人物是伟大的。"又说:"任何人,假若他只为自己而劳动,当然,他也可能成为著名的学者、大哲学家或卓越的诗人,然而,他永远不能成为尽善尽美的、真正伟大的人物。"我看马克思的话,已经清楚地回答了我们的问题。

现在讲按劳分配,就不要再提倡共产主义劳动态度了吗?

另有一些同志说:"现在讲按劳分配,不应提倡不计报酬的公益劳动,因此,也就用不着再学习雷锋了。"这种看法也是不对的。它反映了一些同志对社会主义社会的性质和发展方向还缺乏深刻的理解。大家知道,社会主义社会是共产主义社会的第一阶段或初期阶段。尽管这个阶段会相当长,但它是一个过渡性的社会,不能把它看成是僵死的、凝固的、一成不变的;恰恰相反,它是为过渡到共产主义社会的高级阶段不断地准备着物质条件和精神条件。因此,既要坚持革命发展的阶段论,不能乱过渡,只能做这个社会阶段允许做的事情;又要实事求是地积极地发展共产主义的因素,以便有利于未来的过渡。这便是革命发展的阶段论与不断革命论的统一。实践证明,在社会主义阶段,只能实行按劳分配,平均主义是行不通的。但是,这并不是说,不要加强共产主义的教育,不要提倡共产主义的劳动态度,不要提倡共产主义的义务劳动。大家都知道《伟大的创举》这篇文章,列宁对最初出现的"共产主义星期六义务劳动",给以何等热烈的歌颂与高度的评价。他说:"这还只是开端,但这是非常重要的开端。这是比推翻资产阶级更困难、更重大、更深刻、更有决定意义的变革的开端,因为这是战胜自身的保守、涣散和小资产阶级的利己主义,这是战胜万恶的资本主义遗留给工农的习惯。当这种胜利巩固起来时,而且只有那时,新的社会纪律,即社会主义纪律才会建立起来;只有那时,退回到资本主义才不可能,共产主义才真正是不可战胜的。"可见列宁并没有把按劳分配和不计报酬的共产主义劳动态度对立起来,可见列宁是多么重视发扬共产主义因素对巩固和发展社会主义制度的伟大意义!伟大的战士雷锋,不就是不计报酬的共产主义劳动态度的活生生的榜样吗?怎么能够说,现在讲按劳分配,就不必再学雷锋了呢?不要忘记,我们的脚是踏在社会主义的土地上,而我们的眼睛却必须朝着共产主义的方向,并且向着这个方向逐步前进。

驳"实惠"论

在讨论中,还有一些人说:"学雷锋,不实惠。"实惠与否,要看对谁说了。雷锋在风雨之夜送人母子回家,就使这个劳动妇女和她的孩子得到了实惠。他在车站上乐呵呵地为大家扫地,就使来往的旅客得到了实惠。他把节省下的钱捐给了公社,就使这个公社得到了实惠。这些,怎么能说不实惠呢?如果从利己主义的观点出发,讲的是对自己不实惠,那倒也是,因为很难说学了雷锋就能拿到多少奖金。

这就又回到我们多年前讨论的老问题:你生活的目的是什么?你究竟是为人民大众而生活,还是仅仅为个人而生活。

在过去革命战争的年代,我们牺牲了多少忠诚可爱的战士!如果他们只考虑个人的实惠,还怎么肯抛头颅、洒热血呢?我们的民族,我们的人民,怎么会有今天?同样,今天的青年,如果时时处处都讲个人眼前的那点"实惠",不肯多出一点力,多干一点活儿,也就不会有幸福的明天!

我们共产党人,既要强调革命理想,又要十分重视人民群众的实际利益。"四人帮"只说漂亮话,长期漠视人民群众的切身问题,造成了严重的不良后果。现在这个错误已经在纠正。今天,我们党提出努力实现"四化",正是为中国人民得到更大的实惠而战斗。但是,作为我们个人来说,作为一个先进的青年来说,却应该把革命的理想放在首位,把集体利益放在首位,决不可见利忘义,斤斤计较个人眼前的一点所谓"实惠",模糊了自己的革命理想!

一些人所谓"实惠"者,简言之,钱也。如果每做一件事,都要从钱来考虑,有钱的就做,没有钱就不做,钱多的就多做,钱少的就少做,那么,一个儿童失足落水,还有谁去救他?我们的祖国一旦遭到侵犯,打一次冲锋,又该给多少钱呢?

看来,所谓"实惠"论,其实是小资产阶级的利己主义哲学。如果信奉了这种哲学,就会把革命理想看得一钱不值,一切革命原则都将丧失净尽,一切罪恶都将接踵而至。这种风气蔓延开来,对我们的人民事业将是十分危险的。

还是听听列宁的话:"做事就是为了拿钱——这是资本主义世界的道德。"再听一听马克思的话:"从做生意和金钱中获得解放……也就是现代的自我解放。"

革命传统不能中断

我们的祖国,是一个具有革命传统的国家。无数革命先烈的热血,洒遍了我们的国土。雷锋,就是在这块沃土上成长起来的千千万万英雄人物之一。在我们党的领导下,中国人民经过长期英勇卓绝的斗争锤炼出来的革命传统和革命精神,是我们千金难买的无价财富,对今天实现"四化"的斗争,仍然具有绝对不可忽视的重大意义。尽管十年社会动乱,大大伤害了我们的元气,但它毕竟不过是暂时的历史曲折。我坚信,建设现代化社会主义强国的伟大事业是一定能够实现的!但是有一点却万万少不得:这就是革命精神不能减弱,革命传统不能中断,雷锋精神还要大大发扬!

我们的时代需要千千万万雷锋。

我们需要千千万万雷锋来推动我们的时代!

1980年3月于北京

希望你们丝毫不逊色于前一代的青年

——给江汉石油学院第一届毕业生的信

江汉石油学院的老师们、同学们,江汉石油学院的第一届毕业生们,亲爱的同志们:

你们好!

最近我接到你们学生工作部的来信,才知道你们的学校发生了这么大的变化。记得1955年我到你们的学校,为第一批勘探队员们送行的时候,你们的学校还是北京东郊的一个中等技术学校,现在已经成为屹立在长江之滨的闻名全国的石油学院了,已经是石油战线上培养人才的重要基地了。而且,令人高兴的是,你们的学校已经先后培养了近万名的石油地质勘探技术人员,那些我为之送行的第一批"侦察兵"们,多数人都已成为石油战线上的各级领导干部。看到这一切,我是多么地高兴呵!记得我当时说:我热望着从你们留下脚印的地方,升起石油塔的丛林;我更期待的是你们的成长。现在不是已经实现了吗!当我们的国家被称为贫油之国,当沉睡的石油还作为未知数躺在它母亲怀里的时候,不正是经过你们的辛勤寻觅,使我国出现了一个又一个的石油基地吗!同志们!这同你们的智慧和洒下的汗水是分不开的,同你们在荒山大漠间所度过的那些日日夜夜是分不开的。你们已经对祖国人民作出了光辉的贡献。我们从遍地奔驰的汽车和田野上拖拉机的轰鸣,都可以想到你们的辛劳。可以毫不夸张地说,在新中国人民的创业史上,石油工业的发展是很辉煌的一章!"中国人民使用洋油的历史已经结束了!"记得,我们已故的敬爱的总理在怀仁堂的大厅向人们这样宣布的时候,引起了多么激动的暴风雨般的掌声!

来信提到,我的那篇送别辞《祝福走向生活的人们》,曾经给了勘探队员们一些鼓舞。与其这样说,倒不如说是那些勘探队员们的献身精神和豪迈气概给了我深深的感动。那时候,他们的精神面貌是多么好啊!都是争着抢着要到那最艰苦最边远的地方。本来四川、玉门比柴达木、吐鲁番条件好些,但报名到柴达木、吐鲁番去的人数却多过需要的好几倍。而且,他们这样做的时候,并不是皱着眉头,把到边远之地当做苦差事;而是那么心甘情愿,开朗乐观,把自己即将从事的工作看做是光荣豪迈的事业。我记得,当时有一位年轻的姑娘,当场写了一首诗递给我,说她想"飞得最高最远,飞到柴达木,飞到吐鲁番,就是分到酒泉、四川,也大笑得鼻孔朝天!"虽然事隔多年,这个姑娘的姿态和会场上的情景,至今仍然历历在目。我当时确实很感动,觉得这批勘探队员,真有点英雄气,真有点新中国青年的样子。一个国家拥有这样的青年怎么会没有希望呢!

　　时光流逝,转眼间已是第28个年头了。整整一代新人已经成长起来。你们今年毕业的300名同学,又将作为大学生中的第一批出发到远方。你们要去的地方,不是边远之地,就是海上,将仍然是比较艰苦的去处。你们学生工作部的同志要我为你们写几句壮行的话,我很乐意借此机会向光荣的"侦察兵"们再一次寄上我的敬意和衷心的祝福。如果说我有什么希望,最主要的,就是希望你们的心中,革命的精神不能减弱,理想的火焰不能暗淡,在与艰苦困难进行斗争时,应当丝毫也不逊色于前一代的青年!同志们!你们的先行者,已经为你们闯开了道路并打下了牢固的基础,你们完全有理由比他们做出更大的成绩。

　　我听到说,你们之中绝大多数人都是怀着很高热情和坚强决心的。我完全相信,在中国的大地上,革命的传统不会中断,革命的火种不会熄灭,我们的青年,他们的爱国热情不仅不会减弱,而且会因为我们国家的暂时困难而更加激发起他们强烈的振兴中华的决心。

　　当然,也要看到,当前社会上不健康的风气,对青年的成长有着很不利的影响。一些抵抗力不强的人,难免会受到各种非无产阶级思想的腐蚀。一种很明显的现象,就是集体主义少了,个人主义多了;关心祖国、关心人民的前途少了,关心个人、关心小家庭方面多了;拈轻怕重,瞻前顾后,畏惧困难的现象多了。一句话,眼光变得狭小了。这种现象是不好的。不克服这种现象,就很难担负起光荣而艰巨的建设任务。今天,在各种不健康思潮的冲击下,我们的青年要有一种政治上和思想上的特殊的坚定性和抵抗形形色色资产阶级思想的能力。当然,要做到这一点,就要很好地学习马列主义、毛泽东思想,并在实践中牢固地树立起革命的世界观。

同志们! 半个多世纪以来,中国人民在中国共产党的领导下所进行的中国革命,是极其伟大的,是人类历史上最壮丽的史诗之一。这部史诗只开了个头儿,还要继续写下去。在中国革命的长途中,虽然出现过这样和那样的曲折,但站在历史的高峰去看,都不过是暂时的历史曲折,最后是一定要胜利的;就好像我们的黄河长江一样,虽然在绵绵万里的崇山峻岭间,经过千曲百折,最后是一定会流到阳光明媚的大海去的。

我对中国人民的繁荣富强和最后实现共产主义,是抱着坚定不移的信心的。同志们! 让我们共勉,让我们携手前进。

此致同志的敬礼!

魏巍
1982年6月8日

和石油战士谈心

——在江汉石油学院师生员工大会上的讲话

江汉石油学院的老师们和同学们,石油部教育司的领导和同志们,其他院校的领导和同志们:

石油部在这里召开思想政治工作会议,他们非常热情,要我来作个发言,江汉石油学院也要求我跟同学们见个面,我很愉快地接受了。我是抱着对石油战士的崇敬的心情来的。建国以来,石油战线上取得了辉煌的成绩,石油部门是个有重要成绩的部门。同志们走南闯北,转战各地,付出了很多的辛苦,很大的代价,给国家和人民创造了大量的财富,也提供了很可贵的革命精神,这两方面都在我们国家起着重大的作用。所以,我是带着对石油战士的崇敬心情来到这里,来到江汉石油学院的。不管是见过面的,还是没见过面的,我都一起向你们致敬,问好!

1955年,也就是二十八九年以前,我曾经到这个学院的前身——北京石油地质学校来过。那时候,是为了给第一批毕业同学送行,从此结下了深厚的友谊。但是,一别多年,很长时间不知道同志们的信息。自从去年江汉石油学院给我来了一封信,告诉我,多年前我为之送行的同志们,都已经是石油战线上各个岗位的负责同志了,也就是说都是我们的领导骨干了,都有很大成就了,他们从一棵小树,变成了一棵大树,而且是经过风雨的大树。我听到这个消息,非常激动:从他们的成长看到了我们国家的成长,也看到了石油战线的发展。回想当年,我给他们送行的时候,我记得那情景非常动人,今天回想起来仍然使人兴奋和向往。那个时候同学们的精神面貌真是非常之好,非常之好,都是争着到前线去,到最艰苦的地方去,惟恐把自己留在学校。那个时候,也要做思想工作,多半是做说服工作。"照顾全局啦!""不能都走啦!"那种精神面貌是非常让人怀念的。那个时候整个国家蓬勃向上,青年充满朝气,勇往直前,实在是令人高兴。说老实话,一个国家没有这种精神,一个国家没有充满着这种精神的青年,那个建设是没有希望的。

去年,我曾经给你们学院毕业班的同学去了一封信,他们也给我回了信。这封回信说:"在同艰苦困难作斗争的时候,我们决不会逊色于前一代的青年。"我完全相信这些同志的话是非常真诚的,是充满了勇气的,和第一代那些冲锋陷阵者的感情是一样的,他们到了工作岗位以后,也必定会创造出光辉的业绩!

江汉石油学院给我提供的材料说,去年报考石油学院的青年,把这里作为第一志愿的数字超过应该录取数字的两倍多,这样的情况是可喜的,这就预示着我们的石油战线,不但有开辟道路冲锋陷阵的同志,而且后继有人。现在我们这些在座的同学们不就是这样的后继部队吗!

上面说明一个问题,就是我们国家的青年,他们的主流是好的,是积极向上的,是热爱自己的祖国的,是热爱党热爱社会主义的。虽然在一个时期内有各式各样的影响,这个主流不能否定。所以问题就在于我们这些年长的同志如何引导他们。大家知道,我们的社会是社会主义社会,在历史上,它是个崭新的东西;同时它又是从旧社会脱胎而来的,它不可避免地还有各种旧的影响,封建主义、资本主义的影响都是不可避免地存在着的。从一个人来说,我们的头脑里有新的思想,也有旧的思想,有积极方面的因素,也有消极方面的因素。问题就在于我们怎样来引导,向什么方向来引导。是向共产主义方面来引导,还是向资本主义方面来引导;是向集体主义方面来引导,还是向个人主义方面来引导。这就是我们应当注意的问题。当然,我们应当用共产主义的精神、爱国主义的精神、集体主义的精神,把我们的青年引导到好的方面去。我相信是完全可以做到的。去年第一批毕业生就是一个显明的例子。

今天,我愿意和同志们聊聊天,谈谈心,所以,我的题目就叫"和石油战士谈心"。我称"石油战士",不知道同志们喜不喜欢,我认为"战士"是个很光辉的名词。广义地说,为石油工业直接服务间接服

务的同志都可以说是石油战士。这里,我着重讲几个存在的具体思想问题:

到石油学院,是不是"路走对了,门进错了"?

第一个问题,有个说法,报考江汉石油学院是"路走对了,门进错了"。这话对不对呢?我看前一半是对的。因为我们要走的路,就是为社会主义奋斗的路嘛!为社会主义现代化奋斗的路,你不走这样的路走什么样的路?我说这个话说对了。但是,另外一半就要分析一下了。叫我说,路走对了,门也进对了。怎么说门进对了呢?因为你们进的是得胜门(德胜门)嘛!北京有八个门,其中有一个门就叫德胜门,我们围北平的时候,我们那个军就专攻德胜门。为什么说你们进了德胜门呢?因为石油工业这个部门,建国以来,是一个取得了重大成绩的部门,那你还不是进了德胜门嘛!过去我们这个国家,被称为"贫油之国",从"贫油之国"出现了那么多油田,比解放前的产量要超过 1000 多倍,以前十几万吨,现在年产量 1 亿吨了嘛!增多了 1000 倍,这真是了不起的。我刚才说到,石油战线不但出了物质的产品,另外也还产生了精神的产品——当年称为大庆的精神,铁人的精神,也就是艰苦创业的精神。这种精神任何时候都是可贵的,没有这种精神是不行的。所以,我说同志们是进了德胜门,"门"是完全进对了的。当年,我在抗大毕业以后分到了一个很光荣的部队,就是安顺场首先冲过大渡河的那个团,虽然我是个新兵,也感觉到蛮光彩啦!同学们现在正在学习,还没有到采油、勘探的岗位上,但已经进入了这个战线,这是很光彩的。

我看,同志们不但进了个德胜门,还进了一个建国门。因为实现四化嘛,第一位的还是工业现代化,农业现代化没有工业现代化不行,国防现代化没有工业现代化也不行嘛!科学技术现代化也要和一定的物质东西相结合。所以工业现代化是个重点,而能源则是重点的重点。大家学习过十二大的报告,报告说,准备在 20 年内分两个阶段,头一阶段着重进行准备,重点就是能源的问题。所以同志们进的又是一个建国门。这样,北京八个门,你们就占了两个门,所以我说你们是安身有地,报国有门,不能说进错了门。

报国有门,这是个很大的问题,在旧社会,就是报国无门。对这一点,我们这一代青年体会很深啦!不是少数人而是千百万的青年,都是报国无门。因为不管你上学的也好,没上学的也好,即使在学校毕了业,也就等于失业。那确实是摆在千百万青年面前不可克服的问题,那种滋味是很难忍受的,这就叫报国无门。现在同志们有了一个很好的专业,报国有门,这就解决了一个根本问题。可是,为什么有的同志说门走错了呢?原因是多样的,主要是两个问题:一个是觉得干石油不那么光彩;一个是觉得干石油很艰苦。比如有个说法,叫做"挂的是大学的牌子,学的是打窟窿的本事"。咱们就分析分析打窟窿这个问题。我说千万不能小看打窟窿这个本事。我国有这么一首最古老的诗:"日出而作,日入而息,凿井而饮,耕田而食,帝力于我何有哉。"凿井就是挖井,也就是打窟窿嘛,你们住在长江边上,不打窟窿可以,而且水很好喝,要是在山沟里,在别的地方,不打这个窟窿,人就活不下去啦。至于说石油,过去是点灯的问题,现在是工业的血液,一个人身上没有血很快就完蛋了。这个道理大家非常清楚,说走错了门,恐怕主要还是说这个部门艰苦。说艰苦也是事实,我们的革命事业确实是要付出代价的。从我体会来说确实是这样。这个代价就是人的汗水、心血和青春以至生命。现在看起来没有革命老前辈和广大人民群众付出那么沉重的代价,就不会有我们的今天。南京的雨花台和北京的小西天就不知道牺牲了多少人,还有在几十年革命战争中牺牲的恐怕就更无法计算了。可是,我们的青年在当时并不怕这个,明知前边是死亡,还是要冲过去。抗美援朝的时候,开始是不让女同志去的,可是,她们确实是坐在江边上哭啊。难道她们不知道,过了这个江,还能不能回来?不,她们非常清楚,这就叫视死如归呀!社会风气是一个很重要的因素,不断地影响人。那个时候是这样一个风气,那么,一个人在这个革命熔炉就容易变成这样。现在,我们的青年主流是好的,本质是好的,但是,现在这个社会风气,说老实话,不算好。毛主席当时一进城就指出,有糖衣炮弹。现在的糖衣炮弹比那个时候厉害得多了,常常把人打得晕头转向,使一些青年同志包括一些老同志在所不免。大家都知道,前一段有很多人在经济上犯了很严重的罪,对人民犯了很严重的罪,那不就是被糖衣炮弹打中了吗!祖国是我们的母亲,但,现在有人轻视这个母亲,鄙视这个母亲,把自己的母亲看得怎样怎样地不好。即使你的母亲长得很丑,那也是你的母亲嘛,过去就有儿不嫌母丑这个话嘛!怎么能把自己的祖国,自己的母亲看得一无是处呢?现在,有人不仅这样,而且常常是要从母亲身上割下一块肉来。你用这样的方式割下一块肉来,他用那样的方式割下一块肉来,所以,弄得我们的母亲越来越瘦。那一切化公为私的办法,手段不都是这样的吗?不是时时处处都要从母亲身上割下一块肉来吗?在经济调整中,有的工厂一关停并转,国家财产就被用各种各样的方式盗走了。这怎么能行啊!在现在这种情况下,一切有志气的青年,一定要更加爱我们的母亲,来报效我们的母亲,使我们的母亲健康、强盛,永葆革命青春。

对待艰苦有几种态度:一种我称之为鼻孔朝天派。这是从哪儿来的呢?1955年我为北京石油地质学校毕业生送行的时候,不是有个姑娘写了一首诗给我吗?那首诗说:"今天我长了翅膀,要飞得最高最远,飞到柴达木,飞到吐鲁番!就是分到了酒泉、四川,也大笑得鼻孔朝天!"对这首诗,我是非常赞赏的。它确实充满了一种豪迈的进取的气概。这就是我称之为的鼻孔朝天派。这就是说:对待艰苦的工作不但从理智上接受了,而且还非常乐观,充满了革命英雄主义的精神。我们应该学这个鼻孔朝天派。再一种叫做唉声叹气派。所谓"路走对了,门进错了"的人就属这一派。这也不是最差的一派,在毕业分配的时候,很可能完全服从分配,但是,他不是那样的愉快。第三种,就是向后转派。这样的同志是非常少的了。去年我和石油部的同志开过一个座谈会,了解到,1955年那次出发到边疆的130多名毕业生,只有一个这样的人。当时从北京出发到石家庄的时候,发现缺了一个人,找不到了,以后大家也就把他遗忘了。而其他同志,百分之九十九的同志都是非常棒的,确实是经得起考验的。有几位同志甚至遇到一些不公正待遇,被错划为"右派",但对党没有埋怨。张永一同志就说:"我是一个孩子,我犯了错误,母亲当时当做一个不可饶恕的错误,把我赶出去了。但是经过若干年以后,母亲发现了我的错误并不是那样严重,现在又把我找回来了,我非常感谢母亲。我不但对她没有埋怨,而且我惟恐再使她伤心,因为她的伤已经够重了。"我说,像这样的同志确实是经受住了考验。这些同志不是什么"右派",完全是革命的左派。说到向后转这种人就不行了。战争时期,向后转的人也常有,现在这些人有的感到无颜见江东父老,有的也不无后悔地说:如果我现在还在部队,差不多也是师级干部、军级干部了。(大笑)可是,你那个时候为什么要回去呢? 后悔莫及呀,后悔万分哪! 这就是那个向后转的遭遇。所以,我说,对待艰苦问题,也可以说就是对待理想问题。因为理想问题没解决,就觉得那儿苦得不得了。实际上,理想问题解决了,就不觉得那么苦得不得了。说透了,就是这样。从我们自身想起来,也认为那个时候苦,但也不认为就苦得不得了,苦得受不了,也不是这样。我了解到,1955 年的毕业生分配时很愉快,一天唱到晚。座谈会上,杨佩霞同志就说道,她分配到了艰苦的地方,真是高兴啊! 分配那天,大家在一起,谈到晚上一两点,还要唱唱《勘探队员之歌》呀。现在,艰苦的地方是有点苦,但不是苦得不得了,比起革命战争年代,环境好得多了。像陈老总在 3 年游击战争中,没有被子也在山上睡觉,下雨下雪就撑起一把伞,肚子经常饿得咕咕叫。所以,我们不要做唉声叹气派,要做鼻孔朝天派。向后转派我不说,我认为我们这里不会有的。(笑)这是我谈的头一个问题。

好儿女志在四方,何必"死守长江一线"

第二个问题,好儿女志在四方,何必"死守长江一线"。(笑)"死守长江一线",这个话可能是南方同志说的,主要是对北方情况不够了解,认为北方可怕,所以提出"死守长江一线"。现在看来,应该打开这些同志的眼界。我这里说的是"好女儿",不是"好男儿"。因为我看到有的报上登的是"好男儿"。"好男儿志在四方",好女儿就不志在四方啦? 应改成"好儿女志在四方"。女同志的感情是很真挚的。她除非没有认识到这个问题,假若她认识到这个问题,有些地方确实比男同志还要真挚呢。有些地方她说去就是要去呢,不让去就要哭鼻子呢。这种地域观念还是一种狭隘的意识。过去,我们在部队也常常遇到这些情况。有的人在游击战争时期,不要说出他那个县,就是离开他那个村,看不到村头的那棵歪脖柳树,他就不得了啦。(笑)但是,这些狭隘意识随着革命战争的发展都逐步克服了。

开始是游击战,后来是野战,那跑得可远了。野战军,野战化,十年八年不回家嘛。过去,提起张家口有的人就是不愿出那个口啊,说牺牲在口内魂可以找到家,牺牲在口外,那个魂就迷路了,找不到家了。(笑)所以,那个时候,人的地域观念是很强的。其实这些问题,只要大家眼界打开,就不成问题了。大家知道,抗日战争时期,很多团以上干部都是南方人,北方人很少,都是红军啦,都是从南方过来的呀。老百姓说:"怎么当大干部的都是你们南方人哪?"因为那个革命最初是在南方嘛。以后又由南方发展到北方,经过长征到了北方。可是以后,又变了。大军南下以后,南方的老百姓就说啦:"怎么当大干部的都是你们北方人啦?"(笑)可不都是北方人,因为革命又向南发展了嘛。开始,会有些地域观念,随着革命的发展,地域观念也会打破的。我听说你们学校的校友大港油田的方文娟同志来校做过一个很好的报告,她的报告叫做《愿为石油走天涯》。她说:"我们所追求的是祖国的繁荣富强,而不是个人的安居乐业,我热爱这种东奔西跑的生活。"这就是说,她那个感情起了变化。因为她愿意把自己的终身献给祖国的石油事业。有了这个决心,那当然是,哪里找出油来,她就高兴嘛。有一个同志告诉我,他最愉快的消息,就是听到哪里发现油田了,尤其是和他在一起的同学参加了这个工作,发现了这个油田,他就感到特别激动。这就是感情起了变化。所以,我们希望还没有到实际岗位上的这些同志,把这个眼界干脆打开。现在不是讲思想解放嘛,就是要从狭隘的眼界里面解放出来,要把我们的祖国的每一寸土地都看做是十分可爱的。说老实话,我们的国家要发展,人非要流动不可,就是要移民。这是我个人一个很不成熟的看法。将来人口进一步增多了,你怎么办?中国地方很大,据说,人口只是居住在六分之一左右的地方。将来,一些地方不开发是不行的。我希望大家打开眼界,思想解放,真是做到愿为石油走天涯。所以我说好儿女志在四方,何必"死守长江一线"。

论"道德和精神多少钱一斤?"

第三个问题。有人说:"道德和精神多少钱一斤?"现在讲讲这个问题。由于一些不好的风气的影响,一些资产阶级思想的影响,现在流行着一种思想,叫"实惠哲学"。就是说,对理想不怎么重视了,比较看重的东西就是"实惠",说理想都是空的。在"实惠哲学"面前,对祖国对人民的感情,为人的标准,以及我们认为的生存的原则,我们认为的比生命还可贵的理想和信念,都一钱不值了。所以,就出现了"道德和精神多少钱一斤"的说法。我认为这种思想是非常可怕的。有了这种思想,一切罪恶都可以产生,一切错误都有可能出现。从实质上说,这是一种庸俗的哲学。有了这种观念,一切荣辱的界限,什么叫光荣,什么叫耻辱这样一些界限,那就不可能分出来了。现在,不是有的人跑到香港去了嘛。有个医生跑到香港去了,去干什么呀,在饭馆里端盘子。我说,这是分不清荣辱界限了。因为你这个医生的职业是高尚的受人尊敬的职业嘛。你不愿干这个,跑到那样的地方去给人端盘子,就是挣的钱再多,我说这个也不值。一个人没有荣辱界限,那就很可怕了。有一些妇女不知羞耻地跟外国人鬼混啦,这些事情,真是可怕呀。为什么这样,就是没有荣辱界限了。大家知道,我来之前,发生这么一件事,就是六个暴徒武装劫机到南朝鲜。开始,暴徒要把飞机逼往台湾,驾驶员不干,一个领航员和一个驾驶员被打伤。驾驶员想把飞机降到北朝鲜,在平壤上空旋了几圈。但因后来飞机被暴徒逼过了北朝鲜国界,被南朝鲜飞机迫降下去了。从这几个暴徒来说吧,这些人不但是无耻,也是民族败类,那简直是可恨的。这个荣辱的界限,思想一混乱就弄不清楚了。事实上,我们整个大陆跟台湾的工业发展作比较,还是我们的技术水平以及各方面都远远超过了台湾,无论是交通、能源、化学、机械、冶金、医院,各方面的技术都远远超过了台湾。比如在交通和能源,大陆建有完整的汽车、火车、造船、航空、电力、煤炭、原油生产和炼油的工业体系。设备全部或部分是自己制造的,而台湾到现在,采油没有分工,汽车工业停留在装配阶段。造船方面虽能造20万吨以上的超级油轮,但除了造船的方法以外,它的零部件、仪表,包括设计图,这些都是外国搞的。现在思想一混乱,就不知道外面好得怎么不得了。所以我说道德、精神多少钱一斤,可以请教一些高尚的人,请教一些先进的同志,从他们身上可以吸取很多营养的,可以用来提高我们的精神境界。毛主席在大革命时期就是国民党中央的宣传部长,那位置也高啦,可是以后他又跑到山里去打游击,这是为什么?有人说,人嘛,就是为了物质生活,就是为了追求这些东西,那他在国民党那里继续干下去不好吗?为什么要到山沟里去呀!周总理在那时是黄埔军校的政治部主任,那也很高啦,为什么他又要去革命啊?去过那样一种艰苦的生活啊?还有我们的朱德同志,大家都知道,他参加革命以前,已经是滇军的旅长嘛,已经是上层人物啦,可以拥有大量财富了,他为什么不去过那样很好的生活呢?他跑到上海去找共产党,没有找到,又跑到北京去找共产党,没有找到,又跑到德国,跑到外国去找共产党,最后在德国参加了共产党。为什么这样呢?难道人追求的就是那些东西吗?还有彭德怀同志,那时他是一个军阀部队的团长,团内的开支都由他来掌握,他以后为什么要暴动到红军这边来?还有我们听到的白求恩,那也是一个伟大的人物,我在1939年的战场上见过他,那个时候,他的手指已经破了,可是我见到他的时候,他在山岗上,拿着一根小藤子棍儿,带着一个手术队,走得非常精神。实际上头一天,在他将要出发的时候,来了一个伤员,这个伤员由于感染头肿得很大,碎骨头没有找出来,这时手术工具已经上了骡马驮子,出发了,这时要施行手术,没有橡皮手套,他只好用手指头在里面摸那些碎骨头渣子,从伤口往外掏这些东西,在掏的过程中,手指头被划破了。开始还不显什么,几天以后发作了,但他自始至终参加了战斗。一直等到战斗结束,才让人把他抬下来,第二天就去世了。在他去世的时候,还念念不忘中国人民,还交代以后到哪里去买药,说天津的药很贵,不要到那儿去买,想法到上海、香港去买,便宜一些。他最后嘱咐的就是这些话。作为一个外国人,对中国革命、中国人民有这样的感情,怎不令人感动呢?白求恩最初是一个学工的,他发现学工不过是为资本主义效劳,对工人群众不会有什么好处。这时他转而学医,认为这可以帮助穷苦的人民。等他学好医以后,看到穷人得了很重的病,没有很多钱,根本进不了医院。这样,他才懂得即使学医也仍然不能为群众做实际有利的事情。所以以后他又到苏联去考察,才认识到只有社会主义才能拯救人类。从这时他就变成了一个马克思主义者。在来到中国之前,他已经是很有名的外科专家了,要说什么物质生活,什么洋房子、小汽车,什么东西他得不到啊?但是他不要这些,他往中国山沟里跑,所以我说人是不可以轻视的。

有人说，人都是自私自利的，人都是主观上为自己，客观上为别人，这都是胡说。这实际是为个人主义、自私自利辩护。现在中央领导同志都给张海迪题了词，要求把她作为一个榜样来学习。陈副司长前天在政治思想工作会议上要求石油院校的同志们向张海迪学习，我觉得张海迪这样的人是很难得的，她不是半身，实际上从胸口以下，完全麻痹，她喝水、解手都非常困难，为了保证自己学习，一天都不敢喝水，这样的情况下，她能够学会几种外国文字，毅力确实非常惊人啊！除了惊人的毅力之外，更可贵的是她为人民服务的精神。所以，我们老中青都要很好向她学习。说到这里，我就可以回答这样一句话，就是道德和精神多少钱一斤？我说，世界上任何高贵的物质都是有价值的，而道德和精神，特别是无产阶级的道德和精神，那是千金难买！万金难买！它是无价的！

论"马克思主义能够当饭吃吗？"

第四个问题，有人说，马克思主义能够当饭吃吗？马克思主义究竟能不能够当饭吃呢？我的回答是，能！不但它能够使少数人吃上饭，还能使大多数人吃上饭。毛泽东同志曾经讲过，物质变精神，精神变物质，这是讲得非常透彻的。精神和物质确实不能绝对对立，它是可以互相转化的。吃饭问题，向来是中国的一个大问题。在中国历史上，多少仁人志士，确实很想解决这个问题，但是谁也没有解决这个问题。孙中山先生三民主义中的民生主义，就是讲人民的生活嘛，但是他也没有解决人人有饭吃的问题。还是中国共产党，根据马克思主义的原理同中国革命实践相结合，在中国搞了一个革命，首先是搞了一个土地革命，这才从根本上解决了中国广大农民的吃饭问题。在中国大地上，在中国历史上，真正解决广大人民吃饭问题的是中国共产党。我想这是一个实际，是一个真理，是客观存在。也正是实行了土地改革之后，那些悲惨的现象，卖儿卖女，没有饭吃的问题才根本上得到了解决。当然要进一步吃得好，穿得好，进一步提高，那是下一步努力的问题。所以，不能说马克思主义是空洞的教条，没有用的东西，问题在于是不是真马克思主义，是不是真正和实践相结合，是不是真正运用得很好。如果运用得好,那么是能够创造出很多的、巨大的物质财富来的。就说石油战线上的大庆,那不就是靠两论起家吗?那不就是马克思主义吗?大庆,那是个实实在在的大庆,它就是在那里放着,那是任何人不能否定的。那么它是怎么出现的呢?那不是马克思主义又加上千千万万劳动者的汗水产生出来的吗?当然,也不能否定其他一些条件、因素、科学技术等等。从我们国家的历史来看,我们这样的中国,和世界上很多国家的情况差不多嘛。印度就和中国非常相似。还有东方的其他一些国家,也和我们非常相似。一些半殖民地半封建的国家也和我们很相似。可是这些国家的革命为什么都还没有成功呢?为什么单独中国的革命成功了?所以,它就是靠马克思主义,靠马列主义同中国革命实际相结合的毛泽东思想,就是靠这样一个正确的思想。现在的问题是,一个很不好的现象,就是轻视马列主义,现在情况好了一些,过去有一个时期很不好;还有一种否定成绩的现象,好像共产党搞了几十年没搞什么,就是犯错误。我想这完全不符合实际。因为我们都是走过来的人,我们都很清楚这一段是怎么走过来的。我们才进北京的时候,营以上部队干部,每人可以进城参观三天。我们就在北京饭店门口等汽车,那时候北京有什么呀,就一个北京饭店,还有一个六国饭店,还有一个德国饭店,那个德国饭店就是我们现在北京军区的招待所,那时是三大饭店之一,现在要排名次的话,排一百,也轮不到它。我们在那儿等汽车,等了一会,来了一辆有轨电车,破旧不堪,不像样子。街上都是垃圾。旧中国当时给我的印象,确实像一条破船,一条沉没的破船。天安门前都是垃圾,乱七八糟,那时北京有什么呀?现在,经过我们的努力,整个工业体系是建立起来了,这是不可否认的。就拿你们石油战线来说,是最明显不过的。过去陕北延长是个出石油的地方,1938年行军路过那儿我去看了看,当时很落后。现在,光你们这个学校也比它大。所以说,中国革命是人类历史上最伟大的革命之一。单讲建国以来,也是取得了伟大成绩的。这些千百万人的汗水所赢得的成绩是不可低估的,不可取轻薄态度的。问题就在于我们中间、后边一段犯了错误,走了一段曲折的道路,问题就在这儿。如果没有这个,当然现在会很像样子了。刚经过"文化大革命",这个时间过去还不长,我们每个人都有切肤之痛,也深受其害,对这个东西很厌恶。但是,如果我们很冷静地站在历史的高峰上来看这一页历史,在我们前进的道路上,只不过是一个暂时的曲折而已,所以我们用不着为这个丧失信心。事物的发展总是曲折前进的,就好比长江,你看它出了发源地之后,为什么不一直流到海里,曲曲盘盘,这里转到那里,那里转到这里,最后才流到海里去。黄河呢,也是这样。人说天下黄河九十九道弯,可能比九十九道弯还多吧。从历史上看也是这样,陈独秀当时要不犯那个错误,那不早几十年革命就成功了吗?因为,当时国民革命军七八个军,中间有很多是我们的同志,他要不犯错误,我们的革命不是早成功了吗?王明路线使我们又吃了苦头,又长征,又吃草,又吃皮带,那你说有什么办法?1961年以后,形势也相当好,后来又来个"文化大革命",使我们受到了极为严重的损失。作为一个对人民负责的政党,那是应当慎重又慎重,尽量不犯错误,但是事物总还有不可避免的曲折。我们对这些应该有正确的理解,不要为这些丧失信心,不要为这些否定我们的成绩。

现在有人认为资本主义什么都好,有的到外国跑了一趟,回来就把它吹得天花乱坠。现在存在着一种风气,崇拜西方,这个东西不得了。在旧中国,有人认为月亮是外国的圆,进步青年都不齿,现在有些东西又香起来了。有人看外国人头发长,也就留长一点,其实并没弄清外国人头发为什么长。一个同志去年游历了一趟美国,他曾问一个美国人,你们为什么要留这么长的头发?那个美国人告诉他,是为了节省钱,因为理一次发太贵,要几十美元。我们没弄清楚就跟着学,这不是笑话吗?头发长短,不能说是大问题,但这种崇洋的风气不好。时间长了,就容易使一个民族失去信心。如果一个民族没有信心,这么一个伟大的国家,有几千年历史的文明古国,尤其是共产党领导了伟大的革命,到现在自己瞧不起自己,这算什么呀?那天看了你们这里发掘出来的楚国的绸子、漆器,那个奇迹很令人惊异,2300年前,我们的人民就创造了那样美好的东西,这是很了不起的。

说到马克思主义,不光青年同志,我们老同志,都要更好地学习理论。一个国家的水平要高,只有你这个理论高才行,如果没有高的理论,你这个水平高从哪儿来呢?所以说马克思主义,还有毛主席著作,都是需要学的。毛主席他老人家晚年犯了很大的错误,但从他整个一生说起来,确实还是一个伟大的马克思主义者,除了伟大的列宁以外,再没有更多的人赶上他了。令人惋惜的遗憾的就是晚年犯了很大的错误,那么,即使这样子,也不能说明一个人犯错误了,他所有正确的思想就不值钱啦,就都不能学习啦,学习了就没有用啦,不能这样说。我们任何时候都要实事求是地看问题。近几年,我听说大学生学政治、学哲学、学政治经济学、学法律、学毛主席著作,风气比以前好多了,这是非常可喜的现象。我希望进一步加强这方面的学习。张永一同志说,其他同志也讲到,学科学技术是解决更好地为人民服务的问题,只有学政治、学马列,才能解决方向问题。他说,自己为什么经得起考验,还是那时党的教育起了作用。我看他这个话讲得是很实在的。

为人民服务是无产阶级的世界观

第五个问题,谈谈发动机和总开关。上面讲的都是一些具体思想问题,但要彻底解决我们思想方面的问题,还要解决总开关的问题。总开关是个比方,人们常常把世界观、人生观比做总开关,只有总开关的问题解决了,许多具体问题,也就迎刃而解。在对人生问题的根本看法上,就是常说的人的价值,人活着一辈子怎么才能有价值,为什么活着等等这些问题。无产阶级的、共产主义的人生观、世界观是什么呢?可以概括为一句话,最通俗的说法就是为人民服务。也就是说,为人民服务就是无产阶级的人生观和世界观。这是毛泽东同志的高度概括。为什么要为人民服务呢?因为人民群众是历史发展的动力,是历史的主体,不管是生产,是革命,离开人民便一事无成。在我们看来,人为什么活着,就是为人民活着,为人民而生,为人民而死,离开人民,一切都是空虚的,虚妄的,没有意义的。张海迪同志也说了嘛,考虑幸福不能离开人民来考虑幸福,我看许多先进人物,模范人物,革命的先辈,他们在根本问题上差不多都持有这种看法。反过来说,我们不为人民服务,我们为什么服务呢?无非一个是为剥削阶级少数人服务,一个是为个人服务。人生观有千万种,这个人要这样,那个人要那样,但具体分析起来,无非三大类。一个是为剥削阶级少数人服务;一个是为个人服务;一个就是为人民服务。当然这中间情况也很复杂,不是那么单纯。在资本主义社会和其他私有制社会里面,一切财产都是为私人所占有,一个国家就是一个资产阶级的管理委员会。广大人民群众,没有生产手段,他就不能不去为资产阶级服务,不管他是愿意还是不愿意,他都必须这样做,然后,吃资产阶级剩下来的残茶剩饭。这种被剥削被奴役的生活,实际上是屈辱的和不幸的。说起旧社会,我的印象是很深的,因为我还过了一段那样的生活。那时我看到纱厂的女工,面黄肌瘦,衣服褴褛不堪,晚一分钟也不让你进厂,出厂时还要搜身,吃饭的时候,碗里面落的都是棉花毛,带的小孩不注意就被机器绞死了,女工生孩子就跑到厕所里面去,那真是地狱。不要说外国资本家,就是中国资本家也并不文明,上海的南洋兄弟烟草公司,资本家真是精打细算,工人到厕所去解手,超过了他们规定时间,便池里安装了一种打屁股的板子,那个板子就打上来了。所以,那个资本主义不要看他是很文明的,不错呀,有什么不错!现在到我们的纱厂看一看,姑娘们戴着小白帽子,穿着白褂子,长长的胳膊上戴着手表,真像是仙女似的在那儿劳动。当然那种劳动也还是很辛苦的。现在资本主义国家,由于生产高度发展,生活水平有的比我们高一些,但那种受剥削的屈辱生活我们不能再过。我们还是要在我们自己的土地上,来创造我们光明的、社会主义的生活。我们的社会是新社会,但是人们的思想意识还不可能完全转过来,这就要不断提高我们的觉悟,加强我们为人民服务的思想。在我们的社会里面,既要实行按劳取酬的制度,又要发扬共产主义的精神,不要把两者看成是完全对立的矛盾的东西。因为按劳取酬在现在这个社会条件下是惟一合理的,惟一可行的,那个平均主义,我们确实吃过它不少亏,但不是说不要发扬共产主义精神。共产主义精神还是要发扬的,为人民服务的思想还是要提倡的,因为在我们这个社会主义里面还有三大差别,人人都要往城市里跑,人人都愿搞脑力劳动,都愿脱离那个笨重的劳动,这个问题怎么解决?光靠按劳取酬解决得了吗?解决不了。就是同样的一项工作,也有轻重程度不同,谁去干那个重的呢?谁去干那个艰苦的?还不是靠那些先进、有觉悟的同志去干吗?不干行不行?不干这个社会就不能发展,只有我们大家都加强为人民服务的思想,我们的社会才会有飞跃的发展。

最后我为石油战士写了几句话,也是石油战士之歌吧。

> 安身石油战线,报效祖国母亲,
> 走遍海角天涯,为石油献我青春!

1955年,我为石油战士们送行之后,曾写过一首小诗,写了就放在那儿,也没发表,大家一鼓掌,我就把这首念了就算了,题目就是《我骑着红马》:

> 我骑着红马飞到新疆,
> 我听见满山遍野都在歌唱。
> 看山外并不见一个人影,
> 也不见一个牧羊姑娘。
> 莫非这是大戈壁的风沙,
> 可风沙声哪有这样响亮?
>
> 原来呵,这声音来自地下,
> 是石油卷起了汹涌的波浪!
>
> 仔细听这声音,我吃了一惊,
> 它们的情绪不很正常……
>
> 它喊道:你们都翻身得到解放,
> 为什么我就不能看看太阳?
>
> 嘿嘿,看来是原因只有一个,
> 祖国还有懒孩子懒惰的姑娘。
>
> 我忙说:石油"老兄",请你煞煞怒气,
> 你这种提法值得考虑……

它叫道:嗬! 你不要把我当傻瓜来诓,
他们是害怕戈壁滩上的风霜!

我也发怒了! 我说:
你不要把我们的青年人冤枉!

看那边是谁迈着咚咚的脚步,
他们啊,已来自祖国的四面八方!

1983 年 5 月 19 日

序《钻塔在你们身后升起》

本书是江汉石油学院部分毕业同学在石油战线上的奋战实录。我在披览这些篇章之后，不能不再一次为我国当代青年的献身精神所感动。

这里记述的虽然只是整体中的一小部分，但显示出来的却是我国石油战线极其动人的历史，也是我们的国家为摆脱贫穷落后奋力前进的历史。我之所以认为这一页历史特别动人心魄，是因为解放之初我们的石油产量只有十几万吨，我们曾被认为是一个"贫油之国"。后来发现了一个克拉玛依，就已经使大家欢欣若狂。至于前景究竟如何，在我们广袤的国土上还被未知的神秘大网深深笼罩。我们英勇果敢的石油地质的"侦察兵"们，就是这时开上前线的。他们没有让大家失望，在他们留下脚印的地方，大油田一个接一个地出现了。大庆啰，大港啰，江汉啰，胜利啰，华北啰，长庆啰，还有四川、南疆的油田、气田等等。原油产量已经飞跃式地增长到1.3亿吨。中国已经以勃勃雄姿跨入世界石油大国的行列。在我国工业化的历史上，这一页不是极其动人、极其辉煌的吗！这里允分显示了党的领导作用和社会主义特有的活力。这一块丰碑，是任何人也抹杀不了的。

自然，这些成就的得来并不轻松，是石油战线的同志们经过千辛万苦换取来的。他们长期跋涉在荒原大野，忍受着酷暑严寒，经常与风沙搏战，而且还要与亲人长久分离。可以说，从地下抽出来的每一滴石油，都饱含着他们的艰辛，都溶进了他们的青春年华、血汗和生命。石油在机器里燃烧，也就是他们的生命在燃烧，在推动着我们的事业前进。我们怎么能不感激他们！

这些石油战线上的先行者,这些优秀的同志,为什么会创造出光辉的事迹来呢?我看最根本的一条还在于,他们对真正的人生价值作出了正确的判断。一个人活着就是要为人民尽可能多地作出贡献,这才是最重要的。其他则都是次要的。如果他们不是拥有这样的人生观,不是把人民和祖国的命运看得高于一切,他们就不会作出那样的牺牲,也就不会创造出那样光辉的业绩。一个国家,一个民族,要想发展,要想强大,没有这种精神肯定是不行的。近几年来,"一切向钱看"的狂潮,把人弄得头昏脑涨,价值观念在迅速地发生变化,不少人已经认为"钱就是一切"。这种拜金主义实质上是复旧和倒退,而绝不是什么"观念更新"。如果让这种"观念"压倒,我们的石油战士也就很难保持自己的荣誉了。

　　本书编者说,编辑此书的目的,既是为了表扬那些优秀的先行者,也是为了激励后来者快步跟上。我相信,那些陆续投入石油战线的莘莘学子,在研读本书之余,一定会从中汲取精神营养,勇敢地接过先行者的火把,奋然前行,创造出更辉煌的业绩!我愿本书在几年之后出版续集、再续集,来记载那些后来者的功劳。

1988 年七一前夕

知识胜于黄金,青春献给人民

——在廊坊石油管道子弟中学的讲话

老师们、同志们!

首先让我向你们致以衷心的问候!(热烈掌声)你们这个学校不是一般的学校,你们是石油战线工人同志们的后代。我愿意通过你们向石油战线上的广大职工同志们问好!(热烈掌声)我和石油战线是有一些关系的。1955年,北京石油勘探学校第一批毕业生毕业的时候,曾经请我到他们学校里去。因为他们要到很远的地方去,到祖国边疆去,为勘探石油而献身。那个时候,我国贫油的帽子还没有摘掉,曾经被称为"贫油之国"。所以,我甘愿到他们学校去为他们送行。我那次讲话的题目叫"祝福走向生活的人们"。从那以后,我同石油战线就结下了亲密的友谊。1985年,这些同志已经工作了整整30年,他们已经成为石油战线上的骨干。你们刘校长——刘际禹同志就是那个班的同学。30年后,他们重新聚会在北京,这真是"争风斗雨30年"哪!我也荣幸地参与了这次聚会并再一次地向他们祝贺。所以,我们这个情感和关系就越发分不开了。今天由于这个关系,他们请我来和石油职工的子弟们见见面,同时座谈我的小说《地球的红飘带》。刚才同学们对小说提了很多很好的意见,我非常地感谢。因此我今天特别地高兴。(热烈掌声)

今天谈不上做报告,就是和大家见一见面。因为同学们都是青年,所以我主要还是谈一谈学习问题。

粉碎"四人帮"以后,学习风气很高。大学里学习气氛很浓,图书馆大家都争着早一点去,赶快吃饭,好到那里抢个地方,免得去晚了没地方了。但是近几年情况起了变化,出现了新的"读书无用"

论。就是说对学习不太感兴趣啦,认为读书没有多大用处,连一些大学生也有这方面的表现。我觉得这种现象,是应该引起重视的。如果一个民族,她的青年一代不注意学习啦,那是一种什么现象,也可以说是一种衰败的气象,这是非常危险的。因为革命的担子也好,建设的担子也好,都是靠我们的青年一代来承担的。那么他现在不提高自己的政治觉悟啦,文化素质啦,不提高自己的知识技术各方面的修养啦,不掌握这些东西,那么这个民族还有什么希望呢?所以这个问题是应该重视的。

那么,为什么会产生这种现象呢?就是现在人们所说的"脑体倒挂"——脑力劳动和体力劳动报酬上的倒挂。本来说脑力劳动是复杂劳动,应该报酬多一点,实际上现在反而低,所以称为"脑体倒挂"。出现了一种说法,叫做"拿手术刀的不如拿剃头刀的","搞导弹的不如卖茶叶蛋的"。大概你们也听说过。确实,摆个小摊每月收入几百元、上千元,比一个大学教授收入还多。像这样一些不合理现象,自然会刺激"读书无用"论出现。事实上,现在不只是单单脑体倒挂,《中国青年报》有一篇文章说,还有一个更重要的"劳逸倒挂"。那篇文章很有见识,说只强调"脑体倒挂",反而增加工人等体力劳动者与知识分子的矛盾。事实上,在物价飞涨的形势下,工人的工资已经显得低了。倒是更应当重视"劳逸倒挂"。什么叫劳逸倒挂呢?很出力气工作的、劳动的人,报酬相当低;而那些不干活的、当倒爷的,收入反而很高很高,甚至高出几十倍、上百倍。这样一种不合理、不公平的现象,反映到人们的头脑里,不就形成了一种畸形的思想吗!一些人便认为学有什么用处呵,学几年毕业还不就是那样,挣不了多少钱,还不如让孩子们赶快弄点什么事干一干,做个小买卖或者倒腾点什么,倒能赚点钱。所以就产生了这样一个"读书无用"论。这种现象应该说是不好的。我认为我们不应该受这个影响。就是说不要当近视眼,不要看得太近。过去近视眼都是吃了大亏的,因为眼光看得很近嘛。譬如过去革命战争年代,那是比较艰苦的啦,也是比较危险的啦。除了艰苦问题,还有个生死问题,这是经常会遇到的。那时候一些害怕的人和在生死面前发生动摇的人,有的就回了家,开小差啦。这些人,到了建国以后,有的就很后悔,说:哎呀,我还不如那个时候不回来哪,我如果不回来,我现在差不多也是个师级干部、军级干部啦。那就是后悔啦。当时为什么要这样，就是看得太近啦。现在也是这样。我认为，凡是不公平、不合理、人民不满意的现象，都不可能长期存在下去。因为它是违背大多数人民利益的，如果让它长期存在下去，我们的社会主义社会是没有办法发展的。按劳取酬是社会主义社会的性质规定的，它就应该越来越合理。只有做得合理才能够激发广大群众的积极性，如果搞得不合理就会摧残这个积极性，至少降低这个积极性。这个社会，如果广大劳动群众，譬如工人、农民、知识分子（这三种人是中国人口中的绝大多数）都认为这种分配制度不合理，那么怎么能激发他们的积极性呢？不能够激发他们的积极性，这个社会就要停止发展，至少不会发展那么快。所以这个现象在我看来是不可能长期存在下去的，更不可能永远存在下去。因此，我劝同志们还是趁年纪轻的时候很好地抓紧学习。学习科学呵、技术呵、各方面的知识呵。因为我们这个社会要想发展，我们的民族要想发展，国家要想发展，我们自己的生活要想提高，就要掌握科学技术、各方面的文化知识。如果我们的青年一代什么本领也没有，国家怎么发展哪，所以在学习方面，我劝同志们要抓紧。

  青年时期是最宝贵的时期，脑子最好的时期。像我们现在这个年纪，书看过了，差不多也就忘了，好像脑子打的东西太多了，很不容易打上去。青年人脑子很好使，好像白纸，印上什么就是什么，一些知识记得很牢。我现在能背诵的东西，差不多还是在学校里背诵的那些东西。后来学的那些东西能够背诵的就很少了。所以这是一个非常宝贵的时期，希望大家抓紧。

  那么，怎样抓紧自己的学习呢？由于学习本身是比较艰苦的事，要学习就得出力气，不出力气，不动脑子，是不会学进去的。要学好，就需要有动力，靠什么来作为我们学习的动力呢？光靠为了谋生，为了将来有个饭碗，这当然是可以产生动力的，但这个动力就显得小一些。还是把我们国家的前途、人民的前途作为我们考虑的出发点，这样，我们才会发出更大的学习动力。这就是青年的责任问题。我们心里要时时刻刻装着人民，装着我们国家、民族的前途。历史上一切有志的青年都是这样，这在历史上并不少见。

  五四运动时期，大家都清楚，像毛泽东、周恩来、朱德、刘少奇等等伟大人物,可以说是那一代青年的代表。那一代青年做出了多么大的贡献呵!干出了多么大的事业呵!就拿朱总司令来说吧,他那时候已经是滇军的旅长了。在旧社会不要说旅长,是个团长也了不得。地位享受都有了,但是他不要这样的荣华富贵,他想的是国家、民族的前途。为了使人民摆脱剥削压迫,他抛弃了这个地位,到处去找共产党。到北京找,到南方找。中国找不到,到法国找,不是后来在德国找到了周恩来同志,他才在那个时候入的党吗!如果他们那些人只是为了个人,只是为了自己的饭碗子,为了自己的生活好一点,一句话,没有从狭隘的眼界里解放出来,那他们怎么会这样做呢?正因为这样,他们把人民唤醒了,做到了马克思主义与中国革命实践相结合,把三座大山推翻了,建立了一个新中国。这不就是那一代青年对他们担负的历史责任的回答吗?

就拿我们这一代青年来说,那时候是国民党当权,尽管民族危机、社会危机十分严重,可是国民党不准你抗日,不准你革命。我们就跑到延安去。延安,那是个苦地方啊,是个山沟呵。那个地方吃小米,生活可困难哪!但是大家的情绪都很高,歌声一天不断。去的人有一些是穷苦人的子弟,也有一些是家里比较富有的,甚至有人来自资产阶级的家庭。你们在电影里看到过一个叫张露萍的女孩子吗?她是从四川去的,我们都见过她,她是我们的同学。她经常指挥大家唱歌,外号叫"干一场"。怎么叫"干一场"呢?因为那时候有个歌:"河里水黄又黄,日本鬼子太猖狂……"最后是"拿起刀枪干一场"!她最爱指挥大家唱这首歌,所以落下个绰号。她就是从富裕的家庭跑出来的,以后又回到国民党内部做地下工作,最后英勇牺牲。那时候的青年就是这个样子。

建国以来的一代青年也是这样。以你们石油战线为例就有很多令人感动的事。我开头说到1955年那一批毕业生,当时他们都是争着要到新疆、柴达木、玉门、四川去,充满了一种革命的豪气。你们刘校长有一个同学叫赵陵龄,那个姑娘当时也就是十八九岁,她当场写了一首诗:"我是青年团员,我是勘探队员,今天长了翅膀,要想飞得最高最远。飞向柴达木,飞向吐鲁番,就是分到酒泉、四川,也大笑得鼻孔朝天。"我当时很受感动。一个国家,她的青年如果具有这样一种精神面貌,这个国家怎么会没有希望!我们这一代人或早或晚都要告别了,将来国家建设的责任,要落到哪些人的肩上呢？还不就是你们的肩上吗！建国初期我国石油只有十几万Ⅱ屯,现在是1.3亿吨,这不就是建国后那一代青年流血流汗的结果吗！所以,那天在55届同学重新会面的时候,我是非常激动的,我还给他们写了一首诗：

> 铝盔闪闪走天涯,
> 祖国处处是我家；
> 不着戎衣真猛士,
> 八方野战伴风沙；
> 青春虽去何足惜,
> 留给边疆作早霞；
> 回首喜看挥汗处,
> 石油如潮卷浪花。

(长时间热烈掌声)"青春虽去何足惜,留给边疆作早霞"。我为什么要这样说呢？因为我给他们送行的时候,他们年纪很轻,就是你们这个年龄吧。30年后我又一次见到他们的时候,不说都成了老头老太太,也差不多了,都是五十来岁的人了。他们的青春不是消逝在戈壁滩上、酒泉、玉门、大庆那些地方了吗！要从个人的立场也可以说："哎呀,我的青春没了,都吃了苦头了,多可惜呀！"我说,那没有什么可惜,你付出的劳动是有代价的,这个代价就是今天的大庆啦、任丘啦、大港啦、江汉啦等等油田。我们国家这一亿多吨的石油,汽车在那里跑,拖拉机在那里跑,不就是你们的生命在发出光辉吗！不就是你们的青春在发出光辉吗！所以我说"青春虽去何足惜,留给边疆作早霞",边疆早霞的照耀也是你们生命的光辉。我国一代一代的青年就是这样前赴后继,使我们的革命事业不致中断。

希望寄托在哪里？就寄托在青年身上,寄托在你们身上。现在青年的处境比较复杂。这些年报刊上登了些好的东西,也有许多错误的东西,有宣传集体主义的,也有不少是鼓吹个人主义的。有的人就认为个人主义好,为个人主义"正名",说个人主义不是自私自利。还有人得了"爱资病",总是认为资本主义好,社会主义不好,把新中国建立以来所取得的伟大成绩一贬再贬,甚至说得一无是处。把资本主义的一切捧到天上。这样,青年就不能不受到一定影响。因为他自己不能对新旧社会作个比较。而老一代人亲身经过两个时代,是做过这种比较的,而且烙印很深。比如,有人要跟我说,旧社会好,资本主义好,我怎么也不会相信。因为我是从旧社会过来的嘛,旧社会就是资本主义体系下的社会嘛!我清楚得很嘛!现在有些青年就不了解,你跟他说这个那个,他就弄不清楚到底什么好。现在这个社会风气呀,出现了很多问题。不是有这种说法吗:"50年代人帮人,60年代人整人,80年代各人顾各人。"这个概括还不能说一点道理都没有。当然,这不是青年本身的问题。我总觉得,对青年人基本上是如何引导他们的问题。青年本身没有什么过错。更不能说哪一个时期的青年好,现在的青年就不好。你引导得好,当然就好,引导得不好,当然就会出问题。

我前几天看到《光明日报》刊登了一篇《寻找党义》的文章,不知道你们看过没有。我看这篇文章很有意思,说长春某个工厂有一个工人生活非常困难,他老婆是疯子,疯了20多年啦,他还有6个孩子,工资也不高,上班的时候要走5里路,然后还要坐1个小时的火车,才能上班。这么多年来他没有旷过一天工。可是他的生活相当困难。每月工资几十块钱,那么些孩子,现在东西又涨价,那他还受得了吗!但是,有一天,有人说:唉,老郭头(这个人姓郭),邮局给你寄来钱了。他说:我也没有什么亲戚,怎么会给我寄来钱呢?一看,有人给他寄20块钱,下边名字是"党义"。党就是共产党的党,义就是名义的义,意思就是以党的名义给他寄的钱。当时,他很感动,一看发信的地址某某街某某号,这个号正是他们的工厂。找工厂领导问是谁给寄来的,费了很大事,找不到是谁。后来又给他寄来一次,一直寄了13次,一共合在一块是300多块钱。这时候,工厂领导人觉得应该把这个人找出来,对老工人这样关心,完全是雷锋精神。后来,找出来一些其他的好人好事,譬如,有残废的孩子,没法走路上学,一些同学背着他上学,几年如一日。但是"党义"这个人到底是谁,仍然没有找出来。听说其他城市也有这样事情。如果是在50年代,这种事儿不算很稀奇,因为那时候风气好嘛!这样做的人是比较多的,现在听起来就非常新鲜了。我想这件事情很有意义,它表明：在人民中间，在我们党中间，是有正气的。尽管现在有腐化现象啦，不好的作风啦，一切向钱看啦，但人民中间的正气，对真理的追求，以及党多年来培植的共产主义精神，这些东西是不死的，是不会完全消失的。因为人民毕竟受了这么多年社会主义、共产主义的教育呀，还是有正气的，对坏现象的普遍不满不就是一种正气吗？不过，似乎正气不占优势啦。走在街上，流氓在那里行凶，没人敢说话，没人敢管了，但是这个正气还是存在的。所以用不着悲观失望。我们这一代青年还是要把好的作风继承下来，发扬起来，很好地学习，不要受现在这些东西的影响啦。

在《地球的红飘带》座谈会上，我也说了，中华民族有两个"万"，这在世界上是独一无二的，是别的民族所没有的。哪两个"万"呢？第一，就是万里长城；第二，就是万里长征，也就是二万五千里长征。你走遍全世界，哪个民族也没有。这就说明我们这个民族的毅力和精神。刚才，有人问我为什么要写《地球的红飘带》这本书，我说，一个是我内心的要求。从我参军之日起，我就非常向往这段历史，这段历史是我心中的诗，我一定要把它写出来；第二是现实的原因。现在一些人、一些青年因为我们的历史发生了一点曲折，就有点悲观失望。什么对党没有信心啦，对马克思主义毛泽东思想没有信心啦，信仰不是那么高了。我写这本书，就是要让人们看一看我们党的面貌到底是什么，原来是什么，应该是什么，我们不可战胜的地方到底是什么。这种优良的传统作风，我们就应该把它接受过来，然后再传下去。我们的新中国建国以来还是取得了伟大成绩的。（这一点全世界都不否认，但是国内却有极少数人要否认。）虽然中间有一些曲折，但是不能认为我们的民族就不行了，我们的国家就不行了，党也不行了，社会主义也不行了，就悲观失望，这是不对的。我们的国家一定还会兴盛起来，我们一定会屹立在世界强国之林。那就要看一看我们这一代青年干得怎么样了。我希望同学们都成为对祖国有用的人，对人民有用的人，为我们祖国做出很大的贡献！最后我赠给同学们两句话："知识胜于黄金，青春献给人民！"（长时间的热烈掌声）

1989 年 3 月 1 日

再上一重天

——在轮南整体解剖第一战役总结表彰大会上的祝辞

模范工作者同志们，参加塔里木石油会战的全体同志们：

我能有机会参加你们的盛会深感荣幸。请允许我向你们致以深深的敬意和慰问：同志们，你们辛苦了！

我对石油战线一向抱着敬意。因为建国以来，石油战线始终是一条生气勃勃的战线，石油部门是一个有重大成绩的部门。解放以前的旧中国，我们的石油产量是微不足道的，而今天已成为世界石油大国之一。我国石油工业的飞速发展，可以说是我们中华人民共和国发展的一个缩影。而且特别值得称道的是，石油战线不仅向全国提供了大量的物质产品，还向全国提供了无价的精神财富——"大庆精神"和"铁人精神"。这已为江泽民同志重新作了充分肯定。我就是抱着这种敬意，于今年9月由中国石油天然气总公司高级工程师赵陵龄同志陪同，访问了玉门、敦煌、克拉玛依，然后来到库尔勒的。前天，我们访问了塔克拉玛干大沙漠腹地的塔中一号井，今天又同轮南几个钻井的同志见了面。凡是我看到的同志，不论是工人同志，还是技术人员，他们在极其艰苦条件下的辛勤劳动，使我深受感动。尤其使我感动的，是他们那颗热爱伟大祖国的心和发展祖国石油事业强烈的责任感。就是说，宁愿吃尽千辛万苦，拼死拼活，也要为祖国找出油来。正是因为他们怀有这样一颗心，才传出来一个又一个振奋人心的捷报。我可以说，从党中央到全国人民，听到你们的捷报，没有一个人不对你们怀着深深的敬意和感谢。他们都会从内心发出一个声音：谢谢你们！祖国的好儿女们，你们对人民所作的贡献,祖国是不会忘记的!

　　这次塔里木大会战,在我看,意义十分重大。它不仅对石油工业本身将是一次重大的突破,使我国的石油工业再上一个台阶;而且对全国各条战线都会产生重大的影响,对全国的各项工作都会是一个有力的推动。我可以说,这次会战将是石油工业发展史上最光辉的一页,将会要留在历史上!在这次会战中作出贡献,将是石油战士一生的光荣!

　　这次会战,听说各路石油大军、各个油田的精兵强将都开来了。这里有大庆油田、胜利油田、中原油田、华北油田、四川气田、新疆油田以及物探局等等许多单位,真可以说是群英荟萃,劲旅云集。这种气氛使我不禁想到解放战争后期的三大战役。三大战役最后击败了蒋家王朝,这次大会战将要征服塔里木,抓住一个大家伙,取得一个巨型的油海。我看到各个油田的石油队伍,都在争先恐后,摩拳擦掌,就像当年攻城部队并肩突击一样,看谁最先打进城内。在我看,今天的表彰大会并不是最后的庆功会,而是一个会攻塔里木的誓师大会。胜利和光荣将属于英勇善战、坚忍不拔的勇士!

　　祝塔里木大会战取得全胜!

　　征服塔里木,再上一重天!

　　光荣属于创造历史的人们!

1990 年 9 月 30 日

这就是我们的哲学

——在北京石油地质学校 55 届同学会上的讲话摘要

刚才,同志们把辛苦得来的奖章转送给我,我确实不敢当。我应该说我以前说过的一句话:荣誉归于创造历史的人们。我现在仍然应该说,荣誉归于创造历史的人们。那么谁是创造历史的人们呢?我想在座的同志就是,就是跟随着我们伟大的祖国一同前进、一同创造了这一页光荣历史的人。

30 年前,同志们在天安门前留影之后,就分别走向远方。当时,我曾来给同志们送行,送年轻的勇士们出征。今天,我是来迎接同志们的,迎接战果累累的饱经风霜的老战士归来。如果说,咱们这个会场是一个凯旋门的话,现在我是站在凯旋门边来迎接同志们。我应该首先说:同志们辛苦了!你们辛苦了!石油战线的全体同志都辛苦了!

我为什么要道这三声辛苦呢?因为你们生活在祖国的边疆,生活在最艰苦的地方,你们走过了祖国的千山万水,比别人尝受了更多的艰辛。所以,在某种意义上说,你们是不穿军装的战士,你们这支大军是不穿军装的大军。30 年来,你们为祖国取得了战绩累累的果实。

30 年前,我在送别词里曾经说:"我热望着从你们留下脚印的地方升起石油塔的丛林。"我还说:"我更期待的是你们的成长。"应该说,我的这两个热望,实质上也是全国人民的热望。现在,这两个热望已经比预料的更为圆满地实现了。当你们出征的那个时候——1955 年,全国的石油产量不到 100 万吨,现在已经达到 1.3 亿吨,增长了成百倍。在你们留下脚印的地方,不止一处地升起了石油塔的丛林。这就是石油战线的同志们对祖国所做的巨大贡献,而你们的功绩就包含在这个辉煌的战绩中间。

30年,在历史上只是很快的一瞬间,但对个人来说,这就不是很短的时间。我来给同志们送行的那时候,你们是年轻的小伙子、年轻的姑娘,现在已经都是50岁左右的人了。你们将青春献给了祖国,青春已经消逝了,这值得惋惜吗?我看没有什么值得惋惜的。因为你们把自己一生中最好的年华献给了祖国,献给了人民,献给了人类最伟大的事业——共产主义事业。我看这是人的一生最大的愉快,最大的幸福。雷锋说:"人的生命是有限的,可是,为人民服务是无限的,我要把有限的生命投入到无限的为人民服务之中去。"我想就是这个道理。我们祖国的生命是无限的,而我们个人的生命是有限的,我们就是要把我们的青春、我们的生命投入到、融化到祖国的生命之中。虽然我们的青春消逝了,但是我们的青春已经化在祖国的整体里面了,已经作为祖国的生命在那里蓬蓬勃勃地发展了。所以,当我们看到祖国前进的车轮转动的时候,我们会想到其中也有自己的一分力量,自己是会感到幸福的。这就是我们的哲学,这就是我们的世界观,这就是我们的动力。

为什么我还说:我更期待的是你们的成长呢?因为我始终认为,除了物质的增长外,造就一代新人——健全的人、高尚的人、有共产主义觉悟的人,是创造共产主义社会的重要条件。共产主义社会不只需要物质条件,还要有人的觉悟这个条件。有共产主义觉悟的人,是共产主义社会的重要条件。但是人的成长不能离开社会实践,不能离开为人民服务这个实践。现在我高兴地看到,同志们通过这个实践,是成长了,是越来越成熟了,都是各个工作岗位上的骨干了。你们的成长,就是我们事业的胜利。

我刚才说,同志们是凯旋归来的战士,这不过是打个比方,是就我们这一段生活历程来说的。至于说到我们的祖国,当然谈不到凯旋,因为我们的祖国还正在发展,还正在社会主义现代化的道路上前进,这个任务还是相当繁重的、艰巨的。

如果把人生的道路比作一出戏,就我们每个同志来说,我们只是演出了第一幕。同志们毕业前的学习阶段,只能说是序曲,是为演正戏作准备的。你们从毕业出发到现在的这个30年,你们才算演出了第一幕。第一幕演得怎么样呢?也就是说这一段生活道路是不是走对了?我说这个第一幕演得精彩极了!这段生活道路完全走对了。为什么说是走对了呢?因为你们抓住了一个核心,提出了一个深刻而光辉的经验,就是人要有一个理想——为人民大众而奋斗的理想,而且为了这个理想要勇于献身,能够坚持。从人生的价值上说,我觉得这一条是最可贵的。你们随着祖国的前进而前进,随着祖国的发展而发展,不仅为祖国的现代化做出了贡献,而且每个人都成了各个岗位上的坚强骨干,这难道说不是一条正确的道路吗?我看不仅是一条正确的道路,而且是光辉的道路。现在有些年轻的同志不大瞧得起理想,好像这个理想是空家伙。你们的实践本身就说明理想本身是扎扎实实的东西,不是空洞的东西。同志们30年来的实践,最有说服力地证明了这一点:人必须有一个高尚的理想,一个为人民大众奋斗的理想。

你们的第一幕戏演得很好,第二幕还应演得更好。第二幕最重要的是什么?第二幕的核心还是要坚持共产主义的远大理想。因为我们的主题,我们上演的这出戏的题目,就是"中国的共产主义者之歌",或者说是"中国的共产主义者创业之歌"。现在同志们和以前相比责任不同了。以前同志们是十七八岁、二十来岁的青年,把自己搞好就行了。现在你们每个人的后面都有一大群人呀!这个比以前就不一样。也就是说,你们的责任更重了。你们不仅要坚持共产主义的理想、道路,提高自己的业务水平,在石油战线上做出更大的贡献,而且要带出一大批共产主义的信徒,把我们的事业延续下去。现在一些人似乎以为共产主义是什么虚无缥缈的东西,其实这样看就错了。共产主义是我们的指导思想,同我们的社会实践是密切联系着的。用一句通俗的话来说,共产主义的目标虽远,但我们天天都应当为它准备物质条件和精神条件。作为社会制度来说,社会主义是共产主义的第一阶段,第一阶段的一切都应当是为第二阶段作准备的。这里既不能混淆它的阶段性,又不能割断它的连续性。作为指导思想,我们在实践上更不能脱离它的轨道。譬如说,我们在宣传上教育我们的青年是用个人主义来鼓励他,还是用集体主义来鼓励他呢?如果我们用共产主义的思想作为指导思想,那我们就应当以集体主义来鼓励他。如果用个人主义来鼓励他,显然不是共产主义思想。近几年来,有人经常说,"不想当元帅的士兵不是好士兵","不想当将军的士兵不是好士兵"。我想现在还是要用爱国主义来武装我们的青年,用共产主义来武装我们的青年。你说不想当元帅的士兵不是好士兵,不想当石油部长的职工不是好职工,(一片笑声)这样做,你能保证他当石油部长吗?你能保证他当元帅吗?你能保证他当将军吗?他当不了怎么办?他的积极性还有吗?所以,这里就有个用什么精神来引导的问题。

希望第二幕戏同志们比过去演得更好,因为你们现在在经验、实践等各方面都比过去成熟了。你当然应该比过去干得更好嘛!但是这中间社会风气相对地来说,与过去是有些不一样。社会风气,50年代你们是代表,代表着一种精神。你们的行动就是体现了一种精神状态。现在,有些青年对这个就不大愿意接受,或者不大听得进去。特别是一切向钱看,这个风也相当厉害,把人往钱眼里吹。街头上卖的小报,社会上放的录像,这种东西泛滥对青少年是很不利的。赚那个钱,老实说是不光彩的。所以,同志们的工作,在你们的第二幕戏里,有有利的方面,也有困难的方面。也可以说我们还需要经受新的考验。但是我相信,大家是会经受住一切考验的。同志们一定会演出更精彩的第二幕、第三幕,一定还会有更壮丽的尾声。因为每个戏的高潮都在后面,所以,我也期待着看到同志们的这个高潮。

最后送同志们一首诗:

> 铝盔闪闪走天涯,
> 祖国处处是我家;
> 不着戎衣真猛士,
> 八方野战伴风沙。
> 青春虽去何足惜,
> 留给边疆作早霞;
> 回首喜看挥汗处,
> 石油如潮卷浪花!

1985年4月20日

祝石油战线双丰收

——在石油工业部教育工作会议上的讲话

我首先向石油部的同志们,向来自全国各地石油部教育系统的同志们致以亲切的问候!向刚才获奖的石油教育先进集体和先进工作者们致以热烈的祝贺!

自从1955年我到北京石油地质学校给她的第一届毕业生送行以来,就和石油战线结下了不解之缘,我们之间就形成了亲密的关系。现在我只是作为石油战线的一个朋友来给大家说几句话。今天主要的还是听我们国家教育委员会副主任的指示和王部长的指示。

党中央这几年非常强调建设社会主义物质文明和建设社会主义精神文明这两者要一起抓。我想这里是有很深道理的。在社会主义建设里边,物质和精神,这是两个都很重要的方面,是少了一个方面也不行的。这两个方面关系又非常密切,物质离不开精神,精神也离不开物质,这两个方面是互相推动的,也是可以互相转化的。石油战线本身就是这样。没有当年那种大庆的精神,没有那个铁人的精神,就不会有现在的大庆。同样,没有大庆和后来一系列石油基地的出现,你那个精神也不能够巩固。一部中国石油工业的创业史,非常明显地说明了物质和精神相互作用的关系。扩大来说,从我们国家30多年来的建设经验也可以看到,不可以轻视物质这个重要方面,也不可以轻视精神这个方面。不管哪一个方面放松,都会出现漏洞,造成损失。对石油工业部,我很佩服你们的地方,就是你们既拿出了物质,也拿出了精神。从物质方面来说,石油现在出了1.2亿吨以上了;从精神方面来说,出了铁人精神。铁人的精神实质上就是共产主义的献身精神、爱国主义的精神、集体主义的精神。所以,物质和精神这两个方面对于我们的国家都是非常宝贵的。在第七个五年计划开始的今天,我以非常高兴的心情,祝石油战线在物质和精神两方面都取得大丰收,都同时取得光辉的胜利!

在座的同志们都是做教育工作的。古话说,"十年树木,百年树人",也就是说,教育在收益方面似乎是比较慢一些,因此,越是眼光远大的人越是能够看出这项工作的重要。如果从长远看,它的效果并非是不明显的。就拿1955届北京石油地质学校的毕业生同志来讲,130多个人中间出了多少人才呵!这里边有工程师、地质师、经济师,有院长、书记,以及其他多种人才。李心刚同志刚才给了我一个条子,一个报喜的条子,说到在他们这130多个同学中间,还有两名同志是获得了国家一级的科技进步奖的,一个是张在禄同志,一个是尹立柱同志。获得国家一级的科技进步奖是很不容易的呵!我们在这里向他们致以热烈的祝贺!

从历史上看,更可以看出教育的威力是很大的。就说大革命时期吧,有那么一个黄埔,我们的周总理在那里当政治部主任,那个学校在历史上就发挥过很大作用。抗日战争时期,大家都知道有一个抗大,今年是她的50周年,这个抗大在抗日战争中间发挥了伟大的作用。在解放战争时期,这个抗大把黄埔也打败了。

石油战线的前景怎么样,也要看我们今天的教育办得怎么样。这就和在座的同志们有很大关系啦,也就是说,要看同志们培养人才的工作做得怎么样。我甚至可以说,教育,培养人才的这个工作,是重工业中的重工业。石油工业部是重工业部门,你们在石油部中间又是培养人才的,而人是生产力中间最重要的因素,最活跃的因素,一切先进的技术、设备都是要人来掌握的,没有足够的人才是不能解决问题的。所以,我希望同志们多多珍重自己的岗位,对石油战线做出更大的贡献。

说起培养人才,我们要培养什么样的人才呢?我看,就是要培养既精通技术又全心全意为人民服务的优秀人才。说起来也还是一个又红又专的问题。我想,又红又专这个口号并没有过时,因为它是合乎辩证法的,是马克思主义的。对石油部门来说,也许更为重要。没有技术,那是不可能拿出石油来的;同样,石油工业的特点,它是在野外,在边远的地方,没有艰苦奋斗的精神,也是拿不出石油来的。我看到会议的报告上讲到,培养的人才要能和工农相结合,我也觉得提得很对。因为你那个石油技术人员,出门就是农民,抬头就是工人,如果不能够很好地尊重工人、农民,不能够很好地和工农相结合,那他自己就没有用武之地。所以,要培养这样的人,就要加强思想政治工作,加强共产主义教育、爱国主义教育。社会主义精神文明的核心是什么?社会主义精神文明的灵魂是什么?我想就是共产主义思想,而不可能是别的什么思想。

我看到会议发的材料中,有重庆石油学校梅俐生同志的发言。这位同志我是1983年在江汉石油学院开会的时候认识她的。几年不见,她现在已经是省劳模和石油部的优秀政工干部了。我看到这一点特别高兴。在她身上我感到有几个可贵的东西:第一,她自己遭遇相当坎坷,但她并不悲观,对党没有怨气,一直都是这样兢兢业业地工作,这是非常难得的。我记得在江汉石油学院讲话的时候,曾经提到张永一同志,他也是这样。我在文章中,讲到我们的老作家,革命老前辈丁玲同志,她也是这样。他们受了十几年、二十几年的苦哇!我说这个苦不可谓不重,时间不可谓不长,但是他们对党,对我们的国家,丝毫没有怨恨,这种品质是很难得呵!梅俐生同志,我觉得她第二个很可贵之处,就是她重新搞政治思想工作的时候,正是人们对政治思想工作比较轻视的时候,说他们是什么"万金油"干部啦等等,谁也不大愿意干了。正是在这个时候,她重新做了这个工作,挑起了德育的担子,而且做得很出色。第三个我觉着她可贵的地方,就是她不但坚持了共产主义教育、爱国主义教育、集体主义教育,而且根据新的情况,有新的创造。也就是说,内容是共产主义的思想教育,而方式方法却非常生动活泼,灵活多样,所以取得了很好的效果。我们应该多向这样的同志学习,培养出更多的又红又专的人才。这就是我今天对石油战线教育工作者同志们的一点希望。

1986年4月21日

明 天 曲

——银杏宝宝乐园碑文

每个人都有自己的童年,每个人的童年都孕育着明天。

孩子们,人们爱你们,因为人们爱祖国的明天。

所以,叔叔阿姨们集资修建了这座乐园。

我们的人民,我们的党,我们的前辈,他们流了多少血汗才赢得了今天,我们要用同样的努力去争取明天!

孩子们,把翅膀练硬些,准备飞得最高最远!

为了建设社会主义现代化的强国,为了共产主义的伟大事业在地球上实现,我们要一代一代地、前进不息地奔向明天!

1985年5月5日写

答《时代青年》十问

1. 你成功的经验和秘诀是什么？

答：老老实实做人。具体地说：一、对共产主义信仰始终如一；二、在工作上(包括文学)精力集中；三、劳动，不倦地劳动。

2. 你最喜欢读什么书？

答：马克思、恩格斯的《共产党宣言》，毛泽东、鲁迅的著作及唐诗、《红楼梦》等古典作品和若干外国作品。

3. 你最大的嗜好是什么？

答：读书，游览名胜古迹。

4. 你最大的烦恼是什么？

答：是国家和人民遭到不幸。

5. 你是怎样看待金钱和名利的？

答：不能以金钱衡量人生价值，在看待名利上，要把人民利益看得高于一切，不要计较个人的名利。

6. 你是如何处理周围人际关系的？

答：人际关系也要讲原则，对待同志和朋友要热情、诚恳，对待人民群众要谦虚、尊重。周恩来说，"与有肝胆的人相交"，我很赞赏。

7. 你向往什么样的生活？

答：我不奢望豪华生活，一个从战争年代走过来的作家，应当过清白朴素的生活，当然，我也要求工作和生活条件有一定保障。

8. 你喜欢和什么样的异性相处？

答：有理想、有热情的女性，不喜欢庸俗自私的女人，不喜欢冷若冰霜的女人，即使是美人。

9. 你最喜欢的座右铭是什么?

答:追求真理,为真理而斗争。

10. 请你对想成名的人说几句话。

答:把为人民服务,对人民做出应有的贡献作为出发点,不要把为名为利作为出发点,这会使你的思想情感更加高尚。

深深地怀念

草原记事

不 老 松

  我几次到过草原,都赶得不是时候。一次是秋末时节,尽管头上是蓝天万里,澄明可爱,脚下却是霜重风冷百草衰了。另一次又正赶上冬季,千里冰封,万里雪飘,极目天际,只是白茫茫的一片。虽然这两次的草原风光都有特别引人处,但究竟没赶上它的盛装时节,不能不是一件憾事。

  草原上的人说,草原最好的时节,还是七、八两月。这时候,水草丰美,百花盛开,真是一片万紫千红。古人说的"风吹草低见牛羊",大约指的就是这个季节。我们在围场一上坝,才知道这话确实不错。放眼望去,在蓝天白云下,滚动着茫茫无际的大地的绿海。在绿海上浮动着各色各样不知名的繁花。一片火红,一片金黄,一片雪白,一片深紫,一片靛蓝,真是一片五彩缤纷的花的原野,花的海洋。仿佛大地要把它旺盛的生命力和全部的美丽都一齐呈献给人们。没有见过草原的人,看见这种景象,真是兴奋极了。特别是跟我们来的孩子们,他们雀跃着,欢叫着,毫不费事地就采下一大把野花来。有的竟高兴得在地下打滚。真的,这是多么令人心醉的草原……

  然而最美的还是草原上的人物。这里有头发斑白的、情愿到这艰苦地方勇挑重担的县委书记,有土生土长的老游击队员,有饱经风霜"年过六十不下鞍"的老牧工,有手拿套马长杆乘着骏马在风雨里驰骋自如的放马姑娘,有刚刚握起羊鞭生龙活虎般的少年,还有到这里准备安家落户的青年技术人员……他们每个人都被草原的风吹得黑黝黝的,他们每个人都有一部比草原的太阳还要耀眼、还要灼热的故事,就像草原上的繁花一般使你眼花缭乱。

这里,曾是清朝皇帝狩猎游乐之地。国民党统治以后,土匪出没,民不聊生,人们纷纷离开草原,这里就变成渺无人迹的荒凉所在。1952年当国营牧场、林场在这里安营扎寨的时候,这里还是"棒打狍子瓢舀鱼,野鸡飞到饭锅里"的荒凉景象。正是由于我们的英雄们,由于他们一把一把的汗水,才使得今天的草原机器欢唱,灯火灿烂,骏马成群,牛羊满山!

万花丛中采一朵,让我们还是说说御道口国营牧场老陈头的故事吧。

人都说,老陈头是草原上的一棵不老松。他今年已经60多岁了,从19岁上,他就拿起了羊鞭,给地主放羊,给外国资本家放羊。残酷的剥削和草原的风霜,没有把他压垮,革命的胜利使他焕发了青春。他把他的一颗赤心和丰富的放羊经验都倾注到他的羊群上。他现在是一个生产队的负责人了。人都说,老陈头"爱羊如命"。下雨时,他怕母羊产后闹病,就把雨衣盖在羊身上。有一次,一只小羊病了,嗓子被痰堵住了,他自己竟口对口地把痰吸出来。领导上看他照料羊很辛苦,有一年曾叫他到北戴河去休养,他惦记着队里的羊,无论如何不肯去。后来有人就说:"老陈头!你去吧,这一次说不定能见到毛主席哩!"他才动了心,去了。可是到那里一看没有这回事,又听说家里死了几只羊,就呆不下去了。老吵着要回来,疗养院不答应,他就编了一个法子,找到院领导说:"我家里出了事了。""倒是出了什么事呀?"他涨红着脸吭吭哧哧地说:"我老娘病了!"这才出了院,一路上背着六七斤干粮赶回来。大家说:"老陈!你这么大岁数了,休息几天怕什么!"老陈说:"一听说死了羊,就是酒海肉山我也呆不下去。再说我身子骨这么结实,我不能蹲着吃社会主义!……"有人又说:"唉,你既是要回来,也不该那么说,干吗要说你老娘病了?"老陈头嘿嘿一笑:"我不那么说,他们不让我回来嘛!"

牧场同志的介绍,使我们对老陈油然而生一种由衷的敬意,巴不得很快能见到他。

第二天过午,我们的车子正要向他的牧羊点开去,有人喊道:

"老陈头来啦!"说着,从供销社里出来一个戴着解放帽,穿着蓝咔叽制服的老人,提溜着两个大瓶子,就像年轻人似的闯闯地走过来。"我打煤油来啦!"他笑着说。我们听说他就是老陈头,连忙抢上去见他,他也慌忙把瓶子装在两个口袋里,热情地同我们握手。我握着他长着厚茧的老手,端详着他那黑里透红的脸膛,这是只有在大野上与太阳结伴的人才有的那种美好的彩色,看去真像一座红铜雕像一般。

我们邀请老陈一同上车,到他的点上去。老陈很高兴,就一路同我们亲热地唠起来。

"老陈,大伙儿都说你爱羊如命,这话不假吧?"我首先称赞说。

"那倒是!"老陈笑笑说,"反正别人打我的孩子行,要打我的羊我可不干!"

"听说,你的羊病了,你把你老伴的药针都拿去给羊打了?"

"我拿了她的药针,又给她要了药嘛。打针吃药还不是一个样!"老陈嘿嘿一笑,从车前座回过头来,闪着一双像儿童般明亮的眼睛,"要说心疼羊,那是真话。可是我为什么要心疼它?你想想,一亩棉花只能产几十斤,上百斤那就很不容易,要费多少劳力?一只母羊平常一年就能剪毛十四五斤,一只公羊能剪 50 多斤,合算起来能顶一亩棉花地了。我思谋着,这养羊是又顶棉,又顶田!我这干劲儿也就越来越大!这地方冬天零下四十多度,人说我是人老骨头硬,不怕冷。不是不怕冷,是我确实不冷!我没穿过大皮袄,光穿个棉袄,还老是心里热呼呼的。过去给小鬼子、国民党放羊,受够了窝囊气;解放了,心里觉着挺自然。毛主席给咱中国出了气啦,当了国家主人啦,你不好好干还行?……"

因为过于兴奋的缘故,老陈头觉得热了,他解开两个纽扣,露出他那坚实的紫铜色的胸膛。这胸膛也如同他的脸色一样,闪耀着草原上太阳的光芒。

吉普车沿着绿色的浅谷轻快地行驶着。忽然,我们看见左侧一带山坡上有一大群羊正在吃草。旁边站着一个小伙子。

"这是你们队的羊么?"我问。

老陈头嘿嘿一笑说:"这就是我儿子放的那群。"

说起老陈的儿子还有一段故事。他儿子是个哑巴,但羊放得很好。有一次,他见别人长了工资,自己没长,就扔下羊鞭闹起情绪来。老陈头谈又没法谈,就把他叫到跟前,指了指墙上的毛主席像,比划了一阵,儿子就显出颇为惭愧的样子拾起羊鞭走了。

我们立刻下车到跟前去看。这时候,老陈头向他的儿子打了个手势,那小伙子就把羊群很熟练地赶了过来。大家看见这群羊一只只膘肥体壮,禁不住都伸出了大拇指。老陈头的儿子不好意思地对着大家笑了一笑。

老陈头又叫他儿子把羊捉过一只来,大家拨开毛一看,那毛又细又软,洁白得像白玉一般可爱。"这就是我说的那种细毛羊,名字叫美利奴。"老陈头笑着介绍说,"别看个头儿这么大,都是今年下的羔子哩!现在正是抓膘的时候!"

我们请老陈头随便谈谈他的放羊经验。

"叫我看,"老陈头笑着说,"主要一条还是革命责任心。……这放羊是个辛苦活儿,人一懒羊就得受治。比如有人说'羊吃露水草长膘是瞎的',不对。其实早晨凉快,露水草羊很爱吃,这就得戴着星星早点出去。冬景天坏天气也要出去;还要把羊赶到刺风口去吃。这样,羊强壮,得病的就少。有人老爱在阳坡放,人跟羊都暖和,其实不对,以后碰上坏天气,羊就不愿出来了。这也跟人似的,光习惯好的环境,吃了饭不运动,时间长了就要生病。"

说到这儿,大家嘎嘎地笑了起来。

"你们别笑,"老陈头认真地说,"我捉摸过这事儿。我想,人天冷了可以加衣服,羊怎么办?就得叫它多活动。出去我就叫它迎风吃;出不去我就叫它打转转。开头羊不肯转,我就端着小料槽儿引它,慢慢地它就跟着我转了。后来呢,我的羊就是比较膘大。"

大家对老陈头的话深感兴趣,老陈头情绪也很高,又继续说:

"除了革命责任心,还要抓点规律性。比如说,雨天放深草,有风迎风放,无风背太阳。还有,什么时候一字形,什么时候满天星,什么时候雁展翅都有一定。"

"为什么雨天要放深草呢?"我问。

"有一次下雨,"老陈头说,"我发现浅草的地方羊不爱吃。我就过去尝了尝那草叶,原来草叶上溅上了泥沙,羊再一蹬一踩,后边的羊就更不爱吃了。"

"为什么有风迎风放,无风背太阳呢?"

"这很简单。"老陈头说,"迎着风放,蚊蝇就少,羊就能安安静静地吃。无风的时候,天气闷热得厉害,羊怕热把脑袋都扎进草里去,你要不把它赶到背阴地方,它就不肯吃了。"

"什么叫一字形、雁展翅、满天星呢?"

"这说的是羊群的队形。"老陈指着面前的谷底说,"平滩地方,你要不用一字形、雁展翅,前面的羊把草蹬上泥,后边的羊就不爱吃了。在丘陵上就可以让它们自选好草,撒它个满天星了。"

我们看看羊群,已经渐渐远去,在附近的一座丘陵上,正以满天星的形式向前推进着。这不用说正是老陈的教导了。

我们又坐车走了不远,就到了老陈头的牧羊点。这里由三面小山亲切环抱,中间是一弯玉带似的溪流。一座很大的羊圈和一座小屋就设在背风向阳的山坡上。小屋上飘着一缕蓝色的炊烟,正在等着黄昏归来的牧羊人。

我们参观了老陈头生产队的小屋和打扫得干干净净的羊圈,就坐在小屋前休息了片刻。小屋的屋檐下,嘀里嘟噜地挂着一大串一大串的蘑菇,一大串一大串的狍子肉干和鱼干,还有一张一张的狼皮……

"这地方蘑菇很多吗?"我兴致勃勃地问。

"老鼻子啦!"老陈说,"要是遇上蘑菇圈,不大一会就能搞它个几十斤!"

"什么是蘑菇圈?"

"就是过去搭过帐篷的地方。"

"那些鱼干就是这河里的鱼吗?"我又指着面前清澈的小河问。

"对。这河里的鱼有的是。"老陈说,"你别看河小,这是一种有名的细鳞鱼,不多见的。一下坝就没有了。据说,有一个国家专门要这种鱼,一斤就出七八块钱。"

说到这里,老陈头又感慨地说:

"这真是块宝地呵!有人还不愿呆。可是我就爱这个地方。我死了,也愿埋在这里。你看,有山,有水,野花有多少,你简直是看不完哪!……"

说起野花,我用眼一撒,简直满眼都是。红的,黄的,紫的,白

的,蓝的,在秋风里摇摇曳曳,一眼看不到边。真是蓝天万里白云游,绿野繁花无尽头!我不禁站起身来,指着一丛红花问:

"这是什么花呀?"

"这就是唱歌唱的那个山丹丹呀!"

"这个呢?"

"这是黄金莲。"

"这个呢?"

"这是黄芪,中药里常用的。"

"那一片蓝色的呢?"

"那是野鸽子花。"

"那个像桑葚的呢?"

"这是红藤萝,白的叫白藤萝。"

"这个呢?"

"这是野豌豆,那个是野苜蓿,马儿可爱吃了。"

"那个呢?"

"那个——"老人卡住壳了。他笑了一笑,"这里花这么多,就是我们放羊人也认不全哪!……"

这时候,太阳已经平西。远处山坡上的羊群已经向回走了。我们知道老陈头还有许多工作要做,就起身告辞。我举头向西一望,不知什么时候,那羊群似的白云已变成了满天红霞,照得整个草原红彤彤的。老陈头那紫铜色的脸膛,也抹上了一层红光。一天来,那蓝天、白云、绿野、繁花和这位老人优美的精神境界奇妙地融会在一起,深深地令我激动。我不禁紧握着老陈头的双手说:"你真是一棵不老松呵!"

老人谦逊地笑了一笑,说:

"老也罢,不老也罢,说真的,我倒是愿意在这坝上做一棵松树。不怕风,不怕雪,守着咱们的草原,让她一天比一天兴旺……"

直到我们走出很远很远,我回过头来,还看见老陈头站在山梁上向我们挥手呢。一刹那间,我仿佛觉得真有一棵顶天立地的苍劲的古松立在那里……

1973 年 8 月 26 日于承德

腊 梅 花

草原就是有些出奇,那里有一种不谢的花。有人一定会说,哪有这样的花,怕是诗人们胡诌的吧。这其实是少见多怪。我在草原上访问七姐妹牧羊班和牧马姑娘的时候,她们就送给我们每个人一大束这样的花。这种花的名字叫做"干枝梅"。说是梅,其实是一种草本植物。它们丛生在草原上,几乎到处都是。这种花的花朵虽小,但以集体取胜,有的雪白,有的粉红,簇拥在一起,就像白云和红霞一般。尤其,它的花是不会凋谢的,即是采下来,花枝早已干枯了,花朵却不凋落,仍然颜色如新。不像荷花之类,开起来真是娇艳无比,但最多不过几日也就完事了。

在我看,牧羊班的七姐妹和那几位放马姑娘,她们就是这草原上的腊梅。

这是一个响晴的天气,天空蓝得十分可爱,只有几片白云,像羊群似的缓缓游动。一阵小风吹来,整个草原都散发着草花的清香。小吉普车轻快地行驶着。不到一个小时,我们就来到七姐妹放牧班这座绿幽的峡谷了。

这里有一个能容纳七百多只羊的大羊圈,是用粗大的树枝围成的,捆扎得十分坚实,简直像一座小小的堡寨。旁边是一座简陋的茅屋,还有一个小小的窝棚。这是为了夏秋雨季便于放牧而设立的。冬天一来,她们就回到生产队去了。

我们来到这个牧羊点的时候,七姐妹已经跑到山坡下欢迎我们来了。她们穿着小花褂,扎着短短的小辫儿,手里拿着羊鞭,穿着一色的解放鞋,显得非常地有精神。我一看,不低不高,全是小姑娘。有几个与其说是青年,还不如说是少年。我一问,果然平均年龄才17岁。她们的脸色,一个个全像海棠果似的,不用说,这是草原的风和草原的太阳赠给她们的特殊的风采。

她们把我们亲热地让进小屋里。小屋里对面两铺热炕,上面放着花被子。靠着炕放着一枝火枪。房梁上插着一大把一大把的干枝梅。

因为屋小人多,我们就在小屋前一棵树下席地而坐,一场家庭式的谈话就这样开始了。

"你们这个牧工组是怎么成立起来的呀?"

我一问,七姐妹你推我让,都不好意思先说。最后还是一个年纪稍大一些的姑娘,名叫张雅琴的说了:

"我们队的牧工少。有个姓王的临时工不负责任,死了20多只羊。我们再看不下去了,这都是国家的财产哪!后来团支部号召成立女牧工组,我就报了名。开头我爹同意,我妈不同意。她说:'女孩儿家还是在家干点活儿,漫荒野地的,又是蚊子咬,又是长虫又是狼……'我就说:'毛主席说啦,一不怕苦,二不怕死,死都不怕,还怕蚊子咬?……'"

小丁插嘴说:"俺家是妈妈同意,爸爸不同意。他说:'小丫头还放羊?哪如在家干点活儿?'我也用毛主席的话说服他:'时代不同了,男女都一样,男同志能做到的,女同志也能做到。放羊也是为了建设社会主义嘛!'我妈倒想得通,她说:'那个姓王的把羊都放死了,你就不心疼?还是咱们贫下中农好好干吧!……'"

张雅琴又接着说:"我们的牧工组成立起来,有些人看不惯,就说:'毛丫头还放羊?等着吃瘦羊肉吧!'那个死了羊的临时工也吵吵说:'等着瞧吧,还不定如我放的!'我说:'好,你们等着吧,瘦羊肉你们肯定吃不上,你们等着吃肥羊肉吧!……'"

说到这儿,头发斑白的牧场主任把手一挥:

"肥羊肉?瘦羊肉也不让他吃!"

人们笑起来。

我又问:"你们牧工组成立以后,遇到什么困难没有?"

小张又接着说:"领导上对我们很照顾,专门派了一个老大娘给我们做饭,还有一个打更的。开头儿,我们也有些不习惯。比如说遇见下雨了,这不像干农活儿,可以赶快往家跑。偏偏羊一见下雨,就把头一扎,往一块挤疙瘩,赶又赶不动,真急死人……特别是怕遇见'赖歹'……"

"什么叫赖歹?"

"就是狼么!"

"你们遇见过狼吗?"

"小丁遇到过。"

小丁接上说:"有一天黄昏,我刚要赶着羊往回返,猛一回头看见一只狼离我不远。我吆喝了一声,想吓吓它,谁知这鬼东西听见我的声音太细,它根本不怕,反倒蹲在那儿慢悠悠地摇起尾巴来。羊群见了,惊得咩咩地叫着,好像向我求援似的围着我。这时候,我就把鞭子擎起来,瞪着它,心里想,你敢过来,我就用鞭子抽你。结果,它也没敢过来,我就把羊慢慢地赶回来了……反正我们遇上困难,就学草原英雄小姐妹。"

"你们掉过泪疙瘩么?"陪着我们访问的市委书记半开玩笑地问。

"没有,没有。"做饭的老大娘赶忙插上说,"她们一天价乐呵呵的,可高兴啦。团结可好啦,吃饭等齐了才吃哩,一个人不回来,大家就巴巴儿地等着……"

这时候,不知谁喊了一声:"是不是小杨她们来了?"我们抬头向东一望,远远地只见两匹栗色马正向这里飞驰而来,尽管马跑得飞快,但那两个人像沾在鞍子上似的,身向前倾,头发向后飘拂着,骑姿十分英武。眨眼之间,她们已经来到坡下,翻身跳下马来。她们一面擦汗,一面抱歉地笑着,对牧场主任说:"我们来晚了吧!"

"不晚,不晚。"牧场主任一面说,一面向我们作了介绍。那个剪着短发的姑娘叫小杨,梳小辫的叫小纪。她们参加女牧马班已经快三年了。在这群小姑娘面前一站,就显得是大人了。

小杨喝了点水,对我们羞怯地笑着说:"我们可说个什么呀,又没做出什么成绩来。"

"就说说你们的进步过程!"牧场主任说。

"我们以前看见人家男的骑马、放马就眼馋。"小杨笑着说,"我就想,难道我们女的就不能放? 可是要放马就得会骑马。干这行,说不挨摔是瞎话,但是我们有决心:摔死为革命,摔不死再上马。我们到底学会了,到现在简直就像闹着玩似的。"

"好,好,就是要有这种精神。"市委书记点头称赞说。

"可是开头闹的笑话也不少。"小杨笑着说,"平时在家,夜间走路还害怕哩,现在夜间放马,漆黑的天能不害怕? 第一次放马,我和小纪谁也不敢下马,谁也不敢离开谁。呆会儿,我叫她一声,呆一会儿,她叫我一声。我们又怕马离远了,紧紧地圈住它们;圈在一块没有草,马只好打盘了。又怕把马冻坏了,我们俩就一个拽耳朵,一个拽尾巴往上揪。在家里睡觉,不知不觉天就亮了;在山上放马且不亮天哪,站着站着就睡着了。像这样,马子怎么能吃饱呢!……有一夜,狼来了。人说狼懂话,我们不敢说狼,就说:'快打狗!'我就举起套马杆子,比划着吓唬它,说'你来!你来!'谁知道它不怕。急得小王没法儿,就把自己的翻毛皮靴子脱下来一只,猛往下一扔,这一下倒把狼吓跑了。第二天又到处去找靴子……"

她说得大家哈哈大笑起来。

"头一年还好,总算没出大问题。"小杨接着又说,"这一年我们养的是病马。我们想,人病了还吃点面条哩。病马不爱吃,我们就给它做荞麦面发糕。结果病马没有死一匹,小马也没有叫狼掏去。今年我们4个人接了60匹一岁公马,到离家20多里的放牧点去。这一下人们又说开啦:'骒马还能上阵?'气得我们打上背包就走了。放牧点是比在家艰苦。拉去点小米、莜面、土豆、苤蓝,也没有别的菜。既然有人瞧不起我们,我们一定得干好。男的三几天回一趟家,我们一次也不回。二八月,夜里狼特别多,怪腔怪调,很吓人。我们也不怕。黑夜打雷,马惊跑了,男牧工帮我们追,我们就帮他们缝洗衣服、挖野菜。冬天,早四点我们就起来打扫马圈,用小推车拉出去,等人们上班,我们已经把活儿干完了。领导上常鼓励我们,说我们是第一代女牧工,我们攒足了劲儿,一定要为社会主义多做出一点贡献!……"

小纪是一个很沉静的姑娘,只说了一句"我没什么可补充的了",就只是微笑着不说话了。座谈会只好开到这里。由于她们挂念着自己的马,向我们告辞后,立即跑下山坡,跃上高大的苏兑雪马,向我们亲切地挥了挥手,就撒开丝缰,顷刻之间,奔向绿色的远方去了。

接着,我们也起身告辞。七姐妹拉着我们的手一直送我们到山坡下。这时,有一个姑娘像忽然想起了什么,慌忙返回小屋,怀里抱着一大抱干枝梅出来,送给我们每个人一大把,都用玻璃丝捆着,有雪白的,有粉红的。我握着她们的手,望着她们,又望望腊梅花,心里像长了水的小河一般翻滚着波浪。也许因为上了一点年纪的原故,觉得她们格外地叫人疼爱。这是一些多么好的孩子!多么勇敢!多么可爱!她们的生活开始得多么有意义呵!尽管她们今天还是充满稚气的幼苗,而明天就会长成参天的大树。今天这个好的开端,只不过是一首共产主义长歌的开头!在未来的道路上,她们究竟会作出多少贡献,有谁能够预料呢!我愿把最美好的祝福献给她们……

在回来的路上,我望着手里的腊梅花,沉思默想着。她们送给我们这样的花,当然是她们喜欢这样的花,因为她们本身就是这种花,这种不怕风雨、永不凋谢的花!

1973 年 8 月 28 日于承德

风 雨 路 上

——记戴笃伯

在全国财贸会议的前夕,我又见到了戴笃伯同志。他作为这条战线的代表之一,来参加这次空前的盛会了。

他住在北京一家普通的旅馆里。我在一个晚上去看望他。天气有些闷热,他穿着白衬衣和一条褪了色的绿军裤,站起来热情地迎接我。在灯光下,我看见他,戴着一副黑框眼镜,脸上现出微笑。他的个子很魁伟,略微有些发胖,看去,仍然很壮实。屈指算来,他今年已经48岁了,但那额上的黑发还是齐崭崭的,真是"踏遍青山人未老"呵。

我们坐下来,话匣子很快就打开了。我们谈到朝鲜战争的年月,也谈到"文化大革命"以来的经历。他谈到激动处,也许有泪水涌出的缘故,就摘下那副一千度的眼镜,从右眼里取出人造眼球,用手帕擦一擦,又重新放到眼眶里。而我则沉入深深的感动中,因为我的这位老朋友,在不断革命的征途中,又留下一长串闪光的脚印!

他温和、安详、谦逊、纯朴,毫无虚狂之气;就是发出笑声,也不那么响亮。只从表面上看,你可看不出他是那么刚强的人物。

在我们谈话中间,霍地一阵狂风把窗户吹开,粗大的雨点洒到我的笔记本上,原来外面已经电闪雷鸣,下起暴雨来。我把窗子关上,耀眼的闪电仍然不断地射到屋里,好像炮火的闪光一般。它使我不禁想起28年前的朝鲜战场。那时戴笃伯才刚刚20岁,还是一个青年团员。作为一个人伍不久的知识青年,第一次战斗就那么勇敢,这是很可贵的。可是严峻的斗争,好像故意考验这个青年人似的,在1952年10月的一次反击战中,他就负了重伤,成为一个双目失明的人。出了医院,他被安置在荣誉军人学校,由国家养起来。这对戴笃伯的革命生涯,很可能成为一个终点。如果他就此安于这种平静的生活,那是不会有人责怪他的。但是,当他想到伟大的社会主义革命和建设才刚刚开始,一个共产党员,年纪轻轻,怎么能心安理得地躺在这里休养呢?这样,经过他一再申请,组织上才批准他回到家乡湖南汉寿县搞商业工作。至于究竟行不行,先"试验"三个月再说。因为这时,他的一只右眼被挖去,换成了假眼,左眼经过治疗,只恢复到0.01的视力,身上和头部还有没被取出的8块弹片。正是从这时起,戴笃伯革命生涯的终点又变成了新的起点。

不要说一个重残人,就是一个健康人,刚转业到地方,工作生疏,困难也是很多的。不久,他那0.01的视力也消失了,眼前只有一点点模糊的光感。有一次他出去汇报工作,经过一条小巷时,竟掉到了水井里。幸而水井不深,他带着湿淋淋的棉衣又攀了上来。但是他并未因为种种困难而灰心。除了工作,他还孜孜不倦地学习毛主席著作,自己不能看,就用结交学习朋友的办法给自己读。学了就身体力行。他见同志们忙不过来,就帮助他们到井上挑水。谁知水桶放到井里就离开了挽篙,钩也钩不着,很着急,后来他就想出了办法,把桶用绳子系在挽篙上。尽管他挑上百把斤重的担子,一脚高,一脚低,上台阶,过门槛,显得很吃力,腰上腿上的旧伤隐隐作痛,但他的脸上却是笑眯眯的。别人说:"你少做点事,哪个能说不应该?"他却说:"那不行!多做点事,我心里倒觉得好过些。"

他的这段经历,我是1965年末才知道的。自他负伤后,我一直不知道他的消息。当我在街头散步,偶然从贴报栏里看到他的这段事迹时,泪水模糊了我的眼睛,心里很是感动。我写了一封信给他,他也回了一封热情的信。这两封信,在1966年初的《人民日报》上发表了。

1965年,戴笃伯同志来京治疗眼疾。由于同仁医院的回春妙手,使他的左眼恢复到0.03的视力,配上1000度的眼镜,能模模糊糊看到一点东西了。一个明朗的世界又呈现在他的眼前。意料之外的疗效,使他兴奋异常。13年来,只凭一点模糊的光感,他看不清人的面孔。只是凭自己的听觉来识别他周围的人。据说,他回到汉寿时,看到许多同志的面目,都忽然不认识了。只有当他们开始说话,才能辨别是谁。他回到自己的院里,看见一个中年妇女在晾衣服,旁边有3个小孩。他正在猜想这个妇女是谁,小孩扑过来喊他爸爸,他这才知道是自己的孩子,自然那个中年妇女是自己的妻子了。

接着,"文化大革命"展开了。这对戴笃伯是一场极其严峻的考验。一开始,他是拥护这场大革命的。他写了"向我开炮"的大字报,但是由于林彪和"四人帮"煽动的颠倒敌我、否定一切的极左思潮,竟把戴笃伯说成是"黑样板",拉出来多次揪斗,还让他坐在烤人的太阳下检讨,跪在瓦碴上思过,以致把膝盖骨都跪坏了。如果是一个意志薄弱的人,他也可能就此消极,可是戴笃伯没有倒下,他认定"活着就要干革命",他还要继续前进。自1969年恢复工作后,他又将大把大把的汗水,献给他热爱的党、热爱的人民、热爱的商业工作。

下面就是他这几年的故事。

一

在林彪、"四人帮"的极左路线的干扰破坏下,那些年的经济工作是很难做的。戴笃伯一向非常重视毛主席"发展经济,保障供给"的总方针,可是贯彻起来却遇到了很大的困难:想发展一种经济价值较高的品种吧,被说成是"金钱挂帅";扶植社队发展多种经营吧,又被说成是"不以粮为纲";鼓励社员搞点正当家庭副业,发展一点小宗商品吧,又被指责为"支持资本主义自发势力"。戴笃伯拿起放大镜,一遍又一遍地学习毛主席著作,怎么也看不出取消商品生产的意思来。他在供销系统的大小会议上,大声疾呼:现在的商品生产不是多了,而是少了。一定要毫不动摇地把帮助社队发展经济当做商业部门的重要任务。

为了把工作做得更好,1971年,戴笃伯深入到岩咀公社供销社蹲点学习。这个供销社,帮助社队发展多种经营搞得很好,很快就把一个"山缺竹木,水少鱼虾"的穷社,变成了五业兴旺的先进单位。戴笃伯回来以后,信心更足了,他亲自带领调查组,深入山村水乡,一个公社一个公社宣传,一片一片山坡搞调查,作出了全县发展多种经营的规划,建立了一支200多人的生产培植队伍,常年蹲在社队培植生产。几年来,戴笃伯跑遍了全县的每一个公社,汗水洒遍了家乡的土地!

这里,先说说他发展小群鸭的故事。原来汉寿县麻鸭的生产历来是比较好的,鲜蛋的收购曾经达到38000多担。但自1967年以后开始下降,到1971年棚鸭竟由16万多只下降到6万多只,鲜蛋收购减少到18000多担。这是什么原因呢?原来"四人帮"的干扰搞乱了思想,把发展养鸭说成是"搞资本主义",再加上有些地方对鸭群管理不善,吃了集体的粮食,就刮起了一股砍集体群鸭的歪风。有的地方,甚至提出消灭尖嘴巴(鸡)、扁嘴巴(鸭),限制秃嘴巴(猪)的荒谬口号。为了解决这个问题,戴笃伯亲自到集体养鸭好的周文庙公社新民大队作调查。这个大队积极发展生产队的小群鸭,平均每年向国家交售鲜蛋400多担,为集体提供资金两万多元。他们坚持就地放牧不出队,注意加强管理,既不至于发生别的问题,又利于稻田除虫,增加肥料,促进粮食生产。戴笃伯和同志们把调查的情况写了《坚持大方向,发展小群鸭》的报告,县委非常重视,立即批转全县各社队,麻鸭的生产很快又发展起来。到现在鲜蛋的生产已经达到45000担了。

这里再说一个给蓖麻"平反"的故事。蓖麻油是一种高级的润滑油,有很高的经济价值。但是很长时间蓖麻的生产上不去。全县每年收籽只有五六十担。原因是有人认为,蓖麻好是好,就是生虫子,对粮食作物危害大。究竟蓖麻是不是生虫?戴笃伯到州口、文蔚等公社一带蓖麻生产好的生产队作了调查。社员群众说,蓖麻并不生虫,倒是它那高大翠绿的枝叶,经常把稻田里的一些害虫,如斜纹叶盗蛾引来产卵。因为这种虫子喜欢绿色和通风的地方。只要适时摘除卵块,反而能大量诱杀害虫。戴笃伯把这一发现向县委汇报,县委书记立即在一次公社书记会议上,大讲种蓖麻可以集中歼杀害虫的道理,才给蓖麻"平了反",蓖麻的种植也就在全县推广开来。

多种经营逐渐发展,像乌桕、茶叶、蓖麻、苎麻等等都扩大了种植面积。到1977年,全县多种经营面积达到35万多亩,比1965年增加22.7万亩,公社、大队两级种植、饲养、加工企业发展到1500多个,多种经营总收入4349万元,占农副业总收入的42.3%,每人平均收入 73 元。而这些都是顶着"四人帮"的逆风完成的呵!

二

戴笃伯同志的群众观点很强。他经常能从一些细微的事情里体察到群众的需要;而一旦弄清楚,就立刻动手来解决。

一次,他下乡搞调查,来到金牛山下。因为在崎岖的山路上走得十分口渴,就找到一户人家想要点水喝。一位老妈妈热情地接待他,立刻从缸里舀水给他动手烧茶。戴笃伯听到舀水时水缸发出磕碰的响声,立刻问:"老妈妈,你舀水用钵呀,为什么不用瓢呢?"

"咳!"老妈妈叹口气说,"我好几次上街买瓜瓢,营业员总说没有。一年要碰破两三个钵嘞!"

"噢,老妈妈,这是俺的工作没做到家。"戴笃伯深感抱歉地说。

这使他联想起 1972 年的一件事。那天,他要到长沙去开会,临行前问岳母要捎什么,岳母说要一个发网。戴笃伯惭愧地想道:"我是县商业局长,竟没有想到还有 70 多岁的老妈妈买不到发网,自己为人民服务做得很不够啊。"此后,他就发动同志们到工厂、机关、学校、家庭去搞调查。结果发现缺少的东西还多着哩。例如农机站缺维修工具,买把钳子还要跑到县里;学校的孩子们缺乏运动器械,连跳绳也买不到。于是,戴笃伯提出要扩大小商品的经营。一年以后,百货公司从 3000 多个品种扩大到 6000 个品种,公社供销社日用杂货从几十种增加到 200 多种。这样,虽说给群众带来了不少的方便,但离群众的要求还是很远呀!戴笃伯想到这里,感到很难过。他认为这些看起来是小事,实际上却是党群关系的问题,是关系到党的威信的问题。怎么能够不重视呢!

戴笃伯回到机关,就派人下去培植芦瓜,由供销社收购,因地制宜地办芦瓜瓢加工厂。一年以后,金牛山脚下的那位老妈妈就再也不要用钵子舀水了。

今年春节前夕,戴笃伯来到日用杂货门市部帮助售货。他看到一个农村青年,东望望,西瞅瞅,最后带着失望的神态正要离开店铺,他就走上去,问这个青年到底要买什么。青年告诉他要买打豆腐的石膏。原来这地方群众的习惯,过年都要打豆腐的。戴笃伯对此早已作了布置,就蛮有把握地说:"石膏,有。"不想营业员插话了:"是没有,我们没有去提货。"戴笃伯就建议这个青年到别的门市部去看看。"也没有。"小伙子摇摇头说。他告诉戴笃伯:为了这点石膏,他父亲昨天进了一趟城,今天又差他来,两个人把全城的门市部都跑遍了,没有一家有石膏卖。

戴笃伯觉得奇怪,立刻陪着这个小伙子到各个门市部去看,确实没有,就来到了生产资料公司仓库,嗬!一大堆雪白的石膏摆在眼前。戴笃伯真想发火,粉碎"四人帮"一年多了,竟还有这样的事!这说明拨乱反正是多么艰巨的任务呵!他立刻找了一个帮手,亲自拉了一大板车石膏给每个门市部送货,每到一处,就把这个青年买石膏的经过说上一遍。干部职工们也都感慨地说:"戴主任的眼睛比我们差,可是为人民服务的心却比我们热呵……"

不久,戴笃伯为了整顿经营管理问题,举办了一个实物和图片的展览:有从外地盲目采购造成积压浪费的一万双草鞋;有不负责任损坏的成筐成堆的瓷器;有因保管不善造成严重损耗的商品;还有用图片和数字显示出来的不知去向的物资。办这样的展览,戴笃伯不是没有思想斗争的。他开始想,这样做会不会刺伤一些同志呢?但马上打消了自己的顾虑:恶果是"四人帮"造成的,就是要敢于把它公之于众。让大家进一步看清"四人帮"祸国殃民的不良后果,看到整顿企业的经营管理是多么必要。

三

戴笃伯由于眼睛伤残,看书学习困难很大。为了能看清字句,他配了副1000度的眼镜,加上5倍的放大镜,每次看十多分钟,眼珠就胀痛流泪。尽管这样,十多年来,他仍然勤奋地学习马列著作和毛主席著作。现在他的视力已经由治疗后的0.03减退到0.01了。同志们劝他千万保住这个0.01。戴笃伯说:"这0.01确实宝贵。可是活着就要干革命,干革命就要学习马列和毛主席著作,0.01用在这里最值得。"

戴笃伯是一个理论紧密联系实际的人。他学了就做。留在他体内的弹片,经常引起身上发疼,有一块弹片还嵌在大脑皮层,常常引起头脑发胀，恶心呕吐；但他每年至少有一半时间深入基层。他视力不好，一动脚就免不了跌跌撞撞。有一次，他碰到电线杆上，额上凸起了鸡蛋大一个青疱，同志们心疼地望着他，他却笑着逗趣地说："走路打盹，也该惩罚惩罚。"还有一次，去检查工作，正赶上社员送粪，他也干起来，竟摔在粪池里。人们把他拉起来，要他回去换衣服，他还拍拍脏衣服笑着说："到田里去洗一洗，正好多送一瓢粪。"几年来，他先后摔断两根肋骨，碰破三根脚趾骨。县委两次派通讯员来照顾他，都被他安排了其他工作。就是这样，戴笃伯还处处严格要求自己，不断在各方面找差距。一位同志说："老戴，你这个差距，可是不能再找了呀！"戴笃伯笑了笑说："矛盾是一切事物发展的动力，不找差距，怎么坚持革命呢！"

有一年，正值双抢季节，一种名叫钩端螺旋体的病流行起来。病人挤满了医院。这种病，主要是下水感染，城郊的书院巷生产队还死了两个人，人们就不敢下田插秧了。眼看许多田就要荒掉。这时，戴笃伯想："我是共产党员，在战场上不怕死，现在搞建设还怕牺牲吗？"他就组织了100多人，擦了防护药，自己带头跳到水田里。在他们的影响下，群众也就下田了。

他经常下田参加劳动。有一次帮助史家嘴生产队扯秧，因为弯腰时间长了，他头上、腰上、腿上的伤痛就一齐发作。汗水流进了眼眶，使右眼的人造眼球滑落下来，掉到泥水里。汗水越发往眼眶里流。眼肌受了刺激，疼得钻心。他就一手捂着右眼，一只手探到泥水里摸那个人造眼球。一个小青年见他落了伍，回过头好奇地问："戴主任，你在摸泥鳅呀？"戴笃伯怕人发现，就连忙"嗯"了两声。他后边的一个小青年说："戴主任，你眼睛不好，让我来抓！"戴笃伯急了，连声说："不行，不行，莫把它摸得不见了。"这时，人们才发现是他的假眼球掉了。还是别人帮他摸起来，递到他手上；他在泥水里涮了涮，在衣服上擦了擦，又嵌到眼眶里……

在整整一个上午的劳动中，带着泥浆的假眼球几进几出，眼也发炎了。戴笃伯就干脆把眼球装起来，用手帕蒙上眼继续扯秧。同志们看着实在心疼，叫他回去休息，他又不肯。中午炊事员送饭来，有人同炊事员耳语了一阵，炊事员就点点头，编了个假情况，说："戴主任！县委通知你去开紧急会议！"戴笃伯这才洗干净两腿泥巴，急匆匆地走了。他跑到县委,书记们全下乡去了,这才弄清楚是怎么回事,心里十分感动。这时,天刚好下起雨来,他就收集了同志们的雨伞,捆了一大捆背上,冒着雨又返回了刚才劳动的稻田里。

前几年,由于林彪和"四人帮"兴妖作乱,种种不正之风也刮进了商业部门。戴笃伯对此进行了坚决的抵制。他掌握着成千上万种商品,却从不为自己开一次方便之门。一次,他的哥哥受生产队之托,想通过戴笃伯买点农药、化肥。哥哥知道弟弟原则性强,开始很犹豫,但转念一想,这又不是贪污,买东西照样拿钱,也许这点方便弟弟是会给的。于是他进城来找弟弟讲了此事,最后说:"你的血水泼在清水坝,20多年你没给过一点照顾,这回你可要对得起乡亲们嘞!"戴笃伯心里斗争开了,他想,自己手中的化肥堆得像小山似的,给家乡人几千斤,人们也不至于会说什么。但又一想,这个门可万万开不得,一开可就堵不住了。过去战场上,自己面对敌人的炮火都没有退却逃跑,为什么对这种旧的习惯势力却顶不住呢?想到这里,他断然地说:"不行,这些都是计划分配的物资,我没有随便分配的权力。"哥哥说:"为什么别人搞得,你就搞不得?"戴笃伯说:"这是一股歪风,咱们大家都要顶住!"他给哥哥讲了许多道理,哥哥才满意地回家去了。

这些年,以物易物,犯法交易成风,国家分配的物资,不拉关系,不拿东西,往往到时候取不来货。采购员觉得工作难做,就找到戴笃伯说:"咱们还是来个心红手黑吧!"戴笃伯觉得这不是一般问题,是社会主义商业的方向路线问题,就召开了总支会议专门进行讨论。大家认为,只认物资不认计划,不是社会主义的搞法,决定坚决不搞。1976年冬,县生资公司采购员到外地调子箴,遇到类似情况,来找戴笃伯。戴笃伯说:"子箴要调,拿物资去换不行,办法是依靠当地党组织和干部群众。"后来,采购员向当地党组织反映了情况,取得了支持,亲自下到30多个生产队辅导大家学习子箴生产技术,使当地供销社超额一倍完成了收购任务,他们的计划也如数完成了。

戴笃伯每次到基层去,同志们很热情,总要给他加点菜,劝也劝不住。戴笃伯觉得,自己作为一个领导干部,如果接受这种招待,就是做了个坏样子,势必要带出个坏班子。为了杜绝这种歪风,他专门召开了党委会议,议定了几条措施:下文制止,逢会必说,进门就讲,弄了不吃。从此这种现象也就制止住了。

听了戴笃伯同志的这些故事,我沉在深深的思索里。这时外面的暴风雨还没有停息下来,雷电的闪光不绝地透过玻璃窗,照着戴笃伯纯朴、善良、坚毅的面孔,就好像他置身在当年炮火的闪光中似的。我望着坐在我面前的这位朋友,默默地对自己说:这是一个多么坚强的战士呵!

在我称赞他时,戴笃伯感慨地说:"你知道,1952年我那次打反击负伤后,昏昏迷迷地在阵地上躺了三天三夜。是领导上专门派了一个班,穿过敌人的炮火封锁把我背回来的。每当我想起这事,我就觉得自己没有理由不好好工作。我经常想,他们救出我来,绝不是要我去享清福,是要我坚持革命。党派我做经济工作,我也常想打仗的事。在朝鲜战场上,为什么敌人坐汽车,我们用两条腿跑呢?为什么敌人的飞机大炮那么凶恶,我们却拿着石头跟敌人拼呢?这都是经济问题。今后仗还是要打的,我们没有雄厚的经济力量,这怎么行?我经常下乡搞调查,看到我们许多山还荒着,心里就很难受。旧社会,我们没有土地,想种什么也种不成。现在土地是我们自己的了,而又是烈士们用生命和鲜血夺回来的,在这样的土地上为什么不多种些东西,让它们为社会主义服务呢?……不把经济搞上去,我们是没有出路的。"

我提到他坚持革命到底的精神很强,尤其是在不正之风流行的几年中,能坚决顶住,这是非常难得的。戴笃伯谦逊地笑了一笑,说:

"我原先认为,思想改造无非是为共产主义奋斗,经过战场上的生死考验,也就差不多了。我在药材公司当副主任,有一次买了一个竹壳暖瓶。别人的竹壳暖瓶都是刷了漆的,有人也把我的暖瓶拿去漆了。我一瞧果然好看些。可是事后很不舒服,因为用的是公家的漆呀。从这件事你可以看出,就是经过生死考验,思想改造也没有结束。从此,我就处处检查自己,在严峻的政治斗争中,在荣誉地位面前,检查自己,是否合乎共产党员的标准……"

夜已经很深了,雨还没有住。因为我们住地很远,就向戴笃伯同志起身告辞。出得门来,雨势似乎比刚才小了一些,但天际仍然不绝地闪着电光,滚动着雷声。那雷声非常酷似战场上绵密的炮火,而且在并不太远的地方。车子开出城外,才看出刚才那场暴风雨比想象的更大。一路上,不断有被大风拔起的树木,歪倒在路边。

凌乱的枝叶积满了公路。在低洼处哗哗的雨水,已经埋住了车轮。这使我再一次想到戴笃伯同志,这些年来,他走过的道路是多么不容易呵。他正是挺着他那伤残的身子,昂首阔步,从无边的暴风雨中走过来的。狂风恶浪没有使他止步,险滩激流没有使他倒下,他比以前更加坚强了。他走过的道路,确实不是一条平凡的道路,而是一个真正的战士走过的道路,一个名副其实的共产党员走过的道路。今后在新的长征路上,还是会有风雨的吧,然而我相信,他会继续坚定地走下去,走下去,用自己的生命和汗水,为人民做出新的贡献!

1978 年 6 月 30 日于北京

怀念与思考

毛泽东同志已经逝世7年了。今年是他90岁的诞辰。全党全军全国人民都在纪念他。他活着的时候,是不主张做寿的,可是如今他已故去了,利用他诞辰的机会,大家来纪念一番,凭吊一番,再度思考一些问题,该是十分有益的。

这首先因为毛泽东同志不是一个孤立的个人,几十年来,他都是我们党的领袖和中国革命的领导者。他同我们党的历史、中国近代革命的历史,同我们党和军队的缔造,同中华人民共和国的缔造都是不可分的。究竟该怎样来评价他,怎样来评价毛泽东思想,这不是个纯感情的问题,而是关系到如何正确理解我们的革命历史,关系到今后我国的道路和发展方向。

关于这个重大问题,应该说党的十一届六中全会通过的《关于建国以来党的若干历史问题的决议》,已经解决了。但是否每个人在内心里都赞成,都认识得那么清楚,那还是需要继续来解决的。

在人的一生中,总是会有缺点和错误的,即使一个伟大的人物也在所难免。我们评价一个人,要严格地按照历史唯物主义的观点,从人民的利益出发,客观地、历史地、全面地看。既不因为他的成绩掩盖他的错误,也不能因为他的错误,来否定他的成就。这才是实事求是的和公正的。实践是检验真理的标准。经过半个多世纪革命实践的检验,毛泽东同志确实是伟大的马克思主义者,是领导灾难深重的中国人民获得解放的最杰出的领袖,是基本上完成中华民族统一和复兴大业的民族英雄。在世界范围内,他对援助被压迫的民族,挫败世界上最强大的帝国主义的侵略,也做出了众所周知的贡献。他作为思想家和理论家的天才,对无产阶级和人民的忠诚,革命的坚定性与非凡的胆略,丰富的智慧和斗争艺术,都是很杰出的。在我看,至少在中国的近代史上还没有人能够超越过他。他确实是我国人民和中华民族足以自豪的伟大人物。当然,他也有过失误。我曾经几十次地、反复地思索过这个问题。然而,我思考的结论是,毛泽东同志和毛泽东思想绝对不容否定。如果否定,那就势必会走到否定我们党,否定马列主义,否定我们党领导中国人民牺牲奋斗所获得的一切。那就要犯绝大的错误,可能会使中国历史出现难以想象的大曲折、大倒退和大悲剧。同时,如果因为一个人晚年中的某种错误就否定他一生的勋绩,那也是不公正的。何况就毛泽东同志说来,他的历史功勋毕竟远远超过他的错误。小平同志说得好,如果不是毛泽东同志,也许现在我们还在黑暗中徘徊。我们看看,在当今世界上,与中国国情大体类似的国家——殖民地、半殖民地半封建那样的国家并不少呵,特别是像中国这样的大国,革命真正成功的,马列主义真正获得胜利的,又有几个?可见马列主义的原理和一个国家革命的具体实践相结合并不是一个很简单的过程。于此也就可以看到,毛泽东同志和毛泽东思想做出了何等杰出的贡献!

在长期的革命斗争中,我们从毛泽东同志的身上,确实可以看到一种卓异的革命品质。正像鲁迅先生所说,他确实是一个"切切实实,足踏在地上,为着现在中国人的生存而流血奋斗者";而且长期斗争证明,他是一个胆略过人的伟大的革命家。例如,人类历史上罕见的二万五千里长征,不就是毛泽东同志领导的吗?长征开始时,中央红军号称10万,在绝对优势敌人不断的围截中,最后只剩下万把人,而且屡屡陷入绝境,作为这支队伍的主要领导者,如果没有最大的毅力和坚定性,那是无法坚持的。又如,解放战争时期,胡宗南以23万大军进攻延安,我方作战部队仅有两万余人,不要说装备悬殊,即只讲兵力也相差10倍以上。在这种严重形势下,许多人都为毛泽东同志的安全担心,劝他离开陕北,都被他拒绝。直到延安收复,形势改观,他才来到晋察冀地区。像这样将个人安危完全置之度外,在惊涛骇浪中,有如高山峻岭一样坚定的领袖人物,确实难得。如果说这些都需要不同凡响的勇气和毅力,那么像抗美援朝这样的决策,就要有更远大的眼光和足够的革命胆略了。我在研讨这段历史时,深感当年建国伊始,国内还很混乱,各方面的困难都很严重的情况下,没有像毛泽东同志这样远见卓识、这样胆略过人的人,是下不了这个决心的。而且,伴随着这种决心,他将自己的儿子毛岸英也送到这个胜负难知的战场。这都是非常感动人的。当岸英同志不幸牺牲后,同志们怕他难过,没有告诉他,他后来知道了,曾说:"为什么不告诉我?难道别人的儿子可以牺牲,我的儿子就不能牺牲?"这些都说明,毛泽东同志是一个真正的无产阶级革命家,一个顶天立地的人。六中全会的决议上说,"毛泽东同志的错误终究是一个伟大的无产阶级革命家所犯的错误",这样的估价是正确的。

我觉得,对于一些历史事件和历史人物,要作出正确的评价,还要超脱出个人的感情看。十年动乱刚刚过去,大家都身受其痛。因而在评价我们的历史和毛泽东同志时,往往容易看错误的东西多,成绩就看得轻了。尤其在反右扩大化中被错划为"右派"的同志,受害更重,时间又拖得太长,留下的创伤自然很深。这也许是人之一生中最严酷的考验。但是在这种情况下,有些同志确实表现很好,他们依然对党忠心耿耿,立场坚定,毫无怨恨之心,对党、对毛泽东同志仍然能够作出公正的评价。这种感情是十分可贵的。我认识石油部一个同志,名叫张永一,在我们多年阔别重新相见时,他对我说:"我是党的孩子,我过去犯了错误,母亲在当时认为我的错误是不可原谅的,就把我赶出去了;但是若干年后,母亲发现我的错误并不是那样严重,现在又把我找回来了。我非常感谢她。我不但对她没有埋怨,而且惟恐她伤心,因为我看到她已经受了伤,再不愿她更伤心了。"张永一同志的话,使我十分感动。50年代我们相识时,他还是个青年,被错划"右派"后,受到很多磨难,现在是通晓好几国文字的副教授了。我们文艺界的老前辈丁玲同志,也是这样。她先是被打成"反党分子",后来升级为"右派",十年动乱中又从北大荒被抓进监狱,前后达20余年,打击不可谓不重,时间不可谓不长。但是她却对党毫无怨恨之心,当她又回到党的队伍时,曾经在文章中充满深情地喊道:"党呵,母亲,我回来了!"我在第四次全国文代会上听到她讲的第一句话,也是"我感谢党"。人们从20多年烈火般的考验中以及近几年另一种形式的检验中,进一步地认识了丁玲同志:她完全不是什么"右派",而是一个真正的共产党人,一个真正的左派,一个从 30 年代以来的血泊与风雨中走过来的真正的无产阶级作家。我最近读到她的一篇《保持共产党人的本色》的文章,文章中说:"我一向认为,不论遇到什么情况,不论自己受过什么大的委屈,我们对党、对人民、对革命事业只能一往情深,而绝不能搞'等价交换'。有的同志被错划为'右派'长期受到不公正的对待,有的甚至弄得家破人亡,难道委屈感都没有一点?有这种、那种委屈是不奇怪的,未可厚非,但是对于一个人民作家、有责任感的作家、文艺工作者,对这点委屈应警惕,不能把这种情绪带到自己的创作里,更不应该摆出一副高踞于党之上的架势,或者债主的架势,在旁边指手画脚,指桑骂槐。"我觉得这话讲得好极了,这完全不是什么"以德报怨"式的旧思想,而是共产党人高度原则性的表现!令人遗憾的是,像丁玲同志指出的,把委屈以至怨气带到创作里来的现象还是存在的。在这样的作品中,往往不能正确地评价我们党,不能正确地评价毛泽东同志,对于建国以来我们党领导全国人民流血流汗所取得的伟大成就,否定过多,甚至使人感到,仿佛我们党建国以来没有做什么好事。有些作品把我们的干部,包括农村的基层干部都丑化得不像样子。我们的党,我们的工作,假若真像某些作品描写的那样,中华人民共和国不仅不会取得今天的成就,甚至也不能支持到今天了。

六中全会的决议正确指出,在如何对待毛泽东思想的问题上,存在着两种不正确的态度。一种是教条主义的,以为凡是毛泽东同志说过的话都是不可移易的真理,只能照抄,照搬,甚至坚持已被证明是错误的东西,这样就无法解决新情况下的新问题,也就很难前进了。再一种就是由于毛泽东同志晚年犯了错误,就企图否定毛泽东思想,否定毛泽东思想对我国革命和建设的指导作用。尽管决议写得如此清楚明白,但有的人并没有做到口服心服。报刊上常出现一些文章,阳一句阴一句地批判毛泽东同志。运用的手法一般是不指名,借口批一种所谓"流行的观点""流行的思想"。凡是错误的东西,不论是谁,当然可以批判,可是令人惊异的是,常常批的是正确的东西。例如"一不怕苦,二不怕死"也批了,难道这种精神已经可以不要了吗?难道今天干"四化"就不需要这种精神了吗?真是令人莫名其妙。我还看到一篇文章,是批毛泽东同志的一句话,这句话的大意是"一穷二白",看起来是坏事,其实是好事,穷则思变,要干,要革命。一张白纸,没有负担,好画最新最美的图画,好写最新最美的文字……这话本身并没有错,而且是充满辩证法的。实际上是阐明"一穷二白"这种情况的两重性。即一方面,承认这种情况所带来的社会主义建设事业的长期性和艰巨性(这在他的许多文章中都有论述);另一方面又指出了这种情况所带来的有利方面,就像他过去讲的"乱子"的两重性,坏事可以转化为好事,等等。这有什么不对的呢?难道认为事物只有一重性的形而上学的观点就对了?事实上,这正是用形而上学去批辩证法,不能给人带来任何益处。

六中全会的决议郑重指出,"毛泽东思想是我们党的宝贵的精神财富,它将长期指导我们的行动"。十二大通过的党章也确定,"中国共产党以马克思列宁主义、毛泽东思想作为自己的行动指南"。作为我们立国之本的四项基本原则,其中的一条就是"坚持马列主义、毛泽东思想"。马列主义、毛泽东思想既然是我们行动的指南,又要长期指导我们的行动,那就要很好地学习和实践。在学习毛泽东思想的问题上,"文化大革命"中搞得太过分,而且是在一种不正常的情况下进行的,林彪、"四人帮"又尽量向"左"扭曲,所以谈不到是一种正确的学习,毛泽东思想并没有真正学到手。近几年来,由于毛泽东同志晚年错误的影响,走到了另一个极端,人们又不太学习了。小平同志说:"我们能够取得现在这样的成就,都是同中国共产党的领导、同毛泽东同志的领导分不开的。恰恰在这个问题上,我们的许多青年缺乏了解。"缺乏了解而又没有好好学习,这就常常是一些问题发生的根源。现在有不少青年没有很好学过毛泽东同志的著作,有些搞文艺的青年甚至没有读过《在延安文艺座谈会上的讲话》,难怪对一些错误腐朽的东西缺乏抵抗力了。在实践的问题上,决议也明确指出:"我们必须继续坚持毛泽东思想,认真学习和运用它的立场、观点和方法来研究实践中出现的新情况,解决新问题。"我们今天的拨乱反正,并不是抛开过去的一切,把毛泽东思想放在一边,而是在我们党长期奋斗所形成的优良传统的基础上去开拓和革新。小平同志对拨乱反正有一个很科学的解释。他说:"我们现在讲拨乱反正,就是拨林彪、'四人帮'破坏之乱,批评毛泽东同志晚年的错误,回到毛泽东思想的正确轨道上来。"他还说:

"从许多方面来说,现在我们还是把毛泽东同志已经提出、但是没有做的事情做起来,把他反对错了的改正过来,把他没有做好的事情做好。今后相当长的时期,还是做这件事。"我看这就是毛泽东思想与今天实践的关系。

毛泽东,这位东方和世界的巨人,虽然已经逝去,但他却留给我们极其宝贵的精神财富——毛泽东思想。它是在中国的土地上,经过几十年革命斗争的烈火冶炼而成的一口宝刀。这口宝刀今天依然无比明亮。我国人民和青年,经过冷静的思考,将会更加珍视它、热爱它和熟练地掌握它,以便在建设社会主义现代化祖国的事业中去夺取新的胜利!

1983 年 12 月 4 日于北京

当我接到《周恩来选集》……

我们敬爱的周总理逝世已经五年了。岁月的流逝并没有减弱我们对他的敬慕和怀念。出版他生前的著作,更是全党、全军、全国人民渴盼已久的事。令人欣慰的是,《周恩来选集》已同1981年的春晖一同来到人间,我们又可以面聆他的亲切的教诲了。

周恩来同志,不仅是我们中国人民,而且是全世界人民景仰的伟大人物,是我们心目中无比崇高的形象。虽然那些令人悲痛欲绝的日子已经过去了五个冬春,但那长安街头绵延数十里的送葬行列,丙辰清明天安门前的花山人海,仍然历历如在目前。我那时深深感到,至今仍然这样认为:我们共产党中拥有这样的人物,不仅是我们党的骄傲,而且是中华民族的骄傲!

但是,由于总理一向谦虚,他的著作生前没有出过专集。因此,在人们的印象中,似乎他只是一个卓越的革命活动家、实践家,一个有罕见组织才能的人。现在,经过中国革命长期严酷现实的检验,经过极其艰巨复杂的斗争证明:我们敬爱的周恩来同志,不仅是一个活跃在各条战线上,有着多方面贡献的杰出的领导人,不仅是一个品格高尚的典范人物,而且是一个有着高度理论修养的伟大的马克思主义者。

毛泽东同志多年前就讲过:毛泽东思想并不是我一个人的,而是中国革命经验的总结。这次在《周恩来选集》出版说明中也指出:"在中国民主革命、社会主义革命和社会主义建设的长期过程中,周恩来同志在党的建设、政权建设和军队建设,在白区工作和根据地工作,在统一战线工作和外交工作,在经济工作和文化工作等许多方面,从中国实际出发,运用马克思主义的普遍真理解决中国的实际问题,对于毛泽东思想的形成和发展,做出了杰出的贡献。"因此,《周恩来选集》的出版,是我们党和我国人民政治生活中的一件大事。对于丰富马列主义、毛泽东思想的宝库,提高全党的理论水平;对于端正党风,提高党的威望;对于正确地总结历史经验,指导当前的现实斗争;都是有重大意义的。

可能会有这种看法,认为这些都是过去的文章,讲的都是过去的事,同当前需要解决的实际问题似乎离得很远。这种看法是很表面的。其实,学习马克思主义的经典作品,是为了领会其精神和实质,是为了理解和学习那些卓越的革命家们,他们是以怎样的立场、观点和方法来解决革命实践中提出的各种问题的。只要我们认真学习,对我们就会有启发,对我们解决今天新情况下的新问题,就会有帮助。为了解决今天的问题,我们当然要学习一切外来的好经验,对我们真正有益的经验(但要十分注意防止其弊端);同时更要珍惜我们自己经过长期革命斗争所获得的好经验(也包括以高昂代价所取得的教训)。总理生前不止一次讲过:我们既不要妄自尊大,也不要妄自菲薄。这是非常正确的。回顾当年,红旗初飘时,像我们这样一个贫而弱的大国,人民一盘散沙,敌人又如此强大,难道取得革命胜利是那么简单容易的事?如果没有马列主义和中国革命的具体实践相结合,能够取得这样的胜利吗?记得陈毅同志在一次讲话中曾提到,当年有一位朋友当着他的面说:你们共产党要能胜利,我可以在我的手掌上给你炒个鸡蛋吃。另外,还有人说,中国革命要想胜利,至少也要一百年。然而,中国革命在中国共产党和毛泽东、周恩来、刘少奇、朱德等无产阶级革命家的领导下,不到三十年,就取得了震撼世界的伟大胜利。这之后,又在一条崭新的道路上,取得了社会主义革命与社会主义建设的伟大成就。其间虽然犯了一些错误,特别是为期十年的"文化大革命",使我们党和国家遭受了极其严重的损失,但从整个历史看,毕竟不过是历史发展中的暂时的曲折,从我们党和全国人民总的斗争过程看,我们的成就仍然是巨大的,是不可抹杀的,绝不能说成是漆黑一团。对于中国革命的经验,无论是民主革命时期的还是社会主义革命时期的,都要认真总结,认真学习,缺点错误则要引为教训,坚决改正,但决不能妄自菲薄。

现在，那种"读书无用"和"知识越多越反动"的年头儿总算过去了。多数青年学习很努力，但是也产生了另一种很不好的风气，就是重业务轻政治，重视学习技术、外语，轻视学习马克思主义理论。重视业务，重视技术，造就大批精通本行业务的专门人才，对我们的现代化建设是有重大意义的，但是轻视甚至鄙薄学习马克思主义的理论就不对了。如果说现在社会上有不正之风，我看这也是一种不正之风，急需纠正的不正之风。躺在书本上，不联系实际，没有创造性，搞本本主义是不好的，但是，不学习马克思主义的本本，连一点马克思主义的基本观点和常识都没有，还怎么能算是社会主义国家的青年呢？据说，各地政治测验出过不少笑话，有一道测验题问："你最钦佩的人物是谁？"竟有人回答"钦佩希特勒"的，这难道还不应当引起我们的注意吗？

当前，党中央强调提出：必须加强思想政治工作。这是针对现在思想政治工作薄弱的情况提出来的，是完全正确的。加强四项基本原则的宣传，尤其是重要的。我们的思想政治工作的任务和内容，是随着革命任务的变化而变化的，其形式更是多种多样的，然而有一点是最根本的，这就是它必须用马克思主义来教育人、改造人并且关怀人。不宣传马克思主义，不学习马克思主义，不学习无产阶级革命家的著作，不用无产阶级的世界观来指导我们的生活和工作，我们的思想政治工作也就失去了基础和灵魂！

在明亮的阳光下，我捧着金光闪闪的《周恩来选集》，心里感到无限的亲切和温暖。我的思绪也在不绝地翻腾着。我们绝不要忘记我们是共产党人，更不要忘记我们的历史使命。我们的革命前辈在中国土地上创建的事业，在人类历史上是极其伟大的，其间虽然经过多次艰难曲折，但革命总是要发展的，前途总是光明的。许许多多看来是不可逾越的艰险，都会像大渡河的激流一样被抛在身后。我们对共产主义事业的信念是坚定的。我们绝不因历史出现的暂时曲折模糊前进的方向，也不能因为过去的缺点错误抹杀党的丰功伟绩。我们不能因为前面还有重重困难而畏惧动摇，更不能因为我们还不富裕就鄙薄我们的祖国母亲。在毛泽东、周恩来、刘少奇、朱德等老一代无产阶级革命家的面前，我们仍然是小学生，对他们久经历史检验的著作，我们还要继续虚心学习。林彪、"四人帮"

有意制造个人迷信,是违背马克思主义的,是别有用心的,是造成严重不良后果的,必须坚决纠正。但并不是说,经过实践检验证明是正确的东西,也可以束之高阁不再学习了。让我们乘《周恩来选集》这部伟大著作出版之机,造成一个学习马克思主义理论的好风气。我相信,进一步提高全党、全军、全国人民马列主义、毛泽东思想的理论水平,将会大大推动我们社会主义现代化的事业。

1981年1月于北京军区总医院

怀念一位伟大人物

我们的好总理——周恩来同志,离开我们已经十多年了,但是他的音容笑貌,他那生气勃勃的革命精神,却仍然活在我的心中。

在我十七八岁的时候,我就在延安的黄土广场上聆听过这位革命家的教诲,而此后十几年却无缘看到他。解放战争后期,我随部队转战华北,那是战斗正酣的时节,作为下层干部,却不知党中央就在身边。

终于,一个难忘的日子到来了。

那是1953年9月23日,第二次文代会正在进行。全国文艺界的代表们,正喜气洋洋地坐在怀仁堂里,聚精会神地聆听周总理作报告。报告讲到第三部分《为总路线而奋斗的文艺工作者的任务》。那时时兴站着讲话,周总理是站着讲的。他手头有个稿子,但并不照着稿子念,而是讲得生动活泼,不断引起一阵阵的笑声和掌声。代表们的脸上充满幸福和喜悦之情。

我坐在前十几排的位子上,正听得入神,忽然心里怦怦地跳起来,总理讲到如下一段:

"……所以,我们就是要写工农兵中的优秀人物,写他们中间的理想人物。魏巍同志所写的《谁是最可爱的人》,就是这种类型的歌颂。它感动了千百万读者,鼓舞了前方的战士。我们就是要刻画这些典型人物来推动社会前进。同时,我们的理想主义,应该是现实主义的理想主义;我们的现实主义,是理想主义的现实主义。革命的现实主义和革命的理想主义结合起来,就是社会主义现实主义。"

周总理讲到这里,面向台下问:

"哪一位是魏巍同志?请站起来,我要认识一下这位朋友。"

那时我才30岁多一点儿,意外地听到这话,未免有些慌张,便很不好意思地站起来。

"你过去在哪里工作?"他面向着我问。

我匆匆地回答了一句,便连忙坐下了。实际上我只不过站起了半个身子。

总理笑着点了点头,又继续他的讲话。

这是我一生得到的最崇高的鼓励,也是总理对文艺工作者热心关怀的一个例证。

从1954年起,我一连三届被选为全国人大代表,和总理的接近就多起来了。在"文革"以前的十多年中,我常常参加总理召开的各种报告会、座谈会和文艺界的集会。有时是在紫光阁,有时是在怀仁堂,有时是在新侨饭店、北京饭店,有时是在青年艺术剧院。总理的正式报告郑重些,而小型的会议则很随便。记得有一次在青年艺术剧院,他披着大衣坐在那里,谈笑风生,讲得很轻松。谈到某项工作有关的问题,便问××同志来了没有,下面便回答来了。会场显得很活跃。总理的这种工作方法,使得一些问题及时地得到解决,一些偏向及时地得到纠正。

总理的讲话内容很丰富。除了国内外的重大问题,常常讲到文艺问题。讲文艺问题时,又常常谈到如何做一个革命者,如何做一个革命的文艺工作者等有关世界观的问题。他的话温暖而亲切,如春风细雨,滴滴入土,仿佛他不是"首长",而是一位"兄长"。应该说,我们这一代知识分子以及比我们年长的老一代知识分子在世界观的熏陶中,是受了他巨大而深刻的影响的。

我记得,有一次在讲到如何做一个革命者的问题上,他讲了极为精辟的话。他说,做一个好的革命者要树立起四个观点:第一是革命观点,第二是阶级观点,第三是群众观点,第四是辩证唯物主义观点。这无疑是对无产阶级世界观的最扼要的概括。总理没有专门写过论修养的书,我看这四句话就是共产党员和革命者在世界观上最完备的教科书了。现在有一种很不好的偏向,就是轻视和模糊马克思主义的阶级观点,甚至还有专文来批判阶级观点。阶级斗争扩大化是错误的,但它与阶级观点是两回事,绝不能混为一谈。如果离开阶级观点,也就没有马克思主义了。

在公与私——也就是个人与集体的关系上,常常纠缠不清。直到今天,仍有人公开为个人主义辩护,甚至以批判林则徐的"无欲则刚"为名,来批判"大公无私",认为个人私欲才是社会发展的动力。我认为周总理对这个问题讲得是很清楚的。他把人的精神境界分为四个层次:第一类是公而忘私,第二类是先公后私,第三类是半公半私,第四类是自私自利。他认为一个革命者应当追求高的境界。他对雷锋的题词就是"公而忘私"。但是"大公无私"和"公而忘私"不是人人能做到的,因而又提出"先公后私"。1963年在文化艺术工作者春节联欢会上的讲话中,他提出过"五关"(思想关、政治关、生活关、家庭关、社会关)的问题。在讲到过"生活关"时,他异常热情地称赞了雷锋,并说:"雷锋日记反映了全心全意为集体的思想,是一部很好的日记体文学。过生活关就是要全心全意为集体,要求我们先公后私,有时公而忘私。"总理没有半句讲到个人主义、自私自利是合理的。

至于说到世界观的改造,总理真是苦口婆心,不知道讲过多少次了。"活到老,学到老,改造到老"是他的名句,我就不知道听了多少遍。这是总理一生很牢固的观念,很重要的思想。他认为,"每个人都要改造,旧社会来的人要改造,新社会长大的也要改造,因为社会里仍存在旧的东西,如果自己不坚定,没有防疫力量,就仍会受到旧思想的传染和影响,所以也要改造。尤其是文艺工作者,作为灵魂工程师,要使人们在艺术欣赏里得到鼓舞,受到激励,奋发起来,就必须掌握最好的思想工具和艺术工具。因此要改造自己,长期改造"。总理所说的改造,并不是专对知识分子,而首先是对无产阶级和共产党员。他说:"无产阶级和资产阶级生活在一个社会里,不能不受资产阶级思想意识和习惯势力的影响,而且还有封建的影响。所以,无产阶级、共产党要不断地消除自己队伍中的非无产阶级思想影响,把旧的东西剔除掉。只有能自我改造的人,才能改造别人。"可见总理对党内外以及知识分子世界观的改造是多么地重视!而这一工作由于广大知识分子的自觉进行,是收到了巨大成果的。可是曾几何时,不知为什么,很少有人提到"改造"了,好像"思想改造"是一个令人忌讳的词。现在党内和社会上的不正之风,发展得这样严重,不是很令人深思的吗?

1965年夏,越南战争升级,美国侵略者开始大规模轰炸越南北方。这时,巴金同志和我作为第一批中国作家派赴越南访问。当时在作家协会负责的刘白羽同志多次向我提及,这是周总理亲自指定的。秋末,我自越南归来,我的访越通讯还未写完,"文化大革命"就开始了。从此,我失去了自由,也就没有再见到总理。

　　总理得了重病的消息,使全国人民深感不安。我偶尔在报纸上看到他憔悴的面容,真是忧心如焚。总理逝世时,我正在天津,因此没有同总理再见上一面。但是那几天我一看到报纸和《参考消息》,眼泪就倾流不止,不能自己。后来我回到北京,参加了总理的追悼会。开始我强烈地抑制着悲痛,还比较镇静,可是在我穿越绵延数十里的悲悼人群驰往八宝山的时候,我却再也抑制不住,十里长街有多么长,我的泪也洒了多么长。

　　1976年的清明是不寻常的日子。在临近清明节的几天里,我的精神处于一种作战前的昂奋状态。我决定不顾一切禁令,一连三天都到了天安门前。在那花海人潮中,我自感有责任和义务去充当一朵小小的浪花。在人民英雄纪念碑的碑座上我让女儿贴上了自己的诗句。我觉得不如此就不足以表达我对这位伟大人物的情怀。

　　毫无疑问,周恩来是中国近代史上(也是中国历史上)最光辉最伟大的人物之一。他生前一再说,世界上没有完人,没有不存在缺点的人,但是相对来说,他确实是一个比较完美的典型。他,没有私心,对党和人民无限忠诚,既有多方面的卓越才能,又有高尚品德和宽广胸怀。他为一个伟大的时代、伟大的斗争所造就,又同他一向重视自我改造不可分。我们党拥有这样的人物,实在是我们党和中华民族的骄傲。

　　太阳落了山,余光渐渐消退;而一个伟大人物的精神财富,却可以长留人间。如果我们愿意中华腾飞,愿意共产主义事业蓬勃发展,我们便应当认真学习这样的人物。

1988年岁末,北京

那边,延河上空有一颗星

有一位诗人,是我年轻时印象最深刻的人物之一。他是我看见的延河上空的一颗星,一颗亮星……

他头戴鸭舌帽,身披旧棉衣,脚穿麻草鞋,行吟在延水河畔。他虽然正值盛年,由于三次被捕入狱,尝尽人间风霜,他的头发已经谢顶,胸前飘着一绺长须。但是自他来到延安,青春的血又在他的胸中奔腾。人说他热情得像一团火,其实还不如说他就是一团火,他以狂飙般的热情拥抱着那个时代,拥抱着延安,延安的旗帜,延安的同志,延安的山水,以豪迈的歌声为那个时代呐喊助阵。

这就是诗人柯仲平同志。

那时,延安这座西北高原上的偏僻古城,正度着它历史上的黄金时期。她是中华民族光明与希望的所在,为民族命运惊醒的青年人,从祖国的四面八方奔涌而来。延安,从早到晚都响彻着抗战的歌声。在青年人的集会上,在晚会上,人们都愿意请这位诗人去朗诵,诗人很谦虚,但也不过分推辞,他打着手势,以饱满的热情朗诵起来:

左边一条山,
右边一条山,
一条川在两条山间转。
川水喊要到黄河去,
这里碰壁转一转,
那里碰壁弯一弯;
它的方向永不改,

不到黄河心不甘。

....

  当时,人们还很少接触到朗诵这种形式,对诗人的朗诵,觉得新鲜有味,总是报以热烈的掌声。

  1938年初春,我刚刚18岁,正同八路军总司令部随营学校从前方来到延安。这位热情的前辈诗人吸引了我。后来,延安的《解放》周刊上,连续两期发表了诗人的长篇叙事诗《边区自卫军》,我读了又读,深感这部长诗是那样新颖、优美,充满民歌风味,而又绝不是旧式的民歌,它把我引入一个从未接触过的崭新的世界。作为一个从小就爱诗也写诗的青年,我是多么愿意同他接近呵!由于年深日久,我已经记不清我们第一次相见的情景了,但是我觉得我们之间,是一种极自然的融合,就像一条小溪自自然然地流入一条大河似的。我没有问过他的身世,他也没有问过我的身世,仿佛过去我们早就相识,既然都到了延安,一切都用不着说明。——这就是当时延安人和人的关系。

  柯老没有架子,对青年和蔼可亲,性格直爽豪迈,特别使人愿意同他亲近。我同柯老相识,以后就成了文协的常客。我有许多星期天都花在那里,醉心地同柯老谈诗。说来可笑,那时我非常简单,也不考虑有些会我是否应当参加,一看见谈诗就坐下了。我记得我参加过不少的诗歌座谈会,在会上也朗读自己的诗。除了柯老,我记得在那两个互相连接又不很整齐的四合院里,我还认识了林山同志、黄药眠同志,诗人卞之琳也到了延安,我在座谈会上常看到他。

  后来,柯老和林山同志(这也是一个和蔼可亲的非常朴实的诗人)他们成立了战歌社,我也成为他们的一员。不久,我在我学习的抗大四期四大队,同诗友们办起了一个战歌分社,记得有胡征(那时叫胡秋萍)、冯塞伟、朱子奇、周洁夫、侯亢等同志。除了侯亢同志年纪稍大些,其他几个都是同我年纪相仿的红小鬼。子奇同志的个子最小,脸孔红红的,草鞋上还缀着红缨子。他写过一首诗,我还记得有这样的句子:"我爱荞麦花,因为它是红的。"我们经常出版《战歌》墙报,由胡征同志负责装潢。他将旧报纸涂黑作底,诗稿贴在上面,既醒目又美观,吸引过不少同我们一样的青年。

1938年的夏天，丁玲同志领导的西北战地服务团（一个最先活跃在华北抗日前线的文艺团体）自前方归来。我到延安的西北旅社去拜访了田间同志和邵子南同志，这是我同这两位诗人的第一次见面。田间最早出版的几本诗集，我在抗战前就读过，这次他把写于山西前线的新作交给我看。邵子南同志用"战士"的笔名在西安发表了许多诗，他把剪报本子也拿给我。那时的同志关系就是这样真挚和单纯。

　　自此以后，延安的诗歌队伍力量更强了。1938年8月7日，柯仲平同志领导的战歌社和田间、邵子南等同志组成的战地社联合发起了"街头诗运动日"。这一天，红红绿绿的街头诗贴满了延安全城。柯老的一首诗《保护我们的利益》，赫然贴上街头。当时，边区有些顽固地主借联合抗日之机要夺回农民分得的土地，柯老这首充满力量的诗就是反击这种逆流的。从延安开始的街头诗运动，像一颗巨石投到湖水里，激起层层波澜，此后不久，敌后各抗日根据地的街头诗运动就蓬蓬勃勃开展起来，促进了诗歌真正深入到战斗与群众之中。可见，延安的"八七"街头诗运动，其意义和影响是深远的。这同柯仲平、田间、邵子南等同志的积极倡导是分不开的。

　　1938年12月，我在抗大毕业就要到前方去了。临行前夕，我在延安的山坡上同柯老告别，柯老握着我的手又一次鼓励我。自此以后直到解放，我们一直没有见面，真正是一次阔别！在那战斗频繁的时日里，由于山川阻隔，敌人重重封锁，通个音讯也难。只是偶尔在延安来的刊物上看到他的文章。这十几年，我们的诗人究竟在做些什么呢？后来才知道，他带着"民众剧团"，经常跋涉在陕甘宁的穷乡僻野间，为那些寒苦而又缺乏文化食粮的人们服务。据说，那个剧团的创立是很艰难的，最初只有毛主席给他的几个钱，以后他又向周副主席、贺老总要了几个钱，这才勉勉强强地办起来。但是，这个白手起家的剧团，由于真正做到了给边区人民"雪里送炭"而大受人民的欢迎。他们每离开一地，老乡们总把煮鸡蛋亲热地塞到他们的挎包里。在他们走过的路上常有鸡蛋壳，当时流传着这样的说法，"要问民众剧团在哪里，只要跟着鸡蛋壳壳走就是了。"后来连毛主席也知道了这事，有一次柯老见到毛主席，毛主席握着他的手说："好呵，柯仲平同志，你到哪里，鸡蛋壳就到哪里！"这真是文艺史上一段动人的佳话。这个剧团的《十二把镰刀》《血泪仇》曾经风行各解放区,尤其是那个《血泪仇》,深深触动了人们的心灵,看的人痛哭流涕,在当时起了强大的教育作用。这个戏直演到解放战争时期,使一批又一批的解放战士怒火中烧,揩干眼泪走上战场。

1948年,诗人来到了晋察冀这浴血战斗的土地。当时已是人民革命胜利的前夜。诗人怀着豪迈的心情,写了一首非常好的诗:

> 弯弯曲曲的胭脂河,
> 扭来扭去扭秧歌;
> 扭呀扭,歌呀歌,
> 胭脂河的儿女们都爱红火。
>
> 千年古树开了花,
> 人民力量从来没有这样大;
> 扭呀扭,歌呀歌,
> 人民要稳稳当当地来当家。
>
> 胭脂河上抓一把,
> 抓起胭脂空中撒;
> 扭呀扭,歌呀歌,
> 解放区的天空也开满了胭脂花。
>
> 我们就要打到南京去,
> 我们就要活捉"蒋该杀"!
> 扭呀扭,歌呀歌,
> 加油加油把油加!
>
> 古树开花要结果,
> 胜利果实大又多;
> 扭呀扭,歌呀歌,
> 我们的扭是胜利的扭,
> 我们的歌是胜利的秧歌!

这首诗,无疑是胜利的预告。果然不久,这胜利的秧歌就扭到北京城的大街上了。可惜,柯老在阜平的胭脂河畔时,我正随军在前线酣战,竟不知道柯老来到晋察冀,来到我们身边。

当我同柯老重又相见的时候,已经是建国以后了。我记得不知是在一个什么会议上,柯老一见我便把我紧紧抱住,连声说:"你长成一棵大树了!"他总是不忘鼓励别人,把热情给予自己的同志、自己的后辈。自此以后,每逢柯老进京开会,我总要去看他。我的印象,虽然十几年不见,柯老依然是柯老。他依然是那样热情澎湃,粗犷豪放,声震四座,对于革命事业,对于自己的工作雄心勃勃。他曾对我说,他立志要写出一部无产阶级的史诗。但是他的工作任务是那样繁重,很难挤出写作的时间。在这种情况下,他只好在深夜执笔,精神困倦时就用凉水浇浇头,重新伏案。他的这种工作精神,使我深受感动。每次相见时,我也总是问到他这部长诗的进展情况。大约是1953年吧,他诗中的一个人物在现实生活中出了问题,这对柯老是一个不小的打击;然而他是一个意志坚强的人,他决定推翻重写。我曾说:"那不太可惜了吗,还是改改吧!""不行!"他说,"这不是革命的办法,就是要彻底重来!"此后,他就投入到更加紧张的劳动之中。万万没有料到,1962年末,在康生等人的策划下,长篇小说《刘志丹》被诬为"反党小说",柯老未成的长诗《刘志丹》也受了株连。这件事我当时是不知道的,后来才听说他被搞得心力交瘁。1964年10月,我正在石家庄潜心写作《东方》时,忽然接到自西安发来的一份电报,说是柯老已经长辞人世。这意外的噩耗,使我悲痛万分。我除发了电报,托人代置花圈外,还写了一篇悼念柯老的诗寄给《人民日报》。但是这首诗竟未能发表,到现在连原稿也不知哪里去了。想起柯老的过早逝世,想起他受到的无端迫害,想起他孜孜不倦投入全副生命的长诗竟未能完成,至今仍使人心有余痛!

柯老自1964年10月20日逝世,至今已整整20年了。回顾柯老的一生,深深感到他不仅是一个热情澎湃的诗人,而且是一个杰出的无产阶级的革命战士,一个党性坚强的共产党人。在文艺战线上,他是毛泽东文艺路线的忠实的实践者,是深入群众,与群众相结合的典范。在诗歌创作上,在五四以来的新诗中,他别具风格,独树一帜,在为民族化、大众化而斗争的道路上取得了卓越的突出的成就。"凤有凰,歌有窝,歌的窝里生老柯。"在民歌的素养和对民歌的熔炼提高上,没有几个能超得过他。在纪念诗人逝世 20 周年的时候,我们欣慰地看到,《柯仲平诗文集》即将问世。柯老的夫人王琳同志为此付出了特大的辛劳。我想,这部多卷集的出版,不仅对他的亲人、朋友是一种抚慰,而且也是文学界的一件大事。因为他的诗,长诗和短诗,以及具有独特见解的文论,都是我们五四以来新文学战绩的一部分,也是我国无产阶级文学的重要战果。

  柯老,敬爱的柯老呵! 当我想起你的时候,就不能不想起我年轻时在延安度过的那些日子,就不能不想起延安城的红旗、灯火,我仿佛又看见你戴着鸭舌帽、披着旧棉衣行吟在延河之畔,我像又听见你豪迈的歌声和延河清亮的水声。我举首西望,似乎又望见了延河上空的那颗亮星,他看去是那样熟稔,那样亲近,那样晶莹纯洁,以他忠贞不渝的光,永照着人间!

1984 年 11 月 19 日晚

我所认识的丁玲

——在丁玲创作讨论会上的发言

　　丁玲同志是我们的革命前辈和文学前辈,她今年已经 80 岁了。从她发表处女作《梦珂》算起,她参加文学创作和革命活动,已经 58 年,眼看就要 60 年了。在几十年来中国革命翻天覆地的斗争中,丁玲同志始终同革命一起前进,同人民一起前进,在文学创作上,以及在培养革命文艺队伍的工作上,获得了重大成就,在中国现代文学史上,居有重要地位。但是,在 20 多年的漫长时间里,她遭到了不公正的待遇,她的形象被歪曲了,作品被禁止了,人们只知道她是个"大右派"和"一本书主义"者。近几年来,虽然在政治上已经给她平了反,重新回到了党的队伍,但是她究竟是怎样一个人,她的作品究竟应当怎样看,她在革命文学事业中究竟起到了怎样的作用,这些都需要有正确的科学的回答。所以,我觉得厦门大学的同志们,能够热情地筹备和召开这样一个讨论会,是很有意义的。通过这个重要的学术活动,我相信,我们后几代的作家,我们的文学青年,以及更多的人,都会从丁玲同志的创作道路与革命道路获得教益。这对我们的文学事业的发展,是会有好处的。作为丁玲同志的后一辈的作家,我觉得需要继续向丁玲同志学习。不单学习她的艺术经验,也要学习她的革命精神,从中汲取勇气和力量,这就是我远道而来参加这次盛会的原因。

　　昨天,骆宾基同志一来就说,厦门大学组织这样的会议很有气魄,真不愧是鲁迅工作过的地方。我完全赞成这个话。这大概是鲁迅的遗风吧!请允许我向厦门大学的同志们致敬!

　　我第一次看到丁玲同志,是 1938 年在延安。那时我在抗大学习,才 18 岁,正像人们说的"红小鬼",因为喜欢诗歌,常到柯仲平同志那里去，但丁玲同志并不认识我。日本投降之后，丁玲同志来到晋察冀，我也只在一个朋友那里遇到过她。解放以后才有些接触。她的作品，我虽然断断续续地读过一些，但那时年轻，理解得很粗浅。因此，虽然丁玲同志一向热情地鼓励我，但我却对她缺乏真正深刻的理解。加上年轻，脑子简单，这样，我也参加过作家协会批判她的集会，也做过错误的发言。现在回想起来十分抱歉。但是1957年把她打成"右派"，我在内心中是有怀疑的。因为1955年她已经作为"反党分子"打倒了，1957年的大鸣大放，她根本没有参加，没有任何言论，这时的批判，只是把老问题又拿出来升了一下级而已。我记得，那时丁玲同志一开始就有不祥的预感，她曾在会上说"我怕把我打成'右派'"，结果还真的把她打成了"右派"。以后这颗怀疑的种子在我心里越长越大，老是困扰着我，我曾私下多次问其他同志："你认为丁玲是反党吗，她什么地方反党呢！"经20多年，这桩冤案才算结束了，丁玲同志又站到我们面前来了。当我听到她所受的种种磨难，真是使人万分痛心，肝胆俱裂！但也正是在这样严酷，这样漫长的考验中，使我重新认识了丁玲同志。老实说，如果思想不很坚强，像这样严重的磨难，是会令人怨愤的，是会令人心灰意冷的，是会令人悲观失望甚至信心动摇的，然而，我们的丁玲同志，不但对党毫无怨恨之心，而是更加坚定了，在政治上更加成熟了，也更加热情奋发了。当她回到党的队伍时，她曾经在文章中热情地喊道："党啊，母亲，我回来了！"我在第四次文代会上听到她的第一句话，也是"我感谢党！"我可以说，丁玲同志对党的耿耿忠心，她的共产党人的胸怀和风范，强烈地感动了我。我确实感到她在这一点上是了不起的。党多次号召我们，一个党员作家，首先是党员，其次才是个作家，在这方面丁玲不愧是我们的榜样！从这几年的行动看，她不但自己写作勤奋，而且深切关心我们的文学发展，发表了许多正确的意见，对澄清文艺思想的混乱起到了很好的作用。这些都说明她的马克思主义立场的坚定性。从她的言论行动使我进一步认识到：丁玲同志完全不是什么"右派"，而是一个真正的共产党人，一个真正的左派，一个从30年代以来的血泊和风雨中走过来的真正的无产阶级作家！在我的心目中，也在许多人的心目中，丁玲同志的形象是比以前更为崇高了！

瞿秋白同志多年前曾说："冰之是飞蛾扑火，非死不止。"我感到这句评语是很深刻的。在丁玲同志的历史上，她确实像一个扑火的飞蛾一样，勇敢地、永不疲倦地追求着革命，追求着真理，追求着光明。即使她被火烧了，她也不消极，不悲观失望，仍然继续追求着真理之火。她是在白色恐怖极为严重的1927年开始创作的；她是在丈夫被杀害之后，儿子还在襁褓之中的时候投入党的队伍的；她是遭到反革命逮捕，从敌人魔爪中逃出又奔向革命，奔向党中央所在地——荒凉的陕北的；她是在遭到20多年不公正的待遇——这个人生最重大的挫折之后，又以75岁的高龄继续在革命的道路上奋进的。她的全部历史完全说明这一点。她就是这样一个作家，这样一个党员，这样一个女性。国际歌不就是叫我们为真理而斗争吗？做这样一个飞蛾有什么不好呢！我想这是作为一个作家，也是作为一个党员的最可宝贵的品质。

由于过去对丁玲同志的不公正对待，自然影响到对她的作品的正确评价，影响到对她在文学运动中的作用的正确评价。我最近又重新学习了她的一些作品，这种感觉更突出了。我觉得，对她的作品，实有进一步研究，给予科学阐明的必要。这次讨论会，我看到全国各地，有这样多老、中、青的文学研究工作者，对丁玲同志的作品怀有这样高的兴趣，提出了这么多的学术论文，是非常令人兴奋的。我想，经过这些研究，不仅会使混乱不清的问题恢复历史的本来面目，而且会提供出有价值的艺术经验，成为我们的文学财富。这也是我们的文学事业兴旺发达的表现之一。

这次我重新阅读了丁玲同志的作品，深感这位老作家有许多值得学习之处。首先，我觉得，她的作品从来没有游离于时代，而是以不倦的热情拥抱着她那个时代。从30年代破产的农村、凋敝的城市，直到抗日战争、土地改革的斗争，她描绘了各种各样的人物，为我们绘制了广阔的社会图画。她的作品不但感情浓烈，而且立意深，因此作品显得深厚。可以看到她的作品多从活生生的现实生活中得来，在中国新文学革命现实主义艺术的发展中是作出了自己的贡献的。我们从丁玲创作上的成就及其所发挥的历史作用来说，她无疑是五四新文学运动以来最重要的作家之一，尤其是中国无产阶级文学有代表性的杰出的作家。她的许多优秀的中短篇小说和表现土改运动的辉煌巨著《太阳照在桑干河上》,将作为中国革命文学的丰碑永远为人们所记忆,所传诵。

自然,丁玲同志在文学上的成就,并不只是小说,同时,她也是位散文大家。她对散文似乎是无意为之而有所成就的。在她大量的散文作品中,都绝无雕琢与粉饰,正像她的为人那样,坦率与热情地向人诉说衷曲。她的那些散文因为是从心底里流出来的,所以特别真挚动人。这是她的散文的独特的艺术魅力。她写散文似乎毫不费力,我是很佩服和羡慕她的这种本领的。

丁玲同志还是一位对我们的文艺发展起到重大影响的文艺评论家。这是同她关心革命文艺事业发展的责任感同培养青年作家的不倦的热情联系在一起的。由于她的这种责任感和热情,加上她是一个真正的内行,所以就写出了许多出色的评论,推动着我们的文艺事业向前发展。我觉得,她作为文艺评论家的特点,首先是具有真知灼见。由于她本身具有丰富的创作经验,评论作品就写得很中肯,而绝无隔靴搔痒之感。其次,是她的马克思主义文艺思想的坚定性。她不是风派评论家,今天这样说,明天又那样说,而总是实事求是地观察问题。几十年来,在她的文艺思想中,她一直强调作家深入生活的重要。我记得从 50 年代,她就提出"到群众中去落户",至今她的这方面的主张,仍然没有变。在许多问题上,我们看到她是毛泽东文艺思想最热情最坚定的宣传者与保卫者。她的长期的创作实践,丰富的生活阅历和马克思主义的理论修养,构成了她作为文艺评论家的深厚的根基。

这就是我所认识的,我国近代史上最活跃的女作家之一,坚定的共产主义战士,杰出的无产阶级作家——丁玲!

鲁迅精神万岁!

中国革命文学万岁!

1984 年 6 月 14 日

醒来吧,丁玲!

2月16日早晨,我还没有起床,就听见外面说下雪了。推窗一望,整个西山正卧在莽莽苍苍的雪雾之中。这是入冬以来的第一场大雪,自然给人带来几分喜气。正想出门活动活动,丁玲的女儿打来电话,说是她母亲病危,下午可以看望。前些天,就传说丁玲在急救室中,是不许探视的,现在允许探视,很明显是弥留之际让大家再见她一面。我放下电话,心头十分沉重。下午,我们的车在雪地上颠簸着,向医院驶去,我望着还在飘扬着的漫天雪花,默默想道:难道丁玲真的要离开我们?难道今天的风雪,就是为这位曾在北大荒饱尝艰辛的战士送行?……

车子奔驰了一个半小时,才赶到协和医院。我急匆匆地跨进急救室里,看见丁玲正静静地仰卧在病床上,仔细听呼吸倒很均匀,颇像睡熟了的样子,只是眼睛微微睁着,眉头不时地一动一动,像正同死神进行着艰难的搏斗。她的同甘苦共忧患的忠实朋友陈明守护在旁边。我望望丁玲,想同她说话,又怕惊扰了她。我把陈明同志叫到旁边,低声询问病情。陈明说,她主要是肾脏功能衰竭。春节初一、初二情况还好,在病床上还同秘书小王开了句玩笑,没想到从初三起就进入了昏迷状态。陈明接着就谈及后事。我心里又是一阵恻然、怆然。我望望沉睡着的丁玲,心里默默地喊道:丁玲同志呵丁玲同志,你一生遇到了多少难关,你都像战场上的勇士那样闯过去了,难道今天就再也闯不过这道险关了吗?命运之神对你已经够严酷了,难道今天就不能再宽限你一些时日吗?在这一刹那间,我想起了你的艰难的又是勇壮的一生,脑际浮现出一幅幅的图画……

是的,命运对她确实是太严酷了,太严酷了。她不是一般的作家,她是从血泊中,从战斗的风雨中走过来的一位战士。人说无产阶级文学是一朵染血的鲜花,真是一点不错。从她刚步入革命文学的行列起,她就面临着一场又一场烈火般的考验。作为一个二十几岁的年轻女人,她的孩子还不到三个月,她的丈夫就被国民党反动派突然捕去。她穿着单薄的衣服,在上海那多雨的大街上狂奔着,去找寻她那突然失踪的丈夫。当那位勇猛的战士已经倒在机关枪弹下的时候,她一点也不知道,还盘桓在龙华司令部的门前,希图见他一面。

对于一个一般的人来说,在这样严重的打击下,是会晕头转向的;但是对于丁玲,不妨说这正是她成为一个坚强革命战士的起点。她正是在胡也频牺牲之后,在白色恐怖极为严重的时候,参加到共产党的队伍中来的。她这时不仅用作品去抗争,还作为左翼作家联盟的党团书记做着扎扎实实的工作。这就是她对反动派的回答。从这里已经可以看出当时还是一位年轻女作家的丁玲的勇气了。

但是,在那敌我生死搏斗的年代,反动统治者是不允许人们的抗争的。两年之后,丁玲遭到了和胡也频那些作家同样的命运,被秘密地绑架和囚禁起来。这是丁玲命运史上又一个关节。如果是一个软弱的人或者是对革命缺乏信心的人,是会投降变节或软化、消极下来的。而丁玲不是这样,她心中向往的,仍然是党,是革命。终于,她在鲁迅和党的帮助之下,逃出了南京,带着满身风尘到达了陕北。当年,在那黄土高原上仆仆道途的,不就是这个丁玲吗!

如果说,对于革命者,对于革命作家,这些都是无可避免的;而丁玲此后遭遇的许多不幸,却是来自我们的内部生活。从1955年起她就无端地受到不公正的待遇。两年以后,她在北大荒的风雪中度过了整整12个年头。在相当长的时间里,我们大家都以为她到北大荒去是作为一种惩罚,其实不是,直到她重新出来,人们才知道,原来是她自己郑重要求去的。为什么当初她要提出这种请求呢?因为尽管她被开除了党籍(这一点使她十分痛心),她仍然以共产党员来要求自己,以革命作家来要求自己,她不愿呆在北京的四合院中渐渐枯萎,她要沉下去,沉到最底层去,沉到群众中去,以保持自己与群众的血肉联系。老实说,没有共产党人的气概,没有超乎一般的勇气,是做不出这样的决定来的,也是不可能坚持到底的。而她却踏踏实实地这样做了。她到北大荒那年是53岁,归来时已是白发满头!

我认识丁玲同志很早,但我们的接触却不是很多。当34岁的丁玲率领着第一个战地服务团从山西前线回到延安的时候,我就见过她。抗日战争胜利以后,丁玲同志来到了晋察冀,我也仅仅在朋友家中见到过她一面。解放后接触得多了一些,她给过我不少鼓励,但我对她的了解和认识,仍然十分不够。应该说,我对她的进一步认识,是从她这些年复出以后。从1955年她遭到不白之冤算起,中间经过12年的风雪严寒的北大荒生活和5年的铁窗生涯,直到1979年回到北京,总共24年。在这近四分之一世纪的漫长的时日里,她遭到的磨难不可谓不重,时间不可谓不长,而她对党却不仅没有丝毫抱怨,且革命的立场更坚定了,对党更热爱了,对马列主义的信仰更笃诚了。这一点确实震撼了我的灵魂。也正是在这时,我对她有了进一步的理解,或者说我重新认识了她。她不止一次地说:"肉体的伤,心灵的伤,你的伤,我的伤,哪里能比得过党的伤?过去的就过去了嘛,个人受一点苦,有什么了不起!总之,我不只是跟党走,而且我的命运是跟党连在一起的。"她还说:"为什么不倒下去呢?为什么还高高兴兴地活着?就是因为党一直是我心中的希望和信仰。"她在访问美国对公众讲话时,也是这样说的:"现在,我搜索自己的感情,实在想不出更多的抱怨。我个人是遭受了一点损失,但是党和人民、国家受到的损失更大。……一个革命者,一个革命作家,在革命的征途上,怎能希求自己一帆风顺,不受一点挫折呢?"这些充满金石声的铮铮语言,真是动人心魄,感人肺腑,我也正是从中认识到一个真正的共产党人的形象,一个无产阶级作家的胸怀和中国人民好女儿的一颗赤心!

丁玲同志一向关心、爱护和热心培养文学青年,自从她复出之后,这种热情更高了。她在大会小会以及个别交谈中,都讲了许多语重心长的话。她劝人好好学习马列,劝人深入群众,劝人树立革命人生观,要人文并进,劝人尊重与发扬民族传统,正确解决洋土关系,还告诫人们执行对外开放的同时要注意精神设防……她把自己相当大的精力倾注到我们的文学事业之中。她对中青年作家经常给予热情的关注,尽管她已是80高龄,还不倦地、吃力地阅读着他们的作品,既给以热情的鼓励,也坦率地提出批评,从不作无原则的捧场。如果我们的文学青年仔细领会一下丁玲同志这方面的著述,对于自己的健康成长将会带来多大的好处呵!

在我沉思默想的时候,丁玲依然在安静地熟睡。她脸上的表情像平时那样雍容,两只劳动一世的手露在被外。床头上挂着输液的瓶子,里面的药液仍在无声地滴落。这时,我意识到,有许多许多等着看望丁玲的人还候在门外,我不能再耽搁了。我轻轻地离开她的床前,再一次望着她默默地喊道:丁玲同志,你一生经历过那么多的激流险滩,那么狂暴的风风雨雨,也许今天你真的疲倦了吗?真的需要休息了吗?我想,不会,对于你这个杰出的女战士来说,尤其不会,现在还有多少工作等着你去做呵!丁玲同志,你醒来吧!醒来吧,丁玲!……

1986 年 3 月 1 日上午

才子·战士·学者

——怀念邓拓同志

近些年来,我越来越深地感到,邓拓同志的含冤早逝,实在太可惜了。

他是我们共产党在宣传战线上一个出类拔萃的人物。在我的心目中,他是一个才子,一个战士,又是一个学者。他为伟大的时代所造成,又有他个人坚忍不拔的努力。说实在话,造就这样一个人物那是很不容易的。

我和邓拓同志相识于1939年初。那时,我刚从延安来到敌后晋察冀边区,第一次去参加文艺界的集会。会是彭真同志和聂荣臻同志召集的,邓拓同志也讲了话。我记得邓拓同志穿着边区土布做成的黑棉军衣,腰扎皮带,英姿勃勃。那时他才27岁,是敌后第一家报纸——《抗敌报》的社长和主笔。

不久,我奉调赴边区东线,我们没有再见过面。1944年秋天,我又调往冀中,就更没有机缘见面了。但是,那用粗糙麻纸印成的《抗敌报》(后改为《晋察冀日报》),穿过层层封锁线来到我们手中,我就会想到邓拓同志。那时报刊与作者的关系很自然。我们给报纸写稿认为是自己的责任,而邓拓同志他们也把我们这些业余作者看做是他的依靠。他们认为行就登载了,不像现在有些地方,投稿子要走后门、拉关系才能上报。我的印象,我寄去的绝大多数东西都能发表。我以自己的日记改成的战斗通讯《雁宿崖战斗小景》,邓拓同志用了整整一版的篇幅。而我们却没有通过一封信,我们完全是同志之情,心心相印。

解放战争时期的情况也大致如是。我随军转战四方,偶尔过张家口也难得相见。但我一有战斗通讯一类作品寄去,总能很快发表。如大同战役的《英雄阵地》、正太战役的《娘子关前》、解放石家庄战役的《在突破口》等都是这样。尤其是自卫战争初起时我写的抒情诗《塞北晚歌》,名义上是写给未婚妻的,邓拓同志也一反常例大胆登了,而且一字不改。邓拓同志见多识广,脑子里没那么多框框,是从不乱改别人稿件的。

华北解放战争结束,华北两大战略区合并,《晋察冀日报》改为《人民日报》,仍由邓拓同志担任总编辑和社长。抗美援朝战争开始不久,我就到了朝鲜。那时邓拓同志把我们这些人都看做他的"特约记者"。我第一次朝鲜之行写的那些战地通讯,有好几篇是发表在《人民日报》。如《汉江南岸的日日夜夜》《谁是最可爱的人》《冬天和春天》等。其中《谁是最可爱的人》,邓拓同志作为头版头条放在社论地位发表,这在当时是破例的,很大胆的。不久,他专门召开了一个座谈会,邀我到报社同他们的记者座谈。他首先站起来,手里拿着我那篇文章,充满热情地高声地朗诵了前两段,随后又说了许多热情的话,接着就让我介绍经验。我很不好意思的同时又是事先毫无准备地作了一个发言。记录稿事后经我修整了一下,这就是那篇《我怎样写〈谁是最可爱的人〉》。最后邓拓同志又就记者工作本身讲了一些问题。

1958年,志愿军归国,我又到朝鲜去了一次。那一次我深深地为一种从来不曾见到过的场面所激动,我写了一篇散文《送行泪洒湿了朝鲜国土》,寄给《人民日报》。后来我得知,这篇稿子是邓拓同志亲自处理的,他删去一段,又改了个题目,这就是那篇《依依惜别的深情》。

从抗战之初一直到1958年他离开《人民日报》的长时期内,应该说,他对我是倾注了相当的热情的。我是永远感念不忘的。但在这漫长的岁月中,我虽说很敬重他,却一次没有去看望过他,连信也没有给他写过一封。而他对我始终如一。我深深体会到,他对我,对我们这些年轻人的培养、扶植,完全是从党的利益出发,出以公心,没有任何拉拢培植个人势力的企图。这正是他的光明磊落处。不像现在一些人,手里有一个刊物,一张报纸,一个地盘,一点权力,一点物资,就要充分利用,来培植自己的个人势力,或作为阶梯向上攀登。

1959年冬,聂老总和其他负责同志曾召开过一次会议,讨论华北战史的编写修订工作。最后确定,晋察冀抗日战争史由邓拓同志负责,华北解放战争史由我负责,邓拓同志负总的指导责任。邓拓同志不赞成战争史写得那么抽象枯燥,主张写得具体生动些。我完全赞成他的意见。以后,我曾和另外的同志到他家里一起研究工作。这是我惟一拜访邓拓同志的一次,现在想起来,我真后悔,我对这样一位有教养的同志,向他学习、请教是太不够了。

1966年四五月间,"文化大革命"尚未正式开始,一场奇祸就已从天而降。但是谁也没有想到轰顶的巨雷会落到邓拓同志头上。不久,邓拓同志便含冤离世。这消息令人震惊,令人悲痛,又令人愕然不知所措。一个在白色恐怖最严重的时刻就参加党的人为什么会反党呢?一个在全国第一个编印《毛泽东选集》的人,怎么会反对毛泽东思想呢?从那置人于死命的所谓"批判"文章中,我才知道,邓拓不过是对当时某些不好的风气、不好的做法发表了一些意见罢了。邓拓同志发表在《北京晚报》上的《燕山夜话》,以及发表在党刊《前线》上的《三家村札记》,我当时都没有看过,以为都是些聊闲篇儿的东西,不理解邓拓同志为什么把精力都放在那里。经过这一批,我才觉察到是自己误解了,邓拓同志是一刻也没有停止关心党和人民命运的。

邓拓同志去世不久,我即被列为北京军区的重点批判对象,失去了自由。为了把邓拓这条"黑线"同我连上,一些人很花费了一些心力。一天晚上,我已经安歇了,一位专管"魏巍问题"的、我过去的一位卜级,突然打来电话,要我去接受审问。我去时,阵势早已摆好,那时他使用突然袭击的战术已经相当娴熟了。

"邓拓不是给你写过一张字吗?你为什么不老实交代?"他厉声喝道。

"没有。他没有给我写过字。"我平静地回答。

"真不老实!证据我们已经拿到了,邓拓给你写了字,他家里看过才寄出来的。"

"实在没有。"我又说。

"你敢用党籍来保证吗?"他气势汹汹地问。

"可以。"我当即作了保证。

事后得知,他们又同时到了我老伴那里,用欺诈手段恫吓说:

"魏巍说邓拓给他写了字,交给你了,他要你把字交出来!"

"我没见过。"我老伴说,"他承认了,你们就跟他要吧!"

"告诉你,魏巍的问题是严重的!你不交不行!"

"我不知道严重在哪里。"我的老伴笑了。

当然,她的笑声赢来了更严厉的恫吓。实际上我确实没有邓拓同志的字,邓拓同志是著名的书法家,他的字我是很欣赏的,假如真的有一张我是求之不得的。

一个很有才华、很有见识的同志,仅仅54岁就去世了,现在想起来仍然使人难过。这是多么沉痛、多么深刻的血的教训!然而,这教训究竟在哪里呢?我以为,主要是一个党内民主的问题和社会主义民主的问题。客观公正地说,社会主义是人类历史上崭新的事业,大家都还没有经验,许多方针、政策、措施都带有探索的性质。一条路线和各种政策措施,究竟对不对,还要经过实践的检验才能最后证明。在这中间,被领导者不是神仙,领导者也不是神仙。某种方针政策,有可能取得成就,也有可能失败。还有一种可能,仗虽然打胜了但伤亡损失很大,或者只不过在枝节上取得了一些成就。一般说,错误是难以完全避免的;但是,怎样才能少犯错误,有了错误能及时纠正,使损失减少到最小限度呢?我想,最关键的问题,就是要倾听党内外群众的意见,下面的意见,特别是不同的意见。听取这些意见好处很大,最大的好处就是可以使错误不致蔓延扩大。一个党,党内有不同的意见,党员勇于提出自己的意见,这究竟是好事还是坏事?我说是好事不是坏事,这是一个党兴旺发达、充满活力的标志,应当是令人高兴的。如果一个党只是一种声音,只是"好好好""是是是",那恐怕就说明问题严重了。可惜的是,处于领导地位就往往不是这样看,而是只喜欢听顺耳的话、歌功颂德的话,而对不同的意见或反对的意见,则一概听不进去,这确实是领导者的悲剧。一个党没有纪律,党是没有战斗力的,而没有民主就等于党的细胞死亡了,党也就没有生命了。邓拓同志的悲剧和其他类似的悲剧深刻地说明了这个问题。如果把邓拓同志发表的某些意见视做党的生活中的正常现象,即便对他有所指责,而同时又允许他申辩,也就不会发生这种不幸了。执政党的民主生活同社会生活的民主化，自然是有密切联系的。党内缺少健全的民主生活，社会上也不会有健全的民主生活。这样，广大群众的积极性就不可能调动起来，社会主义就建不成。当然，我说的民主是在四项基本原则前提之下的民主。

邓拓同志是一个才子。我听我故乡的人说，邓拓在河南大学上学时，就已能读英文版的《资本论》了。他在宣传上堪称内行。写文章是把好手，无论政论、杂文、诗词都写得又快又好。然而他又并非一介书生，在纷纭复杂的战争风暴中，他是真正一手拿枪、一手握笔干出来的。他带着一支小小的队伍和八匹骡马，就能在敌人随时都会扑过来的环境中坚持出报，这不仅是新闻史上的佳话，也是一个奇迹。建国以来，在同不正确倾向斗争时，他保持了一个纯洁战士的本色，决不随波逐流。我还听说，在"八大"选举中央委员时，邓拓同志很谦虚，主动提出不要选自己。这种高洁的品质足可以同那些传诵的贤人比美了。至于他学习的刻苦和学问的渊博，是大家都知道的，就不必多说了。一个才子不一定就是个战士，一个战士也不一定就是个学者，在邓拓同志身上三者合而为一，就越发难得了。

我再次重复说，邓拓同志的逝去，实在太可惜了。而我们如能找出真正的教训，从而改变产生这种悲剧的条件，邓拓同志的血也就不算白流了……

1985 年 10 月 28 日于北京

难忘的风范
——悼念李志民同志

李志民同志最近谢世了。

当我站在朴素的灵堂前,向我的这位老首长遗像深深地鞠躬时,许多往事一一来到眼前。

他是一位宽厚慈祥的长者,对人和蔼可亲。你见了他,距离立刻就缩短了。他那种待人的诚挚,使你感到他是可以信赖的兄长。也许是长期的政治工作生涯培养成他这种风度。

我同李志民同志相处,是1944年秋天。这时,已经沦陷的冀中地区,正在游击战争的烈火里渐渐复苏。为了恢复这块根据地,冀中军区重新建立了,司令员是杨成武同志,区党委书记兼政治委员是林铁同志,副政委兼政治部主任便是李志民同志。我被调到这个政治部当部员,从此我便直接在李志民同志领导下工作。

这时冀中平原的局面刚刚改观,敌人的据点、炮楼还相当多,常常十几里、二十几里外就是敌人。为了适应新的环境,我们全部换上了便衣,带上短枪。李志民同志和我们一样,也是头上扎一条白毛巾,穿一件长棉袍,乍一看就像当地的农民。我们政治部不过二三十人,吃住都在一起,他不过比我们多两个警卫员罢了。

很快我就发现,这位首长作风很民主,很愿走群众路线。下面来人汇报,他都要我们这些部员同他一起来听,同时很注意吸取大家的意见。这种领导作风自然使人感到愉快。同志们有了思想问题,他也及时找你谈话。那时我看许多同志都到战斗部队中工作去了,心里很想到战斗部队去,他对我也进行了兄长式的劝导。

在这两年之前敌酋冈村宁次指挥下的"五一大扫荡",是一次极端残酷的血洗。这次血洗使冀中军民遭受到巨大的苦难与牺牲。同时,在这极其惨烈的考验中,也出现了无数可歌可泣的英雄人物。李志民同志深为这些人和事所感动。我记得他抓的一件很有影响的工作,就是决定发"五一反扫荡"纪念章。只要是两年来坚持斗争,没有动摇变节的人,都可以得到这种奖章。奖章的制作也别出心裁,是由一枚银元加上彩色改制而成。当那些从生与死边缘上熬过来的人们拿到奖章时,是如何地激动啊!这是对战斗者的抚慰和鼓励,也是对动摇变节者的批评。这件事,在激励冀中军民的士气上起到了巨大的作用。

1944年冬,要在阜平举行晋察冀边区第二届群英会。在冀中平原上,那些在炮楼丛中创造了各种传奇故事的英模人物也被集中起来。这真是一支男女老少俱全的色彩斑斓的队伍。他们每个人都是一部感人的书。李志民同志亲自给我一项任务,让我跟这支队伍一起到阜平开会。也正是这样的机缘,使我得以同这些人物亲近,发展成良好的关系。

在那激烈斗争的年代,许多生活在社会底层的劳动妇女,她们的觉醒和母性结合起来,成为斗争前列的英雄人物。这样的人物各根据地都有。晋察冀边区"子弟兵的母亲"戎冠秀是大家所熟知的。冀中区的李杏阁、刘大娟等也是这样的人。我们从阜平开会回来,李志民同志便迅速抓住时机,经过讨论,从中确定李杏阁为"冀中子弟兵的母亲"。一天,我从外村回来,看到他光着头,正俯身在土炕上面对着一面红色的锦旗。走近细看,才看出他正聚精会神地往锦旗上贴字。几个醒目的大字正是"冀中子弟兵的母亲"。字是他亲笔所写,经过裁剪,正动手用浆糊粘贴起来。直到今天,这副生动的形象还依然活在我的脑际。

1952年春,我第二次入朝访问。李志民同志正在西线作战,任19兵团的政治委员。那时,他们住在距市区不远的仙女洞。他和杨得志司令员一起亲切地接待了我。天天在一起吃饭,给我介绍情况,甚至邀我在一个池子里洗澡。他们这种不分彼此、平等待人的作风,使我感到温暖。那时,坑道工事形成体系,阵地巩固,战局稳定,不断传来胜利喜讯。他们的情绪很高。李政委还特地拿了一本他写的诗稿给我看。诗体新旧参半,记录了他入朝以来的生活。入朝之初,他曾遇到过一次危险,他坐的火车脱了钩,顺着慢坡直冲而下,真是危险万分,幸而没有倾覆。他专为这事写了一首诗,说起来还哈哈大笑。

在那次相见中,还有一件事给我印象很深。人们告诉我,在入朝之初,他对部队的纪律最为关切。尽管入朝之前对毛泽东同志的四项规定(爱护朝鲜人民的一山一水、一草一木;尊重朝鲜人民的风俗习惯;遵守朝鲜政府的政策法令;尊重朝鲜人民的领袖金日成同志),已经进行了教育,但是他还是不放心,怕这些教育落不到实处。因此,在部队向前线开进途中,他迎着大风雪站在路边,亲自向一些连指导员进行考问,让他们回答毛主席所作的四项规定内容为何。如果谁回答不上来,就要受到严格批评。他的这一行动自然立刻影响到整个兵团。后来我到部队去,发现部队的纪律很好,有的稻田周围甚至还围着草绳。我便知道这是对他们的政治委员的回答了。直到今天,只要提起李政委,我脑海里还常常浮现出他披着大衣站在大风雪里测试指导员的情景。

敬爱的李志民同志离开我们而去了,但他那杰出的政治工作领导者的风范,将永远活在我们的心中。这种风范,是一个为共产主义而战斗,为人民群众而生存的人才会有的风范。政治工作从某种意义上说,不就是一种群众工作么?如果一个政治工作者心目中没有群众,他怎么能做好政治工作呢?李志民同志的逝世,使我益发觉得这种风范可贵了。而且很值得检查一下,这种风范在我们身上还存留多少?它有没有失落在什么地方?如果有,那就让它重新回到我们的身上来吧!也许这是对死者最好的安慰。

1987 年 12 月

怀念瞿世俊同志

我同世俊同志相识，是1939年初。那时我在晋察冀军区政治部宣传部的编辑科当干事，他在文化娱乐科当干事。4月间，我们又一起调往一分区去工作，同去的还有蔺柳杞等两位同志。我们的政治部主任是舒同同志，宣传部部长是潘自力同志，他们还让管理科给我们派了一个饲养员牵着一匹马，给我们几个人驮行李，我们5个人就在崎岖的山径上向着北岳区的东部战线进发了。

那时候，我们都是多么年轻呵！我刚刚19岁，世俊也是19岁，柳杞比我们不过大一两岁。世俊是中等略高的个子，淡淡的眉毛，戴着一副白钢丝框的近视眼镜，穿了一冬的灰色的棉军服，已经褪了色，肩上满是油。他的性格很温和，甚至有点腼腆，脸上总是露着微笑。这时，晋察冀根据地已经很像个样子，群众组织得很好，沿路的村庄都有儿童团站岗放哨。又是暖暖和和的艳阳天，我们的精神很畅快，大家一路说说笑笑，兴致很高。饲养员牵着这匹马，是匹缴获来的枣红色的日本大洋马，这种马身架很高，头小脖长，简直有点像长颈鹿，一路走来，老乡们含着笑指指点点，儿童们追着我们跑，更给我们的旅途添了不少情趣。中午，我们在完县北清醒村打尖，因为这匹枣红色的大洋马招来了许多人，在一个打谷场上，老乡们、孩子们把我们围起来了。世俊同志长于歌咏，他就利用这时候给群众唱起歌来。"二月里来好春光，家家户户种田忙……"他一边唱，一边挥舞着臂膀。群众的热情就像周围盛开的桃花那么红火闹热。那真是抗战初期一幅很生动的图画。据柳杞同志回忆说，我也在那个场合里朗诵了几首诗，这事我倒记不得了。

我们当晚宿于河北易县的刘家台，第二天到了一分区司令部的所在地——易县北娄山村,这是一个为桃花和溪水缠绕着的村庄。时隔不久,我们就被分配到一团。我分到一营当教育干事,世俊分到二营当教育干事,柳杞分在团部任文化娱乐干事。我们都很高兴,因为这个一团就是当年首先越过大渡河的那个红军第一师的红一团。其中的二连就是出过17勇士的英雄连队。红军开上抗日前线,这个团由红一师又改编为独立团,成为开辟晋察冀根据地的骨干力量。我们在这个英雄部队里工作和锻炼,怎么会不高兴呢?

我们是4月份到一团工作,5月份就参加了易县大龙华的歼灭战。这是一次漂亮的夜袭,日军的桑木中队共400余人全部被我歼灭,还缴获了大量的秘密文件。我记得,战前我们俩还通过一次信。自此后,战斗越来越频繁了。夏季,我们都参加了连续20天的雨季战斗,在团山村消灭了日军120余人。11月,我们参加了有名的雁宿崖歼灭战,歼灭了日军一个大队和一个炮兵中队,共600余人,接着又参加了黄土岭围攻战,这一仗又打死了日军"名将之花"阿部中将。随后是40天的反"扫荡"战斗。我和世俊一起在部队里经受着锻炼。

反"扫荡"结束后,我由一营调到了一分区政治部,世俊仍在二营。之后,由于晋冀鲁豫根据地遭到日寇与国民党的夹击,那里的国民党军朱怀冰部很猖狂,一团和兄弟部队就随聂荣臻司令员参加了南征,把朱怀冰部打得落花流水。世俊同志当然参加了这些战斗。

又是一年芳草绿,依然满山桃花红的时候,一团凯旋归来,世俊同志也回来了。这时他已经是一团的干部教育股股长了。可是没有料到,在夏天进行的罗村战斗中,世俊却不幸被俘,被送到保定监狱的木笼中。听保定传来的消息说,他在那里表现得很坚定。他究竟什么时候牺牲,也就很难查考了。

虽然岁月像流水般地逝去,但同志们却仍然怀念他。北京军区的副司令员宋玉琳同志,是他当年的营长,每次见到我,总要谈起世俊同志,也老是重复着这几句话:"这个同志真好呵!就是死得太早了!那次罗村战斗,因为他的眼睛不好,我就把他放到伙夫担子那里,本来是很安全的,想不到敌人迂回过去,正好把他们抄了。真是太可惜了!"一个工农老干部对他有这样深的感情,也可以看到,世俊同志作为一个革命的青年知识分子,同工农群众已经密切地结合了。

　　世俊同志的牺牲,既偶然也不偶然。那时候,每次战斗下来总要牺牲一大批人,当时参加革命的同志,也以牺牲为多,所以毛主席说,我们只是些幸存者。中国革命是付出了何等沉重的代价呵!善良的人们,这是我们任何时候都不能忘记的!

1982 年 3 月 24 日于北京

难忘那位无名作家

有一个人,在我一生的关键时刻帮助了我。他既是我的老师,也是我的朋友,更是我的同志,我永远不能忘怀他。

30年代,我的故乡郑州还仿佛是座中古世纪的小城。只有靠近车站的地方有两条较为近代的大街,乡下人称之为"洋街"。我的家就在城里。街道两边是高高的台阶,高高的门楼上挂着什么"大夫第""进士第"的匾额,下面就是"无风三尺土,有雨一街泥"的土道。乡下的花轱辘马车常常在街上传出隆隆的车声。电灯是有了,但是像没有睡醒的人,一到黄昏就在电线杆上惺忪着眼睛,昏昏欲睡地站在那里。

我从小就喜爱读书,但却无钱买书。幸好离我家不远的北街有一个小小的图书馆,说是图书馆许是天底下最可怜的图书馆了,也就像平常的烧饼铺那么大。不过在一个孩子的眼里并不觉得狭小。这里有全国的报刊,图书里除《江湖奇侠传》《福尔摩斯侦探案》,还有一套商务印书馆出版的很精致的《万有文库》。寒假暑假,我几乎每天都到这里来。

大约就在我十五六岁的时候,有一个冬季,我几乎天天碰到一个穿蓝大褂戴毡帽头的中年人。也许应该说他是青年,不过在一个少年的眼睛里,二十六七岁就像是中年了。他的面色黄而憔悴,似乎营养不足。还有点塌鼻梁,面貌不算英俊。可是谦恭而和善,显得很有修养。见面时总向我点点头,挺和悦的。后来我才知道,他是我一个同学的叔叔,就住在我家不远的地方。这位同学告诉我,他名叫黄正甫,一名云海,笔名黄虎,是位作家。他常住北平,有时回家来。在北平并无固定职业,以写作为生,有时跑到大学听课,有时跑图书馆,中午只吃两个烧饼。我听后,自是肃然起敬。一天,经这位同学的介绍,我们就相识了。分手时,我们互相鞠躬为礼,使我惊异的是,他那躬鞠得很深,颇有扫地一躬的那种古典风味。

从此,我就常到他那里去。他住在黄家大院的旧宅里,墙壁很厚,窗子又小,光线相当幽暗。家具更是破旧。惟一引起我注意的,是桌子上铺开的稿纸又白又细,浅淡的银灰色的格子,印得相当考究。他的字一笔一划十分认真,删去的字涂得整整齐齐。有时还看到他写给王统照的信,什么"请拨冗一阅"等等,王统照是当时最大的《文学》杂志的编辑。

从这时起,我对他的作品也就格外注意。我印象深刻的是他发表在《大公报》副刊《文艺》上的短篇小说《盐》。作品写的是当时农村破产的惨象。一个贫穷的农妇靠卖身才换来一把盐。故事的结尾是她的孩子尝到了盐,说是"咸的!"后来,我还听正甫讲了他的另一篇作品,题名《金包谷》。讲的是一个贫苦的佃农,在重重租税的盘剥下所剩无几,最后他做了一个梦,梦见了他的包谷一个个都变成了金的。这个故事真是凄绝,我以为艺术构思极好,但不知这部作品是否发表了。此外,他还在《大公报》办的刊物《国闻周报》上发表过《观音土》等短篇小说,讲的是农民以观音土充饥的悲惨故事。

抗战爆发了。黄正甫从沦陷的北平逃回郑州,精神处于一种昂奋状态。他周身似乎充满了热力急欲释放出来,但却报国无门。他只好屈身在一个学校讲课。这时我仍然常去看他。他的书案上经常放着报道战况的报纸,开封新出的鼓吹抗战的《风雨》周刊。他的来往书信也多起来。有一次他对我说,他做了一个梦,正站在战壕边上向一群士兵发表演说,被一颗飞来的子弹击中倒下来。自然日有所思,夜有所梦,这正是他幻想中的一幅图画。

平津沦陷,全国震动。接着是千里沃野尽丧敌手。石家庄已被占领,眼看日本人就要打过黄河来了。这时我站在祖先发祥地的黄河岸边,面对滔滔黄流,眼望对岸,思及寇深祸急,不禁周身燃烧,似乎就要爆炸的样子,热泪潸潸而下,竟不能止。我那首五百行的长诗《黄河行》就是写在此时。不久,延安抗大招生的消息传到了我的耳际,我立刻去找黄正甫悄悄表达了我远行的心愿。他立即表示赞同,认为"到那边去"很好,不过说:"你上抗大恐怕不行,可以上抗大附中。"其实,他也不了解情况,抗大哪里有什么附中哟! 遂给西安的友人写了两封信,一封是给一个大学教授的,一封是给一位小学教师的,要他们介绍到抗大去。临行前还给了我几块钱路上零用。最后放低声音说:"到了那边,你查一查还有没有我的名字。"我这时才知道他曾经是共产党员。

  终于,在一个清冷的早晨,我任何人也没告诉悄悄地出走了。到了西安,我借住在一个拉洋车工人的家里。我找到那位教授,他正用一个砂锅煮稀饭,我就站在廊檐下。看了信,他说:现在去延安不好办,路上有人截,过不去。他表示没有办法,我只好走了。又找到那位小学教师,也是这样说。我只好自己跑到西安八路军办事处去交涉。因为我没有任何人介绍,办事处的一位年轻同志也推脱不肯收留。这样我只得返回潼关,过了黄河直接到山西前线参加八路军了。黄正甫同志的这两封信虽然没有起到作用,我仍然深深地感激他。因为在一个青年人选择人生道路的重要关头,一个朋友,尤其是一位长者,持什么态度,说什么话,是至关重要的。何况他寄以那样炽热的深情呢!

  郑州一别,烽烟遍地,音书隔绝,直到全国解放,一直不知他在何处。只在某次夜行军路上,听到一位延安鲁迅艺术学院的同志说,黄正甫也到了鲁艺,还到绥德师范当过教员。这种语焉不详的消息,反而更加引起我对他的系念。此时延安已沦胡军之手,西望万里云山,徒增惆怅罢了。

  终于在 50 年代末,忽然接到他自武汉的来信。真令人喜出望外。随后他来到北京,一别二十几年方才重新聚首,真是名副其实的阔别。他自然显得老了一些,面孔依然黄黄的,几乎没有什么大的变化。我们朝夕相聚,纵情畅谈。这时我才得知,大革命时期,他曾在武昌毛泽东同志办的农民运动讲习所学习过,在开封、郑州等地做过共青团的领导工作。大革命失败后,他在敌人一次突然而猛烈的袭击中失去了党的关系,默默地转到文学创作上来。抗战的炮声重新在他的心中燃起了烈火,他感到一支笔不够用了。我自家乡出走后不久,他卖掉了后院土岗上的两棵大榆树作为盘费,也过了黄河到豫北前线。他干了一阵游击队,失败了,然后就到了延安。经过习仲勋同志介绍重新入党。日本投降后,他被派到陕鄂边界开辟工作。他当了一个时期的白河县长和安康地区的专员。这时我才了解,原来他是这样老的党员!感谢老天的安排,使我有幸与这样的人发生了命运上的联系。

这次相见,令我兴奋的是,他不但没有放弃文学创作的念头,而且正要在硝烟平息的时刻再度拿起笔来。他还把他写的一个中篇小说《轻舟巨浪》拿给我看。这是一篇纪实小说,是写我的老战友邵子南的。原来他与子南在延安一同南下,在开辟工作中对邵留有深刻印象。我读了这篇小说非常兴奋。他把作家兼战士的邵子南写得很有光彩。尤其是写邵子南在狂风巨浪中,乘舟沿汉江而下,坐在船头,姿态沉着自然,面前还放着墨水瓶,生动而有魅力,很吸引人。这也许是写作家最难得的形象了。我曾把这部作品介绍给刊物编者,但当时不知他们是什么标准,竟未能采用,使我深感遗憾。一个无名作家要想上一篇稿子是多么困难!

黄正甫在我那里住了些日子回去了。此后我们一直音书不断。他一面任武昌农讲所的负责人,一面从事写作。他写作的面很宽,诗,小说,剧本,什么都写。而且雄心勃勃,准备写一部几万行的长篇叙事诗。我建议说,写那样的长诗太费劲,不如写小说,因为是诗,就要每一行都是诗,这就很难。而他颇自信,一直写下去。至今我不知他的这部史诗是否完成。我只知道1974年4月,他已写了4000行,而且很兴奋地写了一首七绝:"中华儿女气如虹,敢摘仙桃闹玉宫。不负韶华须臾在,正宜有限咏无穷。"此外,他还孜孜于剧本。剧本也不好弄,弄成了,剧团又要你改。他为写一个名叫《许县长》的剧本,费了许多力气,改了多次,不知是否上演了,大概是没有上演。据说许县长是湖北战争时期一位很有名很感人的英雄人物,他为了讴歌这位英雄真是以"有限咏无穷"了。

1965年我出访越南路经武汉时曾匆匆见他一面。"文化革命"开始后,就中断了联系。因为彼此都在挨整,当然自顾不暇。情况稍松,我们又恢复了通信,得知他的处境甚为严峻,都算顶过去了。他还寄给我几十页对国家生活的建议信,要我转给中央,我看不是时机,只能留在我处,从中也可看到一个老共产党员的耿耿忠心。粉碎"四人帮"后,我的《东方》将要面世,出版前我曾将清样寄给他,希望他有以教我。此时他已生病住院,但仍然很认真地进行阅读以至批改。我至今还记得他给我添了两个很漂亮的句子:一处是描写花正芳一腾身跃上坦克,"他这时棉衣还是白里冲外,在硝烟弥漫之中,远远望去,就宛如一只白鹤,高高地站在乌龟背上"。这"白鹤""站在乌龟背上",就是他加的,我觉得这是一个非常恰切、非常优美的形象,就采用了。另一处是郭祥"征服死亡地带",在末尾处他为我加了两句:"胆敢征服死亡的英雄/永远是生活的开拓者……"我也采用了。这些确为我的文章增色不少。从这里也看出:他的艺术功力修养之深,对朋友始终如一的热情。这些怎不令人深深地感激呢!

不幸的是,他得的是不治之症,我虽寄去了一些药物,也无济于事。终于在1980年7月28日溘然逝世。这一噩耗带给我深深的悲痛。我在北戴河的海滨沙滩上,为我的这位朋友兼老师写下了一副挽联。然后我就坐在沙滩上,一面看着海潮一遍一遍地冲刷着我的挽词,一面想着他的一生。他既是革命战士也是文艺战士,一生走南闯北,辛勤劳苦,对人民是无愧的。然而,以他文学修养之高,生活阅历之丰富,创作之辛勤,终其一生仍是一位无名作家,这一点使我深深地感到遗憾。我想,事物从总体看虽然有其必然,也不免仍有偶然。试看官场的升迁沉浮,文场的利钝得失,也常有不少机遇因素。因此,我们绝不能忽视一些无名作家。不能说有名作家的东西篇篇都好,也不能说无名作家的东西篇篇都差。有感于斯,我觉得无论如何,黄正甫的文章应当早日整理出版,这是朋友们的希望,也是对死者最好的安慰。

1988年3月24日于北京

红 杜 鹃

诗人陈辉已经牺牲44个年头了,人们仍然没有忘记他。最近中共涿县县委为他编写了传记,并同他的部分遗诗结集出版,这反映了人民的心愿。县委同志要我为这本书写几句话,作为烈士当年的战友,这是无可推辞的。

陈辉和我是同龄人,我们都是那个烽火遍地的大时代的青年。他生于湖南常德,1937年上高中时就入党了,1938年到延安,1939年到敌后晋察冀,我们又都是诗神缪斯的狂热的爱恋者,和田间、邵子南一起,我们都是晋察冀诗会的委员。尽管我们都在《诗建设》等报刊上发表诗,有一种并肩战斗的战友之情,但却不曾见过面。那时是分散游击战争的环境,不是为敌人的封锁所隔断,就是负担着繁重的任务,同志们见面的机会是很难得的。陈辉先在晋察冀通讯社当记者,后来主动要求到基层锻炼,就把他分配到涞涿县(涞水、涿县的各一部)工作,我们虽相距甚近,但因分属两个地区就更难得相见了。

陈辉工作的地区,离北京并不远,就在涿县以南的松林店一带。现在人们常到房山县的八渡、十渡去郊游,那大约就是陈辉他们的后方了。陈辉的名篇《为祖国而歌》就是在八渡写的。据陈辉的传记介绍,他开始在县青救会工作,经常深入敌封锁沟内外,组织青年进行抗日斗争。他的生活自然是很艰苦的,有时就隐蔽在旷野的窝棚里。他戴着破毡帽,披着旧大袄,穿着露脚趾头的鞋,一张晒得干瘦的脸,一嘴毛茸茸的胡子,再加上他的个子本来就比较瘦小,如果不是他脸上的那副眼镜,大袄口袋里的那些诗稿,就简直像拒马河边小放牛的了。

随着敌后战争的日益残酷,敌人的堡垒向我步步推进,军区聂荣臻司令员发出"到敌后之敌后"的号召。涞涿县也组织了武工队深入敌占区作战。陈辉便被任命为一支武工队的政委。他带着二十几个游击队员,穿行在敌人的堡垒丛中,抓汉奸,捉特务,拿炮楼,给了敌人许多打击。从此在群众中和敌人中就传说有一位"能文能武的神八路"名叫陈辉。日本人和汉奸县长下决心要活捉他,悬赏一千块银洋作为赏钱,还秘密收买了一个逃兵跟踪陈辉。终于,不幸发生了。1944年12月26日,陈辉正在韩村因病休息,早晨他刚刚端起房东大娘送来的一碗汤面,两个特务闯进屋子,枪口对着他说:"陈辉,你跑不了啦!"正好,陈辉的手枪张着机头放在炕沿上,他借放碗的机会,抓起手枪一扬,"叭"地一枪,打在一个特务的手腕上。两个特务连忙退出屋子。陈辉和他的通讯员17岁的王厚祥继续向特务射击,两个特务就连滚带爬地退出了院子。可是,这时院子已经被100多敌人重重包围。陈辉和小王只有守住窗户一侧顽强抗击,不许敌人靠近半步。战斗持续了一个小时之久。后来一颗手榴弹从窗口飞入,陈辉左腿负伤。他说:"在屋子里挨打不是办法,只要冲出去,翻过墙头,外面就是树林、河套……"接着,他俩扔出两个手榴弹,乘烟雾冲出西屋;无奈敌火力密集,无法翻过墙头,只好进入北屋。一个进了东耳房,一个进了西耳房。这时只听外面一片声嚷:"拿手枪的是陈辉!""他在东头!""把东头围严!"早已占据房顶的敌人,这时挖开了东耳房的房顶,点着一捆捆的玉米秸往里扔,室内的家具什物全烧着了,烈焰腾腾,已无容身之地。"一个战士,把子弹打光了,就把血灌进枪膛里……"这是陈辉的诗句。他没有忘记自己的话。这时,陈辉的衣服、头发已经着火,他拖着流血的伤腿站起来,先把没有子弹的手枪摔碎在门口的石头上,然后坦然地走出了东耳房,冲着房顶上的敌人喝道:"你们来吧!"原先那两个跑出院子的特务,想抢夺头功,早守在门的两侧,立刻蹿过来将陈辉的后腰牢牢抱住。陈辉使出全身力气,狠狠打了特务两拳,接着拉响了藏在腰间的最后一颗手榴弹。"轰"的一声巨响,两个特务炸飞了,陈辉也倒在血泊里。敌人逼两个农民来抬陈辉,陈辉勉强睁开眼睛,声音微弱地说:"老乡亲,我不伤害你们,快离开这里吧!"两个农民含泪而去,陈辉渐渐合上了眼睛……我们的诗人,年仅24岁的无产阶级战士陈辉,将最后一滴鲜血献给了祖国,献给了亲爱的田园。

陈辉同志的牺牲,我过去一直未得其详。这次读了他的传记,再一次为他的精神所震撼。陈辉到平西工作,是早有流血牺牲准备的。他曾对一位同志说过:"我的生死问题已经解决。"因此,他在那个每时每刻都有可能牺牲的战线上,显得十分坚定,十分英勇。据说,在他工作的那个区里,几年间已经牺牲了6个区委书记,而他却甘愿去做第7个。他的这种英勇无畏的献身精神,贯穿在他的诗篇中。我们在他的《为祖国而歌》中可以读到:

> 祖国呵,
> 你以爱情的乳浆,
> 养育了我;
> 而我,
> 也将以我的血肉,
> 守卫你呵!
>
> 也许明天,
> 我会倒下;
> 也许在砍杀之际,
> 敌人的枪尖,
> 戳穿了我的肚皮;
> 也许吧,
> 我将无言地死在绞架上,
> 或者被敌人
> 投进狗场。
> ············
>
> 祖国呵,
> 在敌人的屠刀下,
> 我不会滴一滴眼泪,
> 我高笑,

因为呵，
我——
你的大手大脚的儿子，
你的守卫者，
他的生命，
给你留下了一首
无比崇高的"赞美词"。

这首诗，无疑是陈辉的誓言。他完全实现了自己的誓言，在华北的原野上，为我们的祖国留下了一首"无比崇高的'赞美词'"。陈辉不愧是一个英雄的诗人和诗人中的英雄，是我们那个时代知识青年的典型。我们的诗歌队伍也因有陈辉这样的诗人感到骄傲。

陈辉是诗的不疲倦的追求者。他曾说：诗是我的生命，我的生命是诗。就是他被敌人逼进地道，点着一盏昏黄的小油灯，还要写诗。但他不是为诗而诗，不是为了营造个人的象牙之塔，而是用诗歌推动革命事业的前进。他曾说："我已经确定了我的任务：要深入地接触生活，投入斗争，把新的血的战争的现实写入诗里，我要给诗以火星一样的句子，大风暴一样的声音，炸弹炸裂的旋律，火辣辣的情感，粗壮的节拍，为了更好地为世界、为斗争着的世界而歌！"这就是诗人的艺术理想和追求。陈辉在晋察冀五六年的时间里，在频繁的战火中，写了长短诗万行以上。一部分由他的战友戈枫等同志保存下来，解放后由田间作序出版，集名为《十月的歌》。这本诗集，受到读者广泛的赞扬，并翻译到日本。陈辉牺牲后，他的七八个手册为敌所得，那上边怕也有许多瑰丽的诗吧！

我是很喜欢陈辉的诗的。编选《晋察冀诗抄》的时候，限于篇幅只选了他10首诗。他的诗，除具有晋察冀诗人共同的战斗特色外，也有他自己的个性。我曾在诗抄的序言中说："陈辉的诗，使人感到他是一个浑身渗透着忠诚、热情的年轻战士，他的诗流露出一片孩子式的纯真。"这些诗，就是今天读起来，艺术性也并不低，也不是今天的诗人都能够写得出来。我可以说，陈辉的诗，由于它具有的特殊的生命力和魅力，将要长期流传下去。陈辉虽然死时很年轻，但他作为一个诗人，留给我们的启示却是深刻的。一个诗人，如果心里没有祖国,眼里没有人民,只斤斤于营造个人的窝巢,不管技巧有多么高超,都很难成为伟大的诗人。而陈辉的路,却是诗人的光荣之路。

陈辉的墓,就在涿县城南的楼桑庙村。诗人牺牲后,敌人将他的尸体抬回松林店警察署,将他的头颅铡下,悬挂在松林店街口的柳树上。尽管有十几个敌人看守,群众还是乘风雪大作之际,将陈辉的头颅取回,与烈士的身躯合在一起秘密掩埋。涿县解放,当地农民要求将陈辉墓移地重葬,遂将墓移到刘备的故里楼桑庙村。涿县五区松林店、房树、韩村三村农民代表会议为其立碑志念。碑文上刻着诗人一首诗:"英雄非无泪,不洒敌人前,男儿七尺躯,愿为祖国捐。英雄抛碧血,化为红杜鹃,丈夫一死耳,羞杀狗汉奸。"这声遏行云的诗句,真是发人深省,震人心魂。他的墓每年都有不少人来此凭吊,追怀这位英雄的诗人而感叹不已。写到这里,我不禁又想起了他的诗句:

> 我的晋察冀呀,
> 也许吧,
> 我的歌声明天不幸停止,
> 我的生命
> 被敌人撕碎,
> 然而
> 我的血肉呵,
> 它将
> 化作芬芳的花朵
> 开在你的路上。
> 那花儿呀——
> 红的是忠贞,
> 黄的是纯洁,
> 白的是爱情,
> 绿的是幸福,
> 紫的是顽强。

是的,随着敌人的溃败和人民的胜利,现在这些红的、黄的、白的、绿的、紫的花儿,已经开满了全国,开满了华北的原野,也开满你坟墓的周围。当我写这篇短文的时候,田野上正不时传来一声声杜鹃的啼唤,陈辉,我亲爱的兄弟,在它们那灼热、挚诚、至死方休的啼唤中,也有你的碧血和精灵化成的红杜鹃的啼唤吧!陈辉,在我们的队伍里,你本来就是一只红杜鹃呵!……

1989 年 6 月 2 日于北京

太行山的儿子

——悼诗人李学鳌同志

前几天,忽然接到李学鳌同志的女儿海鸥的一封信,说她父亲已报病危,但神志还清醒,要我为他写个条幅。我正急急忙忙地要去看他,又来电话说,学鳌同志已经去世了。

学鳌是我的好友,过去是常有往来的。这两年他患肝病,常常住传染病院。我多次说要去看他,他总是拒绝,说快出院了,出院再见吧。有时就在电话上聊一阵儿。事实上是他怕传染我。即此一端也可看到学鳌的品德了。但也因此造成无可弥补的遗憾:我们没有最后话别。我想,我是可以使他在飞天的路上得到些许温暖的。

抗日战争时期,晋察冀抗日根据地的诗歌运动是发展得很好的。也有人说这块斗争的土地是诗歌的故乡。那时,学鳌已经是一个手执红缨枪的儿童团员了。我想他是受到了诗的影响的。1947年他14岁的时候,参加了晋察冀边区银行当了一名印刷工人。全国解放,他随同他的工厂进了北京城。

我认识学鳌是在1955年。那时共青团中央举行了全国青年社会主义建设积极分子大会,荟萃了全国各条战线上的青年中的优秀人物。学鳌同志是作为北京市选出的代表参加那次盛会的。我就是在那次大会上认识了他。此后,数十年间,我们谈诗论文,越来越加深了友谊。

学鳌的学诗与写诗,几乎和我们年轻的共和国同步。应该说,他是以工人阶级中先进分子姿态进入我们的诗坛的。他那篇《当我印好一幅新地图的时候》一发表,便立刻引起了人们的注意,这是一首情绪昂扬的爱国主义诗篇。就是今天来谈也是这样。不久,他进文学讲习所学习,由于他自强不息,进步很快。至今他已出版了《印刷工人之歌》《北京的春天》《北京晨曲》《太行炉火》《放歌长城岭》《凤凰林》《列车行》《乡音集》《英雄颂》《白求恩的赞歌》和《李学鳌诗选》等15部诗集。这些诗篇的基本内容大抵是对社会主义建设的热情歌颂,对英雄人物的由衷赞美,对老根据地人民深厚的爱恋,以及在访越期间流露的国际主义情愫。在学鳌的诗中,我最欣赏他那些描写太行山风土人物的篇章。由于诗人对故乡的感情异常深厚,他简直把一些山水也写活了。例如《太行山的山》那首诗,写得多么有情趣呵。"美丽的故乡太行山/好听的山名儿一大串/有的名叫金牛山/金牛牛拉犁春泥翻/有的名叫扁担山/挑得那秋粮堆上天/有的名叫磨子山/冬雪纷纷扬白面/有的名叫馍馍山/馍馍太大呀没法端/有的名叫车轱辘山/车轱辘一转哟到边关/有的名叫望儿山/儿在千里母心牵/有的名叫锣鼓山/锣鼓敲得月儿圆/有的名叫牧笛山/牧笛声亮山歌儿甜……"如果没有对故国土地的深情厚爱,是写不出这样的诗句的。

在诗的形式上,自由诗和民歌体学鳌都写,但以民歌体为主。他大体走的是在民歌与古典诗歌基础上发展新诗的路子。从他的诗中,可以看出他对民歌的学习卓有成效,运用得相当娴熟。他的风格一如他的为人,是诚挚的和质朴的,他的才华也深藏在他朴实的容貌里。在表达上,他的诗有时晓畅有余而含蓄不足,铺陈较多而缺少节制。我觉得臧克家老人在《李学鳌诗选》的序言中所作的评论,讲到优缺点两方面都是颇为中肯的。建国以来,我国出现了一些有成就的诗人,而李学鳌同志就是其中有显著成就的一个。

在工人阶级中,培养出更多的作家和诗人,我认为对社会主义文学事业的发展,有特别重大的意义。这不仅因为他们更熟悉工人的生活,而且因为他们更能表现工人的情绪,更能替工人说话。建国初期,我们是比较注意这一工作的。以后就越来越不重视了。令人十分奇怪的是,工人阶级的领导作用,以及依靠工人阶级的指导思想,一个时期以来很少提了。四化大业是千百万群众的事情,不提依靠工人阶级,也不提依靠群众,那么究竟依靠谁呢?难道就是要依靠几个"精英"吗?幸而四中全会后,中央又重新提出"全心全意依靠工人阶级"的口号,这才使我感到放心和宽慰。坦率地说,在学鳌逝世前的这几年中,他的心情是不舒畅的。我早说过,双百方针这个口号,有人喊得很响,但等到他们掌了权,就不让别人鸣放了。口里说的是"百花齐放",实际上还是搞以老子的口味为准的一花独放。尤其是在资产阶级自由化泛滥的情势下,学鳌的诗自然就难得有发表的机会了。试想,这样一个工人诗人,他的心情能够舒畅吗?遗憾得很,现在气候刚刚转暖,他又不幸短命死矣!这是最令人痛心的事。为了悼念这位诗人朋友,下面写了几句悼词:

> 他像土地一样朴素,
> 山岩一样坚定,火焰一样炽热。
> 他,从不信邪,也不会媚俗,
> 因为他是太行山的儿子。
> 他带着满身的机油气息
> 闯进了诗坛。
> 他用全部的忠贞编织乐章。
> 在他的乐章里,
> 有太行的风烟,也有铁锤的铿锵。
> 他就用这乐章
> 伴随着我们的共和国向前行进。
>
> 可是,在他离开我们的时候,
> 他却含着泪水——
> 忧国忧民的泪水,
> 也怀着对邪恶的怨愤。
> 这使我的心感到酸涩。
> 我想说:呵!
> 亲爱的兄弟,你安息吧,
> 希望之光已经重新出现,
> 红日还要烧红太行山顶!

1989 年 9 月 11 日

他还活着

一个死去 40 年的烈士又活了,这真是世间的一件奇事。

今年 4 月,一天,我忽然接到部队一个电话,说《谁是最可爱的人》中提到的烈士李玉安,又找部队来了。我当时又激动又惊奇。我立即说:噢,那太好了,我很欢迎他到我家里来。

过了没有几日,李玉安带着他的女婿来了。他光着头,穿了一身 50 年代工人们常穿的那种蓝制服,走进了我的院子。我一看,他的瘦脸上满是白胡楂子,但身板挺硬朗,走路相当利索。我赶上去紧握着他的手说:

"你就是李玉安同志吗?你还活着!"

"活着,活着,"他哈哈一笑,"这不来看你了吗!"

我把他们让到屋里坐下,再次端详着他那张经过一世风霜的劳动人民的脸,那朴实的紫棠色的脸上已经刻满了皱纹。他没等我问起原委就说:

"我在阵地上负了重伤,醒过来的时候,战场上静悄悄的,已经没有一个人了。我就挣扎着往山下爬。爬几步歇一歇。爬到山底下,碰到朝鲜人民军的一个司号员,他才把我背到路边一个老百姓的房子里。后来部队来收容,这才把我送回祖国。"

"你在哪里休养的?"

"我在武汉医院里昏昏沉沉,躺了半年;开了几次刀,总也不好;肺叶上子弹穿过的地方老是化脓。"

说着,他扒起蓝制服,我看见他的前胸右侧,有小茶碗口那么大一个圆圆的伤疤,向里凹陷着。这颗子弹穿过肺叶,从后背穿过去。后背也留下一块类似的疤痕。

我抚着这块美国子弹留下的伤痕,不禁沉入默默的回想里。二次战役中的松骨峰战斗,的确是一次异常壮烈的战斗。记得我事后去访问这支连队时,原来参战的人不是牺牲,就是负伤到了后方。他们只找到一个通讯员和我坐在山坡上谈话。幸亏这个营的营长王宿启,他的指挥所正在松骨峰的翼侧高处,一切看得清清楚楚,才向我详细描述了这场惊心动魄的激战。我还记得这个营长是个黑大汉,山东人,向我一边说一边淌着眼泪。

"你养好伤就复员了吗?"我问。

"是的。"说着,他从口袋里掏出他的残废证,这个红皮小本本已经十分破旧了。

我打开一看,上面记载着他的姓名、残废等级,还有一张英姿勃勃的相片,并且简略地记载着他在解放天津、渡江等战役中也立有战功。我不禁问道:

"你为什么这些年连提都没有提呢?"

坐在旁边的女婿抢上来说:

"家里几个孩子都把课本拿到家里来,给他读这篇文章,问上面写的李玉安是不是他。他总是说天底下重名重姓的多得很,要我们不要张扬。直到这回小儿子要参军,把他逼得实在没法儿了,这才拿着残废证和课本找到老部队……"

"我怕给组织上添麻烦。"老人仍带着几分歉疚地说。

"这怎么能算是添麻烦呢?"女婿立即反驳了。

老人冲着我叹了口气,缓缓地说:

"这些年轻人不了解,当初我们连100多人,死的死了,伤的伤了。我复员以后,还成了个家,现在有6个儿女,都有吃有喝,想想那些战友们呢,他们二十几岁就牺牲了,他们得到了什么?我哪里还能谈什么功不功呢?我现在不敢想他们,一想起他们就难过。特别是我们的指导员杨少成,他的两条腿都被打断了,他拖着两条断腿,从火里爬过来爬过去,大声喊着:'我们是毛主席的好战士,守住阵地呀!'还有熊官全,他抱着敌人活活被烧死,死以后还瞪着眼睛……"

老人说到这里哽咽了,流下了眼泪。

我们也都低下头去。沉默良久,老人又说:

"再说,我负了重伤,组织上派了4个女护士来护理我,饭水都是一口一口地喂,喝完一口,小勺儿又伸到我嘴边了……没有党哪有我呀!"

我再一次被他崇高而深沉的情感打动了。这是一个战士的灵魂在向我低低倾诉。我见过许许多多战士,他们身上都有一种淳朴和谦逊的品质。他们有功不居功,是因为他们把英勇战斗看做是自己的本分,把视死如归看做是战士的道德规范,把流血牺牲看做是革命必付的代价。从李玉安我立刻又想起《谁是最可爱的人》中讲到的马玉祥。就是我说的那位像田野里一株红高粱那样淳朴可爱的青年。他转业后一直在通辽橡胶厂里默默地工作,好多年我都不知道他在哪里。后来该地的民族师范学院讲我的这篇文章,提到马玉祥的名字时,下面有人说:"马玉祥不就在我们这里吗!"这才发现了他。多么可爱的战士!他们身上都有一种多么宝贵的品质呀!

谈到这里,午饭已经熟了。我们立刻移席就座。我满满地擎起一杯酒来,祝这位淳朴的战士健康长寿。老人也回敬了我。我们两个老家伙开怀畅饮,谈得十分相投。喝了几杯酒,李玉安的情感放开了,谈起战场上的拼搏,他不禁站起来,神采飞扬,比比划划,很有战士的风度。他特别提到他们的戴连长,这位山东大汉,面对着围上来的三个美国兵,被他刺死了一个,用脚踹倒了一个,第三个的脑袋被他用手榴弹砸开了花。

席间,我问起李玉安这些年的生活。女婿插嘴道,他直到现在仍住在一米多高的地窝里。几次分房子,他都让给别人了。他复员时,工资只有四十几元。因为他是党支部的组织委员,升级也是一次又一次地让给别人。直到退休还是六十几元。听到这些,我心里热辣辣的很是不安。我主动提出,给他们的县委写一封信,希望在可能的条件下,给以适当照顾。而对这些艰苦,李玉安却很坦然,一笑置之。

饭后,我捧着精装本的《东方》和《魏巍散文集》送给这位可敬的战士,扉页上写上了"您永远是最可爱的人"!

老人走了。我站在一棵柏树下,一直望着这个光着头穿着一身蓝布制服的背影,心里默默念道:伟大的中国革命造就了多么优秀的战士!这样的战士在现在是多么难得呵!

1990年8月2日于北戴河

四十年后的相遇

——魏巍与李玉安的通信

一

尊敬的老首长、老战友魏巍同志：

您好！我们全家向您问好！

北京一别，已三月了。每当想到您热情接见的情景，总是激动得心绪久久不能平静下来。

值此"七一"，我们党69岁生日之际，请接受我——一名老党员、老战士的敬礼！这个敬礼，不仅代表我自己，更代表松骨峰战斗长眠地下的战友们向您庄重地敬礼！如果他们九泉有知，是会高兴我这样做的，更会感到宽慰的。

因为，是您用笔为他们在中华民族史上，在人民的心目中，千秋万代地树起了一座丰碑。是您，把他们的名字书写在共和国的旗帜上。又是您，把他们的名字镶刻在子孙后代的教科书上。

如果说，烈士们以鲜血书写了共和国历史一页光辉篇章的话，那末，这位执笔者就是您。

我，一个粗人，不会颂扬人。同时，我也知道，您也不是喜欢接受颂扬的人。但是，当老山战士浴血南疆的时候，当刘国庚等同志被暴徒烧死在街头的时候，谁又能不从内心想到："谁是我们最可爱的人呢？——我们的部队，我们的战士。"

老首长：我知您很忙，有很多重要工作要做。实在不愿多占用您宝贵的时间，请允许我向您作以下简要的汇报吧。

回到故乡后,接受了国内多家新闻单位的采访,收到了来自各地的素不相识的人们的来信,尤其青少年的来信,真使我激动得难于言表。6月17日,黑龙江日报以"李玉安新传"为题,在头版头条发表了纪实长篇报道。

由此,引来了各机关、团体、学校相邀去作"报告"。说心里话,我的心情是矛盾的。因为,就我个人是没啥说的,作为一名共产党员、战士的我,岗位就在战场上。同时,文化底子薄,表达能力有限,真怕讲不好。但是当我想到已牺牲的战友时,我确实觉得自己有责任宣扬他们的英雄业绩,让人民,尤其是青少年一代,知道我们的社会主义祖国来之不易,是几代人流血牺牲换来的。我应当去作这个"报告",这也是一场新的战斗。虽然自己已离开了硝烟弥漫的战场,但对党、对祖国、对人民,我仍然是一名战士,您说,我这样想,这样做对吗?

当人们困惑难解地甚至带着愤然不平的情绪问我:为什么隐"功"埋名呢?我反问道:今天,哪位烈士能从地下站出来,在人们面前谈他们的功和名呢?我告诉好心的人们,我有一个幸福的家庭,是6个儿女的父亲。可是同我一起战斗的战友们却于40年前就献出了他们年轻的宝贵生命,每当我想到指导员血肉模糊的双腿,熊官全死后还圆瞪着的一只眼睛时,今天,我作为一个幸存者,又有什么功和名呢?

当我讲到这里的时候,觉得喉咙哽咽,人们的眼里闪动着泪花,都无言地垂下了头。

几天前,地、县两级领导专程到家探访了我,一再叮嘱我给您写封信,也代表他们向您问候。对生活上的一些事做了周到细致的安置。他们说:我的生还对党不仅是宝贵的财富,也是活生生的历史教材,是省地县的光荣。在感到党组织温暖的同时,自己也非常局促不安。因为,这些崇高的荣誉,都是同您《谁是最可爱的人》紧紧关联在一起的。在感到受之有愧的同时,谨向您致以战士的发自心底的、我们全家人的真挚的感谢之情!请您接受下来吧!尊敬的老首长,人民的作家。

此时此际,当我这个活"烈士"有幸作报告的时候,也自然而然地想到救我下阵地的朝鲜战友,也想到了为我医治战伤的白衣战士,当我从昏迷中醒来时,方知半年过去了,在此期间,4名女护士付出了多少心血,感谢党的好领导,感谢毛主席,是党教育的好医务人员又给了我生命,思念感激之情每每使我热泪盈眶,多么想能见到她们呵!我这个老粗也懂得人民和同志的深情呵!

今天,我虽然已年逾古稀,但联想到叶帅"老夫爱读黄昏颂,满目青山夕照明"的诗句,就甘愿把自己有限的年华,奉献到无限的为人民服务中去。保持好晚节,教育好子女,尤其是幼子,决不能让他给我的英雄连队的脸上抹黑。

祝您一切如意,全家好!祈盼读到您的新作品,更愿聆听您的指教,尊敬的老首长,人民的作家。

谨致

战斗敬礼

李玉安

1990年7月1日

二

亲爱的李玉安同志:

我们这次在北京的欢聚,实在是人生最难得的欢聚。至今家里人和朋友们仍在念叨您。

您7月1日的来信收到了。您那淳朴、谦逊的品质使我深深感动。回顾当年,松骨峰战斗确实是一次不寻常的战斗,你们这支小小的连队,硬是在铁与火的激流中阻住了美二师的逃路。尽管你们伤亡很大,但却使敌人落到可悲的下场。在朝鲜战场上,把那个不可一世的头号帝国主义打退的,让他们丧魂落魄的,不就是你们这些淳朴的战士吗?正是你们——千千万万的战士们,用自己的鲜血把我们共和国的旗帜染得更加鲜红,让她向全世界高高地庄严地飘扬,从此,谁也不敢再轻蔑她!这里,我要说,最光荣的还是真正的勇士,还是你们这些在第一线的拼搏厮杀者,荣誉属于一切流血流汗的创造历史的人们!

真正优秀的战士都是谦逊的。我从许多战士的身上体会到这一点。而在您身上这一点体现得尤其突出。您,40年来,隐姓埋名,对自己的功绩从不张扬。虽则您在四平、天津、渡江等战役中都立有战功。您甘于贫贱,住的仍然是简陋的草房,拿的是不到60元的工资,但在工作上却对自己要求很高,依然保留着共产党员的本色。在个人主义、拜金主义风行的现在,您的这种品质实在太难得了。我们大家都应当向您学习。

您谈到,最近许多新闻单位来访问您,全国许多青少年给您去信,当地的行政首长也登门拜望,这些都使我深感欣慰。一个地方出了英雄人物,大家对他表示敬仰,向他学习,这是一件很好的事,也是我们社会主义国家的良好风尚。前几年,由于不良社会风气的影响,这一点似不如从前了。我听说对先进人物常发生讥笑、嘲讽的事,甚至还有人把我们的战士喊做"傻大兵"。这是很不对的。如果一个民族,连自己的英雄人物、优秀人物都不尊重,这个民族也就没有多大前途了。

抗美援朝战争到今年10月,是整整40年了。这是中华人民共和国建立后中国人民最光辉的一页。它对巩固我们新生的祖国和奠定她在世界上的地位有极重大的意义。从某一点说,它很类似俄国十月革命后战胜外国干涉者的斗争。同时,这场战争又是中国人民军队同现代化敌人作战的装备最悬殊的战争。现在回想起来,这场战争究竟是怎样取得胜利的呢？难道是因为我们有什么了不起的武器？不是,完全不是。我们主要依靠的正是像松骨峰战斗那种要压倒敌人而决不被敌人所压倒的伟大精神。事实不就是这样的吗？这种精神本来是可以持续发扬并转化为建国的巨大动力的。要说优势,这才是我们的优势。遗憾的是,由于宣传教育上的重大失误,反而把这些看得不值钱了。这时,敌对势力的和平演变乘虚而入,资产阶级思想大肆泛滥,一些人打着"观念更新"的旗号,实际是以个人主义取代集体主义,以唯我主义取代为人民服务,一句话,以资产阶级的价值观念取代社会主义、共产主义的价值观念。在历史上这本来是一种极大的倒退,反而把它说成是一种进步。在这种情况下,我们已经形成的强固的精神长城,不能不受到极大的损害。一个社会价值观念的变化,也就是这个社会变化的开始。想起这一点是十分令人痛心的。幸亏四中全会以后,政治思想战线出现了转机,但这仅仅是开始,未来的工作还十分艰巨。李玉安同志,最近你常去给群众做报告,我以为是非常需要的。现在我们必须大力加强我们党的意识形态工作,把我们的精神长城已经崩塌的地方垒起来,已经造成的思想混乱要澄清,魔鬼们喷射的毒液要清除,被夺走的阵地要夺回,已经失落的精神要恢复,要让它重新萌发青春。

李玉安同志,你说得非常好,不论在什么岗位上,我们应该永远是一个战士,我们要像战士那样去工作。

敬祝您健康长寿,全家安乐。

并致

战士的敬礼!

魏巍

1990年7月22日

为张振山写碑文

前几年资产阶级自由化泛滥成灾,在一些流行的文学作品中,即使小小的支部书记这样的角色,你想找到一个正面人物也难。这就不禁使人产生一个疑问:如果我们的生活真是这样,那么我们的一切成绩,我们的国家 40 年来翻天覆地的变化,究竟是从何而来的呢?

当然,在基层,各种各样的人都是有的。尤其前几年商品交换的关系也侵蚀到党的队伍,因之产生了不少的消极现象。但是有一点可以肯定:我们基层的多数同志还是好的,那种真正脚踏实地,与群众同甘共苦,大公无私,任劳任怨,不愧为硬邦邦的共产党员的人,也还是有的。我看河北省衡水地区安平县许家庄村的支部书记张振山同志,就是其中的一个。

从敌后抗战最艰苦最残酷的 1942 年算起,张振山连选连任,一直当了 50 年的村支部书记,其威望之高是不待说的了。在全国来说,他自然不像耿长锁、史来贺那些人物有名,但就衡水地区、安平县说,那是大家都知道的。他确实是一个富有才干且品行高洁的人。

我最初认识振山,是 1954 年农村合作化的高潮中。那时候,我为了准备写《东方》,骑了一辆半旧的有车灯的脚踏车,穿行了冀中平原上不少村庄,其中就有许家庄村。这是潴泷河畔一个仅有 120 多户的小穷村。地主仅有一家,有几家富裕中农,其余的多数是贫雇农,想来属于过去的佃户村一类。俗话说,人心齐,泰山移。那时候贫农们对合作化的热情高得很,加上党的领导力量很强,许家庄就首先跨入了一村一社的先进行列,搞得有声有色。确实的,我也被那种富有魅力的新的生活吸引住了,差不多在许庄住了一个月。为了多接触群众,我在许多人的家里都吃过"派饭"。感谢生活赐给了我不少色彩斑斓的人物,有的人物我已经写在《东方》里。不用说,振山是我印象最深刻的人物之一,后来就成为我的朋友。

我最初见到振山,就是那样面黄肌瘦的,头上蒙着一条羊肚手巾,身上穿着冀中土布制成的对襟小褂。问起来,才知道他过去落下了很重的胃病。但是他的精神状态极好,可以说是全神贯注地、全身心地投入到刚刚揭幕的新的生活中去。甚至可以说,他对合作化已到了入迷的程度。他很爱他的男孩子,可是有一次男孩子病了,他都没有时间回去。他的妻子说:"天底下竟有这种人,连孩子也不管了!"他说:"我宁可伤了孩子,也不能让我的'社'散了。"我同振山做过一次推心置腹的谈话。我发现他的积极性,不仅来源于他对党的事业的热忱,也不仅仅是当时席卷农村的社会主义热潮,也来自他切身的体验。他认为土改以后,大多数贫农农具不齐,耕作技术也不行,如不实行合作化,只凭一家一户单干是没有前途的。而且在他的周围已经发生了翻身农民重新把土地卖去的事。这些事给了他很大刺激,激起他很大的不安。正是在这些翻身农民的切身命运中,他看到了农业合作化的内在必然性。可以说,这就是张振山作为农业合作化先行者最巩固的思想基础。当时他顶敬佩的人物,就是耿长锁。实际上在他心里,是以耿长锁为榜样在暗里使劲,想办出一个像耿长锁那样的社来。

人熟了,就可以渐渐了解到他心中的秘密。有一次我在发掘他的思想时,他忽然说:"跟我一起干革命的人,现在都进城了,阔了,我文化低,年龄又大,也就不想进城了。再说,我也离不开乡亲们。过去抗日他们掩护我,我也该给他们出点力。我把社办好,也是个贡献。听说苏联把最初创立集体农庄的人叫做'开辟者',将来社办成了,我死了,也算是个'开辟者'吧!"这大概就是张振山最深层的秘密了。

我在许家庄住了一阵子,很快就发现他在群众中具有很高的威望。不管村里出现了什么纠纷,或者是谁家吵架打架,就会有人说,叫振山吧,或者说,叫"那个人"来吧。怪的是,振山一去,一般都能解决。因此该村的纠纷,很少闹到乡里、区里去。有一次两兄弟为了分庄户,动了铁锨,要拼命,两个媳妇也在旁边骂阵,可街筒子的人都来劝说,也解决不了。这时候振山来了,先把双方制止住,然后各解劝、批评了一阵,随后提出了具体条件,很快就解决了。别的干部也觉着奇怪,话都是那几句话,振山并没说出什么新鲜花样,为什么他一来就解决了呢?因此,有些纠纷处理不了的时候,有人就说:"大车要用大牛拉,去找大黑牛吧!""大黑牛"自然就是振山。许家庄的老头儿们爱夸振山:"俺们振山有天才!能有几个振山!"

为什么张振山的威信这样高呢?归根结底,是一个"公"字。张振山凡事出以公心,处处把群众的利益摆到前头。最明显的例子是土地改革,他作为支部书记领导着群众斗争地主,而他自己却分得很少,一直住着破房。上级说要给他"填穷坑",他却说先填群众的穷坑。后来上级党实在看不过去,才花了300元给振山买了3间房子。公家的光,群众的光,他是一分不沾。村里有红白喜事请客,他都事先躲出去。几十年来,他外出开会,为集体办事,在家里接待上级来人,他从来不报账、不领补贴。后来我几次到许家庄去,也都是在他家里吃饭。会计给他记的工分多了,他就勾掉。"文革"期间,造反派要查他是不是装穷,不但没查出他沾集体的光,倒查出他为集体贴了不少的钱。实行生产责任制后,村干部的报酬由记工分改成了现金,年工资从300元、500元涨到了现在的800元,干部人人有份,惟独张振山不再领取。现在许多人已不再相信还有一尘不染的人,请看张振山不就是一个吗?

当这个新建立的小社正在劲头上的时候,降临了一场意外的灾害,南面不远的滹沱河开了口子,许家庄被泡在洪水里。这无疑是对刚刚诞生的新事物最严酷的考验。人们耷拉着头丧气地说:"快砍枣木棍子,拿上瓢,让振山领着我们讨饭去吧!"有几个妇女看见一群小鸡在振山的身后跑,就说:"振山,你瞧,小鸡儿也跟着你要吃的哩!"他紧锁眉头,负担十分沉重。但是振山毕竟是条硬汉,他还是想出了办法。他依靠着党支部,依靠着组织起来的优势,派一批人蹚过大水去买山药秧子,还种上了甜疙瘩、蒟蒌红、胡萝卜等晚秋作物。另外组织一批人到滹沱河南去捋榆叶,晒干后做为度荒准备。小社的17辆大车也被组织起来去搞运输。打鱼好手们集中起来去打鱼养鱼。全村的群众都在党支部的领导下与灾害进行着抗争。这只几乎将沉没的船只才没有沉没。

次年1月,我又到过许家庄一次。此后竟是一连10多年的阔别。但是我是一直怀念着许家庄,怀念着我的这位老朋友的。不知道他干得怎么样了。1979年《东方》出版后,我到了一次安平。刚到安平,就立刻听说,许家庄干得很不错,面貌已经起了很大变化,家家都用上自来水了。这对我简直是一个特大新闻。在这之前,在冀中平原上,我还从来没有听说过有哪个村庄用上自来水的。我抱着我的书,兴冲冲地来到了许家庄。还没有进村,就看见蓝空里有一座高耸的水塔。一踏进村,就是异常整洁的街道,家家户户都盖了新房。呀!真是变了,一切都变了!惟一没有变的,就是振山头上那块半旧的羊肚手巾和他那身粗布的对襟黑袄,还有他那3间旧房。我端详了一下振山,他还是那样黄皮寡瘦的,不过在增添了许多道皱纹的脸上,却满是喜色。这透露了许家庄日月的兴旺。接着他就领着我参观新创立的家业。我们看了一个养鸡场,一个养猪场,都有相当大的规模。还看了一个很大的鱼塘,除了出售,社员办红白喜事或来了亲友,都可以随时提供活蹦乱跳的鲜鱼。另外还办了3个小工厂,已积累了百万元的资产。在村中心还建设了澡堂,分别单日和双日,全村男女老幼都可以来此沐浴。村里还有电影组按时放映电影。回顾过去,许家庄本来是潴泷河畔一个十年九涝、"只收蛤蟆不收庄稼"的小穷村,干涸的河滩给许家庄留下了一座座沙丘和一片盐碱,经过几十年的艰苦奋斗,搬走了沙丘,填平了壕沟,如今1000多亩耕地,已经变成水渠纵横交织的良田和果园。田野上,实现了方田林网化,一排排白杨,一片片槐树,大约有16万株树木围着这个绿荫遍地的村庄。在实行责任制以前,社员们每个劳动日的收入,已经将近1元。对于这个过去的佃户村来说,这个变化是多么地巨大呵!而我们这位兢兢业业的村支部书记又是付出了多大的辛劳呵!我不禁对我的这位朋友肃然起敬。

"干革命工作,做英雄也是干,做狗熊也是干,为什么不做英雄要当狗熊呢?"这是振山常说的话。我相信他必定还会创造出更光辉的业绩来。可是当我正希望他"更上一层楼"的时候,却得到一个不幸的消息:张振山已于今年1月28日病故;病故之前他还在搭塑料棚的工地上劳动,因肝硬化病的突然恶化而倒下了。

这个迟到的不幸消息,是许家庄村的村主任和该乡的两个干部带来的。他们来到我的家里,还带来振山的长子张明起的一封信。信中叙说了他父亲的临终遗言:"我死后,办完丧事,你无论如何要写信告诉你魏巍叔,他是了解我、关心我、支持我的知心同志……"因为连写了两封信都没有收到,所以才请人来了。来人还说,振山在弥留之际,曾向村干部们交待后事:"我死后,粗布衣柳木材,当天死当天埋。不要坏了许庄的风气。"还说:"我死后,你们千万要团结。……我不放心的,是塑料大棚,刚上马,要千方百计办好……那几万株树苗,立春要移栽出去,几年后能卖几万元……要永远记住,集体经济什么时候也不能垮,许庄要走社会主义道路……"这才是振山心中最重要的话,他为了这个理想战斗了一生。

来人还说到那天为振山举行葬礼的动人情景。振山的逝世,使这个800多人的小村陷入了难以言喻的悲痛之中。村中的男女老幼泣不成声。衡水地区和安平县的各个机关都送来了花圈。安平县的各位领导都闻讯赶来,向遗体告别。全村有600多人自动赶来为死者送行。在长达两华里的路上,送着他们的老书记,送着他们心上的亲人。

听了来人的叙述,我的心剧烈地震颤着,我的眼睛模糊了。那个蒙着白毛巾穿着粗布衣的黄皮寡瘦的庄稼人又站在我的面前。来人含着眼泪说:"现在许家庄家家户户都住的是宽敞明亮的新房,屋里有电视机、洗衣机、录音机,可是振山却仍然住着那间旧房,屋子里只有几件木制家具,有一个躺柜还是水泥做的。看到这些全村群众怎么会不动心呢!"我在默默地想,张振山怕未必读过《岳阳楼记》,但他却是"先天下之忧而忧,后天下之乐而乐"的真正实行者。张振山一生的言行,说明他不愧是一个真正的共产党人;也正因为如此,群众才把他看做真正的依靠。假若我们的党员都像张振山那样,世界上还有什么样的敌人能够打败我们呢!

来人最后提出一个请求,说许家庄已决定为张振山立一座功德碑,嘱咐我为书为文。我立即答应。第二天我便忍着悲痛,为我的这位朋友写了一个碑文。

1991年7月20日于京郊

附：张振山功德碑记

张振山，河北安平许家庄人。1915年生于贫农之家。少随父做雇工，性刚毅。1938年加入中国共产党。后任村支部书记达50年。战争时期带领群众挖地道、修沟壕、抬担架、打炮楼，与日寇汉奸英勇斗争。建国后，热情投入社会主义建设。1952年，他率先响应毛主席组织起来的号召，组织33户贫农成立了农业合作社，被誉为全县八面红旗之一。此后，他带领全村群众战天斗地，不断壮大集体经济，终于将贫瘠落后的许家庄建设成为五业兴旺、林茂粮丰、共同富裕的社会主义新农村。张振山连续多年被评为省、地、县劳动模范，多次被选为县委委员和人大代表。他一生热爱人民，群众的疾苦时刻挂在心头。某次大水横灌村庄，振山不顾家中安危，挨家串户将烈军属、五保户背出水中。他见一个穷光棍过年时还穿着破鞋，便立刻将自己的鞋脱给他。他为政清廉，真正做到了两袖清风、一尘不染。数十年来，他没喝过公家一盅酒，没用过集体一根柴，没花过公家一文钱。振山长期带病工作，终于本年1月28日逝世。临终时犹叮嘱全村干部团结，集体经济不能垮，许庄要走社会主义道路。他真不愧是人民的好儿子，共产党的优秀党员，村支部书记的楷模。特立此功德碑永垂后世。

中共许家庄党支部
许家庄村人民委员会 立
1991年5月　魏巍撰并书

王震将军碑文

伟大的无产阶级革命家、政治家、军事家王震,乃我军骁勇善战之名将也。生于1908年4月11日,湖南浏阳人,铁路工人出身。20年代从事工人运动,1927年加入中国共产党。将军智勇双全,常亲率部卒冲锋陷阵,屡建战功。毕生作战数千次,七次负伤。长征中为红六军团政委,首先率部西征。在抗日烽火中,率部转战华北,大小百余战,击毙敌常岗旅团长以下近万人,令敌闻风丧胆。抗战末期,受命孤军南征,至湘粤沦陷区开展游击战争。此行须穿越数千里敌占区,有全军覆没之险,而将军面无惧色,欣然前往。1944年冬,即率所部四千人,自延安出发,渡黄河,越长江,沿途战胜敌军重重拦阻堵截,终达湘粤边界,开辟新区。后因敌情变化奉命北返。此行往返近两年,行程二万七千余里,大小战斗三百余次,创军事史上的又一奇迹,被毛泽东赞为我军的第二次长征。非共产党领导下之铁军能如是乎?解放战争中,率部转战陕北,与十倍以上之优势敌军作战,屡战屡捷,大量歼敌,为保卫党中央和解放大西北做出重要贡献。征鞍未解,复请缨进军新疆,攀越积雪祁连,横穿浩瀚戈壁,终成解放大业。建国后,将军对各项建设事业,无不全力以赴。曾亲率铁道兵建成具有战略意义之鹰厦、黎湛两路,尤其热衷农垦事业。昔年垦荒南泥湾,使荆榛遍布之地,变成陕北江南,今又垦发新疆,使荒凉之戈壁出现塞外绿洲。继而开发东北荒原,拓展海南胶林。终年奔波于荒山野岭间,与兵民群众同甘共苦,亲密无间。览今日之胜景,能不忆及将军之心血与遗风乎?

将军为人真诚,性格坦荡,胸怀开阔,富有创造精神。不仅勇毅过人,且政治坚强。对马列主义毛泽东思想,尤怀无限忠诚,终生矢志不移。每逢党内出现错误倾向危及革命时，常能不避风险，挺身而出，拍案而起。此尤为常人所不及者。

将军晚年任中华人民共和国副主席。虽届高龄，仍心系国事，常亲临各地视察，尤其关心人民命运、国家前途。1993年3月12日不幸病逝广州。其生前遗嘱云：骨灰撒于天山，永远为中华民族站岗，永远向往壮丽的共产主义！

总览将军之一生，不愧为共产党人之楷模，中华民族和无产阶级之真英雄也。

魏巍于1993年8月10日二稿

我的老团长

陈正湘将军逝世了。我在他灵前献上"一代骁将,千秋英名"的挽辞,怀着敬意深深地鞠躬。

他是我的老团长了。我在延安抗大毕业后就来到晋察冀边区,不久就分配到老一团工作。这是一个在内战时期就久负盛名的团队——红一师一团。冲过大渡河的十七勇士就出在这个团里,来到这个团,我自然十分高兴。

这个团的团长就是陈正湘。传说他一向英勇善战,尤其在战场上惊人地沉着。据说,五次反"围剿"时,他是一团二营的营长,坚守三岬嶂打得很出色。在炽烈的战斗中,有一颗炮弹"刷"的一声打到他面前不过两步远的地方,炮弹没有炸,他自己也没有动,似乎还在那里端详着什么。通讯员说:"你怎么还不离开呀?"他说:"它没有炸,我还离开它干什么!"那颗炮弹有一尺多长,大半截钻进土里,只露出直径有20多厘米的尾部,他辨认出是一颗大号硫磺弹。他想了想,怕阵地上的火星落到尾部再度爆炸燃烧,就让通讯员用土埋上,才慢慢地走开。

我到一团不久,就在干部会上看到了他。这正是1939年的春天。他大约二十七八岁的样子,面孔白而瘦,略带病容,身上一点也没有工农干部的那种粗犷剽悍之气,倒更像一个文弱书生。有时还轻轻地打一个嗝儿。而团政委王道邦,却和他的性格截然不同。据说王是泥水匠出身,但政治工作经验丰富,讲话颇有煽动力,使会场显得很活跃,不时发出笑声。而陈正湘却总是寡言少语,静静地坐在旁边。正像人们的形容,他具有火的性格和水的外形。

一次,一个偶然的机会,我看到他拿笔的姿势很别扭,几乎是用右手的食指和中指紧紧地夹着，在吃力地写字。问起来，他把他的两只手一举，我才看到，他的双手都已伤残，两个大拇指都被子弹打残了。他说，一只手是在长征前夕的广昌战斗中，一次是在十年内战的最后一战——直罗镇战斗中，两次都是他正举起望远镜观察的时候，被子弹击中的。尤其是直罗镇那一次，不仅望远镜被打碎，连挂在胸前的派克笔也被打断，那次他负了重伤。

5月分区司令员杨成武将军策划了一次成功的奇袭。目标是易县、涞源之间的大龙华镇。那里驻着日军桑木师团的一个中队，一团自然是执行这一任务的主力。由于对敌人的情况了如指掌，事先计划得十分缜密，又有大龙华几个热心的老百姓带路，直到手榴弹在敌人的房子里爆炸，敌人才爬起来仓促应战。真是连裤子也顾不上穿，就进了酆都城了。这一仗打得十分干脆漂亮。共歼日军400多人，还抓了11个俘虏。大家缴获了许多东西，什么钢笔、手表、毛毯、眼镜、写满"武运长久"的太阳旗，以及"金甲守护神"等等之类的东西，真是高兴不尽。而陈团长只不过微微一笑，一如素常那样平静。

随着相持阶段的到来，敌后的战斗日益频繁。我所在的那个营，平时距敌人不过20多里，敌人一出动，很快就到了面前。我们便上山节节抗击，以掩护后方转移。陈正湘的指挥所一向很简单，仅仅带那么几个人，就设在我们后面不远的地方。我们在撤退中，经常可以看到他。1939年的夏季，雨忒多，一下就是20天，我们整天就像泡在水里，连背包里都长了蛆虫。有一次，雨很大，情况也很凶险，敌人进得很猛，迂回到我们后边来了，我们突过敌人火力的封锁，就看到陈团长披了件雨衣笔直地站在山丫口，身上不断地向下滴水。他的态度十分冷静，神色自若，似乎说这一切都不过是家常便饭。我们的心就定下来了。

是年冬初，从涞源城传出可靠情报：日军将越过白石口对我进行扫荡。军区聂荣臻司令员认为敌孤军深入，是一个难得的歼敌良机，当即定下决心。杨成武将军本来在军区开会，闻讯立即策马返回，沿白石口以南察看地形。最后选定雁宿崖一带数里长的峡谷作为伏击阵地。如果你身历其境，就会知道这真是绝妙的伏击地形：中间是一条浅浅的溪水，两侧都是巉岩，最窄处也不过三四十米。

如果将敌人诱入这条死谷,那就插翅难逃。事情竟圆满地按照计划实现了。一团作为主力,经过大半天的激烈战斗,就将日军迁村大队及附属的炮兵中队共600余人全部消灭,仅有少数漏网。战争年代的事说也有趣,打仗的头一天,正是陈团长结婚的大喜之日,晚上还未入洞房就出发了。雁宿崖的胜利倒是一个辉煌的补偿。

紧接着,怒气冲冲的日军第二混成旅团长阿部规秀中将,亲率日军1400余人前来报复。我军稍向后撤,又将敌包围于黄土岭一带。晋察冀的几个独立团和120师的特务团都参加了。陈正湘的指挥所就在我们后面的山头上。激战数日,周围大部山头均为我军占领。一天,陈正湘在观察战场时发现,南边山凹间有一个名叫上庄子的独立小院,不断有挎战刀的敌人进进出出。他判断是敌人的指挥所,立刻命令迫击炮连进行射击,几发炮弹过后,就看见小院里一片混乱。战后才知道,这个蒙疆驻屯军的最高司令官阿部规秀就死在这个太行山的山凹凹里。前两年我还到过一次黄土岭,在上庄子那个满是草花的小院里,听房东大嫂细讲起当年的故事。那时她家的老人和两个孩子都蜷缩在炕上,用被子盖着,炮弹落在院子里,单单把那个日本大官打死了,她们全家却安然无恙。说过哈哈地笑起来。

1939年冬,我调出了一团到分区工作,从此便与陈团长接触少了,但有关他的消息还能听到一些。

听说1944年冬天,他奉调回延安去,在穿越同蒲铁路的时候,遇到一次颇为惊险的事。那天夜里,敌人的一列铁甲车阻住了去路,与掩护部队发生激战。他避开正面,打算从侧翼穿越过去,不意在行经一个桥洞时,猛一抬头,一个日本兵抱着一挺轻机枪正好面对着他。这时,他自忖如果惊慌乱跑,必死无疑,就很坦然地转了个头,不慌不忙地走了回来。说也凑巧,他穿的是缴获来的日本军官的皮大衣,戴的又是日本人的大皮帽子,那个日本兵还向他打了一个招呼。这是一个多么沉着的人呵!

解放战争时期,他在晋察冀野战军任纵队司令。从此率军转战华北各地,参加了历次重大战役,立下累累战功。因为在战争中用脑过度,得了很重的失眠症,建国之后也没有好。后来任华北军区副司令员,几年之后就休息了。几十年来,他每天只能睡两个小时,就仿佛一盏灯,油早已耗尽了,我真不知道他怎样熬过了这漫长的时间……

艰巨而伟大的中国革命,锻炼出多少身经百战、千战的将军和战士呵!在这"钱"就是一切、"钱"就是上帝的时代,人们还能懂得他们是多么可贵吗?我们该怎样维护又怎样继承他们创造的事业呢?

1994年1月13日

怀郭化若老人

郭化若同志逝世已经一年了。

郭老是我军著名的高级将领，又是军事家、书法家和诗人，我是很景慕他的。我同他相识纯粹是一个很偶然的机会。记得仿佛是50年代，我们同乘一列火车到某地去，并没有坐在同一个车厢，而是在站台上散步时相遇的。那时将军正年轻，身着白衬衣和有袢带的西装裤，显得风流儒雅，和蔼可亲。我们很快就熟悉了。

此后，因工作关系便很少接触。近年来，因为要写一本长征的书（也就是后来的《地球的红飘带》），不得不向郭老请教了。谁知一打电话，郭老竟像老熟人似的很爽快地答应下来。此时将军已进入暮年，疾病缠身，举步维艰。但他见到我时，仍显得很高兴，谈得兴致勃勃。在红军初创时期，他曾当过红四军军部的参谋处长、红一军团指挥部的参谋处长，后来还当过红一方面军总司令部的参谋处长和代参谋长，以及总前敌委员会的秘书长，经常接触领导核心，所以他谈起前五次反"围剿"来，真是如数家珍，谈得又生动又具体。事后他还把他仅存的一本著作《远谋自有深韬略》拿给我看。这本军事著作，阐述红军的初期作战、路线斗争以及毛主席的英明指挥极为详尽，且有独特的见解和切身体会，使我获益匪浅。我认为这本书在同类著作中是极为宝贵的。在学习毛泽东同志的《中国革命战争的战略问题》以及我军战史时，兼读这一著作是很有益处的。

在创作《地球的红飘带》过程中，我很希望当事人能向我提供一些有关人物特别是毛主席的生活细节。一部文学作品，如果作品中的人物没有若干动人的细节，那是不行的。为此我又求教于郭老。那时郭老已因病住院。他慨然允诺在医院接待我。郭老说，长征时他已经不在参谋部而在干部团工作了,但行军路上依然常常遇上毛主席。他说,毛主席行一天军,晚上住下来,还要考虑作战问题,参加会议,处理许多军机要事,等到忙完,往往已经夜半。睡下不多时,部队就起床、开饭,准备第二天的行程。这样,他自然就赶不上吃饭。警卫员只好在饭盒里给他带一点。路上饭凉了,又没有稀的。这饭怎么能吃得下去? 只好坐在路边,等警卫员进村向老百姓讨一点热米汤,浇在凉饭里吃。这种情景,是郭老当年亲眼所见,我还没听其他人说过。我把这些细节都写在小说中了。直到现在我依然很感念这位热情的革命老人。

郭老是有名的书法家,且长于诗词。1993年曾有《郭化若诗词选》问世。自大革命、十年内战直到建国后,时有佳作。他的诗有一种军人的豪气贯穿其中,读后使人深受鼓舞。如《重过西湖有感》(1956)云:

豪气当年漫自夸,
持头拔剑走天涯。
吹箫破梦千秋遇,
逐鹿除秦万国嘉。

盛会纷纷传一句,
"西湖处处可为家"。
从前戏语成佳话,
旧地新楼映彩霞。

"持头拔剑走天涯",这绝不是虚夸之辞,而是当年共产主义战士们革命豪气的活生生的写照。如果不是这种精神,革命何以能取得胜利呢? 当郭化若同志逝世一周年的时候,我们对这位文武兼才的将军,不能不更加怀念了。

1997年1月5日

痛悼刘志洪

志洪去了……

一棵开满繁花的树凋谢了。

一个正在冲锋的战士猝然倒下,那柄亮铮铮的剑还握在他的手中。

他呐喊的声音还留在耳边。

呵,志洪,我亲爱的同志,我肝胆相照的朋友,你刚刚48岁就英年早逝,是多么令人痛惜呵!

我是在十多年前认识你的。那时我同黄钢同志共同主编着《时代的报告》,共同的战斗把我们凝结在一起。

那时,你还是一个英姿飒爽的年轻人。我们凝视着你的成长,凝视着你的战斗。凝视着你在战斗中成长,凝视着你在成长中战斗。

十多年来,你以青春的朝气,锐利的眼光,密切注视着文坛的风云。为了促进社会主义文学的健康发展,你怀着满腔热情,发表了许多篇富有思想性战斗性的论文。应当说,你的战绩不错。从你身上已可看出很好的素质,战士的素质。在人们的心目中,你已经成为一个战士型的学者和学者型的战士。

在当前商品化的大潮弥漫着一切、冲击着一切的时候,不少的人惶惑了,动摇了,转向了,而你却依然是那么清醒,那样坚定,迎风搏浪,奋然前行。这说明你对马克思主义、共产主义具有深刻的信念和不可动摇的忠心。你不以暂时的风雨晦明而转舵,也不以个人的利害得失而趋避。你仍然紧执真理之旗,是其所是,非其所非,爱其所爱,憎其所憎,捍卫一切应捍卫者,驳斥一切兴风作浪危害人民的残渣余孽。强烈的正义感使你成为一个有肝胆的勇士!

　　志洪,你去了,当前的时代,是多么需要你这样的勇士呵!

　　愿更多的优秀战士在你的身后成长起来吧!

　　呜呼志洪!

1994年11月20日于北京

哀悼石玉山同志

本期《中流》发表的《毛泽东百年祭》一文，是石玉山同志最近寄给我的。另外，还附了一封短信：

魏巍同志：

您好！在毛泽东主席诞辰100周年的时候，我为《中流》写了一篇文章叫《毛泽东百年祭》。这是我前几天在医院住院时写的，主要是写的自己的认识和心情，顺便也回答了一点问题。现在打印寄给您，在不影响您的写作和健康的情况下，请过目一下，望能求得您的指教。

　　顺致

敬意

　　　　　　　　　　　　　　　石玉山　6月5日

当下，我便读了这篇文章，认为是一篇极其诚挚的富有感情的散文。玉山同志近几年来有志于杂文，写此类散文较少，这次一开手就写得这样好，使我很为高兴。正想给他打一个电话，意外的事情发生了。8日早晨，我刚刚吃过早饭，妻子告诉我，石玉山的夫人周杏梅打来电话，说石玉山病危。我登时吃了一惊。我说：快买些东西，去看看他。因为他上次住院，怕打扰我，就没有告诉我，我也没有去看他，颇觉过意不去。妻子迟疑了半响，才说：不要去医院了，人已经走了。事情竟来得这样突然，使我一时无法接受。我说：这不可能！他平时身体不错，怎么会这样快就走了呢？

我和妻子很快赶到军事科学院他的家里，看见他的女儿早已哭成泪人，周杏梅脸色憔悴，勉强支持着自己。我问起玉山逝世的情况，杏梅强忍着悲痛说，昨天下午他的心脏病突然发作，吃了12片硝酸甘油还过不去。后来送到医院，经过抢救，多少缓解了一些，可是转移到病房时，人已经走了。

经过详细了解，才知道，他上次住院患的就可能是心肌梗死，不过没有这次严重。按说这种病，至少4个月后才能出院，但仅仅28天他就出院了。上面讲的那篇文章就是他住院期间带病写的。出院以后，让他全休一个月，他没有听，立即又投入为纪念毛泽东诞辰100周年那套丛书的编辑工作。编辑部的同志们说，他的家距编辑部是一个上坡，他每次来都是气喘吁吁的。同志们就劝他，不要来上班了，有稿子就在家看吧。可是他仍然去上班。本来预定8号上午还要去参加一个会，可是7号下午，病就突然发作，这次是大面积的心肌梗死，遂至一蹶不治。这样，上面讲的那篇《毛泽东百年祭》，也就成为石玉山的最后遗作，成为作者最后献给这个世界的一片赤心了。

石玉山同志今年61岁，河北省束鹿县人，是解放战争时期参军入党的老同志。他参加过解放战争和抗美援朝战争，经受过战争和基层的锻炼，后来长期做部队报纸的编辑工作，又从事我军军史和战史的研究工作，曾任中国人民解放军军事科学院研究员。离休以后，仍孜孜不倦地忙于写作，一天也没有休息过。去年，为纪念毛泽东诞辰100周年，经党中央批准，将由毛岸青、邵华同志主持编辑出版一套丛书，名叫"中国出了个毛泽东"。石玉山同志又被聘请到这个编辑部里，以全副热情投入这项工作。他为人正派，对同志谦逊热情，尤其工作兢兢业业，有一种拼命精神，以致最后抱病工作，以身殉职，牺牲在自己的岗位上。

近些年来，玉山同志很关心我国青年的思想问题。从1979年以来，他在首都军内外报刊上写了大量的杂文、随笔之类的文字。这些文章后来结集为《石玉山随笔》，于1990年由延边人民出版社出版。作者在前言中曾说："从林林总总的题目上看来，笔者写作的题材是比较广泛的……好像是用笔在打烂仗。其实不然，我的内心还是有一个总的企图的。那就是以青年朋友为主要对象，面向实际，面向世界，面向未来，力求从生活、工作、学习、思想和知识海洋的更多的方方面面,为他们提供些有益的精神食粮。不过最终的目的,还是希望能排除一切的干扰,坚定共产主义信念,沿着人生的宽阔大道,健康地成长,不断前进。"从这里也就可以看出他总体的思想了。由于这本书有好的思想内涵,又具有知识性、趣味性,写得生动活泼,我很高兴地为这本书写了序言。

石玉山同志是马克思列宁主义、毛泽东思想诚笃的信仰者。1990年他为《中流》写了一系列《读一点毛泽东》的文章,受到广大读者的热烈欢迎。今年举行的"菊花奖"《中流》评荐活动,曾被读者推荐为12名受表彰的作者之一。作者将有关毛泽东的同类文章,结集为《毛泽东回归人间》,已经交给当代中国出版社了。不想这本书还未问世,他就过早地离开了我们。如果他再活几年,肯定是会作出更大贡献的。这是特别令人痛惜的!

送 别 艾 青

艾青走了。在他家的小灵堂里,我向他的遗像深深地鞠躬,送别我们时代的卓越的诗人。

我同艾青同志见面稍晚,他到延安的时候,我早到敌后去了。但是,我在延安温暖的阳光下,读到了他的新作《向太阳》,我为这首不同凡响的诗所惊讶。至今我仍然认为,它是迎接一个伟大时代到来的辉煌的乐章。"看我们/我们/笑得像太阳",诗人就以这样的姿态,迎接着斗争的风雨与民族新生的大时代。

他的《大堰河——我的保姆》,我是在晋察冀诗友的传抄本上读到的。这首诗,我多次读过,我深为它的真挚、浑厚和深沉的力量所震撼。我认为它在艾青的诗创作中有极其重要的意义。"大堰河,/我是吃了你的奶而长大了的/你的儿子",这是诗人向劳动人民"认母"的声音。诗人以极其深沉的感情,公开宣布了自己的终身归属。这首诗,奠定了艾青诗创作的基础,以及他那些诗歌的总格调和总流向。尽管诗人在他的一生中久历坎坷,但他生死不渝,不改初衷。今天完全可以说,艾青不愧是劳动人民的忠实的儿子、大堰河的忠实的儿子。

对于我,艾青是一位令我永远感激的朋友。1941年残酷的反扫荡中,我写了一组题为《秋季反扫荡诗章》的诗,战友丹辉同志附了一封信,将这十几首诗(包括《蝈蝈,你喊起他们吧》)托人带给远在延安的艾青。这件事过去也就淡忘了。没有想到艾青后来竟将这十几首诗,从延安带到张家口;张家口撤退,又从张家口带到正定;北京解放,又从正定带到北京。然后才当面交还给我。要知道,那时没有火车,没有汽车,千里迢迢,山川阻隔,都是靠一步一步地跋涉的呵！一个声名赫赫的大诗人，对一个青年作者的作品，竟如此热情认真地对待，可以称得上是我们诗坛的千秋佳话了。

　　这种感激之情，长期铭记我心。这次在艾青灵前，我再次向高瑛同志提及此事。我说，我对此是永远不会忘记的。高瑛说，这件事，艾青生前也对她说过。艾青说：魏巍的那些诗写得好，从延安出发清理东西时，我没舍得丢，就把它带在身边，同毛主席的几封信放在一起，带到华北来了。听了高瑛的话，再次使我感动不已。我在心里默默地祷祝着：艾青，我的真挚的难忘的朋友，你虽然走了，但是你的火把不灭，生命永存！

1996 年 5 月 12 日

悼端木蕻良

著名作家端木蕻良,多年来鄙薄名利,甘于寂寞,埋头创作《曹雪芹》一书,可称文坛高士。近日惊闻他溘然长逝,谨以短诗悼之:

文坛高士去,
夜夜泣秋风。
华章惊海内,
才子何时生!

1996 年 10 月 9 日

痛哉，贤人逝矣！

——敬悼魏传统同志

我捧着院中最艳丽的几枝鲜花，送给了魏老。并附了下面的诗句：

> 我采芬芳花，
> 献给贤达人，
> 盼君早康复，
> 驰骋驭风云。

这是3个月以前的事。那时他因劳累过度，突患重病入院。据查是大面积脑梗死，以致哑然失语。我心十分忧虑，是切盼他能闯过这一关的。不料我外出归来，他已乘鹤远行。我不禁长叹一声：悲哉，痛哉，贤人逝矣！

传统同志是1926年参加革命的老革命家，老将军，还是当年创造社的成员，是著名的书法家和诗人。不论在军内外都享有崇高的威望。然而我感触最深的，是他对共产主义信念的坚定和他那副铮铮铁骨。他在《八十抒怀》一诗中说："八次过关未断头，此身犹健勿须愁。创业艰难知勇进，承担风险如丰收。历代人材破格出，风骚各领几多秋。自强不息力除恶，永保江山把志酬。"其中"八次过关未断头"之句，自有所指，可惜生前我未问过他，不得其详。但据知他在红四方面军时期，就有几次几乎送命。那时张国焘肆虐，迫害知识分子是大家都知道的。有一次，张国焘在大会上讲话时，忽然问："你们谁知道马克思是哪国人？"台下默默无声，不知怎样回答。

魏传统就捅了捅一个干部悄声低语："你就说是德国人。"这个干部立刻站起来回答了。张国焘一看这个农民出身的干部,心想,他怎么会知道马克思是德国人呢?会后一追查,才知道是魏传统告诉他的。从此魏传统就倒了霉,由三十三军的秘书长一下贬为油印股长。不久在洪口村,魏传统突然被抓起来要执行枪毙,幸被红四方面军副主任傅钟发现,忙问:"为什么杀他?"保卫局回答说他杀害了两个红军。傅钟说:"先等一等!"然后出去做了一个调查,原来这两个红军是当地反动民团杀的。魏传统才得以幸免。在长征途中,廖承志、魏传统、罗青常、吴瑞林等都几乎被张国焘杀了,幸被董振堂强行阻止。漫漫长征路,前有阻敌,后有追兵,缺衣少食,饥寒交迫,又处于如此凶险的政治环境,魏传统不仅毫不动摇沮丧,而且依然迈着坚定的步伐,在后面搞收容工作扶病号、抬伤兵、掩埋死者,其革命的坚定性是何等可敬呵!

尤其令人仰慕的,是他那共产主义的初衷,并不因70多年来的风风雨雨而改变;他的革命锋芒,也不因数不尽的危难、挫折、委屈而减色:反而像香山的红叶"霜重色愈浓"了。魏老的《八五抒怀》云:"余生八有五,常看云横处。心为天下忧,脚踩地上土。十思魏征贤,九惩李林甫。身老在京华,拙用勤来补。""心为天下忧"者,为世界共产主义运动之遭受逆风袭击天地变色而忧也,为诸多社会主义国家被叛徒魔鬼出卖而忧也,为东欧之变色与苏联之解体劳动人民陷于苦难而忧也,亦为我国之不断遭受帝国主义的明欺暗压与"和平演变"之双管齐下而忧也。试想,一个有正义感的中国人,一个有血气的中国人,尚且为之不安,而无产阶级革命家如魏公者,怎能无动于衷无忧于心呢?魏老这种对共产主义的挚诚,对社会主义命运的关心,使我深为感动。去年,他87岁寿辰时,我为表示敬意曾赠诗云:

> 人称魏老不算老,
> 丹心如火正年青。
> 风号大树中天立,
> 今复置身惊涛中。
> 狂澜既倒须奋力,

共产大厦赖支撑。
漫说已无回天力,
放眼大野有苍生。

　　魏老爱党爱国,爱之深故痛之切。他痛恶一切不正之风,尤其腐败现象,令他不能容忍,常正颜厉色斥责之。当然,首先他自己站得稳,立得正,故理直气壮。他身为高级干部,声望又高,交游又广,要想谋私利,图发财,那是有方便条件的。想过某些人孜孜以求的奢华生活并不困难。但他依然是老红军的艰苦劲儿,旧衣旧帽,自奉节俭。他的子女也都是一般干部,没有一个做买卖赚大钱的。别人请他吃饭,他就说:"算了吧,不要把国家吃穷了!"对于年轻的负责干部,他常谆谆告诫,毫不客气。一次在人大会堂开会,他手执话筒,在会场上边走边讲,当面指着一个衣冠楚楚的市长说:"你给农民打过白条没有?你给教师们发了工资没有?你为什么克扣教师的工资?几十年前,我在苏区工作,那时困难得很,我没有欠过教师的工资;今天比过去富了,你为什么不发他们的工资?……"当场问得这位堂堂市长冷汗直流,哑口无言。全场亦都为之肃然。在意识形态战线上,对文化、文艺方面出现的资产阶级自由化思潮,他也经常提出鲜明的批评。

　　魏传统是我国闻名的大书法家,他的字几遍于国中。人们称赞他的字有汉魏风骨、晋唐气韵,是他光明磊落、风采照人的人格表现。老将军张爱萍曾为他的书法集题诗云:"自幼熟书法,笔耕伴岁华,一心攻魏体,当代大书家。"他的慕名求书者简直门庭若市,应接不暇。他往往来者不拒,又不收取报酬,故而"欠债"甚多,不得不每晚早早入睡,凌晨三四点钟起床。起床后即挥笔泼墨,进入云烟落纸的境界。当人们起床时,他的大小书法作品,已堆于案头。然后才出外散步,回来早餐。他一生强调一个"勤"字,常为人题"勤为善首""闻鸡起舞""勤奋为民""少看电视,勤于读书""思国本,立俭勤"等等。实际上他本人就是一个勤劳的典型。值得重视的是,他的书法作品,很讲究思想性,很注意宣传无产阶级的先进思想和我国民族文化的优良遗产。记得多年前,有一年春节我去给他拜年,看见他正在写一个条幅:"世界是我们的,做事要大家来。"我一看,这个条幅的思想内涵很不一般。我就问:"这个话是谁说的?"他笑笑说:"还有谁? 这是最近在湖南发现的,是主席青年时代的话。"我仔细寻思,觉得这两句话很深刻,很有味,实际上第一句讲的是世界观问题,第二句讲的是根本路线问题,群众路线问题。毛主席青年时代就有这样的思想,真是太不简单了。我立刻请魏老也为我写一幅,魏老的这幅字至今仍为我所珍藏。他的书法作品的另一内容,就是他自己的诗作和先贤们的箴言。如他的《题卧牛》诗:"俯首耕田地,抬头望碧天,卧时心怀广,敢为天下先。"这里可以看出魏老的性格。他的不少书法是针对现实和匡正时弊的,如:"抑制需求顺国情,急功近利事难成,蝗虫遍地随风舞,谁不忧心似火焚。"如:"迎春花色黄,拜金难下场;前贤家国事,奢俭看成亡。"还有"戒奢以俭,居安思危""怨不在大,可畏惟人""载舟覆舟,所宜深慎""从严治党,尊老爱贤""有文事者,必有武备""忘战必危"等等,通过这些书法作品,既可看出他爱国爱民爱党的拳拳之心,也可看出这位老人对我们的严肃告诫。事实上他已经把书法作品看做他宣传先进思想的武器了。

  古人说,威武不能屈,贫贱不能移,富贵不能淫,能够做到这三点,就是古代的大丈夫了。纵观魏传统老人的一生,这三者他均当之无愧。再加上他德才兼美,故我称之为当今共产党人中之贤人也。今贤人长逝,怎能不令人痛之、惜之、思之、念之呢!

1996年9月17日于北京

为李玉安送行

2月14日晚，从电话中传来一个不幸的消息，被人们称为"活烈士"的李玉安同志于2月10日因肺心病逝世了。电话中说第二天上午就要举行葬仪。我听后甚为悲痛，当即叮嘱在李玉安同志的灵前代我敬献花圈，以表示我对这位战士的悲悼和崇敬之情。第二天就从报纸上看到新华社的报道。在黑龙江巴彦县兴隆镇，为烈士送葬的人群数以千计，纷纷冒着寒风从四面八方赶来，为这位"赫赫战功不记名，默默奉献不图利"的战士送行。足见其精神感人之深。报道还说，李玉安垂危时有三条遗言："镇上还有三条路没有修完，大家一定要齐心完成；荣誉属于战友们，军功章和证书要送给组织；我死后，给魏巍这些老战友打个招呼。"看了这则报道，不禁再次使我怦然心动，为李玉安的崇高的精神境界所摇撼。

1992年的八一建军节。黑龙江省军区曾邀集我在《谁是最可爱的人》中提到的松骨峰战斗的指挥者之一的王宿启，以及"活烈士"李玉安、井玉琢（他的面部被燃烧弹烧得有些变形，也是死而复生的"活烈士"），还有从烈火中抢救朝鲜儿童的马玉祥，与我一同到哈尔滨聚会，并在纪念"八一"大会上作报告。这真是一个十分难得的机会，我们几位老战友欢聚了几天。谁想几年之后，那位松骨峰战斗的营长——一个山东的黑脸汉子王宿启病逝于锦州，今又失去可爱的豪迈而粗率的老李，当时相聚之五人，仅余三人矣！悲悼之余，特以诗记之：

　　松骨血战世罕闻，
　　带火扑敌勇绝伦。

死而复生返乡里,
默默奉献四十春。
此等战士何处有?
人格齐天震心魂。
万人洒泪送君行,
谁不痛惜共产人!

1997年2月26日

悼念冰心老人

一颗善良、美丽的星辰陨落了。而她的光芒,将永远存留在几代中国人的心里……

这是我献给文学老前辈冰心灵前的话。

像许多人一样,我是在少儿时代,已经接触到这位女作家散文诗一般的作品了。

冰心是1951年从日本归来投向祖国的怀抱的。她后来的悼念毛主席的文章里,曾极其生动地描写了她归国前夕的心情。她说,1949年的秋天,她曾独坐在日本海岸的一座危崖之中,四无人声,在读一本小册子:毛泽东的《论人民民主专政》。读着读着,她的心门耷然地开了,如雨的热泪落到这光辉的小册子上。她说,这时她抬起头来,灿烂的朝阳已笼罩到海面,闪烁起万点的金光。阵阵的海波不断地向她唱着:"你找到了救星,你有了国家了。"

以下,她写道:

"当时敲响我心弦的还是这段的第一句:'人民的国家是保护人民的。'那时远在异国的我,是空虚寂寞、苦闷消沉,好像一个迷路的孩子,在暴风雨之夜,在深山丛林的没膝泥深泞中挣扎行走。远近的重峰叠嶂之中,不时传来惊人的虎啸和猿啼……这时,我是多么希望在我眼前会奇迹般出现一盏指路的明灯,一只导引的巨手呵!

"现在奇迹出现了!一盏射眼的明灯向我照来了,一只温暖的巨手向我伸来了。黑暗扫空了,虎猿驱散了,我要走上一条无限光明幸福的道路……"

冰心的归来,受到作家协会的热烈欢迎和周总理的亲切接见。从此,她就汇集到新中国建设的伟大行列里。不久,她又被选为全国人大代表,更加活跃在国内外的许多事务中。当时,我凝视着的冰心,总是显得那么年轻,那么活跃,充满着生命力。她的文章一篇接着一篇,宛若喷泉一般在不绝地奔涌。她满腔热情地歌颂着祖国的新生和祖国奔腾前进的脚步,歌颂着党所领导的伟大的社会主义事业,歌颂着勤劳勇敢的劳动人民。我曾看到她瘦弱的身影也出现在十三陵热火朝天的工地上。她挥汗如雨地一连写了四篇特写,来歌颂"小五虎"和"女尖兵"这些普普通通的劳动人。冰心又年轻了,有如重新恢复了青春,真正的青春,她的创作也随同祖国前进的脚步踏上了新的高峰。用她自己的话说:"这时我感到了从'五四'以来从未有过的写作热情和'五四'时代还没有感到的自由和幸福。"

我正是这时认识她的。

五六十年代,我们都是《人民文学》杂志编委会的成员。那时,张天翼同志是主编,李季同志是副主编。编委中还有端木蕻良等同志。每年大约总要开几次编委会,每逢开会,天翼总要找一个馆子,让大家打打牙祭。尽管编委中包括着年龄不同缺不同的几代人,却都能平等相处。尤其是冰心同志,她整整比我大二十岁,她登上文坛的年龄,也正是我出生的年代。但我觉得她从不摆大作家的架子,总是那么平易随便,谈笑风生,似乎我们之间,从来就没有什么距离。因此,那个编委会显得很亲密,宛如一个家庭。我记得,在饭桌上,有一次李季竟直呼冰心为"大妈",冰心似乎吃了一惊,忙问:"你怎么这样叫我?"李季说:"你比我的年龄大得多嘛!"冰心笑了。

1958年,志愿军自朝撤军时,我第三次赴朝,写了《依依惜别的深情》。这篇散文,竟荣幸地受到冰心同志的青睐。在1960年的《语文学习》上,她发表了一篇较长的评析和推崇的文章,使我深受鼓舞。我曾当面表达了深切的谢意。近些年来,她还常常赠书予我。每逢她有新著出版,如《记事珠》《关于男人》等,总亲自签名寄来。1986年末,三大卷《冰心著译选集》出版了。次年2月,记得是在一个什么会议上,一个人抱着一大摞书,分赠给林默涵、贺敬之、刘白羽和我等四人。我当时打开一看,就是这一套《冰心著译选集》,上面有冰心的签名。第二天,我就登门去拜谢她。在她那间小小的淡雅的客厅里,我看见她从卧室出来了,围着一个类似幼儿学步用的小护圈儿借以稳步。她笑着解释说:"这是一个美国朋友送给我的。"原来她自得脑血栓以后,出外靠坐轮椅,在家就靠这个了。那天我们亲切地谈了很长时间。虽然她已年近九旬,我看她目光依然那样明澈,头脑依然那样清晰,心里很高兴。那间客厅,总是挂着一副梁启超书写的对联:"世事沧桑心事定,胸中海岳梦中飞。"我想老人家一定很喜欢这副对联,也许祖国无尽的雄奇瑰丽的山岳,仍时常出现在她的梦境中吧!

今天,这位可敬的世纪老人已经仙逝了,近几年我没有更多地去探望她感到深深的遗憾。我认为,她不仅是"五四"以来有重大影响的作家,而且是一个正直的人,热诚的人,值得尊敬的人,自她从国外归来以后,她是诚心诚意地热爱着我们的党,热爱着党的领袖,热爱着我们的社会主义国家。她的心是同党贴在一起的。她同党员作家的关系也是亲密无间的。而且我感到她是一个谦逊的人。她没有大作家的派头,从不故步自封,也从不讳言老知识分子的改造。她是真正把周总理的名言"活到老,学到老,改造到老"铭刻在心的。她在1954年出版的《冰心小说散文选集》的自序中就说过:"我开始写作,是在'五四'运动时期,那正是中国反帝反封建的资产阶级民主革命的一个新的阶段,当时的中国社会,是无比的黑暗的。因此我所写的头几篇小说,描写了也暴露了当时社会的黑暗方面,但是我只暴露黑暗,并没有找到光明,原因是我没有去找光明的勇气!结果我就退缩逃避到狭仄的家庭圈子里,去描写歌颂那些在阶级社会里不可能实行的'人类之爱'……"我想,从这里就可以找到冰心能在五十岁以后再度创造新的辉煌的根本原因了。不断地改造自己,不断地超越自己,这是冰心身上最可贵的特点。

我还注意到,数十年来,冰心是同我们一样经过许多风风雨雨的。但却看不到她对党对社会主义的态度有任何改变。我甚至可以说,在她的文集里,找不到一句对党、对毛主席、对社会主义厌恨的话,不利的话。这一点,比起那些名为共产党员,提起党和毛主席就咬牙切齿、冷嘲热讽的人,真是胜过万倍、高尚万倍了!

愿善良美丽的灵魂安息吧!

1999年3月8日

石油战线巡礼

玉门不老

——石油战线巡礼之一

人都说,玉门是新中国石油工业的摇篮。

谁也没有想到,从祁连山雪峰下流出的一条窄窄的浓黑的石油河,竟是中国石油工业的发祥之地;正是从这里起步,一个接一个的石油会战,构成了我国石油战线光辉灿烂的历史,而使一个"贫油之国"成为当今世界石油大国之一;也是从这里,以王铁人为代表的玉门儿女远征八方,终于汇成了一支善于打苦仗、硬仗的石油大军。至今玉门人还记得诗人李季的诗句:"苏联有巴库,中国有玉门,凡有石油处,皆有玉门人。"当然,他们念到这些诗句时是不无自豪的。

我乘着一辆披满风尘的越野车来到玉门。首先映入我眼帘的就是街头一座高大的石油工人的塑像。他头戴铝盔,手扶刹把,映衬在河西走廊纤尘不染的蓝空里。据说塑像是参照铁人的相貌雕塑的,怪不得他是那样充满着庄严、刚毅和自信。

当我们奔驰在大街上的时候,同来的伙伴讲,建国之初,玉门只不过是一个简陋、破败的小镇。现在她已经是拥有 10 万人口的整洁、美丽的现代化城市了。市中心有一个很好的公园,里面有一座中国石油工业先行者孙健初先生的纪念碑,放眼四顾周遭都是漂亮的楼房。而且你很快就会发现,这是一个劳动者的城市,人们上班以后,街上就没有什么人了。这里随处都可看到大片大片的波斯菊,这种花在此地不知为什么开得如此艳丽,几乎使人忘记这是一座戈壁滩上的城市。

第二天,热情的主人就领我去参观第一口井。这口井位于老君庙旁侧高高的河岸上。我站在河岸上一看,从祁连山中延伸出来的这条深沟里,一条小河漂浮着浓浓的黑油。这就是有名的石油河了。正是它暴露了地层深处的隐秘,引得孙健初等有志气的知识分子,骑着骆驼前来探寻石油。河的对岸是一座弓形山。我惊奇地注意到,在弓形山的陡岸下,有十几个并排的黑洞。旁边的人立刻介绍说,那就是解放前工人住的窑洞,为了防止工人逃跑,一到晚上就把他们的鞋子通通收了,第二天清早再发还他们。我不禁惊叹了一声,这些既无门窗又无任何遮掩的黑窟窿,把它叫做窑洞未免过于恭维了。我问:"你们进去过吗?那里面有什么,有床吗?"一个上了年纪的退休工人苦笑着插进来说:"床?到哪里找床?就是地下铺了一些烂草。进洞往里走是斜坡,夜间发了水,连跑都跑不出来。"接着,这个面色黝黑的老工人说:"我1941年到这里当临时工,每月挣一角五分钱,吃的是有沙子和老鼠屎的小米饭,要花一角六分,每月还欠一分钱。衣服也没有,自己的衣裳穿坏了就赤身露体,只发给一件光板羊皮袄,白天穿夜里盖,阴天下雨毛朝外。洞子里的苍蝇有这么大!"说着,他伸出大拇指的手指肚一比,显出不胜憎恶的神情。我问,"不是矿上有澡塘吗?"他说:"有是有,就是不许我们工人进去,说我们工人是臭工人。我们一进办公室,那些职员和外国人不许我们靠近,人人都捂着鼻子。"我问:"如果病了呢?"他说:"不管什么病,都给你喝一样的药汤,那是从一口大锅里煮出来的。人死了,就往洞里移一移,死人躺在里面,活人睡在外首。等到死的人多了,才弄出来装上牛车,拉到万人坑去。"说着,他冲着灰苍苍的祁连山往里一指,大约万人坑就在不远的地方。我虽然对旧社会的生活并不陌生,悲惨的故事听过看过很多,但这幅地狱般的图画仍然使我的心战栗不已。我望着那一个个黑窟窿就像恶魔的血口一样慑人心魂。人们爱说往事如烟,这些过去并不很久的往事,也许不少人真的当做轻烟飞去,仿佛从来就不存在,可是经历过这一段生活的老一代工人阶级是不会忘记的,玉门的工人阶级更是不会忘记的。

我很快就发现,玉门工人的阶级觉悟是很高的。这里传诵着一个老工人马武林的故事。他今年64岁,于4年前退休。正好是退休这年入党。他常笑着对人说,"我的工龄已经结束,可是党龄刚刚开始"。退休前他的工作是回收"落地油",就是把那些边边沿沿漫溢的原油回收起来。这种工作是相当艰苦的,要穿着乌黑油腻的工作服和长统靴子,一天到晚地踩在浓黑的油池里,一桶一桶地收起油,挑到另外的地方。马武林的卓异之处,就在于他退休之后,仍然一早就换上工作服,蹬上长靴子,照常去回收落地油。3年多来他收集的原油共3680吨,价值70多万元。一口井平均能产一吨半,要是老井才产二三百斤,他一个人回收的油就比一口井的产量还多。因此人们赠给他一个美称,叫他是"祁连山下一口井"了。

我为这口"井"的故事所吸引,很盼望能见到他。在一次座谈会上,我们相遇了。这天,他换上了一套50年代人们常穿的那种蓝制服,忠厚和朴实得似乎近于笨拙,微微发胖的脸上浮着谦逊的笑容。我问起他的经历,他说赶过马车,当过农工,放过骆驼,烧过锅炉,搞过勘探,还当过搬运工、勤杂工、采油工。最后笑着说:"反正是一把铁锹两只手,哪里有油哪里走呗!"谈起他退休回收石油的事,他伸出一只手指着手背上的一块疤说:"我这手就是旧社会叫狗咬的。不能好了伤疤忘了疼,吃饱肚子忘了本。我爷爷是被逼得喝大烟死的,过去旧社会谁管你?共产党把我救出来我能都忘了?有人问我,为什么60多岁了,退了休还干?是我爱钱么?不是!我退了休,工资二百多,孩子都有工作,钱够我花了;我是看那油漂在水面上风吹日晒跑了心疼,人老了,不能有大的贡献,斤上不添两上添嘛!"

马武林受苦出身,文化程度并不高,但他对当前现实问题的感受并不迟钝。他很认真地对我说:"工人阶级就应该有共产主义思想,四项基本原则不能丢。干社会主义是为了大家,不能光顾个人。自由化这家伙不得了,搞歪门邪道就要走下坡路。人是走下坡路容易走上坡路难。"

这些掷地有声的言语,出自一位文化不高的所谓"粗人"口中,不免使我怦然心动。我上前紧紧握着他粗糙的黑手,心想,我们有这样的工人阶级,什么事情做不成呢!

在玉门,多年来行之有效的优良作风还保持着。玉门炼油厂有个模型班,各方面的工作都井然有序,生气勃勃。连厂房的玻璃和花盆都擦得明光光的。这个班里有两个被拘留过的青年,现在也改造得很好,有一个已经成为共青团员。这个班多年来一直坚持着两个制度。一个是一个月一次的民主会,通过批评和自我批评,搞得非常团结；一个是每周一次的政治学习，坚持学习马列主义、毛泽东思想和时事政策。这个班的班长是干了37年的老工人李维屏。他对我颇有信心地说："不管社会上吹什么风，我们工人都要坚持四项基本原则。那些乱七八糟的风吹到我这里，我就叫它吹不起来。"他接着又说，"别的地方搞奖金挂帅，可是我知道，奖金再多，也买不来工人的心。思想改造为什么不提了？改造客观世界的同时改造自己的主观世界不对了吗？你看我这里窗玻璃、花盆擦得干干净净的，不就改变了懒惰的思想了吗？我就弄不懂过去黄色小说让人随便看却不提倡学习毛主席的著作！"

种瓜得瓜，种豆得豆。什么样的指导思想产生什么样的果实。石油管理局的同志告诉我一件令人高兴的事。为了加速地震勘探，他们需要挖50万个炮坑，当时既没有钱，也找不到这么多劳力。后来号召全体人员参加义务劳动，结果大家都高高兴兴地去了，按时顺利完成。只此一项就为公家节省了50万元。我在想，有的地方钱少了还不愿干，而这里共产主义的义务劳动为什么还照样有效呢？

在我离开玉门的前夕，我再次登上老君庙山的最高处观赏玉门的夜景。我看见曾流过苦难的石油河畔，万家灯火汇成了灿烂的星海。这正是家家户户坐在沙发上守着彩电观看新闻节目的时刻。从灯影里可以看到，一个个"磕头机"，在采油姑娘的守护下仍在不疲倦地有节奏地工作。随着晚风不断传来俱乐部一阵阵悠扬有致的音乐声。大概小伙子和姑娘们跳舞跳得正起劲吧。这是一个多么美好的、和谐的、安定的、秩序井然的社会主义城市呵！一个牢固的信念流过我的心底：不管国际风云如何变幻莫测，我们拥有如此强大的有觉悟的工人阶级，就足以抵御任何的风浪。依靠工人阶级，我们不仅创造了光辉的过去，而且必能创造更加美好的明天。

临别时，玉门石油管理局的李志新副书记对我说：玉门油矿已经开采了半个世纪，虽然10年来持续稳产，但毕竟是有些老了，随着全国各大油田的发现，它现在也不是一个大单位了。但是我高兴地告诉你，我们在吐鲁番、鄯善地区，已经发现了虽不是太大但也不是太小的含油构造，现在正在加紧钻探。领导上勉励我们"东山再起，再现青春"，我们是很有信心的。听了他的话，我带着衷心的喜悦给他们留下了如下的祝愿："老传统开新花力量无穷，老母鸡下金蛋再展雄姿。"

几天后,我在驰往新疆的火车上,已经远远看到吐鲁番、鄯善的蓝天下,矗立着一个又一个的井架。我不禁兴奋地喊出了声:

玉门不老!

1990 年 10 月 25 日

在 敦 煌

——石油战线巡礼之二

这是一个响晴的秋日。

我们告别玉门,很快就来到铁人的故乡——赤金(是人杰地灵么?一个多么好的名字!),可惜因时间关系未能停留。戈壁滩上的柏油路修得非常好。越野车越开越快,一气就飞驰了200公里。我们在安西稍事休息。这个自古被称为瓜州的县份,热情的主人让我们吃了西瓜吃白兰瓜,吃了白兰瓜又吃铁皮瓜,这些在戈壁滩特有气候下长成的瓜类,的确是高了一个层次。我们吃得人人心满意足。下午一直奔向西南,很顺利地到了敦煌。

敦煌是艺术之都,在那沙丘间的千百石窟中藏着无数的艺术珍宝,这是人们所熟知的。可是人们并不知道,这儿还是青海石油管理局的基地,是柴达木盆地石油战士的后方。

我不曾来过敦煌。我想象中的敦煌,不过是鸣沙山畔古丝绸之路的繁华遗留下的一座古城罢了。这里可能有黄沙落日,几处人家,也许还能领略几声悠远的驼铃的韵味。今日一见,完全不是这样。古老的城墙已不复存在,市内现代化的楼房不少。很像样的旅馆每年都接待着成千上万的游客。街上颇繁华,据说夜市往往到午夜才散。尤其令人惊异的,是城西十多华里处又崛起了一大片现代化的新城。人说,未来敦煌的格局将是东有千佛洞,西有石油城,这座崛起的新城,就是所谓石油城了。

青海石油管理局的副局长杨秀东同志和纪委书记刘阳寿同志,向我介绍了这座新城的来历。柴达木盆地的石油勘探工作,从50年代中期就开始了。全面开发的石油会战则是从70年代末开始的。

柴达木地处高原,缺氧缺水,气候恶劣,条件是相当艰苦的。为了安定石油队伍,石油部就作出了建设敦煌基地的决定。第一期工程投资2.5亿,于1983年动工。至今已经完成55万平方米,186栋大楼。现在正进行第二期工程配套,还准备再增加二亿多元。他俩最后对我说,你要有兴趣,就到我们的新城看看吧。

我自然有兴趣,而且我认为这是一个相当重要的问题。因为西行以来,我接触到不少从内地来的知识分子和技术人员。他们来西北都抱着很高的热情,但也有一些后顾之忧,主要是怕40岁以后再转回内地就没人要了。还有人说,献了青春献终身,献了终身献儿孙,这里的教育质量不高,怕对将来儿女的前途也有影响。另有人感到西北闭塞,参加学术交流的机会少,会影响到自己学术上的提高。以上这些都是需要引起有关领导重视并逐步予以解决的。现在敦煌石油基地的建设,不就是一个有力的措施吗?这对巩固技术队伍和工人队伍,是会有很大好处的。

下午,管理局的总地质师顾树松同志来了,他要亲自陪我参观新城。这使我特别高兴。因为在这之前,已经有人向我介绍了这个知识分子中的优秀人物。顾树松今年57岁,至今已在祖国最艰苦的地区坚持了36年。他18岁从西北大学地质系毕业,随即就参加了酒泉盆地的地质调查工作。20岁就当了地质队长,21岁就带队进入了柴达木盆地。尽管有多次机会调离青海,到杭州、大港、北京等处的石油部门工作,都被他一一谢绝。因此他被人称为"柴达木的赤子"。尤其可贵的是,在以往的运动中,他虽然受到错误处理,经受了不公正的对待,依然不改初衷,孜孜于石油专业的研究。他系统整理的许多石油地质资料,仍为今日所用。1978年他的问题平反后,工作更积极了。他同局领导和广大职工苦战了10年,使原来年产10万吨的柴达木,成为年产百万吨的石油基地。也正因为如此,他积劳成疾,身患七种疾病,尤其是心脏变了位。他每次外出回来,常要住院输液,有时一边输液一边工作,感动得给他输液的护士暗暗落泪。这样的知识分子多难得呵!

坐在我身边的顾树松,很随便地穿着一件夹克衫,头上已经谢顶,但看去还颇健壮,毫无衰老之态。我问起柴达木的地下情况,哪里是油,哪里是气,他说得清清楚楚,对那些复杂的地下结构,一桩桩,一件件,简直如数家珍,倒背如流。怪不得人说他是柴达木盆地的"活字典"了。而且他讲起这些,热情充沛,声若洪钟,可见他对石油事业倾注了多么深的情爱。

"顾老总,"我仰起头问,"你的身体怎么样？不是说你的心脏变了位吗？"

"是的,"他笑着说,"医生讲我的心脏已经移位45度。但我看至少再坚持几年没有问题。"

"你不觉得很吃力吗？"

"不觉得！"他摇摇头说,"医生认为我这样的身体,能在高原缺氧地区坚持下来是不可思议的。但他们不知道一来我早就习惯了,一点不觉得苦;二来我有精神支柱。"

"敢问你的精神支柱是什么呢？"我笑着问。

"我认为我的事业在柴达木。"他坚定地说,"在柴达木多找出一些油气田,我觉得才算尽了责任。如果要我离开这里,我反而会失去精神依托。"

接着,他往沙发上一仰,望着天花板深沉地说：

"我已经完全想开了:人一辈子实际干不了多少事。尤其我们搞地质的,费了千辛万苦把一个地方摸熟悉了。往别处一调,还得从头做起,多不合算！我是下了决心,在这里干到底了！"

他的话使我深受感动。一个知识分子能够认识到自己对人民的责任,这是最重要的。在我国历史上并不缺少这样的人。并不是所有的人都追逐名利,以一时的虚荣作为人生取舍的标准。也不是所有的人都追求舒适安乐而甘于碌碌无为。旧社会就有这样的人,在新中国共产主义思想的熏陶下,这样的人更多了,顾树松不就是其中的一个吗！

我和顾总一起上了汽车,沿着新城北面的马路缓缓行进。马路两侧种的白杨,已经成活,在微风里摇着秀美的身躯,绿树成荫的日子不会很远。顾总向我介绍说,新城长宽各两公里,周围还要搞防护林带。我望着这座方方正正的新城,的确修得非常规整。一排排比肩而立,错落有致的楼房,相当整齐美观。尤其引人注意的是每座楼顶上都有一排一排的金属片在闪光。我问：

"那是什么？是太阳能的设备吗？"

"是的。"顾总说,"这里日照充足,不充分利用太可惜了。将来每家每户的热水供应不成问题。"

接着我们进入了市中心,进了一个相当漂亮的院子。这就是敦煌基地的职工子弟中学。院子里除了教室楼、男女宿舍楼,还有座绿色的七层大楼,相当堂皇。顾总介绍说,这是学校的试验大楼。二、三层是化学,四、五层是物理。六楼是生物,七楼是电化。另外这里还有五六十个学生搞微机。1987年以来这个中学考入大学的有550人,教学质量是够高的了。

我在新城里游历了一遭,又参观了计算机院、研究院等一些地方,天色已经不早。到了郊外,我再次回头望了望这座沙原上崛起的新城,心中真是兴奋不已。这时一轮红艳艳的落日正悬在平沙之上,西南方的一带高山正沐浴在夕阳的红光里,山顶上的积雪颇像一团团滞留不去的白云。顾总指着那一带高山说:

"那就是阿尔金山。我经常过来过去。我们的油田冷湖,就在山那边呢!"

呵,冷湖!我望着终年积雪的阿尔金山,很自然地想起在海拔2800米高原上辛勤劳动的人们。面前的这座新城不就是他们的劳动创造的吗!这些为了祖国的富强不惜汗水、不怕艰苦的人是理应得到更幸福的生活的。

1990 年 11 月 2 日

访克拉玛依

——石油战线巡礼之三

克拉玛依确曾名噪一时。记得1956年10月,各大报曾以通栏大标题宣布了这个"大有希望"的油田。那时引起了全国人民多么大的喜悦和震动呵！1958年朱德总司令又亲自到此地视察。克拉玛依之所以这样牵动着大家的心,是因为当时除了玉门,还只有这个大的油田。后来又出现了几个庞然大物,但克拉玛依仍以680万吨的产量牢牢保持着"老五"的地位。

克拉玛依在乌鲁木齐以北320公里处。我们到达乌鲁木齐的第二天一早,就有一辆小红汽车来送我们到克拉玛依。开车的是一个二十七八岁的年轻人,生得堪称虎背熊腰,性格更是豪爽坦诚,不到三分钟,就向我们纵论起天下大势。从买菜穿衣,风土人情,直到国内外、省内外的大事和人物,他都发表了政论家式的漫评。他对所在的单位相当满意,说那里每人每月都可无代价地得到一只鸡和两公斤鸡蛋。他说:口里人不喜欢我们新疆,说我们土,我到了口里却住不下去。最后说:还是我们这里的社会主义搞得最好。我开玩笑说:看到了你这身膘儿,也就看到了这里的大好形势了。说得大家哈哈大笑。

我是第一次来新疆,一切都感到新鲜。从车窗里纵目望去,都是广袤无际的平原,新疆是多么地广大呀！沿途看到的一片一片田亩,一处一处绿洲,一个一个村落,据说很多都是农垦师开出来的。好多老战士打了一辈子仗,最后解放了新疆,又在这里洒下了这么多的汗水,以致最后老死在这里,这是多么地令人感动呀！可是新疆毕竟太大了,开垦出的土地是这样少,而洪荒时期遗留下的荒滩还是那样地多！我想若干年后,随着中国人口的进一步膨胀,总是还有人来追踪先行者的脚步吧!

在我沉思默想的时候,忽然汽车吱扭一声停住了。原来路边有一个瓜摊儿,大堆的西瓜和哈密瓜堆在那里。司机立刻买了一个西瓜、一个哈密瓜打开给我们吃。我笑着说："该我们请客呀,你倒赶了先了!"他嘻嘻一笑："在新疆吃个瓜算个什么!"我们边吃边同两个卖瓜的汉子攀谈。原来他俩都是"支边"来的河南老乡,是农垦师的农业工人。我问起他们的生活,他们说每年的工资收入约两千元,另外每人还有三亩自留地,种瓜每年可得万元左右。两个人还说："我们每年回一次家,把钱带回家里。"谈起这些,他们真是欢天喜地满意极了。

中午过后,到了克拉玛依市。我真为这座城市的美丽、安详和整洁惊讶住了。真没想到在荒凉的戈壁滩上竟有这样漂亮的现代化城市。街上的林荫道也很好,白杨、柳树和法国梧桐的叶子已经变黄,在阳光里呈现出一片灿烂的秋色。艾青有一首诗,称克拉玛依是"沙漠中的美人",看来不算过分了。陪同我访问的高级工程师赵陵龄说,克拉玛依1955年第一口井喷油,1956、1957两年大队人马才来,1958年以前这里还是荒滩一片,是从一无所有的空地上建起的崭新的城市。和我们差不多同时来的石油专家李庆忠、梁枫夫妇,更是惊讶克拉玛依的巨变。他俩都是开发克拉玛依的先行者,这次是怀念故地回来探访的。妻子说："变了,一切都变了,过去是什么也没有,就是一片黄,正像《克拉玛依之歌》唱的是鸟儿也不飞的地方。可是有一次,我倒真看到一只小麻雀,也许它渴得太厉害了,把石油坑当做水了,一下来就被粘乎乎的石油粘住了。"丈夫说："那时我们住的全是帐篷,一进沙漠就不洗脸了,为的是水困难,好省下一点煮面条。"妻子又说："戈壁滩上的风特别大,常常把帐篷吹倒,有时候把帐篷撕成一条一块的。可是我们真的并不觉得苦,还唱歌跳舞呢! 快快乐乐地就过来了。我们俩还是那时候结的婚呢!"赵陵龄说,梁枫那时候歌唱得特别好,可以说是个业余的歌唱家了。他们的话,把我带回到那个艰苦而又愉快的生气勃勃的年代。

凡是到克拉玛依的,没有不去看黑油山的。克拉玛依就是维吾尔语黑油山的意思。这座小山很矮,在城北成吉思汗山的山脚下,不过二三十米。山上的石头也是黑乌乌的。我们登上山顶,看见那里有一个油池,还不断地冒着气泡儿,隔几秒钟一次,很有规律,就像一个巨人在呼吸。这种有趣的景象,使我感到地球真是一个不断运动的活物。站在山顶上纵目一望,这个花一般的城市,完全呈献在眼前。我不止觉得她很美,也觉得她很大。山下面就是公园。人说那里每一株树的成活都是很不容易的。有的树还是从别处搬了土来才成活的。这座城市的诞生人们该付出了多少艰巨的劳动呵!

晚上,赵陵龄的十几个男女同学都来看我了。他们都是北京石油学校1955~1956届的毕业生。现在都是石油战线的骨干了。有的是测井公司的经理,有的是高级工程师,有的是研究所的技术负责人,有的是石油学会的副秘书长,坐了满满一屋子。大家谈笑风生,十分热烈。我问,"现在你们在这里都安心了吗?"大家纷纷说:安心了,安心了,不光我们安心,这里95%的人都安心。过去调走离开新疆的,现在要求再调回来。我问:"那是为什么?"大家又纷纷说:条件不同了嘛!过去住的是小矮房,现在住的是大楼;学校也办起来了,孩子上学没问题;生活基地也办得好,市民平均每月一只鸡,职工每人每月廉价供应两公斤鸡蛋,只拿两块多钱。液化气五毛钱一罐,电两分钱一度,公共汽车不要钱。奖金年年长,平均工资是200多元。一个女同志说:"这里西瓜特别便宜,夏天我们成麻袋地买,床底下放的都是西瓜。"另一个同志补充说:"不光这个,我们这里社会风气也比较正。因为一直强调四项基本原则,工人阶级的向心力很强,去年别的地方闹事,我们克拉玛依非常平静。"又一个同志说:"老实说,克拉玛依有点老了,保持稳产很不容易;但是由于职工的觉悟高,确实有一种奉献精神,所以仍然能想方设法保住稳产。估计再开采个二三十年没有问题。"大家的话,使我感到十分愉快。

第二天,我们开始参观油田。一出城,看见漫山遍野都是采油树的丛林。有的是自喷井,有的是磕头机。高高的钻塔也时有所见。我们在百口泉看了几个地方,工人们都在心情舒畅地工作。在油井旁我们看到两个穿着朴素的采油姑娘,一个21岁,一个才20岁。那个20岁的才刚刚参加工作,说话的声音还怯怯的。我伏在自喷井的油管上侧耳细听,那来自大地深处的欢快的苏苏声非常动人,大约它们也因为来到人间有机会发光发热而高兴吧。

"你们满意这个工作吗?"我问两个姑娘。

"满意。"那个20岁的姑娘低低地说。

"你们深更半夜在这里值班,害不害怕?"

"不怕。我们这里社会秩序是比较好的。"21岁的姑娘说,"就是5月到8月,这里风大得很。"

"你们的工资是多少?"

"我才来,150元;她是我师傅,200多元。"那个20岁的姑娘说。

看到人们愉快的劳动和幸福的生活,我不禁再次想到当年创业者所付出的艰辛与牺牲。这里到处传颂着一个不平凡的姑娘的故事。她是现任新疆石油管理局副局长兼总工程师谢宏同志的未婚妻,牺牲的时候只有22岁,和今天所见的两个姑娘差不多。她的名字叫杨拯陆,是爱国将领杨虎城的女儿。这个富有理想的女孩子,在西北大学地质系上学时就入了党,而且发表过一篇文章:《我要做一名祖国工业化的尖兵》。毕业后本来可以把她留在本省,她却要到新疆;本来可以把她分在机关,她却坚持要到野外队,以实现自己做地质勘探队员的宿愿。她和谢宏在大学时就由同窗好友成为恋人,但却没有分在一处。由于她这时已经是一个自觉的革命者,时时走在前面,处处关心他人,经过艰苦的磨练,两年后就当了地质队长。1958年9月25日,是戈壁滩上难得的好天气,杨拯陆决定各组全部出工,自己也带了一个身体很棒的小伙子张广智,到30公里外去做一项收尾工作。司机老刘把他们送到后就回来了。下午四点多钟,老刘一看西北上来一块黑云,就知道势头不好,连忙开车去接,没走多远,大风来了,顿时天昏地暗;接着又是冷雨冰雪,打开灯也看不见路。等开到预定地点,已经看不见杨拯陆他们的影子。老刘赶快返回住地,见他们两个仍没有回来。他真的慌了。这时已是凌晨四时,风停雪住。他带上老百姓重新去找。终于在回来的路上发现了两行脚印。一行大,一行小。再往回走,又发现了一把锄头,这正是他们所携带的。地质队员的锄头有如战士的枪支,是不肯轻易丢失的。老刘已有了不祥的预感。果然不远处就发现了张广智已经冻僵的躯体。他身旁的两行脚印交错在一起有些杂乱,看来是杨拯陆搀了她的战友一段路,发觉无望才又继续向前爬去。在距此300米处找见了杨拯陆,她像一座蒙着冰雪的圣洁的雕像卧在那里,身向前倾,十个手指深深地插在泥土里。此处距住地仅仅两公里了。老刘把他们拉回住地,姑娘们哭着给拯陆洗去脸上的尘沙,在为她脱去毛衣和衬衣的时候,才发现一包地质资料紧紧地贴着她的心口⋯⋯

离开克拉玛依的前夕,谢宏陪我们吃饭表示欢送。他是个忙人,因为参加塔里木大会战昨天才从外地赶回。谈起杨拯陆的事我问:

"你同她的感情当时就成熟了吗?"

"是的。"他有些沉重地说,"本来准备当年要结婚的。"

"她牺牲以后,你去了吗?"

"去了。人们打开棺材让我看了看她。"

"那你一定是很难过的。"

"那是自然。"他极力克制着感情。

"她的坟墓在什么地方?"

"火化了,是我把骨灰送到她母亲那里。"

以后谢宏同杨拯陆的姐姐结了婚,这是几年后的事了。

杨拯陆对于自己可能遭遇不测,是完全有精神准备的。她在给姐姐的一封信中曾说:"我们已经牺牲几位同志了。有的是从马上掉下来摔进河里被水冲走淹死的。有的是被狼群咬死的。我们也有几次遇险。我们有时也感到,我们什么时候不注意,也会出事的。但是,从中我们更看到了工作的意义。我们走过的地方原来是一片空白,是我们把这里的山,这里的地层和石油资源填入共和国的地图的。也许就在我们走后不久,就在我们勘探过的地方会建起一座新的油城。"杨拯陆没有说错,眼前如此美丽壮观的克拉玛依以及其他新城,不就是在杨拯陆这些有志气的青年身后建起的吗?如果他们泉下有知,该会多么地欢欣鼓舞呵!杨拯陆的一代不愧是有理想的一代,杨拯陆正是那一代青年的光辉典型!我们的青年必须毅然摒弃那种目光短浅的小市民的庸俗的实惠哲学,再度成为生气勃勃的有理想的一代!在告别这座美丽的城市的时候,我写下了如下的话:

不是昔年战风沙，
哪有今日城如花！
愿君再借东风力，
播种芳草到天涯。

1990 年 11 月 7 日

塔里木大会战

——石油战线巡礼之四

一、在库尔勒总指挥部

石油战线的每一次会战，都在我国石油工业史上揭开新的光辉的一页，给全国人民带来希望和欢欣。当前展开的塔里木大会战，包含着怎样的意义和前景呢？这恐怕是全国人民所关心的吧。我对此也怀着浓厚的兴致，飞越天山和博斯腾湖，来到了库尔勒。

库尔勒在孔雀河畔，树木蓊郁，是一座美丽的城市。而塔里木石油勘探总指挥部则在城北一带大山下。这一带山岭呈银灰色，容颜相当苍老，也许它等待开发等得过久了。

指挥部设在一片平房里。李万堃副书记刚从大庆调来，他推举副总指挥王炳诚给我介绍情况。王炳诚是石油战线上的风云人物之一。国立北洋大学采矿系毕业。1951年来新疆，28岁当了钻井总工程师，31岁就当了克拉玛依油田的总工程师。在克拉玛依和大庆会战中都是领导班子中的成员。不一时，一个矮胖的风度老练的老年人抱着几张地图跑来了。他精力充沛一如中年，而且热情直爽，同我一见如故。

"炳诚同志，你今年多大年纪了？"

"62了。"他笑着说，"我来新疆时是个小青年，不到20。王震司令员给我们讲话，要我们在新疆生根，发芽，开花，结果。还要我们生为新疆人，死为新疆鬼。这不是，我算响应了他的号召了。"他哈哈一笑，"我先在克拉玛依、独山子油田10年，到大庆10年，然后是四川、江汉会战4年半,吉林6年半,渤海6年半,海上找油6年半,然后又回到这里。当年克拉玛依会战和大庆会战,我是领导班子中最年轻的,现在大部分人已去世,我还有幸活着。当前进行的塔里木大会战,是10年来最大的突破,我当然有使命感和光荣感。能够把塔里木拿下来,我此生也不算白活了……"

他讲得真挚、庄重、深沉,似乎使我看到了他那颗心的跳动。这也许就是这个总指挥部的灵魂。

"这个指挥部是什么时候成立的呢?"我问。

"是去年10月经国务院批准成立的。"王炳诚说,"可是在1985年,大面积的勘探成果已经促使石油部下了会战的决心。王涛同志找我谈了话,要我来这里任顾问组长筹备钻探。我本来快退休了,又接受了这个任务。兴奋之余,我还写了一首打油诗呢!"

我很有兴趣地问起诗的内容,他并不推辞,随口念道:"人生大地机遇难,奉献终生理当然。浪白双鬓应解甲,驱车疾驶越天山。百万油军多英才,代代拼搏作贡献。西部接替迫眉睫,共赴瀚海觅油田。"

诗虽不算工整,但一个石油老战士的热情和豪气是完全传达出来了。我点点头,问道:

"这个'西部接替迫眉睫'是什么意思呢?"

"会战的意义就在这里。"王炳诚说,"大家都知道,石油这东西是越采越少。如果没有新的发现、新的战略地区的接替,往后不仅增长缓慢,甚至会负增长了。我国石油1983年已经达到1.3亿吨,此后数年大体维持在这个水平,增长不多。干我们这个行当的人自然就很着急了,所以我说'西部接替迫眉睫'了。"

他沉了沉,又说:

"当然,会战的意义不止这个。但是只要有了油,对整个国民经济持续稳定的发展,对繁荣新疆的经济和巩固边疆,都是有重大意义的。"

我问起塔里木盆地的勘探经过和会战的进展状况,王炳诚说:"这就是我要谈的问题。"说着,他把一大张绘制的塔里木盆地地质图铺在地上。

他指着地图说,塔里木盆地有56万平方公里,约占新疆1/3,光这个盆地就顶三个浙江省了。它是世界上惟一没有开发的大型盆地。盆地中央有一个面积33万平方公里的大沙漠,位居世界第二。它的名字"塔克拉玛干"是维语进去出不来的意思,又被人称为"死亡之海"。这里的气候十分恶劣,不仅风沙惊人,而且温差极大,冬季最冷时到零下30℃,夏天最热时表面温度可达70℃,埋个鸡蛋真可以煮熟了。再加上缺水,自然被人视为畏途。这都给石油勘探工作带来了很大困难。

说到这里,王炳诚慨叹道:

"塔里木的勘探工作从1952年开始,到现在已经38年了。我们的勘探队伍战风沙,斗酷暑,冒严寒,风餐露宿,顽强拼搏,真可以说是艰苦卓绝了。为了找油,他们是付出了许多艰辛和牺牲的。1984年春,1831地震队的运输队曾在沙漠中被困23天,1985年夏,1832队在罗布泊被困半个月,由于干渴,这些职工获救时已经奄奄一息。但他们并没有因此动摇找油的决心!在婚姻上付出的牺牲更是常事。沙漠队有个很优秀的小伙子在内地找了个对象,姑娘对他很钟情,但是提出要结婚必须调离新疆。我们的小伙子回答:天上飞的,地下跑的,哪样能离开石油?要分手就分手吧,我不能离开我的事业!"

"50年代,我也在新疆勘探过。"赵陵龄插话道,"有两个勘探队员在库车境内被意外的洪水淹死了。男的叫李越人,女的叫郭健。后来找到了郭健的遗体,这个姑娘的红毛衣被洪水撕去了一半,手腕上的表还在走呢!"

一个同志也插进来说:有一个叫鲁晶的青年工程师,在塔里木勘探过十几年,后因癌症死于北京。他的遗嘱是:死后将骨灰埋在塔里木,总有一天他要看到塔里木出现大面积的油田。现在他的坟墓就在库车以东、轮台以西的大涝坝。

"就是这种精神,这种为祖国找油的坚强意志,再加上不断采用新的科学技术,就使我们获得了重大成果。"王炳诚追述道,"38年来我们一共上了5次,下了5次,这次是第6次大上了。开始主要在塔里木的周边勘查。1958、1959年重磁力勘探,曾动用了400匹骆驼在'死亡之海'中九进九出,这也堪称是世界壮举了。1983年我们进口了上百台装备,横穿沙漠,做了19条地震大剖面。这可以称之为征服'死亡之海'的现代化进军。从那时起经过七八年的努力,有几个大家伙终于被我们抓住了!"

"几个大家伙?在哪里?"我兴奋地问。

"你瞧,"王炳诚在地图上大沙漠的腹地画了一个圈圈,"这个家伙很大,我们给它取名叫'塔中隆起',它的含油构造带可能比大庆大好几倍。"另外,他说着,又在轮台南部和塔里木西端画了两个圈圈,"这两个含油构造带也不小。这些加在一起,石油将占全国储量的1/7,天然气将占全国的1/4。当然这些还要进一步证实。"他高兴地笑着说,"如果我们的计划实现,我国的石油工业就可以再上一重天了!"

听了这话,我们每个人都高兴得眉开眼笑。王炳诚又说:

"不久前,江总书记到我们这里。他就在我们的食堂里吃的炖羊肉,还把汤喝了。对我们的大会战他讲了八个字,叫'翘首指盼,静候佳音'。这已经足使我们动心了。我们一定要在明年底拿出合格的答卷!"

二、在塔克拉玛干腹地

为了去看塔克拉玛干腹地的那个"大家伙",我们一早就等候在库尔勒机场上了。天晴得蛮好。可是将要登机时,气象报告忽然说不行,里面有风。我觉得怪别扭,生怕去不成。幸亏半小时后,说风过去了,可以上飞机了,我才放下心来。

这是一架加拿大的双塔式轻型客机,只有21个座位。上面还装了一些新鲜蔬菜、猪肉、崂山矿泉水,据说每天都要送往塔中一井。我们高兴地上了飞机,同行者还有在克拉玛依见过面的谢宏同志。塔中一井的钻井队正是他的属下,他想必是去检查布置工作,再不然就是去督阵了。

飞机起飞了。陪同我的是总指挥部的于总工程师。他是一个年富力强的中年人,戴着近视眼镜,穿着红色信号服,坐在我的前面。他告诉我,飞机将沿着塔里木河航行。我俯视弯弯曲曲的塔里木河,由于它漫流不定,现出一处处干涸的河床。不时还能看到胡杨和红柳的丛林。飞行15分钟后,这些全看不到了,想来已经进入了大漠。满眼除了沙山就是沙丘,除了沙丘就是沙谷。沙山上有的现出鱼鳞状的波纹,有的现出漩涡状的沙窝,似乎是嘶鸣的旋风留下的痕迹。往远处看,地平线是看不见的,周围只是昏黄一片,像混混沌沌的黄雾。除偶尔有一点红柳之外,完全是一片黄沙的世界。

"水的问题解决了吗?"我忽然想起一个重要问题。

"解决了。"于总工程师说,"其实,这里的沙漠并不是没有水。过去认为没有水是个误解。后来勘探队发现,有的地方用推土机啃两下子,一两米下面就是水了。要说发现,这也是勘探工作的重要发现。不过这种水含氟太多,吃了要拉肚子,必须经过处理才能食用。现在里面的人吃用的水都是经过就地处理的。"

"发现水的意义并不小。"我补充说,"只要地下有水,就能改造沙漠,就能成为乐园。"

谈起水,于总工程师谈起一件趣事:在沙漠勘探中,勘探队员们还得过一种怪病,什么都正常,就是浑身无力。后来费了九牛二虎之力,才查出来是水中缺钾,问题才解决了。

经过一个多小时的飞行,飞机降落在亮铮铮的钢板跑道上。这是一个浅浅的沙谷,周围都是不太高的沙岗。一座高高的钻塔就耸立在前面不远的地方。工人们的生活区就在钻塔附近。我们在沙窝里跋涉着,来到近处,才看清都是整整齐齐的车厢式的活动营房。于总工程师指着说:

"这次大会战可跟大庆会战不一样了。那时候是人拉肩扛,住的是地窝子,你看看这个!"

我们进去一看,果然不错。里面有卧室、洗澡间、更衣室、娱乐室、会议室。卧室是双层铺,每室四人,收拾得很整洁,有的床头上还挂着吉他。每个房间里都有双空调设备和小负离子发生器。一些夜班工人正在休息,我们没敢打扰他们。

通道尽头是厨房,姑娘们正忙碌着为工人准备午饭。于总工程师指着她们说:

"她们是乌鲁木齐明园公司的服务员,这也是同过去会战不同的地方。后勤工作、生活保证这些杂七麻八的事,全由地方的服务机构包了。钻井队的干部省很多心,吃了饭,专心抓你的生产就行了。"

我问井上一个陪同的干部：

"这里的工人很满意吗？"

"满意。不过也有个适应过程。"这个穿着红色信号服的干部点点头，"青年人爱热闹，刚来这里，举目都是黄沙，看不到人，自然精神有点压抑。夏天热沙烤得烫人，不敢穿凉鞋，还得穿皮靴子。不过一进屋子，就有空调，喝点冷饮也就好了。我们实行的新办法，是'铁打的营盘轮换的兵'，干两个月可以回家休息两个月，工资照拿，加上各种补贴每个月可以拿到七八百元。还没有发现轮休不回来的。"

我们离开野营车，边说边走，登到钻塔高高的平台上。

"现在这口井已经打到6404米了。"这个陪同的干部说，"也许在国内是最深的深井了。"

"下面的情况怎么样？"我问。

"打到3600米的时候，就出现了高产的油气流。打到4000米到5000米，也都有油气显示。"

"试油了吗？"

"试了。"他笑呵呵地说，"那天测试，日产达到576立方米的油，还有36万立方米的气。"

说着，他指了指钻井和泥浆池说：

"王光荣就工作在这里。"

"是最近报上登的那个王光荣吗？"

"是的，他真是一个铁人式的人物！"这个干部赞叹着说，"王光荣从部队上下来，就在队上当泥浆工。平时工作起来不要命，大家叫他'王疯子'。他担负的泥浆工作科学技术性很强，本来承包给外国人了，但是他丝毫也没有减弱自己的责任感。有几次外国雇员处理得不妥当，都被他纠正了，外国人也很佩服他。"

说到这里，这个干部叹了口气：

"可惜他从克拉玛依来的时候，就已经病了。但是他不放心，坚持要来。在工地上他吃不下饭，瘦弱得厉害。医生说他有食道癌的征候，要他回去检查，他老是推脱不去。他嚼着馍馍和方便面很艰难，怕别人看着心里难受，就回到房间里或者到沙地上，就着矿泉水往肚里吞。病情越来越恶化了，劳累一天，晚上睡不着，就盘腿坐在床上轻轻按摩。夜深了,怕影响别人休息,就静静地坐在餐厅里,熬过长夜。后来实在不行了,组织上硬是强迫把他送走。在医院里,井上的同志去看望他,他的第一句话总是问:'井上进尺多少了?泥浆怎么样了?'常常感动得人掉泪。去年10月底这个井获得高产油气流的消息传到他那里,这个久卧病榻、瘦得皮包骨的人,竟从病床上坐起,自己下了地,连声说:'太好了!太好了!出油了!'可惜这个汉子没有坚持到今天,就去世了……"这个干部叹息了一阵,又说,王光荣去世前,曾给他的两个儿子写过一封信,信上说:"我恐怕是不行了。你们千万不要给你妈说,你妈好久没合眼了,我怕她承受不了。这次我才真正预感到,我真舍不得离开你们,舍不得我日思夜想的钻塔。爸还年轻,多么想再干几年,再看看泥浆池!……"

王光荣的事迹使我深为感动。我觉得他的灵魂是一个真正石油战士的灵魂。即为了祖国找油,不惜献出一切。在本质上同铁人精神一脉相承。我站在王光荣生前工作的平台上,看着巨大的沙漠汽车来来去去,看着高大的起重机和各种器械,看着处理沙漠水的庞大装置,默然想道:的确这次会战的条件变了,许多方面现代化了,但铁人精神没有丢,这是最可贵的。也许正因为铁人精神又加上现代装备的武装,才如虎添翼,取得了这样大的成果吧!

三、在轮南战场

"僵卧孤村不自哀,尚思为国戍轮台;夜阑卧听风吹雨,铁马冰河入梦来。"这是伟大爱国诗人陆游的诗句。诗中提到的轮台之南,就是塔里木大会战第一个战役的主战场。

第一战役的中心任务,就是对轮南1000平方公里的地区进行整体解剖。去年8月,邹家华国务委员带领国务院工作组来到塔里木探区现场办公,与总公司王涛等同志一起,研究确定集中力量主攻轮南地区。从那时起,组织队伍,调运钻机,集中了全国各大油田的劲旅,开始了艰巨的不是没有风险的战斗。经过一年多的努力,终于取得了可喜的成果:在完成的23口探井中,有15口获得了高产油气流,其他8口也见到了油层或良好的油气显示。有的油井已经开始出油。第一战役胜利地结束了,总指挥部即将在那里举行总结表彰大会。我就是在这时赶到轮南去的。

从库尔勒到轮南前线指挥部240公里。将要到达目的地的时候,在淡紫色的空旷的天穹下,已经出现了一个又一个的钻塔。接着钻塔越来越多,前线指挥部已经到了。所谓指挥部只不过是在荒野上盖起的几座平房。平房上架着高高的天线。门前的广场上,排满了巨型起重机、载重汽车和各种施工机械。有几个钻塔离得很近,不断传来震耳的隆隆声。尤其令人注目的,是那口已经出油的油井,它排放出的天然气旋卷着深红色的火焰,远远望去,就像一支擎天的火炬在熊熊燃烧。使人感到一种令人振奋的浓郁的会战气氛。

这次来塔里木参加会战的,有全国六大油田的钻井队;还有各大油田的专业队伍,如筑路公司、运输公司、管道工程公司、测试站、录井公司、测井公司、固井公司、泥浆公司,以及各石油院校等服务单位。在这里鏖战了13个春秋的各地震队就更不要说了。石油大会战为我国所独创,具有鲜明的中国特色。它不仅是社会主义大协作的好形式,又是社会主义竞赛的战场。各油田派来的都是选了又选的精兵强将,以便来这里大试身手。人们风趣地说,大庆的"五面红旗"有三面都来了。"五面红旗"之一的王进喜已经去世,只剩下四个。其中朱洪昌是总指挥部的副总指挥,段兴枝是中原石油管理局的副局长,还有64岁的马德仁,尽管已经离休,也要到塔里木来看看。

你只要到现场跑一趟,就会立刻发现:每一座高高的钻塔上,都醒目地挂着红色的大字:"新疆""四川""中原""华北""大庆""胜利"。这无异就是他们各自飘扬的战旗。

我利用我的"超然"地位,摸了摸这些会战参加者的心思。他们也同我说了一些"悄悄话"。我了解到,会战不单在钻机的轰鸣声中,也在各支队伍指挥者的心里进行。

胜利油田的干部,曾向我吐露心迹说:"我们来的人都想为胜利油田增光,这里实际上是个大赛场,都想比一比。我们很想学学别人的高招,也想发挥一点自己的优势。人家的队伍老,我们比不上,可是我们的队伍年轻,热情高。"

我来到大庆油田3010队的钻塔旁。他们正在试油。几个干部把我拉到一间小屋里,悄悄地说:"各兄弟油田贴的标语都是'立足戈壁学大庆',对我们压力太大了,干不好就要给大庆抹黑。现在我们尽量不和记者打交道,想干点名堂再外露。"他们确实在暗里使劲。这个队的平台经理叫徐进,因为过于劳累病倒了,我没有见到他。据说,他在王进喜带领的队伍中当过工人,后来是王进喜1205钻井队的第十任队长。来之前他就认为塔里木会战是"千载难逢"。他说:"别人讲'人生能有几回搏',何况我是近50岁的人了,往哪里找这样的好机会呢!"当年铁人到大庆,恨不得一拳头砸出个大油田;徐进到塔里木也同样,下火车就想上钻井平台。可是不巧,钻机、设备却没有按时到。他心想:等吗?铁人可不是这样,这也不是大庆人的传统。于是他带队急匆匆地赶到轮南,下车就去找井位。饭后没进宿舍,又把全队干部带到井场,研究安装。在干部的影响下,工人们纷纷跑到尘土飞扬的公路上去等设备。下午设备到了,可是地面翻浆严重,车辆无法进入,吊车也不够。这时徐进又想:当年铁人能带领工人人拉肩扛,我们就做不到吗?于是徐进和全体干部,硬是带领群众用绳子拉,用橇杠撬,把第一批设备卸下来拉到井场,把第一座标有"大庆"两个鲜红大字的井架矗立在蓝空里。这是一幅多么动人的图画呵!

  竞赛的热潮就是这样推涌着人们奋勇前进。钻井的速度越来越快。过去在内地,打3000米的深井需要一个多月到两个月,现在一般只用15天。打4000米深井最快用25天。胜利油田的钻井队最初以19天21小时取得钻井3000米的好成绩,后来中原钻井队用13天15小时就拿下了。在这样你追我赶的形势下,截至6月底,轮南14口重点井,已全部穿过5000米,钻穿三迭系,进入石炭系、奥陶系地层。而且不仅速度快,工程质量也达到全优。下套管全部一次成功,固井质量、井身质量合格率均为百分之百。没有一口井报废,也没有一口井失控。创造了全国深井钻探的最高水平。

  值得称道的是,塔里木会战不仅在钻探、基建等诸多方面取得重大成果,而且会战的战场越来越成为锻炼人、改造人、促进各种人才成长的大熔炉。一批懂技术、会管理的优秀监督,一批能带领队伍打硬仗的平台经理,一些兢兢业业、埋头苦干的工程技术干部,都纷纷成长起来。参加表彰会的众多模范人物就是其中的代表。工人队伍也得到了很大的锻炼和提高。大庆钻井公司的干部告诉我,大家都说学大庆,实际上大庆人本身也需要学大庆。因为许多青年人并没有接受过大庆会战的洗礼,更不是所有的人都接受了大庆精神。由于近年来大庆的生活条件变了,一些社会上消极的东西对我们也有影响。这些都需要补课。而补课最好的地方,就是塔里木会战的战场。他谈到,不少人初来时是不适应的,是心情烦躁的。经过一个时期的锻炼都有明显的变化。他举了一个很有趣的例子:队上有一个青年工人,号称"酒篓子"。他一人一次能喝20瓶啤酒,是原单位"四大酒仙"之一。这次来塔里木,他那个摆摊的母亲就给了他400元酒钱。按塔里木会战的纪律,是不能喝酒的。这可把他憋坏了。上井之前,他偷偷包了一个房间,买了两箱啤酒开怀痛饮,光在卫生间就喝了十多瓶。就是这样一个人,在进步空气感染下,又经过干部多次推心置腹的谈心,终于转变了。待轮休回家时,他第一次把积存的工资递给母亲,感动得那老人热泪盈眶,感谢塔里木还给她一个面貌心灵一新的儿子。

总结和表彰大会胜利结束了。王炳诚代表塔指做了第一战役的总结,部署了第二战役的任务。会上有27个模范集体和先进集体荣获了奖旗。还有众多的模范个人受到了表彰。我从会议上似乎听到了再一次进军的鼓点,从先进人物的脸色上也看到了他们的决心。这一切都预示着一个更大规模的战斗就要开始。

新疆的夜来得很迟。我睡下时已经不早了。但是,那些先进人物的革命正气,那一颗颗忠贞的燃烧的心,仍冲撞得我的思绪翻腾不已。再加上近处钻机的轰鸣,有如海潮般一阵阵卷来,更使我难以入睡。我干脆披衣起身,来到门前的广场上。这时,可以看到远近的钻塔上繁密的灯光,颇像一枝枝腊梅花插在旷野上。尤其是西南方那支巨大无匹的烛天火炬,比白天显得更红更艳了。它一时收缩,一时又訇然舒开,不知蕴藏着多大的精力!我忽然觉得这不就是石油工人的热情活生生的展现么?我是多么喜欢这里的气氛呀!这才像个干社会主义的样子!这才是真正的社会主义的气氛!因为解放了的人民,只有依靠自身坚忍不拔的劳动,才能开拓一切,赢得一切,才能最后改变自己的命运。其他任何急功近利、目光短浅的道路,都是靠不住的。一场很有意义的战斗已经在石油战线上展开了。我想其他战线也都会有各自的作为吧!

1990 年 11 月 15 日

欢歌黄河口

——石油战线巡礼之五

1990年岁尾,我借祝贺石油文联成立之便,访问了胜利油田。

胜利油田年产原油3350万吨,在石油战线上被称为"油老二",仅次于大庆。有一个形象的说法,街上跑的汽车,每四辆中就有一辆燃烧的是"胜利"的石油。我对她自然是慕名已久了。

胜利油田位于黄河三角洲,是从1964年胜利石油会战起不断开发的。在我国,每一个大油田的开发,都是一部可歌可泣、气壮山河的史诗。胜利油田也是这样。据参加过会战的"老石油"说,他们没有想到山东还有这样荒凉的地方。这里到处是一片片白茫茫的盐碱滩和无涯无际的芦苇丛。会战开始,又正值雨季,平地积水盈尺,一片泥泞。汽车开不到井场,那些来自玉门、大庆、新疆、四川等地的石油汉子们,硬是凭着铁人精神,把上百吨的钻井设备,从泥里水里一步一步地拉过来,矗立在荒原上。他们自己则住在草棚里,睡在地窝里,喝苦水,吃咸菜,顶风雨,抗海潮,一身泥一身油地开始了旷日持久的鏖战。20多年过去了。原来只不过百户人家的东营村,现在已建成高楼林立的东营市。原来是满目荒凉的盐碱滩,现在已是我国东部一个大型的、综合性的石油工业基地。道路四通八达,石油管线横穿黄河连接南北。黄河上还出现了国内首次修建的大跨度钢斜拉桥,气象壮观且风格独特。这里不可不提的,还有那些被称为"油大嫂"的石油工人的妻子,她们堪称三角洲上开发农副业的主力。她们也像她们的丈夫那样,一身泥、一身水地开发着这里的土地,植树造林,砌砖盖房,开垦稻田,培植果园,修建养鸡场、鱼虾场、奶牛场、畜牧场、荷花塘和水库。她们的丈夫从地下牵出了油龙,而她们则把荒凉的三角洲变成了绿洲和乐园。这就是黄河三角洲上一页刚刚过去并且继续延伸着的活生生的历史。这一页历史是多么地丰富动人呵!人民群众的力量是多么的伟大呀!回想前几年资产阶级自由化泛滥时期,有个别自诩为马克思主义的学者,竟对人民是历史的创造者也发生了疑问,并由疑问而否定,想起来,实在可气可怜而又可笑!

但是,三角洲的开发者们,并不以这些成就为满足。他们根据此地地下含油结构的特点,采取"滚动"式地向前发展。值得大书一笔的,是1986年3月展开的孤东会战。在这次会战中,他们沿海修了一条38公里长的防潮大堤,一举夺取了一个年产500万吨级的大型油田。现在我就站在这条雄伟的长堤上。

"你站的这个地方,是中华人民共和国最年轻的土地了!"

陪同我的孤东采油厂的吕连海厂长笑着说。他不是山东人,但身躯之高大却足以同最典型的山东大汉相媲美。他看我似有不解,接着解释说:

"这条黄河,每年要给河口带来11亿至12亿立方米的泥沙。大约可以淤积22万亩土地。我们孤东这块地方,就是1975年到1983年间淤积而成的,这还不是共和国最年轻的土地吗?以后,黄河新造出的土地,还要属我们孤东管呢!"

"那你怕要成为大地主了!"

我望着这个穿着黑皮夹克的干练的中年人笑了。

吕连海还告诉我,秦朝以前,现在的黄河口三角洲还没有形成,这里还是一片汪洋。古代的三角洲不说,从清朝咸丰五年(1855年)黄河夺大清河由利津入海,这135年,才形成了近代的三角洲,从1953年人工裁截取直,三角洲的顶点由宁海下移30公里,就是现在的三角洲了。

季节虽属隆冬,天气倒还晴和。我和吕厂长在堤上边走边谈。他说,这条大堤的修建是相当艰苦的。除了施工队伍,还有各地来的民工。他们睡在海边上,奋战在海水里。在35个不平凡的日日夜夜里,他们靠人拉、车推、肩扛,把一个个装满泥沙的袋子送到围堰工地,挡住汹涌的海潮,硬是把大海赶出去了18公里。工期提前一个月完成,为国家节省了60万元的投资。我纵目望去,这条绵绵的长堤宛如一条海上长城。想起当年的奋战者,怎能不生出由衷的敬意呢!

我边走边望,长堤外面就是一望无际的渤海。也许由于距黄河口很近,海水也呈现出浑黄色。长堤里面则是平展展的一大片油田。而且纵横成行,井然有序,就像士兵们出早操似的排列得整整齐齐。尤其有趣的是那些磕头机一律朝着东方朝着太阳深深地鞠躬。我问吕厂长为什么安排得这样好,当初他们是怎么构思的,他哈哈笑着说:

"也就是给老龙王多作几个揖,叫他少发几次脾气吧!……老龙王发起脾气来真不得了,打得这堤上都是水,后来堤上加了女儿墙才好了。"

我们在堤上走了很长一段,随后来到孤东采油场的住地仙河镇。镇子周围为神仙沟所环绕,并栽种着茂密的林木,如果是夏秋时节,那风景该是很幽美的了。在这里我看到了采油厂的书记王作然同志,他也是个大个子,和吕连海年纪也相仿。我开玩笑说:

"你们这儿干部怎么配的,简直是天生的一对儿。"

"可不是,两个都是傻大个儿!"王作然也笑着说。

王作然领着我参观了他们的幼儿园和小学。由于他们经济力量雄厚,各种设备,自然要比一般学校完善得多。图书馆啦,室内运动场啦,简直应有尽有。小学校三年级就学微机了。幼儿园职工的孩子不拿保育费,家长只给少量的伙食钱就可以了。应该说,职工们的福利是搞得很好的。

我问工人的情绪怎么样。王作然是个坦率的人,他说:

"说老实话,工人们过去对有些作法是有意见的。报纸上,工人阶级不见了,不是万元户,就是这个家那个家,好像他们都成救世主了。我们这些当干部的,也不知道对工人说啥好,是叫他们好好生产呢,还是鼓励他们去抓钱。自从四中全会以后,上头的话跟我们的心碰出火花来了。我们觉得气顺了,话好说了,工作也好做了。"

王作然的话,我很快就得到了证实。

在孤东采油厂,我在工人大楼里串了几家,家家都是沙发、彩电、电冰箱、洗衣机,样样俱全。最后我们来到司机薛学祥的家里,他的家布置得更是整洁美观。屋子里铺着地毯,一盆很好看的水仙已经开花了。小两口加上一个八九岁的女儿,住着三居室并附有厨房、卫生间的房子是相当宽敞的了。我见主人热情健谈,就在沙发上坐下来。女主人则忙着沏茶、倒水、拿水果。我问起主人每月的工资,他说:"我每月的基本工资是100多元,加上各种补助100多元,再加上奖金,每月可以拿到360元。我爱人当会计,每月可以拿到200多元,两个人加在一起有600多元了。"

"我们胜利油田的副业也搞得很好。"女主人插进来说,"我们每人每月是四斤蛋、三斤肉、一斤油,还有二斤鱼,都是廉价供应,每斤只掏一块多钱。另外,住房、煤气都免费,电,55度以内不要钱。这些加在一起合四级工资了。坐内部交通车、孩子上学坐车都不要钱。我俩都是青岛的,刚来时很艰苦,确实有点不安心,现在叫我回青岛我也不回去了。在青岛哪能分到这样的房子?"

"我也是。"男主人笑着说,"我每次回去探家,住不上几天就腻味了,觉得还是我们油田好。"

"你们对这里的领导满意吗?"我问。

"满意。因为他真给你解决问题。"男主人说,"我们这里有一个制度,规定厂领导每月有三天是接待日,厂以下领导每周一个接待日。在这一天任何职工都可以去面谈。能解决的问题,当时拍板解决。不能解决的经过党委研究,一周内准有回音。我们这里有个女工要解决两地分居问题,跟蒋书记一谈,一个星期内就解决了。"

"这个制度很好。"我表示赞赏地说,"其实只要有决心,坚持下去并不难。"

"现在工人的情绪真不错。"男主人接着说,"气一顺,生活又好,干劲就上来了。八小时以外还想干,过年过节也上班。"

我还遇到一个23岁的大学生,名叫张国荣。他今年刚从江汉石油学院毕业,正在跟班实习。我问他来以后有什么感受,他有些腼腆地笑着说:

"来以前,我们不少人都认为共产党的干部腐化了。我自己也以为,那些处以上干部,还不就是坐在上面动动嘴儿,内心里对他们没有什么好感。谁知到这里一看,并不是这样。这里的干部离家很近,可是他们很多人一星期才回去一次。他们也是人,忙乎一天也够累了,可是晚上还要到我们小站来看看。有一天下完雨,车子进不去,队长第一个从车上跳下来,两个人扛着一个大泵走了。那天冒喷作业,喷得身上脸上全是油,半个身子都是油泥,厂里的王作然书记也赶来了。过去在学校里也谈人生价值、奉献之类,我认为不过是讲讲而已;现在一看,才看到人们真是在作奉献,心里就生出一种敬佩之情,觉得孤东没有欺骗我……"

"孤东没有欺骗我!"这句话不禁使我心中一震。于此可以看到,我们干部的作风,对于群众,对于青年,有着多么巨大的影响!好的方面有巨大的影响,坏的方面也有巨大的影响。这在党的建设中实在是一个要害的问题。建国40年来,我们的石油大军,不畏艰险,不怕困难,走南闯北,一个会战接着一个会战,真可谓指到哪里打到哪里。这是一支多么好的队伍呵!而在其中,我们不能不说它有一批过硬的干部,一批坚强的骨干。他们处处身先士卒,以身作则,关怀群众,这正是他们身上最宝贵的东西,也是党的优良作风在他们身上的体现!

孤东作业一大队副大队长赵华西,就是个鲜明的例子。他是一个"拼命三郎",有一次连续七天七夜没下井场。由于过度疲劳和高温天气,第八天中午,他晕倒在井口上了。人们把他抬回家里,七八天的油水汗水把他的身子和衣服紧紧粘在一起。脱衣服的时候,他的女儿天真地问:"爸爸的衣服怎么长到肉里了!"而他的妻子一边帮他脱衣服,一边心疼得掉泪……就是这个赵华西,他一年到头,几乎没有休过一个礼拜天,没休过一个节假日。18个春节,有16个是在井场上度过的。今年除夕之夜,他同几个大队干部一块儿跑了20多个井场,给奋战在一线的职工送去了热腾腾的水饺。可这一夜,他的女儿一直站在阳台上,眼巴巴地等着他回来放鞭炮。一直等了3个小时。第二天赵华西回到家里,女儿不高兴,咂着嘴往外推他:"爸爸没有这个家。"他的心自然不是个滋味。可是,赵华西深深地叹了口气:"甘蔗哪有两头甜呵!"

我这次遇到的钻井四公司副经理张富新,就是一个处处身先士卒的模范干部。他今年38岁,原来是一个农村的孩子,17岁来到油田。开始他也不习惯,他也觉得苦,渐渐地那些来自玉门、大庆的石油师傅——按张富新的说法,都是些"掏出心来为国家干活的人",把他熔化了。不久,就赢得了一个"小老虎"的外号。等到他被提升为钻井队长,就满身都是大庆师傅的作风。有一天深夜,狂风暴雨袭击油田,他睡不下去了,很怕出问题,就披上雨衣来到井场。这时正碰上一次少见的险情发生了:井架上天车的大绳跳了槽,死死地卡在轮子里,3000多米的钻具停在井下,提不能提,放不能放,若不很快处理,一旦大绳被拉断,将造成机毁人亡。这时,张富新毫不犹豫,将雨衣一甩,立刻带着几个工人拿着棕绳和橇杠,迎着狂风暴雨,爬到40多米高的井架天车上。环形天车上只有一米宽的地方,没有扶手,脚下滑动难站,随时都有可能滑下来。张富新他们就用棕绳将身体绑在井架上,然后喊着号子,一起使劲,硬是将负荷极重的钢丝绳撬了出来。一场可怕的事故避免了。在那高高的井架上,张富新多像一只暴风雨中的雄鹰呵!

又一次,某口井接近完钻的时候,突然发生了井漏,不到两小时,就漏失了泥浆60余方。情况十分紧急。如不及时采取措施,2000多米的钻具就会卡在井下,辛辛苦苦打了一个月的井就会前功尽弃。这时,张富新一面组织强行起钻,一面组织回收泥浆。可是由于泥浆漏失严重,一切都来不及了。他这时急红了眼,望着泥浆池想:"当年铁人遇见这情况敢往下跳,用身体搅拌泥浆,我为什么就不能呢!"尽管这时天气已经相当冷了,泥浆中药品的腐蚀作用他很清楚,但这一切他都顾不得了。他把衣服一脱,只穿着裤衩和背心,跳进了一米多深的大循环泥浆池,手推脚蹬,开始用身体搅拌泥浆。在他的感动下,有一个叫林永萼的女同志和另一个男同志也跳了下去。经过两个小时的奋战,才恢复了正常。事后他们的身上已经留下了紫红色的伤痕。从此油田上流传着这样的赞语:"大庆有个王铁人,胜利也有个张铁人。"

1986年,张富新提升为钻井四公司的副经理,但他仍旧保持着深入第一线的好作风。在孤东会战前线,人们说他有四件宝:摩托车、油棉袄、安全帽、指挥哨。他整天骑摩托车跑现场,搞搬迁,抓管理,盯关键。会战5个月,他骑着摩托跑了20000公里,体重却减轻了10斤。油棉袄是他就地一铺就睡的被子。安全帽是他喝水的杯子。而挂在脖里的哨子则是他在现场指挥的号令。90年代第一春,他主动请战,带着6个钻井队再战孤东。结果有5个队被评为功勋队,另一个被评为优秀青年队。好将又带出了好兵。为了提高自己的组织管理能力,他去年上了北航函授班,包括外语在内的8门功课,在统考中全部及格。现在他还在兢兢业业地努力学习。

张富新宽脸浓眉,穿着一件极为朴素甚至可以说略为破旧的衣服坐在我的旁边。他的体魄由于艰苦劳动的磨炼显得十分强健。年轻的脸上透出一种坚毅、顽强和勇敢的神情。他的话里常常出现一个"干"字。他最后结束的一句话也是:"我看搞社会主义还是要干!"看来王进喜的哲学——"不干半点马克思主义也没有",已经渗透进他的血液中了。

"张富新,你的干劲为什么这么大呢?"

"我是个农民,从小姐妹多,家里很穷。"张富新诚挚地说,"是党把我培养成党员、干部,我该怎样报答呢?我不好好干行吗?……没有社会主义就没有这一切嘛!"

"听说,你参加工作20年来,探亲总共不超过4个月,是这样吗?"

"是的,是这样。有一次,我掰开孩子的小手离开了家,孩子一边哭,一边叫:'爸爸!爸爸!'直到我回到油田,这声音还在耳边。我也是有血有肉有感情的人,可是谁叫我姓'石油'呢!"

"听说,你提升了副经理,工资还降低了?"

"是的。原来在井队,每月我能拿600元,现在只能拿300多。这是工作,我没有同国家讨价还价的理由。"

"你今后有什么打算呢?"

"现在新工人多,我主要是想把石油的光荣传统传下去。我还年轻,应该多干一些。"

望着这个朴实而刚毅的年轻人,我的心沉入深深的感动中。如果都是这样的干部,我们的事业就真正有保证了,我们该多么放心和踏实呀!当我们握别之后,我还一直望着他的背影。不知怎的,看见张富新我老是想起战争时期的那些连营指挥员们。他们那种忠心耿耿的样子,那种勇敢的一往无前的样子,那种虎虎有生气的活爆劲儿,张富新多像那些人的姿态呀!那时候,一个仗下来,有的伤亡了,有的立功了,那么几个连长之中提拔起来当营长的,必然是最优秀的,最勇敢的,最有战绩的,最能代表本部队战斗作风的。尽管多少年过去了,部队的人不知道换了多少茬,可能当年的人都不在了,可是这个连,这个营,这个团,打起仗来仍然是那个作风,就像当年那些英雄们仍然活着。可是这些年来,一些地方,一些单位,选择干部不是那样严格,那样任人唯贤,那样大公无私了。一些庸庸碌碌工作中并无实绩的人,一些精于拍马逢迎并无真才实学的人,一些蝇营狗苟私心很重但善于请客送礼的人,一些毫无党和国家观念只知抱粗腿忠于个人的人,这些人经过各种莫名其妙的渠道纷纷上去了,党的优良作风怎么还能够保持呢?怎么会不产生腐败的作风呢?而这样的人上了台,就要坏一大片,因为他将来提拔的,还是同类。干部这一关不卡好,你就什么规章制度也没有用了。今天看到张富新,从正面给了人多么深刻的启示呵!也许油田正是这样严格而正确地选择干部,这才保持了石油队伍的良好作风吧!从张富新这些干部的身上,我得到了欣慰,看到了希望,也看到了黄河三角洲的明天。

1991年1月2日

为了更美好的明天

——石油战线巡礼之六

今天,东营的主人,特意请我们参观新开发的浅海油田。

码头上,早有一个魁伟的山东大汉在等候我们。他穿着单薄的黑皮夹克,姿态英挺地站在寒风里。一见我们下了汽车,就赶过来同我们热情地握手,并且自我介绍道:

"我是浅海公司的经理郎宪超。"怕我们听不清,又笑着补充,"就是那个'郎平'的郎。"

"你四十几了?"我问。

"喔,我都52了。"

"不像,不像。"

他挺挺强健的腰板,笑了。

"这就是我们浅海公司的拖轮。"他指指面前一艘升火待发的黑肚子轮船,"它性能很好,只要有1.8米深的水就能行驶。给海上平台运送人员、货物,一切吃的用的,全靠它了。"

我们上了船。太阳已经老高了,大海显得明亮而又柔和。风也不大。船只迎着朝阳,安静地行驶在黄河口外浑黄的水面上。

人们见了大海都有股高兴劲儿,尽管寒气凛冽,仍纷纷涌上船头。我穿着厚厚的棉大衣,戴着多年不戴的栽绒帽子,也站在驾驶舱外。而郎宪超却毫不在乎地站在寒风里。我几次要他穿大衣,他只淡然一笑。

"你是什么时候开始搞石油的?"我问。

"我从1962年北京石油学院毕业,到现在说话间就快30年了。"郎宪超说,"我刚来那时候,这儿只有一口井喷油,还不到两千人。

老百姓说我们是:远看像个逃难的,近看像个要饭的,仔细看原来是个搞勘探的。"他说过哈哈一笑。

"你是什么候下的海呢?"

"这就晚了。"他笑着说,"直到1987年才把我分到浅海,到现在我这个旱鸭子毛儿还没有湿透呢!……我就跟工人学,因为很多工人都是从海军转下来的。有了风浪,船一跳六七米高,摇晃起来,茶壶、茶碗都摔碎了,你当个船长,趴在地下也得指挥呀!"

"在浅海里,总是好些吧!"

"这——你可就外行了。"他笑着说,"越是浅海越晃荡得厉害。你没听民谣说:'每逢农历九月九,神仙不敢海边走。'我们工作的地域,老百姓叫'折船场'。我们只能抓住'抢风头,赶浪尾'这个规律行动。即使这样,还常有意外。有一次,我们的一条船在归途中遇上了11级暴风,我在家里坐卧不宁,心都快要碎了。幸亏老水手有经验,迎着浪左冲右突,巧妙周旋,才回来了。我跑到船上,含着泪,捧着酒,给他们每个人都敬了一杯,他们脸上也是泪,我脸上也是泪,我们都哭了……"

这时,驾驶舱里有人招呼我们:

"外面怪冷的,还是到里面坐吧!"

我们回到驾驶舱里,坐在一个皮沙发上。驾驶员在罗盘后面直直地站立着,神态肃然,双目直视前方。

"你这个浅海公司,管多大范围?"我问。

"这可就大了。"郎宪超随手从案上取过一张地图,指了指整个渤海湾一带地方,"我的根据地是在龙口,北面从辽东湾的营口起,到山海关外,再到黄骅,一直到潍河口,都是我的管辖范围。从北到南,我已经打了20口井,都出油了。"

他脸上泛着红光,两只大眼睛里含着笑意,亮晶晶的。

"你有多少家当?"

"我有大小船只36条,5个亿的资产。两千多人。其中也有些娃娃,我还得给他们当保姆哩! 老的我也没敢让他们退,海上没有经验不行。在这里我算是个小小的海军司令了!"说过,又哈哈地笑起来。

正谈笑间,只听有人喊了一句:"到了!"我们急忙立起身来向前观望。只见前面数百米处的水面上,出现了一个尖尖的铁塔式的钻井船,渐渐靠近,才看出来那是一个由许多粗细不同的钢柱支撑着的巨大的钢铁平台。平台上就是高耸的钻塔。平台的四个角有四根巨柱特别惹眼,据介绍每根直径3米高60米,深深地楔入海底的土中。正是它托起了这个庞然大物。可以看到蓝油漆的横梁上,写着四个醒目的红美术字:"胜利6号。"郎宪超嘿嘿一笑,指着说:

"诸位见笑,那就是我的手笔!"

人们纷纷出了驾驶舱,来到甲板上。对面钻井船上的平台在我们面前将有一座楼房高,怎样才能攀上去呢?正寻思间,只见上面的吊车旋动了,用它长长的手臂飘飘摇摇撒下了一个用粗绳结成的吊篮。郎宪超笑着对大家说:

"这次可要请诸位尝尝新鲜了!"一面说一面又回顾我,"你上不上?"

"我当然要上。"我说得很干脆。

郎宪超很神秘地附在我的耳边,悄悄地说:

"老同志,我给你说,我可是没有向上请示呵;若是我一请示,怕你就上不成了!"

这个提篮由七八根粗绳系着,下面是圆圆的底儿,每次可乘8人。我们纷纷走了上去,紧紧地挤着站在一起。郎宪超让我站在中间,他两手抓住绳子站在外面,说:"我保护你!"

说着,吊篮起来了,飘在空中了。上面是青天,下面是滚滚的浪花。真有点凌空飞去,羽化登仙的味道,比小时候打秋千要过瘾得多了。我不禁念了一句"我欲乘风归去",郎宪超也接着说"又恐琼楼玉宇高处不胜寒。……还是我们人间好哇!"大家笑了,我们平稳地落在平台上。

平台上静寂无人,只有少数人看守。郎宪超告诉我们,这里每年4月开工,12月收工,现在已经收工了。他领着我们上上下下看了一遍。卧室、餐厅、浴室、炊事房一应俱全。冬有暖气,夏有冷气,处处都是现代化的。自然,他们终年处在风涛袭击之中,狂风恶浪摇撼之下,一如海上孤岛,没有好的条件保证也不行呵!

我们最后又回到平台上。郎宪超指了指面前的海域说:

"这一带就叫埕岛油田。是1988年命名的。它实际上是大陆油区的延伸。"

"有多么大?"我问。

"哎呀,老鼻子啦!"郎宪超兴奋起来,"据说,开封以北,沈阳以南,石家庄以东,包括渤海湾海域和下辽河平原,恐怕有30万平方公里呢!你说大不大?"

"这底下东西多吗?"我压低声音问。

"我每年往外打,每年有油。简直找不到边!据公布的数字,埕岛下面有这个数,我看不止,怕比预想中的金娃娃要大。告诉你,老同志,我是有野心的!"

"什么野心?"我笑着问。

"我非要拿到这个数不可!"他伸出齐刷刷五个手指,脸色涨红,显然是激动了。一双眼睛放出很好看的光彩望向远方,仿佛他想望中的那个金娃娃就卧在海中。

这时,瘦弱的钻井处工程师蒲健康走了过来。他是郎宪超北京石油学院的同学。郎宪超忽地想起了什么,望着我说:

"明年,胜利油田要造人工岛的事,你知道吗?"

我摇摇头。

"这是个创举咧!"他指着蒲健康说,"老蒲就是设计者之一。"

"为什么要造人工岛呢?"

"这是一种特殊需要。"蒲健康说,"明年我们要在海里打几十口井。如何把油送到岸上?一个是从海底埋设管道,一个是架空输送。这些都有问题。因为黄河口流冰时期厉害得很,有的冰块比房子还大,什么东西都能冲垮。我们设计了许多方案,最后选择了人工岛。"

"这要造多大呢?"

"初步拟定,直径为60米。计划明年建成。"

蒲工程师见我有些惶惑不解,笑着解释道:

"打个通俗的比方,我们要做一个像午餐肉罐头盒子那样的东西作为岛体,高37米,到时候把它用船拖来,然后填上泥沙。这就是我们设计的人工岛了。"

"到人工岛落成时候,你可一定要来呵!"郎宪超望着我热情地说。

我们返回码头的时候,已是下午了。郎宪超招待大家在桩西前线指挥部的一座平房里午饭。由于主人的热情和满意的参观游览,宾主双方的情绪都处于最佳状态。几杯白酒落肚,郎宪超更显得豁达豪迈,心里的话全涌出来了。

"在船上我就跟你们说,我是有野心的,我非拿下这个数不可!"说着他又叉开了五个手指,"当然,这要靠老天爷帮忙——少刮点风;还要龙王爷撑腰——少发点脾气;再就是土地爷家里真藏着那么多的东西。我给你们说,同志们,我也是很辛苦的。一年到头,没有几次回家。我这心,没有一时一刻不惦记着气象、风浪。一听说刮大风,我这心,就像着了火似的,生怕我的哪一条船……"

他略沉了沉,又满含感情地说:

"我是山东泰安人。我哥哥是抗日战争出去的,是三八式干部;我二哥也参加了革命;我自己是吃助学金大学毕业的。你说像我这样的,除了好好儿干还有什么说的!……前几年,中央首长来看望我们,有一个空军司令对我们说:要不是你们,这些石油干部,石油工人,我那些飞机能飞得起来吗?还不就是一堆废铁吗?他说完这话,一连向我们鞠了三个躬。我的泪刷地就流下来了。我心想,这一辈子我干石油干到底了!"

他斟了满满一杯酒,端到我面前。由于激动,那杯酒在他手里不停地颤动:

"老同志,我敬你一杯。我请求你一定要向上面、向大家呼吁:对石油光注意陆地是不够的,眼睛一定要盯着海洋!它下面有油呵!而且我敢肯定,储量是丰富的。有些岛屿,本来是我们的,也被人家占去了,这怎么行呵?!……"

他睁着眼瞅着我,把这杯饱含着浓烈爱国主义情愫的酒喝了下去,又转向了大家:

"你们看,我们这个黄河三角洲建设得怎么样?不错吧,比我们乍来那时候,真是天上地下了。可是,我们东营人并不满足。开发黄河三角洲的战略研讨会开过了,不光我,我们人人都想着明天。我们要用石油把全面建设都带动起来。我们要把农林牧副渔全面发展起来,使三角洲成为地下是油洲,地上是绿洲;我们还要整治黄河,让她从郑州到入海口全线通航,成为一条'黄金水道';我们还要建起一个多功能的大型海港,通向世界;我们要黄河三角洲也成为金三角,能够同长江三角洲和珠江三角洲媲美。我相信这一天一定会到来的!让我们为三角洲的明天干一杯吧!"

"好好,为了三角洲的明天!"

"为了祖国的明天!"

"为了明天!"

大家的情绪沸腾了,都激动地站起来,一饮而尽。

我的心绪,像窗外渤海的波涛一般起伏着。郎宪超的热情把我们深深地感染了。我望着他,不由得想起他站在船头上那种乘风破浪的姿态。的确,人是要有一点精神的,而精神则来源于理想和信念。一个人如果没有理想,他就没有光彩,他就会变得空虚、目光短浅和卑琐,如果他崇尚实惠,他就更会变得庸俗和低级。同样,一个国家、一个民族的人民如果失去了理想,也就没有多少希望和前途了。而我们的人民是有前途的,我们不仅要脚踏大地把握住今天,还要开拓更加美好的明天!

明天,是属于我们的!

1991 年 1 月 6 日

这才是青春开花处

——石油战线巡礼之七

一个知识分子，一个青年，满腔热情地、愉快地去同工农群众结合，在实践中不断成长，这是一条屡试不爽的正确道路。可是，曾几何时，这面真理的明镜却布满了灰尘，资产阶级的种种谬误邪说，把一些青年的思想搞糊涂了。而在这中间，还是有一些头脑清醒者和意志坚强者，仍然坚定不移地自觉地走着这条道路，这是难能可贵的。

在胜利油田，我就遇见这样一位青年。他的名字叫廖永远，现在是钻井五公司副主任工程师兼32934钻井队队长。他今年才28岁，从1982年江汉石油学院毕业算起，在基层已经有9年的实践经历了。在这9年中，他从场地工开始，又干了外钳、内钳、井架、副司钻直到司钻，整整干了7个半月。这以后又从司钻、技术员、钻井队长、助理工程师、工程师直到现职。其间他参加了66口井的施工，累计进尺15万米。现在，他不仅是真正的内行，而且在技术上颇多创造。他先后带的4个钻井队，有两个被评为胜利油田的标杆队，先后创出了5项全国钻井新纪录，18项胜利油田钻井新指标。他已经成为许多青年钦羡的人物了。

我是在一个不算寒冷的冬日看到廖永远的。他是一个面庞清秀、举止文雅的白面书生，带着谦逊的微笑，坐在我的对面。他说，他生在湖北松滋县，是一个山区农民的儿子，是在家境很不宽裕的情况下勉强完成学业的。

"是什么吸引你要干石油这个艰苦的行业呢？"我问。

"我从小就过着清贫的生活，农民生活的甘苦我是懂得的。"他带着深深的感情说，"一位老教授曾给我算过一笔账：要9个农民才能养一个大学生。我完全明白,是人民供我上的大学。我自然应该把人民给我的知识再献给人民。"

"你受到过什么具体的影响吗?"

"是的,毕业那年,学院特地从新疆请来了一位双鬓斑白的老校友,他在荒无人烟的大沙漠默默工作了20年,先后找出了十多个油田。他对我们说:一个人如果只贪图舒适和安逸,不想为社会做出贡献,那么他的心灵就永远是一片沙漠。……我相信了他的话,就递交了志愿书,要求到祖国最艰苦的地方。"

"你到了哪里?开始习惯吗?"

"哎呀,一到现场,我才知道理想同现实有着多么大的距离!"他笑着说,"先是分到中原油田一个钻井队,第一天报到,我就被领进苇箔搭成的简易房,队长说,这就是你宿舍。我的心登时凉了半截。这天晚上刮大风,房里沙土弥漫,呛得人透不过气来。第二天起床,我望着被子上一层厚厚的沙土发呆,眼泪直在眼圈里打转。可是隔床的王立文老师傅,倒轻松愉快地拍着被子上的土,哼起了河南小调……"

"以后呢?"

"我一连三天没吭一声,一天只吃一顿饭。队上干部每天都来看我几次,卫生员还来给我量体温,测血压,嘱咐我保重身体。第四天晚上,我正躺在床上发呆,王师傅一瘸一拐地来到床前,说:'小廖子!我给你做了块红枣年糕,这是你们湖北人最爱吃的,你起来尝尝吧!'没容我多想,王师傅就坐在我床边,把年糕递到我手里。我刚吃完第一块,第二块又递过来。我一气整整吃了6块年糕……后来,我才知道,王师傅是1956年参加工作的,已经转战了几个油田,落下了严重的风湿性关节炎病。红枣是他的家属寄来让他泡酒喝的。他见我整天闷闷不乐,不愿吃饭,就跑到街上用高价买了几斤糯米,用红枣给我蒸了一锅年糕。后来我又听说,他还是一个因工致残的老工人,腿里还镶着钢板,领导上几次调他去后勤,他都一推再推,没有离开井队。我就暗暗地想,像我这样一个年轻小伙儿,怎么能离开井队呢!"

"以后,你就安下心了吧?"。

"是的。可是队长见我是个文弱书生,不像是能吃苦的样子,就说,你就别上钻台了,留在家里抄抄写写,整整材料,找个机会调出井队算了。队长虽是出于好心,倒隐隐刺痛了我。我就下决心,一定得干出个样子来。我的力气比别人小,我就多学多练,以巧取胜。修理泥浆泵是个最脏最累的活儿,我也抢着干。大家见我能吃得下苦,也就不把我另眼看了。……有一次,我们队一口井刚开钻,由于井口工人操作不慎,将一个200斤重的吊卡滑进了井眼里。如果不及时处理,这口井就要报废重打。可身边又没有别的打捞工具。在这紧急关头,我就在身上系了个绳套,跳进满是泥浆的井眼里,同志们都为我捏一把汗,因为上面地层松软,一旦塌下去,是不堪设想的。我在下面把绳子拴在吊卡上,被大家连人带物拖了上来,这才恢复了生产……"

"在这9年间,你有些什么深刻的体会呢?"

"我感受最深的,就是工人阶级确实不同,他们有一种博大的胸怀。他们处处掰着手指头教我。我对他们的感情也越来越深。刚才说的那个王师傅关节炎很重,有一次几乎是半走半爬地回了宿舍,心疼得我趴在被窝里哭了。第二天,王师傅下了班,我就把一盆热热的水端到他面前,帮他脱下工衣,把脚放在盆里。我看他弯腰洗脚很费劲,脸上露出痛楚的神情,我看不下去了,二话没说,就把手插进盆里要帮他洗。谁知我的手刚触到他那满是老茧的双脚,就觉得他的身子索索颤抖。'小廖子,我怎么能让你洗脚?'他说着就往外拉我的手。'王师傅!'我说,'您跟我父辈一样年纪了,难道有什么不应该吗?'王师傅随即眼里涌出了泪花。……第二年,我回松滋探亲,打听到治关节炎的偏方,就给王师傅带了两大提包中药。回来当天我熬好了,给他一面搓脚一面介绍这个偏方。开始他还一言一语地跟我说着,不一会听不见他说话了,借着灯光一看,原来他已经泪流满面……"

廖永远的话,使我沉在深深的感动中。沉了沉,我说:

"现在有些人认为,同工农群众相结合似乎不是那么重要了,你认为一个大学生,还有必要到基层锻炼吗?"

"完全必要。"廖永远肯定地说,"我们虽说上了几年大学,但知识并不完全。像我们搞钻井的,如果不到下面干干,恐怕没有发言权。记得我刚参加工作那时候,司钻叫我到几里远的地方打水,我折腾了半天,浑身叫水湿透了,也没把水打上来。这时候一个老师傅走过来,麻利地抓起一把臭淤泥把泵盘根糊了糊,把水管线竖起来灌满水,几下子就把水打上来了。通过这件事使我认识到,光凭一张文凭,是远远不能满足工作需要的。"

"在这过程中,你碰到过什么难以解决的矛盾吗?"

"要说矛盾,那就是我同妻子的矛盾了。"廖永远笑着说,"我的爱人在机关里工作,她很希望我能尽快调进机关,加速小家庭的建设。1985年我先后担任了技术员和钻井队长,一连打了5口井,都是当时胜利油田的高水平。这时候,油田要调我到技术科工作,拉我的车就停在队部门口,可我没有离开。我的这个选择,把我爱人气坏了,总有一个多月没跟我说一句话。再一次是1988年,一名司钻违章操作造成伤亡事故,为了严肃纪律,免除了我的队长职务。这时候,我为失去这个锻炼的机会多苦恼呵,可是我的爱人却像遇上了喜事。我一回到家里,见桌子上摆着满满当当的酒菜,妻子满面春风,拉住我的手亲热地说:'听说摘掉了你那顶受累的乌纱帽,咱们就可以一块儿上班了。'我说,我虽然不当队长了,可我并不打算离开井队。听了我的话,她伤心地哭了,哭得比哪一次都伤心。最严重的一次是1987年夏天。我们正为一口高难度的井忙碌着。没有陪我爱人到医院及时检查,哪知道胎儿已经在腹中死去了。后来我爱人入院急诊我才去,她见我来了,便将痛苦、怨恨,一下子集中在两只手上,抓着我的胳膊就是几下。我也抑制不住内疚的心情,我欠下了她多少感情债呵!"

"现在怎么样?早就和好了吧!"

"好了,好了,我们的生活价值观已经一致了。"廖永远笑着说,"今年春节,我们两口子在风雪弥漫的住井房里,还合作写下了一副对联呢!"

"什么对联?"我有兴趣地问。

"上联是:干事业有风有雨有得有失得比失多;下联是:搞钻井有惊有险有苦有甜苦比甜少。横批是:志在奉献。"

"好,好。"我连声称赞,"这9年来,你体会到的人生价值是什么呢?"

"我的确认为,一个青年知识分子,只有把自己融化到工人群众中去,才能不断增长才干,有所作为,有所贡献。1987年,我的母校江汉石油学院把我请回学校,让我给即将毕业的同学作报告。真没想到,我的汇报在同学中间引起了那么大的反响。在那几天里,每天都有人找我,向我了解情况,索要资料,要我签名留念。临走那天,全院500名师生到荆州车站为我送行。同学们高举着横幅,上面写着'廖队长,明天我们与你同行'。汽车远去了,横幅还在跃动,我的泪水湿透了手绢。我在想,这不正是同代人的理解吗?这不正是同代人的回应吗?这不正是我人生价值的实现吗?"

廖永远的谈话结束了。我们时代的真理——知识青年同工农群众相结合,在我的眼前显得更加明亮,更加辉煌有力了。其实,在中国近代史上,这一真理已经在每一代青年的身上反复地检验过了。例如五四时代的青年毛泽东和周恩来,如果不是他们同工农大众的革命运动相结合,纵使他们有不同凡响的才华,能够有后来的毛泽东和周恩来吗?再比如抗日战争和解放战争中崛起的那一代青年,如果不是在狂风暴雨般的工农革命斗争中,经受了种种锻炼和考验,他们怎么会成为人民共和国的顶梁柱呢?建国以后的青年也如是,他们多数人现在都是各项事业的骨干了。从近处说,那些经过北大荒锻炼的一大批青年,不是有许多人干得很好吗?可是,由于过去一些操之过急的做法和近几年来资产阶级思想的泛滥,这个本来很明确的真理,被弄得面目全非了。一些人甚至把同工农群众的结合,视为对知识分子的惩罚和劳动改造,反而把所谓"自我实现",视做人生的真谛。这实际上是把我们的青年引向脱离人民的歧路,使他们成为漠视人民利益的个人主义者,成为高踞于群众头上的精神贵族。这不是让他们的青春开花,而是让他们的青春枯萎和腐朽。依我看,廖永远走过的道路,这才是青春开花处。

1991年1月8日

枝枝青莲出水来

——石油战线巡礼之八

少年时,读过一篇咏莲的散文,说她是"中通外直","香远益清",又说她是"出淤泥而不染,濯清涟而不妖",可以说对莲花的内在之美与外在之美,都说到极致了。这是对自然界品类的歌颂。在社会生活中,也有这种"出淤泥而不染"的人吗?有的。这几年,"一切向钱看"的邪风,刮得昏天黑地,把一些人吹得昏昏然、纷纷然,甚至连肉带骨都被吞噬了。即使沙场老手,也有人中弹落马。然而,就在这中间,"出淤泥而不染"的亭亭青莲,也还是大有人在。我在胜利油田,就遇到了这么几个。

先说叶洪涛。她给自己取了这么一个波澜壮阔的名字,却是一个举止文雅又经过风霜的女同志。你一听她讲话,就知道是个地道的北京人。1966年,她在河北农业大学林业系毕业,在黑龙江林区度过了8年的艰苦生活,为她的一生打下了坚实的基础。后来,她随丈夫一起调到胜利油田,投入农副业的开发工作,现在是河口采油厂农副业大队的副大队长。这个大队一年能向每个职工提供60公斤大米,30公斤蛋,20公斤肉,20公斤鱼,都是廉价供应,大约可抵两级工资。这几乎都是那些"油大嫂"们辛勤开垦得来的。而叶洪涛就是这些"油大嫂"的头儿。

要在那么荒凉的盐碱滩上,种出稻米来,不是容易的事。首先,要挖出7米宽的大沟,引来黄河水洗去土地上的盐碱。"早晨三点半,中午地头一顿饭,晚上回来看不见",这就是她们的生活。她们硬是这样凭着"两个馒头一壶水,一根扁担两条腿"干出来的。在这中间,叶洪涛同那些来自农村的"油大嫂"吃在一起,干在一起,没有什么两样。谁也看不出她是来自北京的大学生。为了摸清稻田的盐碱度,她还要经常品污水,尝烂泥。有一年大面积烂秧,她在田里来回走了百十里路,又急又累,竟蹲下来望着田里的秧苗哭了。

在她身上,大公无私,清正廉洁,更是表现得突出。她曾说:"人生在世,总得有所追求;为人处事,总得有个章法。"她的信条是:"对党对人民有利的事要尽量多干,努力干好;而以权谋私、损公肥私的事一件也不能做。"她还时常提醒周围的同志:"不要做出让群众戳脊梁骨的事。"

叶洪涛分管经营管理,每年要经手100多万元购买生产物资,经常同几十个厂家打交道,如果想图点私利并不难。可是她却毫不含糊。一次,要同一个老关系化肥厂签订合同,进货化验时,发现某项质量不合格,厂家就送来几箱罐头、几盆名花,要她"通融通融"。但她没有给这个面子,礼物如数退回。

又一次,从外省买了50吨鱼粉,厂家为了建立长期业务关系,结账人乘她不注意,向她手提包里塞了一个纸团。她觉着有点不对劲,急忙打开一看,原来是一个金戒指和一块手表。她想:"他是瞅准了我手中的权力,却小瞧了我这个人!"结果这个结账人"礼"没送上,还挨了她一顿批评。从此"叶正经"的称号就流传开了。

在这鱼龙混杂、泥沙俱下的时日里,叶洪涛能够硬着头皮做到这一点,是多么地难得呵!当我称赞她的时候,她叹了口气说:

"我都活到这个岁数了,社会上的事我管不了,我自己的事总是能管得了的。"停了停,又说,"毛泽东时代的教育(她正是用的这个词)我这一辈子是变不了啦!"

我遇到的另一位同志,名叫李吉锡,是胜利采油厂副总工程师,今年52岁。从年轻时起,他就饱尝了柴达木的风霜,落下一个腰肌劳损,有时走路还得弯着腰儿。他看去有点黑瘦,却目光炯炯,蕴蓄着极为顽强的内在毅力。他虽是中专毕业,通过自修竟掌握了两门外语,能够翻译技术资料。尤其在技术上有股钻劲儿,解决了不少技术难题。从80年代起,厂里进口一种美国的电潜泵,每台35万元,贵得叫人咋舌。一旦损坏,维修没有配件,便成一堆废铁。有一天,李吉锡瞪着面前的电潜泵,瞅着上面的洋码子,越想越不是个滋味,一股热血直涌头顶,暗暗发誓:不攻克这一关决不罢休。他领导的攻关小组成立了。妻子担心他的身体受不了,他就笑着对妻子说:"你算算,一台电潜泵价值一幢楼房,太坑人了!我就是死在这上边也值得呀!"经过一年多的艰巨努力,电潜泵终于试制成功了。现在国产化率已达到了 96.6%,为国家节约资金 4000 多万元。有些性能已经超过了美国货。

1987 年,外厂聘请李吉锡当技术顾问,给了他一万元的报酬,他就把钱捐献给油田的第二中学了。我问他为什么要这样做,他笑着说:

"我现在的生活已经很好了。高级工程师,住房 70 平方米,孩子上学也没有问题,我还要求什么呢!将来还准备向我的母校青岛二中捐一点。我本人上的学少一点,尽力让别的孩子多上点儿学吧!"

在"一切向钱看"的浪潮席卷而来的时候,李吉锡的做法,无疑是向这种浪潮的勇敢挑战!

胜利油田还有一位富有创造精神而又志行清廉的学者。他名叫顾心怿,今年 54 岁,是钻井工艺研究院的总工程师。他有一项很有意思的发明,就是创造了一种"能走路的船"。我对此颇感兴趣,想采访他,可惜机缘不巧,他出差去了,只好由别人介绍。

据说,从 1975 年起,他就为浅海海滩石油的开发倾注精力了。当时油田动员了上万民工在海滩上筑堤打井。他看到民工们在海水和泥泞中奋战的壮观场面,不禁想起精卫填海的传说,深感人民的伟大。可是同时他又深深地自责,作为科研人员,总不能老是靠老百姓吃苦来搞勘探吧!从此他就下定决心:要造出钻井船来向浅海进军。在油田和石油部领导的热情支持下,他和设计组的同志们终于把钻井船设计出来了。烟台造船厂接受了试制的任务。他带着设计组的同志,在船厂海边的木板房里,断断续续地住了两年半,这个被命名为"胜利一号"的钻井船才诞生了。这只船为浅海的石油勘探作出了重要贡献。

但是海滩和不超过 2 米水深的浅海区,现有的钻井船还是开不进去。顾心怿又在为此苦虑了。他多次乘坐登陆艇和小渔船进入海滩去了解情况,有时搁浅在浅滩上两天两夜动弹不得。这样的地方,车也开不进来,船也驶不出去。他们只得下来步行。有一次,他默默地看着同行者在一米左右的海水里一步一步地向前走,霍然间像闪电似的触发了他的灵感。他默然想道:"人的双脚能在浅滩上行走,为什么不能造一只会走路的钻井船呢?"这个念头一产生便不可收拾,从此他就沉到一个新的梦想里。他知道,造这种船国内外都没有先例,搞起来风险很大;可是他又想,搞科研不能怕担风险,要像一个战士那样,在战场上只能前进,不能后退。

从1983年9月起,顾心怿和几位同志登上了一条长10米、宽5米的胜利二号模型试验船,到茫茫大海里进行现场模拟试验。他们沿着海岸漂了半个多月,行程数百里,在5个典型地段进行了实地试验,亲手操作这条模型船一步一步地走上岸,走下海。进入浅滩之后,支援的船只开不进来,他们五六个人就挤在3平方米的船里过夜,经历的艰辛就不必一一细说了。这种胜利二号步行坐底式钻井船,后来由青岛北海船厂建造,终获成功。1988年秋天,在一个阳光灿烂的日子里,"胜利二号"这条重4000吨的庞然大物,终于迈开"双脚",以每步10米的阔步行走了700多米,在大家的欢呼声中走进了大海。

顾心怿成功了,但他丝毫不计较个人的名利。为了集中精力进行科学研究,他主动辞去了研究院副院长的职务。一些人说他傻,他也毫不在意。对"胜利二号"的设计,有人告诫他,不要找别人合作,否则成果会被别人分去。他却说:"我们的目的,是为了发展浅海石油,成果的分配不是主要问题。"尤其令人钦敬的是,这几年他曾5次出国,到过9个国家,他都严守外事纪律,做到不卑不亢。一次,一个外国人以年薪10万美元挽留他在外国工作。他想到自己是党多年培养的技术人员,建设强大的祖国才是自己毕生的事业,他没有因此而动心。还有一次,美国一家公司经理对他说:"顾先生,把你的儿子送到美国来吧!我可以帮他联系上学,可以为他来美国提供担保。"对许多人来说,这是多么求之不得呀!某些人为了同外国人拉上一点点关系丢了多少丑呀!而顾心怿却婉言谢绝了这送上门来的便宜。以他的说法,他同对方只是商务关系,他不能因自己的儿子损害祖国哪怕一点点的利益。

叶洪涛、李吉锡、顾心怿这样的同志,他们是多么可敬的人呵!真可以说是"出淤泥而不染,濯清涟而不妖"的枝枝青莲了。这才是真正的共产党员,这才是名副其实的共产主义者!

说到这里,使我不能不联想到问题的另一面,这就是侵蚀着党和政府肌体以及整个社会的腐败现象。在我入党以来的几十年间,我们的党从来是充满青春活力的,朝气蓬勃的,像碧水一般的清廉,腐败二字同我们从来沾不上边。回顾全国胜利的关键时刻,我党不过 100 多万人,全军也不过 300 万人,在全民族中是一个小小的数目,然而由于党的强而有力,正是这样一个区区小数,在充满着资产阶级与封建的腐烂气息的汪洋大海中,不仅没有被污泥浊水所淹没,反而硬是把一个完完整整的旧社会改造了过来,真正为我们的民族开了一代新风。至今回想起来,仍然使人神往。这是多么值得我们共产党人自豪的啊!而今天,不论党内党外,不论老干部和青年同志,也不论身居要职者或者普通老百姓,都对腐败的霉菌对于我们的严重侵袭深表关切和不安!依我看,腐败现象同我们党的无产阶级性质和作风是完全格格不入的。今天它所以发展得这样严重,是因为它是"一切向钱看"的伴随物,是一段时期内忽视对资产阶级思想作风作坚决斗争的结果。那个"腐败难免论"更是起了极其恶劣有害的影响。资产阶级自由化同腐败现象是生在党的肌体上的两个孪生的毒瘤。它们正在威胁着党的生存。如果不及早割除,任其发展下去,其后果是不堪设想的。当前,为了惩治腐败,党和政府作了很大努力,纪检司法部门做了许多工作,消极现象已经有所抑制。对此,群众是满意的。我们必须下决心把它进行到底,决不能半途而废!只有把上面说的两个毒瘤彻底地割下来,把国民经济搞上去,把叶洪涛、李吉锡、顾心怿这些同志的先进事迹发扬光大,这样,我们的社会主义才真正是大有希望的。

1991 年 1 月 25 日